尹鍾漢의 旅行文學全集 7

3만 8천Km
유라시아 일주 배낭여행
그리고 유니고스의 비밀

喜泉 尹鍾漢 지음

솔과학

尹鍾漢의 旅行文學全集 7

3만 8천Km
유라시아 일주 배낭여행 그리고 유니고스의 비밀

초판인쇄   2016년 4월 26일
초판발행   2016년 4월 29일

지 은 이   윤종한

펴 낸 이   김재광
펴 낸 곳   솔과학

출판등록
주   소   서울시 마포구 독막로 295번지, 302호(염리동 삼부골든타워)
대표전화   02-714-8655
팩   스   02-711-4656
E-mail   solkwahak@hanmail.net

ISBN 979-11-87124-04-7(03890)

값 23,000원

3만 8천Km
유라시아 일주 배낭여행
그리고 유니고스의 비밀

ROUTE.

동해 → <Russia> Vladivostok → Moscow → Санкт Петербург → <Ukraine>
Киев → <Moldova> Chisinau → <Rumania> Bucuresti → Sinaia → Brasov →
<Germany> Munchen → <France> Paris → <Spain> Barcelona → Granada →
Madrid → Cuenca → Madrid → Barcelona → <France> Paris → <Germany>
Munchen → <Croatia> Zagreb → Split → Dubrovnik → <Bosnia
Herzegovina> Sarajevo → <Yugoslavia> Beograd → <Greece> Thessaloniki
→ Kalambaka(Mateora) → Thessaloniki → <Turkey> Istanble → Denizli
(Pamukkale) → Goreme (kapadokia) → Ankara → Safranbolu → Istanble →
<Uzbekistan> Tashkent -Buxoro → Tashkent → Samarkand → Tashkent →
<Kazakhstan> Шымкент → Almaty → <China> Urumuqi → Beijing → 인천.

머리말.

나는 열차를 타면 마음이 편해진다.

열차는 정해진 시간에 출발하여, 정해진 시간에 도착한다. 물론 버스를 비롯한 대부분의 대중교통들이 정해진 시간으로 운행한다.

열차가 출발하면 승객이 걱정할 일은 없다. 시간만 지나면 목적지에 도착할 것이 분명하기 때문이다. 열차의 운행시간이 길어지면 지루할 수도 있다. 그러나 나는 그 때가 좋다. 생각할 여유가 생기기 때문이다. 복잡한 일상에서는 생각을 하려 해도 잡념이 끼어 들기 때문에 한 가지 생각에 집중하기가 쉽지 않다. 그러나 차를 타면 이미 정해진 시간의 틀 속에 감금당하기 때문에 잡념이 끼어 들 여지가 좁아진다. 그 때가 생각의 적기다.

한 가지 생각에 잠겨, 계속되는 스스로의 질문,

'왜?'… '왜?'. 그러면 또 '왜?'

그렇게 끝없이 이어지는 의혹을 모아, 여행을 마치고 돌아오면, 도서관으로, 인터넷 검색 창으로 그 모아 둔 '왜?'들의 묶음들을 풀어 헤치고 그 답을 찾는다. 답을 찾았을 때의 즐거움, 그것은 쾌감이다.

'무엇이 이토록 인간들을 인간답지 못하게 만들었는가?'

그 질문의 답을 찾는 데는 제법 오랜 시간이 필요했다. 그러나 그 답을 찾고 나서 얻은 즐거움은 여행의 어려움이나 고달픔을 한 방에 날려 버릴 즐거움이다.

나는 나의 여행에서 3가지 즐거움을 나누어 가졌다.

　그 하나는 여행, 그 자체이며, 그 다음은 인간역사의 현장에서 생생한 그 역사의 흔적을 맛보는 것이다. 그리고 세 번째는 '왜?'에 대한 답변을 찾았을 때의 즐거움이다.

　나의 여행기 안에는 이러한 세 가지 이야기들이 깔려 있다.

　이러한 즐거움을 많은 사람들과 함께 나누고 싶어 이 책을 만들었다.

　도움 주신 많은 분들에게 감사의 말씀 드립니다. 그리고 특히 이 책이 출판되어 햇볕을 보게 하여주신 '솔과학'출판사 김재광 사장님, 원제현 실장님 감사합니다.

2015. 8. 金井山下

喜泉　尹 鍾 漢

목차

3만 8천 Km
유라시아 일주 배낭여행

그리고 유니고스의 비밀

1부

1. 시베리아 횡단열차

— 아차… 이거, 큰일났다. —

내 앞에 서 있던 여인이 차표를 받아 돌아서는 순간, 갑자기 나의 말문이 막혀 버린 것이다.

내가 몇 달 동안 그토록 힘겹게 돌돌돌 외우고 외우던 러시아어는 매표창구 여직원의 눈을 보는 순간 갑자기 말문이 막혀 버린 것이다.

DBS 크루즈 페리사(CRUISE Ferry co)소속 이스턴 드림(EASTERN Dream)호가 강원도 동해항을 출항한 시간은 (2월 15일) 14시 정각. 페리는 이튿날 오후 13시 50분에 블라디보스톡 항에 닻을 내렸다. 승객 정원 380명에 이 날의 승객 수, 고작 백 여명. 배 안은 썰렁할 정도로 한산하고 조용했다. 하선(下船)은 자국민 우선이라 해서 러시아인(5, 60명 정도)들이 먼저 내리고 다음에 외국인(주로 한국인. 3, 40여명) 하선. 그다지 붐비지 않은 순조로운 하선이었다.

문제는 화물이었다. 이 날의 승객 수 상당수가 호왈 '보따리장수'들인 모양으로 휴대한 물건들이 장난이 아니다. 입국절차를 밟는데, 화물검색에서 통관절차가 길어져 짜증 날 정도. 다행히 나는 꼬맹이배낭 하나 달랑. 짐 없는 승객전용통로를 통해 홀라당 빠져 나왔다.

절차는 간단하다. 배 안 안내소에서 받아 쓴 입국신고용지를 작성하고 접수시켰다.

(신고서 한 장에는 같은 내용이 2페이지. 두 페이지를 다 작성하여 접수시키면 스탬프를 찍은 후 한 장은 돌려 주는데, 이것은 잘 보관하여 출국 때 제출하도록 되어있다.)

신고서를 한동안 들여다 보던 여직원이 나에게 물었다.

"뚜리즈모?"

"씨…다."

갑자기 '씨'가 왜 튀어 나와? 나는 '씨'가 튀어 나오는 순간 재빨리 '다'로 고쳐 말했다.

그녀가 나를 보고, 씨익 웃음을 흘리면서 스탬프를 찍은 카드와 여권을 돌려 주었다. 나도 살짝 미소로 답하면서 '스빠시보'.

'씨(sí)'는 스페인어로 영어의 '예스(yes)에 해당하는 말이고, '다(да)'는 러시아어로 역시 예스에 해당하는 말이다. 일본어는 하이(はい), 중국어는 쓰(是). '다(да)'가 나와야 할 자리에 스페인의 '씨'가 튀어나온 것이다. 이 나라, 저 나라를 대중없이 쏘다니다 보면 엉뚱한 말이 튀어나오기 다반사(茶飯事).

스빠시보(спасибо)는 영어의 '탱큐(thank you)'다.

남미였다면 당연히 그라시아스(gracias)가 나와야겠지.

여권을 받아 쥐고 나오는데 갑자기 검색대가 앞을 가로막는다. 배낭을 검색대 컨베어벨트 위에 올려 놓고 돌아섰다. 실려 나온 배낭을 챙기자 내 앞 보따리장수의 짐을 검색하고 있던 세관직원이 손가락을 '까닥, 까닥.' 나에게 나가라는 신호를 보냈다. 나는 재빨리 배낭을 챙겨 매고 검색 창구를 빠져 나왔다. 그들은 배낭여행객들 배낭은 뒤져 봐야 먹을게 없다는 사실을 잘 알고 있는 눈치다. 입국수속이 까다로울까 은근히 걱정하고 있었는데 생각보다 쉽게 통과. 소지한 외화신고 따위 묻지도 않았고 신고서도 없었다.

세관통관수속을 마치고 통로의 출입문을 나오자 도로였다. 도로 건너에 블라디보스톡 역이 빤히 보이는데 철책으로 선로가 막혀 있고 길이 없다. 주변 사내에게 물었다.

"블라디보스톡 역이 어디냐?"

사내는 고개를 쳐들면서 말했다.

"저어기… 저기." 말을 금방 알아 들을 수는 없지만 그렇게 말하는 듯 했다. 그리고 그가 내게 물었다.

"택시…?"

아마도 택시 기사인 모양이다.

— 미쳤냐? 뻔히 보이는 역을 찾아 가는데 택시를 타게? —

속으로 그렇게 말하면서 다시 물었다.

"어떻게 가냐?"

사내는 다시 고개를 약간 쳐들면서 입술을 삐죽 내밀었다. 내가 나온 쪽 문을 가리키며.

그러고 보니 머리 위에 구름다리가 있고, 구름다리는 내가 나온 건물의 중허리에 이어져 있었다. 나는 내가 나온 쪽문으로 다시 들어가 2층으로 올라갔다. 건물은 세관건물인지 백화점인지 구별 못할 정도의 복합건물 이었다.

2층으로 올라가자 구름다리로 이어진 현관문이 있었다. 달음질 치듯 구름다리를 지나 역으로 들어갔다.

"얼씨구…"

역 현관문을 밀고 들어서자 눈앞에 다시 검색대.

배낭을 검색대 벨트 위에 올려 놓고, 호주머니에 들어있는 모든 소지품은 바구니에 담아 놓고, 양손을 벌이고 금속탐지봉으로 등, 배, 허리 등을 검색하고 그리고 통과.

— 미쳤냐? 역에 기차 타러 왔는데 무슨 이슬람 테러범 취급을 하노? —

그런데 이건 순전히 나의 과민반응 때문인지 모르겠다. 검색대 통과를 여러 차례 하다보니 검색대만 보면 하던 행동이 일률적이다. 배낭을 컨베어벨트 위에 올려 놓고, 소지품을 모두 털어 내고, 양 팔을 벌이고… 나중에 역사(驛舍)를 몇 차례 들락거리면서 겪어 본즉 그렇게 하지 않고 그냥 배낭만 벨트에 올려 놓고 들어가서 찾아가면 되는 순서. 물론, 간혹 간깐한 작자를 만나면 쓰잘데 없는 격식을 찾는다고 호주머니를 뒤지는 인간을 만나는 경우도 있겠지만 대부분 약식으로 통과.

역사 안으로 들어서면 대합실이다. 대기 중인 승객들이 앉아 있는 의자들 앞으로 좌우에 입구가 있다. 오른 쪽 입구로 들어가면 끝에 수하물보관소가 있고, 차표 파는 창구가 있다. 왼쪽 입구로 들어가면 아래층으로 내려가게 되어있는데 여기에도 매표창구가 여러 곳있다. 대합실에서 모스크바행 열차표 파는 곳을 물었을 때 아래층으로 내려가라고 일러 줘서 내려갔다. 아래층으로 내려 갔을 때는 대부분의 창구에 사람들이 그다지 많지 않았다.

창구 앞에 대기 중인 여인에게 다가가서 물었다.

"모스크바..?"

그녀는 머리를 끄덕였다.

그리고 그녀가 차표를 사고 돌아서자 다음은 내 차례. 그렇게 매표창구 앞에 딱 섰는데 갑자기 내 입이 얼어 버린 것이다. 창구의 여직원이 의아한 눈초리로 나를 바라본다. 나는 정말 난감했다. 면접시험 보는 수험생처럼 갑자기 긴장된 나의 뇌가 굳어버린 것이다. 그 때 슬그머니 내 손이 호주머니를 더듬고 있었다. 커닝페이퍼를 찾고 있는 것이다. 나는 나도 모르게 커닝페이퍼를 손가락 틈에 끼워 넣고 곁눈으로 읽기 시작했다.

"쩌더라스트부이찌.. 야 에두 브 모스끄바.

다이찌므네 빠잘스떠, 빌레뜨 나 뽀이스뜨 꾸뻬."

здравствуйте, Я иду в Москва.

Дайть мне Пожалуйста, билеты на поезд купе.

안녕하십니까? 나 모스크바로 갑니다.

기차표 쿠페를 주십시오.

이 놈을 외운다고 몇 달을 고생했는데 막상 써먹으려는 순간, 홀라당 까먹어 버린 것이다.

첫머리의 쩌더라스트부이찌가 나오자 그 다음 문장은 자동으로 슬슬 흘러 나왔다.

나의 염불이 끝나자 그녀가 빙그레 웃는다. 그러면서 두두둑, 컴퓨터 키보드를 두드리다가 고개를 한 번 갸우뚱하더니 메모지를 한 장 써주었다.

"No 231"

그게 전부였다. 그리고 그녀가 말했다.

"… 어쩌고, 저쩌고 … 땀…"

나는 도무지 무슨 소린지를 알아들을 수가 없다.

그녀는 그렇게 말하면서 손가락으로 창 밖을 가리키며 '… 저 너머로 건너가라…'고 말하는 것 같았다. 나는 창 밖을 손으로 가리키며 한국말로 물었다.

"저 너머로…?"

그녀가 고개를 끄덕인다.

— 한국말도 알아 듣는군… —

나는 '스빠시보(спасибо. 고맙습니다)'를 곱빼기로 지껄이면서 메모쪽지를 받아 쥐고 다시 구름다리를 지나 세관이 있는 복합건물로 되돌아 갔다. 그리고 두리 번, 두리 번.

그 때, 막 어느 사무실을 빠져 나오는 청년과 부딪쳤다.

나는 메모지를 재빨리 그 청년의 콧잔등까지 치켜들어 보이며 물었다.

"그제, 저제시…?" (Где здесь. 여기가 어디냐?)

메모지에는 일언반구 문자 없이 그냥 'No 231'밖에 없다. 내가 다시 말했다.

"야 예두. 버 모스끄바."

(Я иду в Москва. 나 모스크바 간다)

청년은 사무실 안을 향해 몇 마디 묻고, 손가락을 까닥까닥, 나를 따라오라고 손짓으로 말했다. 그렇게 해서 No 231 사무실로 찾아갔다.

— 모스크바행 열차표를 이런 사무실에서 팔고있다니…? —

그런데 사실 나는 지금도 그 때 그 No 231 사무실이 무슨 사무실이었던지를 모른다. 여행사 사무실인지, 철도 역 매표창구인지. 그런데 놀라운 사실은 따로 있었다. 여행 오기 전, 인터넷 검색 창에서 검색해 본 바로는 대부분의 기차표 가격이 50만원대였다. 물론 열차번호 099는 마찬가진데 내가 지불한 금액은 25만 5천원. 거의 절반 값이다. 왜 차표 값이 이렇게 다를까? 러시아 열차의 차표는 계절에 따라 다르고 날짜에 따라서도 값이 틀린다는 말은 들었지만 이렇게 큰 차이가 있을 수가 있을까? 완전 횡재한 느낌. '25만원이 어디냐?'

내 추측은 이렇다.

요즘, 러시아가 휘청거린다는 소문이다.

우크라이나 문제로 서방과 관계가 왕따가 되었고, 석유 값 폭락으로 디폴트(Default) 운운…… 그러니 루불화는 폭락하고, 환율은 벼랑으로 떨어졌다. 한국의 원화가 덕분에 어깨에 힘을 주다 보니 공연히 내가 횡재한 기분이다. 우려하던 열차표도 쉽게 얻었고, 그것도 헐값으로. 기분 만땅.

까메라흐라네니어(Камера Хранения. 수하물보관소)를 찾아가서 배낭을 맡기고, 역사(驛舍)안 까페에 자리를 잡았다.

"아줌마, 삐보 에스찌?" (пиво есть? 맥주 있어요?)

나는 아주머니를 러시아어로 어떻게 말하는지 모른다. 그냥 한국어로 말한다. 그래도 그녀는 알아 듣는다. '삐보'는 '맥주'고, '에스찌'는 '있다'는 말이다. '맥주 있느냐?'는 말씀.

그녀는 나를 흘금, 보더니 그녀의 앞에 있는 수도꼭지를 툭툭 친다. 그리고 수도꼭지에 매달려 있는 사진을 가리킨다. 생맥주 잔이다.

— 하하, 생맥주 꼭지로군… —

"허라쇼, 아드나..이..에떠."

(хорошо, один. И это, 좋아요, 한잔만. 그리고 이것…)

나는 통닭의 다리를 가리켰다.

열차표 값에서 횡재를 만났으니 '먹는 것이 남는 것이다.'

나는 평소에 술이 없으면 사는 재미가 없고, 저녁식사 때는 소주 한 병이 기본이다.

우리 이웃집 구멍가게 주인은 소주를 박스로 주문하면 '곗날이냐?'고 묻는다.

나는 여행 다닐 때도 배낭 속에 양주병이나 고량주병을 넣고 다녔다. 그리고 깡통맥주를 사서 위스키를 섞어 폭탄주를 만들어 마셨다. 그렇게 마시면 적게 마시고도 금방 취한다. 잠도 잘 오고.

중국 여행 때 일이다.

맥주와 고량주를 불러 놓고, 폭탄주를 만들어 마시는 나를 보고 중국인 주방장이 입을 벌렸다. 그렇다고 고래는 아니다. 나는 강하게 마시지만 많이 마시지는 않는다. 맥주 한 병에 고량주 한 병이면 만사가 땡호.

그런데 이번 여행에는 술을 잘랐다.

아, 물론 오늘 이전까지 말이지. 왜?

이번 여행이 나를 조금 긴장시켰기 때문이다. 러시아 때문이다. 이번 여행의 일정은 대부분이 구 소비에트유니언 소속들이기 때문이다. 러시아나 우크라이나를 비롯하여 동구와 발칸반도, 중앙아시아의 실크로드 주변국들이 대부분 러시아권이다. 영어는 완전불통. 러시아어를 모르면 여행은 불능. 러시아어를 공부해 보겠다고 회화책 한 권을 샀다. 그런데 첫날부터 '쨍그랑' 깨져 버렸다. 이거 완전 알파벳조차가 남의 다리 만지는 꼴이다. 키릴문자라고 하는데 키릴문자는 영문자와 완전 거꾸로 가는 것이다. P를 써놓고, L로 읽는다. N을 써놓고, i로 읽는다. 이러니 완전 헷갈려. 혼란스럽다.

그래서 때려치웠는데, 누군가 또 나의 등을 떠민다. '가라.' '러시아로 가라.'고. 세계에서 가장 길다는 그 시베리아 횡단열차를 타러 가라고. 그리고 올 때는 유럽을 거쳐 실크로드를 만나라.'고. 누군가 자꾸만 나의 등을 떠밀었다.

그래서 이번에는 작전을 바꾸었다. 가장 중요한 문장 몇 개만 추려 외우자. 그러려면 술부터 잘라야 한다. 그래서 한시적 '절주령'이 떨어진 것. 이것을 지키지 못하면 다른 것은 다 못한다. 그래, 좋다. 끊고 외우자. 나도 한다면 한다. 이렇게 시작된 여행계획에 불똥이 떨어졌다. 갑자기 엉뚱한 걱정이 나를 사로잡은 것이다.

내 경험에는 이렇다. 여행에서 가장 어려운 문제는 숙박과 교통이다. 나는 주로 야간열차를 타고 숙박비를 아끼는 스타일. 그런데 그 교통에 비상이 걸린 것이다. 요즘은 인터넷과 여행문화의 변화로 예약을 하지 않으면 열차를 타지 못하는 경우가 허다하다. 호텔도 마찬가지. 나는 여기저기 여행을 다니면서 어려움을 많이 겪었다. 세상은 갈수록 빠르게 변한다. 바깡스 시즌이나 여행의 성수기가 되면 세상이 왼통 여행이라는 광풍에 휩쓸리기라도 하듯 완전 난장판. 감당 못한 여행사가 보따리 싸고 도망치는 사태까지 벌어지는 판이다.
— 아차, 이러다가 유라시아 일주는커녕 블라디보스톡의 문 앞에도 못가서 주저앉을지도 모르겠다. —
그래서 서둘러 술을 자르고 러시아어 문장 몇 개를 달달달 외우기 시작.

인터넷에서 블라디보스톡 행, 동해크루즈 예약을 하려고 창을 열었다. 그리고 전화.
"2월 15일 이후에는 배가 없습니다. 도크로 들어가요."
"뭐요? 배가 없어요?"
그렇잖아도 성수기를 피해 날짜를 당기려는데 갑자기 배가 도크로 들어간다 했다.

"큰일났다. 서둘러라."

이렇게 해서 황급히 나선 형편. 모든 것이 내가 아닌, 나 이외의 내가 나를 끌고 여기까지 왔다.

열차의 발차시간이 다가오고있다. 나는 러시아청년이 일러준 지하의 출구로 내려갔다. 그런데 사람이 없다.

— 그럴 리가…? —

모스크바행 열차를 탈 사람이 한 사람도 없을 리가 없다. 뭔가 이상하다.

나는 황급히 대합실로 올라가서 전광판을 보았다. 열차번호 099. 분명 모스크바행이다. 출발시간은 16:52로 되어있다. 블라디보스톡시간으로 23시 52분이다. 러시아의 모든 열차는 모스크바시간을 기준으로 한다. 나는 전광판을 자세히 들여다 보았다. 출발시간 옆에 **ПуТИ Tracks**라고 적혀 있고 그 옆에 3이라는 숫자가 보였다.

— 뿌찌 트랙 3이면 3번 플랫폼이라는 뜻이 아닐까? —

나는 인포메이션으로 달려갔다.

"뿌찌 트랙 3이 어디냐?"

안내 데스크 아가씨가 손가락으로 구름다리를 가리켰다.

나는 두말 않고 역사 밖으로 뛰어나갔다. 그리고 구름다리로 올라갔다. 플랫폼 번호가 구름다리 위 여기저기에 붙어 있었다. 모스크바행 열차는 '뿌찌 트랙 3'에서 나를 기다리고 있었다.

시베리아는 구석기, 신석기 시대부터 인간이 생존했다는 증거가 고고학자들에 의해 밝혀진 바 있다. 석기시대 이후, 시베리아 주변에는 여러 민족이 혼재해 있었다. 몽골 족을 비롯하여 돌궐 족, 흉노족 등 우리 민족도 바이칼호 주변과 우랄 알타이 산을 고향으로 알 정도다.

역사가 시작되면서 지구상에는 수많은 나라들이 기멸(起滅)하였다. 씨족사회와 부족사회를 거치면서 대부분의 나라들은 힘센 자들이 나라를 세우고 왕의 자리를 차지하였다. 그들은 힘으로 힘을 모아 세상의 여기저기를 휩쓸고 다니면서 말뚝을 박고, '여기는 내 땅이다' 하면 나라가 선다. 그리고 시나리오에 따라 망한다. 대부분의 국가가 서고, 망하는데도 일정한 프로그램이 있다. 생(生)·성(盛)·소(消)·멸(滅)이 그 시나리오의 프로그램이다. 힘을 바탕으로 일어났다가 번성기를 거치고, 그 다음으로 무능한 군주가 나타나고 부패하면서 사라지는 과정이 시나리오의 대강이다. 시베리아도 그렇다.

16세기 경부터 러시아의 힘이 자라면서 그들은 시베리아에 말뚝을 박기 시작하였다. 러시아의 동진정책이 시작된 것이다.

고금을 막론하고 인간세상은 주먹 큰 자의 세상이다. 힘이 세상을 지배한다는 이야기. 러시아가 시베리아를 먹을 때까지의 시베리아는 말뚝만 박으면 주인이 되는 땅이었다. 러시아는 시베리아 뿐 아니라 알래스카 까지도 말뚝을 박고 먹었다.

뷔투스 요나센 베링(Vitus Jonassen Bering, 1681~1741)은 덴마크 출신

으로 러시아제국의 항해사, 탐험가로 활약했다. 그의 첫 번째 탐험은 1725년 1월 표트르 대제의 명령으로 캄차카, 오호츠크의 탐험대를 이끌고 페테르부르크를 출발. 육로로 시베리아를 횡단 한 후 1727년 1월에 오호츠크에 도착한다. 오호츠크에서 겨울을 넘긴 후, 캄차카반도로 건너갔다. 1728년 여름에 성 가부리루호를 건조하여 캄차카반도 동쪽 해안에서 북쪽으로 항해하여 카라 긴 베이, 카라 긴 섬, 크레 베이, 아나디루 베이, 세인트 라부렌찌이 섬 그리고 1741년에는 알래스카를 발견하였다.

그 해 9월 6일, 폭풍을 만나 표류 끝에 11월에 틸리스 제도의 무인도에 도착, 월동 하지만, 그 사이에 많은 선원들이 괴혈병으로 연이어 사망하고, 이어 자신도 1741년 12월 6일 숨졌다. 77명의 탐험대원 중 페테르부르크 에 생환한 선원은 45명.

이 후, 예카테리나 여제는 알라스카를 러시아영토로 선포하고 확실히 말뚝을 박았다. 러시아는 알렉산드르 바라노프를 지사(知事)로 파견하여 이 곳을 통치하게 하였는데, 크림전쟁(Crimean War, 1854~1856)에서 힘이 빠진 러시아는 국가 재정이 어려워지자 황제는 이 황금의 땅을 미국에 고작 720만 달러라는 떡값을 받고 팔아 버렸다.

후회막급이지만 지나간 버스 손들면 뭘해? 그리고 마침내 로마노프(Романов)왕조의 낙조가 찾아 들고 혁명이라는 새로운 힘의 그늘 뒤로 사라져 갔다.

지금 나는 소름 끼치는 광경에 경악하고 있다.

"저것 봐라. 저 백설로 뒤덮인 시베리아 벌판 말이다. 얼마나 놀라운 광경이냐?"

이런 광경은 정말 난생처음이다. 겨울에 한라산 등산을 하면 그 아름다운 설경에 감탄한다. 고사목을 뒤덮은 설화의 아름다움에 우리는 놀라곤 한다. 그런데 여기 이 시베리아의 더 넓은 설원의 감격은 한라산 설화를 비웃듯이 나를 놀라게 하고있다. 가도가도 끝이 없는 시베리아의 황량한 벌판이 기적처럼 아름다운 설원이 되어 나를 감동시킨다.

심각한 문제가 생겼다.

열차가 하바로브스크역에 닿았을 때였다. 많은 사람들이 내렸다. 그런데 열차가 움직일 생각을 않는다. 나는 그냥 영문도 모른 체 보고만 있었다.

내가 탄 열차는 쿠뻬. 침대가 상하로 두 개씩. 마주보고 양쪽에 4인용 방이다. 말하자면 2등실이다. 일등은 '룩스(Lux)'라 부르는데 어떤 모양인지는 나도 모른다.

3등 침대는 프라츠카르타(Platzkarta)라 부르는데 6인실로 벽도 문도 없는 개방형이다.

내 방의 문은 안에서 잠그면 밖에서는 들어올 수 없고, 승무원이 열쇠를 갖고 와 열어야 열 수 있다. 문 밖에는 물론 창문이 있고, 외관을 볼 수 있다. 그리고 창문 사이에 각종 광고나 승객들이 지켜야 할 주의사항 등이 액자로 걸려 있고, 열차 운행시간도 붙어 있다.

열차가 너무 오래 움직이지 않아 열차운행시간표를 들여다 보았다. 하바로프스크 정차시간 1시간. 보통의 경우 열차가 역에 닿으면 길면 10분,

15분. 짧으면 1분도 되기 전에 떠나는 경우도 있다. 정차시간이 1시간이면 예상외로 긴 시간이다. 그 이유는 열차가 출발할 시간이 되어서야 알 수있었다. 하지만 이미 때는 늦었다. 내가 알기로는 열차가 역에 닿으면 여기저기 각종 식품이며 생활용품 판매하는 상인들이 떼를 지어 몰려드는 정도로 알고 있었다. 그런데 천하가 다 눈밭이라 상인들은 그림자도 보이지 않았다. 열차를 탄 승객들이 한 시간의 정차시간을 이용하여 하바로프스크 역 주변의 슈퍼마켓이나 상점들을 찾아가 빵, 라면 등의 먹거리를 사서 차시간에 맞춰 돌아오고 있었던 것이다. 물론 열차는 물 공급이나 기타의 사정이 있었겠지만.

나는 열차를 타기 전에 식품을 나름대로 준비 하였지만 그것으로는 턱없이 부족. 그것도 내일부터는 품절상태. 먹거리 걱정이 스을슬 고개를 쳐들고 있다.

아직도 모스크바는 멀기만 한데 7박 8일을 굶으면서 여행할 수는 없는 일. 궁리 끝에 바곤레스토랑(식당차)을 찾아갔다. 그런데, 메뉴판을 보고 나는 그만 눈을 감고 말았다. 듣도 보도 못한 음식들이 즐비하지만 값만 보고 돌아서 나와 버렸다. 도대체 동그라미가 왜 그렇게 많은지, 도무지 얼마인지도 모를 금액이 찬란한 음식사진과 함께 나열되어 있는데 나는 그만 기가 질려 버린 것이다.

— 잘못하다가는 주머니 털리고 여행이고 나팔이고 도중하차 하게 되겠다. 어떻게 할까? —

이때였다. 식당차 주방 아가씨(부인인지도 모른다)가 음식을 차린 오븐을 들고 지나갔다. 보아하니 한 접시씩 담아 놓은 것으로 보아 그다지 비쌀 것 같지가 않았다.

"이 봐요, 아가씨."

그녀가 나를 흘깃 쳐다 보았다.

"배달 갔다 올 때, 나 좀 보기요."

그녀는 고개만 '까닥'하고 사라졌다. 말은 안 통해도 눈치는 통한다.

그녀가 왔다.

"식당에서 밥, 되느냐?"

고개를 끄덕인다. 조금 전 바곤레스토랑에서 물었을 때는 안 된다 하였다. 밥(쌀)을 영어에서는 라이스(Rice), 러시아어는 리스 (рис)라 한다.

"밥하고, 고기하고, 야채…가져올 수 있어?"

"제시찌 미누또.."(10분만 기다려.)

그녀가 고개를 끄덕였다. 그리고 나는 마음을 조이면서 기다렸다.

침대는 누우면 침상이고, 앉으면 안락의자. 공간은 충분하다. 나는 반가부좌로 앉아 눈을 감는다. 그리고 생각에 잠긴다. 정좌관심(靜坐觀心).

나의 경우, 공상(空想)이나 망상(妄想)에는 열차 안이 가장 좋다. 남들은 명상(瞑想)이라 말할 지 모르지만 내 경우에는 완전 공상이나 망상 수준이다. 나는 어려운 일을 당하거나 힘든 일을 겪을 때는 이렇게 앉아 생각한다. 이제는 습관이 되어 앉으면 공상이다.

나는 그 때 라틴아메리카를 여행하고 있었다. 세계에서 가장 긴 나라,

칠레. 콜롬비아에서 판 아메리칸 하이웨이를 타고 산티아고를 지나 푸에르트몬트까지 내려가면 더 이상 내려갈 수가 없다. 남미의 맨 아래쪽, 마젤란 해협을 건너면 바로 남극이다. 여기는 우리 나라 남해안처럼 굴곡이 심한 리아스식해안으로 되어있어 도로가 없다. 푸에르트몬트에서 아르헨티나 쪽으로 돌고 돌아 다시 칠레의 푼타 아레나스(Punta Arenas)로 간다. 여기서부터는 꼬마 비행기를 타고 아르헨티나의 우수아이아(Ushiaia)로 건너가게 된다. 우수아이아는 아르헨티나 땅으로 지구의 맨 끝이라는 꼬마도시다.

버스를 타고 가는 동안 옆에 앉은 여인이 내게 말을 걸어왔다. 손짓을 섞어 가며 더듬거리며 하는 말이지만 의사소통은 그런 대로 되고있다.

'비행기를 타고 가면 값도 싸고, 편할 텐데 왜 비싼 돈 들이고 고생하면서 버스를 타느냐?'

말은 옳은 말이다. 비행기를 타면 1시간이면 가는 길을 버스로 이틀, 사흘을 돌아 가야하니 말이다.

그래서 내가 말했다.

'나는 여행이 좋아 여행하는 사람이다. 비행기를 타고 빨리 가야할 이유가 없다. 디네로(돈)가 좀 많이 들어도 난 버스가 좋다.'

사람이 사는 데는 여러 가지 중요한 조건들이 있겠지만 그 중 대표적인 것 두 개를 꼽으라면 꿈과 정(情)을 꼽을 수 있겠다. 꿈은 물론 희망을 말한다. 사람이 비록 지난(至難)한 어려움에 봉착해 있을 경우에도 희망만 있으면 살 수 있다. '절망', 그것은 인간을 죽음으로 몰고 간다. 다른 하나,

정 또한 그렇다. 아무리 좋은 집, 좋은 환경이라도 정이 떨어지면 싫어진다. 인간관계도 그렇다. 어제까지만 해도 '너 죽고 나 살자'하든 사이가 하룻밤 사이에 정이 떨어져 헤어지는 일이 허다하다. 사람은 희망이 없을 때가 가장 괴롭다.

여행은 즐거움만 있는 것은 아니다. 힘들고 위험하고 괴롭지만 그래도 여행이 즐거운 것은 바로 그 희망 때문이다. 내가 갈 목표가 있기 때문이다. 아무도 기다리는 사람 없어도 나는 가야한다. 그 곳에 가고싶다고 설정된 목표는 성취되어야 하고, 나의 목표가 성취된다는 것은 보람이며 즐거움이며 행복인 것이다. 그래서 나는 늘 여행한다. 차표를 끊고 차를 타는 순간 나는 모든 것을 잊을 수가 있다. 시간만 가면 목표달성은 분명히 설정되어있다. 걱정할 필요가 없다. 아름다움을 만날 꿈을 꾸면서 나는 행복하다. 내게는 그 목표가 아닌 또 다른 즐거움이 있다. 그것은 '생각' 이다.

유럽에서 열차로 한 바퀴 도는데 대충 1개월. 버스 타고, 미국 한 바퀴 도는데 1개월. 중국 열차여행은 두 달 정도가 필요하다.

나는 라틴아메리카를 버스로 돌다가 브라질의 오지(아마존)로 들어가서 길이 막혀 버렸다. 버스종점에 내려, 갑자기 막막해져 버린 나는 버스 기사에게 물었다.
'여기가 종점이냐?'
'그렇다.'

'그러면 여기서 더 가려면 다음은 어떻게 가느냐?'

남미는 대부분의 국가들이 스페인어를 쓴다. 스페인어 단어를 몇 개 중얼중얼 외우고 다니는데 갑자기 브라질에 들어가서 말문이 막혀 버린 것이다. 나는 스페인과 포르투갈이 같은 이웃이니까 대충은 통할 줄 알았는데 영, 그게 아니었다. 한국과 중국,일본이 이웃국가라도 영 말이 안 통하듯이 스페인과 포르투갈은 완전 언어 불통상태.

겨우 손짓발짓 물어 본 결과 그 기사와 의사소통.

그는 길 건너 어느 구멍가게 같은 사무실을 가리켰다. 찾아갔다.

"나는 여차여차한 사람이다. 마나우스로 가는 버스는 어디있느냐?"

나는 그 때까지는 마나우스로 간다는 목표가 설정되어 있었다. 물론 버스를 타고.

'사무실 직원은 고개를 저었다.'

'부스… 노오…'

버스가 없다는 말 같다.

'부스…노오?'

나도 그의 흉내를 내면서 물었다. 그는 고개를 끄덕였다.

'야, 이거 완전 골병들었다. 브라질 오지로 들어와서 오도가도 못하게 생겼으니 말이다.'

'어이 친구, 그러면 마나우스에는 어떻게 가는 거냐?'

나는 영어, 스페인어, 한국어를 짬뽕으로 섞어서 열심히 지껄였다'

그러자 통했다. 그 친구, 내 말뜻을 알아 들은 모양이다. 내가 한 말 중에 분명 그 친구가 알아들을 말이 한마디 있었다. '마나우스'였다. 마나우스는 아마존 중심에 위치한 항구도시다. 항구라 하지만 바다는 없고 아마존강의 항구다. 마나우스에는 비행기로만 들어갈 수있다. 버스는 아예 들어가지 못한다.

그래서 내가 다시 물었다.

'그러면 마나우스에는 어떻게 들어가느냐?'

또다시 손짓발짓 만국공통어 바디랭귀지가 힘을 발휘하고 겨우 통했다. 내 말귀를 알아들은 듯 그 친구가 중얼거리듯 대꾸했다.

'뽀체…'

'뽀체…?'

그가 고개를 끄덕였다.

'뽀체가 뭐냐?'

내가 다시 묻자 그가 대꾸하는 대신 사무실 한 쪽 벽을 가리켰다. 대형 사진이다. 꼬마 여객선.

나는 그 때야 깨달았다. 아하, 배를 타는 구나.

'뽀체…?' 보트의 포르투갈 말인가 보다.

그는 머리를 끄덕였다.

이렇게 꼬마 객선을 타고 아마존 정글을 거슬러 오르기 시작하는데.

이 놈의 배는 철선이다. 한낮의 아마존 태양열은 객선을 불덩이로 만든다. 더워서 미칠 지경. 밤에도 열대야는 계속된다. 모두가 해먹에 매달려 초죽음 상태로 허우적 허우적.

그건 그렇고… 오늘 여행은 아마존여행이 아닌데 이야기가 잘못 빠졌다.

버스를 타고, 배를 타고. 나는 하염없이 떠내려 가면서도 삼매에 빠진다. 화두는 '생각'이다.

생각이란 도대체 무엇인가?

'인생은 고해'라는 말이 있다. '왜 고해인가?' 그것은 고민 때문이다. 고민은 무엇인가? 그것은 생각이다. 인간은 왜 생각하는가? 생각이란 과연 무엇인가?

'나는 생각한다. 고로 나는 존재한다.'

데카르트(Descartes, René, 1596~1650)가 말했다.

데카르트가 한 이 말은 무엇을 뜻하는가? 나는 차를 타고, 배를 타고, 그리고 열차에서 끝없는 생각에 잠긴다. 상상은 공상을 낳고, 공상은 궤변을 낳고, 마침내 궤변은 철학을 낳는다.

중국열차를 타면 재미난 곳을 구경할 수 있다. 물론 끝없는 평야지대도 있지만 서부지역의 히말라야산맥 쪽으로 가면 열차가 하늘은 날아가듯 산맥을 타고 달리면서 사방이 활짝 열리는 지역을 통과한다. 완전 비행기를 탄 기분이다. 그런데 그 때 나의 눈 앞에 놀라운 광경이 펼쳐 졌다. 열차의 차창 밖으로 무한의 세계가 열리면서 나는 기막힌 광경을 바라본 것이다. 우주의 시나리오를 본 것이다.

선현(先賢)들은 말했다. '역사는 천도(天道)'라고.

선현(先賢)들은 말했다. '인명은 재천(人命在天)'이라고.

천지가 무너져도 '하늘의 뜻'이고, 임금이 죽어도 '하늘의 뜻'이었다.

기차가 하늘을 날아오르는 순간 나의 어둠이 광명으로 밝아진 것이다.

너무너무 기쁘고 즐거운 것.

　내가 늘 고민해 왔던 수수께끼의 문이 열린 것이다.
　'그래, 그렇다. 모든 것은 '천(天)' 때문이었다.'
　천(天)이란 과연 무엇인가?
　나는 그 날 이후로 인터넷을 뒤지고 도서관을 파고들기 시작하였다. 내가 찾은 비밀을 과학적으로 입증하기 위해서였다.
　'측정할 수 있는 것이 아니면 믿지 않는다.'는 말이 있다.
　과학적으로 입증되지 않으면 내가 아무리 떠들어도 그것은 궤변에 불과할 뿐이다. 궤변의 탈을 벗으려면 과학적인 근거가 필요하다. 그래서 도서관과 인터넷에 매달린 것이다. 물리학·천문학·생물학·심리학·철학, 그 중에서도 역사서적도 중요한 과목이다.
　나는 보았다. '역사를 보면 인간이 보인다' 그것은 나의 믿음이다.
　그렇다면 그 '천이란 과연 무엇인가?'
　이제 화두는 '생각'에서 '天'으로 바뀌었다.

　15분쯤 기다렸을까? 따뜻한 쌀밥에 쇠고기잡탕, 토마토, 오이, 파푸리카 등등 먹음직한 야채들이 들어왔다.
　―하하 이거, 진수성찬이 따로 없네..―
　200루불(우리 돈 3,400원 정도).
　"이봐요 아가씨, 아베트 이 우진… 까즈디 젠…알았지?"
　(обед и ужин…каждый день 점심과 저녁…날마다.)
　― 우와, 살았다. ― 식사문제가 해결 된 것이다.

갑자기 혼란스러워졌다. 시간이 엉망이 되어버린 것이다. 어차피 열차 운행시간은 모조리 모스크바시간으로 운행되고 있었다. 애당초 블라디보스톡에서 출발한 시간은 16시 52분. 그런데 이 시간이 블라디보스톡의 시간으로는 23시 52분. 그런데 이런 시간의 차이도 열차가 운행되는 동안 지역에 따라 시차는 변하게 되어있고,

블라디보스톡이나 모스크바시간에 고정시킬 수는 없다. 그래서 나는 그냥 모스크바시간에 따르기로 했다. 그런데 열차가 지나는 곳마다 시간대가 다른데 모스크바 시간에 고정 시켰다고 내 머리 속에 고정되어있는 시간관념에 맞을 리가 없다. 내 머리 속은 지금 한국의 겨울이다. 저녁 6시가 지나면 어두워져야 하고, 아침 7시에는 날이 밝아져 있어야 하는데, 한 밤중인 자정이 지나도 날이 밝아있고, 대낮이어야 할 13시에 겨우 날이 새는 형편이니 잠자는 시간이나 밥 먹는 시간이 모조리 엉망이 되어버렸다. 밥을 먹기는 먹었는데 점심인지 저녁인지. 잠을 자기는 자는데 밤중인지 아침인지 분간하기가 어렵다. 날이 새면, 아침이 분명한데 13시라니? 한낮을 지나 오후로 접어 드는데 아침이라니? 그러면 아침식사는 언제 하고, 점심식사는? 생활리듬이 무너져 버렸다.

평소의 내 일상은 꽉 짜여져 있다. 잠자는 시간, 밥 먹는 시간, 도서관 가는 시간. 산책하는 시간. 화장실 가는 시간까지 짜여져 있는 상태. 이러한 모든 상태가 무너진 것이다.

화장실 가는 시간을 지킬 수 없게 되면서 아랫배가 이상하다. 변비를 만나게 되면 큰일이다.

식사문제가 대충 해결되는 것 같았는데 이제는 오히려 먹는 것이 두려

워졌다. 먹어야 할지, 말아야 할지, 그렇다고 안 먹을 수는 없는 일. 이거원 도무지. 시간이 흩어져 버렸다. 나의 생활에 시간이 그토록 중요하였다는 말인가? 시간이 무너지면 질서가 무너지고, 생활에서 질서가 무너지면 어떤 일이 일어날까? 은근히 두려워지는 시간이다.

밖에는 여전히 설원(雪原).

눈으로 뒤덮인 벌판에 나무들이 콩나물처럼 빽빽하게 자라고 있다. 시베리아. 시베리아. 아… 정말 대단한 시베리아다.

나의 일상(日常)은 도서관이 일상이고, 집사람의 일상은 채전(菜田)이 일상이다.

내가 살고 있는 아파트에서 골목을 지나 도로만 건너면 산이다. 산비탈은 옛날부터 천수답(天水畓) 논이었다. 세월이 바뀌면서 천수답에 농사짓는 사람은 사라졌다. 땅이 그린벨트에 묶이고 천수답이 사라지자 산비탈천수답 논은 황폐화되기 시작하였다. 집사람과 이웃사람 몇몇이 땅 주인의 양해를 얻어 주말농장 형식으로 농사를 짓기 시작한 지도 여러 해가 되었다. 이제는 농사일도 제법 능숙해져서 농사꾼 행세를 하여도 어색하지않을 정도.

밭에서 나는 작물은 동네작물이다.

무, 상추와 배추를 비롯하여 밭에서 나는 작물치고 없는 채소가 없다. 깻잎을 따서 이웃에 나누어 주면 동네 사람들은 '공짜가 어딧노?'하면서 온갖 선물을 갖고 찾아온다.

재미가 쏠쏠하다. 농사철이 지나고 겨울철 농한기가 찾아오면 집사람의 주특기는 '고 스톱'이다. 백 원짜리 동전으로 시작해서 끝나면 되돌려 주는 노름판이라 사고는 없다. 간혹 판이 커지면 개평을 뜯어 점심이나 저녁식사로 마감하는 게임이다. 그렇게 사는 인생이다.

봄부터 가을까지 농사철에는 항시 바쁘고 날만 새면 농장으로 뛰어야 하기 때문에 식사는 항시 새벽에 한다. 그것이 일상이 되어 나의 조반시간은 언제나 새벽 5시 30분. 점심은 11시. 저녁은 오후 6시. 그것이 일상화 되어 버렸다. 새벽 5시 30분에 식사를 하려면 일찍 일어나야 한다. 새벽 4시가 기상시간이다. 나는 저녁에 잠자는 시간을 저녁 8시 30분으로 못을 박았다.

과거, 한참 일할 때에는 그렇지 않았다. 시도 때도 없이 술 마시고, 사람 만나고, 바람피울 적에는 먹고 자는 시간을 정할 수가 없었다. 때로는 일주일 열흘, 잠 못자고 밤을 새우는 날도 많았으니까.

그런 생활을 하던 어느 날.
— 아, 이렇게 사는 건 사는 게 아니다. —
나는 정리에 들어갔다. 사업이며 일상이며, 모든 것을 정리하고 배낭 하나를 챙긴 것이 그 시발이다. 집사람은 지금도 농사짓고, 틈나면 고스톱치고, 나는 틈 나면 배낭을 챙긴다.
나의 이념은 '멋진 인생'. 그것이 전부다.
그러나 고민은 따로 있다.
"어떻게 사는 것이 멋진 인생이냐?" 그것이 새로운 화두로 등장한 것이다.

나의 여행은 여행이 아니다. 그냥, 차 타고, 배 타고, 비행기 타고 할일 없이 돌아다니는 것이 나의 여행이다.

여행은 여행하는 사람에 따라 그 목적과 수행방법이 다르다. 물론 대부분의 사람들은 관광여행을 여행이라 말한다. 그러나 내가 하는 여행은 그런 관광여행은 아니다.

관광여행을 하려면 우선, 무엇을 볼 것인가? 목표가 정해지면 그 목표에 관해서 연구하고 공부를 해야 한다. 역사는 기본이고 그 목표물에 남겨진 철학과 사상, 그리고 그 배경까지를 알아야만 진정한 관광이지 남들이 '이야~'하면 나도 따라서 '이야~'하면서 돌아 다니고, 쇼핑이라는 이름으로 돈이나 뿌리고 다니는 것은 진정한 관광이 아니다.

사람에 따라서는 학문연구를 위해, 또는 건축이나 음악의 고전적 의미를 찾고 그 뿌리를 알기 위해 여행하는 경우도 있다. 그런 여행이 진짜 여행이라 할 수 있을 것이다.

"그럼 너는 뭐냐?"

그렇게 물으면 나는 할말이 없다.

창 밖을 바라 본다. 너무 멋있다. 온 천하가 눈으로 덮인 세상. 그리고 나무들…

나는 열차를 타면 행복해진다.

"사람이 사는데 필요한 조건에 정과 희망이라는 두 가지가 있다"하였다. 여기에 하나를 더 추가하여 자유라는 조건이 덧붙여지면 삶은 좀더 행복해질 수 있을 것 같다. 요즘세상은 만나는 것도 쉽게 만나고, 헤어지는 것도 쉽게 헤어진다. 황혼이혼이라는 신조어가 생긴지도 얼마되지 않은 것 같은데 이제는 예사가 된 느낌이다.

왜 헤어지는가? 정이 떨어졌으니 헤어지는 것이다. 나라가 정떨어지면 이민가고, 부부가 정떨어지면 이혼하고, 부모자식 정떨어지면 부모자식 간에도 소송하는 세상이 요즘세상이다. 재벌치고 부자간에, 형제간에 소송 없는 재벌, 몇이나 될까? 그게 다 정 때문이다. 물론 돈 때문이라 하겠지. 그러나 진정한 정이 있다면 돈이 원인이 될 수는 없을 것이다.

자유 또한 그렇다. 요즘 세상, 경노효친(敬老孝親)이니 붕우유신(朋友有信)이니, 이런 소리 하다가는 '멍청이'소리 듣기 십상이다. 자유랑 경노효친, 붕우유신이 무슨 상관이냐? 모르는 사람에게는 이런 소리가 이상하게 들릴 것이다.

그러나 자세히 들여다 보면 그렇지 않다. 경노효친이다. 붕우유신이다 하는 사상의 배경에는 '질서'가 숨어 있다. 지금, 세상이 이렇게 시끄럽고 골 아픈 이유는 질서가 무너졌기 때문이다. 그럼 도대체 질서란 무엇일까? 질서를 바꾸어 말하면 '예절'이다. 요즘 사람들은 돈에는 고개를 숙이면서 진정한 예절에는 고개를 돌린다. 아니다. 고개를 돌리는 것이 아니라 진정한 예절이 무엇인지를 모르고 있다.

질서는 우주의 근본이다. 우주는 철저한 질서로 움직인다. 진정한 자유는 철저한 질서에서 나오는 것이지 질서를 무시한 자유는 진정한 자유가 아니다. 그것을 우리는 '방종(放縱)'이라 말한다.

인간에게 필요한 자유는 따로 있다.

첫째는 질병으로부터의 자유. 건강해야 자유롭다.

다음은 빈곤으로부터의 자유. '목구멍이 포도청인데 무슨 놈의 자유타령인가?'라고 한다면?

이러한 자유의 근저(根底)에는 '질서'라는 기본이 있다. 그러면 그 기본이란 또 무엇인가? 그것은 자연(自然)이다. 모든 이치는 자연스러워야 한다는 이야기.

희망이란 그렇다. 희망은 목표다.

돛을 올리고 출항한 배가 '목표가 없다'면 어떻게 될까?

희망이란 살아 있는 생명이다. 한 자리에 가만히 앉아 목표가 이루어졌다고 희망이 끝난 것은 아니다. 희망은 새끼를 낳아 기른다. 새끼는 또 다른 희망을 낳아 기른다.

아들 낳기를 희망하고, 아들을 낳았다고 희망이 끝나는 것은 아니다. 좋은 학교, 좋은 직장, 좋은 배우자를 만나고… 끝없이 이어지는 것이 희망이다.

우선 열차를 타면 목표는 정해져 있다. 그것이 희망이다.

나의 첫번 째 목표는 모스크바다. 목표는 정해졌다.

세관통과가 걱정 되었다. 열차표 사는 것이 걱정되었다. 그러나 모든 일이 순조롭게 풀리고

마침내 열차의 내 침대를 찾아가 앉았을 때의 안도감 곁에는 '행복감'이라는 수식어가 매달려 있다. 모스크바에 도착할 때까지 나는 아무 걱정할 필요가 없다. 열차는 분명 나를 모스크바까지 실어다 줄 것이 틀림없다.

객차의 창가에 깨알처럼 적혀 있는 열차운행 시간표를 보면 시베리아 철도 전구간에 열차가 정차하는 역은 모두 140여 개. 이 140여 개 역에 세웠다 가고, 가다가 세우고. 7박 8일 동안 진행된다. 하루에 스무 번 정도는 세우는 셈이다. '잘도 달린다' 싶으면 스르르 세운다. 때로는 1,2분. 길게는 1시간이나 떠날 줄 모르고 뭉기적 거리고 주저 앉아 있을 때도 있다.

허둥지둥, 열차를 찾아가서 내 방에 들어 갔을 때는 4인 침대에 달랑 나 혼자였다.

― 왜 이렇게 사람이 없나? ―

그러나 그것은 나의 오산.

잠시 후, 정말 황당한 사태가 벌어진 것이다.

열차 출발시간은 23시 52분. 완전 오밤중이다.

나는 열차에 오르자마자 잠이 들었다. 잠이 들긴 들었지만 차가 움직이는 소리, 삐걱거리는 진동소리들은 듣고 있다. 열차가 몇 차례 섰다가 가고, 가다가 서고 하더니 이윽고 내 방에도 사람들 들어오는 소리가 들렸다. 그리고 잠시 후, 날벼락이 터진 것이다. 내 옆 침대에서.

"크르렁, 쿵쾅." 벼락치는 소리에 나는 기절초풍할 정도로 놀라 벌떡 일어났다.

옆 침대 사내의 코 고는 소리였다.

"크르렁 쿵쾅…"

나는 그냥 '꽉' 한대 쥐어박고 싶었지만 그럴 수도 없고, 그렇다고 참고 있으려니 미칠 지경.

피곤하여 잠을 자야겠는데 이런 벼락치는 소리에 잠 잘 수도 없다. 일어나 앉아 휴지를 찾아 귀를 틀어 막아도 허사.

— 미치고, 환장하고 팔딱팔딱 뛰겠네…—

승무원을 찾아갔다. 승무원은 여성이었다.

말이 통해야 항의를 하던지 불평을 하던지 할 텐데 이거 원 죽을 지경이다.

나는 그녀의 앞에 놓인 탁자 위에 손가락으로 숫자를 적는다. 21을 쓰고 나를 가리켰다. 그녀는 내가 21호 침대의 승객이라는 사실을 알고 있다. 그녀가 고개를 끄덕였다. 그리고 다음으로 나는 22를 썼다. 22호는 내 옆 침대다. 그녀가 모를 리 없다. 그리고는 숨을 들이 마시고는 있는 힘껏 코고는 시늉을 했다.

갑자기 내가 "크르릉.." 화통 터지는 소리를 하자 그녀의 눈이 왕방울로 변했다. 그리고 나는 두 손을 모아 붙이고 눈을 감고 잠자는 흉내를 낸 후, 손을 저었다. 코 고는 소리 때문에 잠을 잘 수 없다는 의사소통은 되었다. 그리고 내가 말했다.

"모이 메스또 아브미냐찌…"

(мой место обменять 내 자리 바꿔 줘)

나는 내가 말 해 놓고도 말이 되는지 안 되는지 조차도 모른다.

다행히 그녀는 내가 무슨 말을 하는지 이해를 한 모양이다. 그녀가 잠시 승객대장을 뒤적거리더니 말했다.

"그 작자, 내일이면 내릴 테니 염려말고 그냥 가서 자빠져 자…"

물론 내가 그녀의 말뜻을 정확하게 이해 할 수는 없다. 그녀가 말하는 모양새로 보아 그렇게 말하는 것으로 느꼈다. '자빠뜨라(завтра)' 어쩌고 하면서 손가락으로 아래를 가리키며 말하는 모습이 그런 뜻인 것 같았다. 자빠뜨라는 러시아어로 '내일'을 뜻한다. 손가락으로 아래를 가리키는 모습은 '내린다'는 뜻일 것이다. 두말 못하고 돌아섰다.

코끼리 아저씨도 떠나고, 다시 등장한 군인 아저씨도 떠났다. 군인 아저씨의 견장에는 별이 한 개 달려 있었지만 나는 그의 계급을 알 수 없다. 그는 다소 어설픈 영어지만 영어가 조금 되었다. 간단한 몇 마디는 대화가 되었지만 그의 영어나 나의 영어가 쪼그라진 콩글리쉬 수준. 동문서답에 남의 다리 긁는 식으로 몇 마디씩 지껄이다가 그도 역시 떠났다. 그리고 나타난 스타. 뺑덕이.

나도 사실은 뺑덕이가 어떻게 생겼는지 알지 못한다. 다만 뺑덕어미가 심봉사와 그렇고 그런 사이라는 정도만 알고 있을 뿐이다. 물론 뺑덕어미가 있었다면 당연히 뺑덕이도 있었을 터,

아마도 뺑덕이가 있었다면 저런 모습이 아니었을까 하는 생각이 들어 내가 그녀에게 붙여 준 이름이다. 조금은 수다스럽고, 사기성도 조금 있어 보이는 그런 구미호. 그녀의 인상이 그런 인상이다. 내가 한 마디 하면, 그녀는 열 마디 한다.

바이칼이 가까이 다가오고 있는 것 같은데 언제, 어떻게 만날지가 궁금하다. 내가 아는 러시아어를 총 동원하여 질문을 쏟았지만 영 통화가 불통이다. 그녀의 총알같은 러시아어는 도무지 감을 잡을 수가 없다.

"어떻게 러시아어를 한 마디도 못하면서 러시아 여행을 한다는 거냐?"

나를 비웃는 것처럼 들렸다. 그래서 나도 맞장구를 쏘아 붙였다.

"캔유 스피크 잉글리쉬?"

(Can yoy Speak English? 너 영어 할 수 있니?)

그렇게 영어로 큰 소리로 말했더니 아유, 이 뺑덕아주마 그냥, 손을 설래 설래 흔들면서 기가 폭, 고꾸라져 버렸다. 꼬리 내린 그녀를 살살 달래고 얼리고 하여 얻어 낸 정보.

"오늘 오후 16시, 열차가 바이칼을 지난다."

그게 전부였다. 그러나 사실, 그 정도면 내가 필요한 정보의 핵심은 얻어 낸 셈. 그리고 그녀도 떠나 갔다. 지금은 네 사람 침대의 4인방에 나 혼자다. 과연 오늘 저녁, 바이칼을 만날 것인가? 조금은 설레는 기분이다.

주방의 아가씨가 손수레를 밀고 나타났다.

"어? 이것 봐라…"

손수레에는 과자랑, 빵, 음료수 따위가 실려 있고, 그 중에 한글이 쓰여진 물건이 보였다. '도시락'

— 도시락이라? 이것 혹시 라면이 아닐까? —

두 개가 실려 있었다.

"스꼴꼬 스토이트?" (сколько стоит? 값은 얼마입니까?)

"아진…셈지샷…(один... семьдесят. 한 개 70루불 1,200원 정도.)

역시 라면이었다. 평소에도 라면은 자주 먹는 편이지만 요렇게 생긴 포장은 처음이다. 컵라면을 도시락모양으로 만든 것이다. 한글은 조그맣게

써 놓았지만 커다란 글씨의 러시아어로 'Дощирак(도시락)'이라 적혀 있었다.

식당차의 손수레에 라면이 실려 다닌다면 틀림없이 계속해서 나타날 것이다.
식사문제 완전해결. 아침식사는 도시락라면과 빵으로 때우고
점심과 저녁은 식당에서 배달해 준다.
"리스 이 마셔. (рис и мясо. 밥과 고기)
한 끼에 200루불. 1루불이 17원이니 200루불이면 3,400원. 그다지 부담스럽지 않은 것 같아 시켰다. 하루의 식대(食代)가 1만원 미만.

아직도 4인방은 나 혼자. 역을 몇이나 지났지만 승객은 없었다.
창 밖은 여전히 설원(雪原). 나는 반 가부좌로 앉아 홀로 생각에 잠긴다.

아주 오래 전 옛날 이야기다.
그 무렵 나는 조그만 사업을 하고 있었다. 거래 관계로 자주 거래처를 방문하곤 했었다.
어느 날. 거래처에 들렀을 때, 몇 사람이 옹기종기 모여앉아 이상한 그림책을 펼쳐 놓고 누군가가 열심히 설명을 하고 있었다. 이윽고 설명이 끝나자 내가 물었다.
'그게 대체 뭐 하는 거요?'
그러자 그 그림책의 주인이 대뜸 내게 물었다.

'생일 생시를 말해 주겠소?'

그러자 함께 있던 상점주인이 나서고, 내가 생일생시를 말했다. 당사주를 본다 했다.

난 사주나 관상, 점 따위에는 별 관심없이 살았다. 물론 생일생시를 말하긴 했지만 그건 어디까지나 장난으로 생각했었다.

한동안 그림책을 뒤적이며 침묵하고있던 그가 내게 말했다.

'실례지만 지금 하는 일이 뭐요?'

나는 그 때 종업원 2,30명 정도의 작은 섬유공장을 하고 있었다. 내가 대충 얘기를 하자 그가 고개를 잠시 갸우뚱거리더니 말했다.

'이상하네, 당신은 그런 일 할 사람이 아닌데…'

'아니, 뭐가 잘못됐어요?'

'… 그런 뜻이 아니라… 이걸 보시오. 이 그림을 요.'

그는 그렇게 말하며 그림책을 내게 보여 주었다. 그림에는 갓을 쓴 사내가 말을 타고 있는 그림이었다.

'당신은 글을 쓰는 선비팔자로 태어난 사람인데…, 말을 타고 팔도를 돌아다닐 팔자란 말씨.'

— 웃기는 소리. — 그리고 세월은 무심코 흘렀다.

2,30년도 넘은 지금에 와서 그 때의 생각을 하면 정말 이상한 생각이 든다.

—과연 인간에게 운명이란 것이 있을까?—

나는 벌써 20년 가까이 여행을 하면서 살았다. 물론 계속해서 여행만 하였던 것은 아니다.

틈틈이 일도 하고 글도 쓰고, 그리고 여행을 다녔다.

이집트로, 동남아로, 유럽에서 아마존의 정글지대까지, 발길 닫는 데로 돌아다녔다.

그 때 그 그림책 사주쟁이의 말이 무슨 예언같은 생각이 든다.

예언이란 미래의 일을 미리 예상한다는 뜻이다. 미래를 미리 안다는 것은 미래가 이미 결정되어있다는 말이다. 그래서 내 나름으로 삽과 곡괭이를 들고 사고(思考)의 벽을 파고 들었다. 마침내 그 문이 열렸다. 히말라야 산록을 날아가는 열차의 창 밖을 본 순간 나는 하늘을 본 것이다.

'하늘…' 그것이 비밀을 여는 열쇠였다.

과연 미래는 결정되어 있는가?

문제는 인간에게 있다. 인간은 늘 자신들이 잘났다고 떠들지만 사실은 모두가 바보들이다.

그들은 착각에 빠져 있는 것이다. 모든 생명체는 그 형태만 다를 뿐 본질은 하나다. 모든 생명체의 원 재료는 단백질로 되어있다. 다른 것은 유전자에 의한 형(形)과 질(質)만 다르다. 같은 재료라도 설계도가 어떻게 그려졌느냐에 따라 배(船)도 되고, 비행기도 되고, 자동차도 되듯이 모든 생명체는 그 유전자만 다를 뿐 본질은 같다. 인간의 착각은 여기서 끝나지 않는다. 인간들이 알고 있는 시간이라는 것도 사실은 인간이 생각하는 것과는 다르다. 원 우주에서는 시간이란 없었다. 시간이란 운동의 과정을 나누어 설정한 인간들의 장난일 뿐 원 우주에서 시간이란 의미가 없다.

세월이 가면 인간은 늙는다고 생각한다. 그러나 그것도 착각이다. 시간이 인간을 늙게 만드는 것이 아니다. 인간세포의 수명은 유전자에 프로그램되어 있다. 대사운동이 몇 회전에 마감되어야 하는지는 생명체마다 그 프로그램이 다르다. 소 30년. 말 20년, 돼지 10~20년, 개 20년, 고양이 10년, 쥐 2~3년 등등. 물론 식물들도 마찬가지다, 한 해 살이 잡초가 있는가 하면 천년을 사는 소나무도 있다. 이러한 모든 생명체의 수명은 유전자에 프로그램되어 있다. 이러한 프로그램을 무시하고 인간수명을 늘이겠다고 의학발전이니 문명의 기적이니 호들갑을 떨지만 그것은 재앙의 씨앗일 뿐 전혀 자연에 도움이 되지 않는다.

지구를 망치는 원흉은 바로 인간들이 아니냐?

'존재지만물 개필귀본질(存在之萬物 皆必歸本質)'

죽음은 없다. 존재하는 모든 것은 그 본질로 돌아간다.

우주는 홀로그램이다. 홀로그램이란 현재와 과거, 미래가 동시에 존재한다. 그것이 홀로그램이다.

나는 열차가 지나는 역마다 체크를 하였다.

내가 만든 나의 여행가이드북에는 시베리아 횡단열차가 지나가는 역 이름과 거리, 주행시간 등 열차의 운행정보가 들어있다. 역 이름을 모를 적에는 곁에 있는 승객에게 묻거나 승무원을 찾아 가서 묻는다. 승무원실은 4인방 객실의 절반도 안 되는 작은 공간이다.

내가 승무원실을 찾아 갔을 때 그 좁은 공간에서 신기한 광경을 보았다. 내 눈높이의 작은 공간에 사탕이나, 초콜릿, 비스킷 등 과자 나부랭이를 진열해 놓은 모습이 비록 작은 공간이긴 하였지만 매점의 판매대를 연상

시키는 모습이었다. 내가 물었다.

"쁘라다바치?" (продавать, 팔다)

그녀가 고개를 끄덕였다. 진열된 물건들 사이에서 나는 신기한 물건을 보았다. 주방 아가씨가 손수레에 싣고 왔던 도시락라면을 닮은 포장된 작은 상자를 발견한 것이다. 러시아제 도시락라면이었다. 나는 그런 줄도 모르고 식사문제로 걱정하였던 것이다.

그 뿐 아니다. 나중에 안 사실이지만 이르쿠츠쿠 역에 닿았을 때다. 열차 승강대 앞 매점이 한 밤중인데도 문을 열어 놓고 열차 오기를 기다리고 있었다. 사람들이 내려서 이것저것 물건들을 사고 있었다.

추위와 눈보라로 행상들은 보이지 않았지만 매점은 열려 있었다.

뻥덕이가 적어준 시간은 모스크바시간으로 16:00. 시간을 적어 주면서 그녀가 떠드는 소리로 보아 무슨 문제가 있는 것 같았다. 나는 잠시 의아한 생각을 하다가 그냥 지나쳐 버렸다. 어차피 알아 듣지 못할 방송, 내가 고민할 문제는 아니다. 그런데 그게 예사문제가 아니었다. 나는 분명, 바이칼 호수를 보려면 열차가 몇 시쯤 바이칼을 통과하느냐? 창문은 어느 쪽이냐? 손짓 발짓, 뻥덕이의 비위를 맞춰 가며 의사소통은 되었는데 그녀의 그 신통 찮은 반응을 눈치채지 못하고 있던 나는 아뿔사, 그제서야 그녀의 그 말뜻을 눈치챈 것이다. 그러나 그녀는 이미 떠났다. 모스크바 시간 16:00는 이미 오밤중이었던 것이다. 그녀가 한 말 중에 '노치…' '노치 …'가 밤(ночь)이었던 것이다. 밤이니까 볼 수가 없다는 뜻이었던 모양이다.

바이칼호수(Lake Baikal)는 열차 진행 방향으로 오른 쪽에서 볼 수 있다 했다. 오른 쪽이면 복도의 창문 쪽이다. 서서 바라보기 좋은 쪽이다. 그런데 그게 아니다. 나는 이미 초저녁부터 바이칼 구경할 기대에 차 있었다.

창 밖을 자주 바라 본다. 그런데. 땅거미가 차츰 내려 오면서 세상이 사라지고 있었다. 세상이 사라지다니? 복도의 전등은 대낮같이 밝다. 밖이 밝고 안이 어두우면 밖은 잘 보인다. 그러나 밖이 어둡고, 안이 밝으니 밖은 보이지 않게 된 것이다. 시간이 지날 수록 창 밖은 먹물처럼 깜깜해졌다. 바이칼이 사라져 버린 것이다. 그러나 사실은 그런 것 만은 아니었다. 아무리 밖이 밝고, 안이 어둡다 하여도 바이칼은 볼 수가 없게 되어 있었던 것이다. 이미 바이칼은 사라지고 없었던 것이다. 지금까지 며칠 되지는 않았지만 줄기차게 달려온 시베리아다. 시베리아가 온통 눈으로 덮여 산도, 강도, 숲도, 호수도 모두가 눈에 파묻혀 사라지고 없는데 바이칼이라고 쌩뚱맞게 혼자 푸른 파도 출렁이며 나를 기다릴 리가 없지 않은가? 착각은 자유다. 지금까지 나는 바이칼을 착각하고 있었던 것이다. 보아도 볼 수 없게 된 산하에서 바이칼을 상상하고 있었던 내가 어리석었다.

내가 블라디보스토크에 들어 왔을 때 한국학생 두 명을 만났다. 그들은 이르쿠츠크에 간다 하였다. 이르쿠츠크라면 바이칼 관광의 관문이다. 이런 어름과 눈의 계절에 바이칼에서 무엇을 보겠다고 이르쿠츠크를 찾은 것일까? 그들이 걱정된다.

그렇다면 한국인들은 왜 바이칼을 찾는 것일까? 바이칼에 무엇이 있다고.

바이칼에는 사실, 관광객들의 눈길을 끌만한 흔적은 어디에도 없다. 물론 나의 무식이 원죄인지는 모르지만 내가 아는 바이칼의 상식으로는 별볼일 없다. 이집트의 피라미드나 캄보디아의 앙코르 와트 같은 대단한 유적이 있는 것도 아니고 페루의 마추픽추나 인도의 타지마할 같은 멋진 물건이 기다리는 것도 아닌데 왜들 가는가?

　향수 때문이다. 향수? 고향의 그리움같은 것 말이다. 바이칼은 한민족의 원산지로 알려져 있다. 고조선 단군 할아버지의 고향이 바이칼이라는 것이다. 하지만 그것은 고고학이나 상고사를 연구하는 학자들 말이지 바이칼에 무슨 단군 할아버지께서 태우시던 몽당 담뱃대 뿌리라도 한 개 얻은 적 있나? 눈 닦고 봐도 그런 흔적은 찾을 길 없는 곳에 전설같은 소문을 듣고 바이칼을 찾는다는 것은 나같은 백수건달의 눈에는 사치스런 낭비로 보일 뿐이다. 그래서 나는 이르쿠츠크는 무조건 통과.

　호수를 보려면 라틴아메리카로 가야한다. 라틴아메리카는 왜? 라틴아메리카에는 뭐가 있는데? 있지. 아르헨티나와 칠레의 남쪽으로 내려가면 수많은 호수들이 즐비하고 멋진 산들이 정상에 왕관처럼 하이얀 눈을 쓰고 있는 모습은 정말 아름답다. 그런데 그 보다 더욱 신비롭고 아름다운 호수가 또 있다. 물 없는 호수. 볼리비아에 가면 두 개의 대형 호수가 있다. 하나는 물있는 호수가, 다른 하나는 물 없는 호수다.

　물 있는 호수의 이름은 티티카카(Lake Titicaca).

　그리고 물 없는 호수의 이름은 우유니(Salar de Uyuni). 우유니호수는 물은 없고 호수 가득 소금덩어리로 채워져 있다. 우유니에서는 소금덩이를 어름 자르듯이 잘라, 벽돌처럼 쌓아 집을 짓는 곳이 우유니다. 세상에서 가장 큰 거울이라 불리기도 하지. 호수를 보러 가려면 그런 특별한 장관을 보러 가야지 바이칼? 글쎄…

이르쿠츠크를 지났다. 이제 시베리아 횡단철도의 절반 가까이로 다가가고 있다.

여기는 지마(Зима).

전광판 온도계가 -18℃를 가리키고 있다.

새로운 승객 세 사람이 한꺼번에 올라왔다. 무슨 짐들이 그리 많은지 들어 올리기도 힘겨운 짐들을 끌고 들어왔다. 침대의 매트를 치우면 매트아래 빈 공간이 있다. 양쪽 침대의 매트를 들어 올리고 억지로 밀어 넣었다.

타이쉐트(Тайшет)착. 08:00. -20℃. 08:05 발차.

여행을 시작하기 전 몇 차례 시베리아 횡단열차 탑승기를 읽은 적이 있다. 그들의 여행기에서 가장 불편했던 문제들 중의 하나가 세수문제였다. 화장실 세면대의 수도꼭지가 요상하게 생겼다.

수도꼭지의 물 나오는 구멍 곁에 밸브장치가 되어있고, 이 밸브를 눌러야 물이 나오게 되어 있는 것이다. 한 손으로 이 밸브를 누르고 한 손으로 세수를 하려니 불편하다.

나도 이 대목을 읽고 조금 신경이 쓰였다. 세수도 세수려니와 하루만 면도를 안 하면 지저분한 몰골이 되어 버릴 텐데 세수를 못하면 어쩌나? 그런데 막상 부딪치고 보니 요령이 생겼다. 불편은 하지만 세수 못할 정도는 아니다. 물 아끼려는 사람들의 고심도 생각해야지.

인간은 모든 동물들 중에 가장 적응력이 강한 동물이다. 그 추운 빙하기에도 살아남은 동물이 인간이다. 세수하기 조금 불편하다고 그렇게 사치스런 불평 할 필요는 없다. 행복은 만족할 줄 아는 사람만 행복할 수있다.

유르가(Юрга). -24℃.
"우와아~ 난 이제 죽었다."
여행을 출발할 때는 입춘이 지났고, 곧 다가올 봄 기운에 봄나물 먹을 얘기를 나누다가 왔는데 영하 24도라니? 기절할 일이 터진 것이다. 낯선 땅 모스크바에서 얼어죽은 귀신이 될 지도 모른다.
열차는 유르가 역에서 1분 정도 정차 후 바로 떠났다. 유르가 역 전광판 온도계가 나를 기죽인 것이다. 눈 덮인 바이칼을 찾아간 학생들을 걱정했는데 막상 나의 모스크바 여행에 나를 삼키겠다고 동장군이 기다리고 있는 것이다.

노보시비르스크(Новосиби рск)를 지나면서 또다시 혼자가 되었다. 타고, 또 내리고, 그리고 그들은 떠나갔다. 창 밖은 여전히 끝없는 설원. 영화 '닥터 지바고'가 생각난다.
그 끝없는 눈 속에 파묻혀 사는 러시아인들의 생활이 실감날 정도다. 가도가도 끝이 없는 시베리아. 그 시베리아를 가로질러 달리는 횡단열차. 아름다움의 극치라기 보다는 낭만의 극치다. 7박 8일, 눈 속에서 눈 속으로 달리는 설상 열차야 말로 내 인생 전부를 통하여 단한 번의 기회라는 사실이 정말 아쉽다. 참으로 멋진 환상이다.

열차가 신나게 달리고 있다. 눈 속에 파묻힌 시베리아를 전속력으로 달리는 열차. 상상만 하여도 신나지 않은가? 정말 너무도 멋져. 추위와 눈에 파묻힌 모스크바를 보지 못한다 하여도 좋다. 이렇게 멋진 설원을 달리는 열차를 타고 여행하는 쾌감은 지구의 어느 곳에서도 맛볼 수 없다. 참으로 장관이다. 날짜 선택을 정말 잘한 것 같다.

은백색 설원을 오래 바라보고 있으려니 눈이 시리다. 색안경을 넣고 오려다 조금이라도 짐을 줄이려다 보니 이것 저것, 빠진 것이 더러 있다. '배낭이 클 수록 여행은 초보'라는 말이 있다. 사실 나의 배낭은 배낭이라 부르기 부끄러울 정도로 작다. 그렇다 보니 이것저것 부족한 것들이 많다. 다행히 슬리퍼와 컵은 준비해 온 터라 요긴하게 쓰고있다.
카르가트(Каргат). -14℃.

비행기를 타고, 하늘에서 내려다 본다면 얼마나 아름다울까? 바다처럼 끝없이 넓은 하이얀 백색의 설원위로 시베리아 횡단열차가 일직선으로 설원을 달리는 광경은 얼마나 아름다울까? 내가 지금 그 열차를 타고 환상의 여행을 하고 있다니 정말 꿈같은 이야기가 아닌가? 아, 정말 아름다운 환상이다.

질풍처럼 달리는 열차의 바람에 눈꽃이 날려 안개처럼 뿌옇게 사라진다. 모스크바가 가까워질 수록 설원은 더욱 아름답다. 바다처럼 넓은 설원에 점점이 떠있는 섬처럼 옹기종기 나무들이 모여 떨고 있다. 환상, 환상. 정말 환상처럼 아름다운 그림이다.

타타르스카야(Татарскя) -11℃.

여기는 옴스크(Омск). 나는 복도에 서서 창 밖을 내다보고 있다. 열차가 정차하자 승객들이 내린다. 잠시 후, 승객이 올라왔다. 단 한 사람. 학생 스타일의 20대 청년. 미남이다. 그가 내 방으로 들어갔다. 옴스크 역의 전광판은 지금 -10℃. 어딘가 좀 이상하다. 분명 몇 시간 전, 지마(Зима)의 -18℃. 그리고 타이쉐트(Тайщет)의 -20℃를 보았는데 여기 옴스크가 고작 영하 10도라니…? 나는 내 방으로 들어갔다. 빈 방에 나 혼자 있는 것 보다 나은 것 같다.

나는 러시아청년에게 살짝 눈인사를 건넨다. 그리고 말했다.

"이즈비니츠…" (Извините, 미안해요)

나는 메모지를 꺼내 다음과 같이 적었다.

"-18℃"

그리고 내가 말했다. '지마'라고.

그러자 그가 고개를 끄덕였다. 그리고 또 적었다.

"-20℃"

그리고 또 말했다. '타이쉐트'라고. 그가 다시 고개를 끄덕였다. 또 적었다.

"-10℃."

그리고 또 말했다. 옴스크 라고. 그가 다시 고개를 끄덕였다. 열차가 정차해 있는 이 역은 옴스크 역이다.

나는 다시 그에게 물었다.

"시차스 모스크바 템프라투라 까꺼여?"

(сейчас Москва Температуры как, 지금 모스크바 기온은 어떻게 되나?)

그는 휴대전화를 꺼내어 뚜껑을 열고 자판을 두드리더니 나에게 보여주었다.

"5℃."

"우와~ 영상 5도라고…? 살았다."

나는 나도 모르게 소리를 질렀다. 얼어붙은 영하의 날씨, 산더미처럼 쌓인 눈, 추위와 눈보라 걱정으로 여행이 망하게 생겼다고 걱정하고 있었는데 기온이 영상이라니 살판 난 기분이다.

"상트페테르부르크는 어떠냐?"

그는 다시 전화기를 열어 보고 곧 말했다.

"모스크바나 비슷하군요."

환상의 시베리아가 끝나 갈 무렵 낭보가 아닐 수 없다.

20:02분. 튜미니(Тюмииь)착. 20분 정차.

22:22분 발. -9℃.

여행에 필요한 다양한 요소들 중에 가장 중요한 요소라면 뭐니 뭐니 해도 건강일 것이다. 여행 뿐만 아니라 우리의 일상에서 건강을 잃는다면 인생의 절반을 상실한다 해도 과언이 아닐 것이다. 여행에도 역시 건강은 필수다. 나는 오래 여행을 하면서 건강 때문에 어려움을 겪은 적이 몇 차

례 있었다. 그래서 더욱 건강에 신경을 쓰는 편이다. 건강을 지키는 기본
조건은 식사다. 먹는 문제를 소홀히 하면 체력이 떨어지고, 체력이 떨어
지면 면역력이 떨어지고 질병을 부른다. 나는 특히 감기에 약한 체질이라
감기문제로 늘 고심하는 편이다.

열차 내에서 식사라면 보편적으로 라면이 손쉽다. 특히 러시아와 중국
의 열차에는 항시 뜨거운 물을 공급해 주므로 매우 유용하다. 시베리아
횡단열차를 타면서 식사문제는 별로 걱정하지 않았는데 추위와 눈보라
때문에 이동매점들이 사라지자 갑자기 식사문제가 걱정으로 대두되었다.
다행히 식당차 손수레가 라면을 공급해 주었고, 더구나 승무원도 라면을
공급해 주었다. 그런데 사실 라면만 먹고는 영양섭취가 제대로 될 리가
없다. 나는 그래서 아침식사는 라면과 빵으로 때우고, 점심과 저녁은 식
당차의 배달을 이용했다.

모스크바시간에 맞추면서 일상에 변화가 생겼다. 6시간이 늦어졌으니
먹는 시간, 자는 시간이 모조리 6시간 뒤로 후퇴.
저녁식후, 졸음이 와서 잠깐 잠이 들었다. 시간조정을 잘못한 건가? 눈
을 뜨자 새벽 2시가 지나 있었다. 예카테린부르크에 도착할 시간이 다가
왔다. 일어났다. 화장실을 찾아 갔으나 잠겼다. 열차가 역에 가까이 다가
가면 승무원은 화장실문을 잠근다. 열차가 정차해 있을 때는 화장실사용
금지.

2. 마지막황제.

02시 27분. 마침내 열차가 예카테린부르크(Екатеринбург)에 도착했다. 예카테린부르크.

예카테린부르크는 20세기 초엽(1917년) 러시아에 불어 닥친 혁명의 소용돌이에 로마노프왕조가 무너지고 마지막황제 니콜라이 2세 일가족이 학살되는 비극의 현장이다.

예카테린부르크에서 그 때 무슨 일이 있었던가?

1905년 1월 9일 '피의 일요일'이 있은 후, 러시아 재야의 혁명세력은 두 파로 나뉘어져 있었다. 이들의 차이는 러시아 혁명정세 평가에서부터 의견이 달랐다. 그들은 서로 다른 이론투쟁을 전개하고 있었고 황제 니콜라이 2세는 여전히 민주의회 구성을 거부하였으며 곳곳에서는 폭동을 일으켜 1905년 10월에 전국적인 규모의 파업으로 러시아 경제는 파탄으로 빠지게 되었다.

볼셰비키는 런던에서, 멘셰비키는 제네바에서 각각 달리 대회를 개최했다. 러시아에는 '피의 일요일'을 기점으로 혁명의 횃불이 타오르기 시작한 것이다.

1914년 보스니아의 사라예보에서 쏘아 올린 신호탄으로 제 1차 세계대전이 발발하자 러시아가 참여하게 되고, 죽고, 상하고, 포로로 잡힌 젊은이가 200만에 육박하였다. 전쟁이 장기전으로 빠져 들면서 경제는 엉망이되었고, 철도는 수송량을 감당 못했고, 연료 부족으로 빈사상태가 되었다. 농촌에서는 청년들이 전장으로 빠져 나가자 농사도 파탄지경이 되고 작물을 수확할 수가 없게 되었다. 당연히 물가는 오르고 유통은 혼란에 빠졌다. 로마노프왕조가 소멸의 조짐을 보이기 시작한 것이다.

사회가 혼란에 빠지면서 노동자들의 파업은 줄을 섰다. 1916년 한 해동안에 일어난 파업 건수가 100만 건을 상회하였다니 혁명은 이미 시작된 것이다.

'없는 것 보다 못한 황제를 없애 버리자'는 소리가 터져 나오기 시작했다. 돌연변이 된 역사는 없다. 역사 뿐 아니다. 모든 일은 다 원인이 있고 과정이 있다. 그리고 결말이 나오게 되어있는 법이다.

역사라는 드라마의 시나리오는 시시한 삼류작가들의 상상력을 초월한다. '러시아혁명'이라는 드라마에 조미료가 아니 들어갈 수야 없지. 조미료의 이름은 '라스푸친'. 그는 괴물이었다.

러시아의 황제 니콜라이 2세의 황후 알렉산드라는 독일 헤센 태생이었다. 황후에게는 '안나 브이르보바'라는 친구가 있었다. 어느 날 황후의 친구 안나가 이상한 인물을 황궁으로 끌고 들어와 황후에게 소개 시켰다. 건장한 체격에 털보.

그자가 라스푸친(Распу тин, 1869~ 1916)이다.

안나의 말에 의하면 한마디로 라스푸친은 만물박사. 기도와 예언에서부터 환자를 다스리는 의술(醫術)에 이르기 까지 그야말로 무불통지(無不通知). 모르는 것이 없는 척척박사.

라스푸친은 서부시베리아의 토볼스크지방 출신이라는 소문만 있을 뿐 정확한 출신배경은 알려진 바가 없다. 그는 청년시절에 말 도둑으로, 호색한으로 이름을 날렸다고 전한다. 전국을 떠돌면서 돌팔이 수도사 행세를 하고, 예루살렘에 성지순례를 다녀온 후부터 성자 행세를 하고 다녔다. 주문을 외면서 예언을 하고 최면술을 부리기도 하였다. 이런 괴물이 궁으로 굴러 들어온 것이다.

인사를 하고 이야기를 나누는 사이 어느 틈에 황후는 괴물에게 빠져 들었다. 완전 최면에 걸린 것이다. 역사의 시나리오는 기가 막히게 프로그램 되어있었다.

이 무렵, 황태자 알렉세이가 시랑꼬랑 앓고 있었다. 백약이 무효, 이름난 의사들을 불러들여도 별무효과. 이 병은 비밀이다. 병의 원인을 아는 사람은 없었지만 그러나 아는 사람은 아는 병이다. 이름하여 혈우병.

황후의 조모인 빅토리아 여왕이 혈우병이 있었던 것이다. 유전이었다.

작은 상처에도 피가 멎지 않는 병이다.

그런데 이 괴물 도사가 기도를 하고 나면 신기하게도 병이 낫는 것 같이 보였다. 이러니 황후가 이 괴물에게 빠질 수 밖에.

그런데 자칭 수도사인 이자의 주특기는 따로 있다. 바람난 여자들 바람 빼는 재주다. 그는 연약한 여자들의 마음을 휘어잡기 위하여 경건한 척했고, 교회나 수도원을 들락거렸으며, 자신을 믿고 따르는 여자들을 위로해 주어 자신을 의지하게 한 다음 '꿀꺽'해 버린다.

그리고 입술, 쓰윽 닦고 '바이바이'다.

이러한 괴물에게 황후가 홀라당 빠졌으니 혁명의 드라마에 기막힌 조미료가 틀림없다.

괴물 라스푸친이 어느 날, 황후에게 이런 말을 했다.

'전쟁을 통해 러시아의 황실에 몰락의 바람이 몰아 칠 것이며 당신은 마지막 한 사람까지도 모두 잃을 것이다.'

이 얼마나 무서운 말인가? 그러나 이 예언은 정확히 맞아 떨어졌다. 혁명후의 이야기지만 말이다.

1915년 경부터 라스푸친의 궁중지배가 확실하게 자리를 잡았다. 그의 엽색 행각과 귀족사회를 어지럽히는 문란한 생활에도 불구하고 그는 황후와 황제의 멱살을 잡는데 성공을 한 것이다.

그의 말 한마디에 고관들의 목이 붙었다 떨어졌다 하는 판이다. 사정이 이렇다 보니 고관대작들이 그의 앞에서는 맥을 못 추고 쩔쩔매는 지경에 이른 것이다.

'아, 이 러시아가 저 싸가지 없는 '돌팔이 중놈' 때문에 망하게 생겼다'는
소리가 터져 나오기 시작했다.

이 무렵은 제 1차 세계대전 기간으로 독일과의 전쟁이 진행 중이었다.
사실 니콜라이는 황제는 커녕 시골 면사무소 서기정도의 자격도 없는 형
편이었다. 그냥 시골에서 농사나 짓는 정도의 보통사람이라고나 할까? 황
제는커녕 전장에 소대장도 하지 못할 정도인데 무슨 꿍꿍인지 황궁은 비
워 두고 전장 순행을 나갔다. 황제가 전쟁구경을 나가 버리자 정치는 황
후의 차지. 물론 황후는 라스푸친이 시키는 데로만 하면 된다.

황제가 없는 틈에 장관들 모가지가 몇이나 날아가고 그 자리는 엉뚱한
인사가 깔고 앉았다. 정치가 이 모양이 되자 거리마다 황후와 라스푸친을
조롱하는 이상한 벽보가 나붙기 시작했다. 심지어 황후와 라스푸친이 밤
마다 같은 침대를 사용한다는 이야기가 심심찮게 나돌았다.

나라 꼴이 이지경이 되자, 보다 못한 왕족들이 일어났다.
1916년 12월 29일. 그는 귀족들의 하수인에 의해 피살되어 네바강의 얼
음구멍 속에 버려졌다.

조미료가 사라졌다고 갑자기 나라꼴이 바로서는 것은 아니다.
1917년에 접어 들면서 러시아의 국내사정은 더 나빠졌다. 제대로 먹지
도 못하고 장비도 부족한 러시아 군대는 전장에서 계속 패하였고 많은 사

람들이 죽어갔다. 노동자들 역시 생계가 어렵긴 마찬가지. 사태는 여기저기 파업, 파업, 파업으로 이어졌다.

"빵을 달라."
"배고파 못살겠다."
"전쟁을 중단하라."
마침내
"황제를 몰아내자."는 소리까지 터져 나왔다.
그리고 마침내 터졌다.

1917년 2월 26일.
노동자들과 군인들이 대치하고, 그리고 발포하고, 노동자들이 무기고를 습격하고, 무장하고… 파출소와 법원청사 등 정부기관을 점거하고. 그리고 황궁으로 달려가 황제의 기를 내리고 붉은 기를 세웠다. 황궁을 점거한 군중들의 일부는 라스푸친의 무덤을 파헤치고 다시 한 번 부관참시(剖棺斬屍) 하였다.
같은 해 3월 2일.
황제는 그의 아우 미하일에게 양위하고 황제의 자리에서 물러났다.
그러나 미하일이 제위에 오르지도 않고 퇴위해 버리자 로마노프 왕조는 304년만에 그 문을 닫았다.

1917년 10월 레닌이 정권을 잡은 후 황제일가는 체포되어 시베리아의 토보리스크로 끌려갔다가 다시 우랄 산중의 예카테린부르크에서 처형되고 그 유해들은 인근의 폐광에 버려졌다.

'역사'라는 이름의 시나리오는 영락없이 프로그램 된 그대로 진행되어 갔다.

다시 또 나 혼자다. 몇 사람이 타고, 또 내리고. 그렇게 모두 떠났다. 반 가부좌로 앉아 내일 뛰어야 할 여정에 골몰해 있을 때 누군가 내 방으로 들어왔다. 이동상점이다. 기념품 보따리장수. 나 한데는 지금 누구도 물 건 팔 생각을 할 수가 없다. 지금 나에게 필요한 것은 다만 생명을 지킬 수 있는 기본적인 양식만 있으면 된다. 그 밖에 기념품 따윈 나하고 상관 없 는 이야기. 내가 손을 휘휘 저으며 거절하고, 손가락으로 동그라미를 그 리며 '노오'라고 말했다. 그러자 이 친구, 못 들은 척, 이것 저것, 물건들을 꺼집어 내면서 자랑을 늘어 놓는다. 아기들 장난감이며, 반지, 목걸이 따 위의 모조품 귀금속에 이르기까지.

입장이 이렇게 되자 더 이상 만류할 수도 없고, 그냥 하는 모습만 지켜 볼 수 밖에. 그런데 이 친구가 요상한 물건을 꺼내는데 '이것 참.' 눈길 가 는 물건이 한 개 나왔다.

"하, 이거 미치겠네, 안 살수도 없고…"

귀국할 때 조금 마음에 걸리는 것이 있다면 그건 선물이다. 수시로 여 행을 다니는 마당에 나갈 때 마다 선물을 사 들고 다닐 수도 없고, 그렇다 고 빈손으로 들어 가자니 미안코, 고민거리가 이 선물문제다. 다른 가족 들이야 좀 미안한 마음이 들어도 한두 명도 아닌 가족들 모두를 생각하기 란 머리가 터질 지경이라 아예 입을 쓰윽 닦고 천연덕스럽게 안면 몰수를 해 버리지만 내 얼굴만 바라보고 사는 마누라에게 까지 그렇게 안면몰수 하기는 정말 괴로운 일이다. 그래도 어쩔 수 없다는 고집으로 몰수한 안 면이지만 눈에 띄는 물건을 만나면 또 마음이 흔들린다.

— 요놈을 한 개, 사 갖고 가서 생색을 낼 수 있을까? —
"조막만한 배낭에 그런 거 들어갈 틈이 이딨노?"
배낭이란 놈이 투덜거린다.

러시아 장돌뱅이가 벌여 놓은 물건들 가운데 요상한 물건이란 '안마기' 였다.
건전지를 넣던지, 충전을 하여 사용하게 만든 안마기인데 건전지를 넣 고 손으로 누르면 안마기가 작동한다. 무의식 중에 물었다.
"스또이뜨?" (стоит? 값은?)
그는 손가락 다섯 개를 펼쳐 보이면서 말했다.
"뼷소뜨…" (Пятьсот, 오백 루불 8,500원)
나는 고개를 저으면서 말했다.
"젠기…노오…(деньги No, 돈 없어)"그리고 손가락 셋을 보였다.
"뜨레스떠(триста, 삼백).."
고개를 저으면서 거절. 그리고 다시…
결국 450에 낙찰. 한 사나흘 쓰다가 망가져 버릴지도 모를 싸구려 안마 기지만 그래도 마누라 불평을 달래려면 무언가 입 막을 선물 한 개 정도는 있어야 겠기에…내가 졌다.
450루불 17=7,650원.

— 마누라한데 잘못 보여 얻어터지고, 쫓겨 나는 것 보다 낫겠지… —

내가 무슨 이 도령이라고, 장원 급제한 형편도 아니고, 몇 달씩 돌아 댕기다가 거지꼴이 되어 집구석이라고 찾아 가는데 빈 손으로 들어갔다가는 나라도 당장 쫓아 내 버리지 그냥 두겠어? 큰 맘먹고 샀다.

열차는 계속 달리고, 창 밖은 여전히 설국.

생각은 계속된다.

'생각'이란 인간의 육체, 그 중에서도 두뇌를 떠나서는 생각될 수가 없다. 생각은 뇌세포에 의해서 생성된다. 그렇다면 그 뇌세포라는 것은 무엇이며 그 생각이라는 것은 어떻게 만들어 지는가? 모든 일에는 원인이 있고, 과정이 있고 결과가 있다. 생각이란 결과물이다. 내 생각은 그렇다. 인간의 생각이란 결국 '물질의 반응현상'인 것이다. 물질의 반응현상이라고? 그게 무슨 소리냐?

'딱…딱…딱…딱…'

나무를 두드리면 목탁소리가 난다.

'땡…땡…땡…땡…'

쇠를 두드리면 종소리가 난다.

각각의 소리가 다른 것은 물질의 성질이 다르기 때문이다.

물질은 저마다 물성이 있다. 물이 끓는 온도와 기름이 끓는 온도는 그 비등점이 다르다.

생각이란, 뇌세포에 저장되어있는 기억과 새롭게 들어오는 정보가 뇌세포에 있는 유전자의 기능에 따라 반응하는 것이다. 반응하는 과정을 보자.

20세기 초까지만 하더라도 사람들은 신경세포와 신경세포 사이에는 세포질이 서로 전깃줄처럼 연결되어 정보가 전달되는 것으로 생각하였다. 그러나 그것은 잘못된 생각이었다. 세포와 세포는 서로 연결되어 있는 것이 아니었다. 세포는 각기 독립체재로 경영되고 있었던 것이다.

인간의 생각이나 마음은 물질의 반응현상이라는 사실을 과학적으로 밝힌 인물이 나타났다. 독일 태생 미국의 의사 겸 약리학자. 오토 뢰비(Otto Loewi).

스트라스부르 대학교에서 의학을 공부하여 1896년에 박사학위를 취득하였다. 이후 연구 과정을 거쳐 1898년 마르크부르크안데어란 대학교 조교수가 되었다.

1904년에 빈 대학교 약리학 교수가 되었으며, 1909년에 그라츠 대학교 약리학 교수로 임용되었다. 1940년에 미국으로 이주하여 뉴욕 대학교 의과대학 연구교수가 되었다. 최초로 화학적 전이과정을 증명하고 관련 물질의 성질을 규명함으로써 약학을 비롯하여 생리학과 의학에도 지대한 영향을 끼쳤다.

1921년 오토 뢰비(Otto Loewi, 1873~1961) 박사는 신경세포를 연구하다가 놀라운 사실을 발견하였다. 생명체의 오감으로 들어 온 정보는 신경을 통하여 전달되는 것이 아니라 각각의 신경세포는 세포사이의 시냅스(Synapse)라는 공간을 넘어 수용체, 리셉트(Receptor)에 전달된다는 사실을 발견한 것이다. 외부로부터 전달되어 들어온 정보는 다음 세포로 정보를 전달하는 과정에서 정보를 받은 세포는 시냅스의 공간으로 정보 전달물질을 쏘아 다음 세포의 리셉트로 정보를 넘겨준다. 물론 이렇게 간단히 설명할 문제는 아니다. 이러한 정보 전달과정은 매우 정교하고 복잡한 과정을 거치면서 진행된다. 다만 우리가 주지해야 할 사실은 정보의 전달과정이 물질의 작용이 필수라는 사실이다. 정보 전달물질이 무엇인가? 그것은 말할 필요도 없이 물질이다.

오토 뢰비 박사는 개구리의 심장연구로 신경 전달물질을 밝혀 내고 실험으로 신경전달물질의 존재를 증명하였다. 그는 이 공적으로 1936년 노벨의학상을 받았다. 오토 뢰비 박사가 신경전달물질의 비밀을 밝히고 노벨상을 받았다는 사실은 마음이 물질의 반응현상이라는 것을 만천하에 공인한 획기적인 사건이다.

빛은 세 가지 원색으로 세상의 모든 색을 발현시킨다.

인간의 뇌는 오감으로 들어오는 정보를 모아 숨겨 놓은 기억정보들과 반응하여 인간의 끝없는 생각들을 생산한다. 이것이 생각을 이루는 메커니즘이다. 이런 메커니즘은 유전자에 입력되어있는 프로그램에 의해서 진행된다. 인간은 생각이나 행동이 유전자를 비켜나서 자유로울 수가 없다. 그래서 학자들은 말한다. '인간은 유전자의 노예다'라고. 모든 생각이나 행동은 인간의 의지로 생각하고 행동하는 것이 아니라 유전자에 프로그램되어있는 시스템으로 삶을 영위하는 것이다.

내 마음도 내 마음대로 되는 것이 아니다.

문제는 물질이다. 그렇다면 과연 물질이란 또 무엇인가?
그러나 물질은 없다. 물질은 물질이면서 물질이 아니다.
그것을 석씨는 2천 5백 년 전에 이렇게 말했다.
색즉시공 공즉시색(色卽是空 空卽是色).
그게 도대체 무슨 소린가?
끼롭(**Киров**) 1℃. 16:45착. 16:50발.

열차는 정말 끝없이 달린다. 때로는 몇 시간 동안을 끝없이 달리는가 하면 어떤 때는 어지러울 정도로 돌고, 돌고, 또 돈다. 왼쪽 창으로 들어오던 햇볕이 갑자기 오른쪽 창에서 들어온다. 복도에 나가 창 밖을 바라본다. 기차불통과 기차꼬리가 동시에 보인다. 이것은 무엇을 말하는가? 기차가 원형으로 돌고 있다는 뜻이다.

산맥을 뚫고 터널을 관통해야 할 열차가 산맥을 피해서 돌고 도는 것이다. 그래도 나는 좋다. 돌아가던 날아가던, 모스크바만 가면 된다.

창 밖은 마냥 설국(雪國)이다.

환상의 설국을 벗어나고 싶지 않다. 때문은 곳이라곤 없는 새하얀 세상. 마치 동화의 나라로 날아 온 듯한 환상의 세계. 설국열차의 질주는 나를 완전 매료시켰다. 정말 감동의 세계다.

드디어 오늘이 시베리아열차여행 마지막 날이다.

오후 4시가 되기 전에 저녁식사가 배달되어 왔다.

역시 '리스 이 마셔'(рис и мясо, 쌀밥과 고기)

저녁 식후, 무료하게 앉아 있으려니 졸음이 왔다. 화장실에 들렀다가 잠이 들었다. 깨어 보니 밤 12시. 자정이다. 이제는 모스크바시간에 조금 적응이 되는 것 같다.

잠을 조금 잔 탓인지 더 이상 잠이 오지 않는다. 시간표를 꺼냈다.

어제 오후의 일이다. 승무원실로 찾아갔다.

"혹시 열차시간표 남은 것 있으면 한 장 주면 안될까?"

"열차시간표를 왜 나더러 달래? 그건 차표 살 때 '까시(Касса)'에서 달래야지.."

"까시라고…?"

"그래, 까시…"

— 그랬었구나… 내가 실수를 했었군. 블라디보스토크에서 열차표 살 때 열차시간표를 얻었어야 하는 건데… —

어쩔 수 없이 돌아섰다.

창문 곁에 붙여 놓은 열차시간표는 글씨가 너무 적고 높이 붙어 있어 보기가 어렵고, 밤중에 갑자기 열차가 설 때는 그 자리에서 찾아 볼 수가 있어야 하는데 일어나 시간표 찾아 가기는 귀찮은 일이다. 그래서 혹시 여분이 있을까 하고 찾아 갔는데 허탕. 잠시 후, 열차 승무원인 듯한 사내가 열차 운행시간표를 한 장 가져왔다.

"이것이면 되겠소?"

"어? 이거… 정말 고맙소… 스빠시보… 스빠시보… 유아 젠틀먼…"

그 친구가 알아 듣건, 못 알아 듣건 그건 나하고는 상관없다. 나는 큰 소리로 고맙다고 외쳤다. 아마도 그는 나와 여 승무원이 하는 이야기를 옆에서 들었던 모양이다. 여 승무원에게 그 이야기를 듣고 열차 운행시간표를 구해 온 것이다.

'열차 시간표'는 러시아어로 '라스삐사니어 뽀이스트(расписание поезд)라 한다. 내가 참고로 적어 둔 단어들 중 하나.

열차가 지난 새벽 03시 55분 꼬스또로마(Кострма) 역으로 미끄러져 들어갈 때까지는 모르고 있었다. 나는 그 때 이미 잠에서 깨어나 마지막 준비에 열중하고 있었던 것이다.

열차는 35분간 정차한 후 04시 30분에 다시 출발하였다.

3. 모스크바

무언가 좀 이상하다.

창 밖을 바라 본 순간, 출발한 열차의 창 밖으로 스쳐 지나가는 마을과 대지의 분위기가 완전히 달라져 있었던 것이다. 환상의 설국(雪國), 시베리아의 파노라마가 사라지고 여기저기 을씨년스러운 모습으로 파괴된 건축물과 거뭇거뭇한 산줄기에 말라 붙은 듯한 녹다 만 잔설(殘雪)의 찌꺼기들. 환상이 사라져 버린 것이다. 시베리아와 모스크바는 기온도, 기후도 달랐다.

나는 흠칫, 놀라 일어났다. 잠시 다시 잠이 들었던 모양이다. 열차가 천천히, 아주 천천히 플랫폼으로 미끄러져 들어가고 있었다. 아마도 11:03에 맞추기 위해 서행하는 모양이다.

이윽고 열차가 멎었다. 11:03 정각이다. 시베리아 설국열차의 환상이 끝나는 순간이다. 마침내 열차가 모스크바에 도착한 것이다.

열차가 플랫폼에 도착하기 바쁘게 나는 종종걸음으로 앞서 가는 사람들 틈을 헤집고 플랫폼을 빠져 나갔다. 플랫폼을 빠져 나가자 역사 안으로 들어가는 것이 아니라 플랫폼에서 바로 역사 밖으로 나와 버린 것이다. 어쨌거나 나는 상관 없이 경찰인 듯한 청년에게 물었다.

"그제 쓰딴치아 미뜨로?"

(где станция метро, 지하철역이 어디냐?)

청년은 바로 옆 지하도를 가리키며 내려가라는 시늉을 하였다.

지하도로 내려가서 또 묻는다.

가리키는 사람의 손가락만 보고 또 걷는다. 이윽고 지하철 표파는 곳을 찾았다.

2회 권 100루불. 왕복하기 위해서 2회 권을 산 것이다.

"그제 비브리오티카 이메이니?"

(Библиотека IMENI LENINA, 메트로역 이름)

질문이 바뀌었다. 비브리오티카 이메이니 레니나역은 크레믈린에서 가장 가까운 지하철역 이름이다. 여기서는 질문이 또 바뀌었다.

"그제 끄레믈?" (где Кремль? 크레믈린이 어디냐?)

드디어 크레믈린 도착.

진눈깨비가 오락가락 하다가 거쳤다. 거리에는 쌓인 눈이 별로 없고, 깨끗하다. 기온이 알맞다. 춥지도 덥지도 않아 여행하기 딱 좋은 기온이다.

매표 창구를 찾아갔다. 한산하다. 역시 택일을 잘한듯하다. 줄을 서서 한두 시간 기다리는 건 예사라는 소문을 들었는데.

이윽고 크레믈린 궁 매표창구.
"스꼴꼬?" (Сколько? 얼마냐?)
매표창구 여인이 창문을 '툭툭'두드린다. 창문에 가격표가 붙어 있다.
750루불 짜리 한 곳, 350루불 짜리가 2곳이다. 나는 350루불 짜리 한 장을 샀다. 750루불이건, 350루불이건 그 곳이 어딘지 알 턱이 없다. 무조건 입장을 하고 볼 일이다. 싼 값으로.
그런데 크레믈린 궁으로 들어가면 보아야할 물건들은 여기저기 여러 곳인데 구멍마다 가격이 틀린다는 것이다. 트로이츠카야 탑이 얼마, 블로비츠카야 탑이 얼마. 12사도 사원이 얼마. 크렘린 궁궐얼마. 러시아어로 잔뜩 써 붙인 가격표를 내가 알 턱이 없다. 난 그냥 입장만 하면 되는 것이다. 그렇게 들어갔다. 물론 배낭을 맡기고. 배낭 맡기는 곳은 따로 있지만 입장권만 보여 주면 보관료는 무료.

크레믈린(Kremlin)이라는 이름을 들으면 생각나는 사람이 있다. 스탈린(Сталин)이다.
2차 세계대전 후, 영국총리 처칠(W. Churchill)경은 공산주의의 폐쇄적이고 비밀주의적인 대외정책을 풍자한 말로 그 경계를 철의 장막(Iron Curtain)이라 했다. 그 철의장막 심장에는 크레믈린이 있다고 생각했다. 그리고 크레믈린의 중심에는 스탈린이 있었다. 스탈린. 그는 누구인가?

과거, 러시아는 사회주의의 중심국가였고 사회주의는 우리의 적이었다. 세상이 바뀌고 러시아가 정치적으로 개방되면서 우리 나라와 국교가 정상화되고 이제 비자면제까지 이루어지면서 점차 가까운 관계로 발전되고 있는 과정이다.

모스크바 크레물린궁

나는 러시아에 대해서도 잘 모를 뿐 아니라 스탈린에 대해서도 별로 아는 바 없다. 다만 '스탈린이 수많은 사람을 죽이고 숙청한 '악마'같은 인간이다'라는 느낌, 그리고 그는 북한의 남침을 뒤에서 조종한 우리에게는 역적이라는 느낌 뿐이었다. 시베리아를 달리면서 나는 스탈린에게 핍박받은 수많은 러시아 사람들의 고통을 생각했다.

스탈린은 정통 러시아인인 슬라브계가 아니다. 그는 유럽에서는 동방으로 치는 카프카스 출신이다. 카프카스는 터키와 흑해의 사이에 있다. 이 지역은 좁은 지역에 세 나라로 나뉘어 있어 늘 시끄러운 지역이다. 조지아(그루지아), 아르메니아, 아제르바이잔이 그들 나라다. 그 중 스탈린은 조지아 출신이다. 그는 카프카스지역이 러시아에 합병되면서 러시아인이 되었지만 늘 시골 출신의 보잘 것 없는 인물로 취급받는 입장에 처해 있었다.

뿐만 아니라 그의 출신은 하층민이다. 그의 아버지는 마을에서 구둣방을 하고 있었고, 어머니는 이웃의 일을 도우며 날품팔이 도우미로 생활하였다. 아버지는 구두 수선을 하면서도 술고래에다 주정뱅이였다. 걸핏하면 스탈린은 매를 맞으며 자랐다. 허지만 운명은 이러한 그의 출신으로 하여 그를 러시아의 최고 자리에 오르게 만들었다.

스탈린이 태어난 1879년 경에 카프카스는 아시아권에 속해 있었는데 터키와 페르시아 사이에서 수난을 당하자 러시아에 보호를 요청했다. 러시아는 그들의 보호요청을 받아 들이는 척 하면서 아예 꿀꺽해 버린 것이다.

스탈린의 어린 시절은 고난의 연속이었다. 물론 가난 때문이었다. 가난도 가난이지만 그의 성격에도 문제가 있었던 것이다. 그는 160cm의 작은 키에 얼굴은 마마자국으로 얽어 있었다. 그는 학교에 다니면서도 엉뚱한 서적에만 매달렸다. 머리는 비교적 영특한 편이었지만 얻어맞고 자란 탓인지 마음속으로는 늘 반항이 숨어 있었다. 그가 읽는 책 중에는 특히 레닌의 저서들이 많았다. 그는 레닌의 팬이었다. 학교에서 종교서적을 읽어야 함에도 그는 늘 책상아래 레닌의 서적을 숨겨 놓고 읽다 들켜 호되게 야단맞고 학교에서 쫓겨 나기도 하였다.

1889년 12월 경 스탈린은 티플리스의 기상대에 잠시 임시직으로 근무한 적이 있었지만 오래 가지 않았다.

그는 이미 반항적 사상가로 변신해 있어 한자리에 오래 머물러 착실하게 근무할 성격은 아니었다. 그는 이미 혁명아의 길로 접어들고 있었다.

그는 1902년 바툼의 정유공장 노동자들의 파업에 참여하여 체포되고 옥살이를 하다가 시베리아 유배지로 끌려갔다. 시베리아에서 탈출하고 또 체포되고, 그는 이후 10년 동안 여덟 번 체포되고 일곱 번을 시베리아로 끌려 갔으며 여섯 번은 탈출했다.

스탈린은 노동운동을 하면서 유인물을 작성하고 인쇄하는 작은 인쇄소에 관여하고 있었다.

노동운동의 과정에서 벌어지는 토론의 과정이나 내용을 인쇄, 배포하는 틈틈이 사상적 배경이 될 만한 논문들을 작성 게재하는 일도 스탈린의 일이었다. 이들 논문 중 일부가 우연히 레닌의 손에 들어가게 된 것이다.

어느 날 스탈린은 레닌의 아내 크루프스카야로부터 논문을 보내 달라는 서한을 받게 되면서 스탈린과 레닌의 인연은 시작되었다.

운명은 스탈린을 마침내 레닌과 연결시켰다.

스탈린이 레닌에 몰두하면서 어느 듯 필체나 사상이 레닌을 닮아 가고 있었던 것이다.

이 일을 계기로 스탈린은 레닌의 비서가 된다. 비서라고 해도 사실은 레닌의 심부름꾼이다.

이 때 레닌의 곁에는 트로츠키를 비롯하여 쟁쟁한 혁명가들이 줄을 서 있었다. 시골에서 올라온 스탈린에게 관심을 가지는 인물은 아무도 없었다.

사실 당시의 형편으로 보아 스탈린은 트로츠키의 상대가 아니었다. 트로츠키는 모든 면에서 스탈린을 압도 했다.

스탈린에게 트로츠키는 선망의 대상이면서 질투의 대상이었다. 그들은 동갑내기인데다 레닌과의 관계 또한 경쟁할 정도로 밀접했다. 물론 실력으로는 스탈린은 트로츠키의 상대가 못 된다. 항상 트로츠키는 스탈린을 부하 다루듯 하였다. 말로서는 트로츠키를 도저히 이길 수 없는 스탈린이다. 트로츠키는 정열적인 웅변과 글로써 대중을 선동할 수 있는 혁명아였다. 트로츠키가 볼 때 스탈린은 B급 인물 이었던 것이다. 그러다 보니 스탈린은 자연 말 수가 적어졌다.

이것이 또 스탈린은 올려 세우는 계기가 된다. 스탈린은 사실 트로츠키 콤플렉스가 있었지만 남들 보기에는 입이 무거운 사나이로 보였던 것이다. 입만 열면 트로츠키로부터 망신 당할 형편이라 입을 닫고 있었을 뿐이다.

울지 않는 황제의 종(크레믈린)

인간의 운명을 만드는 조건에 세 가지가 있다. 그 하나는 유전자, 다음은 타임(Time), 그리고 다음은 환경이다. 이 세 가지가 어울려 멋진 오케스트라를 연주하는 것이 인간의 운명이다.

스탈린 운명의 삼박자를 보자.

그는 태어날 때 이미 혁명적, 반항적 기질을 갖고 태어났다. 그래서 그는 그런 서적을 탐독하고 그 길로 들어 선 것이다. 그리고 그는 적절한 시기에 태어난 것이다. 당시 러시아 사회는 혁명의 시대를 맞고 있었던 것이다. 그리고 환경은 그를 맞을 준비가 되어있었다.

아무나 가수가 되고, 아무나 의사가 되는 것은 아니다. 타고난 재질이 있어야 한다. 타고난 유전자가 적절한 때에 적절한 환경을 만나면서 운명의 좌우는 결정된다. 이것은 이미 유전자에 프로그램 되어있다.

스탈린이 트로츠키 때문에 입을 닫고 있을 때 또 다른 히트가 나온다.

스탈린이 서기장이 된 것이다.

당시에는 서기장이라 해도 별 볼일 없는 자리였다. 정치의 파워는 중앙위원회의 위원들에 있었다. 중앙위원은 50명이었는데 당서기장은 8명이었다. 사실 스탈린은 서기장 지위까지도 올라갈 위인은 아니었다. 그러나 그가 입이 무겁다는 호평을 받으면서 추천을 받은 것이다.

그런데 운명은 또 다른 재주를 부린다.

레닌이 덜컥 쓰러져 버렸다. 1922년 5월 26일. 병명은 뇌졸중. 중풍이다.

의사가 명령했다. 절대안정. 어떤 사람을 막론하고 면회금지. 여기에 병간호는 서기장들의 책임. 스탈린이 레닌의 담당. 간단히 말해서 환자의 심부름꾼이다. 그런데 이 심부름꾼이라는 자리가 완전 마술지팡이.

레닌이 내리는 모든 정책이나 명령은 스탈린을 통해서만 전달되게 되어있다.

일이 이렇게 되자 분위기가 이상하게 돌아가기 시작했다. 모두들 스탈린의 눈치만 보게 된 것이다. 레닌과 의논할 일도 스탈린에게 먼저 의논을 하고 레닌에게 보고하게 된 것이다.

차츰 스탈린의 주변으로 유능한 인사들이 줄을 서기 시작하였다. 레닌에게 인정받지 못해 애를 태우던 제르진스키, 모르토프, 미하일로프, 구이비셰프 등의 쟁쟁한 인물들이 스탈린의 졸병이 되었다. 이제 스탈린은 예전의 스탈린이 아니다.

운명은 이미 스탈린을 정상으로 밀어 올리게 프로그램 되어있었던 것이다.

그러나 아직은 때가 아니다.

레닌의 병세가 호전되는 듯 하자 스탈린은 불안하였다. 스탈린이 비록 레닌의 눈을 속이면서 주변에 세력을 규합하고는 있었지만 레닌과 주변의 인정을 받지 못하는 형편이다.

레닌의 부인 크루프스카야는 말했다.

"스탈린이 하는 짓은 유치해서 도저히 봐 줄 수가 없어요."

시골뜨기 스탈린이 천박해 보였는지도 모른다. 물론 레닌도 그를 모르지 않았고, 그를 그다지 유능한 인물로 보지 않았다. 오히려 트로츠키를 2인자로 점 찍고 있었다. 레닌은 유언장을 작성하고 스탈린을 서기장의 자격에서부터 동지나 당원의 자격마저 박탈하려고 생각했다.

그런데 제 12차 당대회가 열리면서 사태는 돌변했다. 이 대회는 이미 스탈린 졸병들의 세력들이 대위원으로 가득 차 있었다.

레닌은 긴급히 트로츠키를 불러 대책을 의논하기에 이르렀다. 일이 이렇게 되자 레닌은 갑자기 다급해 졌던 것이다. 전혀 방심하고 있었던 얼간이가 갑자기 덩치 큰 괴물로 등장한 것이다. 이런 와중에 덜컥 레닌이 사망해 버렸다.

1922년 12월 30일.

운명은 트로츠키를 외면하였다. 1924년 1월에 열린 당중앙위원회에 그는 독감으로 불참했고, 레닌이 죽음이 임박한 때에 그는 남부의 티플리스에서 휴가 중이었다. 레닌의 장례식에도 참석하지 않았다. 당연히 레닌의 장례식을 스탈린의 주도로 거행 되었다.

사람들의 입에서 입으로 이상한 소문이 퍼져 나갔다.

'레닌의 장례식에 참석 못한 트로츠키는 권력을 스탈린에게 빼앗길 것이다.'

'민심이 천심이다'라는 말은 '소문은 운명을 만든다'는 말이된다.

트로츠키는 유능한 인물로 주변의 선망의 대상인 인물이었다. 그러나 그는 사상이나 개성이 뚜렷하여 레닌과도 각도가 달랐다. 레닌의 주장은 러시아의 사회주의가 우선인데 반해 트로츠키의 사회주의는 '세계의 혁명'이었다. 그는 볼셰비키의 해외 혁명운동을 적극 지원해야 된다고 주장했다.

"죽은 공명이 산 중달을 몰아낸다"는 말이있다.

죽은 제갈양이 조조의 대군을 물리치듯, 죽은 레닌을 등에 업고, 트로츠키를 몰아내고 의회를 장악한 후 스탈린은 권력을 잡았다.

스탈린은 트로츠키의 노선과 반대노선에 선 카메네프와 지노비예프 세력과 연합하여 1922년 12월 30일 「소비에트 사회주의 공화국 연방

(USSR)」을 선포하였다. 이른바 '삼두마차'.

업적, 명성, 능력 면에서 볼 때 레닌의 후계자로 가장 적합한 인물은 트로츠키인 것 같았다. 호소력 있는 웅변가이자 내전 당시 효율적으로 군대를 이끈 지휘자였고, 마르크스 사상이라는 불가사의한 영역에서 탁월하고 독창적인 능력을 선보인 사람이었다.

하지만 트로츠키는 늘 거만하게 행동했고, 예리한 지성을 갖췄음에도 불구하고 동료들 사이에서 자신을 지도자로 각인되도록 하는 정치적 수완이 부족했다. 더구나 그는 유대인이었기에, 러시아 국민이 그의 통치를 받고 싶어 했을 리 만무했다. 그의 자신감 넘치는 카리즈마는 오히려 오만한 독선으로 보였을 것이다. 이른바 독불장군 스타일.

트로츠키의 맞수였던 이오시프 스탈린은 다른 이유로 부적격자인 것 같았다. 스탈린은 마르크스주의를 깊이 이해할 만한 지성인이 아니었다. 혁신가로 알려져 있지도 않았고, 카리스마 넘치는 인물은 더더욱 아니었다. 하지만 스탈린은 상황판단이 매우 빨랐고, 공산주의 관료들 사이에서 어떻게 해야 환심을 살 수 있는지를 잘 알고 있었다. 스탈린은 당내 다양한 수준의 사람들과 신중하게 인간관계를 맺었고, 사람들이 불평하면 싫증내지 않고 들어 주었다.

또한 원대한 야망을 품고 있는 듯한 인상도 주지 않았다.

이렇게 무명인으로 자신을 감출 줄 알았던 스탈린은 여러모로 볼 때 정치 지도자로서는 이상적인 인물이었을 수도 있었다.

우리 나라 역대 대통령선거의 경선에서 미끄러진 후보들 중에는 뛰어
난 인물도 있었다. 그 때 실패한 뛰어난 인물은 대부분이 비슷한 별명을
가졌다.

'독불장군'

뛰어난 인물이었으면서도 실패한 이유는 그들의 운명이 이미 유전자에
그렇게 프로그램되어 있었던 것이다. 트로츠키는 '독불장군'기질 때문에
결국 그의 인생이 비극으로 끝났던 것이다.

정권을 잡자 스탈린은 경제개발 5개년 계획과 스탈린헌법을 제정하고
비밀경찰을 이용하여 처절한 숙청작업을 시작하였다. 그 유명한 '시베리
아 유형작업'이 시작된 것이다. 막강한 경쟁자들을 제거하여 절대적인 자
리를 굳혀 갔다.

삼두체제의 세 머리 중 두 명인 카메네프와 지노비예프의 목을 자르고,
트로츠키는 알마아타로 유배 보냈다가 1929년에 해외로 추방시켰다. 그
는 1940년 멕시코의 망명지에서 오래 전부터 그를 추종하던 부하, 라몬
메르카데르의 도끼에 맞아 죽었다. 믿었던 부하는 스탈린의 하수인이었
던 것이다. 스탈린은 트로츠키 콤플렉스를 이렇게 처리했고, 운명은 그렇
게 프로그램 되어있었다.

그것은 시작에 불과했다. 그의 폭력성은 어릴 때 이미 형성되어있었다.
주정뱅이 아버지로부터 습관적으로 얻어맞은 마음의 상처는 트라우마가
되어 숨겨져 있었다. 마침내 그가 정권을 잡자 숨겨 놓은 발톱이 서서히
그 정체를 드러내기 시작한 것이다.

쓸 수 없는 대포(크레믈린)

　본격적인 숙청작업은 1934년 12월 1일 그 신호탄이 올랐다. 레닌그라드의 당서기 키로프가 당 지부 사무실로 들어서다가 괴한에 의해 암살된 것이다.

　그는 스탈린의 측근이었다. 조사결과 범인은 레노니드 니콜라예프라는 트로츠키파의 학생으로 해외 지령에 의해 움직이는 '합동센터'의 지령으로 암살했다. 그리고 그는 키로프 뿐 아니라 스탈린을 비롯한 정부의 중요 인물을 암살할 계획도 있는 것으로 밝혀졌다.

　그러나 후일, 흐루시쵸프가 소련 공상당 제 20기 전당대회에서 그 사건은 스탈린의 지령에 의해서 행해진 사건이라고 밝혔다. 키로프의 암살을 시작으로 숙청된 사람은 1934년에서 1938년까지 사이에 2천만 명을 넘었다 한다.

스탈린 전기를 쓴 드미트리 A 볼고노프는 러시아 군의 장군이었다. 그는 스탈린 통치기간 중 농경학자인 아버지가 처형되었고, 어머니마저 강제수용소에서 사망한 쓰라린 경험을 갖고 있는 현역 육군 중장으로 스탈린의 전기를 쓰기위해 군부와 당이 갖고있는 비밀문서에 최초로 접근한 인물이었다.

　그는 이들 문서를 접하면서 놀라운 사실을 발견하였다.

　스탈린이 남긴 비밀문서 중에는 처형해야할 소련 공산당원의 명단이 들어있었다.

　그 속에는 탁월한 지도자의 명단이 모조리 포함되어 있었던 것이다.

　심지어 피의 숙청을 맡았던 비밀경찰 야고다는 스탈린의 비밀을 너무 많이 알고 있다고 체포되어 처형되었을 정도로 스탈린 피의 숙청은 방향 감각을 잃고 있었다.

　숙청과 암살을 밥 먹듯 하던 스탈린도 결국 1953년 3월 5일. 밝혀지지 않은 범인에 의해 암살되었다. '존재하는 모든 것은 본질로 돌아간다.' 이것이 자연의 법칙이다.

　스탈린의 죽음에 관한 다른 이야기도 있다.

　한국전쟁이 막바지로 치닫고 있던 1953년 3월 1일, 스탈린은 모스크바 근교의 별장에서 잠을 자다가 뇌졸중을 일으켰다. 오른쪽 반신이 마비된 상태로 나흘을 더 버티고, 그는 숨을 거두었다. 사실은 베리야에게 암살되었다는 의혹이 끊이지 않는데, 베리야가 "내가 그를 독살했다"고 자랑 삼아 떠벌이기도 했다고 전한다.

누군가 말했다. '천재는 99%의 노력이다'라고. 그러나 그 말은 거짓말이다.

누군가는 또 말했다. '인간은 유전자의 노예다.' 그 말은 맞다.

아무리 노력해도 안 되는 인간도 있고, 별 노력을 안하고도 천재 소리 듣는 인간도 있다.

부지런한 사람의 내면에는 '부지런 함'의 유전자가 있고 게으른 자의 내면에는 '게으름'의 유전자가 있는 것이다. 비록 '천재'라는 재질을 갖고 태어나도 부지런한 유전자를 갖고 태어나지 않았다면 부지런할 수가 없는 것이다. 부지런하고 게으른 것도 다 유전자의 마술이다.

트로츠키의 그 오만함도 유전자 탓이고, 이오시프 스탈린의 그 어리숙함도 다 타고난 유전자 탓이다. 공부 잘한다고 다 부자되는 것도 아니고, 부자라고 다 행복한 것도 아니다.

사람들은 '행복'의 의미로 갑론을박한다. 행복이란 오로지 '자기만족'인 것이다. 가난해도 행복해 하는 사람도 있고, 99억을 모아놓고, 백억을 채우겠다고 아등바등 사는 사람도 있다. 인간의 희노애락(喜怒哀樂)이 모두 유전자의 농간(弄奸)일 뿐이다. 유전자의 마술.

나는 지금 철의 장막 속 가장 핵심인 크렘린에 서있다.

'쏠 수 없는 대포' '황제의 대포'에서 사진 한 방, '찰칵'. '한 번도 그 소리 울려 본즉 없는 세계 최대의 종' 앞에서 다시 한 방 '찰칵'. 그리고 구멍구멍, 중국사람 뒤만 졸졸 따라 다닌다. 여행사 안내원 깃발만 보고 따라 가는 중국 단체관광객 뒤만 따라가면 모두가 공짜다. 대부분의 단체관광객들은 중국인. 한 동안 따라다니다 재미없어 포기하고 혼자 다녔다.

'ВХОД'가 붙은 문이면 무조건 들어간다. ВХОД는 '입구'를 뜻한다. 물론 들어가도 좋다는 뜻. ВЫХОД는 출구다. 여기저기 한 동안 기웃거리다 도무지 재미가 없다. 볼만한 물건도 없다. 대부분이 종교와 관련된 물건들이고, 나에게 흥미를 느끼게 할만한 물건은 별로 없다. 멋진 누드화라도 걸려 있었다면 몰라도… 나는 투덜거리며 나와 버렸다.

도대체 여기가 어디냐? 크레믈린은 분명 크레믈린인데 밖으로 나왔지만 동서남북도 모르겠고, 붉은광장이라는 광장이 있다는데 그런 광장 같은 것은 보이지도 않는다.

— 그참 이상하네. 크레믈린 앞에 '붉은광장'이 있고 붉은광장 앞에 '굼' 백화점이 있다는데…? —

크레믈린은 분명 크레믈린인데 붉은광장이 없다. 크레믈린 앞에 붉은 광장이 있어야 하는데 사라져 버린 것이다. 그런데 문제는 또 있다.

— 하필 오늘, 무슨 일이 터진 걸까? —

온통 사방에 바리게이트를 치고, 경찰들이 거리에 가득하다.

— 틀림 없이 저기 어디 붉은광장이 있을 텐데… —

길이 막혀 오도가도 못할 형편. 잠시 후, '두당탕, 두당탕…'. 북소리, 나팔소리 울리면서 시위대가 나타났다. 무슨 데모를 하는지, 궐기대회를 하는지 수도없이 붉은 깃발을 나부끼며 수많은 사람들이 도로를 메우고 나타났다.

" 아이쿠 두야, 하필이면 이럴 때…? "

한 시간이나 지나 겨우 통과. 분명 내가 크레믈린에 들어갔다 나왔는데, 그 앞에 있어야 할 붉은광장이 사라지고 없다. 도무지 영문을 모를 일이다. 크레믈린궁 주변을 두 바퀴나 뺑뺑이를 돌았다. 물어 봐도 사람들은 고개를 저었다.

"끄라스너여 쁠라쒸찌?" (Красная Площадь, 붉은광장)

도무지 안통한다. 할수 없이 '굼'백화점을 물었다.

"그제 굼 우니베르마그?"

(Где ГУМ универмаг, 굼 백화점이 어디냐?)

'굼'의 발음은 틀린다 해도 '굼'이다. 굼 백화점을 모르면 러시아사람 아니지.

드디어 찾았다.

굼 백화점은 크레믈린궁보다 으리으리하다. 건물도 멋있다. 들어가면 황홀하다.

붉은광장이 크레믈린궁과 굼 백화점 사이에 있다는 사실은 나도 안다. 그래서 굼 백화점을 찾으면 거기가 그기.

붉은광장에는 '쿵따라 쿵딱…, 쿵따라, 쿵딱…' 푸르고 붉은 깃발을 펄럭이며 광대들 잔치판 벌이듯이 차려 놓고 스키장을 벌인 것이다. 붉은광장 가운데 물을 얼려 스키장을 만들고 주변을 가린 포장을 치고 영업행위를 하는 것이다. 말하자면 사설 스키장. 어느 마을 어린이 놀이터같은 분위기다. 스키장 주변에는 먹거리 포장마차, 어린이 장난감점들이 즐비하다. 출출하던 판이라 나도 그 틈에 들어가 도넛 몇 개로 배를 채우고 돌아섰다. 물론 딴따라판 옆에 있는 성바실리사원 앞에서 사진 한 방 '찰칵'하고. 모스크바 관광 끝.

화장실을 찾다가 '굼'백화점 안으로 들어갔다. 굼 백화점 정문으로 들어가면 2층으로 올라 가라는 화장실 표시가 있다. 실례. 화장실 앞에는 '삼성'의 멋진 매장이 넓게 자리잡고 있었다.

블라디보스톡을 출발한 시베리아 횡단열차가 들어 온 역은 야로슬라브스키 바크잘 (Ярославский Вокзал)이고,

상트페테르부르크(Санкт-Петербург)로 가는 역은 레닌그라드스키 바크잘(Ленинградский вокзал)이다. 이 두 열차 역은 건물 하나를 사이에 두고 나란히 있다. 역들은 모두 깨끗하다. 역사 안도 잘 정돈되어 있다.

4. 상트페테르부르크(Санкт-Петербург)

상트행 열차표를 끊었다. 쿠페 상층 2,500루불. 하층 3,300루불. 아래층
이 비싸다.

열차는 저녁 9시(21:00)에 출발하여 내일 새벽 05시 09분 상트에 도착하
게 되어있다.

열차표를 사고 나자 배가 고프다. 역을 나왔다.

야로슬라브스키 역과 레닌그라드스키 역 사이의 건물은 콤소몰스카야
(Комсомольская)지하철 역이다. 야로슬라브스키 역과 지하철 역 사이에
골목도로가 있다. 골목에 있는 작은 카페로 들어갔다. 카페는 카페테리아
식의 레스토랑이었다. 음식을 뷔페식으로 진열해 놓고 식객의 식성에 따
라 주문하는 스타일.

밥 한 접시. 야채 한 접시. 그리고 살코기 꼬지 한 개. 450루 (7,650원).

가격표가 붙어 있어 음식값에 신경 쓸 필요는 없다. 내가 필요한 음식을 챙기고 계산하면 된다. 콜라 1병 70루불.

상트(Санкт-Петербург)행 051열차는 말쑥한 새차였다. 침대며, 화장실이며 깨끗한 완전 새차였다. 특히 화장실이 나란히 2개였다. 세면대의 수도꼭지가 누르면 나오게 되어있어 편했다. 오늘도 내방은 나 혼자다. 그냥 자리에 멍하니 앉아 있다. 그리고 공상한다.

색즉시공 공즉시색…

(色卽是空 空卽是色) 색…공…. 색…. 공……

물질의 본색이란 과연 무엇인가?

드디어 경천동지(驚天動地), 총성없는 혁명이 지구의 저쪽 벨기에의 브뤼셀에서 조용히 터져 나왔다. 벨기에의 화학자 솔베이(Ernest Solvay, 1838~1922)가 등장하면서 세계적 논쟁에 불이 붙은 것이다. 솔베이는 소다의 공업적 제조법인 솔베이 법을 발명하고(1861), 공업화시켜 본궤도에 올려 놓아 소다 공업에 커다란 공헌을 하면서 떼돈을 번 것이다. 솔베이는 이 돈으로 무얼 할까 고민하다가 결심했다. 그는 그 돈으로 인류의 복지를 증진시키는 데 기여하기로 결심하였던 것이다. 그리고 생리학·물리학·교육학의 연구를 위한 재단을 설립하고 여기에 돈을 몽땅 투자하였다.

솔베이가 기부한 기금으로 1911년에 시작된 '솔베이 회의'는 양자 물리학의 발전에 중요한 역할을 했다. 세계 정상급 물리학자들만을 초청해 3

년마다 열렸던 솔베이 회의에서는 당시의 가장 위대한 물리학자들이 모여 주요한 물리학 주제에 대해서 발표하고 토론했다.

제5차 솔베이 회의는 1927년 10월 24일부터 29일까지 브뤼셀에 있는 솔베이 연구소에서 열렸다. 이 회의에는 보어·퀴리·로렌츠·플랑크·하이젠베르크·슈뢰딩거·드브로이·보른·에렌페스트·아인슈타인을 비롯한 당시 물리학계에서 내노라 하는 거물들이 모두 참석했다. 여기서 일이 터진 것이다. 그 날 이 회의에 참석한 학자들 가운에는 코펜하겐에서 온 닐스 보어(Niels Henrik David Bohr, 1885~1962)가 있었다. 그는 이 회의에서 양자 물리학에 대한 새로운 해석을 자세하게 설명했다. 이 해석이 양자 물리학에 대한 '코펜하겐 해석'으로 현재 양자 물리학의 주류를 이루고 있는 해석이다. 양자론의 등장으로 고전 물리학의 제왕, 뉴톤의 아성이 흔들리기 시작한 것이다.

닐스 보어의 논리는 이렇다.
미시의 세계는 고전물리학에서 말하는 '결정론'적인 세계가 아니다. 아무 것도 확실한 것은 없다. '불확실한 세계가 소립자의 세계다' '불확실한 세계는 다만 확률로만 설명할 수 있는 것이지 결정론으로 말할 수는 없다'는 요지였다.
이 이야기를 들은 아인슈타인이 고개를 저은 것이다.
'웃기는 소리, 하지도 마라.'
아인슈타인은 보어의 말을 받아들일 수 없다고 주장하고, 자연현상은 확률적인 방법에 의해서가 아니라 엄격한 인과법칙으로 설명되어야 한다고 주장했다. 아인슈타인은 보어의 해석을 조목조목 날카롭게 반박했다. 아인슈타인의 예상치 못한 반격으로 회의는 축제에서 토론으로 바뀌었다.

토론은 밤 늦게까지 이어지고 다음날에도 계속되었으나 결론을 얻지 못했다.

결국 하이젠베르크의 불확정성의 원리가 등장하면서 그들의 논쟁은 잠들었다.

'하이젠베르크의 불확정성 원리' 그건 또 뭐냐?

어느 날, 연구실에서 연구를 하고있던 하이젠베르크는 이상한 현상을 발견하고 놀랐다. 그의 연구는 미시세계의 과제였다. 이른바 양자론이다. 일반적 고전물리학에서는 전혀 이상한 현상이 미시세계에 나타난 것이다. 고전 물리학이란 뉴턴시대의 물리학을 말하고, 양자론이 대두된 이후는 현대물리학으로 분류된다. 양자역학은 미시세계에서의 뉴턴역학이라고 할 정도로 중요한 이론이다. 미시세계란 양자 정도의 작은 세계를 의미하고, 거시세계는 우리의 일상생활에서 보는 자동차·비행기 등의 커다란 물체로 이루어진 세계를 말한다.

고전 물리학의 경우, 물체의 속도와 방향을 알면 그 위치를 계산할 수가 있다.

그런데 하이젠베르크가 놀란 것은 양자의 세계에서는 고전물리학의 계산으로는 양자들의 위치를 계산할 수가 없었던 것이다. 양자들이 마치 살아 있기라도 하듯이 제멋대로였던 것이다.

예를 들면 우리가 전자의 위치를 파악하기 위해서는 빛(광자)이 전자에 부딪혀 반사된 후 우리 눈으로 들어와야 하는데, 빛이 전자에 부딪히는 순간 에너지를 전달하므로 전자의 운동에너지가 증가하게 되고, 운동량이 변화하게 된다. 위치를 더 정확하게 측정하기 위해서는, 더욱더 짧은 파장의 빛을 사용해야 하는데 그럴수록 빛이 전달하는 에너지는 증가하고, 운동량은 더욱더 많이 변하게 된다. 즉, 위치를 정확하게 측정하려 할수록 운동량은 부정확해 지는 것이다. 따라서, 불확정성의 원리에 따르면 미시세계에서는 결코 입자의 위치와 운동량을 동시에 정확하게 측정할 수 없다는 것이다. 결국 전자와 같은 입자도 파동의 성질을 가지고 있다는 것이 실험을 통해 확인되었다

이러한 입자들(양자)의 성질은 입자들의 두 얼굴을 말하는 것이다. 즉 물질은 물질이면서 파장이라는 것이다. 물리학의 근본 목적 중 하나는 물질의 최종모습을 찾는 일이다. 과거에 우리 조상들은 물질의 최종 모습은 원자라고 이해했다. 그러나 원자보다 더 작은 세계, 즉 물질의 근본 모습은 원자가 아니고 원자 이하에도 깊은 세계가 존재한다는 것을 인식하기 시작한 것이다.

독일의 물리학자 하이젠베르크(Werner Karl Heisenberg)는 1925년에 양자학(量子學)의 한 형식인 마트릭스(Matrix)역학을 창시함으로써 미시적인 세계를 지배하는 근본법칙인 양자역학(量子力學)의 태두로 불린다. 그는 '불확정성 원리(不確定性原理)'를 제창하고, 양자역학의 해석을 확립했다.

1932년 노벨 물리학상을 수상했다.

이야기는 여기서 끝나지 않았다. 우리는 아직 물질의 마지막 모습을 만나지 못했다. 지금까지 깨고 내려간 종착역이 물질의 두 얼굴이었다. 물질은 물질이면서 파장이다. 그러면 그게 종점이냐? 그렇지 않다. 우리는 물질의 두 얼굴만 보았을 뿐 궁극적인 비밀은 밝히지 못한 상태다. 그런데 여기서 단서가 나왔다. 물질의 마지막 모습을 보여 줄 단서. 그것이 '초끈이론'이다. 초끈이론은 또 무엇이냐?

새벽 03시에 일어나 세수하고, 컵라면으로 조반 해결.
열차는 05시 15분 정각, 상트페테르부르크에 도착했다.
내가 상트에 오게 된 이유는 두 사람의 황제를 만나기 위해서였다. 그중 한 명은 표트르대제(표트르 1세)이고, 다른 한 명은 황제인 남편을 죽이고 스스로 황제가 된 여 황제 예카테리나 2세를 만나기 위해서다.

중세이후, 러시아는 줄곧 유럽의 변두리였다. 선진국 유럽의 여러 열강들보다 항상 뒤떨어진 후진국. 그것이 러시아의 이미지였다. 이것은 늘 러시아인들의 콤플렉스가 되어있었다. 이러한 콤플렉스를 깨뜨리고 러시아를 유럽의 반열에 뛰어들게 한 인물이 표트르 1세(Peter the Great or Peter I)다. 표트르 대제는 러시아가 강력한 문명국가로 발돋움 하기 위해서는 고루한 수많은 전통과 관습을 내다 버리고 서구 유럽의 국가제도를 모델 삼아 대대적인 개혁을 단행해야 한다고 주장하고 실행해 나갔다.

표트르는 로마노프가의 2대 차르인 알렉세이 1세의 아들이다. 그러나 그의 어머니 나탈리아 나르이쉬키나(Nathalie Nary shkina)는 알렉세이 황제의 후처였다. 그에게는 전처의 아들이 13명 있었으나 모두 사망하고 표도르와 이반, 두 형제만 남아있었다. 표트르의 위로 전처의 소생인 두 형이 있었으므로 황제의 자리와는 거리가 멀었다. 시련은 나탈리아가 황제의 후처가 되어 궁으로 들어오는 그 순간부터 시작되었다. 궁중의 세력은 전 황후의 가문인 밀로슬라프스키 일족으로 포진되어 나탈리아의 입지는 발붙일 자리가 없었던 것이다. 1672년 6월 29일, 이러한 환경에서 표트르가 태어났다.

표트르는 황제의 아들로 태어났지만 환경은 어두웠다. 이러한 상황은 1676년 차르 알렉세이 1세가 죽은 뒤 더욱 악화되었다. 표트르의 이복형제 표도르(재위, 1676~1682)가 제위를 물려받게 되면서 밀로슬라프스키 가문이 크렘린을 좌지우지 하게 된 것이다. 황제의 나이 14세.

그러나 새로운 통치자 표도르는 병약했다.

그가 1682년, 20살의 나이로 세상을 떠나자 이때부터

왕위를 둘러싸고 심각한 위기가 휘몰아쳤다. 표트르의 또 다른 이복형제인 이반이 왕위를 물려 받았지만 그는 통치자가 될 인물이 아니었다. 이반은 정신장애자였고 사실상 소경이었다. 더구나 언어장애와 간질을 앓고 있었다. 결국 귀족들은 이반의 권리를 무시하고 10살 된 표트르를 차르로 선언했다. 다만 표트르가 미성년이기 때문에 표트르의 어머니가 섭정 한다는 조건을 전제했다. 그러나 밀로슬라프스키 가의 세력들이 보고만 있을 수는 없었다. 그들은 스트렐츠이(Streltsy)부대(특수훈련을 받은 총병대)에 도움을 요청했다. 스트렐츠이 부대는 밀로슬라프스키 가의 지원을 받아 반란을 일으켰다 이른바 '3일 반란'이다.

반란군 스트렐츠이 부대가 궁으로 밀려 들어오자 표트르의 어머니는 용감하게도 표트르와 이반을 데리고 궁정 계단 꼭대기에 모습을 드러냈다. 그러나 군인들은 반란을 멈추기를 거부했다. 반란군은 왕비에게 그녀의 권력을 농단(隴斷)한 수양아버지 아르타몬 마트베예프를 넘기라고 요구했다. 왕비가 그 요구를 받아 들이자, 이들은 왕비의 수양아버지를 광장으로 끌어내, 표트로가 보는 앞에서 갈기갈기 찢어 죽였다.

피비린내나는 난동은 표트르의 이복누이 소피아 밀로슬라프스키(Sophia Mioslavsky)의 새로운 제안으로 일단락 됐다. 그 내용은 표트르와 이반이 공동 차르가 되고 소피아가 섭정 한다는 것이었다.

중재교섭이 마무리되고 밀로슬라프스키 가문의 승리는 표트르의 가슴에 잊을 수 없는 기억으로 각인시켰다. 이러한 어린 시절의 정신적 충격은 트라우마가 되어 그를 괴롭혔다.

이러한 그의 의식은 스트렐츠 부대가 반란을 일으켰을 때 보인 반란군 진압과정에서 잘 나타난다. 표트르는 때를 놓치지 않고 강도 높은 조사에 착수했지만 어느 누구도 그의 질문에 만족스러운 대답하는 신하는 없었다. 결국 표트르는 모든 사람들을 의심하기 시작했고, 마침내 1200명 이상의 스트렐츠이 부대의 군인들이 몰살당하는 사태가 벌어졌다. 수많은 잘린 머리들이 겨울 내내 모스크바거리에 방치되어 국민들을 공포에 떨게 했다. 표트르는 폭군이었던 것이다

그는 괴물이었다.

우선 육체적으로 그는 괴물이다. 2m가 넘는 큰 키에 놀랄 만한 체력을 갖고 있었다. 더구나 그는 정상적으로 서너 명이 해야 할 일을 혼자 힘으로 해치웠다. 그는 끊임없이 움직였다. 그는 빠르고 커다란 걸음걸이로 걸을 때는 그를 따라가기도 힘들었다. 그는 신체적인 특성 이외에 성격도 남달랐다. 그는 놀랄 만한 지적능력에 만족할 줄 모르는 지적 호기심을 갖고 있었다. 1697년 3월. 표트르 1세는 표트르 미하일로프(Pyotr Mikhailov)하사라고 신분을 속이고 스웨덴 관할의 리가(Riga)와 프로이센의 쾨니히스베르크, 네덜란드의 암스테르담, 영국의 런던, 독일의 드레스덴(Dres den), 오스트리아의 비엔나 등을 방문했다. 마지막으로 폴란드를 거친 그는 여행을 시작한 지 1년 후인 1689년 8월, 모스크바로 돌아왔다.

당시 표트르 1세는 일반인들과 똑같이 먹고 자는 등, 결코 자신의 신분을 과시하는 일은 없었다 한다. 목수 일을 배우고, 공장을 견학하고 조선 기술을 직접 익혔다.

그는 유럽의 구석구석을 누비면서 유럽 선진사회 전체를 그의 머리 속에 스케치하였다. 귀국할 때 숙련공들과 해군장교들을 영입하여 러시아로 데리고 갔다. 이런 황제의 행위는 전무후무한 행동이었다.

18세기, 스웨덴은 유럽의 열강 중 하나였다. 러시아와는 그의 앙숙처럼 지나면서 러시아를 괴롭혔다. 1709년 7월 8일. 폴타바전투에서 스웨덴을 격파하고 승리한 것이다. 스웨덴 때문에 발틱해가 막혀 유럽 진출이 어려웠으나 스웨덴과의 전쟁에서 승리하자 표트르는 곧 상트페테르부르그의 건설을 서둘렀다. 당시의 러시아는 시베리아를 재외하고는 모두 적에게 포위된 상태였다. 남으로 오스만제국과 프랑스, 독일이 가로막고 있었고, 바다가 닿아 있는 서쪽은 덴마크가 가로막고 있었던 것이다.

상트페테르부르그는 원래 사람이라곤 찾아볼 수 없는 황량한 늪 지대였다. 그래서 표트르 1세는 군대를 동원하고, 전국에서 노동력을 징발하여 전쟁하듯 공사를 진행했다. 춥고 습한 탓에 표트르는 새로운 수도를 건설하는 힘든 과업을 완수하기 위해 주로 강제노동에 의존했다.

이질을 비롯한 다양한 질병으로 고통받던 노동자들의 항의가 빗발쳤지만 그는 자신의 의지를 꺾지 않았다. 해가 뜨면서 시작된 작업은 해가 져야 끝이 났다. 황제는 방망이를 차고 다니면서 자신의 뜻대로 되지 않을 때는 욕설과 폭행도 불사하였다. 상트페테르부르그의 건설은 수많은 노동자들의 희생으로 건설된 도시다. 상트페테르부르그가 탄생하는 데는 20만 명 이라는 근로자의 영혼이 사라졌다. 무서운 집념이다.

페테르고프에 있는 황제의 별장(여름궁전)도 표트르의 솜씨다. 정원·테라스·분수·작은 폭포 등을 갖춘 그 별장은 베르사유궁전의 정원과 흡사하다. 상트페테르부르그는 1718년에 공식적으로 러시아의 수도가 되었고 지금까지도 세계에서 가장 아름다운 도시들 중 하나로 손꼽히고 있다. 1725년 8월. 표트르 대제는 후사없이 사망하였다.

내가 알고 있는 상트의 관광 핵심 포인트는 2곳. 그 중 하나는 상트의 주인공인 표트르황제의 여름궁전. 그리고 또 다른 하나는 푸쉬킨시에 있는 예카테리나 궁의 호박방이다. 이 두 곳을 요리하려면 아무리 빨라도 1박 2일이 필요하다. 서둘러야 한다.

상트는 로마노프왕가 시절의 러시아 수도였다. 그렇기 때문에 상트에서 빠뜨릴 수 없는 관광지는 많다. 그 중에서도 상기한 2곳 외에 특히 에르미타주(Эрмитаж)가 있다.

에르미타주는 미술관이다.

에르미타주는 원래 로마노프왕가의 '겨울궁(Winter Palace)'이였다.

미술관은 예카테리나 여제가 1764년에 개인 컬렉션을 겨울궁에 전시하면서 시작되었다. 여제는 미술품 수집에 일가견이 있었던 모양이다. 예카테리나여제 이후 계속해서 황제들이 미술품을 수집하여 지금에 이르렀다. 세계 3대 미술관 중의 하나로 손꼽히는 대단한 미술관이다. 그러나 나에게는 허상(虛像)일 뿐이다. 나의 '심미안 부재(審美眼 不在)' 때문이다. 아무리 훌륭한 예술품이라도 느낄 수 있는 마음의 눈이 없으면 보나 마나다. 심미안 없는 내가 에르미타주에 가도 그것은 시간과 경비의 낭비일 뿐이다. 그래서 에르미타쥬는 제외.

나는 세계적 미술관이나 박물관에 몇 차례 가 보았지만 돈만 날리고 남은 게 별로 없다.

세계 3대 박물관 중의 하나로 알려진 대영박물관에 갔을 때, 나는 '마제타스톤'하나만 보고 나왔다. 마제타스톤은 나폴레옹황제가 이집트원정 때 노획한 비석의 파편으로 이집트역사를 푸는 열쇠가 된 비석의 한 조각이다.

파리의 루블 박물관에 갔을 때는 비너스상. 바티칸 미술관에서는 미켈란젤로 천지창조.

천지창조는 정말 너무 생생하여 '가짜가 아닐까?'하는 생각도 해 보았다. 화가가 그림을 다 그리고 방금 붓을 놓은 듯한 그 생생함이 그저 놀라울 뿐이었다. 스페인 마드리드의 프라도 미술관(Museo Nacional del Prado)에서는 피카소((Pablo Picasso)의 게르니카(Guernica)를 보았는데

머리 속에 남은 것은 별로 없고, 그림을 지키는 감시원의 인상만 오래 남았다.

이런 식으로 미술관, 박물관에 돈만 기부하고 별로 남는 것 없는 관광, 하면 뭐 해? 그래서 이번에는 재외.

오늘 여행은 완전 망했다.

표트르 황제의 여름궁전을 찾아 갔으나 겨울궁전이 되어 사라져 버린 것이다.

열차가 상트페테르부르크의 모스크바 바크잘에 닿았다.

역사를 나와 인터넷에서 소개한 값싼 호텔의 약도를 들고 이 골목, 저 골목을 두어 바퀴 돌았으나 찾지 못했다. 완전 거지움막 같은 호텔을 하나 발견하고 8시가 지나면 찾아가 볼 생각이었으나 마음이 별로 끌리지가 않았다. 역으로 되돌아 왔다.

'상트의 모스크바 역에는 여행사가 있다. 호텔도 소개해 준다'는 인터넷의 정보를 믿고 한 번 찾아가 볼 생각이다. 오픈시간 08시. 기다렸다. 그

리고 찾아 갔다. 08시 정각. 사무실의 러시아 아가씨는 친절했다.

러시아 아가씨는 영어가 먹통, 나는 러시아어가 먹통. 서로가 불통언어로 의사소통을 하는데도 별 어려움 없이 호텔을 소개 받고 적어주는 주소를 들고 다시 거리를 헤매기 시작한다.

Nevsky 136.

Melnge. Tel 717-74-10.

소개장을 받았다고 호텔문제가 해결된 것은 아니다.

지나가는 사람마다 소개장을 보이고 묻는다.

"그제 저제시..?" (Где здесь, 여기가 어디냐?)

사람마다 고개를 절래 절래. 그 때 천사가 나타났다.

적어 온 메모지를 한동안 들여다 보던 여인이 휴대전화를 꺼내더니 메모지에 적힌 번호를 보고 전화를 건다. 통화를 끝낸 그녀가 나를 따라 오라고 손짓했다.

어느 으슥한 골목으로 들어 가더니 허름한 아파트의 철문을 가리킨다.

— 이런 곳이 호텔이라니…? —

그러고 보니 철문에 'Melnge'라는 러시아어 팻말이 붙어 있었다.

철문을 열고 안으로 들어갔다. 그녀는 나를 끌고 3층으로 올라갔다. 여기는 중고 아파트. 아마도 호텔 주인은 3층을 얻어 호텔로 개조한 모양이다. 호텔 안으로 들어가 방을 살펴 보았다.

— 이건, 일류호텔이나 다름 없잖아… —

나는 방과 화장실을 둘러보고 만족했다. 천 오백 루불이면 우리 돈 2만 5천원 정도.

상트의 한인민박이 십만 원 정도. 공짜같은 기분이다.

배낭을 던져 놓고, 여름궁전으로 직행.

그런데 문제가 생겼다.

'지하철을 타고 빨간선, 아브토바(автова)역에서 내리면 봉고차가 쭉 서 있다. 그걸 타면 한 번에 여름궁전까지 갈 수 있다.'는 인터넷의 정보를 믿고 아브토바 역으로 직행 했던 것.

이 사람, 저 사람. 묻고 또 묻고. 봉고차는커녕, 여름궁전 행 버스도 아는 사람이 없었다.

— 나 참, 기가 막혀. 이제 어디로 가야하나? —

갑자기 실망의 늪에 빠져 버렸다. 그렇다고 여기서 포기할 수는 없는 일. 다시 또 묻는다.

이 때 나타난 사나이, 러시아 젠틀맨.

내가 아무리 '표트르 드보레츠'(Пётр дворец)를 외쳐도 발음 탓인지 사람들은 알아듣지 조차 못했다. 나는 내가 만든 가이드북을 꺼내 들고 러시아 문자로 적힌 'Пётр дворец'를 만나는 사람마다 코밑에 들이 밀었다.

한동안 나의 가이드북을 들여다 보던 러시아 젠틀맨.

"켄유스픽 잉글리쉬?" (너 영어 할 줄 아니?)

— 아이쿠 반가워라… — "아이캔 리틀…"

"나 지금 그 쪽으로 가는 길이야. 나만 따라 와…"

장님은 지팡이만 따라 간다. 나는 러시아 젠틀맨만 따라 간다. 타라면 타고, 내려하면 내리고. 두어 번 갈아탔다.

　두 번째 갈아탄 버스가 신나게 달리기 시작했을 때,
　나는 천천히 꿈나라로 들어갔다. 지난 밤 잠을 설친 탓인지 버스에 올라
앉자마자 잠이 쏟아진 것이다. 얼마나 달렸을까?
　"여기야… 내려."
　러시아 젠틀맨이 나를 흔들면서 말했다.
　나는 졸린 눈을 닦을 틈도 없이 버스가 서자마자 뛰어 내렸다. 그리고
버스는 '부웅'하고 떠나 버렸다. 나를 안내(?)하던 러시아 젠틀멘도 함께
사라졌다. 인사도 없이.
　— 어어…? 여기가 어디야? 그런데 그는…? —

　겨우 정신을 차린 나는 주위를 둘러 보았다.
　— 으음, 저기가 정문인가 보군. —
　주위에는 집도 사람도 보이지 않았다. 나는 정문으로 보이는 게이트를
향해 걸어 들어갔다.
　그런데 뭔가 좀 이상하다.
　궁전의 입구라면 당연히 매표소가 있어야 하고, 안내하는 사람이나 관
광객들이 보일 텐데 매표소는 커녕 사람의 그림자도 보이지 않는다. 이상
하다.

　정원인 듯한 빽빽한 나무들 사이로 저 멀리 궁전같은 건물이 보인다.
　— 좌우지간 들어 가 보자. —

사방으로 길은 나 있는데 온통 눈과 얼음으로 뒤덮여 있다. 완전 얼음판
.

눈으로 뒤덮인 궁전은 보수공사를 하는지 천막으로 가려져 있다.
— 야아, 무슨 관광지가 이래? —

궁전으로 다가갔다. 문을 흔들어도 보고, 밀어도 보았지만 꿈쩍도 않는
다. 그 때 누군가 나타났다. 작업인부 차림이다. 그가 말했다.
"요즘 일 안 해. 노오 라보뜨." (No работа)
완전 개점휴업.

그가 일러 주는 데로 궁전의 곁을 돌아 갔다. 뒤쪽이 정면이었다. 한 눈
에 궁전의 정원이 펼쳐졌다. 그러나 삭막하고 을씨년스러운 분위기에 관
광지는 생명을 잃고 있었다. 궁전을 한 바퀴 돌아 보고 나와 버렸다. 화려
한 황제의 여름궁전은 그 곳에 없었다.

호텔로 되돌아 왔다.
갑자기 배가 고프다. 새벽 3시에 도시락라면 하나 먹은 후, 줄곧 여기저
기 설치고 다닌다고 밥 먹을 틈도 없었다. 먹어야 살지… 호텔 지배인 나
탈리아(Natalya)는 친절한 여인이었다. 내가 저녁식사와 내일 아침 걱정
을 하자 슈퍼마켓을 찾아가서 나를 도와 주었다. 비가 오는데도.

빵과 콜라로 저녁식사를 마치고 나는 잠시 앉아서 생각에 잠긴다.
'초끈이론'이 대체 뭔가? 물리학의 물(物)자도 모르는 문외한이 초끈이

론을 설명한다는 것은 장님이 코끼리 다리를 만져 보고 코끼리를 설명하는 일보다 더 웃기는 일이다. 하지만 전혀 모르는 사람 보다는 나을 것 같아 한 번 저질러 보자.

초끈 이론은 이렇다. 우리는 지금까지 물질의 최소단위가 원자인줄 만 알았다. 그러다가 할일 없는(?) 사람들이 이 원자를 쪼개고 또 쪼개고 드디어 양자론이라는 골치 아픈 장르까지 내려갔다. 마지막 종점까지 쪼개고 내려가 찾은 것이 소립자의 세계인 양자의 세계. 그것이 전자 · 쿼크 · 중성미자(뉴트리노) · 광자 · 중력자 · 글루온 등이다. 그러면 그것이 종점이냐? 그렇지 않다는 것이 학자들의 말씀이다. 마지막으로 남은 것은 물질의 두 얼굴이었다. 물질은 결국 물질이면서 파장이라는 결론까지 이르렀다. 또 까고, 쪼개고… 그렇게 쪼개고 내려가자 결국 아무 것도 없다는 결론에 도달한 것이다. 마지막까지 깨뜨려 버렸는데 뭐가 남을게 있나? 없지. 물질의 두 얼굴이란 도대체 무슨 말이냐? 그것이 곧 공철학(空哲學)이다. 이다(is)와 아니다(not)가 하나라는 것이다. 色卽是空, 空卽是色.

그건 그렇고, 그런데 마지막까지 다 쪼갠 자리에 끈이 하나 남아 있었다. 끈은 너무 작고 가늘어서 이미 물질의 상태는 아니었다. 질량이 있어야 물질이 될 텐데 이 끈은 질량도 없이 그냥 끈일 뿐이다. 질량이 있어야 최소한 '점'의 상태라도 유지가 될 텐데 질량이 없으니 점이 안 된다. 그래서 그냥 '끈'이 되었을 뿐이다. 끈의 크기는 이렇다. 원자 하나를 우리의 은하계 만큼 크게 만들었을 때, 끈의 길이는 1cm정도 밖에 안 된다니 이건 '측정 불능'이라고 말해야 할 정도다.

그런데 이게 마술지팡이인 것이다.

기타를 연주하는데 기타 줄 한 가닥에서 다양한 소리가 나온다. 그것은 기타 줄의 떨림 현상이다. 이 끈이라는 마술 지팡이가 어떻게 떨리느냐에 따라서 온갖 소립자들의 춤을 추면서 생겨나는 것이다. 모든 물질은 이 끈으로부터 생겨난다는 것이다. 그런데 이거 말만 가지고 그런 소리 해 봤자 그건 헛소리다.

물리학자들이 공식을 만들고 계산상으로 증명을 해줘야 확실한 논리로 자리를 잡을 텐데 아직 논리가 정립되지 못한 탓으로 과학자들끼리도 설 왕설래가 계속되고 있는 것이다.

내가 보기에 그것(끈)은 에너지의 다른 모습이다.

'우주는 공(空)이 아니고 공으로 가득 차있다'는 말이 있다. 공은 무(無)에서 유(有)로 나아가는 준비단계라 하였다. 우주는 에너지로 가득 차있다. 에너지는 보이지 않는다. 실체가 없다. 서양에서는 에너지라 하지만 동양에서는 그것을 기(氣)라 하였다. 기는 보이지도 않고, 실체도 없다. 그러나 기는 있다. 아인슈타인이 만든 공식이 $E=mc^2$이다. 이것은 '물질은 곧 에너지다'라는 말을 수식으로 나타낸 것이다. 우리는 이미 양자론에서 물질의 두 얼굴을 보았다. 물질은 물질이면서 물질이 아닌 것이다. 끈은 그냥 두 얼굴의 기본인 것이다. 질량이 없으니 분명 물질은 아니다. 각설하고.

내가 여기서 엉뚱한 물리 이야기로 횡설수설 하는 것은 '생각'이라는 괴물을 요리하는 과정에 필요한 대목이라 지껄였다.

생각이다. 마음이다 하는 것은 물질의 반응현상이라는 것이 사실로 밝혀졌다.

들어오는 정보의 기본은 끈이다. 정보를 받아 들이는 수용체도 끈이다. 끈과 끈이 만나면 금방 친해질 수 있다. 빛은 빨강(red) · 파랑(blue) · 녹색(green)의 세 가지 색(三原色)으로 세상의 모든 만물을 보게한다. 인간의 뇌신경은 오감(五感:視聽味嗅觸)으로 들어오는 정보와 기억되어있는 정보가 유전자의 반응에 따라 온갖 공상과 망상을 발현(發顯) 시킨다. 생각은 물질의 장난이다. 인간의 지능이 아무리 높다 하여도 오감의 벽을 넘을 수는 없다. 인간은 뇌세포에 프로그램 되어있는 생각의 메커니즘을 벗을 수가 없다.

이것이 내 공상의 본질이다. 사랑도 물질의 장난이요, 증오도 물질의 장난이다. 웃는 것도 물질의 장난이요, 싸우는 것도 물질의 장난이다. 바보 같은 인간들은 이러한 물질들의 장난질에 울고 웃는다. 마술 지팡이의 장난은 여기서 끝나지 않는다. 또 있다.

'옷깃만 스쳐도 인연이다'라는 말이있다. 인연(因緣)이란 인과율(因果律)을 말한다.

인(因)은 시작(始作)이고 연(緣)은 과정(過程)이다. 그리고 인과율은 시작과 과정을 거쳐 종결에 이르는 법칙을 말한다. 세상사 모든 일은 인과에 의해서 그 율(律)이 결정된다. 이것이 인과율이다.

자, 이제 생각이 왜 일어나는가? 마지막 장(章)을 열어 보자.

생각(마음)이 물질의 반응현상이라는 사실도 과학적으로 입증되었고,

물질은 물질이 아니라는 사실도 밝혀졌다. 그런데 또 뭐가 문제인가? 화두는 이제 '생각'에서 '현상'(現狀)으로 바뀌었다. 왜 인간은 이렇게 밤낮없이 싸우면서 살아야 하고, 왜 해와 달은 동에서 뜨고 서쪽으로 지는가? 왜 인간은 이렇게 사랑에 목말라 하고, 만남과 헤어짐에 울고 웃는가? 왜? 왜? 왜?

5. 여걸(女傑) 에카테리나(Ekaterina II).

저녁식사 후, 일기장 정리를 하고 내일일정을 검토한다.

내일 일정은 이렇다.

내일 우선 푸쉬킨(Пушкин)시(市)로 가서 예카테리나 궁의 호박방을 돌아보고 모스크바로 되돌아갈 생각이다. 상트에서 키예프(Киев)로 내려가는 열차는 없다. 상트에서 출발하는 키예프행 열차 대부분이 모스크바를 거쳐서 간다. 모스크바에서는 키예프행 열차가 자주 있는 반면 상트에서는 내가 계획하는 시간에 맞추기가 어렵다. 모스크바로 돌아가면 야간열차로 곧장 우크라이나의 키예프로 미끄러져 내려 갈 작정.

푸쉬킨 시(пущкин города).

푸쉬킨 시(市)에는 왜 가는가? 푸쉬킨 시는 명칭에서 그 의미가 풍기듯이 러시아의 시인 푸쉬킨과 분명 관계가 있다. 과연 무슨 사연인가?

삶이 그대를 속일지라도 노하거나 서러워하지 말라

절망의 날을 참고 견디면 기쁨의 날 반드시 찾아오리라

마음은 미래에 살고 현재는 언제나 슬픈 법

모든 것은 한 순간에 사라지지만

가 버린 것은 마음에 소중하리라

—하략—

이상은 푸쉬킨이 남긴 유작 중의 한 구절이다.

푸쉬킨 시는 상트페테르부르크에서 남쪽으로 20여 킬로미터 떨어져 있는 도시다. 러시아 황실의 여름 궁전이 있었던 이 도시의 본래 이름은 차르스코예 셀로(Царское Село), 즉 '황제의 마을'이었다. 18세기 초 표트르 1세가 건설한 도시로, 특히 예카테리나 여제가 세운 별궁(이후 황실 여름 궁전으로 이용됐다)이 있었던 곳. '황제의 마을'이 푸시킨 시로 명명된 것은 알렉산드르 1세가 그 곳에 세운 학교 '리체이'에서 푸쉬킨이 공부했기 때문이다. 푸쉬킨(Aleksandr Sergeevich Puskin. 1799~1837)은 1815년 리체이의 상급반 시험장에서 '차르스코예 셀로의 회상'이라는 자작시를 낭송하여 시인으로서 자질을 인정받았다. 그는 자유주의적 기풍에 물들며 진보적인 낭만주의 문학 그룹에서 활동했다.

학업을 마치고 외무성에 근무했지만 혁명적 사상가 및 운동가들과 교류하면서 러시아의 전통적인 농노제를 타도해야 한다는 사상에 고취되어 있었다.

그는 러시아 문학의 발전뿐 아니라 러시아어 자체의 발전에도 기여했다는 평가를 받는다. 러시아어 표현에서 부족함을 느낄 때 그는 과감하게 새로운 단어나 표현을 고안해내기도 했고, 풍부한 감성을 유감없이 발휘한 문장 표현은 러시아 문학을 푸쉬킨 이전과 이후로 나누게 할 정도였다. 서유럽에 비해 문화적으로 뒤떨어졌던 19세기 러시아에 푸쉬킨은 유럽의 모든 문학 장르를 도입시켰다. 서정시·서사시·소설·단편·에세이·희곡 등 모든 장르에 걸쳐 창작의 불꽃을 피워 올린 것이다. 푸쉬킨이 없었다면 톨스토이도 없었을 것이라는 평가가 나올 정도였다. 그런데 문제는 그가 38세의 꽃다운 나이에 결투장에서 이슬로 사라졌다는 것이다. 무슨 이유로? 러시아의 국민적 작가에서 더 나아가 세계인들의 많은 사랑을 받고 있는 그의 사랑과 영광과 비극은 어떻게? 왜 일어난 것일까?

타앙~.
1837년 2월 8일. 상트페테르부르그 모아카 마을의 교외 숲속에서 울려퍼진 총소리다.
숲속의 눈밭에 마주 보고 서있던 두 사내 중, 한 사내가 쓰러졌다. 결투가 끝난 것이다.
두 사내는 조르주 단테스와 알렉산드르 푸쉬킨.
쓰러진 사내가 푸쉬킨이다.
푸쉬킨은 곧 병원으로 옮겨졌으나 혼수상태에서 깨어나지 못한 채 이틀 후 숨졌다.
왜 그들은 금지된 결투에 목숨을 걸었던가?

사건의 전말(顚末)은 이렇다.

푸쉬킨의 아내 곤차로바(Natlaya Goncharova)는 푸시킨과 결혼하기 전부터 러시아 상류 사회 사교계의 꽃이었다. 그런 곤차로바에게 언제부터인가 엉뚱한 사내가 붙었다. 조르주 단테스였다. 단테스는 러시아로 망명한 프랑스군 장교로 네덜란드 공사 헤케른의 양자였다. 단테스는 끈질기게 푸시킨의 아내 곤차로바에게 구애했고 이는 당시 러시아 상류 사회 최대의 화제로 떠올랐다. 푸시킨은 모욕감으로 분노했다. 아내와 자신의 명예를 지켜야 한다고 생각한 푸시킨은 단테스에게 결투를 신청했지만, 단테스가 나탈리아 곤차로바의 언니와 결혼함으로써 결투 신청은 없던 일이 됐다. 그러나 단테스의 구애는 끝나지 않고 계속되었다. 참다 못한 푸쉬킨 마침내 결투를 청하고…

꽃다운 38년. 시인은 그렇게 떠나갔다.

내 그대를 사랑했노라
사랑이라는 게 존재하는 한,
내 영혼에서 완전히 꺼지지 않나니
그러나 나의 사랑은
더 이상 그대를 괴롭히지도 방해하지도 않나니
내 그것을 원치 않기 때문이니
내 다만 그대를 사랑했노라
이야기도 희망도 없이 때로
나의 소심함과 때로 나의 질투가 나를 괴롭혔지만
내 다만 그대를 사랑했노라,
그토록 진심으로 그토록 조심스레

신의 섭리에 따라

다른 이들이 그대를 사랑한 것만큼…

곤차로바와 결혼하기 전 안나 올레니나라는 여인을 열렬히 사랑했던
푸시킨이 당시의 심정을 담은 시다. 그는 자신의 운명을 예지하고 있었던
듯 그렇게 절망을 넘어 사라졌다.

그런데 푸쉬킨 시(市)에는 왜 왔는가? 설마 푸쉬킨을 만나러 온 것은 아
닐 터.

그렇다. 분명 푸쉬킨을 만나러 온 것은 아니다. 푸쉬킨 시에는 예카테
리나 궁이 있기 때문이다. 예카테리나 궁에는 여황제 예카테리나 2세의
흔적이 묻어 있고, 그 유명한 호박방(琥珀房)이 있기 때문이다. 그러면 호
박방은 무엇이며 예카테리나는 누구인가?

호박(琥珀)은 나무에서 나온 수액(樹液)이 땅 속에서 수소·탄소·산소
등과 화합하여 돌처럼 굳어져 보석이 된 것이다. 호박이 완성되기 까지는
사천만년에서 오천 만년의 시간이 필요하다고 한다.

예카테리나 궁의 호박방은 1716년 프러시아의 프리드리히 빌헬름 1세
가 러시아와의 동맹을 기리기 위해 표트르 대제에게 선물했다. 그런데 이
호박 덩어리가 어느 날 감쪽같이 사라져 버렸다.

제 2차 세계대전이 터지고 나치 독일군이 밀려든 이후 호박이 사라져
버린 것이다. 그 이후로 그것을 본 사람은 없다. 소비에트 정부는 30년에

걸쳐 소련과 독일 전역을 샅샅이 뒤졌지만 찾지 못했다. 마침내 수색작업을 중단하고 800만달러를 들여 호박방 복원작업에 들어갔다. 50여명의 복원사들의 25년 작업을 거쳐 지난 2003년 상트페테르부르크 정도(定都) 300주년 기념식에 처음으로 공개 되었다. 현재의 호박방은 가짜다. 그래도 아름답다.

푸쉬킨 시로 가려면 일단 상트의 지하철 모스꼽스카야(Mocko vckaя) 역으로 가서 버스를 타야 한다. '지하철 역 앞에 맥도날도가 있고, 맥도날도 앞에 푸쉬킨행 버스가 있다.'

나는 멜란쥐호텔을 나와 곧장 모스크바 바크잘로 갔다. 모스크바 바크잘은 모스크바행 기차 역이다.
어차피 푸쉬킨을 다녀오면 모스크바행 열차를 타야 하기 때문이다.
— 배낭부터 맡기자. —
잠시 모스크바 바크잘을 한 번 살펴보자.
역사 안으로 들어가면 검색대를 통과해야 한다. 검색대를 통과하면서 왼쪽을 보면 여행사 사무실이 보인다. 여행사는 인포메이션 역할을 한다. 여행사 옆에 화장실이 있고, 역사 안으로 들어가는 계단을 오르면 대형 홀의 대합실이다. 대합실로 들어가는 계단을 오르기 전 우측 구석 쪽에 아래층으로 내려가는 계단이 있다. 계단을 내려가면 복도 끝에 수하물보관소가 있다.

바크잘에는 열차표 파는 창구가 없다.

대합실을 지나 계속 들어가면 밖으로 나가는 출구가 있다. 이 출구를 나가면 밖에 또 다른 건물이 보이는데 이 건물이 열차표 파는 건물이다.

모스크바 바크잘 앞에 있는 지하철역은 보스따냐(Востаня) 역이다. 보스따냐 역에서 지하철을 타기위해 코인을 사고 에스컬레이터 앞에서 직원에게 물었다.

"마스깝스까야…"

내가 그렇게 말하자 직원은 노선도를 꺼내더니 설명했다.

"하나, 둘, 셋… 세 번째야…"

그리고 이번에는 2호선 노선도를 가리키며 말했다.

"하나, 둘, 셋, 넷, 다섯…다섯 알지.. 마스깝스까야… 바로 여기야."

'세 번째 역에서 내려', 갈아타고 '다섯 번째 역에서 내려라'는 말씀.

수화로도 잘만 통한다.

모스깝스까야 역.

친절한 청년을 만났다.

"나는 푸쉬킨으로 간다. 오토버스는 어디 있느냐?"

청년은 나를 끌고 푸쉬킨행 버스 정류소로 직행. 맥도날도가 그 곳에 있었다. 물론 맥도날도 앞에는 '푸쉬킨'이라 적힌 버스가 기다리고 있었다.

"푸쉬킨…?"

기사가 머리를 끄덕였다. 나는 기사 옆자리에 앉았다.

30분 쯤 달렸을까? 기사가 내게 말했다.

"이봐… 저어기… 짜르스코예 셀로(Царское село)…."

"어? 벌써…?"

인터넷에서는 한 시간 걸린다 했는데. 기사가 거짓말 할 리가 없지. 내렸다.

기사가 가리킨 방향으로 계속 걷는다. 가다가 행인을 만나면 다시 묻는다.

"짜르스코예 셀로…?"

이윽고 예카테리나 궁 도착. 09시 정각.

안내판에는 입장시간 10시. 아직 한 시간은 기다려야 할 형편. 그런데.

관광객으로 보이는 사람들이 계단으로 올라가는 모습이 보였다. 나도 천천히 그들의 뒤를 따라 계단으로 올라갔다.

"히야~"

계단으로 올라가자 언덕 위에 멋진 건물이 나타났다. 이른바 예카테리나 궁이다.

궁의 중앙에 있는 현관에 한 무리의 관광객이 몰려 있다.

내가 그들의 곁으로 다가가자 그들이 궁 안으로 들어가기 시작했다.

— 아직 입장시간이 아닌데…? 뒷구멍으로 거래를 할 수 있을까? —

나도 그들의 꽁무니에 따라 붙었다. 대부분이 중국사람들이다.

— 잘하면 중국인들 틈에 끼어 들어, 공짜관광 할지도 모르겠는걸.. —

요런 싸가지 없는 공상을 하면서 그들의 뒤에 바짝 붙었다.

"아뿔사…"

그게 아니었다. 비행장 출입 때 하던 검색대 같은 것이 있고, 한 사람, 한 사람씩 표 검사를 하고있다. 할 수 없이 돌아섰다.

— 표는 어디서 파나? —

두리 번, 두리 번. 매표창구로 보이는 창구 앞에 사람들이 줄을 서있다. 나도 그들의 뒤에 붙어 섰다. 그 때 깃발 든 청년이 내게 물었다.

"닌 이거런마?" (一人? 너 혼자냐?)

"쓰" (是, 그렇다)

그는 손가락으로 창구와 땅을 번갈아 가리키면서 다시 말했다.

" 구루빠… 구루빠…"

" 구루빠?"

나는 되물었다. 구루빠는 클럽(Club)이다. 단체라는 뜻일 터. 그렇다면. 청년이 반대편을 가리킨다. 개인 매표창구다.

결국 입장권을 샀다.

— 행운이라고 말해야 할까? —

인터넷에서 얻어 들은 소문으로는 '호박방' 구경하는데 개인은 불가능 하다고 했다.

'티켓 오피스 앞에는 끝간데 없이 길게 늘어선 어마어마한 인파에 기가 질리는데 줄은 좀체 줄어들 줄 모른다. 여기서 족히 몇 시간은 줄을 서서 기다려야 할 것 같다'

'여행사에서 표를 독점 하는 바람에 표를 구하는 것은 불가능하다고 보고 체념하려니 발걸음이 떨어지지 않는다!! 그러니까 개인 여행자가 표 사는 것은 불가능 하다고 했구나!는 등. 은근히 걱정을 하고 있었는데 이건, 완전 거저먹기다.

2층으로 올라가자 바로 호박방.

"히야~"

눈 앞에는 정말 놀라운 광경이 펼쳐져 있었다.

'역사상 가장 호화로운 방'. '최고의 예술작품.' 호박방은 벽과 천장은 물론 장식장과 탁자들, 가구와 소품에 이르기까지 호박으로 장식했다. 7톤 무게의 호박으로 만든 방이다. 환상적인 작은 입상과 튤립·장미·조개 껍데기 등으로 장식된 호박방의 아름다움은 가히 전설적이다. 호박방에 들어서면 호박이 빚어 내는 오묘하고 화려한 느낌 때문에 누구나 황홀경에 이르게 된다.'는 등의 극찬이 호박방을 대변한다.

—하하, 이토록 아름다운 모습이 모두 가짜라니… 아쉽다. 쯧쯧.—

두 바퀴, 세 바퀴. 호박방 돌아보기 2시간. 입장권 400루블.

벽에 걸린 예카테리나 여제의 사진 한방 쾅, 얼간이 황제의 초상화 앞에서 다시 한방. 그리고 퇴장.

그런데, 그러면 이토록 아름다운 호박방의 주인은 누구였을까?

그야 물론 예카테리나 궁이니 당연히 주인은 예카테리나 여제(女帝)가 아니겠는가?

예카테리나 여제. 그는 또 누구인가?

1729년 5월 2일. 프로이센왕국의 작은 공국 포메른의 슈체친에서 여자 아이가 태어났다.

그녀의 이름은 '조피'. 정식이름은 '조피 아우구스테 프리데리케(Auguste Friederike)'. 그녀는 그녀가 태어나기 전

부모의 유전자가 결합하는 순간 그녀의 유전자가 형성되고, 외모와 성격과 운명은 그 때 결정지어 졌다. 그 때 조피가 러시아 로마노프왕조의 여 황제가 될 몇 가지 조건이 형성되어가고 있었다.

몇 가지 조건은 이렇다.

당시 로마노프 왕조의 차르(황제)는 엘리자베타 1세 여제였다.

엘리자베타 1세가 제위에 오르기 전, 그녀는 약혼한 상태였다. 그러나 약혼자가 결혼직전 사망해 버렸다. 이런 사정으로 후사가 없게 된 여제는 후계자 문제로 고민에 빠졌다. 이때부터 시골뜨기 촌닭 '조피'가 로마노프 왕조의 여 황제가 되기 위한 프로그램이 차근차근 진행되기 시작한 것이다.

엘리자베타 1세 여제에게는 시집간 언니가 한 사람 있었다. 친 언니도 아닌 안나라는 이복언니였다. 안나는 그 때 프로이센의 홀스타인 공작에게 시집가서 1728년 표트르라는 아들을 한 명 두었다. 안나는 이 아들을 낳고 몇 주도 되기 전에 숨졌다. 간난아기였던 표트르는 아버지가 길렀다. 표트르가 13살 되던 해 아버지 홀스테인 공 마저 숨지고 표트르는 고아가 되어 러시아로 옮겨졌다.

이 때 후계자 문제로 고민하고있던 엘리자베타 여제는 이 아이를 후계

자로 점 찍고, 미래의 차르(황제), 표트르 3세의 신붓감 간택에 착수했다.

그런데 문제는 그렇게 간단하지 않았다. 차르가 될 13살 표트르는 문제 아니었다.

얼굴은 못생긴데다 심하게 마마를 앓았던 탓에 보기흉한 곰보. 병약한 체질에 아둔한 고집불통에 무식의 극치. 하는 일이란 인형놀이와 장난감 병정놀이가 일상이었다.

이런 얼간이 황태자비에 간택된 아가씨, 그녀가 바로 예카테리나 (Ekaterina) 여제가 되는 조피였다.

그리고 또 다른 조건도 형성되고 있었다.

조피가 간택된 데는 또 다른 사연이 숨어 있었다. 엘리자베타 1세 여제가 제위에 오를 때 상당한 잡음이 있었다. 잡음의 발단은 외척들의 권력 다툼에서 발단되어 시끄러웠던 사실에 여제는 신경이 쓰였던 것이다. 대원군이 안동 김문들의 세도정치에 질린 심리적 반감으로 척족들의 발호를 막을 셈으로 민비를 간택하였듯이 예카테리나 여제 역시 가난하고 주변에 인물 없고, 부려먹기 만만한 배필을 살피다가 안성맞춤을 발견한 것이 조피였다. 뿐 아니다. 황제가 될 인물이 반반하였다면 그나마 조금 신경을 썼을지 모르겠지만 워낙이나 볼품없는 표트르를 어느 신부가 좋아하겠는가? 해서 안성맞춤이다.

조피가 황태자비의 간택에 오를 수 있었던 제 3의 또 다른 프로그램이 있었다. 당시 조피가 러시아 왕궁으로 들어와 여제의 눈에 찍힐 수 있었던 프로그램이 따로 있었다. 조피의 어머니 요한나의 요절한 오빠 카를 아우구스트는 엘라지베타 여제와 친밀한 사이였던 것이다.

그런 인연으로 조피는 러시아로 가게 되었고 그리고 정교회의 세례명인 예카테리나라는 이름을 받고 뒷날 표트르대제로 즉위하는 러시아제국의 제위계승자인 표트르와 결혼하여 대공비의 칭호를 하사받게 된 것이다. 두 사람 모두 독일 태생이었기 때문에 표트르에게 예카테리나는 독일어로 마음껏 대화를 나눌 수 있는 상대였다. 그러나 대부분의 정략결혼이 그러하듯 두 사람의 결혼생활은 순탄치 못했다. 명목상으로 황태자와 황태자비인 채로 두 사람은 각자 정부를 두면서 18년간 살았다. 예카테리나가 낳은 세 아이도 모두 정부의 소생으로 각각 아버지가 달랐다 한다.

뿐만 아니라 표트르는 엄청난 술고래였다. 결혼 첫날밤에도 잔뜩 술을 마시고 인사불성이 되어 신부를 놔둔 채 골아 떨어져 버렸다. 정신이 말짱한 날이라고 해서 결혼생활이 만족스러운 것도 아니었다. 신랑이든, 신부든 어느 쪽도 만족하지 못하는 쉽지 않은 관계였다. 열 여섯 살의 신부는 엉뚱하긴 하였지만 아직 부부관계를 모르는 애송이였다. 표트르 역시 정신적으로나 신체적으로나 부부관계를 맺을 능력이 없어 보였다.

몇 년 동안 이런 생활이 이어지다가 그 후 공식적으로 한 차례 이상 부부가 잠자리를 함께 하기도 했다. 그 날 밤도 표트르는 인사불성이었지만 적어도 본인은 그랬다고 믿었다. 어찌 됐든 표트르는 1754년에 예카테리나가 낳은 첫 아들 빠벨을 자신의 아들로 인정하고 황태자로 삼았다.

그 즈음 예카테리나는 애인을 두기 시작했다. 엘리자베타여제가 황실의 대가 끊어질까 봐 염려하여 성가실 정도로 재촉한 탓이었다. 예카테리나는 비망록에 세 아이 모두가 표트르의 자식이 아니라고 적었다.

1762년 엘리자베타여제가 죽자 황태자 표트르는 표트르3세로 황제의 자리에 올랐다.

표트르3세가 통치하던 짧은 기간은 러시아로서는 그야말로 재앙의 시기였다. 표트르3세는 엘리자베타여제가 오랫동안 다져 온 대외정책을 무시하고 7년 전쟁에서 대적하던 프로이센을 지지했다. 황제의 자리에 오르자마자 전쟁 막바지에 승리를 눈앞에 둔 러시아군을 철수시켜 버린 것이다. 이 사건 뿐만이 아니라 갖가지 변덕스런 결정으로 러시아병사들을 격분시켰다. 종교분야에서는 러시아 정교회를 압박하고 고향 홀스타인의 루터파교리를 전파하려 했다.

제정신인지 의심스러울 정도로 어리석은 표트르 3세는 정치적 지지기반을 조금도 다지지 못했다. 러시아에서는 관료조직이나 군대나 종교계의 지원을 받지 못하면 통치가 불가능했다.

황제비 예카테리나는 강단있는 독일 여인이다. 러시아인들은 독일인을 좋아하지 않는다. 그녀는 철저한 루시안이 되기 위해 노력했다. 말과 글을 익히고 궁중예법과 문화에도 심혈을 기울여 열심히 공부했다. 표트르가 철없이 구는 것도 상관없다. 그녀는 그녀의 심장으로 흐르는 테스토스테론의 혈기와 카리즈마를 숨긴 체 숨을 죽이고 자신만의 배를 노젓고 있었다. 표트르 3세가 통치하던 6개월 동안 군대와 관료조직과 백성들은 점차 예카테리나에게 지지를 보내기 시작했다.

인간의 정신과 육체를 경영하는 데는 다양한 종류의 호르몬이 존재한다. 이들 호르몬들이 존재하는 데는 적정량이라는 것이 있다. 인체에 필요한 적당량이 있을 때 인간의 정신과 육체는 건강상태를 유지한다. 어느 종류의 호르몬이 적정량에 미달하거나 초과할 경우에 이상현상이 발동한다. 그것이 질병일 수도 있고 혹은 또 다른 이상행동이 발현되는 수도 있다. 테스토스테론은 남성의 경우 미달하면 정신은 소심해지고 육체는 복제기능을 상실하게 되어 '고개숙인' 남자가 된다.

'팔자는 못 속인다'는 말이있다.

숨기면 숨겨지는 것도 있겠지만 아무리 숨겨도 숨길 수 없는 것이 있다.

마각(馬脚)은 결코 호각(虎脚)이 될 수 없다. 어느 틈인지도 모르게 조피에게 연인이 생기기 시작했다. 숨겨 놓은 바람끼가 슬금슬금 고개를 쳐들기 시작한 것이다.

1762년 6월 28일, 예카테리나와 그녀의 애인 그리고리 그리고리에비치 오를로프(Grigory Orlov, 1734~1783)는 표트르 3세를 폐위시키기 위해 충직한 병사들을 이끌고 상트페테르부르크로 진격했다. 오를로프의 동생이자 군장교인 알렉세이는 상트페테르부르크의 별궁으로 가서 표트르 3세를 퇴위시켰고 예카테리나는 황제의 자리에 올랐다. 쫓겨난 곰보황제는 근위대 장교에 의해서 맞아 죽었다.

여제가 된 그녀는 군주로서의 지위를 공고히 하기위해 획기적인 정책들을 수행하였다. 법치주의 원칙을 도입하고 귀족들과의 협력체제를 강

화하였으며 영토를 크게 확대하고 농노제를 확장하였다. 그녀는 괴물황
제 표트르대제가 이룩해 놓은 기틀을 바탕으로 대 제국건설에 박차를 가
했다.

남쪽으로 세력확장을 시작한 그녀는 오스만 튀르크를 물리치고 크림반
도를 뺏으므로 흑해로 나아가는 관문을 얻었다. 그리고 프로이센, 오스트
리아와 함께 폴란드를 분할하여 나눠 가졌다. 1780년에는 시베리아와 알
래스카를 러시아영토로 선포하고 태평양의 알류산열도까지 러시아의 영
토로 편입시켰다. 러시아는 여황의 통치기간 동안 그 영토가 1705만 Km^2
에 이르렀고, 인구 역시 표트르대제 시기의 1500만에서 4,000만으로 급증
하여 '위대하고 영명한 황제이자 국모'라는 존칭을 얻었다.

원래 예카테리나는 로마노프왕가의 후손이 아니기 때문에 황제가 될
자격이 없었고, 러시아백성들도 그녀를 거부했다. 게다가 예카테리나는
늘 잠자리를 같이할 애인을 원했고, 그런 욕구를 애써 숨기려 하지 않았다
. 바로 이런 면이 비난의 표적이 되었다. 특히 권력을 쥔 여자에게는 이런
비난이 쏟아지기 마련이다. 노골적으로 애정행각을 벌이지는 않았지만
황제의 자리에 있던 내내 줄기차게 애인을 바꾼 것은 사실이다.

그녀를 황제로 밀어 올린 애인 겸 파트너였던 오를로프와의 관계는
1772년까지 계속되었다. 통 큰 여왕은 나이가 든 오를로프에게 막대한 선
물을 주고 퇴장시킨다. 그녀는 항상 1부 1처를 고집했다. 한 번에 한 사람
의 애인만 챙긴다. 그러다 싫증나면 갈아치운다. 그 중 가장 유명한 애인
인 그리고리 알렉산드로비치 포템킨과는 결혼까지 하였다. 그리고 예카

테리나는 애인을 갈아치울 때는 언제나 마음 상하지 않도록 지위와 영지를 보상으로 주면서 달래어 보낸다.

예카테리나에게는 쾌락을 충족시키기 위해 주위 사람들을 마음대로 부릴 수 있는 힘도 있었다. 그래서 애인을 구슬러 반란을 일으키고 (멍청한) 남편을 황제의 자리에서 몰아냈다. 그리고 아무렇지 않게 정숙한 미망인 행세를 했다. 예카테리나는 원기 왕성한 여성으로 비치는 게 싫지 않았던 모양이다. 끊임없이 애인을 갈아치우며 자부심을 느끼고, 심지어 실제보다 더 음탕해 보이려고 과시하기도 했다.

51케럿이나 되는 다이아몬드를 받아 먹은 포템킨(Grigori Pote mkin, 1739~1791)은 정력이 떨어지고 여왕을 만족시킬 수 없게 되자 한발 뒤로 물러서 뚜쟁이로 변신했다. 젊고 싱싱한 사내들을 골라 여제의 침실로 밀어 넣기 시작한 것이다. 그러다가 사고가 터졌다.
최음제를 과다하게 섭취한 젊은 사내가 여왕과 침대 위에서 벌거벗고 장난을 치다가 급사한 것이다. 그러나 그녀는 부끄러운 기색은 전혀 없었다.
'소문이야 나거나 말거나 혼자서는 못살아.'
갈수록 욕망은 더욱 높아졌다.

크림반도에 시찰을 나갔다 오자마자 황제는 20대 초반의 근위대 장교 알렉산드로비치 주보프를 침대로 불러들였다. 그녀의 나이 이미 환갑. 손자 뻘의 젊은 애인을 곁에 두고 꺼지기 직전의 촛불처럼 맹렬하게 사랑을 불태웠다. 세상에 요란한 소문의 실체가 거짓이 아니었다는 증명이다.

왜 이런 일이 일어났는가? 그것은 테스토스테론 때문이었다.

남성호르몬 테스토스테론(Tesrosterone)은 성욕을 불러일으킨다. 남성에게는 성기를 발기시키고 여성에게는 음핵을 발기시킨다.

여성에게 테스트로테론이 기준치 이상으로 생산될 때 음란해 지기 쉬워진다. 예카테리나는 여기에 해당된다.

'영웅은 호색'이라는 말이 있다. 색은 물론 섹스를 말함이다.

남성에게서 테스토스테론이 많을 때 호걸칭을 들을 지는 몰라도 여성에게 '호걸'칭호를 붙인다는 건 좀 이상하다. 하지만 테스토스테론이 정도 이상으로 넘치는 예카테리나, 어쩌란 말인가? 그녀는 호걸이상으로 여성호걸이었던 것이다. 수많은 연인을 거느리고 역사를 농락하는 그녀의 성격은 테스토스테론이 아니고는 설명이 안 된다. 남성에게서 사춘기 때 가장 많은 테스토스테론이 생산되고 하루의 발기횟수도 일생 중 가장 높다고 한다. 사춘기 이후 남성들이 물불을 가리지 않고 행동하고, 울컥 감정을 노출시키고, 반항도 많이 해서 어른을 몰라보는 버릇없는 행동을 '테스토스테론 치매'라 한다.

혈중에 테스토스테론이 기준치 이상으로 많으면 뇌세포를 파괴시키기도 하지만 너무 부족할 때 알츠하이머에 걸리기도 한다. 40세 중반을 넘은 남성 중, 성욕이 떨어지고, 불쑥불쑥 짜증나고, 자주 우울하고, 기운 없고…. 이런 증상은 테스토스테론 부족으로 인한 '남성 갱년기'일 수 있다.

테스토스테론은 신체 각 부분에서 매우 다양하고 광범위한 효과를 나타낸다. 성적 기능 이외에 가장 중요한 역할은 정신을 집중할 수 있게 하며 활기차고 남성적이며 의욕과 생명력을 느낄 수 있게 만들어 주고 만족감이나 활력에 대한 느낌도 테스토스테론의 작용이다.

신체에 대한 실질기능도 많다. 골 밀도 유지에도 테스토스테론이 작용한다.

테스토스테론의 기능 중 하나는 체내지방세포에 작용해 체 지방을 감소시키는 것이다. 실제로 테스토스테론이 감소된 남성들은 복부비만이 나타나고, 여성의 경우 유방조직에 지방이 많이 축적되기도 한다.

1796년 11월 7일 욕망의 화신이었던 그녀가 눈을 감았다.

그러면 예카테리나 대제는 무엇을 남겼을까? 욕망에 눈먼 '색녀'라는 수치스런 별명만 남기고 떠난 것일까? 그렇지 않다. 눈에 거슬리는 정적들을 몰아내고, 영토를 넓히고 오스만터키와의 승리에서 크림반도를 먹고, 카스피해와 흑해를 아우르면서 보스포러스해협을 통해서 지중해로 나아갈 발판을 마련했다. 푸가쵸프의 반란을 진압하면서 그녀의 입지를 더욱 공고히 했다. 인구도 두 배로 늘었다. 이제 유럽도 러시아를 만만하게 볼 수 없게 만든 것이다.

그녀가 즐기던 놀이는 침대 위에서 말 타는 놀이와 전쟁놀이 뿐 아니었다.

미술품 수집에도 수준급이었다. 그녀가 모은 미술품들은 겨울궁전에 가득 찼다. 그녀는 이 곳을 '에르미타주(эрмитаж)라' 불렀는데 그녀가 떠난 후 뒤를 이은 차르들까지 합세하면서 에르미타주는 거대한 박물관으로 변했다. 에르미타주는 프랑스의 루브르박물관과 영국의 대영박물관과 더불어 세계 3대 박물관으로 꼽힌다.

역사를 보면 인간이 보인다.

역사 속에는 권력이 있다. 권력이란 무서운 것이다. 아니다 권력이 무섭다 기 보다 인간이 정말 무서운 동물이다.

자신의 탐욕을 위해서는 살인도 두려워하지 않는다. 당나라 태종이 그러하였고, 조선의 태종도 그랬다. 그들은 형제를 죽이고 왕이 된 자들이다. 수나라 양제가 그랬었고, 조선의 수양대군이 또한 그랬다. 수양대군은 조카를 죽이고 왕이 되었지만 수나라 양제는 형과 아버지마저 죽이고 황제가 되었다. 그런데 예카테리나가 서방을 죽였다고 무엇이 이상한가? 모든 생명체는 이기적 유전자를 보유하고 있다. 유전자라는 물질은 자신의 이익을 위해서 라면 언제, 어디서나 누구를 막론하고 해칠 수 있게 프로그램 되어있다. 그것은 생명보전의 본능 때문이다. 형제나 아버지나 남편보다는 자신의 본능이 우선이다.

되돌아 오는 데는 별 어려움 없다. 버스에 붙어 있는 행선지 표시판에 적힌 'Mockovcкая'만 보고 타면 된다. 그리고 묻는다.

"모스꼽스까야?"

기사가 머리만 끄덕이면 OK.

해냈다.

오늘 관광일정에는 별 불만이 없다. 왕복행차에 별 어려움도 없었고 예카테리나궁전의 호박방이 왜 그렇게 침이 마르도록 모두들 자랑을 하였는지 이해할 수 있을 정도였다.

배가 고프다. 푸쉬킨 시를 다녀온 시간은 오후 13시 30분 경. 새벽에 도시락라면 하나 먹은 것이 전부인데 배속에서 꼬르락, 밥 들어오라는 신호음이 들리기 시작했다. 매표창구부터 찾아 가려다가 식사부터 하기로 하고 카페를 찾아갔다.

뷔페식 카페테리아.

이것저것 대중없이 시키다가 계산서 보고 기절할까 겁나서 두 가지만 챙겼다. 밥이 보이지 않아 국수 한 그릇, 콜라 한 병을 시켰다. 250루불.(4,300원 정도)

여기까지는 좋았다. 그런데 이건 또 웬일? 사람 참 환장하겠네. 모스크바로 가려면 차표부터 사야한다. 모스크바행 매표창구를 찾아갔다.

— 모스크바행 열차표가 없다니? —

5. 우크라이나 키예프(Ukraine Kiev)

매표창구를 찾아 가기 전에 할 일이 있다.

우선 전광판을 보고 열차시간과 열차번호를 먼저 알아야 한다. 그런데 이건 또 왜? 전광판이 꺼져 있다. 할 수 없이 그냥 매표창구를 찾아 갔다. 사람들이 꽤나 붐볐다. 매표창구는 10여 곳이 되는데 모두들 줄을 길게 서있다.

— 어차피 늦은 것, 차 시간이나 알아보자. —

인포메이션을 찾아갔다. 여기는 열차에 관한 정보만 안내하는 곳이다. 그러나 불통. 내가 모스크바행 열차를 물었을 때 안내소의 여직원이 설명을 하는데 알아 들을 수가 있어야 통하지.

한동안 동문서답을 주고 받다가 호주머니에서 내가 만든 가이드북을 꺼냈다. 가이드북에는 열차 운행시간표도 있다. 나는 22:30을 가리키며 물었다.

"오늘 밤 이 열차, 탈 수 있느냐?"

안내소 여직원이 매표창구 번호를 적어 주면서 말했다.

"여기로 가라."

찾아 갔다.

결국 자정을 지나 01시 38분 열차표를 끊었다.

밤잠 자기는 걸렀다. 도무지 러시아 열차운행은 이해가 안 된다. 열차표 사는데 왜 신분증이 필요한가? 성명, 생년월일, 여권번호 등등 그런 것이 열차표 사는데 왜 필요한지. 이러다 보니 한 사람 열차표 사는데 상당한 시간이 걸린다. 그러다가 무슨 오류라도 발생하면 시간은 더욱 길어진다. 능률 면에서 보면 딱 숨통 터지기 좋을 정도. 아직도 러시아는 잠자고 있다는 기분이 든다.

상트페테르부르크 발 00:38.

이상하게 잠이 오지 않는다. 잠잘 시간이 지난 탓인가? 자려고 누웠다가 도루 일어나 앉았다. 창 밖은 칠흑. 어둠에 파묻힌 창 밖을 물끄러미 바라보다가 다시 생각에 잠긴다.

상트페테르부르크여 안녕. 예카테리나여 안녕.

여제는 러시아에서 추앙받는 대표적인 황제다. 보잘 것 없는 독일의 시골 아가씨가 대 러시아제국의 황제가 되고 불의 여제로 기염을 토하던 그녀의 배경에 무슨 비밀이 숨어 있었던가? 그것이 테스토스테론(testosterone)의 비밀이다.

뉴런의 유전자에 전달된 정보는 모두가 본 모습은 에너지(물질의 기본)다.

예민한 유전자들 역시 물질들로 구성되어있다. 들어온 정보가 물질이고 받아 들이는 수용체 역시 물질들이다. 물질과 물질이 서로 만나 반응하는 것이 생각이고 마음이다.

그리고 여기 또 하나, 기억이라는 물건이 있다. 저장되어있던 정보(기억)와 새로 들어온 정보가 유전자라는 물질을 만나 반응하는 현상이 정신이고, 마음이고, 생각이다.

인간이 태어나는 순간, 오감으로 들어오는 정보가 차단된다면 그 인간이 과연 생각이라는 반응을 할 수 있을까? 뉴런에 내재되어있는 유전자만 있다고 정보없이 정신이다, 생각이다 하는 이런 반응을 할 수 있을까? 그건 아니다.

자, 그렇다면 인간의 감정은 어떻게 존재하는 것일까?

여기에는 호르몬(hormon)이라는 물질의 비밀이 있다. 호르몬은 인체의 특정한 기관에서 생성되어 체액으로 분비되고 각 기관으로 운반되어 신체의 기능을 조절한다. 신체의 기능뿐 아니라 정신문제에도 관여한다. 이러한 호르몬의 생산여부와 기능상태에 따라서 질병도 유발되고 정신과 육체의 활동에도 관여한다. 호르몬의 종류는 다양하다. 여기서 그런 모든 호르몬을 다 들추고 콩이야 팥이야 떠들 필요는 없다. 그 중 몇 가지만 만나 보자.

도파민(dopamine)은 일종의 신경전달물질인데, 쾌감 · 즐거움 등에 관련한 신호를 전달하여 인간에게 행복감을 느끼게 한다.

만약 도파민의 분비가 비정상적으로 낮으면 제대로 움직이지도 못하며 감정표현도 잘 하지 못하는 파킨슨병에 걸릴 수 있다.

행복물질로 알려진 세로토닌은 그 농도에 따라 거침없는 행동을 하거나 수줍은 태도를 취하게하기도 한다. 슬픔이나 무력감, 고립감, 허무감, 죄책감 등을 느끼며 그로 인해 자살충동, 불면증, 체중감소, 식욕과 성욕 감퇴, 일상에서의 즐거움과 흥미상실 등의 특성도 세로토닌의 장난이다.

엔돌핀(endorphin)은 고통을 없애는 기능을 한다. 즉, 힘들고 괴로울 때 울고 나면 속이 좀 후련해 지는 것도 엔돌핀의 작용이다. 페닐아틸아민(PEA)은 격렬한 사랑을 유발시킨다.

사랑에 빠졌을 때 스트레스와 두려움이 동반 되는 것은 코르티솔이나 아드레날린과 같은 스트레스 호르몬의 작용 때문이다.

이러한 다양한 호르몬은 인간의 정신과 육체를 관리한다. 그러나 그들은 다만 노예들일 뿐이다. 노예라고? 그렇다 그들은 그들 스스로 움직이는 것 같지만 사실은 유전자의 지령에 따라 움직일 뿐이지 스스로 자각하고 행동할 능력은 없게 프로그램되어 있다.

인간도 마찬가지다. 인간은 모두 스스로 생각하고 스스로 행동한다고 알고 있다.

그러나 그건 그렇지 않다. 모든 것은 유전자의 판단에 따라 생각하고 행동한다.

유전자 또한 스스로 판단하고 행동하는가 하면 그렇지 않다. 유전자는 그 기능만 보유하고 있을 뿐이지 생각하고 판단하기 위해서는 재료가 있어야 한다. 그 재료란 보관되어있는 기억과 새로 들어오는 정보 없이 기능만 있다고 생각하고 행동할 수 있도록 정신활동이 처리되는 것은 아니다. 그렇다면 기억이란 무엇이며 새로운 정보란 무엇인가?

이렇게 따지고 들어가면 끝이 없겠다. 정보가 들어오고 나가는 것도 일정한 법칙이 있다. 이것을 우리는 인과율(因果律)이라 한다. 그것을 우리는 운명이라 한다. 인간이 생각하고 행동하는 것은 물질(정보)과 물질(기억과 유전자)이 만나 일어나는 반응현상이다. 이와 같이 인간의 모든 감정(喜怒哀樂)은 물질(호르몬)의 마술(반응현상)이다.

그러면 이러한 물질들의 장난은 어떻게 일어날까? 물론 유전자의 명령 때문이겠지만 유전자의 명령 뒤에는 비밀이 숨어 있다. 시나리오론이다.
유전자가 물질(호르몬)들을 사주(使嗾)하여 인간의 운명을 좌우하는 데는 우주의 시나리오가 숨어 있는 것이다. '시나리오론' 그것은 또 무엇인가?

새벽녘에 깜빡 잠들었다가 눈을 떴다. 그리고 일어나 세수하고 컵라면으로 조반 처리.
러시아 열차에 뜨거운 물 있다는 것이 너무 좋다.
모스크바 레닌그라츠크 바크잘 착 09:00.

어제 오후, 모스크바행 열차표 사면서 어려움을 겪었기 때문에 오늘은

좀 일찍 서둘러 열차표부터 살 생각으로 키예프스키 역(Киевский
вокзал)으로 뛰었다. 지하철은 키예프스카야 역에서 내린다. 키예프스키
역은 지하철 역 바로 옆이다. 역사 안으로 들어가면 바로 매표창구.

여행을 하다보면 가장 신경 쓰이는 부분이 경비문제다.
예산과 결산이 맞아떨어지면 개운한데, 적자가 나는 경우가 문제다.
예산은 두 가지로 짠다. 조금 옹색하게 짜놓고 비상금을 준비한다. 잉
여금을 마련해 두는 것이다. 예산초과 현상이 발생하면 잉여금에서 충당
한다. 그럭저럭 러시아여행 일정은 오늘 키예프행 열차를 타는 순간 끝나
는 것이다. 열차표가 얼마냐에 따라서 부족금액이 결정된다.

창구로 갔다.
"시버드녀 야 예두 브 끼예프. 뽀이스뜨 빌레뜨 스꼴꼬?"
Сегодня я иду в Киеве. Поезд билеты Сколько?
나 오늘 우크라이나 키예프로 간다. 열차표는 얼마냐?
손짓 발짓, 국제언어를 총 동원하여 얻은 정보.
키예프까지 쿠페(Купе) 5,975루불(10만원 정도). 루불화가 모자란다.
창구의 여직원에게 양해를 구하고 환전소로 직행.
환전소 창구.
나는 메모지에 2000Rub를 쓰고 창구로 밀어 넣었다. 그리고 달러를 보
이면서 말했다.
"스꼴꼬?" (Сколько? 얼마?)
그녀가 나의 메모를 받아 보더니 메모지에 다음과 같이 적어서 되돌려

주었다.

"33…"

나는 33달러를 넣어 주고 2천 루블을 받았다. 환전 끝.

열차표를 사고 나자 긴장이 풀리면서 배가 고프다.

카페테리아를 찾아가서 이것저것 닥치는 데로 시켜 먹었다. 600루불.(1만원 정도). 그리고 마지막 남은 잔돈까지 탈탈 털어서 오늘 저녁식사와 내일 조반을 위한 도시락라면 2개와 빵을 샀다. 러시아 돈은 땡전 한푼 없이 다 털었다. 산뜻한 마무리.

들어가면 나가는 것이 자연지사.

상트의 모스크바 바크잘에 있을 때다. 화장실에 들어가는데 이상한 현상을 목격했다. 어떤 사람은 돈을 내고 들어가고, 어떤 사람은 그냥 통과. 이상하다. 무료로 통과하는 사람은 왜 무료로 통과하는가? 한 번, 또 한번. 아하… 그렇구나. 원인이 밝혀졌다. 열차표가 있는 승객은 무료통과. 차표 없는 사람은 사용료를 내야한다. 그것이 답이다.

그 때부터 나는 무조건 무료통과. 차표가 있으니까.

— 눈치가 빨라야 식은 밥이라도 얻어 먹지.—

— 아차, 큰일났다. 이럴 수가…? —

나는 화들짝 놀랐다. 어디로 가서 누구에게 물어야 한단 말인가? 갑자기 발등에 불이 떨어졌다.

요즘은 앉으면 졸기가 일이다. 차표는 끊었겠다. 주머니 톨톨 털어 점심도 먹었겠다. 졸음이 안 오면 이상하지. 대합실 구석에 앉아 꾸벅꾸벅 신나게 졸다가 문득 정신이 들었다.

— 전광판에 플랫폼번호가 나올 때가 되었는데… —

차표를 사면 열차번호, 날짜와 시간 등등이 기록되어 나오는데 열차 탈 플랫폼번호는 없다. 발차시간이 가까워지면 열차가 들어오고 플랫폼이 정해진다. 그리고 비로소 전광판에 플랫폼번호가 나온다. 졸다가 정신을 차려 찾아간 전광판을 바라본 순간 나는 그만 기절초풍할 사실을 발견한 것이다.

열차번호는 분명 073이 틀림 없는데 행선지가 엉뚱한 곳으로 나와 있지 않은가?

— 리보브(ЛьВОВ)가 도대체 어디야? —

나는 지금 러시아 돈은 한푼도 없다. 차표를 다시 사야한다면 돈은 얼마가 더 필요할까? 열차를 잘못타서 엉뚱한 곳으로 실려 간다면? 생각이 여기까지 미치자 갑자기 당황해지기 시작하였다.

차표 끊은 곳을 찾아 가려면 플랫폼이 있는 건물을 나가 다른 건물로 가야한다. 마침 그 때 플랫폼 곁에 경찰 파출소가 보였다.

역에 파견 나온 경찰의 집무실인 모양이다. 무조건 들어갔다. 나는 열차표를 경찰이 앉아 있는 테이블 위에 던지듯 내려 놓고 큰 소리로 말했다.

"이 봐요, 나는 분명 우크라이나 키예프로 간다고 말하고 표를 샀는데 도대체 리보프가 어느 동네요? 왜 키예프가 리보프로 둔갑했는지 조사 좀 해 주세요."

물론 내가 이정도의 러시아어 실력은 분명 아니다. 하지만 말하고 싶은 내용은 분명하다. 손짓, 발짓, 아는 단어, 모르는 단어를 끼워 맞추느라 생땀을 뽑는다.

내 말을 듣고 있던 경찰은 어딘가에 전화를 건다. 그리고는 나를 따라오라 했다. 따라갔지. 한참을 기다려도 소식이 없다. 안달이 나기 시작한다.

"나는 분명, 우크라이나 키예프로 간다고 말했어."

그렇게 말하자 경찰은 진정하라는 듯이 손을 들어 올리더니 천천히 내리면서 말했다.

"미누또, 미누또…" (минуту, минуту… 잠깐만, 잠깐만)

잠시 후, 또 다른 경찰이 오자 나를 그에게 인계한다.

"따라가라…" 그런 눈치다.

따라 갔다. 대합실을 나와 수많은 열차가 들어오고 나가는 플랫폼으로 나를 데려갔다.

"여기서 기다렸다 열차가 들어오면 타라."

정확한 이야기는 모르겠고, 눈치로 보아 이렇게 말하는 게 틀림없다.

14번 플랫폼 앞이다.

"아, 이 아저씨야. 14번 플랫폼을 누가 모르나? 전광판에 다 나와 있는데. 내 말은 왜 키예프가 리보프로 둔갑을 했느냐 이 말씀이지."

이 말을 벙어리 흉내까지 내면서 표현을 하자니 등에서 식은땀이 날 정도다.

영문 모르는 경찰 아저씨.

"호들갑 떨지 말고, 기다렸다가 시간되어 열차 들어오면 타세요. 그럼, 좋은 여행되세요."

그리고 돌아서서 빠이 빠이.

"우와~ 사람 미치겠네."

할 수없이 열차표를 움켜쥐고 차표 산 창구를 찾아 갔다.

여차, 여차, 설명을 하고 따지듯 말하자 여직원 하시는 말씀.

"예이 이 어정쩡한 아저씨야, 가만히 타고 앉아 있으면 목적지까지 데려다 드릴팅께, 어디 가서 잠 오면 잠이나 주무시셔."

완전 한 방 먹은 기분이다. 돌아서 오면서도 불안한 마음은 가시지 않는다.

오늘저녁 야간열차를 타고, 내일 아침 키예프에 도착하고 나야 마음이 놓일 것 같다.

— 우와아~ 놀래겠네, —

보통의 경우, 열차는 대개 10여량 내외의 객차를 달고 다니는 정도로 알고 있었다. 모스크바에서 상트로 운행되는 대부분의 열차가 그랬다. 가장 긴 장거리열차인 시베리아 횡단열차도 20량 미만이었는데 이번 열차, 23량. 내가 타야 할 차량번호는 14번. 맨끝 객차에 23번이 붙어 있었다. 13시 57분 출발이니 한낮이다. 열차의 뒤에서 바라보니 화차의 머리통이 까마득히 보인다.

"대…단 합니다."

수수께끼의 의문이 열차를 타고나서 서서히 풀리기 시작하였다. 열차가 리보브까지 가는 것은 분명하였다. 키예프는 중간 정차역이었던 것이다. 나는 종점이 키예프인 것으로 착각하고 있었던 것이다.

"그러면 그렇지 나를 엉뚱한 곳으로 끌고 갈 이유가 어딨노?"

내 이번 여행의 일정은 이렇다.

우선 시베리아 횡단열차를 타고 모스크바와 상트페테르부르크를 돌아본 후, 우크라이나로 내려가서 키예프와 심페르폴을 거쳐 크림반도의 얄타를 돌아보고 오데사를 거쳐 루마니아로 들어간다. 루마니아는 유럽의 입구다. 루마니아에서 독일, 프랑스, 스페인의 그라나다까지 내려 갔다가 다시 파리와 뮨헨을 거쳐 발칸의 크로아티아와 그리스를 거쳐 터키로 들어갔다가 중앙아시아의 실크로드를 따라 중국으로 넘어가는 일정으로 되어있다.

우크라이나의 키예프는 러시아민족인 슬라브족의 원산지.

슬라브족의 조상들은 서기 200년 경부터 약 500년간 지금의 루마니아와 체코슬로바키아에 걸쳐 있는 카르파티아 산맥 동북쪽 삼림지대에 정착해 살았다.

5세기 경부터 외세의 침략이 심해지자(주로 바이킹의 침략) 안전한 곳을 찾기 시작하면서 동, 서, 남 슬라브인으로 흩어졌다.

오늘 날 러시아와 우크라이나, 백러시아(벨라루스, белорусы)가 동 슬라브, 폴란드, 체코, 슬로바키아가 서 슬라브, 그리고 오늘 날의 발칸반도에 정착한 세르비아, 크로아티아, 마케토니아 그리고 불가리아가 남 슬라브. 이렇게 세 방향으로 흩어졌다. 물론 러시아는 동슬라브에 속한다.

이 때 '바이킹'으로 이름을 날렸던 노르만인들의 세력은 슬라브인들을 압도했다.

이들 바이킹의 목표는 비잔틴(콘스탄티노플. 이스탄불).

당시에는 지중해를 중심으로 로마가 판치던 시절이다. 비잔틴을 털면 먹을게 있다. 그러니 약탈로 이름을 날린 바이킹이 비잔틴을 노리는 것은 당연지사. 이들은 비진틴을 향해 내려오는 과정에 슬라브인들을 노예취급 하면서 설치고 다녔다.

이런 시절, 바이킹의 왕초 가운데 '올레그'란 자가 있었다. 이들 스칸디나비아의 노르만인 바이킹들이 비잔틴으로 내려가는 도중 키예프에 중간 기지를 설치하고 눌러 앉았다.

이렇게 자리를 잡은 올레그는 힘을 키우면서 주변정리를 하여 왕국을 세운다. 올레그가 죽고 키예프가 잠시 혼란에 빠졌다가 블라지미르가 그리스 정교를 받아 들이면서 국가적 안정과 통일의 기초를 마련하였다. 블라지미르가 죽고, 그의 아들 무드르이에 이르러 황금기를 맞았으나 얼마 후 칭기츠칸의 졸병들이 달려들어 초토화 시키면서 시련을 겪는다.

키예프 쪽에서 몽골의 타타르에게 밀려 러시아의 중심은 서서히 모스크바 쪽으로 이동해 갔다. 클리크보 전투에서 승리하고 타타르의 콧대를 꺾은 모스크바 공국은 이때부터 러시아의 새로운 구심점으로 떠올랐다.

이반 3세 때에는 스스로 '차르'라 칭하면서 러시아의 진정한 통일시대를 열었다.

'차르'는 로마의 황제 '카이자르'에서 얻어 온 모양이다.

그러니까 우크라이나의 키예프는 슬라브민족의 원산지인 셈이다.

인간들은 함께 평화롭게 살기보다는 제 각각 자기들의 이익 챙기기가 우선이다.

동물 중에서도 가장 사악한 동물이 인간이기 때문이다.

러시아, 우크라이나, 그리고 기타 여기저기 흩어져 살아가는 슬라브족들이 나라를 세우고 네 주먹이 크다, 내 주먹이 크다. 그렇게 삿대질하며 싸우기 시작했다. 같은 민족이면서.

오늘은 완전히 떡 다운이다.

녹아 버린 녹다운(Knock Down)이 아니라 떡 됐다는 떡 다운이다.

나는 열차만 타면 생각에 잠긴다. 이미 나의 사색(思索)은 습관화 되어 있다.

인간에게는 인간의 역사가 있다. 그것을 우리는 인간의 운명이라 말한다. 인간에게 인간의 운명이 있다면 나라는 나라의 운명이 있다. 그것을 우리는 '국운'이라 말한다.

국가에 국운이 있다면 지구에는 지구의 운명이 있고, 지구에 지구의 운명이 있다면 우주에는 우주의 운명이 있다.

운명은 역사라 했다. 역사는 드라마다. 개인이나 국가나, 지구나 우주나, 모든 역사는 우주의 역사에 예속되어있다. 인간의 역사가 우주의 역사에 예속되어 있다는 이야기.

지구의 자전속도 1600km/h정도.

(적도기준, 북극점이나 남극점에서는 0.)

지구의 공전속도 시속 10만km.

보잉 747여객기의 속도 1100km/h정도로는 지구와의 속도경쟁에서 상대가 안 된다.

지구의 공전속도가 시속 10만Km라니 다른 별들도 비슷한 속도라고 보고.

하늘의 별들이 이런 무서운 속도로 운동하고 있는데 여기에 아무런 운행원칙도 없다면 어떤 현상이 벌어질까? 서울 시청 앞 네거리에 신호등도 없고 교통법규도 없이 차량들이 시속 100km로 모두 전력 질주한다면 어떤 일이 벌어질까? 떠돌이(行星)는 왜 떠돌이가 되었으며 붙박이(恒星)는 왜 붙박이가 되었을까? 그들이 아무런 규칙도 없이 마음대로 떠돌고 붙박힌다면 우주는 과연 어떻게 될까?

우주는 무서울 정도로 치밀한 알고리즘(algorithm)으로 짜여진 홀로그램이다. 수억, 수십억, 수조개의 별들이 무서운 속도로 움직이고 있다. 이러한 역동적인 움직임 속에 조금의 오차가 발생한다면 우주는 순간적으로 또 다른 무서운 결과를 보게 될 것이다. 그런 반면 우주는 또한 끊임없이 변화한다. 쉬임 없이 파괴되고, 그리고 재 생산되는 홀로그램의 마술을 부리면서 움직인다.

알고리즘(algorithm)이란 인도에서 아랍을 거쳐 유럽에 보급된 필산(筆

算)을 뜻하며, 아랍의 수학자 알콰리즈미(Alkwarizmi, 780~850)의 이름에서 유래한다. 우주는 온통 수학적으로 꽉 짜여진 시나리오의 프로그램인 것이다. 아라비아숫자(인도 숫자)를 유럽에 전파한 사람도 알콰리즈미였다.

인간의 역사를 잠시 살펴보자.

우리 나라의 역사를 보통 반만 년이라 한다. 5천년.

예수 탄생을 기점으로 서력기원이 2천년. 21세기라 한다. 우리가 살고 있는 세상이 21세기다. 5천 년 전의 사람들은 어떻게 살았을까? 분명한 것은 지금과 같지는 않았을 것이라는 사실이다. 그러면 과연 인간은 언제 지구상에 나타났을까?

빅뱅(Big Bang)의 기원이 137억 년 전.

지구 탄생이 46억 년 전

인류의 탄생 300만 ~ 500만 년 전

구석기 시대 후기인 약 4만 년 전

신석기 시대 ~ 기원전 1만 년

약 200만년이상 계속되었던 석기시대는 금속의 등장으로 새로운 시대를 맞는다.

약 9천년 전에 터키의 동남부 사람들은 순수한 구리를 상온에서 철편이나 구슬을 만들기 시작하였다. 약 6,600년 전부터 순동을 추출하고 야금술이 발달하기 시작하였다.

약 3천 5백 년전 터키의 힛타이트에서 철이 생산되기 시작하였다. 문명이 시작된 것은 불과 1만년 정도. 그 이전의 인간은 동물일 뿐이다.

지금도 인간이 동물인 것은 틀림없다. 그러나 인간은 착각에 빠져 있다. 그들은 동물과는 다르다고.

나는 생각한다. 인간이 다른 동물과 전혀 다르지 않다고. 생성소멸(生成消滅)의 과정을 보면 인간이나 동물이나, 심지어 식물까지도 동일한 시스템이다.

에너지를 공급받아 생존하다가 프로그램의 시나리오에 의해서 생(生)의 과정을 거쳐 소멸하는 시스템은 모두가 같은 시스템이다. 다만 다르다면 유전자의 프로그램이 달라 형태와 생존방식이 다를 뿐이지 원료(모든 생명체는 단백질로 되어있다)는 동일하다.

인간은 인간의 지능을 두고 다른 생명체보다 우월하다고 생각한다. 그러나 그것은 착각이다.

달리기는 인간보다 말들이 열 배는 빨리 달리고 눈이 밝기는 인간보다 독수리 눈이 백배는 밝다. 원숭이의 지능이 인간의 지능을 능가한다는 사실도 과학적으로 입증되었다.

인간은 과연 모든 생명체들 중에서 가장 지능이 높은 존재인가?

얼마 전 일군의 과학자들이 이 문제를 연구하여 그 결과를 발표하였다. 세계 기억력 콘테스트에서 1위를 한 인물과 침팬지의 기억력 테스트를 하였다. 결과는 인간의 참패. 지능 테스트에서도 인간의 참패. 결국 인간이 모든 생명체 중에서 가장 지능 높은 생명체라는 착각은 오만(傲慢)에 불과하였음이 증명 된 것이다. 그렇다면 왜 인간은 문명사회 생활을 하고 침팬지는 원시생활을 계속하고 있는 것인가?

내 생각은 이렇다. 그것은 환경이 원인이라고.

인간은 누구나 한 가지 일에 매달려 몰두하면 그 일에 전문가가 되게 되어있다.

인간이 벌이는 전쟁은 생존경쟁에서 비롯되었다. 인간의 생활환경은 고대로부터 끊임없는 시련의 연속이었다. 그 원인 중 하나는 인간의 생산과잉이 원인일 수도 있다.

일반적으로 다른 생명체들은 그 개체의 생산이 인간보다 떨어진다.

대부분의 생명체는 일정한 기간에만 교배하고 생산하는데 인간은 그 구조가 시도 때도 없이 만들고 생산하게 되어있다.

미국 여행 때 이야기다.

버스를 타고 가는데 옆자리에 앉은 청년이 멕시코청년이었다. 이야기를 하다가 가족이야기가 나왔다. 나는 그의 이야기를 듣고 놀랐다. 형제가 12명인가 15명인가 하여튼 엄청난 숫자였다.

'와~'하고 놀라자 그 친구가 웃었다.

인간은 정말 무서운 동물이다. 이렇게 엄청난 복제능력이 결국 경쟁사회를 유발시켰다.

반면 침팬지들은 다르다. 그들은 먹고살 걱정은 안 한다. 숲속에 들어가면 먹을 것은 지천.

인간의 불행이 시작된 것은 숲을 버렸기 때문이다.

아프리카에서 숲을 버린 이유는 모르지만 인간이 아프리카의 숲을 버리면서 비극은 시작된 것이다.

과학이 최고로 발달된 원인은 전쟁 때문이다.
탱크가 전쟁 때문에 만들어 졌고, 비행기가 급속도로 발달된 것도 전쟁 때문이다.
히틀러가 유럽을 먹고 영국을 먹으려고 이빨을 갈고 있을 때 영국은 절망했다. 그 때 영국을 살린 것은 암호해독기였다. 암호해독기를 개발하여 독일의 암호를 풀면서 독일의 전쟁 프로그램에 먹구름이 드리워지기 시작한 것이다. 영국의 암호해독기 '신타그마' 그것이 컴퓨터의 시발이었다.

제 1차 세계대전, 그리고 제 2차 세계대전을 거치면서 인간의 문명은 고속도로에 올랐다.
인간은 탄생하고 700만년. 시련과 고초를 겪으면서 오늘을 만들었다.
침팬지는 나무 위에서 놀고 먹다가 아직도 원시생활을 하고 있다.
분명한 것은 인간이 모든 동물들 중에 가장 위대한 존재라는 생각은 틀렸다는 사실이다.
그렇다면 과연 인간이 침팬지 보다 얼마나 더 행복할까? 그건 나도 모르겠다.
인간은 인간의 잣대로 모든 것을 평가한다. 소가 웃는다. 어리석은 인간들을 보고.

자, 그렇다면 이러한 모든 현상은 어떻게 그렇게 하도록 결정되어있는 것인가?

문제는 결정론이다.

이상하게 열차가 연착했다. 새벽 4시에 키예프에 도착하기로 되어있는 열차가 4시 30분이 지났는데도 열심히 달리고 있는 것이다. 보통의 경우 열차가 도착할 역이 가까워지면 서행을 하면서 시간을 맞춘다. 그런데 오늘은 이상하게 열심히 달리고 있지 않은가? 좌우지간 열차는 키예프에 닿았다. 05:00.

오늘 계획은 이렇다.

이른 아침 키예프에 들어 왔으니 여유있게 천천히 열차표부터 알아본다. 그리고 페체르스카야 수도원(Pecherska Lavra Mon astery)을 돌아보고, 시간 봐가며 황금의 문(Golden Gate)과 소피아 대성당(Cathedral of St. Sophia)을 돌아 볼 생각이다. 그런데 예상 못한 사태가 터졌다.

열차가 역에 도착 하자마자 심페르폴(Симферпоы)행 열차표를 사기위해 서둘렀다.

열차표 판매창구가 어딘지 알아야 차표를 사지.

구름다리를 지나 계단을 내려 오는데 사람이 별로 보이지 않는다. 그 때 계단에서 어떤 청년과 아가씨가 얘기를 나누고 있었다. 나는 그들 가까이로 다가가 물었다.

"여기 열차표 파는 창구가 어딥니까?"

얘기하던 청년이 한쪽 방향을 가리키더니 자기를 따라 오라 하면서 앞장서 갔다.

따라 갔다. 그런데 이 마른 멸치 같이 생긴 얼간이에게 코를 꿰어 끌려 다니면서 애를 먹을 줄은 그 때까지는 몰랐다.

그런데 심페르폴에는 왜 가나?

우크라이나 키예프에서 유럽으로 들어가는 코스는 두 세가지가 있는데 그 중 하나가 심페르폴 코스다. 심페르폴에서 오데사를 거쳐 루마니아의 부쿠레슈티로 들어가서 독일 쪽으로 빠지는 코스가 이번 나의 여행코스다. 내가 심페르폴코스를 택한 것은 크림 때문이다. 이왕에 루마니아를 거쳐 유럽으로 들어가려면 얄타가 있는 크림을 돌아보고 싶었던 것이다. 크림반도는 작은 반도지만 서양사에서 무시 못할 비중을 차지하는 이름 있는 고장이다. 왜? 크림에 무슨 일이 있었던가?

크림반도는 슬라브민족의 본거지인 러시아와 우크라이나가 접해 있는 흑해의 콧잔등에 붙어 있다. 러시아는 세상에서 가장 추운 지방의 나라다. 내륙은 항시 얼어붙어 있고, 유럽의 변두리 취급을 받아 왔다. 그들은 늘 유럽을 목말라 하면서도 길이 막혀 고민했다. 유럽으로 나가는 길목에 흑해가 있고, 흑해의 입구에 크림이 있다. 위 아래 교통의 중심이 크림이다. 발칸반도가 동서양의 통로기 때문에 화약고가 되었듯이 크림 또한 통로의 중심으로 화약고나 다름없다. 터졌다 하면 발칸이듯이 터졌다 하면 크림반도다.

크림이야기가 나온 김에 크림전쟁을 하나 보고가자.

1853년에 촉발된 크림전쟁은 사소한 문제가 일으킨 비극이었다. 문제의 시발은 팔레스타인에 있는 교회의 열쇠 때문에 일어났다.

팔레스타인에 있는 기독교 성지순례는 그리스 정교회 신자들이 가장 많이 다녔다.

그러다 보니 그 곳 기독교 성지들은 주로 정교회 교회가 감독했다. 그러나 1842년에 프랑스는 다시 근동지방에 관심을 보이며 그 곳 성지의 수호자로 자칭하기 시작하였다. 1848년에 권력을 잡은 루이 나폴레옹은 그의 삼촌 나폴레옹 1세의 전철을 밟으며 국제무대에서 프랑스의 영향력을 높이려 했다. 특히 프랑스 정부는 베들레헴 사원의 정문 열쇠를 넘겨 줄 것을 요구하기에 이르렀고, 더불어 그리스도의 탄생지임을 표시하는 '라틴별(Latin St ar)'을 되돌려 받을 권리가 있다고 주장하였다.

한편 러시아는 터키정부에 프랑스의 요구를 받아들이지 말라고 경고했다.

러시아와 프랑스, 어느 쪽에도 기분을 상하게 하고싶지 않았던 터키는 처음에 애매한 입장을 보이다가 1852년에 그들의 입장을 받아들이겠다고 양쪽에 약속했다.

누구에게도 오랫동안 속일 수 없는 불성실한 행동을 취한 것이다. 이에 격분한 프랑스의 루이 나폴레옹은 1852년 12월 터키 영해에 해군을 투입하여 그들의 요구를 받아들이라고 협박했다.

이 시점에 러시아가 오판을 한 것이다.

러시아가 프랑스와 전쟁을 벌이면 오스트리아가 러시아를 도울 것이라고 믿었던 것이다.

　1849年, 러시아는 오스트리아에 대규모 반란이 일어났을 때 오스트리아 정부를 위하여 반란군 진압부대를 보내 주었던 것이다. 러시아는 오스트리아가 러시아를 도울 것으로 믿고 있었다. 그러나 오스트리아는 오리발을 내밀었다. 한편 러시아는 터키에 러시아와 비밀협정을 맺자고 요구했다. 협정은 정교회의 특권을 보장하고 터키에 있는 모든 정교회 신자들(약 2백만명)의 수호자역할을 러시아가 맡는다는 내용이었다. 이러한 러시아의 요구를 터키는 자주권 침해로 간주했고, 러시아의 속셈은 터키를 보호국으로 만들겠다는 뜻으로 받아들였다. 이를 알고 영국은 터키에 러시아의 엉큼한 요구를 거부하라 하였다. 실제로 터키가 러시아의 요구를 거부하자 러시아는 1853년 7월, 도나우강 유역에 위치한 터키의 속령 몰다비아 공국과 발라히야 공국을 공격했다가 국제적 압박에 못이겨 곧 철수하였다 그러나 곧 이어서 1854년 초에 본격적인 전쟁이 시작되었다.

　러시아가 기대했던 오스트리아는 중립으로 돌아섰고, 영국·프랑스·터키 연합국과 러시아가 붙었다. 주 전장이 크림반도. 결과는 심페로폴과 세바스토폴이 초토화 되면서 연합국의 승리로 종결 되었다. 평화협상이 진행되었다. 몰다비아와 발라히야는 터키의 종주권이 유지되었고, 터키에 있는 모든 기독교인들의 법적 평등을 보장한다. 그리고 흑해를 개방하여 어떤 군함도 자유항해를 보장한다는 등등.

　이 무렵, 1760년 경부터 영국에서 일어난 산업혁명으로 영국을 비롯한 프랑스·독일에서는 새로운 기술, 새로운 무기들이 나날이 발전하는 단계였다.

덩치 큰 러시아가 덩치만 믿고 목에 힘을 주다가 엉뚱하게 불을 지르는 바람에 크림에서 완전 창피를 당하고 코가 부러진 어처구니 없는 전쟁이었다.

전쟁의 단초는 교회의 열쇠문제가 명분이었지만 그 배후에는 각각의 계산이 깔려 있었던 것이다. 전쟁을 비롯한 모든 인간의 행위는 이기심에서 시작된다. 이것은 유전자 때문이다.

모든 생명체가 가장 두려워하는 것은 죽음이다. 그들은 죽기를 거부하고 영생을 추구한다. 그러나 그것은 허상이다. '존재하는 모든 것은 본질로 돌아간다' 죽음없는 생명은 없다.

그래서 생명체들은 죽음을 피할 수 없게 되자 복제를 만들었다. 자신의 죽음으로 다음 세대를 이어 가는 복제생명. 그 복제생명 즉, 자신의 생명을 지키기 위해서는 이기적일 수 밖에 없다. 그래서 유전자는 이기적이다. 그러나 모든 생명체들 중, 인간이라는 생명체는 사악하다.

대부분의 동물은 배가 부르면 더 욕심을 부리지 않는다.

그러나 인간의 욕구는 끝이 없다.

크림전쟁은 간호사 나이팅게일의 전설을 남겼다.

이왕에 크림에 들어가면 얄타(Ялта)에 가서 얄타회담이 열렸던 리바디아궁(Лівадійский палац)과 제비둥지를 보고싶었기 때문이다.

키예프 역 매표창구는 대부분 문이 잠겨 있었다. 차표 파는 창구도 몇몇이 있었지만 심페르폴행 열차표는 팔지 않았다.

― 이상하다…? ―

마른멸치가 나를 끌고 이 구석 저 구석 창구마다 헤매고 다녔지만 헛탕.

여기서 물으면 '저리 가 봐라.' '저기 가면 다시 또 저쪽에 가서 물어 봐라.'했다.

엉터리통역을 대동하고 구석구석 묻고 다닌다.

"심페르폴…?"

"심페르폴…?"

때, 한쪽구석에 안내소가 보였다, 찾아갔다.

"심페르폴…?"

"심페르폴행 열차는 없다. ＊＊＊＊＊＊… "

무슨 소린지 한동안 설명을 하는데 알아 들을 수가 있어야 말이지.

다시 엉터리 통역이 설명을 하지만 불통. 그는 손으로 총 쏘는 시늉을 하면서 말했다.

"탕, 탕, 탕…"

― 전쟁이라도 터졌다는 말인가? ―

그러고 보니 생각이 났다.

요즘 우크라이나와 러시아가 극도로 감정이 상해 있는 상태라는 사실을 풍문으로 들어 알고 있다. 하지만 열차가 통행하지 못할 정도로 심각할 줄은 몰랐다.

― 안되겠다. 대사관에 전화라도 해 보자. 영문을 알아야 행동을 하지

……—

내가 만든 가이드북에는 각국주재 한국대사관 주소와 전화번호가 나와 있다. 물론 전화는 갑자기 통역 겸, 비서 겸, 가이드가 된 마른 멸치가 걸었다. 하지만 불통. 몇 차례 계속 걸어 보았지만 불통.

— 직접 찾아가야 될 모양이다… —

지하철 역을 찾아갔다. 그러나 그 때까지 지하철은 운행되지 않고 있었다. 지하철을 타려고 기다리는 사람들이 길게 줄을 서있었다. 나도 줄선 사람들의 꽁무니에 가서 붙었다. 그 때였다.마른 멸치가 곁으로 바싹 다가와 손을 내밀면서 말했다.

"돈 줘…"

"돈? 무슨 돈?"

"아니, 지금까지 사람을 부려먹고 그럼 그냥 가려고? 그건 안되지.."

"허헛참, 이 녀석 봐라."

나는 이런 경우를 여러 차례 경험한 터라 이미 돈을 주려고 준비를 해 둔 상태. 1달러짜리 지폐를 호주머니에 조금 넣고 다니다가 꼭 필요한 경우에 한 장씩 뽑아 쓴다.

그런데 쓰다보니 1달러짜리는 다 나가고, 10달러짜리 2장이 달랑 남아 있었다. 할 수없이 10달러짜리 1장을 빼앗겼다. 이걸 안 주고 버티다가 무슨 봉변을 당할지 알 수 없는 일.

묻고, 또 묻고. 언어불통에 길을 묻고 찾기란 정말 고통스럽다.

힘겹게 찾아간 대사관은 문이 잠겨 있고, 어디 어디로 옮겼으니 볼일 있으면 찾아오라는 메모지만 대사관현관에 붙어 있었다. 진작 그랬으면 인터넷 대사관 홈피에 그렇게 공고를 했어야지 이제와서 어렵사리 찾아온 사람을 다시 또 헤매게 하다니 쯧쯧…

그 때 마침 '황금의 문'이 생각났다. 황금의 문은 대사관 앞에 있다. 찾아 갔지.

우크라이나의 국보. 황금의 문은 11세기 키예프 전성기에 세워진 문인 모양인데 몽골군의 침입으로 파괴된 것을 복원한 유적. 한 바퀴 돌아보고 퇴장.

평소에 뉴스를 잘 보지 않아 나는 그 때까지 러시아와 우크라이나 사이의 사태를 모르고 있었다.

우크라이나 사태 역시 그렇게 간단하지가 않은 모양이다.

우크라이나는 지금 유럽연합에 가입하고 싶어하는 서방파와 러시아를 선호하는 러시아파로 나누어져 국론이 양분된 상태로 자칫하면 내전으로까지 악화될 조짐도 보이는 모양이다. 여기에 우크라이나 영토였던 크림반도가 주민투표를 해서 러시아로 편입되어 버렸다니 크림반도는 사실상 러시아가 먹어 버린 상태. 이런 형편에 열차운행이 중단된 사실을 나만 모르고 있었던 것. 심페르폴이고 얄타가 문제가 아니라 자칫하면 길이 막혀 오도가도 못할 처지가 될 지도 모른다.

다시 역을 찾아갔다.

처음 생각대로라면 심페르폴과 오데사를 거쳐 루마니아의 부쿠레슈티로 들어갈 생각이었는데 길이 막혔다. 그런데 오데사를 거쳐 부쿠레슈티로 들어가려면 몰다비아의 키시나우를 거쳐야 하는데 혹시 키시나우로 가는 열차가 있는지를 알아보고 싶었기 때문이다.

역에 가면 누군가에게 물어야 한다. 보통은 역으로 들어가면 문마다 역무원이나 경찰이 지키고 있다. 내가 막 역 안으로 들어가 매표창구를 찾아 가려는데 웬 사내가 내 앞을 가로 막았다. 나는 그가 경찰인지 역무원인지 모른다. 그래서 그냥 물었다.

"나는 얄타로 가려다 못가고 있다. 루마니아의 부쿠레슈티로 가야한다. 혹시 키시나우행 열차나 버스가 있느냐?"

자초지종을 이야기 하고 도움을 요청했다.

그런데 알고 보니 이 녀석도 '사짜'였다. 사기꾼 말이다. 그는 나를 끌고 이 창구, 저 창구를 찾아 다니더니 결국 열차는 없고, 버스를 타려면 도와주겠다 하였다.

열차 역에서 조금 떨어진 어느 사무실로 데려 가더니 여직원을 시켜 전화를 걸었다. 키시나우행 버스가 있는지 알아 보는 모양이다. 있다. 20시 30분, 키예프출발. 내일 아침 07:45분 키시니오 도착. 시간은 좋은 편이다. 그런데 이 때 문제가 생겼다.

"버스 표를 끊어 줄 테니 돈과 패스포트를 달라."

"………?"

이 때 얼핏 이상한 생각이 들었다.

— 내가 왜 너한테 패스포트를 맡기느냐? 이 녀석 또 사기꾼 아닌가? 튀
자… —

머리 속에서 긴급명령이 떨어졌다.

나는 패스포트는 줄 수 없고, 표는 내가 직접 사겠다고 우겼다.

그 때 다행한 일이 일어났다. 이 사기꾼에게 전화가 걸려 온 것이다. 한
동안 통화를 하더니 주변에 있는 택시 기사를 불렀다. 잘 아는 사이 같다.
사내가 한동안 기사에게 무슨 지시를 하더니 나더러 택시를 타라 했다.
도망을 쳐야겠는데 찬스가 없다. 어쩔 수 없이 택시에 올랐다. 할 수없이
택시를 타긴 탔는데 도망칠 눈치만 본다. 택시 시동 걸고 출발.

사짜는 무슨 급한 일이 생겼는지 총총 사라졌다.

택시가 10여미터 쯤 굴러 갔을 때 갑자기 내가 기사를 향해 외쳤다.

"스톱, 차 세워."

차가 급정거를 하면서 섰다.

"나 안가, 내려. 여기까지 차비 얼마야?"

"……."

기사는 한동안 말이 없다. 갑자기 당한 일이라 어떤 결론을 내려야 할지
난감한 모양이다.

"나, 그냥 가?"

나는 차 문을 열면서 말했다. 기사가 당황해 하면서 말했다.

"400그라브나…"

"너무 비싸잖아…?"

"그건 기본요금이라구…"

나는 두말 않고 400그라브나를 던져 주고 벼락같이 도망쳐 버렸다.

나는 새벽에 키에프에 도착한다는 것을 알고 있었기 때문에 모스크바에서 러시아 돈은 모두 써버리고 미국화폐 50달러를 우크라이나 화폐로 환전해 두었었다. 그러나 나는 아직 우크라이나 화폐를 사용해 보지 않았던 탓으로 400그라브나가 얼마정도 인지 갈피를 잡지 못하고 있었다. 그런데 여기서 나는 키시나우행 버스에 대한 정보를 조금이나마 얻을 수 있었다.

버스의 출발시간과 몰도바 키시나우의 도착시간은 알았지만 버스터미널을 모른다.

버스터미널을 찾는다고 지하철을 타고 키에프시내를 서너 바퀴 뺑뺑이 돌고 나자 완전 그로기. 드디어 차표를 끊었다. 그런데 세 번째 '사짜'가 또 나를 기다리고 있었다.

버스 표를 끊고 나자 고민이 생겼다.

모스크바에서 우크라이나 돈을 환전할 때 50달러를 환전했었는데 별로 쓴 일이 없으니 우크라이나 돈이 고스란히 남아있다. 버스 표 360그라브나를 재하고도 꽤 남았다.

— 이 돈을 어떻게 한다? —

이 돈은 사설환전소에서 환전한 돈이다. 영수증도 없다. 영수증을 달라

하였더니 신경질을 확, 부리는 통에 그냥 돌아서 와 버렸다. 영수증이 있다 해도 여기는 우크라이나다. 우크라이나 돈이 갑자기 휴지조각이 되게 생겼다.

— 어떻게 할까… ? —

고민을 하다가 택시 앞에 서있는 택시기사를 불렀다.

"이 봐요 기사양반, 나, 여차여차한데 이 돈 좀 환전할 수 없을까?"

물론 대화는 손짓발짓 만국공용어 바디랭귀지가 90퍼센트.

이 친구, 한동안 내 얼굴을 빤히 쳐다 보더니 말했다.

"있지… 내가 잘 아는 환전소가 있는데, 어쩌구, 저쩌구…."

그래서 이 친구가 잘 안다는 환전소를 찾아 갔다. 하지만 몰다비아 돈은 노오. 없다는 말씀. 그렇다면 기사가 나에게 거짓말 한 셈이다. 차비는 못 준다. 티격태격 할 형편. 하지만 난 귀찮아졌다. 하루종일 허탕치고 쫄쫄 굶어 가며 돌아 다녔는데 남은 건 빈손.

기사가 호주머니에서 지폐를 몇 장 꺼내면서 말했다.

"나한테 몰다비아 돈이 좀 있긴 한데, 이거라도 필요하면 바꿔 주마."

"그래, 좋다. 바꾸자."

내가 우크라이나 돈을 탈탈 털어놓자 이 친구, 달랑 10이라고 적힌 지폐한 장을 내어 놓으면서 내가 가진 우크라이나 돈을 몽땅 다 달라는 거다. 이거 완전 날도둑이다. 환율이고 뭐고도 없다. 그냥 무더기로 먹어 치울 작정이다. 그런데 어떻게 해? 당장 버스만 올라타면 우크라이나는 끝인데. 그래서 결국 있는 돈 몽땅 털리고 '10'이라고 적힌 지폐 한 장 달랑 남았다.

이래저래 오늘은 완전 피박에 광박까지 뒤집어 쓴 기분이다.

'사짜'가 완전 들통난 것은 버스터미널에서 키시나우행 표를 끊을 때였다. 여기서는 패스포트는커녕 패스포트의 '패'짜라는 말도 꺼내지 않았다. 그 녀석 내 코를 꿰겠다고 생각한 모양인데 내가 그렇게 허술하게 보였던가? 허허, 그참 어리석은 녀석.

우크라이나 키예프. 만감이 교차하는 북새통이다. 비가 오는데도 마다하지 않고 나를 위해 자신의 돈으로 차비를 들여가며 나를 안내해 주던 사람들. 자신의 일도 아닌데 나를 페체르스카야 수도원(Pecherska Lavra Monastery)까지 데리고 가서 지하동굴 속 미이라가 안치되어 있는 구석구석을 안내해 주던 청년뿐 아니라 그 엄청난 지하철의 인파에서 나를 도우려고 애쓰던 사람들을 잊을 수 없다. 그런가 하면 털도 뽑지 않고 생으로 나를 삼키려고 덤비던 날강도들. 이제 나는 키예프를 떠나려 한다. 잠시 후, 남은 돈 탈탈 털어 저녁식사를 하고 버스에 오르면 키예프는 영원히 이별이다.

7. 몰도바 키시나우(Moldova, Chisinau)

한 밤중이다. 잠이든 나를 누군가 깨운다.

"빠사뽀르떼…"

국경이다. 출국심사를 위해 경찰이 차에 올라와 패스포트를 거두어 갔다. 잠시 후, 기사가 다시 패스포트를 나누어 주었다. 출국심사는 간단히 끝났다. 모스크바에서 키예프로 들어올 때 열차 안에서도 출국심사는 있었다. 나는 조금 긴장하고 있었다. 그것은 오래 전부터 러시아경찰의 횡포에 대해 많이 들었기 때문이다. 러시아경찰이 오기 전에 승무원이 찾아와서 잠든 나를 깨웠다. 출국심사를 알리고 패스포트를 준비하라 말하고 갔다. 잠시 후, 경찰이 찾아왔다. 여경이었다. 긴장을 하고 기다리고 있었는데 생글생글 웃는 모습이 아가씨 같다. 나는 여경의 웃음을 보고 갑자기 긴장이 풀어졌다. 여경은 나의 패스포트에 스탬프를 '쾅'찍어 주고 사라졌다.

"스빠시보".(감사합니다)

잠시 후, 남자경찰 두 명이 얼룩무늬군복을 입고 나타났다. 침대 매트를 들어 올리고 사물함을 들여다보았다. 아무 것도 없다. 곁에 있는 배낭을 보고 열라 했다. 열었다. 별 물건이 있을 리 없다. 통과. 우크라이나 입국서류는 간단한 메모지 같은 용지가 전부. 출입국심사 모두 끝나고 다시 출발. 우크라이나 — 몰도바 국경도 별 어려움 없이 통과.

도대체 몰도바는 어디냐?

나는 이번 여행을 떠나기 전까지는 몰도바라는 나라가 있는지 조차도 몰랐다. 우크라이나에서 크림의 얄타를 돌아보고, 심페르폴과 오데사를 거쳐 루마니아로 들어갈 생각을 하였는데 오데사에서 루마니아의 부쿠레슈티로 들어가려면 몰도바의 키시나우를 거쳐 간다는 사실을 알고부터 몰도바라는 나라가 있다는 사실을 알게 되었다.

몰도바 공화국(Republic of Moldova)은 우크라이나와 루마니아의 사이에 끼어 있는 가난한 소국이다. 몰도바는 과거 루마니아에 편입되기도 하고, 터키의 전성기에 터키의 식민지가 되었다가 터키가 짜브라지고 다시 러시아가 어깨 힘 주는 시대가 되자 러시아의 지배를 받아야 했다. 마침내 러시아가 페레스트로이카(Peres troika)라는 폭탄을 맞고 널부러지자 간신히 독립한 나라다. 주 산업은 농업. 경제는 주로 러시아에 의존상태. 이 나라, 저 나라, 주먹 센 나라들의 핍박을 받아 온 역사를 보면 한반도 생각이 난다. 잘 살아야 할 텐데..

여기는 몰도바의 수도 키시나우(Chisinau).

오늘 하루는 일정에도 없었던 모든 여정이 나를 계속 당황하게 만들었다.

버스에서 내리자마자 돈이 필요했다. 나는 옆에 있는 사람에게 물었다.

"여기서 우크라이나 돈 사용할 수 있느냐?"

그는 손으로 환전소를 가리켰다. 그런데 나는 여기서 완전 한방 먹는다.

환전소를 찾아가서 창구 안으로 쓰다 남은 우크라이나 돈을 밀어 넣었다. 안에 있던 환전소 여인은 말없이 몰도바 돈으로 바꿔 주었다. 나는 놀라지 않을 수 없었다. 어제 완전히 정신이 홀린 상태에서 그 택시기사에게 사기를 당한 것이다. 그것도 나 스스로 자청해서 말이다. 30달러 정도면 큰 돈은 아니지만 완전히 나 스스로 바보짓을 한 것이다.

어처구니 없는 일은 연속으로 일어난다.

버스에서 내리자마자 환전을 하고 다음으로 열차표를 구하는 일.

마침 그 때 내가 타고 온 버스기사가 보였다. 무심코 물었다.

"여기서 루마니아 부쿠레슈티로 가는 버스가 있느냐?"

"그럼, 있구말구…버스를 타려면 저기 저 버스를 타고…어쩌구, 저쩌구…"

그가 하는 말을 다 알아듣지는 못하지만 버스가 있는 것 만은 확인되었다.

"스빠시보."

그 때 옆에서 듣고 있던 날라리 같은 아가씨가 영어로 물었다.

"유, 영어할 줄 아니?"

"그래, 조금 … 왜?"

"유, 어디서 왔니?"

"나… 코리안이야…"

그렇게 이야기가 시작되고 결국 기차역으로 가려면

"17번 버스를 타고 가야된다."까지 이야기가 진행되었다.

17번 미니버스를 탔다.

버스를 타고 기사에게 말했다.

"뽀이스트 바크잘." (поезд Вокзал, 기차역)

기사는 고개를 끄덕였다.

"스카좌치 빠잘스떠 브 바크잘.

(Сказать, Пожалуйста, В Вокзал,

역에 닿으면 말씀해 주세요.)

기사, 다시 끄덕였다.

— 열차만 있으면 분명, 야간열차도 있을 거야. —

열차표 예약부터 하고, 키시나우 구경을 할 생각이다.

이런 얼간이 같은 공상을 하고있을 때 엉뚱한 몽둥이가 나의 뒤통수를
후려치겠다고 기다리고 있는 줄을 나는 모르고 있었다.

버스정거장에 차를 세운 기사가 나를 내리라고 눈짓을 한다.

"바크잘..?"

기사가 끄덕였다.

"스빠시보."

미니버스에서 내린 나는 지하도를 지나서 역으로 다가가는데 무언가 좀 이상하다는 생각이 들었다. 역사에는 분명 'Chisinau Вокзал'(키시나우 역)이라는 커다란 글씨가 붙어 있다. 그런데 마치 유령의 집처럼 사람의 그림자도 보이지 않고 썰렁하다.

— 이상한데…? —

그 때 내 곁에 두 명의 사내가 서있었다. 내가 다가가서 물었다.

"나, 루마니아 부쿠레슈티 가려는데 열차 안 다닙니까?"

"…. 열차? 그런건 없어. 저어기 보면 몰라?"

인터넷에서 유럽열차시간표 검색을 하면 심페르폴에서 부쿠레슈티행 열차시간이 나와 있고, 키시나우를 거쳐 가는 것으로 되어있다. 그런데 왜 열차가 없다는 말인가? 다시 물었다.

"나는 루마니아 부쿠레슈티로 가려는데 버스는 어디서 타느냐?"

"부쿠레슈티 간다고? 그럼 가레데 수드로 가야 겠구만."

"가레데 수드로 가려면 몇 번 버스를 타야 하는가?"

"버스는 안돼, 택시를 타야 해. 넌 보아하니 시골뜨기 같은데 복잡한 버스를 세 번씩이나 갈아 타면서 찾아갈 수 있겠어?"

몰도바는 루마니아어를 사용한다. 물론 루마니아나 몰도바는 소비에트 연방시절 소련의 연방국이었으니 러시아어가 통하기는 당연지사. 하지만 나의 러시아 실력은 먹통수준. 반통 반불통이다. 그래도 겨우겨우 의사소통은 되는 편.

— 택시를 타라고…? 바가지가 무서워서… —

허지만 어쩔 수가 없다.

"택시비는 얼마나 나올까?"

"100레이는 달라 할거야. 홍정만 잘하면 80레이까지는 될지도 몰라."

택시를 찾아갔다. 호주머니를 털었다. 몽땅 털어 72레이.

택시기사에게 사정사정해서 버스터미널을 찾아갔다.

하지만 터미널에는 또 다른 몽둥이가 나를 기다리고 있었다.

터미널을 찾아간 나는 급한 볼일이 우선이다.

화장실을 찾고, 세수하고, 식사하고 이빨 닦고, 화장실에 인사하고. 그리고 환전. 버스표를 사려면 당장 돈이 필요하다. 상점에서 물었다.

"여기 환전소가 어디냐?"

그러자 상점주인, 빙글빙글 웃기만 한다.

그 때 내 옆에 서있던 중년사내 왈.

"얼마 바꾸려는데…?"

"제싯 달러." (десять, 10 달러).

내가 10달러라고 말하자 중년사내는 호주머니에서 돈 뭉치를 꺼냈다. 이렇게 해서 즉석 환전.

매표창구.

"나는 루마니아 부쿠레슈티로 간다. 버스표를 달라."

"부쿠레슈티 간다고? 부쿠레슈티 버스는 여기 없다. 가라데 센트루 (Gare de Centru)로 가라."

"뭐야? 버스가 여기 없다고?"

창구의 여인은 친절하게도 버스 시간까지 일러 주었다. 09:00. 10:00. 11:00. … 버스는 시간마다 있었다.

"우와아 미치겠네…"

버스가 없다는데 무슨 수로?

"가라데 센트루로 가려면 몇 번 버스를 타야 하느냐?"

묻고, 묻고, 또 묻고. 센트루행 버스를 타긴 탔다. 하지만 어디가 가라데 센트루인지 알 리가 없다. 나는 일부러 큰 소리로 말한다. 차 안의 승객들이 다 듣도록.

"기사양반, 가라데 센트루에 닿으면 말해 주세요."

차 안의 사람들은 모두 내가 어디 내린다는 걸 안다.

버스에서 내렸지만 동서남북도 모르는 형편. 두리번, 두리번, 두리번거리고 있는데 왠 장대같은 청년이 나를 아는 척했다.

"가라데 센투루 간다고 했지?"

"그렇다."

"그럼 나를 따라 와."

따라가긴 가지만 영 불안하다. 이거 원, 장대같은 키다리가 또 무슨 수작을 부려 나의 뒤통수를 치려고 할지. 그렇다고 무작정 도망칠 형편도 아니고. 그런데 이 청년이야말로 수호신같은 청년이었다. 그는 나를 데리고 구석구석 안내하면서 환전하고, 차표 사고, 차 타는 곳까지 안내해 주고 바이,바이. 악수 한 번으로 안내 끝.

— 이런 착한 청년을 몰라보고 의심을 하다니 내가 너무 옹졸했나? —

마이크로버스는 10시 정각. 키시나우를 출발했다.
— 휴우~ —

나는 겨우 안도의 한숨을 쉬었다. 차창 밖으로 몰도바의 시골풍경이 파노라마로 지나간다.

나는 다시 생각에 잠긴다.

문제는 결정론이다.

코펜하겐에서 닐스 보어와 아인슈타인이 붙은 논쟁의 쟁점은 뉴톤 물리학의 경전(經典)인 결정론이었다. 보어는 결정론에 맞서 우주는 불확정성이라 질타했다. 결국 하이젠베르크의 불확정성원리가 대두되면서 논쟁은 잠들었지만 그렇다고 우주의 수수께끼가 다 풀린 것은 아니다.

다만 종점이 가까웠다는 생각에는 동의 하면서도 모두들(과학자들) 아직도 고개를 갸우뚱거리고 있다. 21세기의 초반으로 보면 막다른 골목에 와 있는 것은 틀림없다. 초끈이론이 나오고 힉스입자가 발견되면서 비밀은 이미 비밀이 아닌 상태가 된 것이다. 다만 그것이 수학적으로 완전히 계산이 밝혀지고 답이 나와야 한다. 그러나 아직 새로운 닐스 보어나 아인슈타인 같은 스타는 나오지 않고 있는 형편이다.

자, 그러면 여기서 잠시 숨을 고르자.

존재하는 모든 것은 살아 있다. 아니다. 살아 있다, 죽었다. 하는 것은 인간의 생각일 뿐 우주에서는 별 의미가 없다. 생명이란 도대체 무엇인가? 생명이란 무엇과 무엇이 어떻게 만나 어떤 시스템을 이루고 있느냐는 문제일 뿐인데 시스템이 변하면 인간은 '죽음'이라 말한다. 그러나 그것은 인간의 잣대로 본 현상일 뿐 우주에서 보면 죽음이란 별 의미가 없는 것이다. 모든 것은 시스템만 변했을 뿐 본질은 그대로 이기 때문이다. '존재하는 모든 것은 본질로 돌아간다'

(存在之 萬物 皆必歸本質)

우주탄생 170억 년. 지구 탄생 46억 년.

우주가 탄생한 후, 지구가 탄생하기 까지는 124억 년이 걸렸다는 이야기다.

인류탄생이 500만년 전. 인류가 탄생하고, 오늘의 문명을 이루는데 5백만 년이 걸렸다는 이야기다.

다시 말하면 인류가 오늘에 이르는데 걸린 기간이 170억 년이 걸렸다는 말이 된다. 그것은 다시 말하면 우주가 끊임없이 변화하여 오늘에 이른 것이라는 말도 된다.

또다시 생각한다.

인류가 탄생하고 오늘에 이르기에 500만 년이 걸렸다. 그렇다면 500만 년은 170억 년에 어떤 의미를 담고 있을까? 우주는 170억 년 동안 인류가 발전하도록 구경만하고 있었을까?

아니다. 그럴 리가 없다. 또도 깜비아(Todo Combia)다. 메르세데스 소사가 생각난다.

아르헨티나 가수 메르세데스 소사(Mercedes Sosa)는 라틴아메리카의 민중음악 혁명인 '누에바 칸시온(새로운 노래)'운동에 동참했던 그는 평생 라틴아메리카 민중들의 삶을 노래했다.

1979년 소사는 한 공연장에서 가난한 소작농들의 비참한 현실과 대지주들의 착취를 비판하는 노래를 불러 관객 350여 명과 함께 체포되었고, 강제 출국당해 스페인에서 원치 않는 망명생활을 하기도 했다,

그녀의 음색은 내가 특히 좋아하는 색깔이다.

노래가 들린다. 내 마음으로.

— 상략 —

Cambia, todo cambia

Cambia, todo cambia

Cambia el sol en su carrera

Cuando la noche subsiste

Cambia la planta y se viste

변해가네, 모든 건 변해가네

변해가네, 모든 건 변해가네

밤이 계속되는 동안에도

태양의 궤도는 변하네

식물들도 변해 봄에는 초록이 되네

— 중략 —

Y lo que cambió ayer

Tendra que cambiar anaña

Asi como cambio yo

En esta tierra lejana.

어제 변한 것들은

내일 또 변할 거예요.

이 멀리 떨어진 땅에서 내가

그렇게 변해가는 것처럼

'또도 깜비아(todo cambia)'는 '모든 것은 변한다'는 스페인 말이다. 세상에 변하지 않는 것은 없다는 말이다. 인류의 문명 발전도 일종의 변화다. 원시 인간에서 오늘 날의 인간으로 변한 것이다. 변화는 인간만 하는 것은 아니다 우주의 모든 것은 끊임없이 변하고 있는 것이다. 우주는 170억 년 동안 무슨 변화가 있었을까? 그것이 알고리즘의 비밀인 것이다.

우주는 그 실체가 공(空)이다. 공이란 무(無)가 아니다. 공은 그 실체가 기(氣)다. 기는 곧 에너지를 말한다. 세상의 모든 존재는 힘에 의해서 지탱한다.

인간이 서서 걸어다니는 것도 힘에 의해서 걷게 된다. 그것을 우리는 중력이라 말한다.

힘을 연구하는 학문을 역학이라 한다. 우주의 모든 에너지는 역학을 부정할 수가 없다. 우주가 알고리즘으로 지탱한다는 것은 잘 알려진 사실이다. 그런데 이런 알고리즘이 170억 년 동안이나 진화해 왔으니 과연 그 치밀함이 어느 정도일까? 궤변이 길어졌다.

우주의 진화는 알고리즘을 거쳐 홀로그램에 이른 것이다.

홀로그램 속에는 이다(is)와 아니다(not)가 공존한다. 과거와 현재와 미래가 하나가 되는 것이다. 우주가 아무리 홀로그램이라도 알고리즘을 벗을 수는 없다. 그래서 터져 나온 것이 시나리오론이다. 시나리오론, 그것은 무엇인가?

8. 루마니아 부쿠레슈티(Romania Bucuresti)

키시나우에서 열차편으로 부쿠레슈티로 가려던 계획은 무산되었다. 버스보다 열차편이 편한 건 사실이다. 그러나 열차는 운행중단. 오로지 버스편 뿐이다.

그나마 버스조차 없었다면 어쩔 번 하였나?

중간에 두 차례 정차하여 출국수속, 입국수속 끝내고 다시 출발. 수속절차에는 별 어려움 없이 통과.

루마니아 경찰이 몇 가지 질문 하였지만 심각한 질문은 없었다. 그런데 부쿠레슈티에 가까워 지면서 무언가 불안 해지기 시작했다. 그예 일이 또 터졌다.

버스가 부쿠레슈티 시내로 진입할 때였다.

부쿠레슈티 열차 역은 도시 외곽에 위치해 있어 시내까지 거리가 멀다.

어떤 교통수단을 이용하여 어떻게 가느냐가 문제인 것이다. 버스터미널이 기차역과 멀면 멀수록 내가 힘들어 진다. 옆자리 여인에게 말했다.

"나 가라데 노드(북역)까지 간다. 역 가까이 가면 얘기 좀 해 주세요."
내 말을 들은 여인이 대뜸 기사를 향해 큰 소리로 말했다.
"여기 손님, 북역 가신다는데 북역 부근에 세울 수 있겠어요?"
" 북역이라고? 여기가 어딘데 북역소리를 하나?"
그 말을 들은 기사, 어림없는 소리 하지도 말라는 투로 말했다. 승객들 모두 잠잠하다. 마이크로버스는 여전히 신나게 달린다.

나는 점점 불안해졌다.
─ 터미널이 완전 엉뚱한 곳에 위치해 있다면…? ─
가능하면 빨리 이 위기를 탈출해야겠는데… 어디가 어딘 지도 모르면서 무조건 아무 데나 내려 달라 할 수도 없고. 그 때 문득 한 생각. 나는 재빨리 기사를 향해 말했다.
"야 하추 싸지쳐, 스딴치야 메뜨로."
(지하철 역에 세워 주세요.)
"그 좋은 생각이군."
잠시 후, 기사가 차를 세우면서 말했다.
" 저기 지하철 역 보이지.. 여기서 내리면 되겠군."
' 스빠시보.."
지하철 역 앞에 떨어지긴 하였지만 더 큰 문제가 기다리고 있었다.
막상 지하철 역에 닿았지만 루마니아 돈이라곤 구경도 못했는데 지하철 표는 무슨 돈으로 사나? 노점상 여인에게 물었다.

"아주머니, 죄송합니다. 여기 환전소가 어딥니까?"

여인은 손을 절래 절래 내저으며 알아 듣지도 못했다. 러시아어가 먹통이다. 나는 루마니아가 과거 러시아와 한통속이었으니까 러시아어가 통할 줄 알았다. 한국이 미국의 짝퉁이라고 한국 여성들이 다 영어를 아는 것이 아니듯이. 나는 헛소리 삼아 다시 말했다.

"머니 체인지…머니 체인지…"

"아아, 달러 체인지?"

— 허어, 이럴 수가…? —

어찌 러시아의 위성국 국민이 러시아어는 못 알아듣고 영어를 알아 듣는가? 정말 신기하다. 그녀는 길 건너 모퉁이를 돌아가 보라고 손짓으로 말했다.

"아뿔사…."

또 빗나갔다. 네온간판에 적힌 환율표를 보아 환전소는 분명한데 모조리 철시. 시간이 너무 늦었던 것이다. 깜깜한 어둠 속을 돈 한푼 없이 헤매는데 이런 난감한 일이.

이 상점, 저 상점 들어가서 닥치는 데로 물었지만 모조리 불통.

— 야, 이거 정말 환장하겠네… —

진짜 고민이 터진 것이다.

— 안되겠다, 자살특공대 박치기작전으로 나가자. —

나는 무조건 지하철 승강장으로 쳐들어 갔다. 모스크바도, 상트도, 키에

프도 비슷했다. 루마니아의 부쿠레슈티의 지하철도 같은 시스템. 코인을 사고 에스컬레이터를 타고 승강장으로 내려가면 승강장입구에 지도요원이 지키고 있다. 표 없이 타는 사람, 가짜코인을 사용하는 사람들 찍어 내고, 복잡할 때 질서유지도 그들의 임무일 것이다.

나는 무조건 그들의 박스를 찾아가 쓰다 남은 잔돈들을 창구로 밀어 넣으며 말했다.

"차표를 주시오. 나, 가라 데 노드 역으로 간다."

여인이 무심코 잔돈들을 펼쳐 보더니 말했다.

"이런, 어디서 쓰지도 못하는 돈을 주어와서 떼를 쓰나? 저리가…"

이거 완전 거지취급이다. 이번에는 나의 지갑을 꺼내 펼쳤다.

그 때 지갑 안에는 10달러짜리 지폐가 한 장 달랑 들어 있었다. 그 10달러를 창구 안으로 들이 밀면서 빈 지갑을 털어 보였다. 그리고 나는 기도문을 외우듯이 씨부렁거렸다.

"모스크바, 키예프, 키시나우…. 부쿠레슈티…. 나는 이렇게, 이렇게 거쳐 왔다. 익스체인지는 모조리 문 닫았는데 그럼 어쩌란 말이냐?"

말이 되건 말건 나는 내 맘대로 지껄인다.

멍하게 듣고 있던 여인이 옆에 있는 또 다른 여인에게 말했다.

"문 열어 줘. 통과시켜.."

— 우와… 살았다. —

지옥에서 부처님 만난 기분이다.

"스빠시보…스빠시보."

여직원 아가씨가 나를 끌고 에스컬레이터로 한 층 아래의 승강장으로 내려갔다.

"자, 이쪽에서 타고 한 정거장만 가면 '가라 데 노드'역입니다."

— 우와 살았다. —

나는 아가씨를 껴안고 뽀뽀라도 퍼붓고 싶었는데 겨우 참고 말했다.

"스빠시보… 스빠시보… 베리베리 스빠시보."

여기는 가라 데 노드(Gare de Nord 북역).

내가 기차 역을 찾은 이유는 간단하다. 모든 여행의 기본 시발은 기차역이다.

우선 환전부터 하고, 그리고 호텔을 찾아야 한다. 기차 역에는 역시 환전상들이 저녁 늦게까지 환전승객들을 기다리고 있었다. 50달러를 환전했다.

— 북역에 인포메이션이 있다 하던데… —

찾아갔다. ⓘ의 간판이 보였다. 나는 창구로 찾아가 창구의 여인에게 말했다.

"수고하십니다. 나는 여행 온 사람인데 값싼 호텔을 소개해 주세요."

"노오, 노오. 여기는 호텔 안내소가 아닙니다. 여기는 택시를 불러주는 택시 안내소입니다."

— 이럴 수가…? 그럼 호텔은 어떻게 해… —

나는 비상용 나의 가이드북을 꺼냈다. 내가 만든 이 가이드북은 인터넷에서 얻어 온 정보들이다. 100퍼센트 믿지 않는다. 한 달의 용돈을 10만 원 쓰는 사람과 100만 원 쓰는 사람의 돈 가치는 다르다. 호텔 비 5만 원, 10만 원을 우습게 아는 사람들의 이야기를 믿고 갈 수는 없는 이야기. 나는 가이드북을 비상용으로 만들기는 하였지만 어디까지나 그것은 비상용이고, 나는 실전을 통해 모든 일정은 그 때 그 때 알아서 처리한다.

아르헨티나에 갔을 때다.
너무나 막연하여 그냥 큰 호텔에 들어갔다.
"여기 하룻밤 자면 얼마요?"
"… 얼마다."
"그건 나에게 너무 비싸오, 싼 호텔을 좀 소개시켜 주시오."
그렇게 찾아 간 호텔에 가서 그 곳도 비싸다는 생각이 들면 다시 같은 질문을 한다. 그렇게 찾아 가면 값싼 호텔을 찾을 수가 있었다.

내가 만든 가이드북에 적혀 있는 호텔주소를 찾아내고 작은 가게에서 물었다.
"여기 이 주소가 어딥니까?"
주소를 들여다 본 가게 주인이 말했다.
"이러쿵, 저러쿵.. 이 골목, 저 골목…어쩌구, 저쩌구…"
나는 그의 설명을 알아 들을 수가 없다. 이 때 곁에 있던 젊은이. 상점 주인에게 몇 마디 묻고 나의 가이드북을 들여다 보더니 자기를 따라오라 했다. 따라 갔다. 하도 여러 차례 당한 일이라 겁이 덜컥 났다.
— 이 녀석 혹시 또 사기꾼 아닐까? —

하지만 어쩌랴, 사기를 당할 때 당하더라도 멀쩡하게 친절을 베푸는 청년을 사기꾼 취급을 할 수는 없는 일. 그런데 내가 그린 약도와 설명문보다 훨씬 멀리 가는 느낌이 들면서 의심은 더욱 커졌다. 앞서가던 청년이 걸음을 멈추면서 말했다.

"있다. 여기다."

— 우와… 찾았다.—

「Friend Hostel」

Friends Hostel.

주소 .. Str. Mircea Vulcanescu nr. 114.

☎ 031 805 3414. 0764 177 964

호텔현관에 올라 선 청년, 갑자기 손을 내밀었다.

"안내를 했으면 수고비 정도는 줘야 하는 것 아냐?"

" 그래, 알았어. 주지."

환전한 돈 가운데서 10리라짜리 한 장을 뽑아서 그 청년에게 주었다. 나는 그 돈이 우리 돈으로 얼마나 되는지도 모른다.

호스텔은 완전히 시장바닥. 배낭족들의 아지트.

와글와글, 시끌벅적. 방마다 이 구석 저 구석, 배낭이며 양말, 옷가지들이 쓰레기더미처럼 쌓여 있고, 기타 치는 인간, 주방에서 술 퍼 마시며 떠들고, 잡담하고, 난리가 났다.

하지만 어쩌랴? 나도 같은 입장인걸. 1박 50리라.

나는 일찍 자고, 일찍 일어나는 습관이라 새벽 3시에 일어났다.

내가 묵고있는 방은 2층. 1층은 로비. 로비라 해야 작은 방 크기로 접수대가 있을 뿐이다. 지하에 주방이 있다. 새벽에 일어나 세수와 면도를 하고 지하실로 내려갔다. 비상식량으로 가지고 다니던 도시락라면으로 조반 해결.

전기포트로 물만 끓이면 조리는 끝난다. 아침식사가 제공된다 하지만 서양사람들 조반이래야 우리와는 다르다. 그들 대부분 조반은 간단한 식사를 말하는데 식빵과 차를 주방에 마련해 놓고 각자가 알아서 셀프로 처리.

6시 경에 호텔을 나와 역으로 향했다. 지리도 살필 겸 차 시간도 알아볼 생각이었다.

마침, 엊저녁에 들렸던 인포메이션에 사람이 보이기에 물었다.

"내일 아침, 나는 시나이아로 가려는데 열차 시간표를 줄 수 있느냐?"

내가 물었더니 열차시간을 메모해 주었다.

첫차가 아침 05:53을 시작으로 07:00, 08:20, 11:00 … 그 이후로도 계속되었다.

유레일패스 개시 스탬프를 찍고 첫차를 타려면 조금 일찍 나와야겠다.

오늘은 호스텔에서 제공하는 투어에 따라가 볼 생각이다. 공짜는 양잿물도 큰 덩어리 먹는다는데 시내투어가 공짜라면 내가 빠질 수는 없지. 영하의 러시아에서 허겁지겁 달려온 부쿠레슈티가 마치 열대지방 같은 느낌이다.

지하철을 타고 뺑뺑이를 두어 바퀴 돈 후에 찾아간 혁명광장. 내의를 모두 벗고 나섰는데 혁명광장까지 걸어 가는 동안 땀을 많이 흘렸다. 가이드북을 잘못 읽은 탓인지 인민궁전이 가까운 줄 알고 걷기 시작했는데 상당히 멀었다.

묻고, 또 묻고. 그렇게 찾아 간 인민궁전. 도대체 차우세스쿠는 무슨 마음으로 저런 괴물같은 궁전을 지었을까? 마치 바위덩이를 깎아 만든 것 같이 육중한 괴물이 멀리서 보아도 무거워 보였다.

루마니아의 독재자 차우세스쿠는 1918년 생이다.

그는 빈농의 아들로 방 2칸에 10명의 식구가 함께 살았다. 학교를 중퇴한 그는 부쿠레슈티에서 구두수선공이 되었고 수 차례에 걸쳐 감옥생활을 했으며 이런 경력에 그는 공산당원으로 굳게 자리를 잡게 되었다. 특히 루마니아 최초의 당서기장을 만나 공산당서기로 일하면서 1930~1944년에는 감옥생활을 하기도 했다.

그는 이런 과정을 거치면서 성장하게 된다.

30대의 나이로 서기장 오른팔 역할을 하게 되었고 소련공산당 회의에서 돌아오지 못한 게오르게 데지 서기장의 후임자로 지목받게 되었다.

그는 루마니아경제가 점차로 회복세를 타자 중국, 북한과 잦은 교류를 하면서 변화하기 시작하였다. 북한의 김일성과 의형제를 맺고, 평양을 방문하는 회수가 많아지면서 개인숭배를 강화해 나갔다. 김일성의 주석궁을 본 따 차우세스쿠 궁전을 건설하였다. 남부 부쿠레스트의 7000여 채의 집과 15개 교회들을 불도저로 밀어 버리고 세계에서 가장 큰 건물을 지으려 했다. 그러나 이 궁전이 마무리되기 전, 그는 연설 도중에 일어난 군중들의 소동으로 옥상에 대기하고 있던 헬기로 도망치다 붙잡혔다. 그는 혁명위원회의 특별 군사 재판에 회부되어 총살형을 언도받고 불과 혁명 발발 나흘만에 처형되었다. 1989년 12월 25일의 일이었다. 혁명이후, 지금은 의회와, 국제 회의장으로 사용되고있다.

많이 걸었던 탓인지 피곤하다. 샤워를 하고 조금 쉬었더니 피로가 풀렸다. 내일 새벽부터 또 다른 강행군이 나를 기다리고 있다.

9. 펠리쉬성과 브란성 (Castle Pales & Castle Bran)

　많이 걸었던 탓인지 피곤하다. 샤워를 하고 조금 쉬었더니 피로가 풀렸다. 내일 새벽부터 또 다른 강행군이 나를 기다리고 있다. 오늘은 최소한 시나이아와 브라쇼바를 거쳐 뮌헨행 열차까지 잡아 타야 한다. 열차시간이 빡빡하여 일정대로 진행될 지는 나도 모른다.

　시나이아행 첫차(05:53)를 타기위해 04시에 기상. 세수하고 배낭 챙기고, 비상식량으로 준비해 두었던 맥도날도 한 개로 아침식사 해결.
　부쿠레슈트 역 도착 05시 5분. 매표창구를 찾아가 유레일패스를 신고하고 시나이아행 차표를 받았다. 나는 유레일패스가 있으면 차비는 무료로 알았는데 4레이를 달라 했다.
　열차 안에서 승무원에게 시나이아에서 브라쇼바행 열차가 몇 시에 있는지 물었더니 옆 자리에 앉아 있던 여인이 열차시간을 적어 주었다. 빨리 움직이면 09시 45분 열차를 탈 수 있을 것 같다. 시나이아에서 브라쇼 바까지 1시간 소요. 11시 경에 도착하여 블란성을 다녀오면 오늘 뮌헨행 열차를 탈 수 있을지도 모른다. 나의 가이드북에 나와 있는 열차시간표 대로 된다면 가능한 일인데 열차시간이 정확한지 아닌지는 확실하지 않 다. 아무튼 시니이아까지 찾아온 이상 펠레쉬성은 꼭 봐야한다. 루마니아 국보 1호의 아름다운 성. 안보고 갈 수는 없지.

시나이아는 해발 600m로 옛 귀족들의 휴양지였고, 현재에도 고급별장 과 실버타운 등으로 '카르파치의 진주'라 불리는 부촌이다. 펠레쉬성은 1875년, 국왕 카롤 1세가 터키, 알바니아, 체코 등에서 유명 건축가를 데 리고 와서 지었다고 한다.

열차는 7시 30분 정각 시나이아 역에 도착하였다.
나는 열차에서 내리자마자 배낭을 수하물보관소에 맡기고 줄행랑치듯 역 앞의 도로를 건너 비탈계단을 뛰어 올랐다. 나는 과거, 등산도 좀 한편 이고 시시한 산행은 별 두려움 없이 다니던 가락은 있어 이 정도는 별 문 제 없을 거라 생각하고 시작을 했는데…. 이게 사람 또 죽인다. 땀을 팥죽 같이 흘리면서 올라가긴 갔는데, 너무 올라가 버렸다. 길을 잘못 들러 엉 뚱한 곳에서 또 뺑뺑이 돌고.

좌우지간 펠레쉬성(Castelul Peles) 도착 8시 30분 경.
그런데 이건 또 뭐야? 차단기가 내려져 있고, 통행금지.
내가 차단기를 밀고 안으로 들어가려 하자 초소를 지키던 경찰, 안내판을 가리킨다.

「관람객 관람 공짜. 사진 촬영공짜. 관람시간 09:00~17:00」

09시까지 기다려라. 이 말씀.

나는 브라쇼바와 뮌헨행 열차시간에 정신이 팔려 10분이라도 빨리 다녀올 생각으로 헐레벌떡 달려 왔는데 길이 막혔다. 30분을 기다려 입장.

역시 펠레쉬성은 멋져. 그다지 기대도 하지 않고 갔었는데 과연 아름다웠다. 웅대하거나 덩치만 크게 만들어 조화롭지 못한 경우가 많은데 펠레쉬성은 그렇지 않았다. 주변 환경과 잘 조화되어 있었고, 건물 자체가 하나의 작품이었다. 대충 훑어보고 사진 몇방 찍고, 서운하지만 그것으로 만족하고 돌아섰다.

터덜터덜 맥없이 내려오는데 승용차 한대가 내 옆에 멈추었다. 택시였다. 나는 좀처럼 택시는 타지 않는 편인데 부르지도 않은 택시가 내 곁에? 기사가 타라고 눈짓을 한다. 피곤하기도 하고… '에라, 모르겠다.' 탔다. 잠시 후, 큰 도로에 내려와 기사가 손짓을 하면서 말했다.

"트렌…"

저 만치 기차역이 보였다.

내가 주머니에서 지갑을 꺼내자 그는 손을 저으며 페달을 밟고 미끄러지듯 사라졌다.

대부분의 펠레쉬성 방문 경험담을 읽어보면 기차역 앞 계단으로 올라가 계속 길을 따라 올라가면 펠레쉬성에 이른다고 나와 있었다. 그래서 나는 계속 길을 따라 올라가면 되는 줄 알았지. 물론 그 말이 틀린 말은 아니다. 그러나 진짜 펠레쉬성 가는 길은 아스팔트 포장도로가 아니다. 과거의 포장도로는 아스팔트가 아니고 돌을 깎아 벽돌처럼 만들어 길에 깔아 포장을 하였다. 이 길을 따라 올라가면 곧바로 펠레쉬성 정문에 이른다. 시나이아 열차 역에서 오른 쪽으로 가면 산 쪽으로 들어가는 삼거리가 나온다. 그 길로 들어가면 산 쪽으로 올라가는 삼

펠리쉬성(Castle Pales)

거리가 나온다. 우회전하여 들어가면 돌 포장도로가 보인다. 펠레쉬성 입구다.

　내가 서두른 이유는 오후에 있을 뮌헨행 열차를 타기 위해서다. 뮌헨행 열차는 내 가이드북에 의하면 16시 57분으로 나와 있는데 과연 드라큐라 성으로 알려진 브란성을 만나고 와도 탈 수가 있을지 걱정이 되었기 때문이다. 버스는 어디서 타야 하며 시간은 얼마나 걸릴까? 돌아오는 버스의 시간은? 자칫하면 죽도 밥도 아니고 브라쇼바에 발이 묶일 수도 있기 때문이다.

시나이아발 브라쇼바행 열차는 09시 57분에 있었다. 소요시간 1시간. 열차는 11시 정각에 브라쇼바 역에 도착했다. 우선 수하물보관소를 찾고, 뮌헨행 열차표를 예약해야 한다. 열차표를 먼저 끊어야 내가 소유하고 있는 루마니아 화폐를 떨이할 계산이 나오기 때문이다. 유레일패스가 있어도 그것은 승차권일 뿐, 침대사용료는 따로 내야 한다.

128레이. 만만찮은 금액이다. 탈탈 털어 열차표를 끊고 나자 잔돈 몇 푼이 남았다. 아침식사를 새벽 4시에 맥도날도 한 떡으로 때웠는데 점심 구경할 시간이 없다.

브라쇼바(Brasov). 브라쇼바에는 왜 가는가? 무엇이 있기에?

브라쇼브의 브란성(Bran Castle)은 '흡혈귀 드라큐라의 성'으로 알려진 성이다. 그러나 그것은 사실이 아니다. '흡혈귀'라는 괴물이 있을 리 없다는 것은 누구나 다 안다. 그러나 인간의 심리는 묘하다.
'야~, 루마니아에 흡혈귀가 살았다는 성이 있다더라, 한 번 가보자….' 누가 그런 소리 하면 너도나도 덩달아 나선다. 그래서 나도 남들 춤에 덩달아 움직인 것이다. '소문난 잔치 먹을 것 없다'고, 사실 난 별 기대는 안 한다.

'흡혈귀 드라큐라의 성'라는 별명이 붙은 이 성(城)에 무슨 일이 있었을까? 그런데 그게 그렇게 전혀 터무니 없는 이야기는 아닌 것 같다.
이 이야기가 처음 터져 나온 것은 1897년 아일랜드 작가 브램 스토커

(Bram Stoker, 1847~1912)가 흡혈귀 소설 《드라큘라》를 쓰면서 비롯되었다. 중세 루마니아 왈라키아 공국의 군주 블라드 3세 바사라브(Vlad III Basarab, 1431~1476)가 그 주인공인데 블라드 3세는 어린 시절, 오스만 터키와 헝가리 등에 볼모로 가 있었다. 그 때 그는 볼모로 가 있었던 곳에서 포로나 범죄자를 처벌할 때 보았던 가혹행위가 어린 가슴에 상처로 남게 되고 그것이 트라우마가 되어 귀국하여 군주가 되고 나서 그는 더 잔인한 인간으로 변모한 것 같다.

군주가 된 이후, 그는 터키와의 전투에서 승리를 하고 많은 포로들을 잡아 왔다. 잡아 온 전쟁포로를 처형하는 과정에서 가혹행위를 벌인 것이다. 그는 이 포로들을 처형할 때 사람의 사지를 찢어 죽이는 능지처참 형이나, 장대를 깎아 만든 창으로 항문을 찔러 입으로 나오게 하는 등 매우 잔인한 방법으로 처형하였다. 그는 포로들 뿐 아니라 그와 맞서는 정적들도 사정없이 가혹행위로 처형하면서 그는 '악마(드라쿨)'라는 소문이 퍼졌다. 드라쿨이라는 루마니아어는 악마라는 뜻도 있지만 '용'이라는 뜻도 있다고 한다. 그는 자신의 별명이 드라쿨(龍)이라는 말을 듣자 자신의 깃발에 용의 그림을 그려 넣고, 그 깃발을 들고 군대를 이끌고 전쟁터에 나가 정복자 마흐메트 2세에 맞서 오스만 제국의 침략을 물리치고 루마니아를 구한 영웅이었다.

그러나 결국 역부족, 오스만 제국에 무릎을 꿇었다.

소설의 모델을 찾아다니던 작가는 '드라큘라 백작'으로 영감을 얻었다. 이후, 소설이 영화화 되면서 세인의 관심을 끌었고 브란성은 갑자기 유명세를 타기 시작한 것이다.

브라쇼바 수하물보관소는 역 중앙 홀에서 지하도로 내려가면 왼쪽으로 난 길 안쪽에 있다. 배낭을 맡기고 열차표를 끊자마자 드라큐라성으로… 버스를 두 번 갈아타야 하는 모양인데 어디서 어떻게 타는지? 묻고, 또 묻고. 드디어 찾아갔다.

브라쇼바 역 정문을 나오면 만화가게 같은 잡지파는 상점이 있고, 상점의 봉창 문이 곧 인포메이션이다. 봉창 문 위에 ①가 그려져 있었다. 작은 창문이 신문과 잡지에 가려 봉창 문 같았다. ①옆에 붙어 있는 매표 창에서 버스표를 사고 큰 도로로 나가서 23번 버스를 타라. 그리고 네 번째 정거장에서 하차. ①에서 받은 메모쪽지를 함께 차에서 내린 청년에게 보이자 길 건너를 가리켰다. 길 건너가 바로 블란행 버스터미널. 터미널에서 '블란'을 물으면 모르는 사람이 없다. 버스 앞 유리에 'BRAN'이라는 글이 붙어 있었다.

나는 놀랐다.
— 아, 내가 또 실수를 했구나. 이런 꼴을 보려고 이 머나먼 블란까지 몇 번씩이나 차를 갈아타고 달음박질 치면서 팥죽같은 땀을 흘렸던가? —
나는 완전 실망하고 말았다.

블란성, 드라큐라 성. 하도 시끄럽기에 그런 데로 볼만한 물건인줄 알고 찾아 왔는데 이건 완전히 사기당한 기분이다.

2층까지 올라 가다가 도로 내려와 버렸다. 입구의 계단에서부터 나의 신경을 자극했다. 배합 잘못된 시멘트로 이리저리 발라 붙여 제멋대로 떨어져 나가고 유령이 나올 것처럼 꾸며 놓은 가제도구들이 무슨 어린애들 장난도 아니고, 더구나 사람들이 하루에 수십, 수백 명씩 줄지어 들어오고 나가는 관광명소라는 곳에 화장실 꼬락서니 하고는… 지저분하고 비좁고… 이러고도 떼돈을 긁어 모으는 그 배짱 하나 정말 놀라워.

16:52분,
열차는 브라쇼바 역을 출발하였다.

나는 여름에도 찬물은 잘 마시지 않는다. 끓인 물, 뜨거운 물만 마신다. 러시아와 우크라이나를 지나면서 열차의 뜨거운 물이 좋았다. 컵라면을 끓여 먹고, 차도 마실 수 있어 좋았다.

낮에 갈증이 조금 있었지만 참고, 열차에 올라가서 뜨거운 물 마실 생각을 하고 있었다.

열차에 올라간 나는 물부터 찾았다. 없다. 승무원을 찾아갔다.

"이 봐요, 승무원 아저씨, 먹는 물 어디있소?"

"먹는 물? 물이야 레스토랑에 가면 있지. 다음 칸이 레스토랑이야, 가봐."

지금부터 타는 유럽열차는 러시아 열차와는 질이 다르다. 러시아열차에 있었던 뜨거운 물 공급이 없어진 것이다. 물도 사 마셔야 한다.

다그닥, 다그닥…. 열차는 규칙적으로 소고음(小鼓音)소리를 내면서 달리고 있다.

황량한 들판 넘어, 먼 산 위에는 녹다 남은 눈들이 저물어 가는 햇빛을 받아 반짝인다.

쿠셋, 4인방 침대에 나는 혼자 앉아 생각에 잠겨 있다.

시나리오론이란 무엇인가? 우주창조의 시나리오.

우주의 가면을 벗기고 그 실체를 밝히는 데는 물리학 밖에 없다. 19세기까지만 하여도 물리학은 뉴턴이 교주였다. 뉴턴이 교주인 고전물리학에 의하면 우주는 결정론에 지배되어 있었다.

그것은 프랑스의 위대한 수학자 라플라스(Pirre Simon Lap lace)의 천체역학(天體力學, Mecanique Celeste)에 이르면서 기함을 토했었다. 그러나 20세기에 들어서면서 고전물리학은 무너지기 시작하였다. 맨 처음 홈런을 때린 타자는 아인슈타인이었다. 1905년 터진 홈런은 아인슈타인의 '특수상대성이론'이다. 그리고 닐스 보어와 하이젠베르크가 등장하면서 양자론이 터졌다. 마침내 고전 물리학은 새로 등장한 현대물리학에 그 자리를 양보하고 역사 속으로 사라져 갔다. 과연 그럴까?

그렇다면 '결정'되어 있던 우주가 갑자기 등장한 현대물리학에 의해서 무릎을 꿇게 된 그 양자란 무엇인가? 그것이 좀 맹랑하다. 맹랑하다니. 그 맹랑(孟浪)은 또 무엇인가? '맹랑'이라는 말은 무시할 수도 없고, 만만하게 볼 수도 없는 골치 아픈 문제를 말한다. 왜…?

그게, 그렇다. 양자를 들여다 보면 그 실체가 없기 때문이다. 과거에 인간은 물질의 최소단위가 원자라고 생각했었다. 그런데 이 양자론이 등장하면서 물질의 두 얼굴이 밝혀졌기 때문이다. 물질은 물질이면서 파장이었던 것이다. 지금까지 등장한 물질의 궁극적 실체는 '초끈이론'까지 들어가 있다. 물질은 실체가 없고, 다만 '끈'이라는 것이다. '끈'.

끈은 사실, 있는 것도 아니고, 없는 것도 아니다. 끈이 있는 것(有)이 되려면 물질의 실체인 질량이 있어야 한다. 그러나 끈은 질량이 없다. 끈은 물질의 두 얼굴과는 또 다르다. 물질이 되려면 질량이 있어야 한다. 그런데 이 끈이 장난을 한다. 물질의 본질은 끈들의 떨림 현상인 것이다. 멈추어져 있을 때는 없는 것이 되었다가 떨리면서 물질의 모습이 되는 것이다.

모든 물질들은 성질이 있다. 이것을 우리는 물성(物性)이라 한다. 물성은 다양하다. 물질끼리 서로 당기는 성질도 있고, 밀어내는 성질. 튀는 성질, 퍼지는 성질 등등. 산소는 산소의 성질이 있고 수소는 수소의 성질이 있다. 산소와 수소가 만나 물이 되면 물은 다시 물의 성질을 가지게 된다.

끈들이 만나 아원자가 되고, 아원자가 모여 원소가 되고, 물질이 되고 물질끼리 만나 생명도 되고 사람도 되는 것이다.

있다(有)와 없다(無)는 것은 인간의 잣대일 뿐, 우주의 진 면목에서 유와 무는 의미가 없다.

색과 공은 하나이다.(色卽是空, 空卽是色)

우주의 실체는 홀로그램이기 때문에 인간의 잣대와는 다르다.

양자론은 이렇다.

고전물리학에서 물체의 운동은 일정한 궤도에 의해서 진행된다. 그러나 미시세계의 미립자들은 제멋대로 궤도 수정을 한다. 뿐만 아니라 마치 생명있는 생명체처럼 위치 또한 임의로 변경한다. "여기있다" 와 "저기있다" 의 의미가 없어진다. "여기 있으면서 또한 저기에도 있다" 는 비 논리적 행위도 일어난다. 광자의 경우 자극에 의해 두 개의 광자로 분할 되었을 경우 한 개의 광자에 자극을 주면 이상한 현상이 일어난다. 위치가 다른, 분리된 또 하나의 광자에도 같은 반응이 일어나는 것이다. 마치 쌍둥이의 행동처럼. 이러한 광양자들의 기이한 반응을 컴퓨터에 적용시켜 양자컴퓨터를 만들 수 있다. 컴퓨터의 정보를 떨어져 있는 또 다른 컴퓨터에서 동시에 반응하는 초스피드 컴퓨터가 되는 것이다.

시간 또한 그렇다. 우리가 생각하는 시간이란 우리의 의식 속에서만 존재할 뿐 실재의 시간은 우리가 생각하는 시간과는 다르다. 고전물리학에서는 시간과 공간이 객관적으로 존재하는 범주로 보았으나 아인슈타인이 등장하면서 이것도 무너졌다. 우주에서 절대시간은 존재하지 않는다는 결론에 도달한 것이다. 시간과 공간은 서로 독립적이 아니라 4차원 시공간으로 생각할 수 있으며, 4차원 시공간의 회전을 로런츠변환이라 하는데, 이 변환에서는 시간좌표와 공간좌표가 대등한 변환을 받는다는 것이다. 시간이란 인간의 의식 속에서만 존재할 뿐 실재적 의미는 없다. 인간의 시간이란 지구의 자전과 공전을 등분하여 인위적으로 만든, 인간의 잣대일 뿐 실재와는 다르다. 인간이 늙고 병들고 죽는 것은 시간 때문이 아니라 물질의 운동과 그 운동의 프로그램 때문이지 시간 때문은 아니다.

변증법적 유물론은 말한다. '물질은 운동을 기본적 속성으로 하고 운동은 시·공의 본질을 이루기 때문에 시·공·운동·물질은 서로 분리할 수 없는 일체(一體)로 파악한다.' 그리고 이러한 입장은 20세기의 물리학의 발전에 의해 입증되었다. 상대성이론의 중요한 결론은 시·공이 물질에서 떨어져 독자적으로 존재하는 것이 아니라, 그들은 전체적으로 서로 떨어질 수 없다는 것이다. 거기에서 시간의 경과, 물체의 확장은 그 물체의 운동 속도에 의존하게 되고 시·공을 통일한 4차원의 입장에서 설명되었다.

리발기수(理發氣隨)

기발리승(氣發理乘)

이것은 퇴계사상(退溪思想)의 핵심이다.

우리는 물질의 양면성을 알고 있다. 물질은 물질이면서 파장이다.

현(絃)이 어떻게 떨리느냐에 따라 음계(音階)가 달라진다.

물질은 곧 에너지(energy : 氣)의 다른 모습이다. 기(氣)가 보일 때는 물질이 되고 보이지 않으면 에너지가 된다. 그것은 떨림의 현상에 따라 모습이 달라질 뿐 본질이 바뀐 것은 아니다. 끈이 어떻게 떨리느냐에 따라 수 만가지 물질의 형태가 다르게 발현(發顯)되는 것이다.

물질과 파장은 둘이 아니다. 물질이 곧 파장이고 파장이 곧 물질이다.

리(理)가 발(發)할 때는 기(氣)를 수반(隨伴)하고

기(氣)가 발(發)할 때는 리(理)를 태운다(乘).

리와 기는 결코 '따로'가 될 수 없다.

'이다'와 '아니다', '있다'와 '없다' '산다'와 '죽는다' 그리고 '시작'과 '끝'과 같은 흑백논리는 우주에는 존재하지 않는다. 그것이 홀로그램이다.

흘러가는 구름을 본다. 보는 사람에 따라 그 느낌이 달라진다.

어떤 사람이 말한다. '구름 모양이 호랑이 같다.'

옆에서 다른 사람이 말한다. '사자 같군..' '아니다, 코끼리 같지 않아?'

모든 사람들의 말이 다 맞는 말이다. 그것이 홀로그램이다.

'죽었다'와 '살아 있다'는 것은 어떻게 보느냐에 따라 그 본질이 달라진다.

우주적 물질의 본질에서 보면 달라진 것이 없기 때문이다. '죽었다'와 '살아 있다'는 것의 차이는 시스템이 변한 것 뿐이다. 프로그램이 끝나면서 대사기능(代謝機能)이 멈추었을 뿐 본질이 달라진 것은 없다. '존재하는 모든 것은 본질로 돌아간다.' 그것을 사람들은 '죽음'이라 말한다.

오감(五感)으로 들어오는 모든 정보들은 기(氣, 끈의 떨림)의 다른 모습들이다.

물론 들어오는 정보를 받아 들이는 수용체(受容體 : 五感)역시 본질은 기(氣, 끈의 떨림)다.

만물에는 물성이 있다. 산소는 산소의 물성이 있고, 수소는 수소의 물성이 있다. 산소와 수소가 만나면 또 다른 물성이 생긴다. 그것이 물(水)이다. 성(性)에는 지(知)가있다. 물은 온도를 알(知)고 있다. 물은 0℃ 이하가 되면 얼음이 된다. 물론 100℃ 에서 끓는 성질도 있다. 이러한 물성은 모든 다른 물질들에도 있다.

인간은 느낌이나 생각을 인간의 특권으로 알고 있다. 그러나 그것은 착각이다. 모든 물질은 느끼고 생각하고 고뇌한다. 물론 그 방법과 반응은 다르다. 다르다고 없는 것은 아니다.

소도 기쁘면 웃고, 개도 슬프면 운다.

내가 시골에 살겠다고 귀농흉내를 내다가 실패하고 도로아미를 한 적이 있다. 그 때 본 이야기다.

어느 해 겨울 아침. 아침부터 오두막 뒤로 한 무리의 까치 떼가 몰려와 시끄럽게 우짖고 있었다. 유난히 시끄러웠던 것이다.

'무슨 일일까?'

슬리퍼를 끌고 논둑으로 올라갔다. 추수 끝난 겨울 논바닥은 얼어 있었다.

우짖는 떼까치들 곁으로 다가가던 나는 논바닥에 버려져 있는 죽은 까지 한 마리를 발견하고 놀랐다. 이 놈들이 논바닥에 버려진 동료의 죽음을 보고 우짖고 있었던 것이다.

내가 본 것은 '까치들의 장례식'이었다. 그 뿐 아니다. 나는 까치들의 사랑놀이를 본 적도 있다. 물론 암컷과 수컷이라고 단정짓기는 어렵다. 나는 그들의 자웅을 구별할 능력은 없다.

까치 두 마리가 마주보고 날개를 퍼덕이며 허공의 한 자리에 머물면서 키스를 하는 장면을 내가 본 것이다. 물론 인간처럼 부둥켜 안고 장난하는 그런 키스는 아니다. 그러나 내가 본 장면은 분명 키스하는 행위였다. 붙었다, 떨어졌다를 반복하는 장면은 영락없는 키스였다.

사람에 따라서는 동물과 대화를 하는 사람도 있다 한다. 동물 뿐 아니라 식물과도 대화 한다는 이야기도 들었다. 존재하는 모든 것은 저마다의 의식이 있는 것이 분명하다.

내가 시골생활에서 본 것 중에는 까치들의 장례나 사랑놀이만 본 것이 아니다.

벌이나 개미처럼 단체생활을 하는 동물 뿐 아니라 생명있는 모든 생명체가 행위나 표현은 다를지라도 인간과 다르지 않다는 생각을 갖게하는 다양한 자연현상을 목격한 바 있다.

빛은 3원색에서 시작하지만 세상의 모든 만물을 만들어 낸다. 인간의 오감으로 들어오는 모든 물질들(정보들)은 인간의 뇌 속에서 춤추면서 오만가지 생각들을 만들어 낸다.

기(氣)가 기(氣)를 만나 반응하는 것이 생각이고 느낌이다. 인간의 생각이란, 물질의 반응현상인 것이다. 물질들의 반응현상이 유전자에 프로그램된 시스템에 의해서 작동할 때 우리는 그것을 생각이라 말한다.

생각과 행동이 꼭 일치할 것이라는 생각도 착각이다. 생각과 행동이 일치할 경우도 있고 다를 경우도 있다. 생각은 생각의 프로그램에 의해서 일어나고 행동은 행동의 프로그램에 의해서 행동한다. 그것을 우리는 본능이라 말한다. 화를 잘 내는 사람은 화를 잘 내도록 프로그램되어 있고, 잘 웃는 사람은 잘 웃도록 성격이 그렇게 프로그램되어 있다. 모든 것은 프로그램 되어있는 것이다.

인간의 생각이나 행동만 프로그램되어 있는 것은 아니다.

우주는 알고리즘으로 빈틈없이 짜여진 홀로그램이다.

우주의 비밀을 풀기위해 수많은 수학자와 물리학자들이 피나는 투쟁을 한 바있고, 지금도 그 투쟁은 계속되고 있다.

뉴턴 중력장 방정식, 포와송 방정식, 아인슈타인 방정식, 멕스웰 방정식, 오일러 — 라그랑지안 공식, 슈뢰딩거 방정식, 프리드만 방정식, 양 — 밀즈 방정식, 방정식, 방정식….
도대체 이게 무슨 소린가?

우주는 공(空)으로 가득 차있다. 공(空)은 무(無)가 아니다. 공은 유(有)의 전단계일 뿐이다.

유의 전단계라는 공은 균형(balance)이다. 사람들은 그것을 대칭(Symmetry)이라 말한다.

균형은 곧 에너지(氣)다. 에너지는 힘이다. 힘은 수학이다. 우주는 '힘', 그 자체인 것이다.

다시 말해서 우주는 곧 수학인 것이다. 그래서 모든 비밀은 수학으로 풀리고 있다. 그것이 이상의 여러 방정식의 기원인 것이다. 이것이 다시 모여 '대통일장이론'이라는 클라이맥스를 향해 달음질 치고 있다. 그렇다면 수학이란 무엇인가?

수학이란 '문제(Question)'다. 문제에는 반드시 답이 있게 마련이다. 답 없는 문제는 문제가 아니다. 수학자와 물리학자들이 밤잠 설치며 우주의 비밀을 풀었다. 마지막 종점이 '대통일장이론'으로 귀결될 모양이다. 모든 문제는 이미 풀려 있는데, 그 다양한 방정식들을 하나의 방정식으로 묶어 보겠다는 것이 '대통일장이론'인 모양인데, 그런 복잡한 방정식들은 과학자, 수학자들의 장난감으로 양보할 일이지 무식한 나같은 인간이 함께 놀겠다고 끼어 들 필요는 없다. 나는 그냥 그들의 결론을 믿고, 고개만 끄덕이면 그만이다.

하지만 내가 멍청이가 아닌 이상 고개만 끄덕이고 앉아 있을 수는 없는 일.

심심풀이로 공상한다. 그래서 공상은 계속된다.

12:25분 정각. 열차가 뮌헨 역에 도착했다.

20시간 가까운 산뜻한 질주였다.

어제 아침, 뮌헨행 열차표를 끊을 때였다. 매표창구 여직원이 내게 물었다.

"가다가 중간에 한 번, 갈아타야 하는데 괜찮겠어요?"

나는 이미 알고 있었다.

"오케이.. 탱큐."

두 번, 세 번, 갈아타는 열차도 있다. 직행이 없다면 한 번 정도는 어쩔 수 없지.

환승역은 오스트리아 빈(Wien) 역이다.

열차가 빈에 도착할 시간이 다가오자 나는 마음이 조금 불안 해졌다. 자칫하면 갈아탈 열차가 완전 엉뚱한 곳에 있을 수도 있기 때문이다. 대구 역에 내려서 동대구 역에서 갈아타야 한다면 당황할 수 밖에 없다. 나는 승무원에게 물었다.

"나는 뮨헨행 열차를 타야 하는데 혹시 플랫폼 번호를 아세요?"

그 역시 고개를 절래 절래 흔든다.

그렇다면 빈 역에 내려서 전광판을 보던지 역에 가서 물어 봐야 한다는 말이 된다.

— 혹시…? —

나는 급히 내가 만든 가이드북을 꺼냈다.

내가 이 열차를 탈 때도 메모지에 역 이름과 열차시간을 적어 매표창구에 밀어 넣고 차표를 끊었던 것이다.

— 야, 있다. 휴, 살았다. —

Wien west banhof 08:14 (착) (Platform 6)

Wien west banhof 08:30 (발) (Platform 7)

6번 플랫폼에서 내리고, 7번 플랫폼에서 타는 것이다.

08:14.

열차가 빈 역으로 천천히 미끄러져 들어갔다.

나는 창 밖으로 건너편 플랫폼 열차를 보았다. 열차의 승강구 옆에 분명 'Munchen'이라는 글씨가 보였다.

브라쇼바 역에서 뮨헨행 열차표를 끊을 때였다.

요금을 지불하고 차표를 받아 넣었다. 차표를 받아 무심코 호주머니에 챙겨 넣었는데 대합실 의자에 앉아 다시 차표를 꺼내 살피던 나는 이상한 생각이 들었다. 나는 분명 '게르마니아 뮨헨이라 말하고 표를 끊었는데 차표에는 'Wien'까지만 적혀 있었다.

— 이 것, 혹시 뭐가 잘못된 것 아닌가? —

매표창구로 찾아 갔다.

"나 분명, 게르마니아 뮌헨행 표를 달라 했는데 왜 비엔나예요?"

"괜찮아, 괜찮아. 그냥 타. 노 프로블램, 노 프로블램."

―그 참, 이상하다. 아무튼 상관 없다니 그냥 가는 수 밖에. ―

여기는 빈(Wien)이다.

조금 긴장을 하면서 열차를 갈아타기 위해 차에서 내리자마자 건너편 7 번 플랫폼으로 다가갔다. 뮌헨행 열차가 곧 출발할 모양이다. 사람들이 열차에 오르고 있었다. 내 열차표에는 'Munc hen'행이라고는 M자도 보이지 않았다.

― 정말 타도 되는 걸까? ―

나는 반신반의, 약간 긴장된 마음으로 열차표와 유레일패스를 승무원에게 내밀었다.

그는 나의 패스와 표를 받아 보고는 고개를 끄덕이면서 빨리 올라가라는 손짓만 했다.

나는 약간 가벼운 마음으로 차에 올랐다.

차표를 아무리 자세히 들여다 보아도 차량번호와, 침대번호나 좌석번호 같은 것은 없다.

― 아무 데나 앉아도 되는 걸까? ―

그 때 승무원인 듯한 사내를 만났다. 나는 차표를 보이면서 물었다.

"이 봐요, 내 자리 좀 찾아 주세요."

이 사내, 내 표를 잠시 들여다 보더니 가타부타 말 한마디 없이 다음 칸을 가리킨다.

"저쪽이다."

다음 차량으로 건너가려는데 뭔가 좀 이상하다. 출입문이 자동인데 손잡이 옆에 '2Class'라 적혀 있다.

— 2등? 2등실로 가라는 말인가? —

들어갔다. 분명 객실안이 다르다. 좌석 수도 내가 처음 탄 객차보다 적고, 자리도 넓다. 그 때 또 다른 승무원을 만났다. 내 자리가 어딘지 다시 물었다. 승무원이 또 다음 객실을 가리킨다.

— 그 참 이상하네… —

다음 칸으로 들어간다. 그런데 이번에는 손잡이 옆에 '1Class'라 적혀 있다.

— 그렇다면 1등실? —

들어갔다. 훨씬 좋다.

— 아하, 그렇구나… 애라, 모르겠다. 잔소리하면 비켜 주지 뭐.—

갑자기 배짱이 생겼다.

내 유레일패스는 1등실 패스다. 한국 촌닭이 유럽와서 1등실 열차를 타게 생겼다.

—허허 그것 참, 별 요상한 일도 다 있구만… —

— 1등실이 좋긴 좋구만. —

완전 비행기 탄 기분이다. 과자 바구니를 들고 와서 먹으라고 권하더니 잠시 후에는 승객들을 찾아 다니면서 '차를 드시겠느냐?' '어떤 음료수를 드릴까요?' 일일이 식성대로 주문을 받아 간다. 나는 뜨거운 물 한 컵을 시켰다.

— 혹시 이거, 이래 놓고 바가지 쓰는 건 아닐까? 그럴 리가… 서비스겠지…—

그런데 뭐가 좀 이상하다. 잠시 후, 노랑머리 빨강투피스의 야시시한 아가씨가 나타나더니 주문한 좌석번호를 찾아 다니며 계산서를 들이 미는 것이 아닌가?

— 야 이거, 뜨거운 맹물 한 컵 얻어 마시고 1등석, 1등 바가지면 어짜노?—

걱정이 시작되는데 '얼시구…?' 노랑머리 아가씨가 내 좌석번호를 보더니 그냥 지나쳐 가 버렸다.

— 햐… 그럼 그렇지. 맹물 주고, 계산서 들이 밀면 그건 완전 철바가지지. —

나는 속으로 미소를 지었다.

열차 속도 230Km/h. 정말 신나게 달린다.

빈에서 뮌헨까지 4시간. 800Km를 4시간에 주파.

열차에 침대는 없고, 모두가 좌석. 주간열차에 침대는 무용지물.

헝가리, 오스트리아, 스위스를 거쳐 독일 뮌헨까지 창 밖의 경치, 너무 멋있다. 스위스 고산지대는 아직도 새하얀 설경이 턱시도를 뽐내는 새신랑마냥 멋진 모습을 자랑하고, 장난감같은 산록마을의 집들이 수줍은 신부마냥 홍조를 드리우며 나그네를 손짓한다.

무서운 속력으로 치닫고 내리닫는 열차는 소리조차 없다.

아, 나는 내일 세상에서 가장 아름답다는 백조의 성을 찾아 갈 것이다.

그리고 다시, 나는 침묵의 공상 속으로 빠져 들어 간다.

프로그램이란 무엇인가?

프로그램(Program)은 시나리오(Scenario)다. 우주라는 드라마에 시나리오가 없을 수 없다. 그렇다면 우주의 시나리오는 어떤 것일까?

우주가 수학자나 물리학자가 창시한 것이 아니듯이 다윈이즘(Darwinian)은 다윈이 창시한 것이 아니다. 알고리즘으로 짜여진 우주의 비밀을 학자들이 풀어내었듯이 적자생존은 우주의 시작에서부터 비롯되었다.

다만 사람들이 다윈의 이름을 빌려다 붙였을 뿐이다.

인간의 마음이다. 생각이다 하는 것은 물질의 반응현상일 뿐 자각과 인지는 스스로 할 수가 없다. 다만 유전자의 프로그램에 의해서 반응할 따름이다. 그러나 간과(看過)해서는 안될 문제가 숨어 있다. 그것이 학습(學習)의 비밀이다. 학습이 인간을 창조한다.

인간은 다른 동물과 다르지 않다. 모든 생명체는 동일한 시스템으로 생존한다. 다만 다른 점은 학습의 반응과 적응이 다를 뿐이다. 인간이 인간일 수 있는 것은 학습과 반응이 온당할 때만 해당된다.

휴머니즘이다, 인도주의다 하는 것은 19세기와 20세기의 낡은 패러다임(paradigm)이었다.

그들은 '인류의 평화'라는 거창한 깃발을 앞세우고 전쟁놀이에 여념이 없었다. 인류가 바라는 것은 그런 거창한 구호가 아니다. 이제 21세기가 열리고 30세기를 향하는 길목에서 인류는 새로운 패러다임을 찾아야 한다.

인류의 문명이 열리면서 인간이 창조한 것은 신의 천국이었다. 그러나 새로운 세기에는 인간의 천국이 이루어져야 한다.

인류가 탄생하여, 불을 사용하고, 석기시대를 거쳐 철기시대까지 이르는 기간이 300만~500만 년이 걸렸다. 청동기시대와 철기시대를 거쳐 인간은 문명시대를 열었다.

그리고 인간은 역사시대를 만났다. 인간이 역사시대를 만났다고 하지만 1만년을 넘긴 역사는 별로 없는 것 같다. 1906년 5월 22일, 오빌 라이트와 윌버 라이트 형제가 '나는 기계'로 미국 특허를 획득했다. 특허번호 821393. 1903년 3월에 직접 특허를 출원했지만 한 차례 거부당하고, 변리사를 고용해 재출원한 후 승인을 받은 것이다. 형제가 주장한 특허의 핵심은 '나는 기계'를 조정하는 새롭고 유용한 방법이었다. 동력을 이용하건 이용하지 않건 아무런 상관이 없는 매우 적용 범위가 넓은 특허였다. 그리고 1961년 4월 12일 러시아의 유리 가가린(Yurii Gagarin 1934 ~1968)이 우주선 보스토크 1호를 타고 1시간 29분 만에 지구의 상공을 일주하고 돌아왔다.

비행기가 나오고 100년도 되기 전에 우주여행을 실현한 것이다. 우주여행은 이제 시작일 뿐이다. 마음만 먹으면 화성에도, 금성에도 마음대로 산책할 수가 있게 된 것이다.

1600년 어느 날. 로마 미네르바언덕의 성모 마리아 수도원 앞에서 화형식이 거행되었다.

화형식이란 말할 것도 없이 산사람을 불태워 죽이는 일이다.

화형당하는 인물의 이름은 조르다노 브루노(Giordano Bruno).

부르노는 세계, 지구, 인간에 대한 자신의 견해를 철회하려 들지 않았다. 간단히 말하자면 '지구가 돈다'고 지동설을 떠들다가 걸려 들었던 것이다.

33년 후, 1633년. 똑 같은 일이 또 벌어졌다. 이 번에 걸린 인물은 갈릴레이.

그러나 이 무렵에는 이미 많은 사람들이 지구가 돈다는 사실에 동의하고 있었다. 물론 코페르니쿠스의 지동설도 유포되어 있었다. 그런데 재수 없이 갈릴레이가 걸린 것이다.

이유는 이렇다.

지구가 마음 속으로 '돈다'고 생각하는 사람을 다 잡아 불태워 죽일 수는 없다. 목자(牧者)들 중에서도 상당수 지동설을 알고 있었다. 그러나 그들을 다 처형할 수는 없는 일.

갈릴레이는 철학, 물리학 그리고 수학자다. 그는 피렌체 아카데미의 대표였다. 그는 이 때 베네치아의 대학교수로 초빙되어있는 상태였다. 그는 증명되지 않은 사실에는 거들떠 보지도 않는 사람이다. 그런데 이런 사람이 책을 출판하여 지동설을 떠들고 있으니 교회에서 그냥 보고만 있을 수는 없었던 것이다. 망원경이 등장하고 수학자가 책을 출판하여 하느님 말씀에 정면으로 반박하고 나서자 교회에서 신경질이 터진 것이다.

로마교황청에서 호출장이 날아왔다.

그 때 갈릴레이는 70대의 노인. 병든 상태. 그는 의사의 진단서를 첨부하여 출두연기를 허락받았다. 그리고 두 달 후, 출두 독촉명령이 다시 날아오고, 갈릴레이는 결국 병든 노구를 끌고 1633년 2월 13일 로마로 들어갔고, 로마 주제 피렌체 대사관에 연금되었다.

심문과 재판은 계속되고.

갈릴레이는 고민했다. 학자로서의 양심을 걸고 조르다노 부르노가 걸어간 길을 따라 화형식을 당할 것이냐? 바보들에게 허리를 굽히고 하느님의 종으로 목숨을 건지느냐?

그는 후자를 택했다.

―어차피 지구는 도는데 허리 굽히기 싫어 불에 타 죽느니 바보들에게 허리 한 번 굽히고 사는 게 났다.―

옳은 판단이다.

이 무렵, 역사의 프로그램을 잠시 보자.

중국이 전국시대로 사분오열이 되어있을 때 북쪽의 오랑캐들은 살기 좋았다. 심심하면 중국으로 치고 내려와 살육과 약탈하기 쉬웠던 것이다. 그러다 중국이 통일되고 강해지자 약탈해서 먹고살던 유목민들이 방향을 서쪽으로 돌렸다. 처음 등장한 족속들이 흉노. 유럽에서는 그들을 '훈'이라 불렀다. 훈족이 밀고 들어오자 불똥 떨어진 유럽에 도망치는 사태가 벌어졌다. 민족대이동이다. 대표적인 민족이 게르만. 이들이 쫓겨 내려가 늙어 비실거리는 로마를 덮치고 이베리아반도의 스페인까지 내려갔다. 이 때 등장한 훈족의 스타는 저 유명한 '아틸라'.

흉노 다음이 돌궐이다. 돌궐은 유럽에서 투르크로 불렸다. 터키의 전신이다.

투르크의 대표주자는 '오스만'. 오스만 터키의 전성시대는 과거 로마와 버금가는 정도로 지중해주변의 대부분을 먹었다. 그 다음 등장한 스타는 '칭기즈칸'. 칭기즈칸은 완전 전 지구를 통일할 정도로 그 세력이 막강했다. 물론 당시에 아메리카는 발견되지 않았을 때다. 당시에 칭기즈칸이 지구를 통일하여 전 지구가 하나의 국가로 계속 발전하였다면 지구에서 전쟁이 사라졌을까? 그 답변은 '아니다'다. 인간의 욕구는 끝이 없기 때문이다.

코페르니쿠스와 갈릴레이가 등장할 무렵에는 이미 암흑시대가 서서히 동트기 시작했다.

문예부흥이 터지고 동양에서 밀고 들어온 황색바람을 타고 화약과 종이, 나침반 등이 서양오랑캐를 눈뜨게 만들었다. 화약은 장원을 파괴하여 국가로 발 돋음 하게 하였고 나침반은 항해술을 자극하여 제국주의를 낳았다. 마침내 나폴레옹이 등장하고, 히틀러가 등장하여 세상을 온통 불바다로 만들었다. 이것이 역사의 시나리오고 프로그램이다.

그런데 갈릴레이가 떠난지 4백 년이 가까워지고 있는데 엉뚱하게도 21세기라는 새로운 밀레니엄의 시대에 '갈릴레이 재판'같은 사태가 오지 않을까 우려하는 목소리가 들린다.

　이른바 '생명윤리기본법'라는 법이다.

　사건의 발단은 이렇다.

　1996년 7월 5일　영국 로슬린연구소의 이언 윌머트와 키스 캠벨은 6년생 양의 체세포에서 채취한 유전자를 핵이 제거된 다른 암양의 난자와 결합시켜 이를 대리모 자궁에 이식, 새끼 양 돌리를 낳게 하여 세계 최초로 포유동물을 복제하는 데 성공했다. 이것이 도화선이 되어 지구촌 구석구석에서 복제생명이 무질서하게 경쟁하듯 불이 붙자 교계를 비롯한 수구파들이 잔소리의 북소리를 울리기 시작한 것이다.

　'그래도 지구는 돈다'라는 말이 있다. 갈릴레이가 한 소리라는 말도 있고, 아니다. 라는 말도 있다. 누가 한 소린 지는 내가 알 바 아니고, 내 말인즉슨 교계나 수구파가 잔소리를 하건 말건 생명공학에 불이 붙기 시작했다는 이야기. 지구가 탄생하고 인류문명이 21세기를 맞는 동안이 46억 년이 걸렸다. 그런데 인류가 18세기와 19, 20세기를 거치면서 완전 초 고속으로 바뀌었다. 라이트형제가 장난감같은 비행기를 만들어 노닥거린 지 100년도 되기 전에 우주여행을 다니듯이, 복제 양을 만들어 생명공학의 깃발을 올린 지 100년도 되기 전에 줄기세포가 등장하고 마침내 인간이 생명창조의 문을 두들기기 시작한 것이다. 신(神)이 니체에 의해서 맞아 죽은 이후 마침내 인간이 신의 대리인으로 등장한 것이다. 세상은 초고속으로 급변하였다.

이제 곧 사이보그(cy·org)가 등장할 모양이다.

작금의 인터넷 보도를 보자.

〈http://news.naver.com/main/read.nhn?mode=LSD&mid=sec&sid1=104&oid=003&aid=0004006320〉

'쥐의 iPS세포(유도만능줄기세포)나 ES세포(배아줄기세포)와 같은 만능세포로부터 정자를 만들어 내는데 교토(京都)대 연구팀이 성공했다고 일본 아사히 신문이 5일 보도했다. 연구팀은 이렇게 만들어 낸 정자를 수정시켜 출산에 이르게 하는 데에도 성공했다.

만능세포로부터 만들어 낸 정자가 생식세포로서 기능을 할 수 있음을 확인한 것은 세계 최초로 이러한 연구 결과는 이 날 미 과학잡지 셀의 인터넷판에 게재된다.

— 중략 —

생식윤리 전문가인 조세핀 퀸타발레는 이런 방법을 통해서는 남성의 난자나 여성의 정자를 만들어 내게 될 것이라며 인공자궁을 만들어 내기만 한다면 인조인간을 생산하는 것도 불가능하지만은 않을 것이라고 우려했다. 인공자궁만이 아니라 모든 장기는 인공으로 만들어 내고.

미래의 인간은 팔다리가 보철에 의해 잘려 나간 형태, 아마도 정교하게 해부된 신경계만이 전기적으로 구동되는 플라스틱 팔에 부착된 형태가될지 모른다고 한다. '600만 불의 사나이'는 옛날 이야기. 사람이 몸통과 사지가 없이 뇌만 남은 형태로 진화될 것이다.

머리를 제외한 몸통의 모든 부분이 보철로 갈아 끼운 인간을 사이보그
(cyborg)라 한다.

지구상의 대부분의 인간이 사이보그로 대체된다는 것이다.

사이보그가 문제가 아니다.

인간의 기억과 마음을 복사하여 이식한다는 것이다.

뿐만 아니다.

기계가 인간의 도움없이 스스로 증식하고 진화하게 되고 마침내 지구
는 기계에 의해서 지배되는 시대가 온다고 한다. 물론 공상이겠지. 그러
나 인류의 역사를 보면 상상과 공상이 모두 현실이 되었다. 복제인간과
사이보그는 공상이 아니다.

물질과 생명이 둘이 아니다. 어떤 시스템으로 프로그램되어 있느냐에
따라 동물도 되고, 식물이 되듯, 물질도 되고 생명도 되는 것이다.

비행기를 비롯하여 기차, 자동차 등. 모든 기계는 엔진에서부터 아주 작
은 나사하나에 이르기까지 모든 것은 설계도에 의해서 만들어지고 작동
된다. 인체내의 모든 장기를 비롯하여 아주 작은 세포나, 세포를 구성하
는 각종 부속들, 그 부속을 형성하는 원자와 원자를 구성하는 아원자들에
이르기까지 모든 것은 유전자의 프로그램에 의해 생성되고 활동한다. 인
간의 모든 질병, 성격과 행동, 그리고 생(生)과 사(死)에 이르기까지 모든
것은 유전자의 프로그램에 의해서 작동된다.

뮌헨 역에 열차가 닿자 나는 누구에게 묻지도 않고 성큼성큼 뮌헨 역 정문을 빠져 나갔다.

나의 계획은 이렇다.

지금까지 나는 쫓기듯, 도망치듯 줄기차게 달음질쳤다. 이제 좀 쉬고 싶다. 우선 오늘 오후에는 샤워라도 좀 하고, 내일 여행을 위해 뮌헨역 내부를 둘러 보면서 여유를 갖고싶다.

내일, 퓌센(Fuessen)을 다녀오면 하룻밤 더 쉬고 모레쯤 낮차를 타고 파리로 입성해야지.

마음을 느긋하게 먹고 호텔을 찾아간다.

10. 퓌센(Pussen) 노이슈반슈타인 성
(Neuschwanstein Castle : 백조의 성)

움밧호스텔(M□nchen Wombats Hostel).

값싸고, 시설 좋고, 역 가깝고, 찾기 쉽고. ….

누구에게 묻지도 않고, 매일 드나드는 단골집 찾아가듯 직행. 움밧호스
텔 현관을 밀고 들어갔다.

"아가씨, 방 있어?"

"예약했어? 레저베이션?"

"……?"

"예약 안 했으면 방 없어."

"뭐야? 방이 없다고? 도미토리도 없어?"

"아저씨, 너 코리아 맞지? 차두리, 김주영, 김창수… 어쩌구, 저쩌구…"

축구선수 이름을 줄줄이 외우는데 나도 모르는 축구선수 이름을 줄줄
이 외는 바람에 그만 '기죽어'.

"야, 아가씨, 그러지 말고, 도미토리도 좋으니까? 나 좀 봐줘."

"좌우지간 예약 안 하면 방 없어. 특별히 코리아니까 한 방 주지. 체크인은 오후 2시니까 나가서 놀다가 2시 되걸랑 다시 와."

그래서 배낭만 호텔 2층, 배낭창고에 처박아 놓고 나왔다.

1박 21유로. 2박 예약 42유로.

(1유로=1,235원. 1박 26,000원)

움밧호스텔은 뮌헨 역 정문 앞 신호대 건너 왼쪽으로 첫 골목, 왼쪽으로 보면서 들어가면 간판이 보인다.

05시 기상.

세수, 식사 끝내고 06:30분 출동. 내일 아침에 탈 파리행 열차표 사고, 07:53분발 퓌센행 열차를 탄다. 퓌센에서 노이슈반스타인(Neuschwanstein 백조의 성)과 호엔슈방가우(Hohenschw angau)성을 돌아보고 13:05 열차나 14:06 열차를 타고 돌아오는 일정이 오늘 내가 계획한 일정이다. 13:05열차는 중간에 한 번 갈아타는 번거로움이 있고, 14:06열차는 직행으로 편하다. 그 다음 열차에도 열차는 있지만 갈아타야 하고, 늦으면 바빠지기 때문에 여유있게 행동 하려면 14:06열차가 적합할 것 같다.

백조의 성으로 불리는 노이슈반스타인 성(Schloss Neuschw anstein)은 환상의 성이다.

미국 로스엔젤리스의 디즈니랜드에 가면 눈에 확 들어오는 장난감 같은 성이 있다.

그야말로 동화의 나라에 들어온 느낌이 들 정도로 깜찍한 성이다. 이 성의 모델이 독일의 노이슈반스타인성이라 한다. 나도 한 번 가 봐야지. 유럽에는 수많은 아름다운 성들이 많다.

그 성들을 다 돌아보기는 어려운 일이다. 그 중 하나만 뽑아 보자. 그래서 낙점된 성이 노이슈반스타인성이다. 그럼 이 성에는 과연 어떤 역사가 숨어 있을까? 이렇게 아름다운 성을 세운 사람은 과연 어떤 사람이었을까?

예술하는 사람들 중 '정말 천재다'라는 소리를 듣는 사람은 대게 정상이 아닐 경우가 많다. 그야말로 영혼을 바쳐 미친 듯이 몰입된 상태에 빠져 들어야 참다운 멋이 나온다.

나는 음악을 좋아한다. 나는 잡식성이라 아무 장르나 다 좋아한다. 팝이나 샹송, 칸쵸네를 듣다가 질리면 클래식을 듣는다. 이런 다양한 음악들 중에도 유난히 좋아하는 가수나 곡이 있다. 클래식에서 찾는다면 나는 단연 베를리오즈(Hector Berlioz, 1803~18 69)를 꼽고, 베를리오즈의 작품 중에도 '환상교향곡(Symphonic Fantastique)4번'이 압권이다. 베를리오즈는 정신적으로 광(狂)의 상태에서 작곡하였다.

베를리오즈가 무명시절 이야기다.

영국의 한 극단이 1827년 9월에 셰익스피어의 극을 파리의 오레온좌에서 상연했는데, 그 때 '로미오와 줄리엣'에 분한 주연여우가 아일랜드의 아름다운 여배우 안리에다 스미손이었다. 이를 본 베를리오즈가 그만 홀딱 빠져 버린 것이다. 한 번 만이라도 만나 달라도 백방으로 손을 썼지만 실패로 돌아갔다. 절망한 베를리오즈는 미친 듯이 방황하기 시작하였다.

미치광이가 되어 몇날 며칠을 술집에 처박혀 의식을 잃었다. 다만 죽고싶을 뿐이었다. 테스토스테론이 발작을 일으킨 것이다

이럴 때 작곡한 곡이 환상교향곡이다. 광적인 상태에서 작곡한 환상교향곡을 들으면 정말 환상적이다. 이 작품이 1830년 12월 5일에 열린 자작연주회에서 초연되었다. 이 자리에는 바이올린의 '미치광이 천재' 파가니니, 빅토르 유고, 알렉산드 듀마도 참석했었다. 연주가 끝나자 청중들은 환호했고 무명의 작곡가 베를리오즈가 갑자기 빅 히트를 때린 것이다.

연주회에 참석했던 여배우 스미소니온은 이 교향곡의 주인공이 자신이라는 얘기를 듣고 감격해 버렸다. 1833년 10월 3일. 그들은 결혼했다.

이 곡의 스코어는 러시아의 니콜라스 1세에게 봉정되었는데 악보의 첫머리에는 다음과 같은 베를리오즈의 해설이 붙어 있었다.

「병적인 관능과 상상력을 가진 어떤 젊은 예술가가 연애에 미쳐 인생에 권태를 느낀 나머지 아편을 먹는다. 그러나 약의 분량이 적어 죽기까지는 이르지 못하고 깊은 잠에 의식을 잃는다. 기괴한 꿈이 연달아 스쳐간다. 그의 관능과 감정, 그리고 추상은 음악의 사상과 환상을 가지고 끊임없이 그의 병적인 머리에 나타난다. 사랑하는 여인 자체가 선율이 된다. 이 테마는 그가 어디서나 볼 수있고 들을 수 있는 고정된 관념이다.」

이 곡은 전부 5악장으로 되어있다.

제 1악장으로부터 꿈, 열정. 그리고 2악장, 3악장으로 이어지면서 화려한 무도회, 왈츠, 목동의 노래, 나뭇잎을 흔드는 미풍의 바람소리. 멀리서

들리는 천둥소리. 사형대로 끌려가는 숨죽인 행진곡, 악마의 축하를 받고 추는 꿈, 자기의 장례식에 모여 악마들과 어울려 춤추는 영혼, 기괴한 신음소리, 이러한 소란 속에 연인의 선율이 나타난다. 그리고 무도곡이 나오면서 사랑하는 그녀가 괴물과 함께 등장한다. 최후의 심판, 장송의 종소리가 들린다.

그야말로 환상교향곡이다. 미치지 않으면 걸작이 나올 수 없다.

노이슈반스타인성을 창작한 루트비히 2세는 광인이었다. 그는 베를리오즈처럼 사랑 때문에 술이나 마약으로 미친 것이 아니라 유전적으로 가문에 문제가 있었던 것이다.

1886년 6월 13일. 바바리아 왕국의 루트비히 2세(LLudwigⅡ 1845~1886)와 그의 주치의 베른하르트 폰 구덴(Dr. Berhard von Gudden)은 저녁 8시까지 산책을 마치고 돌아 오겠노라고 약속했다. 저녁산책은 루트비히 2세가 누릴 수 있는 몇 안 되는 즐거움 중의 하나였다.

루트비히 2세는 프로이센의 비텔스바흐 왕족 출신이다.

비텔스바흐 왕족의 피에는 광기가 흐르고 있었고 루트비히 2세 역시 예외는 아니었다.

3일 전 루트비히는 나라를 통치할 수 있는 적임자가 아니라는 평결을 받았다. 그래서 삼촌 루이트폴트(Luitpold)왕자가 섭정하게 되었다.

약속한 8시가 되었지만 루트비히 2세와 주치의 폰 구덴은 돌아 오지 않왔다.

불안해진 폰 구덴의 조수이자 의사인 뮐러는 즉시 수색명령을 내렸지만 아무 것도 발견하지 못했다.

이튿날.

마침내 슈타른베르크 호수에서 루트비히 2세와 폰 구덴은 죽은 채로 발견되었다.

사망 당시 루트비히 2세의 나이 41세.

비텔스바흐 가문의 광기는 바바리아 왕족에게 오랫동안 지속되어온 비극이었다.

루트비히의 사촌 오스트리아의 왕후 엘리자베스 황후는 종종 특이한 행동들로 남편 프란드 요제프(Franz Josef)황제를 곤란하게 했다. 엘리자베스의 이런 기이한 행동들은 아들 루돌프왕자에게도 그대로 나타났다. 루돌프 왕자는 매우 성미가 까다로웠으며 가끔 자해하기도 했다.

여기서 끝이 아니었다. 루트비히의 동생이자 후계자였던 오토(Otto)왕자에게도 비텔스바흐 가문의 광기가 나타났다. 오토가 왕위에 오를 당시 그는 이미 감금 당하고 있었다.

어릴 적부터 루트비히에게는 선악의 구별이 없었다. 지갑을 훔치고도 큰소리 쳤다.

그는 바그너에 심취해 있었다. 특히 바그너의 오페라 세계 속에는 고대 신들, 용맹스러운 기사들, 신화 속 야수들, 사나운 용들이 가득했다. 하지만 루트비히는 바그너의 음악에는 관심이 없었다. 그의 관심은 오직 바그너의 오페라 속에 등장하는 환상적인 세계에만 집중되어있었다. 그는 다 자라고 나서도 그 공상의 세계에서 빠져 나오지 못했다.

루트비히는 자신만의 '환상의 세계'를 들키지 않기 위해 철저하게 정상적인 모습으로 자신을 포장했다.

루트비히가 왕위에 오르고 나서 처음 한 일은 바그너의 초청이었다.

그는 바그너에 집착하여 저택을 사주고, 빚을 갚아 주었으며 매년 용돈을 주었다. 심지어 바그너가 좋아하던 사치품들과 바그너의 친구들 생활비까지도 전부 지원해 주었다.

반면 바바리아인들은 바그너를 순진한 국왕의 피를 빨아먹는 뱀파이어라고 생각했다.

바바리아의 막시밀리안 요제프 공작부인 루드비카(Ludvica)는 자신의 여동생 샤롯데를 루트비히의 신붓감으로 점찍어 두고 있었다. 그러나 그들은 약혼까지 하였지만 몇 차례 연기를 거듭 하다가 결국 그 결혼은 이루어지지 않았다.

이 무렵 루트비히의 공상에 대한 집착은 새로운 고지를 향하고 있었다.

1869년 루트비히는 바바리아의 남서지방에 노이슈반가우 성을 짓기로 결심했다.

루트비히가 바그너풍의 테마에 미쳐 있었다는 것은 루트비히가 지은

성들에도 잘 나타나 있다. 성벽들은 바그너 오페라의 장면들로 꾸며졌다. 성은 오페라에 나오는 요정들의 모습들로 장식되었다. 바그너는 자신이 성 주변에서 요정들이 날아다니는 모습을 보았다고 믿었다.

루트비히의 광기는 급속도로 심해졌다.

루트비히는 무의식 중에 나타나는 폭력적인 행동들, 시력 약화, 악몽, 불면증, 두통. 그리고 자신의 의식 속에 잠재되어있는 알 수 없는 악마같은 존재에 대한 공포에 시달렸다.

루트비히의 동생 오토도 이미 그 폭력적인 성향 때문에 밤낮으로 경호원들의 감시를 받고 있었다.

마침내 그의 광기는 죽음을 불렀다.

호수에서 발견된 시체를 수습하여 부검한 결과 루트비히는 자살하기 전 주치의 구덴을 폭행 살해하고 자신도 자살한 것으로 판명되었다.

루트비히의 시체는 깨끗하였지만 구덴은 심각하게 폭행당한 흔적들이 발견되었다. 구덴의 눈은 시퍼렇게 멍들어 있었고, 코와 이마에도 깊은 상처가 남아 있었으며 오른 쪽 손톱하나가 빠져 있었다. 물론 루트비히의 시체에서는 아무런 흔적도 발견할 수 없었다.

뮌헨역의 퓌센행 열차 플랫폼은 30번이었다. 일반적으로 장거리열차나 국제선 열차는 플랫폼번호가 1번부터 26번 사이로 사용되고. 퓌센행 열차처럼 단거리 열차는 27번 이후로 정해 놓은 것 같다. 27번 이하의 플랫폼은 뮌헨역 제일 안쪽으로 들어가 있다. 26번 플랫폼을 지나 더 들어가면 또 27번부터 플랫폼이 나온다. 아마 34번이 끝인가 싶다. 퓌센으로 갈 때는 30번, 올 때는 33번이었다.

    열차 승객은 갈 때나 올 때나 절반도 안 되는 소수의 승객 뿐이었다. 그런데 버스로 갈아타고 티켓판매소 앞에 갔을 때 관광객들이 가득 밀려 있지 않은가? 단체관광 버스들이 줄을 지어 서있었다.

    새벽 3시경에 눈을 떴다. 평소에 일어나던 습관이 되살아 나는 모양이다.

    — 부시럭, 부시럭, 또닥,또닥…자박, 자박….—

    — 누굴까…? —

    나는 일어났다. 창 가로 가서 커튼을 걷었다. 봄이 오고있었다. 봄비였다. 계절은 어김없고, 이제 봄비가 올 때도 되었다. 내가 떠나 올때 벌써 입춘이 지났으니까. 하지만 나그네 여행길에 봄비는 그다지 반갑지 않다. 그런데 잠시 후, 봄비가 눈으로 변해 흩어지고 있었다.

    열차가 달리는데 이미 눈은 밤부터 내렸는지 대지가 온통 하얗다.

    열차가 뤼센역에 닿았을 때 세상은 다시 겨울을 맞은 듯 설국으로 변해 있었다.

    티켓 판매소 앞에 다다르자 길은 온통 눈투성이고 관광객들이 떼지어 몰려들어 북새통이다.겨우 표를 사고 마차에 올랐다. 관광지는 완전히 도떼기시장.

    문제는 그 때부터였다. 겨우 표를 사긴 샀지만 입장을 언제 할 지는 알수가 없다.

    표를 살 때 입장시간을 정해 주는데 보통 20명, 30명씩 그룹으로 입장시켜 선두그룹의 관광이 끝나면 다음 그룹을 입장시킨다. 형편이 이러니 내가 언제 입장할지 시간 가늠하기가 어렵다.

런던에 가면 런던타워라는 데가 있다.

런던타워는 영국 런던 템스 강 북쪽변에 위치한 중세 시대의 왕궁이다. 11세기 처음 세워진 이래 왕궁으로, 방어용 성채로, 국사범(國事犯)의 감옥이자 처형장으로, 무기고이자 왕실 보물 저장고로, 조폐국으로 다양하게 이용되었다. 런던타워가 유명해진 이유는 이 곳에서 벌어진 권력과 왕좌를 둘러싼 '피의 역사' 때문이다. 왕족을 비롯한 고위층들의 감옥이자 고문, 처형장으로 쓰이면서 비극의 무대가 되었다. 앤 불린(Anne Boleyn)을 포함한 헨리 8세의 두 부인, 헨리 그레이의 딸 제인 그레이(Jane Grey) 등 많은 이들이 이 곳에서 처형되는 등 영국역사와 깊은 인연이 있는 곳으로 지금은 박물관이다.

내가 런던타워에 간 것은 코에누르(koh—i—nor. 빛의 산)를 보기 위해서였다. 코에누르는 세계 최고의 다이아몬드로 원 소유는 인도의 무굴제국이었으나 인도가 영국의 식민지가 되면서 영국의 소유가 되었다.

주먹만한 대형 다이아몬드를 보기 위하여 수많은 사람들이 줄을 서서 기다리는데 영국은 독일과 다르다. 입장 순서대로 무조건 들여 보낸다. 그리고 하는 말.

"걸음을 멈추지 마세요. 계속 걸으세요. "

경비원들이 지키고 있으면서 걸음을 멈추면 빨리 걸으라고 재촉한다.

호엔슈방가우(Hohenschwangau)성

그러니 조금 천천히 걷기는 하지만 계속, 사람들이 밀려 나가고, 밀려 들어오고. 그다지 지루한 줄 몰랐다. 그런데 여기는 먼저 들어간 팀이 나와야 다음 팀이 들어가는데 여기에 또 문제가 있다.

노이슈반스타인성에는 한국어 녹음해설기가 있어서 그 녹음기를 귀에 붙이고 녹음기에서 들리는 소리를 따라 성안 코스를 따라 가는데 건너편 호엔슈방가우성에 들어갔을 때 문제가 터졌다. 한국어 녹음 해설기가 없는데다 독일어나 영어해설기만 있을 뿐, 아무리 들으려 해도 먹통. 먹통 해설기를 듣고 따라 다니자니 정말 속 터져.

열차시간은 다가 오는데 개인행동을 못하게 하니 혼자서 빠져 나올 수도 없다. 길만 알면 잔소리야 하던 말던 도망이라도 치겠는데 성안은 미로다. 어디로 나가야 출구인지..

백조의성(Neuschwanstein)

— 미치겠네··· —

무슨 소린지 설명을 들어도 몰라. 나가려 해도 나갈 수 없어. 차시간은 이미 초읽기에 들어갔는데 해설하는 늙은이는 동문서답.

"이봐요, 써어.. 나 좀 내 보내 줘, 나 지금 못 나가면 차 놓쳐···"

남들 한참 신나게 해설 듣고 있는데 내가 영어인지, 중국말인지 듣도보도 못한 소리로 반쯤 우는 소리를 하자 모두들 나와 해설자를 번갈아 본다. 해설 하는 사람은 노인이었다. 노인이 한동안 나를 바라보더니 한쪽 밧줄을 걷어 올리면서 말했다.

"듣기 싫어, 빨리 꺼져···"

얼시구, 나는 재빨리 밧줄을 걷어 부치고 출구로 보이는 커다란 대문을 밀고 후다닥 뛰쳐나왔다. 그 때 시각, 13시 30분. 14시 06분 열차를 타려면 30분 남았다. 뛰었다.

성에서 버스 주차장까지 달려가도 버스가 없으면 허탕.

— 야아, 있다… —

저 만치 버스 주차장에 버스가 한대 서있고 사람들이 줄을 길게 서있다.

— 아마도 저 버스는 14시 06분 열차시간에 맞춰져 있을 거야… —

내 예감이 맞았다. 버스가 14시 정각, 역 앞에 도착. 열차는 정각 14시 06분에 발차.

"휴우~ 살았다. —

노이슈반스타인성과 호엔슈방가우성은 이 산과 저 산에서 서로 마주보고 서있다. 노이슈반스타인성에서 녹음 해설을 듣고 어정거리는 사이 성에서 나오자 12시가 넘었다. 나는 뮌헨 역에서 미리 점심 도시락준비를 해 갔다. 일본식 도시락코너에서 스시도시락을 사 갔던 것이다. 성 구경 끝나고 바로 나오자마자 매점에서 더운물 한 컵을 사서(1유로 1,350원) 도시락으로 점심을 처리하고 호엔슈방가우성으로 건너 갔던 것. 그 때가 이미 12시 30분 경.

나는 대충, 훑어보고 내려올 작정이었는데 한 무리 중에 섞여 버리자 나도 그들과 일행이 되어버려 혼자 빠져 나오기가 어려웠던 것이다.

자, 이제부터 유럽의 심장부, 파리로 들어갈 차례.

11. 몽셀미셸(Mont—st. Michel),

06:25. MUENCHEN HBF. 발 파리 행 9576 TGV 열차.

떼제베(TGV)는 프랑스가 자랑하는 세계적 고속열차.

열차는 정각 06시 25분 출발.

열차가 출발하고 30분 쯤 지났을까? 승무원의 열차표 검사를 하고 지나갔다. 물론 떼제베 1등석. 통과. 잠시 후, 커피와 음료수를 실은 손수레가 다가왔다. 나는 다시 뜨거운 물을 주문했다. 그런데 이번에는 도시락을 나누어 주는 게 아닌가?

— 이거, 또 빈에서 뮌헨으로 들어올 때처럼 계산서 가져오는 건 아닐까?—

은근히 불안하다.

— 좌우지간 주는 것이니 받자. —

받았다. 계산서는 가져오지 않았다.

다시 눈을 감고 생각에 잠긴다.

문명은 폭발한다.

중세를 우리는 대강 4세기부터 15,6세기 사이로, 르네상스와 종교개혁이 일어날 때 까지를 말하는데 이 때를 우리는 '암흑시대'라 한다. 이탈리아 반도에서 르네상스(Renaissance)가 터지고 영국에서 산업혁명이 일어나자 갑자기 문명에 불이 붙었다. 이 불은 양차 세계대전을 겪으면서 폭발하기 시작했다.

문명의 폭발은 컴퓨터에 의해서 일어났다.

최초의 컴퓨터는 독일의 V2 로켓공격으로 코너에 몰려 있던 영국이 독일군의 암호를 풀기위해 시작된 암호해독기로부터 시작되었다. 이른바 '울트라프로젝트(Ultra Project)'.

독일은 암호제작으로 "에니그마(Enigma, "수수께끼"라는 뜻)"'라는 장치를 이용하고 있었다.

이 에니그마에 맞서 영국에서 개발한 암호해독기는 튜링머신(Turing Machine). 튜링머신은 영국의 수학자 엘런 튜링(Alan Mathison Turing)의 이름에서 따왔다. 이어서 1943년 드디어 '콜로서스.(Colossus)'가 등장하면서 컴퓨터는 본격적인 모습을 드러낸다. 튜링머신은 릴레이를 이용한 암호해독기다. 릴레이란 전자석과 철편으로 만들어진 일종의 전기 스위치다. 전자석에 전류가 통하면 철편을 끌어당겨 전기가 통하게 된다. 전자석에 전기가 통하지 않게 되면 전자석은 자력을 잃고 스위치가 열린다. 이런 작용을 이용하여 만든 계산기가 튜링머신이었다. 반면 '콜로서스'는 진공관을 이용하여 만든 새로운 계산기. 튜링머신이 기계적인 반면 콜로서스는 전자식이다.

기계식과 전자식은 게임이 안 된다. 콜로서스가 등장하면서 컴퓨터의 개발은 시간문제.

독일군의 통화를 도청한 영국은 콜로서스를 이용하여 즉시 해독해버린다. 1초에 2만 5천단어.

막다른 골목에 몰렸던 영국이 컴퓨터(전자계산기)를 만들면서 전세는 역전. 미국의 참전과 더불어 히틀러도 돌아가시고 마침내 컴퓨터는 20세기의 지구를 외계의 혹성으로 변화시켜 버렸다. 그런데 문제는 패러다임이다. 문명은 지구를 탈피하고 혹성문명으로 발전했는데 정신세계는 2천년, 3천년 전 원시인들의 도그마(dogma)에 빠져 아직도 허우적거리고 있다. 정말 어이없는 행위를 하면서도 바보들은 부끄러운 줄을 모른다. 그것이 인간의 한계다. 인간은 결코 오감의 벽을 뚫고 박제(剝製)된 정신세계를 벗어 던질 수 없다.

콜로서스(Colossus)가 등장하고 100년도 되기 전에 지구는 그야말로 상전벽해(桑田碧海).

컴퓨터가 없었다면 우주여행은 꿈이나 꾸었겠나? 이제 우주여행 뿐 아니다.

컴퓨터가 등장하면서 인간은 이제 신의 경지를 능가하려 하고있다. 과학에 가속도가 붙은 것이다. 생명공학이 등장하는 가 하였더니 바야흐로 생정공학(Biomatics)과 유전공학(Genetic Engi neering), 시스템 생물학(System Biology), 생물정보학(Bioinfo rmatics) 등등, 듣도 보도 못한 학문, 학술의 봇물이 터진 것이다. 이제 곧 사이보그가 출현할 것이다.

인간도 아닌, 기계도 아닌, 그렇다고 신도 아닌. 새로운 종(種)이 지구를 깔고 앉을 것이다. 그 때가 되면 아마도 바보같은 현재의 인간들은 모두 전설 속으로 사라질 지도 모른다.

존재하는 모든 물질들의 본 모습은 에너지다. 에너지는 곧 힘이고 운동이다.

힘과 운동에 역학은 필수. 우주가 알고리즘이라면 수학은 신이다. 수학이 우주를 지탱하는 근원인 것이다. 이제 수학은 우주에서만 존재하는 것은 아니다. 극미세계인 나노의 세계에서도 수학은 기본이다.

인간의 뇌세포 뉴런에서 일어나는 모든 물리적 현상이 수학으로 풀릴 날도 멀지 않았다.

기억을 복사하고 변화시키는 데는 수학이 필수요소다. 이제 세상은 참으로 재미있는 세상이 되어가고 있다.

인간의 세포를 형성하는 원자와 아원자들이 우주의 다른 아원자들과 따로가 아니다. 모든 아원자들은 네트워크(net · work)로 이루어져 있다. 이러한 모든 아원자들은 유니고스(Unigos)로 춤춘다. 유니고스는 유니버설 로고스(Universal Logos)의 약칭이다. 유니버설 로고스란 우주율이다. 우주의 율법(律法), 즉 우주의 법칙, 우주의 프로그램을 말하는 것이다.

생명이란 무엇인가

생명은 하나의 시스템(sys · tem)이다. 무엇과 무엇이 만나 어떻게 반응하는가? 그것이 생명현상의 시작이다. 산소와 수소가 만나면 물이 된다. 물이 열을 만나면 끓는다. 모든 생명체의 기본은 단백질이다. 다만 다른 것이 있다면 유전자다. 유전자에 그려진 프로그램이 다를 뿐 모든 생명체의 시스템은 같다. 모든 생명체는 각자의 생명체가 보유한 유전자의 반응에 의해서 생명을 영위한다. 그들은 하나같이 에너지를 공급받아 움직이고 그 에너지의 노폐물을 방출하는 시스템으로 조성되어있다. 그런데 이러한 모든 생명체들은 독립적인 개개의 시스템이지만 사실은 모든 시스템들은 하나의 커다란 시스템에 예속되어있다. 그것은 우주의 시스템이다.

동물과 식물, 식물과 식물, 그리고 식물과 동물. 이들은 모두가 각각 이지만 사실은 모두가 하나의 '먹이사슬'이라는 시스템으로 연결되어 있는 것이다. 만일 산소와 수소의 만남에 균형이 깨진다면 어떤 일이 일어날까? 우선 물이 문제가 될 것이다. 물이 없거나 부족하면 우선 식물이 자랄 수 없게 될 것이다. 식물이 사라지면 동물은 자연 사라진다. 동물과 식물이 사라지고 사람만 과연 살아남을 수가 있을까? 그건 아니다. 모든 것은 연결이 되어있다. 생명이란 그들이 어떤 시스템으로 만나 어떻게 작용하느냐 하는 문제일 뿐 세상의 모든 물질은 하나의 시스템으로 연결되어있다. 이것이 유니고스다. 우주는 미시세계에서 거시세계인 우주에 이르기까지 모든 것을 아우르는 하나의 유니고스의 홀로그램인 것이다.

존재하는 모든 것에는 생명이 있다.

먹고, 마시고, 숨쉬는 것만 생명이라는 것은 착각이다. 시인이나 작가가 쓰는 시 한 편, 소설 한 권에도 생명이 있다. 시인이나 작가가 붓을 놓는 순간 작품은 숨쉬고 생각하고 그리고 살고 죽는다.

태어나면서 바로 죽는 작품도 있고, 오래 오래 고전(古典)이 되어 수많은 독자들의 사랑을 받으면서 살아가는 작품들도 있다. 예술 작품만 생명이 있는 것이 아니다. 길가에 아무렇게 던져진 돌멩이 하나에도 생명은 있다. 무엇과 무엇이 만나느냐에 따라 숨쉬고 마시며 울고 웃는다는 차이만 다를 뿐 그 모든 존재들은 느끼고 생각하며 존재하고 있는 것이다. 만물의 본질이 되어….

인간의 운명을 결정짓는 것은 유전자의 프로그램에 있지만 유전자의 프로그램만으로 인간의 운명이 결정되는 것은 아니다. 인간 유전자의 프로그램은 우주의 프로그램과 불가분으로 연결되어있다. 모든 것은 네트워크로 형성되어 있다. 그것을 우리는 환경과의 결합으로 본다. 환경은 자연이다. 환경만 자연인 것이 아니라 존재하는 생명들도 환경의 부분으로 존재한다. 그것을 물리학자들은 상호관통(相互貫通)이라 말한다. 상호관통(F, Capra. 현대물리학과 동양사상 P335).

환경과 유전자가 어떻게 작용할까?

유력한 차기 프랑스 대통령후보 물망에 올랐던 모 인사가 어느 날 뉴욕의 한 호텔에서 여종업원을 추행하려다 걸렸다. 사건화 되면서 온 세상이 시끌시끌. 그 인사, 갑자기 신세가 쪼그라져 버렸다. 세계의 골프황제로 등장한 모 인사는 어느 날 갑자기 섹스황제라는 엉뚱한 별명으로 명예에 먹칠을 하고 가정이 파괴되어 버렸다. 가정있는 현직 대통령이 묘령의 여직원과 집무실에서 거시기를 하다가 걸렸다. 추문을 일으켜 탄핵직전까지 가서 세상이 시끄러웠던 사건 등등. 왜?

우리 나라에서도 황당한 사건은 끊임없이 터진다. 어느 종교단체의 교주라는 사람이 자기회사 여객선이 뒤집혀 생사람이 떼죽음을 당했는데도 사과는커녕, 도망을 다니다가 노숙자가 되어 변사체로 발견되었다. 수사

과정이 미디어를 타면서 망측한 소문들이 세상 참새들을 바쁘게 만들었다. 사기꾼이라는 둥, 비아그라를 먹고 여자관계가 이러쿵저러쿵, 그 뿐 아니다. 모 지역의 검사장이라는 어른이 어느 날밤. 길거리 여학생 앞에서 바지를 까 내리고 로션병을 흔들면서 황당한 퍼포먼스(performance)를 벌이다가 세상 참새들을 또 시끄럽게 만든 사건 등등. 도대체 왜 이런 사건들이 시도 때도 없이 일어나는가?

마음은 분명 좋은 남편, 좋은 아내. 남에게 존경받는 사람이 되고싶은데 말과 행동은 전혀 엉뚱하게 진행된다. 그것은 유전자의 프로그램 때문이다. 유전자의 프로그램은 가시적인 것이 아니다. 언제 어느 때, 어떻게 터져 나올지 모르는 것이 유전자의 프로그램이다. 담배를 피우지 않는데도 폐암에 걸리는 사람도 있고, 술이 완전 중독자처럼 마셔도 간에는 전혀 이상이 없는 사람도 있다. 질병도 유전자의 프로그램과 관련이 있다.

떼제베는 정확히 12시 25분. 파리의 서역으로 미끄러져 들어왔다.

산뜻한 2층열차 1등실. 나는 승객들의 뒤를 따라 서역(Gare de Est)을 빠져 나왔다.

— 이게 아닌데…. 이렇게 멀지 않았는데….—

나는 잠시 걸음을 멈추고 지나가는 행인에게 물었다.

"가레 데 노드?"(Gare de Nord, 북역?)

그는 나의 얼굴을 잠시 바라보더니 손가락으로 한쪽 방향을 가리켰다. 그 쪽으로 방향을 잡고 걸었다.

나는 파리가 처음은 아니다. 과거, 한참 설치고 다닐 때, 물론 파리는 빠뜨릴 수없는 여행자들의 단골이다. 그 때, 나는 이렇게 생각했다.

— 파리가 별거냐? 신도시는 보나마나 볼 것도 없고, 구도시는 2,3일 훑으면 끝내겠지…"

이런 생각으로 요리를 해 낸 것이다.

파리 구도시의 볼거리는 노틀담사원에서 상젤리제를 거쳐 개선문까지 가는 동안 다 나온다. 파리 미술관, 에펠 탑, 앵발리드 등등.

나는 이틀인가 사흘동안 줄기차게 걸어다니면서 다 훑었다. 그런데 오늘 만난 파리는 완전 낯선 곳이 되어있었다. 그도 그럴 것이 그 때 나는 북역을 기준으로 모든 행동의 시작과 끝이 진행 되었는데 갑자기 동역으로 들어와 버렸으니 더욱 생소할 수 밖에.

북역 인포메이션.

"싸구려 호텔, 소개시켜 줘. 도미토리도 좋은데…"

테이블의 흑인여성이 일필휘지(一筆揮之) 호텔이름과 주소를 갈겨 써 준다.

호텔 찾는 데는 호텔에 가서 묻는 게 가장 빠르고 정확하다. 어정쩡한 사람에게 묻는 것은 시간 낭비. 찾아 갔다.

내가 여행 출발하기 이틀 전.

경비 예산을 짜고, 환전을 하고, 그리고 혹시 또 비상용으로 필요할 것 같아 카드까지 준비하였다. 그런데 출발 이틀을 앞두고 카드가 없어져 버린 것이다. 아무리 뒤지고 또 뒤져도 행방불명. 다음날이 금요일. 분실계를 내고 사용중지를 시켰다. 토요일 은행휴무. 일요일은 여행 출발일. 결국 카드는 무용지물이 되어 버렸다. 그런데 일요일 새벽, 여권을 챙기는데 여권 뒷장 표지에 카드가 꽂혀 있는 것이 아닌가?

"이럴 수가…"

건망증이 도를 넘긴 것이다. 어쩔 수가 없다.

인폼에서 싸구려 호텔이라고 소개해준 호텔을 찾아갔다.

"패스포트…"

패스포트를 건네주고 기록하고.

"크레디트 카드…"

"카드…? 카드는 없는데…"

"카드가 없다고? 너, 한국사람 맞니? 카드 없는 한국사람도 있니? 너 진짜 한국인이야?"

"어허, 카드 있으나 마나 현금 박치기 하면 되잖아?"

"우린 카드도 한장 없는 사람은 상대 안 해…. 다음 사람…."

내 뒤에 줄을 서서 기다리는 사람을 가리킨다.

"아니, 이럴 수가? 그래. 현찰 준다잖아? 현찰은 필요 없다고?"

노랑머리 여자가 귀찮다는 듯이 나를 바라보더니 메모지에 꺼적꺼적 호텔이름과 주소를 적어주며 지껄였다.

"카드도 한장 없는 주제에 무슨 잔소리야? 싸구려호텔 필요하면 여기 이 주소로 찾아가 봐. 여기는 세계각국 거지들 집합소니까 값도 쌀 거야."

허허, 이런 국제망신이 어딨노? 카드 한장 없다고 완전 거지취급이다.

그나저나 답답한 쪽은 이쪽. 받아 쥔 메모를 들고 이 호텔, 저 호텔 뒤지고 다닌다.

"여기 이 주소, 호텔이 어딥니까?"

"저어기…"

저어기만 보고 걷는다. 드디어 찾았다.

유로(€)를 사용하고부터 돈이, 돈이 아니다. 노이슈반스타인성에서 더운물 1컵에 1유로. 물 한 컵이 천 원이 넘는다. 오늘 이 싸구려 호텔에서 타월 한 장 빌리는데 1유로, 그저 부르는게 1유로다. 한국 돈 1,300원. 뮌헨에서 맥도날도 1개 8유로. 만 원이 넘는다.

돈을 아끼는 데도 한계가 있다.

— 어떻게 한다….? —

SMART Place Hostel. 도미토리 1박 21€

(1,300 21=27,300원).

28 rue de Dunkerque — 75010 PARIS.

비교적 싼 호스텔이다. 방을 예약하고, 우선 내일과 모레 이틀동안 여행할 정보를 타진할 필요가 있어 길을 나섰다. 그런데 아무리 걸어도 북역이 나타나지 않았다. 북역이 나타나야 지하철 역과 베르사이유로 행차 할 RER 차편도 알아볼 참인데, 갑자기 북역이 사라져 버린 것이다. 물어, 물어 찾긴 찾았지만 황당한 사고였다.

내가 머물고 있는 이 호스텔은 뮌헨의 움밧호스텔처럼 도미토리가 전

공인 모양인데 북역에서 그다지 먼 편도 아니고 찾기도 쉽다. 그런데 내가 실수한 것은 부주의 탓이다. 스마트 플레이스 호스텔 옆에는 네거리가 있는데 이 네거리는 네거리가 아니고 여덟 개의 도로가 교차하는 복잡한 거리. 8거리인 셈이다. 북역 방향으로 가야할 도로는 한 가닥만 잘못 들어가면 영, 엉뚱한 방향으로 빠진다.

스마트 플레이스 호스텔은 북역과 직선 방향의 도로변에 있다. 북역에서 나와 오른 쪽으로 도로를 따라 걷다가 8거리를 만나면 북역과 직선인 도로로 건너가면 만국기가 게양된 호텔을 만난다.

내일 진행될 여정의 지하철 역과 RER노선을 살피고 돌아왔다.

파리의 지하철도 장난이 아니다. 4통 8달(四通八達)의 지하철을 요리할 작전이 개시된 것이다. 내일은 새벽부터 출동이다. 죽기 아니면 까무러치기.

몽셸미셸(Mont—st. Michel).

세상에서 가장 아름다운 곳. 몽셸미셸이 오늘의 격전지로 결정되었다.

나는 지금, 이 환상의 궁전을 찾아 갈 꿈에 빠져 있다.

프랑스에서 가장 아름다운 관광지를 말하라고 한다면 아마 몽셸미셸을 말하는 이가 많을 것이다. 우선 그 외관이 아름답다. 몽셸미셸은 프랑스의 북부 영불해협에 면해 있는 노르망디 지방의 작은 섬이었다. 수도원을 짓고 육지와 연결하였다. 100년 전쟁 때는 요새로 사용하기도 하였고, 프랑스혁명 당시에는 감옥으로 사용되기도 하였다. 멀리서 보면 동화 속에 나오는 마법의 성처럼 환상적이다.

몽셀미셀(Mont-st.Michel)

평소의 습관대로 새벽 3시에 일어났다.

가이드북을 잠시 들여다 보다가 04시에 세수하고, 아침식사를 마치자 05시. 배낭을 꾸려 카운터로 내려갔다. 내 방은 4층. 오르내릴 때는 엘리베이터를 사용하는데 꼭 한 사람 사용하기에 맞게 1인용이다. 여기는 3층이 우리의 4층이다.

" 굿 모닝.."

카운터에는 밤샘하는 멤버가 있다.

" 핼로우…" 그가 답했다.

" 나, 오늘 몽셍미셀 가는데 배낭 좀 보관해 줘."

호스텔에는 보관실이 따로 있다. 방에도 사물함이 있지만 너무 작다.

"오우 케이"

"그런데 친구, 지금 이 시간에 나가면 메트로 탈 수 있을까? "

"글쎄, 메트로야 다니겠지만 매표창구는 여섯 시가 넘어야 오픈할걸…"

"그럼 나 어떻게 해?"

"머신에서 살 수 있을 거야."

지하철 역은 북역과 연결되어 있어 찾기 쉽다. 찾아 갔다.

자판기 앞. 사용방법 완전무식. 이리 저리 살펴보지만 프랑스어 완전 먹통.

"……?"

그 때 누군가 옆 자판기에서 차표를 사고있다.

얼른 다가갔다.

"굿모닝.. 나 좀 도와 줘…"

"미안, 미안… 나 지금 바쁘다…"

횡 하니 사라진다. 그 때 내 옆으로 수레를 끌고 누군가 지나간다. 빈 수 레였다.

"헤이, 친구. 굿모닝…"

내가 큰 소리로 인사를 하자 수레 앞뒤의 사내들이 나를 바라본다.

"나 차표 사야해, 나 좀 도와 줘."

사내가 수레를 멈추고 나를 쳐다본다.

"나, 몽빠르나스 가야 해, 차표 좀 사 줘."

나는 호주머니에서 동전을 꺼내 그에게 불쑥 내밀었다.

그렇게 지하철 표를 샀는데, 이게 또 화근이 될 줄이야.

내가 호텔에서 멤버에게 차비가 얼마냐고 물었을 때 그가 나의 동전에서 골라 몇 개의 동전을 내게 주었다. 그런데 이번의 이 사내가 자판기에 넣은 동전은 호텔에서 멤버가 골라준 동전보다 적어 보였다. 열차를 탔다.

북역에서 몽빠르나스(Montparnasse) 역까지 20여분.

차에서 내렸는데 어디로 가야 하는지 모르기는 오나가나 마찬가지.

내가 가야할 곳은 몽셀미셀이 있는 레느(Rennes)까지 가는 차를 타야 하므로 당연히 몽빠르나스역으로 가야 하는데 몽빠르나스역이 어디 붙어 있는지 내가 알 턱 없다.

무조건 사람 많이 가는 쪽으로 따라 붙는다.

— 출구가 왜이리 멀어? —

그런데 사고는 출구에서 터졌다.

중국 역사소설 '초한지'를 보면 항우와 유방이 붙어 천하를 겨루는데 물론 유방이 항우를 사면초가로 몰아붙여 천하일통을 이룩한 유방의 뒤에는 한신대장군이 있었다.

한신이 초야에서 백수건달로 지낼 때 동네 깡패들 바지가랑이 밑으로 기어 나간 이야기는 너무 유명한 이야기다. 그런데 여기, 이 백수건달인 내가 천하의 파리에서 동전 몇 푼에 싸가지 없게 지하철역 출구의 가로막대기에 걸려 벌벌 기어 나가다니? 완전 골 아픈 일이 벌어진 것이다.

지하철을 탈 때는 분명 입구에서 표를 넣고 표가 나오면 찾았다가 출구에서 다시 넣고 나가게 되어있는데 입구에서는 별 탈없이 통과 하였다. 그런데 출구에서 덜컥 걸려 버린 것이다. 차표를 넣었더니 빨강불 ×표가 켜지면서 가로막대가 열리지 않았다. 그런데 우리 나라 지하철 같으면 막대를 피해서 아래로 기어 가든지 위로 넘어가면 될 텐데 여기, 이 프랑스라는 나라는 우리와는 다르다. 가로막대 뒤에 문짝이 두 쪽, 막혀 있어 막대아래로 기어 나가도 나갈 수 없게 되어있다. 직원을 불러 돈을 더 내던지, 벌금을 물던지 타협이 될 텐데 새벽 5시. 직원의 코빼기는 구경불능. 오도가도 못하게 되어버린 것이다. 표를 사준 그 아저씨, 구간을 잘못 선택한 모양이다.

내가 갈피를 잡지 못하고 우왕좌왕 하는 사이 다른 승객들은 이미 사라진 상태.

이 때, 구세주 등장.

홀쭉이 스타일의 중년 파리쟝.

내가 허둥지둥, 불안정한 모습을 보이자 나를 보더니 자기가 먼저 나갔다. 그리고 가로막고 있는 문짝을 열린 상태에서 붙잡으며 말했다.

"뭘 그리 꾸물대는 거야? 어서, 기어 나와…밑으로…"

난 프랑스어는 완전먹통. 그런데 그가 무슨 말을 하는지 완전 모르는 상태에서도 그렇게 들렸다. 그래도 내가 나갈까 말까 망설이자 그가 벌컥 화난 소리로 다시 말했다.

"허허, 뭘 그리 꾸물거려? 빨리 나와…"

나는 재빨리 몸을 낮추고 머리를 처박으면서 가로막대 밑으로 기어 들어갔다. 그리고 열려 있는 문짝 틈으로 빠져 나갔다. 탈출성공.

"잘했어, 당신 한국인이지? 역시 한국인은 동작이 빨라. 그래, 어디가?"

"나, 몽셍미셸…"

"그래? 그럼 열차를 타야겠군… 저 위로 돌아 올라가면 열차역이야. 해브 나이스 투어. 어쩌구 저쩌구…"

그리고 빠리쟝은 사라졌다. 나는 그냥 멍청이가 되어 그의 뒤를 마냥 그렇게 바라보고 있었다.

기대가 크면 실망도 크다. 환상의 몽셍미셸은 사진작가들의 마술이었다. 내가 본 몽셍미셸은 그런 환상의 감동과는 거리가 멀었다. 물론 몽셍미셸이 아름답지 않다는 이야기는 아니다. 몽셍미셸의 감동은 성과 섬과 바다와 자연이 어우러졌을 때 이야기다. 성 자체는 아직도 멀리서 보면 아름다운 것은 사실이다. 그러나 그것은 겉 보기일 뿐이다. 가까이 다가가자 크레인과 덤프트럭, 그리고 중장비가 동원돼, 자연과 어울리던 몽셍미셸은 사라지고 콘크리트와 아스팔트와 중장비들이 야합하여 파괴되어가는 자연의 신음처럼 기괴한 굉음들이 소리치고 있었다.

자욱한 먼지 속에서 나는 돌아보고, 다시 또 돌아보고, 왕복 5Km는 될 것 같은 거리를 내내 아쉬운 마음으로 걷고 또 걸었다.

프랑스에서는 오나가나 화장실 때문에 곤란할 때가 있다. 몽셍미셸에도 수많은 관광객이 모여들지만 화장실 형편은 말이 아니다. 몽셍미셸 마을입구에서 버스를 내리면 셔틀버스 주차장이 있고, 셔틀버스 주차장 옆에 건물 두 체가 있다. 이 건물은 인포메이션센터라고 되어 있는데 안으로 들어가면 화장실과 코인라커가 있다. 대부분의 사람들은 건물 뒤로 돌아가서 뒷문으로 들어간다.

12. 베르사이유(Versailles)

"어어..? 이거 또 왜 이래…? 이게 아니잖아?"

지하철이 거꾸로 달리고 있다.

오늘 아침도 여느 날과 다를 바 없었다. 4시경 일어나서 대충대충 정리하고 식사까지 끝났다. 그리고 1인용 엘리베이터를 타고 0층으로 내려갔다. 1층은 2층이고 0층은 1층이다.

"굿 모닝…"

"알로우…"

"이 봐요, 미스터… 나, 지금부터 오스테를레츠역으로 가서 바르셀로나행 열차표를 사야 하거든, 그리고 베르사유로 가야해."

나는 밤샘한 호텔 멤버에게 지하철 타는 법에 대한 강의를 듣고 있다. 나는 어제 오후, RER열차표를 미리 사 두었다.

호텔에서 오스테를레츠역으로 가려면 RER을 타고 샹미셀 노틀담에서 갈아타야 한다.

"그럴 필요 없어요. RER을 타지말고, 5호선 메트로를 타면 갈아타지 않고, 한 번에 갈 수 있어요."

"그게 좋겠군."

내가 새벽부터 오스테를레츠역으로 가려던 것은 오스테를레츠역에서 출발하는 바르셀로나행 야간열차가 있기 때문이다. 보통의 경우, 리옹역에서 스페인을 비롯한 남부지방으로 가는 열차가 많이 출발하는데 오늘밤 열차는 오스테를레츠 역에서 출발하는 것으로 되어있었다. 물론 내 가이드북에 나와 있는 시간표다. 그런데 내가 가급적 밤차를 피할 생각이었는데 밤차를 타려는 데는 그만한 이유가 있다. 여행을 하는데 가장 중요한 문제의 첫째는 건강이다. 그리고 무서운 것은 소매치기와 사기꾼. 이 모든 문제는 경비(經費)와 관련이 있다. 경비 아끼려고 먹을 것 아껴 먹고, 야간열차만 타고.. 결국 건강에 문제가 생긴다. 먹는 것과 호텔비 이외에는 아낄 만한 것이 없다. 다만 한 가지, 시간을 아끼는 것이다. 어영부영 별로 중요한 일도 아닌데 시간을 낭비하면 그것이 결국 경비의 낭비로 이어진다. 자야하고, 먹어야 하는 것이 모두 경비로 이어지기 때문이다. 가능하면 빨리 움직이는 것이 경비절감의 기본이다.

뮌헨과 파리를 거치면서 갑자기 열차표가 부담스러워졌다. 유레일패스가 있으면 열차표는 별 걱정 없을 줄 알았는데

그게 아니다. 떼제베(TGV)는 무조건 예약을 해야 하고 예약비 또한 만만치가 않다. 먹는 것도 그렇다. 맥도날도 빅맥 1개, 만 원 정도해야 먹을

수있다. 하루 식대 3,4만원.

유럽예산에 빨간불이 켜졌다.

화장실에 가도 돈, 물 마시는 돈, 지하철 차비 등등 움직이면 돈이다.

경비를 절약하기 위해서는 빨리 움직여야 한다.

— 오늘 밤차로 튀자.. —

그래서 오스테를레츠역으로 향한 것이다. 호텔멤버의 추천도 있고 해서 메트로 5호선을 탔다. 물론 지하철을 타기 전에 주변의 승객에게 물었다.

"여기서 타면 오스테를레츠역으로 갈 수있느냐?"

그는 벽에 붙어 있는 지하철 노선도를 보면서 고개를 끄덕였다. 그래서 탔지.

파리 지하철은 상당히 시스템이 잘 되어있다. 각 역마다 역 이름을 크고 또렷하게 잘 보이도록 표시판을 붙여 놓았다. 그리고 열차 안 승강구 위에는 각 열차역명을 기록해 놓고 열차가 닿으면 역명에 빨간불이 깜빡인다. 지금 어느 역을 통과하고 있는지 한 눈에 알 수있다.

동 역을 통과하면 다음 역은 서역이다.

서역의 표시등에 불이 들어와야 하는데 엉뚱한 곳에서 표시등이 깜빡이는 것이 아닌가? 역방향 차를 탄 것이다. 다음 역에서 얼른 내렸다.

— 모르면 차라리 모른다 하지, 분명 오스테를레츠 간다고 했잖아… —

돌아가서 반대방향 행 열차를 탔다. 그리고 스페인 바르셀로나 행 차표를 끊었다.

그리고 다음. 베르사유 행이다.

가이드 북에는 RER C선을 타고 종점에서 내리면…. 그대로 따라 하기도 만만치가 않다.

새벽이라 인포메이션 직원은 한 사람도 나와 있지 않았다. 겨우 전광판을 찾아 보고, 스스로 결정하고 타야 한다.

드디어 베르사유(Versailles).

과연 대단한 베르사유다. 명불허전(名不虛傳).

상트 페테르부르그의 여름궁전은 상대가 아니다.

베르사유는 이미 그 이름만 들어도 세인의 가슴을 설레게 하는 아름다움의 극치다. 물론 그 이름을 세계문화유산에 올리는 것은 당연지사, 나의 여행에서 빠뜨릴 수 없는 이름이다.

이런 아름다움이 그 아름다움을 만드는 과정에서 서민의 고통을 외면하면서 이루어졌다면 그 아름다움은 빛이 바랠 수 밖에 없다. 국가 재정은 빈 주머니가 되었는데도 서민의 고통은 아랑곳없고 사치에만 몰두한다면 서민들은 어떤 생각을 할까? 이유야 다양하겠지만 프랑스 혁명이 일어나고 왕과 왕비가 단두대의 이슬로 사라지는데 베르사유가 일조를 한 것이 아니었을까 하는 생각을 해 보았다.

베르사이유(Versailles)

베르사유는 루이 13세가 어릴 때 친구들과 어울려 사냥 다니던 곳이다. 사냥 터에는 작은 별장이 있었다. 그럼 그 루이 13세는 누구인가? 우선 그를 먼저 만나 보자.

1610년 5월 14일 국왕 앙리 4세가 페론느리 가(街)를 지나고 있었다.

교통이 혼잡한 틈을 이용하여 국왕이 탄 화려한 사륜 포장마차에 괴한이 접근하여 국왕을 두 번 칼로 찔렀고, 국왕은 곧 숨졌다. 암살자의 용모는 괴상했다. 적갈색의 머리, 불타는 눈, 수수께끼같은 기질을 지닌 32세의 거인이었다. 조사결과 이름이 밝혀졌다. 라바야크(Rabaillac).

함께 마차를 타고 있던 에페르농 공작과 왕의 정부였던 앙트라그를 조사했지만 배후를 밝혀 내지 못했다. 라바크는 고문을 받으면서도 단독범임을 완강히 주장했다. 결국 그는 1610년 5월 27일 능지처참(陵遲處斬)

형을 받고 처형되었다.

앙리 4세가 죽을 당시, 차기의 왕이 될 루이 13세의 나이는 불과 여덟 살 6개월. 모후인 메디치 가의 마리가 섭정을 맡았다.

모후가 섭정을 맡았지만 정치를 모르는 모후의 정치가 제대로 될 리 없다. 왕의 처가(妻家) 식구들이 거들먹거리기 시작하고 이런저런 측근들이 개판을 치는 사이 왕은 뒷전이고 엉뚱한 인물들이 권력을 쥐고 설쳤다. 그러는 사이 왕이 성년이 되었다. 열 다섯 살 6개월.

왕이 성년이 되었다고 정치판이 갑자기 변할 수는 없었다.

섭정 모후 마리는 이탈리아 피렌체 출신이다. 이 때 피렌체 출신의 기괴한 건달부부가 마리의 곁에 가까이 있었다. 요부로 이름난 건달부인 갈리기아(Léonore Galigaï)와 그녀의 남편 콘치니(Concino Concini)가 그들이다. 이들이 마리의 곁에 진을 치고 정치에 이런 저런 간섭을 하자 승하한 앙리 4세의 총신들이 한 사람, 두 사람. 정치판을 떠났다. 일이 이렇게 되자 건달 콘치니는 신바람이 나서 완전 왕 행세를 하고 다녔다.

왕이 아무리 어리다 해도 눈치는 훤하다. 숨을 죽이고 보고 있지만 모후와 건달 콘치니가 하는 정치행태는 완전 꼴불견.

이럴 때 왕은 사냥친구로 보잘 것 없는 지방의 귀족출신 '뢴'을 사귀고 있었다.

뢴은 곧 왕의 심복이 되었다. 왕은 뢴과 상의하여 콘치니를 제거할 계획을 세웠다.

1617년 4월 24일.

콘치니가 궁으로 들어왔을 때 근위대장 비트리 후작이 그를 체포했다. 콘치니가 어설프게 저항을 하자 비트리는 곧장 권총을 발사하여 즉결 처분해 버렸다.

루브루 궁에서 친위 쿠데타가 터진 것이다. 리슐리외를 포함하여 콘치니 내각은 체포되고 파직되었다. 모후 마리도 불루아로 추방되어 감시를 받았다. 건달부인 갈리가이는 체포되어 고등법원의 판결을 받고 단두대(斷頭臺)의 밥이 되었다.

그런데 큰일났다.

눈꼴 사납던 인물은 처치했지만 정치를 누가하나?

왕은 아직 어리다. 모후도 쫓겨나고 유능한 중신들은 이미 봇짐 싸고 떠났다.

사냥친구와 의논하여 큰일을 저질러 놓았지만 뒷감당이 불감당이다. 꼬맹이 뤼이 이끄는 새 정부가 하는 일이 잘 돌아갈 리가 없다. 일이 이렇게 되자 지방 영주들이 힘을 얻어 설치기 시작했다.

역사의 시나리오는 철저하다. 방관하는 척 하지만 멋지게 돌아간다.

분위기가 요런 모양새로 돌아가자 지방의 대영주들이 모후를 중심으로 재집결하였다.

1619년 2월 22일, 마리는 비만의 몸을 끌고 블루아 성의 성벽에 사다리 밧줄을 걸고 탈출했다. 물론 보석함은 옆구리에 끼고. 모후는 앙굴렘에 있던 영주들의 모임에 합류했다.

그리고.

쫓겨났던 재상 리슐리외가 나서 모후와 루이 13세의 협상이 이루어졌다.

모후와의 감정은 없었던 일로 하고 리슐리외는 정계복구.

왕의 총신 뤼은 1621년 12월 성홍열로 죽었다. 권력의 맛을 보다가 떠난 것이다.

모후가 들어오고 건달 부부는 죽었다. 그래도 구관이 명관인가? 리슐리외의 도움을 받은 모후도 정신을 차리고, 그럭저럭 조정은 굴러갔다.

어린 나이로 친위 쿠데타를 성공시킬 정도면 그렇게 멍청한 군주는 아니다.

정치판은 그런 데로 굴러가지만 사회분위기는 여전히 암울했다. 종교분쟁에, 스페인, 이탈리아 등 잦은 실랑이와 전투는 끊임 없었다. 그리고 중상 모략, 끊임없이 반란이 일어났다. 이런 와중에 루이 왕은 시름시름 6주동안이나 앓다가 1643년 5월 14일 생 제르맹에서 눈을 감았다. 당시 루이 14세가 될 왕자는 불과 다섯 살. 또다시 섭정의 시대가 되었다. 루이 13세의 왕비는 오스트리아 여인 '안'이었다. 그녀는 어느 듯 42세.

루이 13세의 왕비였던 금발의 '안'은 왕이 살아 있을 때도 왕과 리슈리외로부터 자주 모욕을 받곤 했었다. 왕이 죽고 왕비가 다섯 살짜리 왕의 섭정을 맡으면서 수석대신은 리슐리외에서 마자랭으로 바뀌었다.

이 무렵 사회적으로 다양한 변화가 있었다.

루이 13세 때는 흑사병 공세가 무서웠다. 1628~9년에 리용에서만도 인구의 절반이 죽어갔다.

　지방의 곳곳에서 민중봉기가 일어나고, 1630년 이후에는 기상이변이 자주 발생했다. 페스트가 휩쓸고 간 자리에 늑대들이 창궐하여 사람들의 피해가 늘고, 종교전쟁 때문에 죽고, 인구감소현상이 나타났다. 자연재해도 잇달았다. 우박과, 결빙, 계속되는 폭우는 농사를 망쳤고, 작물이 썩어갔다. 1620년 경부터 연속적인 흉작으로 이농현상조차 생겼다. 가혹한 시기였다. 농민들은 재산을 잃고 떠났다. 빈곤계층이 확대되고 있었다. 전쟁 때 마다 일어나는 병사들의 통과로 촌락은 쑥밭이 되고, 겁탈당한 처녀들, 숲속으로 도망친 주민들, 비극이 일상화 되었다. 도시는 방랑자들로 넘쳐 났고, 아기를 내다 버리는 일이 수없이 나타났다.

　1661년 3월 9일. 마자랭이 죽자 왕은 통치권을 친정체재로 들어갔다. 수석대신의 직위를 없애고 최종 결정권자는 왕이 직접 챙겼다. 행정개혁을 단행하여 구조조정에 들어갔다.

　국왕 참사회를 체계화했고, 전문화 부서로 나뉘었다.

　그리고 왕은 1662년부터 태양을 상징으로 삼고 '왕은 모든 것에 우월하다'고 외쳤다. 국왕은 지상에서 신의 대리인이고, 국왕의 권위는 어떤 장애물도 인정하지 아니한다. 대영주들은 왕에게 순종해야하고, 프랑스의 왕은 기독교 세계에서 으뜸이다. 이른바 태양왕의 탄생을 선언한 것이다. 1660~62년의 격렬한 위기를 겪은 뒤, 곡물의 작황은 다시 좋아졌다. 곡가는 하락하고 군중의 생활은 점차 활기를 찾아갔다. 경제도 조금씩 살아났다. 따라서 궁정에도 명랑한 분위기가 감돌았다.

작황이 좋아지고, 경제가 풀리면서 왕의 숨어 있던 바람끼가 살아나기 시작했다. 왕비인 마리―테레즈 외에 애첩들이 왕의 주변에 줄을 섰다.

이 때부터 왕의 파티는 시작되었다. 파티는 대영주로부터 종복에 이르기까지 수 천명이 어울려 축제, 무도회, 오페라와 연극공연으로 이어지고 궁정은 카드 놀이, 험담이나 영향력 다툼 등의 열정이 난무하는 세계를 이루었다. 이러한 화려한 세계가 퇴폐를 부른 것 만은 아니었다. 그것은 예술의 화려한 개화도 불러왔다. 문예한림원, 과학한림원, 왕립천문대, 식물원, 국립극장을 비롯하여, 연극, 음악의 예술발전이 도래되었다.

이 때 베르사유가 건설된다.

루이 13세가 친위 쿠데타로 건달재상 콘치니를 박살낼 무렵 찬구인 뤼과 사냥 다니던 곳이 베르사유였다. 왕은 이 베르사유에 있던 작은 별장을 대규모의 관저로 바꿀 생각을 한 것이다.

르 보의 지휘로 1661년에 공사가 시작되었고, 공사는 여러 해 동안에 걸쳐 2,3만명의 인원이 동원되어 거대한 공사는 완료되었다.

1683년 7월 30일 왕비 마리―테레즈가 죽었다. 왕비가 죽자 왕은 그 해 9월, 시인 스카롱의 부인이자 맹트농 여후작인 프랑스와즈 도비네와 비밀결혼을 했다.

왕의 지나친 지출로 재원이 고갈되고, 국왕의 문예지원이 줄어 들었다. 이렇게 되자 문화생활의 중심이 점차 파리의 개인 살롱으로 옮겨가지 시작했다.

이 때의 스페인 왕 카를로스 2세는 아이가 없었다. 후계자가 없자 후계자 문제로 여기저기서 너도나도 스페인의 왕좌를 놓고 삿대질이 시작되었다. 루이 14세의 왕비 마리—테레즈는 카를로스 2세와 이복남매간이었다. 여기에 스페인은 오스트리아의 전신인 합스부르크 가(家)의 소속이었다. 심지어 영국, 네델란드도 끼어 들고 온 유럽이 이 문제로 시끄러웠다. 결국 이 문제는 전쟁으로까지 이어졌다.

전쟁은 크게 자존심 상하지 않은 정도로 끝났다. 그러나 문제는 재정이었다.

전쟁 비용이 엄청났던 것이다. 전쟁으로 무역은 침체되었고 국가재정은 고갈된 상태.

여기에 농업 면에서도 흉작이 덮치면서 물가는 폭등하고 서민생활은 또다시 영양실조현상이 나타났다. 1709년 1월의 맹 추위가 몰려오자 주민들이나 소 귀족들이 가난해졌고 비적떼들이 거리에 출몰하기 시작했다.

흉조는 흉조를 부른다. 사회 분위기가 급격히 얼어붙어 있는데 왕이 덜컥 죽었다.

1715년 8월, 루이 14세는 다리에 통증을 느꼈다. 의사들은 암당나귀의 젖에 목욕할 것을 처방했다. 국왕은 열병에 걸렸고, 회저병에 걸린 다리는 검게 변했다.

국왕은 죽음을 준비하며 왕세자를 불러오고 그리고 1715년 9월 1일에 죽었다. 태양왕이 죽은 것이다.

1715년 9월 1일, 태양왕의 증손자인 다섯 살 반 짜리 꼬마가 다시 왕위에 올랐다.

루이 15세다. 누가 섭정을 하느냐…? 설왕설래 끝에 오를레앙 공작 필리프로 돌아갔다.

오를레앙 공작 필리프는 루이 14세의 동생과 팔라티나트 공주사이의 아들이다.

당시 나이 41세.

그리고 시나리오는 계속된다.

1774년 5월 10일 루이 15세는 갑자기 천연두에 걸렸다. 그리고 사망.

루이 15세의 손자인 루이 16세가 20세의 나이로 왕위에 올랐다.

왕은 비교적 좋은 교육을 받았지만 우유부단하고 무능력한 편이었다. 사냥이나 하고 자물쇠 만드는 일을 좋아했다. 이런 왕에게 복잡한 왕국의 정사를 기대하기는 어려웠다. 그런데 이 루이 16세의 치세기에 히트작의 드라마가 연출된다.

드라마의 주인공은 '베르사유의 장미, 마리 앙투아네트(Marie Antoinette, 1755~1793)'다.

물론 그녀는 루이 16세의 왕비. 상당한 미모의 여인이다.

마리 왕비는 오스트리아 출신이다. 그녀는 오스트리아 황제 프란츠 1세와 황후 마리아 테레지아 사이에 15번째 자식으로 태어났다. 황제의 딸이었으니 귀엽게 자랐겠지. 그러나 워낙 자식들이 많은 집안이라 그다지 귀염받지 못했었는지도 모른다. 하여튼 평범한 아가씨로 성장하여 프랑스로 시집온 여인이다. 그런데 이런 왕비의 별명을 보면 가관이다. '오트뤼

시엔(Autruchienne)'이라 부른다. '오스트리아 암캐'라는 뜻이다. 사람들은 그녀를 사치와 낭비벽 심한 악녀로 생각했다.

이건 별로 사실이 아닌 것 같다. 그게 사실이건 아니건 내가 알 바는 아니고. 왕비가 이런 악평을 받는 데는 분명 그 '목걸이 사건'에 영향을 받은 것이 아닐까 하는 생각이 든다.

이 목걸이 사건은 너무 유명한 이야기라 다 아는 사실일 테니 여기서는 간단히 요약만 하자.

사실은 이렇다. 어느 날. 파리의 유명한 보석상에 공작부인이라는 여인이 나타나 왕비의 심부름이라면서 다이아 목걸이를 사겠다고 했다. 목걸이의 값은 160만 리브르(약 7억 2천만원). 대단한 물건이다. 이런 고가의 물건이 쉽게 팔릴 리가 없다. 그래서 이 보석상에서는 왕비에게 팔 수 없을까? 노심초사하고 있을 때 공작부인이 나타나 왕비의 심부름으로 왔다고 하면서 그 목걸이를 사겠다고 하자 보석상 주인의 입이 귀에 걸렸다.

이 사기꾼 가짜 공작부인에게 사기 당한 사람은 따로 있다.

왕비가 처녀시절, 오스트리아 빈에 프랑스 대사로 와 있던 '로앙'이라는 궁중사제가 있었다.

로앙이 마리아 테레지아 여제를 만난 자리에서 말 실수를 한 적이 있었다. 이 실수 때문에 로앙은 찍혀 버렸다. 이 사건으로 마리 앙투아네트가 프랑스 왕비가 되어 와도 완전 서먹서먹한 처지. 왕비와의 사이가 이러니 사제는 궁으로 들어갈 때 마다 어색했다. 그래서 언젠가 만나서 사과도하고, 좀더 좋은 관계를 가져 보려고 애를 쓰고 있는데 이 사실을 알고 있는 날라리 공작부인이 로앙사제에게 접근하여 사기를 친 것이다. 보석상에

서 외상으로 목걸이를 챙기고 로앙사제를 보증인으로 세우고, 사창굴에
서 왕비와 닮은 여인을 찾아 왕비라고 속이고 로앙사제를 만나게 하고…
외상값 갚을 날자에 돈이 안 들어오면서 사건이 터지게 되고, 시끌벅적,
세상이 시끄러워 지면서 졸지에 왕비는 사치에, 낭비에, '오스트리아 암
캐'가 되어버린 것이다.

앙투아네트는 억울해 죽을 지경이지만 그건 팔자소관이다. 일은 여기
서 끝나지 않았다.

왕비의 목이 잘린 것이다. 누가 죽인 건 아니고 혁명군에 의해 단두대에
서 잘렸다.

프랑스혁명. 날라리

무능한 왕이 아이들 장난감으로 노닥거리고 있을 때, 살기에 지친 민중
들이 들고 일어난 것이다. 배고픈 부녀자들이 식기와 프라이팬을 두드리
며 거리로 쏟아져 나왔다. 갑자기 온 나라가 시끄러워 지면서 마침내 부
르봉 왕조가 무너지는 결과로 이어졌다.

사태가 이지경이 되자 루이 16세 왕의 일가는 앙투아네트 왕비의 친정
인 오스트리아로 튀기로 하고 봇짐을 챙겼다. 그런데 '재수없으면 뒤로 넘
어져도 코가..' 국경에 다 가서 국경수비대에 붙들린 것이다. 왕의 일가는
혁명군으로 넘어가고 결국, 왕도, 왕비도 단두대에서 목이 댕강 잘려 버렸
다. 아~, '베르사유의 장미' 마리 앙투아네트는 장미꽃이 지듯이 그렇게
떨어져 갔다. 이것이 '역사의 시나리오'라는 것이다.

그런데 그들의 역사는 여기서 끝나지 않았다.

1833년 6월 어느 날 오후, 베르사유 공원에 누더기를 걸친 한 사내가 나타났다.

그리고 궁전의 테라스를 거닐면서 조각품들을 쓰다듬고 있었다. 그리고 알아 들을 수 없는 독일식 프랑스어로 횡설수설 질문을 던졌다. 아무도 대꾸를 않자 그는 사라졌다.

그리고 그는 여기저기 비참한 숙소에서 노숙자처럼 생활하다가 경비원들에 끌려갔다.

조사결과 그는 독일국적으로 이름은 샤롤르 기욤 나운도르프라 했다. 그리고 그는 자신이 노르망디 공작 루이 샤롤르이고 루이 16세와 마리 앙투아네트왕비 사이의 아들이라 했다.

그러나 경비원들은 그를 국경으로 끌고 가 추방해 버렸다.

그는 다시는 베르사유를 보지 못하고 네델란드에서 죽었다.

모든 일, 모든 사건, 모든 역사에는 진행의 원칙이 있다. 그것은 분명 원인이 있고, 과정이 있고, 그 결과가 있게 되어있다. 그것이 인과율이다.

왕비의 목걸이 사건도 그렇고 나아가서 프랑스 혁명도 그렇다. '언제, 누가, 어디서, 무엇을, 어떻게, 왜,' 그것이 육하원칙(六何原則)이다. 그 원칙은 이러한 사건에만 있는 것은 아니다. 우주에서 일어나는 모든 일, 인간의 수명이나 질병에 이르기 까지도 이 원칙의 틀에서 벗어날 수는 없다. 이것이 우주의 '시나리오론'이고 '모든 일은 이미 결정되어있다'는 결정론이다.

정말 그럴까? 그렇다. 그건 정말이다. 그래서 서양의 현자들은 시나리오론을 말한다.

'고 스톱하고 자식은 마음대로 안 된다'는 말이 있다.

어디 마음대로 안 되는 일이 고 스톱이나 자식일 뿐이던가? 세상만사가 다 자연으로 되는 것이지 인력으로 되는 일은 하나도 없다. 그건 내 말이 아니고 옛날부터 내려오는 말이다.

열차에서 내려 베르사유로 갈 때였다.

베르사유 궁 안으로 들어가면 궁 안에서는 화장실 찾기가 어렵다는 말을 들은지라 미리 준비할 셈으로 역에서 화장실에 인사나 하고 가려고 찾았으나 없었다. 매표창구로 찾아갔다.

"여기 화장실이 어디요?"

"여긴 화장실 같은 건 없어요. 볼일이 있으면 길 건너 맥도날도로 가시오."

— 허허, 그참 화장실 없는 열차역도 다 있나..? —

프랑스라는 나라가 이모양이다. 나는 찍소리도 못하고 돌아섰다.

불문곡직 맥도날도의 문을 열고 들어갔다. 그런데 여기도 화장실은 보이지 않았다. 판매대 앞. 주방장같이 생긴 사내에게 물었다.

"여기 화장실이 어디요?"

"…? 저어기… 이상하게 생긴 문으로 가 봐."

찾아갔다. 그런데, 이건 또 무슨 행패? 화장실 문에 번호자물쇠가 채워져 있어 비밀번호를 모르면 들어갈 수 없게 되어있다.

— 어떻게 들어간단 말인가…? —

내가 두어 번 흔들어 보다가 돌아서자 곁에서 보고있던 사내가 말했다.

"오…뜨레… 오…파이브…" (0…3…0…5)

"베리 땡큐…"

역시, 거울의 방(Galerie des Glaces)이 볼만했다. 왕비의 침실에서 마리 앙트와네트의 흔적이나 있나 하여 유심히 살폈으나 그런 건 없었다. 베르사유 궁은 훌륭한 작품임은 틀림없다. 그러나 그렇게 호들갑 떨 정도로 화려하거나 환상적인 물건은 아니었다.   궁 안을 한 바퀴 돌고 언덕 위에서 벌판같은 정원을 잠시 바라보다가 나왔다. 베르사유관광 끝.

13. 사그라다 파밀리아 (La Sagrada Familia)

　자, 다음은 스페인, 바르셀로나(Barcelona) 나오너라…..

　그렇다. 오늘부터는 다시 속전속결이다. 볼 것 보고, 먹을 것 먹었으면 뛰는 작전.

　밤새워 달려온 침대차는 구닥다리 고물차였으나 뚤루시(TOU LOUSE MATABIAU)에서 환승한 떼제베 열차는 역시 좋았다. 승무원이 나누어 준 이어폰으로 듣는 음악도 좋았다.

　음악을 듣는 것도 잠깐, 나는 이어폰을 내려놓고 다시 공상의 세계로 잠입한다.

　인간에게는 누구나 저마다의 소질(素質)이 있다. 소질은 타고난다.

　소질도 유전성이다. 아무나 가수가 되고, 아무나 화가나 작가가 되는 것은 아니다. 물론 노력 여하에 따라서 방향이 달라지는 수도 있겠지만 소

질없는 사람이 노력만 한다고 되는 일은 아니다. 화가가 되겠다는 욕구도
, 노력해야 되겠다는 의지도 모두가 유전자에 프로그램되어 있다. 바람둥
이는 바람의 소질을 타고난다. 물론 테스토스테론을 비롯한 호르몬의 생
산과도 연관이 있겠지만 그것 역시 유전자의 장난에 불과하다. 자살도 아
무나 하는 것이 아니다. 자살도 자살유전자 때문이라는 보도도 있었다.

인간에게는 좋은 소질만 있는 것은 아니다. 겉으로 표출되지 않았을 뿐
누구에게나 숨겨진 결함도 있다. 주벽(酒癖)이나 도벽(盜癖)도 유전과 관
계가 있고, 폭력이나 바람피우기도 다 유전과 관계가 있는 것이다. 유전
과 관계가 있다는 말은 이러한 인간의 품성들이 이미 유전자에 프로그램
되어 있다는 말. 이러한 인간의 성품은 개인의 문제만 아니다. 21세기를
살고 있는 전 인류가 빠져 있는 이상한 증세에 대해서 대부분의 인간은 모
르고 있다. 그것이 캐피탈 신드롬(Capital Syndrome)이다. 신드롬이란
증후군(症候群)으로 여러 가지 증세가 동시에 일어나지만 그 원인(原因)
이 불명(不明)할 때, 또는 단일(單一)이 아닐 때에 병명에 준하는 명칭(名
稱)으로, 하나의 증후군에 속(屬)하는 여러 증후는 동일(同一)한 근본적(
根本的) 원인(原因)에서 발생(發生)하는 것으로 보고있다. 캐피탈 신드롬
이란 자본주의(資本主義)라는 거대 물결에 휩쓸려 집단무의식증(集團無
意識症)에 빠져 버린 것을 말한다.

변화하는 패러다임에 적응하지 못하는 대부분의 사회적 갈등의 뿌리는
캐피탈 신드롬에 기인함을 인간들은 모른다.

말하자면 교육을 포함한 모든 사회의 기관들이 돈(Money)의 사슬에 묶
여 버린 것이다. 인간들은 캐피탈 신드롬에 시달리면서도 그 폐해(弊害)
의 시나리오에는 별 관심이 없다. 그러나 그것은 유니고스의 파토스

(pathos). 우주유희(홀로그램)의 다른 모습이다.

유 아무개 교주의 도그마(Dogma)에 빠진 신도들이 몇 억, 몇 십억이라는 돈을 쏟아 붓고 사기 당한 사건도 알고 보면 무의식상태에서 집단최면(集團催眠)에 빠진 일종의 신드롬현상인 것이다. 21세기가 되었다고 밀레니엄 어쩌고 하면서 징치고 장구치고 거들먹거리는 인간들을 보면 미소가 절로 나온다. 개구리들이 알 리가 없지. 등신(等神)들….

참새들의 입방아를 찧게 만든 장본인들의 면면을 보면 과연 그들이 평소에 그런 인물이었던가 도무지 믿기지 않는 사건들이다. 모두가 사회적으로 덕망있고, 일생을 두고 열심히 살아온 죄 밖에 없는 인물들이라 할만한 인물들인데 왜 이런 사태를 일으킨 것인가?

그것은 유전정보의 오류 때문이다. 잘못된 유전정보. 제어유전자(制御遺傳子)의 결함일 수도 있고 호르몬생성과 효능이 비정상일 경우도 있을 것이다. 유전자 반응의 메커니즘이 비정상적으로 프로그램되어 있기 때문이다. 인간의 모든 행위는 유전자의 반응일 뿐이다. 이런 일들은 본인들도 어이없어 할 일들이다. 그런데 왜 이런 일이? 이것은 인간의 야누스신드롬(Janus Syndrome) 때문이다.

인간과 짐승과는 다양한 점이 다르다. 그 중 하나가 자제력(自制力)이다. 동물은 인간보다 제어력(制御力)이 약하다. 물론 짐승도 제어력이 전혀 없는 것은 아니다. 짐승도 위험에 처할 때는 자기방어를 위한 본능적 제어력을 발휘할 경우도 있다. 그러나 그것은 어디까지나 본능에 가깝다. 인간의 제어력은 좀 더 의식적이다. 그러나 유전적 결함이나 오류가 있을 때 인간들도 제어력이 제 기능을 못할 경우도 있다. 야누스신드롬에 빠진 인간들은 절제기능이 작동에 문제를 일으키고 사고를 친다. 이것은 유전자에 문제가 있기 때문이다. 본인도 모르게 일어나는 현상일 뿐이다. 성적인 욕구를 참지 못하는 제어력 상실증, 화가 난다고 말을 함부로 하거나 폭행을 하는 것도 다 이런 유전자 기능의 결함과 관계가 있다. 제어기능에 오류가 있는 유전자는 제어기능이 필요한 때에는 이성(理性)보다는 감성(感性)이 강해지면서 유전자 반응의 메커니즘(mechanism)이 역행하고 인간의 상식과는 상이(相異)한 현상을 일으킨다.

인간의 내면은 양파 속처럼 겹겹이 싸인 다면성(多面性)이다. 이러한 다면성프로그램을 우리는 '팔짜'라 한다. 팔짜, 운명(運命) 말이다.

대통령이 집무실에서 방아를 찧다가 세상참새들 시끄럽게 만든 사건, 검사장이 노상에서 바지 벗고 로션병을 흔들면서 벌인 퍼포먼스나 베를리오즈가 술집골방에 처박혀 환상교향곡을 탄생시킨 일. 타르가가 콘차부인의 외통수에 걸려 방랑하며 작곡한 '알함브라 궁전의 추억' 등.

이같은 운명은 모두가 유전자의 장난이다. 유전자도 유전자 나름이다. 미칠 듯한 열정으로 예술창조의 프로그램을 엮은 유전자는 명예를 남기지만 비뚤어진 오류의 유전자는 불명예와 치욕을 남긴다.

이 모든 운명은 유니고스의 무용(unigos dancing)이다.

산뜻한 떼제베 열차가 바르셀로나 산츠(Sants)역에 닿자마자 나는 열차표 매표창구로 뛰었다.

매표창구 여직원의 소리에 나는 놀랐다.

"뭐라고 …? 지금 뭐라 그랬어?"

창구의 직원은 컴퓨터를 돌려 글자를 보여 주었다. 126 €.

— 이게 대체 무슨 뚱딴지 같은 소리야? —

파리에서 바르셀로나까지 35€. 그런데 갑자기 그라나다행이 네 배로 뛰다니? 거리가 특별히 먼 것도 아닌데. 하지만 내가 여기서 아무리 항의를 해 본들 소용 없다는 건 나도 잘 안다. 하지만 이건 너무하다. 130유로면 한국 돈 17만원에 가까운 돈이다. 아무리 아낀다 해도 차비를 아낄 수는 없다. 먹는 것도 한계가 있다. 하루 세끼, 맥도날도 호떡 3개로 때우는데 이렇게 엉뚱하게 열차표에서 한방씩 터지면 놀라지 않을 수 없다.

좌우지간 경비를 더 이상 줄일 수는 없고 마지막 남은 작전은 시간단축뿐이다. 벼락같이 보고 튀는 작전. 그런데 이 열차가 나를 미치게 만들 것이라는 사실을 그 때까지 나는 모르고 있었다. 이 열차가 그 유명한 호텔열차였던 것이다.

열차표를 사고 돌아섰지만 마음은 급하다.

애당초 사그라다 파밀리아 하루. 그리고 구엘파크 하루. 이렇게 이틀 예정으로 작전을 짰는데 하루에 당일치기로 끝장을 내려니 바쁠 수 밖에. 아는 길도 아니고, 물어 물어 다니는 판에 어떻게 결말이 날지 나도 모른다.

— 우선, 배낭부터 어디다 맡겨야겠는데 —

수하물보관소는 근거리 열차표 판매창구 뒤편이다. 찾아갔다. 그런데.

지금까지는 대부분, 하물보관소에 직원이 있어 보관료를 직접 지불하고 영수증만 챙기면 되므로 별로 신경 쓸 일이 없었는데 여기 하물보관소는 모조리 코인라커. 입구에 경비원만 있을 뿐, 하물 취급하는 사람은 아무도 없다. 하긴, 돈 넣고 문만 잠그면 그만인데 뭐가 그리 어려워?

그런데 문제는 내 자신이다. 며칠 사이에 하도 여러 나라 잔돈을 만지다 보니 이게 얼마 짜리 인지. 10유로인지, 10전인지. 돈을 보고도 판별이 어렵다. 돈을 보고도 얼마짜린 지도 모르는 지라 그런 잔돈을 골라 사물함을 작동시킨다는 것이 그리 간단치가 않다.

"허, 이거 골 아프네, 이게 얼마인지를 알아야 넣을 텐데…"

그 때 내 옆 코인라커에 어떤 아가씨가 가방을 넣고 라커를 잠그고 있었다.

"오, 아가씨. 마침 잘됐네. 나 좀 도와줘. 헬프 미, 헬프미…"

그러면서 나는 호주머니에 들어있던 동전을 한 주먹 꺼내서 아가씨 앞에 내밀었다.

나는 이미 이런 일 터질 줄 알고 동전을 조금씩 모아왔던 것이다. 아가씨는 별 부담없이 동전 몇 개를 골라 라커의 구멍으로 밀어 넣고, 배낭을 넣고 잠근 후 열쇠를 내게 건네 주었다.

"오우 땡큐, 그라시아스. 무차 그라시아."

그렇게 배낭문제는 해결을 보았다.

— 도대체 사그라다 파밀리아는 어느 동네에 붙어 있는 거야? —

여행 출발 전. 바르셀로나 지하철노선도를 놓고 예행연습을 하였는데 지하철 역, 두 번째 역인가 세 번째 역인가에 사그라다 파밀리아가 있었다. 그런데 지하철은 어디서 타는지, 차표는 어디서 사는지, 내가 아는 것은 아무 것도 없다.

그 때다. 코인라커에서 도움을 받았던 아가씨가 나타난 것이다.

"오우 아가씨. 잘 만났군. 나 좀 도와 줘."

이렇게 해서 이 천사같은 아가씨, 나를 끌고 티켓머신을 찾아 가서 차표 사고, 여기서 타고, 몇 번째 역에 내려라. 등등 상세하게 안내 해 주었다. 그리고 바이 바이.

"아, 아가씨, 잠깐, 잠깐만…"

나는 이미 지하철 개찰구를 통과하여 승강장입구 에스컬레이터 앞에 들어가 있었다. 내가 돌아서 가는 아가씨를 부르자 의아한 눈빛으로 나를 바라본다. 나는 호주머니에서 작은 물건 하나를 꺼내고 황급히 그녀에게 건네 주었다. 별 것 아닌 것을 알고 아가씨는 웃으면서 받아 돌아섰다.

나는 여행준비를 할 때 꼭 챙기는 것이 두 가지가 있다. 하나는 1달러짜리 미국화폐, 그리고 또 하나는 목 캔디 카라멜이 그것이다. 때때로 어린 아이들에게 길을 묻거나 하는 경우, 후진국 아이들은 1달러 미국 돈을 받으면 매우 기뻐한다. 그리고 카라멜은 남녀노소 공용이다.

어려운 일이 있을 때 부탁을 해 놓고, 고맙다는 인사는 해야겠는데 마땅한 표시를 하기가 쉽지 않다. 그렇다고 돈을 줄 수는 없고, 말로만 고맙다 하기는 어딘지 미안할 때, 보잘 것 없는 선물이지만 카라멜 한 통을 주면 기뻐하는 경우가 종종 있었다. 12통을 사 갔는데 벌써 절반가량 사라졌다. 그만큼 남의 신세를 많이 졌다는 이야기.

그렇게 지하철을 탔는데. 지하철에서 내려 묻고, 또 묻고. 마지막 계단을 막 올라섰을 때.

"우와~ 이게 뭐야…?"

장사진, 장사진. 말로만 듣던 장사진. 매표창구 앞에 늘어선 관광객들. 정말 기죽어. 그런데 정말 기죽을 일은 따로 있었다. 표를 사고 돌아섰을 때 내 앞에 있던 사람들이 한 사람도 보이지 않았다. 표는 샀지만 아무리 둘러 보아도 들어가는 입구가 보이지 않았다. 매표창구 옆 경비원에게 물었다.

"입구가 어디냐?"

이 친구, 고개를 쳐들면서 말한다.

"저어기…."

― 미치겠네… 저어기 어디? 말로하지… ―

말로 해 봤자 알아 듣지도 못하겠지만. 그 때, 한 무리의 관광객이 떠들면서 나타났다. 손에 손에 표를 쥐고. 모른 척, 그들의 뒤를 따라갔다. 마지막 도착한 곳은 사그라다 파밀리아 완전 뒤쪽.

들어가는데도 순서가 있고, 엘리베이터 타는 데도 차례가 있어 시간을 정해준다.

오나가나 기다리는 데는 이골이 난 편이다.

눈치를 살피다가 단체입장객 뒤에 바짝 붙어 서서 따라 들어갔다. 놀라운 순간은 그 다음.

입장할 때 까지는 입장하는 데만 정신이 팔려 사그라다 파밀리아가 어떻게 생겼는지 쳐다 볼 틈이 없었다. 그런데 막상 입장을 하고 나서 정신을 차려 하늘을 쳐다 본 순간 나는 그만 '악'소리를 지를 뻔 하였다. 거대한 사그라다 파밀리아가 하늘에서 쏟아져 내릴 듯이 나를 압도해 버린 것이다.

"우와아~ 정말 놀라겠네…. 이래서 사람들이 입에 침이 말랐구나… 자랑한다고…"

과연 가우디(Antoni Gaudi, 1852~1926)는 천재였다.

사그라다 파밀리아(성가족성당, Temple de la Sagrada Fam illa)는 가우디가 설계한 걸작 중 하나이면서 동시에 미완성된 작품. 사그라다 파밀리아의 건축은 출판업자 보카베리아에 의해서 시작되었다. 신앙깊은 보카베리아는 카톨릭이론을 카탈루냐 사회에 적용하기 위해 성 요셉 신앙인 협회를 조직하고 교회를 짓기 위해 바르셀로나 확장지역의 1구획 전체를 얻어 교회건설을 추진 하였던 것이다. 교회는 1882년 가우디(Antoni Gaudi i Cornet, 1852~1926)의 스승인 비야르(Frances de Paula Villar)가 설계와 건축을 맡아 성 요셉 축일인 1882년 3월 19일에 착공하였다.

건설은 지하성당부터 시작되었다.

그러나 기둥을 대리석 조각으로만 채우자는 비야르와 회반죽을 섞어 사용하자는 보카베리아의 이견(異見)이 결국 비야르의 사임으로 이어졌다. 비야르가 보카베리아와의 의견 대립으로 중도 하차하게 되었다. 이로 인해 새로운 건축가가 필요하게 되었고, 31살의 젊은 가우디가 추천받았다. 가우디는 건축학교에서 비야르에게 수업을 받았고, 그와 함께 일한 경험도 있었다. 게다가 젊은 건축가는 상대적으로 임금도 저렴했다. 1883년 가우디는 수석건축가이자 공사 감독을 맡게 되었다. 이후 그는 사망할 때까지 40여 년 간 이 작업에만 몰두했다. 그리고 미완으로 남겨진 건축공사는 지금도 계속되고있다.

사그라다파밀리아(LaSagradaFamilia)

아무나 가수가 되고, 아무나 화가가 되는 것은 아니다. 천재도 역시 아무나 되는 것은 아니다. 가우디는 천재였다. 1852년 스페인 레우스에서 태어난 가우디는 아버지가 주물제조업자였다.

그가 말했다.

"내가 공간을 느끼고 보는 재능을 갖게 된 것은 아버지와 조부와 증조부가 모두 주물제조업자였기 때문이다. 몇 대를 거쳐 내려오면서 건축가인 내가 만들어진 것이다."

천재 예술가 가우디는 3대에 걸쳐 만들어 졌다고 가우디는 스스로 말했다.

가우디는 비록 가난한 집안에 병약한 소년으로 자랐으나 건축에 대한 관심은 남달랐다. 가우디가 바르셀로나로 간 것은 17세이며 건축 공부를 하기 위해서였다. 당시의 바르셀로나는 이미 '건축의 성지'라고 불리고 있었다. 그는 바르셀로나 대학 이공학부를 거쳐 바르셀로나 시립 건축전문학교에 입학했다. 그는 이미 대학시절에 천재로 알려지기 시작했다.

졸업과 동시에 천재의 손길은 조물주의 손길로 변해갔다.

작품은 정신의 소산이다. 모든 작품에는 그의 정신과 열정이, 영혼이 되어 작품들 속으로 스며들어 마침내 바르셀로나를 뛰어넘어 세계적 거장으로 날개를 달았다.

그는 조물주의 손으로 작업했다. 모든 건축물의 설계도면으로부터 시작된 가우디의 정신이 손끝에서 흘러나오는 순간 꿈틀거리는 건축물들은 조각 작품으로 변신한다.

자연미와 조형미의 조화를 이룬 구엘 공원을 비롯하여 '카사 바트요' '카사 밀라' '사그라다 파밀리아' 등등, 수많은 작품들이 그의 영혼을 대변하고있다.

가우디가 이처럼 수많은 작품을 남기면서 영혼을 불태울 수 있었던 배경에는 '구엘(Guell)'이 있다. 구엘은 직물업계의 거장으로 부호였다.

그는 자신의 재산을 가우디가 천재성을 발휘하는 데 투자한다.

구엘 공원은 1984년에 유네스코 세계문화유산에 등록되었다.

1926년 6월 7일 가우디는 전차에 치어 3일 후인 10일 74세를 일기로 사망했다. 평생 독신으로 살았던 가우디는 너무 초라한 행색 탓에 아무도 이 거장을 알아보지 못해 너무 늦게 병원으로 옮겨졌다고 한다. 가우디는 로마 교황청의 특별한 배려로 성자들만 묻힐 수 있다는 '사그라다 파밀리아' 성당의 지하에 묻혔다.

'건축의 성자'라고 불리던 가우디는 그렇게 사라져 갔다.

"난 그냥 걸어서 올라갈 거야. 아가씨, 계단입구가 어디야?"

나는 안내하는 여직원에게 물었다.

"걸어서는 올라가지 못해, 엘리베이터를 타야 해."

결국, 엘리베이터 승강용 표를 다시 샀다.

오후 1시 30분 엘리베이터 탑승. 탑승시간까지 정해준다. 현재시간 12:00.

"휴우~ 미치겠네."

한 시간 반을 기다려야 한다.

'금강산도 밥구경'. 나는 항시 비상식량을 갖고 다닌다. 아침식사는 새벽 4시경, 열차 안에서 맥도날도 호떡으로 '뚝딱'. 그리고 12시가 넘도록 찬물 한 모금 마실 틈이 없었다.

"이봐, 쎄뇰. 여기 어디 물 좀 마실 데가 없을까?"

점심문제를 해결하려면 물이 있어야지.

"밖으로 나가 오른 쪽으로 내려가면 화장실 있어. 화장실 앞에 자판기… 어쩌구, 저쩌구…"

그렇게 맥도날도 한 조각으로 점심문제 해결.

엘리베이터 타고 교회 꼭대기 올라가 시내 한 번, 바라보고 사그라다 파밀리아 관광 끝.

구엘파크(ParkGuell)

다음 타자, 구엘파크(Park Guell).

구엘(Guell)은 가우디의 경제적 후원자였다. 구엘 백작과 가우디는 이 곳에 60호 이상의 전원 주택을 지어서 스페인의 부유층에게 분양할 예정이었다. 그러나 부동산 사업은 성공을 거두지 못했다.

공원 부지는 돌이 많은 데다 경사진 비탈이어서 작업에 어려움이 많았다. 그런데도 가우디는 자연스러움을 살리기 위해서 땅을 고르는 것도 반대했다고 한다. 1900년부터 1914년까지 14년에 걸쳐서 작업이 진행되었지만 자금난까지 겹치면서 몇 개의 건물과 광장, 유명한 벤치 등을 남긴 채 미완성으로 끝나고 말았다. 1922년 바르셀로나 시의회가 구엘 백작 소유의 이 땅을 사들였고, 이듬해 시영공원으로 탈바꿈시켰다. 공원전체는 가우디와 구엘의 영혼이 묻어 있다, 결국 사그라다 파밀리아와 구엘공원을 당일치기 관광으로 끝장냈다.

14. 호텔열차

바르셀로나 산츠역(Estacio Barcelona Sants).
전광판에 플랫폼 번호가 들어왔다. 11번 플랫폼.

나는 열차에 올라 내 방에 들어서는 순간, 깜짝 놀랐다.
몸이 아무리 돈 아끼려고 먹을 것 참아 가며, 호텔비 아끼려고 야간열차
만 타면서 몸부림 쳐도, 머리가 안 돌면 말짱 헛장사. 난 반쯤 미칠 것 같
았다. 나는 호텔열차, 호텔열차. 말은 들었지만 아 글쎄, 내가 이런 미친
짓을 할 줄은 꿈에도 생각 못했지.

호왈 호텔열차 방안에 화장실, 세면대가 있고, 샤워실까지 챙겨놓고 '어
서옵쇼'라는데 내가 정말 안 미치고는 이럴 수가 없다. 그렇다고 지금 와
서 어떻게 해?

— 참말로 환장하겠네… —

침대를 들어 올리면 응접세트가 되고, 응접세트를 접으면 침대가 된다.

"열차는 내일아침 7시 55분, 그라나다에 도착한다. 7시 30분에 내가 노크 할 테니 그 때까지 즐겁게 노세요.."

— 놀고있네… —

승무원이 찾아와서 이것저것 설명을 하고 돌아갔다.

"예라이, 모르겠다. 이래 죽으나, 저래 죽으나 이판사판. 고래등판이다. 새우들이야 죽거나 말거나 샤워나 한 번 하고 죽자."

홀러덩, 벗고 샤워실로 들어갔다.

어차피 이 방은 나 혼자 독방. 오늘은 코끼리 걱정도, 뺑덕이 걱정도 붙들어 매고, 나 혼자다.

생각 할수록 고민이다. 이렇게 동남서북으로 얻어 터지면서, 어떻게 온전한 여행을 한단 말인가?

— 나 참, 돌겠네… —

샤워실로 들어가긴 들어 갔는데.

"햐, 이건 또 무슨 재주냐?"

이리 돌리고, 저리 돌리고. 쑤셨다가 밀었다가, 수도꼭지를 비틀었다가. 겨우 물이 나오기 시작하는데. 이건 샤워가 아니고, 쯧쯧, 우리 동네 수박장수 피(皮)가네 늙은 처삼촌 오줌줄기보다 못하다니, 글쎄. 옷은 벗었고, 물은 일부 뒤집어 썼는데, 물이 머리에 묻었는지 말았는지…

"이런 니끼미, 나오려면 나오던지, 말려면 말던지. 나오는 것도 아니고, 안 나오는 것도 아니고. 오늘 팔짜, 완전 조진팔짜다. 아이쿠 두야. 에에잇, 호텔열차 샤워실 꼬락서니 하고는…. 아아. 나도 모르겠다. 어차피 인생은 만사분이정, 차죽피죽화거죽이다."

고종황제의 이름은 몰라도 김삿갓을 모르는 사람은 별로 없다.
갑자기 김삿갓 이야기는 왜 나오나? 프로그램 때문이다. 프로그램이 왜 뭘 어쨌다는 말인가?

난고(蘭皐) 김병연(金炳淵, 1807~1863년)은 김삿갓으로 알려진 조선의 시인이다.
김삿갓 병연이 과장(과거 시험장)에 나갔을 때 영월 부사 홍계묵(洪啓默)이 낸 백일장(白日場)의 과제(科題)는 이렇다.
정가산 충절의 죽음을 논하고 김익순(金益淳)의 죄가 하늘에 사무치는 바를 탄하라.
(論鄭嘉山忠節死 嘆金益淳罪于天)

물론 여기서 병연은 장원을 먹었다.
그런데 영광의 장원이 병연의 운명에는 불행으로 프로그램 되어있었던 것이다.
죄인 김익순은 병연의 할아버지였던 것이다. 물론 병연은 그런 사실도 모르고 죄인을 있는 재주 없는 재주를 동원하여 욕하고 두들겨 댔던 것이다.

할아버지 김익순은 홍경래 난이 일어나기 직전에 선천 방어사로 부임하였었다.

난리가 일어 난 줄도 모르고 모처럼 한잔 걸치고 취해 잠 들었다가 홍경래군에 체포되어 버렸다. 싸우지도 못하고 체포된 것 자체가 이미 직무유기에 역적소리 들어야 할 형편에 역도들이 시키는 대로 격문을 써 박천, 정국, 선천, 철산, 용천 일대의 기둥머리에 붙이게 된 것은 더 말할 나위 없이 역적의 한패가 된 것이나 다름 없었다. 홍경래난이 토벌되자 당연히 병연 할아버지 일가는 역적도당의 일족으로 폐족(廢族)이 되어버렸다. 당시 여섯 살이던 병연은 형과 함께 충직한 가노(家奴)였던 김성수의 향리인 황해도 곡산으로 아무도 몰래 도망쳐야 했다.

세월이 흘러 폐족령이 해제 되었다.

할아버지 김익순은 순조의 국구(國舅)인 외삼촌 김조순(金祖淳)과 한 집안이다.

김문의 일족이라는 사실 하나로 그 김문 전체의 불명예가 될지 모르는 판이어서 역적으로 목이 잘린 김익순 일가의 폐족령이 해제된 것이다. 이 사면은 결코 김익순일가의 은전이기 보다는 안동 김씨 전체에 대한 체면 때문이었다.

장원을 먹고 집으로 돌아온 병연이 어머니로부터 이 이야기를 듣고 그는 탄식했다.

인간의 운명이란 과연 무엇인가?

김삿갓은 느꼈다. 인간의 운명은 프로그램되어 있다는 사실을. 그는 그 사실을 깨달은 순간, 바랑을 챙겼다.

김삿갓 병연이 집을 나서면서 벽에다 명심보감의 한 구절을 붙여 놓고 떠났다.

만사개유정(萬事皆有定)
부생공자망(浮生空自忙)
세상만사는 다 이미 정해져 있는데
부질없이 사람들이 바쁘게 설친다.

'차죽피죽화거죽'은 삿갓시인의 시에서 나온 말이다.
차죽피죽화거죽(此竹彼竹化去竹)
풍타지죽낭타죽(風打之竹浪打竹)
이러면 이런대로 저러면 저런대로 되어가는대로.
바람불면 부는대로, 물결치면 치는대로.

此竹彼竹化去竹(차죽피죽화거죽)
風打之竹浪打竹(풍타지죽랑타죽)
飯飯粥粥坐此竹(반반죽죽좌차죽)
是是非非付彼竹(시시비비부피죽)
賓客接待家勢竹(빈객접대가세죽)
市井賣買歲月竹(시정매매세월죽)
萬事不如吾心竹(만사불여오심죽)

然然然世過然竹(연연연세과연죽)

이대로 저대로 되어 가는대로

바람불면 부는대로 물결치면 치는대로

밥이면 밥 죽이면 죽대로 살고

옳으면 옳은대로, 그러면 그런대로.

손님 접대는 집구석 형편대로.

시정매매는 시세대로.

세상만사 마음대로 되지 않는다.

그렇고 그렇고 그런 세상, 그런 대로 지나세.

김 시인은 운명의 프로그램을 깨달았겠지만 이 깨달음이 곧 김삿갓의 느낌만은 아니다. 이미 오래 전에 이러한 프로그램을 깨달았던 선인들이 많았다.

만사개유정 부생공자망의 이 구절은 병연의 오리지날이 아니다. 이미 오래 전에 깨달은 사람들로부터 나온 구절의 짝퉁이 병연의 벽보였다.

그렇다면 오리지날은 또 어디에서 시작된 것일까?

"차죽피죽화거죽, 풍타지죽낭타죽…아, 이럴 때는 소주가 있어야 되는데.."

나는 염불 외우듯이 중얼거리면서 샤워실을 나왔다.

샤워는 하나마나. 울화통이 터지지만 이 모두가 나의 잘못.

전등을 끄고 반 가부좌로 앉았다. 과연 인생은 프로그램 되어있는가?

과연 운명은 존재하는 가? 동서양의 석학들이 한결같이 말하는 '결정론'은 과연 존재하는가?

운명이란 무엇인가?

그것은 프로그램이다. 운명은 이미 유전자에 프로그램되어 있다. 그것을 사람들은 '결정론'이라 한다. 과연 운명은 결정되어 있는 것인가? 인간의 유전프로그램은 우주의 프로그램과 네트(net)되어있다. 미시세계와 거시세계는 둘이 아닌 하나다.(宇宙的 相互貫通)

달과 지구의 인력관계. 태양과 지구와 그 밖의 다른 행성들 모두가 힘에 의해서 불가분의 연관(net)을 갖고있다. 만월이 되면 도벽이 일어나는 여성과 생리주기의 상관관계. 우주는 유니고스의 네트워크다.

우주라는 네트워크는 홀로그램으로 프로그램되어 있다. 인간의 운명과 우주는 둘이 아니다. 우주와 인간은 하나다. 내가 곧 우주요. 우주의 일부분이다. 내 운명은 우주 프로그램의 일부분이다.

一微塵中含十方.
一切塵中亦如是.

인간의 내면에는 내면세계라는 것이 있다. 정신에는 정신의 내면세계가 있고, 육체에는 육체의 내면세계가 있다. 정신의 내면세계는 무의식에 숨어 있고, 육체의 내면에는 본능이 자리잡고 있다. 인간의 정신이나 육체는 인간의 의식대로만 움직이는 것이 아니다. 이러한 모든 움직임은 유전자와 연관이 있고, 모든 유전자들은 물질의 본질에 물려 있다. 물질의 본질은 우주와 불가분(不可分)이다. 미시세계와 거시세계는 둘이 아니고 하나이기 때문이다.

　인간의 의식이나 행동은 무의식과 본능을 배제하고는 생각할 수가 없다. 이러한 의식이나 무의식, 본능들이 모두 유전자의 프로그램과 무관할 수가 없다. 골프황제나 대통령후보나 검사장의 행동은 본인도 모르는 사이에 저질러진 사건들이다. 알아도 제어(制御)시킬 수가 없다. 유전자의 프로그램을 함부로 바꿀 수가 없기 때문이다.

　'나는 이렇게, 이렇게 하겠다.'고 아무리 다짐해도 그렇게 자의적으로 되지 않는 것이 인간이다. 인간만 그런 것이 아니다. 동물도 식물들도 마찬가지다. 인위적(人爲的)으로 되지 않을 경우, 사람들은 '하늘(天)의 뜻'이다. 혹은 '신(神)의 뜻이다.'라고 말한다. 그러나 그것은 자연현상일 뿐이다. 자연(自然). 그것이 신이고 하늘인 것이다. 자연, 그것이 유니고스이다. 유니고스의 참 모습은 홀로그램이기 때문에 개구리들이 해석하기는 참으로 어렵다. 개구리들은 그냥 개구리식으로 생각하면서 살면 된다.

15. 명심보감

명심보감(明心寶鑑)의 오리지날이 탄생하게 된 배경을 한 번 들여다 보고가자.

'고 스톱하고 자식은 마음대로 안 된다'는 말이 있다.

이렇게, 이렇게 공부하면 우등생 될 수있고, 이렇게, 저렇게 하면 떼 부자 될 수 있다고 가르쳐 준다고 그가 우등생 되고 떼 부자가 될까? 그건 아니다. 환경도 자극도 타고난 유전자가 발동을 해 줘야 우등생도 되고 재벌도 되는 것이지 욕심 부린다고 마음대로 되는 일인가?

어디 마음대로 안 되는 일이 고 스톱이나 자식일 뿐이던가? 세상만사가 다 자연으로 되는 것이지 인력으로 되는 일은 하나도 없다. 그건 내 말이 아니고 옛날부터 내려오는 말이다.

명(明)나라 때 이야기다.

명나라 태조는 주원장(朱元璋)이다.

세상에는 다양한 기물(奇物)들이 있다. 그 다양한 기물들 중에 주원장이 몇 번째나 갈까?

주원장은 어릴 때는 걸승(乞僧:거지 중)이었고 젊어서는 떼도둑의 졸(卒)이였다. 그러던 그가 칭기스칸의 손자이 세운 원나라를 몰아내고 천자에 올랐다. 거지중의 이마에는 그 때 이미 중원천지의 황제가 될 것으로 프로그램되어 있었다. 세상일이 다 그렇다. 왕자가 거지가 되는 수도 있고, 거지가 황제가 되는 수도 있는 것이 세상사다. 주원장의 운명이 그렇다. 거지 중(僧)에서 떼 도둑의 졸개가 되었다가 마침내 명나라의 황제가 된 인물이 주원장이다.

주원장이 명태조 황제가 되어 권력을 잡게 되자 숨어 있던 콤플렉스가 터져 나왔다.

명태조는 왕조의 기반을 다진다면서 공신들을 차근차근 숙청해 나갔다. 그는 공신 뿐 아니라 역모의 혐의가 있건 없건 가리지 않고 조그만 관련에도 수만 명씩 살해하는 일이 벌어졌다. 명태조는 '문자의 옥'이라는 것까지 일으켰다. 누가 자신을 비웃는 것을 극단적으로 싫어하고, 불우했던 옛 시절을 부끄러워했던 그는 상소문이나 공문서 등에 '광(光)' '승(僧)', '적(賊)' 자가 들어가 있으면 그것을 쓴 사람을 가차없이 처형했다. 광은 승려였던 자신의 깎은 머리를 연상시키며, 승은 승려를, 적은 도적을 뜻하기 때문이라는 것이었다.

이런 터무니없는 검열은 갈수록 심해져서 '칙(則)은, 적(賊)과 발음이 비슷하므로, 도(道)는 도(盜)와 발음이 같으므로, 생(生)은 승(僧)과 발음이 같으므로, 이런 글자 등이 계속 금기어(禁忌語)가 되었을 뿐 아니라 조금만 삐딱하게 읽거나 황제를 거스르는 듯한 글을 쓰면 모두 처형장으로 보냈다. 법률 자체도 엄해져서, 그가 집대성해 반포한 대명율(大明律)은 과거의 법률에 비해 한층 엄격했으며 잔인한 처형 방식이 많이 들어가 있었다. 토사구팽(兎死狗烹)은 대부분의 역사에 프로그램되어있는 시나리오다.

범입본(范笠本)은 명나라 태자의 스승이었다. 그는 황제 주원장의 동향(同鄕)으로 전장을 함께 누비던 막역(莫逆)한 신하였다. 태자가 병사하자 황제의 폭정에 실망하고 낙향하였다. 그는 세상을 구하려면 사람교육이 중요하다고 생각하고 학당을 열고 후진양성에 힘을 기울였다.

그러나 그 많은 책을 다 읽기는 불가능하다고 생각하고 그는 제자들을 가르치는 한편 논어・맹자・사기・한서・후한서・근사록・경행록 등 수백권의 책 중에 사람의 마음을 밝게하고 깨우치게 하는 좋은 글귀를 찾아 모으기 시작했다. 이렇게 모아 만든 책이 명심보감(明心寶鑑)이다.

명심보감 순명편(順命篇)에 보면 다음과 같은 글이 나온다.

만사분이정 부생공자망 (萬事分已定 浮生空自忙)

모든 일은 이미 분수가 정해져 있는 것이거늘

세상 사람은 부질없이 스스로 바쁘게 움직인다.

21세기 서양의 시나리오론이 동양에서는 오래 전에 이미 평범한 진리였던 것이다.

세상만사가 과연 정해져 있는 것인가?

시나리오는 과연 실재하는가? 실재한다면 그것은 어떻게……?

아인슈타인은 이렇게 말했다.

"우주는 우연성이 철저히 배제된 완벽한 법칙과 질서에 따라 운동한다."

이것은 확고한 결정론적 자연관을 말하는 것이다.

그리고 과학철학자 포퍼(Karl Popper)는 이렇게 말했다.

"이 세상의 모든 사건은 변경이 불가능 하거나, 미리 결정되어있다. 이 개념은 사건들이 어느 누구에게 알려져 있다거나, 과학적 방법으로 예측 가능함을 주장 하는 것은 아니다. 그러나 이는 미래가 과거와 같이 거의 변화할 수 없음을 주장한다."

케임브리지대학의 명예교수를 지냈고, 이론천문학 연구소 초대 소장을 지낸 프레드 호일(Fred Hoyle)경은 또 이렇게 말했다.

"우주론에 관해서 적절하게 쓰이고 있는 『시나리오』라는 낱말이 있습니다. 과학은 두 개의 측면을 가지고 있어요. 즉 양자역학과 같은 이론에서처럼 극히 정확한 측면이 있는데 그 극도의 정밀성을 의심하는 사람은 머리가 온전한 사람이 아닐 것입니다."

어떻게 이런 일이 있을 수 있나?

아인슈타인이 누구인가? 그는 세계가 놀라는 우주의 비밀을 밝혀 낸 사람이다.

포퍼박사나 호일 경이 쓸데없는 말이나 하고 다니는 사람들이 아니다.

그런데 놀라운 일은 어떻게 동양의 현자들이 천년 전에 한 이야기를 지금에 와서 서양의 석학들이 똑같은 말을 할 수 있느냐 하는 문제다.

미국의 수학자 제임스 사이먼스(James Simons) '르네상스 테크놀로지'

명예회장은 포브스지 선정 세계 100대 부호 중의 한 사람이다. 르네상스 테크놀로지라는 회사는 증권 '퀀트펀드(Qua nt Fund)' 전문회사다. 퀀트 펀드(Quentitative fund)는 펀드매니저의 주관적 판단을 배제하고 컴퓨터 프로그램에 의해 투자를 결정하는 계량적 분석 펀드 기법이다. 간단히 말해서 컴퓨터를 이용해 증권투자를 하여 세계 100대 부호 중의 한 사람으로 올라섰다는 이야기.

제임스 사이먼스 회장은 하버드대 수학과 교수 출신이다.

포브스지에 따르면 사이먼스 회장의 추정 자산은 약 125억달러(약 12조 8600억원).

1961년 23살에 캘리포니아대학교 버클리캠퍼스에서 미분 기하학 박사 학위를 딴 사이먼스 회장은 1968년부터 하버드대와 MIT공대 등 미국 명문대 수학과 교수로 재직했다. 특히 1974년에는 중국 기하학자 천성선(陳 省身)과 함께 독특한 기하학 측정법인 '천―사이먼스 이론'을 저술해 수학계에 파란을 일으켰고, 2년 뒤인 1976년에는 미국수학협회가 주는 오즈월드 베블런상을 수상하는 등 수학계에서 한 가닥 하는 스타였다.

1982년 사이먼스 회장은 더 큰 도전을 위해 하버드대 교수직을 박차고 '르네상스 테크놀로지(Renaissance Technologies LLC)'를 창업했던 것이다. 당시의 나이 44세.

회사를 차린 사이먼스회장은 창업이래 승승장구, 대 부호가 되었다.

수학이 뭐길래 교수로 재직 중이던 학자가 증권을 해서 떼 부자가 되었단 말인가? 그것이 '결정론'의 마술이다. 회사의 과거와 현재의 모든 정보들을 분석하고 계산하여 회사경영의 결과를 도출해 내는 것이다. 어떤 결과가 나오느냐에 따라 적절한 투자를 하여 수익을 올린다. 물론 분석결과가 얼마의 수익을 올릴 수 있는가 하는 답변이 나왔을 때 투자하는 것은 두말이 필요없다. 미래를 예측할 수 없다면 투자할 수는 없다.

학자가 미래예측에 자신감이 없었다면 그 빵빵한 대학교수직을 훌훌 털어 버리고 증권시장이라는 자본시장의 무서운 정글 속으로 뛰어 들었을까? 미래는 결정되어있고, 그 미래는 계산으로 예측할 수 있도록 결정되어 있는 것이다.

세상의 모든 일이 다 정해져 있다(萬事分已定)는 이야기나 모든 사건은 변경이 불가능 하거나, 미리 결정되어있다는 불가역성(不可逆性)의 시나리오론이 어찌 이렇게 닮은 꼴인가?

그것이 내가 말한 유니고스(Unigos) 때문에 일어나는 일이다. 유니고스는 유니버셜 로고스(Universal Logos), 우주의 법칙 즉 자연을 말함이다. 모든 것은 자연이다. 고스톱의 패 떨어지는 것도 자연이고 자식이 애먹이거나 훌륭하게 자라 주는 것도 다 자연현상인 것이다. 모든 것은 다 유니고스 때문이다.

물론 인간의 성격이나 행동은 유전자의 소행이다. 그러나 그 유전자라는 것도 물질로 형성되어있고 그 물질들이 어떤 구조로 어떻게 짜여 있느냐에 따라 그 성격이 달라질 뿐, 그렇게 짜여질 수 밖에 없는 사실 자체가 자연인 것이다.

그만하자, 잔소리가 길면 목이 말라진다. 막걸리도 없는데…

자, 다음 타자는 그라나다, 그라나다 나오너라….

3만 8천Km
유라시아 일주 배낭여행

그리고 유니고스의 비밀

2부

16. 알함브라 궁전(Palacio de La Alhambra)

07:30. 그라나다(GRANADA) 도착.

"어떻게 이럴 수가…?"

하루에도 수많은 관광객이 들어오고 나가는 그라나다 기차 역에 수하물보관소 하나 없단 말인가? 수많은 인파가 드나드는 기차 역에 화장실 없는 역이나, 화물보관소 하나 없는 역이나 이해가 안되기는 마찬가지. 할 수 없이 꼬마는 꼬마지만 그래도 배낭인데 버릴 수는 없는 일이고 어쩔 수 없이 매고 다닌다.

'까떼드랄, 까떼드랄…' 까떼드랄만 물으면서 이윽고 까떼드랄 앞에서 내렸다.

버스의 옆자리에 앉아 있던 쎄뇨라가 내리라고 손짓했다. 그래서 내렸지.

"저 건너 빨간 차 보이지, 저차가 알함브라 가는 차야. 3번"

까떼드랄 앞은 작은 로터리로 되어 있었다.

신호등을 건너 3번 버스를 타고, 알함브라 앞에 도착했을 때는 8시도 되기 전이다. 그런데도 이미 입장권은 팔고 있었고, 관광객들이 입장을 하고 있었다. 표는 금방 살 수 있었다. 알함브라 입장권 사기가 하늘의 별 따기라는 소리를 들었는데 이건 완전 식은 죽 먹기.

알함브라 궁은 사실 스페인의 궁이 아니다. 스페인이 과거 이슬람의 식민지였을 때 이슬람세력의 궁이었다. 스페인이 레콩키스타(Reconquista, 국토회복운동)를 거쳐 수복한 궁이다.

알함브라(Palacio de La Alhambra)에는 과연 어떤 일이 있었던가?

A.D.750년 아랍의 이슬람세계에 정변이 일어났다.

다마스쿠스의 옴미아드왕조(Ommiad王朝, 661~750)가 멸망하고 아바스왕조(Abbās王朝)가 들어선 것이다.

새로운 왕조가 들어서고 새로운 칼리프가 된 아부 알 아바스(Abu'l Abbās)는 화해를 조건으로 옴미아드왕조의 일족과 중신들을 초대하는 연회를 베풀고 연회에 참석한 이들을 모조리 학살해 버렸다.

이때 그들의 계략을 눈치챈 왕족이 있었다.

아브드 알 라흐만(Abd al-Rahman)이 바로 그였다. 아브드 알 라흐만은 10대 칼리프 히샴(Hisham)의 손자였다.

그는 가족을 만날 틈도 없이 단신으로 탈출하여 천신만고 북아프리카로 들어갔다. 그 때 그에게는 오직 한 명의 충복만이 돈과 보석을 챙겨 함께 갔다. 732년 다마스쿠스에서 태어난 그는 그 때 겨우 스무 살의 청년이었다. 그 무렵 이슬람세계에 이상한 예언이 떠돌고 있었다.

"움마이드왕조는 멸망하였지만 언젠가 다시 일어날 것이다."라는 예언이었다.

이 예언은 아브드 알 라흐만에게 강한 신념을 심어 주었다.

— 나는 언젠가 할아버지의 왕조를 다시 세울 것이다.—

아브드청년은 새 왕조를 세울 장대한 계획을 꿈꾸면서 5년 동안을 북아프리카를 떠돌고 있었다. 예언을 믿고.

그 때, 그는 세우타부근의 나후자부족 마을에 머물고 있었다. 나후자부족은 베르베르족 중의 한 부족이다. 아브드청년의 어머니는 이 나후자부족 출신으로 이슬람에 사로잡혀 노예가 되어 동방으로 끌려 간 여인이었다. 후궁이든, 시녀든 왕의 은총을 입으면 자식은 왕으로 오를 자격이 생긴다. 아브드와 함께 온 충복 바드르는 바다건너 에스파냐에 몇 차례 갔다 온 적이 있어, 에스파냐의 사정을 잘 알고 있었다. 그 당시 에스파냐에는 옴미아드왕조가 멸망하기 전에 정착해 있던 많은 연고자들이 살고 있었다. 아브드청년은 충복인 바드르에게 밀서를 써주고 에스파냐의 연고자들을 찾아가 설득하라고 보냈다. 이것이 성공을 거둔 것이다. 비록 옴미아드왕조가 멸망은 하였지만 이베리아 반도에 정착해 살고 있던 전 왕조의 인척들은 쉽게 새 칼리프에 동조할 수가 없었다.

옴미아드왕조의 10대 칼리프의 손자가 살아 있다는 소식을 듣고 밀서까지 받아 본 이들이 아브드청년을 찾아 온 것이다. 그들은 열 두 명의 동조자와 함께 금화 5백 냥까지 마련하여 배를 타고 바다를 건너온 것이다.

755년 4월 14일.

이들 일행은 다시 배를 타고 바다 건너 에스파냐로 향했다.

이 때, 새 왕조에서 임명한 에스파냐 태수는 유수프 알 피프리였다. 정청은 코르도바에 있었다.

때마침 북쪽 사라고사 방면에서 반란이 일어나 유수프는 반란군 진압을 위해 출동한 상태였다. 아브드 일행의 상륙소식을 접한 유수프는 군사들을 돌려 코르도바로 돌아왔다. 코르도바로 돌아온 유수프는 전령을 시켜 아브드를 초대하고 자기 딸을 아내로 주겠다고 재의 했다.

그러나 아브드는 계략을 눈치채고 유수프의 제안을 거절했다. 협상이 결렬되자 곧 무력충돌은 불가피해 졌다.

753년 3월. 옴미아드왕조의 칼리프 히삼의 손자가 왔다는 소식이 전해지자 여기저기서 그를 돕겠다는 자들이 모여들었다. 전쟁은 구왕조와 신왕조의 충돌로 확산되고 결과적으로 동조자가 많은 구왕조의 승리로 끝났다. 마침내 유수프의 군대를 몰아낸 아브드군은 코르도바에 입성하여 새로운 옴미아드왕조를 세웠다. 새로 세운 서방 옴미아드왕조와 동방의 아바스왕조세력은 향후 3백년을 대립하게 된다.

코르도바에서 왕위에 오른 아브드 알 라흐만 1세의 23년 간의 치세는 그야말로 고난의 연속이었다. 각 지역의 반란은 물론 다마스쿠스의 아바스왕조도 에스파냐를 포기하지 않고 바다를 건너 쳐들어 왔다.

822년. 아브드왕은 53세를 일기로 사망하고 아브드 알 라흐만 2세가 아버지의 뒤를 이어 왕위에 올랐다. 아브드 2세의 시대가 열리면서 국정은 안정되고 바다건너 아바스왕조와의 사이도 점차 화해분위기로 돌아서고 있었다. 평화의 시대가 열리면서 무역이 늘어나고 문화도 꽃피기 시작하였다. 유대상인들을 통해 바그다드나 메디나, 콘스탄티노플과도 왕성한 무역이 펼쳐지고 점차 국고가 늘어나고, 국고가 늘면서 각종 토목공사도 벌어졌다. 성곽과 궁성의 새로운 공사도 벌어지고, 모스크를 짓고 사회는 활기를 띠기 시작하였다.

우여곡절을 겪으면서 번영해가든 서방 움미아드왕조에 그늘이 드리워지기 시작하였다.

아브드 알 라흐만 3세의 대를 지나고 그의 아들 알 하캄(al-Hakam) 2세 때, 실권이 대신 이븐 아비 아미르의 손으로 넘어갔다. 그는 유능한 인물로 나라의 권위를 잘 보전했으나 그가 죽자 급격히 국력이 기울고 1031년 멸망하게 된다. 왕조 말기, 20년 동안 왕이 13번이나 바뀌는 소동이 벌어졌다. 그 후 80년 동안은 제왕분열의 시대였다. 여기저기 아무나 힘 좀 쓴다는 자들이 말뚝을 박고 '내가 왕이다'하고 나서면 왕인 시대가 온 것이다.

이렇게 중구난방으로 왕국들이 기멸하는 시기에 메디나에서 이주해 온 알 아흐마르(al-Ahmar)의 무함마드가 하엔근처에 왕국을 세웠다. 나스르왕조가 그것이다.

1238년 무함마드는 그라나다를 점령하여 수도로 삼아 나라를 세우고 헤닐강이 흐르는 몰테 데 라시비카의 언덕에 알함브라성을 쌓았다. 나스르 왕조의 영토는 넓지 않았으나 에스파냐 이슬람교도의 최후의 거점으로 싸웠다. 그리고 이웃의 이슬람 마린왕조의 도움을 받아 가며 오랜 기간동안 영화도 누릴 수 있었다. 나스르왕조가 가장 번성했던 시대는 1344년부터 50년 동안이었다. 이 기간동안 화려한 알함브라궁전도 세워지고 뛰어난 학자와 문인들이 모여들어 안달루시아 아랍문화를 꽃피웠다. 그러나 역사는 회전하는 것. 영화의 극치는 사라져 가고 이베리아의 이슬람에 어두운 그늘이 드리워지기 시작하였다. 카톨릭의 세력이 점차 커지면서 기지개를 켜기 시작한 것이다.

13세기 초부터 북쪽의 기독교 세력들이 남진하기 시작했다. 이른바 레콩키스타(Reconquista, 국토수복) 세력이다. 카톨릭세력이 커가면서 이슬람세력과의 마찰은 불가피해 지고 여기저기서 전투가 벌어지기 시작하였다. 722년의 코바돈가 전투를 시발로, 투르-푸아티에 전투 등 크고 작은 전투들이 끊임없이 벌어졌다. 막대한 위력을 떨치던 이슬람 세력은 기독교 세력에 1236년 코르도바 지역을 시작으로 1236년 세비야까지 내주고 만다.

이 때는 카톨릭과 이슬람의 마찰 뿐 아니라 스페인 토착의 군소왕국끼리도 이합집산이 계속되었다. 그중 비교적 세력이 큰 왕조가 카스티야 왕국과 아라곤 왕국이었다. 이들 두 왕국의 통합은 전쟁을 통하지 않고 통합되기는 어려웠다. 그런데 여기서 역사의 기막힌 시나리오가 기다리고 있었다.

이 때, 카스티야 왕국의 여왕 이사벨라 1세는 미혼녀였다. 여기에 아라곤의 왕 페르디난드 2세 역시 미혼. 1469년 두 명은 속닥속닥, 결혼도 하고 통일하여 공동왕국을 만들자고 합의하고 페르디난드왕은 여왕에게 내치를 부탁한다. 그리고 자신은 외교와 전쟁을 주로 하여 화목한 정치를 이루어 나갔다. 두 나라가 통일되어 대형화 되자 갑자기 불똥이 떨어진 곳은 그라나다의 나스르왕조. 지금까지 이슬람 소국들은 대부분이 카톨릭세력에 흡수되고 마지막 남은 것이 그라나다의 나스르왕조였다. 오스만제국이나 이집트의 맘루크왕조에 구원을 청하였지만 캄캄무소식.

어느 날. 페르디난드로부터 사자가 왔다.
"좋은 말 할 때 떠나라."
두말 않고 항복하는 대신 조용히 물러난다. 그리고 페르디난드는 공격하지 않는다는 약속을 하면서 협상이 체결되었다. 1491년 11월 25일.
이슬람 왕조의 마지막 왕 무함마드 11세는 언덕을 내려가서 페르디난드 2세에게 왕궁의 정문 열쇠를 건네주고 한 무리의 기마대와 함께 언덕을 넘어갔다.

무함마드 11세는 아프리카로 건너가 여생을 파스에서 보내다가 1533년 세상을 떠났다. 그 후 백년동안 그의 자손들도 파스에서 살았는데 매우 가난하여 남의 동정을 받으며 겨우겨우 목숨을 이어 갈 정도였다 전한다. 인간으로서는 어쩔 수 없는 운명이다. 그것은 역사의 현실이었다.

'알함브라 궁전'은 스페인어로 '붉은 흙의 궁전'이라는 뜻이다.

알함브라 궁전은 이슬람왕국의 패망 후, 흙 속에 묻혀 있다가 19세기 후반 미국의 소설가 어빙(Washington Irving, 1783~18 59)에 의해 재발견 되었다. 궁전은 어빙이 방문했을 때만 해도 흙먼지에 파묻혀 있는 버려진 궁전이었으나 어빙의 발견이후 새롭게 각광받기 시작하여 스페인관광의 효자가 되었다.

알함브라 궁 역시 대단한 궁이다. 규모가 베르사유나, 상트의 여름궁전 같이 대규모는 아니지만 아기자기하게 짜임새있는 궁이었다. 정원의 숲과 분수, 그리고 왕궁들이 짜임새있게 설계되고 시공된 느낌이 그대로 다가왔다. 당시에 이 정도의 궁성을 지을 수 있는 세력이라면 상당한 세력이었을 텐데 역사 앞에서 인간은 아무리 대단한 세력이라도 그 흐름을 거슬릴 수는 없는 법이다. 영화다 영광이다 하는 것은 시간 앞에서는 순간일 뿐, 모두가 그렇게 사라진다.

나스르궁의 내부에는 이슬람의 향기가 풍기는 듯, 섬세한 문양의 벽들이 화려하고 아름답다. 저렇게 아름다운 문양을 버리고 떠날 때의 아픈 가슴을 보는 듯 하여 나도 이상한 감상에 젖어 들었다.
나는 천천히 나스르궁의 정원을 걷고 있었다.
어디선가 타르가의 기타소리가 들리는 것 같다. '알함브라궁전의 추억'이다.

프란시스코 타레가(Francisco de Asís Tárrega, 1852~1909)는 스페인의 기타 연주가 및 작곡가이다. 1852년 11월 29일 스페인의 바렌시아주 카스텔론의 빌라레알에서 한 가난한 가정의 장남으로 태어났다. 타레가는 8세 때 맹인 기타리스트인 마누엘 곤잘레스(M.Gonzales)에게 최초로 기타지도를 받고 이어 훌린안 아르카스(Fulian Arcas), 토마스 다마스(T.Damas)에게 사사하였다. 타레가는 한 후원인의 도움으로 바렌시아에서 공부를 하였으나 그가 사망한 후에는 브리아나로 가서 기타교수 생활로 가난하게 생계를 유지하였다. 그러던 중 브리아나의 재벌을 만나 마드리드 국립 음악원에 입학할 수 있었고 1875년에는 콩쿨에서 1등을 획득했으며 피아노, 바이올린 곡에서도 우수한 성적을 얻었다. 그 후 타레가는 기타리스트로서 마드리드에 데뷰이래 스페인은 물론 런던 · 파리 · 스위스 등을 연주 여행 했으며, 기타의 "사라사테"라는 절찬을 받았다.

1896년 타레가는 음악학원을 운영하고 있을 때 미모의 여성을 만나게 된다. '콘차부인'이다. 마침내 타레가는 이 여성과의 사랑에 빠지게 되고, 그녀가 유부녀 라는 사실을 알고 실의에 빠진 타레가, 방랑을 시작하여 스페인 전역을 여행하다. 알함브라궁전에 이르렀다.

알함브라 궁전의 아름다움에 빠진 타레가, 자신의 실연(失戀)의 아픔과 알함브라궁전의 아름다움이 그의 내면에 숨어 있는 감정과 어우러져 '알함브라 궁전의 추억'을 작곡하게 된다.

애잔한 기타의 선율은 아름다운 알함브라 궁전과 콘차부인의 미모가 어우러져 타레가의 아픈 가슴이 기타 선율의 아름다움을 타고 듣는 이의 가슴에도 애잔한 아픔을 전해 주는 듯 울린다.

만년의 타레가는 왕실 음악가의 자리에 초청받고서도 이를 사양하고 은둔의 수도사처럼 오직 작곡과 기타 주법의 개발에만 전념하다가 1906년 중풍을 맞아 우반신이 마비되었고 3년 후인 1909년 12월 15일에 58세의 나이로 필생의 막을 내렸다.

수하물보관소는 알함브라 입장권 판매소입구 지하에 화장실이 있고, 화장실 안에 보관소가 있다. 입장권 있으면 보관료 무료.

"우와아~, 또 어떻게 이런 일이…?"
이런 골치 아픈 문제들이 심심하면 터지는 것이 아니라, 연속으로 터진다.
지난 밤에는 사치스런 호텔열차가 뒤통수를 치더니, 오늘은 또 이상한 야간열차가 나를 죽인다.

알함브라 여행은 그런 데로 별 어려움 없이 무난히 마무리 지었다. 알함브라 궁을 나오면서 배낭을 찾으러 화장실로 다가갔다. 그런데 들어갈 때 한산하던 화장실이 알함브라 궁을 나와 화장실을 찾아 갔을 때. 완전 북새통. 발 디딜 틈이 없다. 특히 여성용 화장실이 부족하니까 여인들이 남성화장실을 완전 점령해 버렸다. 남녀 구별조차 없어져 버린 것이다. 좌우지간 배낭은 찾아야 한다. 쑤시고, 비비고, 밀고 들어가 배낭을 찾긴 찾았다. 들어간 김에 인사도 하고 나왔지만 완전 난장판이다.

돌아오는 버스는 타고 올 때 내린 곳에서 다시 타고 올백(All Back).
오고 갈 때, 차를 타거나 길을 물을 때는 스페인어, 단 두 마디만 알면 오케이.

'까떼드랄'과 '뜨랭 에스따시온'이 그 두 마디다. 까떼드랄은 '성당'으로 성당 앞을 말하는 것이고, '뜨랭 에스따시온'은 기차 역을 말한다. 좌우지간, 기차 역으로 돌아왔다.

다음은 마드리드행 열차표를 사는 일이다. 그라나다 역 매표창구.

나는 창구 밑으로 유레일패스를 밀어 넣으면서 말했다.

"나 오늘 밤, 마드리드 간다. 차표를 달라."

"밤에는 열차 없어."

"열차가 없다고?"

"그래, 없어."

"그럴 리가?"

나는 나의 가이드북을 열고 시간표를 적어 매표원에게 내밀었다. 그는 한동안 내가 적어 준 메모를 들여다 보더니 컴퓨터를 토닥토닥 두드렸다. 그리고 말했다.

"오우 케이…"

"그러면 그렇지. 없을 리가 있나…"

그런데 문제는 따로 있었다.

내가 쓴 메모지에는 21시 30분에 열차를 타고, 아침 06시 56분에 마드리드 도착으로 되어 있었던 것이다. 문제는 환승이다. 그라나다에서 출발한 열차는 분명 21시 30분 출발인데 이 열차는 알 까사르(Al Cazar)까지 밖에 가지 않는다. 그리고 여기서 환승을 해야 하는데 그라나다에서 탄 열차가 01시 21분, 알 카사르에 닿으면 환승할 열차는 05시 27분에 알 카사르를 출발하도록 되어있는 것이다. 밤중에 4시간 여를 다음 열차 타기위해 기다려야 하는 것이다.

내가 이런 꼴 안 보겠다고 야간열차 안 타기로 했는데 영락없이 걸렸다. 차표 판매원이 야간열차 없다고 했을 때 바로 마드리드행 열차를 타야 했었다.

하여튼 밤중에 고생 좀 하게 생겼다. 좌우지간 내일이면 끝난다. 아니, 끝나는 것이 아니고 새로운 여행이 시작되는 것이다.

그라나다는 유럽의 끝이다. 반환점을 돌아선 것이다. 마드리드에서 쿠엥카만 다녀오면 다시 파리로 돌아간다. 파리로 돌아가면 이번에는 다시 화약고로 들어간다. 화약고. 그 발칸반도 속으로. 차죽피죽화거죽. 풍타지죽낭타죽이다.

"그 참 이상하네. 무슨 착오나 오류가 아닐까? 차표가 왜이리 싸노…?"
나는 그냥 이상하다고만 생각하고 차 시간을 기다리고 있었다. 그리고 열차가 들어오고 나는 내 자리를 찾아 차에 올랐다. 그런데 차에 오르는 순간 또 다른 충격이 나를 기다리고 있었다.
"아니, 이럴 수가…?"

지난 밤, 호텔열차에서 천국의 꿈을 꾸고있다가 오늘 갑자기 지옥으로 떨어진 꼴이 되어버린 것이다.
— 그래, 어쩐지 차비가 턱없이 싸다고 생각했었지… —

어제의 호텔열차 차비는 126€. 오늘 차비는 고작 15€. 거의 10배의 차이.

"하, 기막혀. 그래, 나더러 이런 침대도 없는 의자에서 새우잠을 자란 말이가? 우와아 미치겠네…"

그 뿐 아니다. 열차 도착시간 01시 30분.

그리고 다음.

갈아 탈 열차 출발시간 05시 27분까지 4시간을 대합실에서 혼자 기다려야 한다는 말씀. 기가 막힌다. 그러나 어쩌랴. 이게 다 나의 과실 탓이고, 나의 아둔함이 원인인 것을 누구에게 원망하겠는가?

열차를 갈아 탈 알 까사르(Al Cazar) 역은 대합실이 코딱지 만한 작은 시골 역이었다.

대합실에는 그 흔한 상점 한 개 없고, 카페나 레스토랑 같은 것은 눈을 씻고 보아도 찾을 수가 없다. 직원은 커녕, 승객 한 명 보이지 않는 텅빈 대합실. 고작 의자 서너개가 대합실을 대변한다. 그러나. 생각을 바꾸면 행복해 진다.

나는 집에 있을 때도 일찍 자고 일찍 일어나는 습관이다.

저녁 9시부터 새벽 1시 30분까지 잔다면 평소의 내 습관이나 별 차이가 없다. 그리고 침대가 아닌 의자에서 새우잠을 잔다지만 차비 아끼려고 고심하던 차, 잘된 일인지도 모른다. 잘만큼 자고, 차비도 아끼고 그리고 하루의 호텔비도 절약된 셈이니 잘된 일이지. 나의 잘못과 아둔함이 오히려 나에게 플러스가 된 셈이다. 잘된 일이지.

그래서 만사는 새옹지마(塞翁之馬).

01시 30분. 열차는 알 까사르(Al Cazar) 역에 도착.

새벽 03시.

대합실에 앉아 잠을 청하지만 잠이 올 턱이 없다.

"허허허 헛…그것 참."

썰렁한 알 까사르역 대합실에 혼자 앉아 자조(自嘲)한다.

— 천국이다, 지옥이다 하는 소리도 다 벼락 맞을 소리지. 성 쌓고 남은 돌, 별 볼일 없는 물건이지만 쪼그라진 대한민국 백수형편에 이런 실수 아니면 어떻게 내 평생 저 화려한 호텔열차 한 번 타 볼 수 있단 말인가? 허, 참. 돈이 문제가 아니라 나보다 백배 천배 더 부자라는 사람들도 못 타 본 호텔열차, 어험. 나는 타 봤거던… 하하하. —

잠은 벌써 알 까사르 역에 도착할 때 이미 도망치고 오지 않는다.

나는 다시 대합실 의자에 앉아 졸며, 자며.

드디어 05시 27분 다시 마드리드 행 열차 출발.

17. 유전자의 반란

열차를 갈아 탔다고 금방 잠이 올 리 없다. 눈을 감고 앉아 있으면 새록 새록 새로운 공상의 세계로 빠져 든다.

나는 나를 버리고 싶었다. 내가 매달려 살았던 모든 것들로부터 떠나고 싶었던 것이다.

나는 나의 안으로부터 끊임없이 솟아나는 오욕(五欲)을 벗고 자유를 찾고 싶었다. '나는 생각한다, 고로 나는 존재한다.' 데카르트가 우주여행을 떠난지가 3백년이 넘었는데도 나는 아직도 그 심연의 생각 속에서 빠져 나올 수가 없다. 모든 고(苦)의 근원은 고(考)에 있다.

일체유심조(一度唯心造)에서 과연 해방될 수는 없는 것일까?

언제나 내 여행의 화두는 탈아(脫我)였다. 어떻게 하면 나를 벗을까?

과연 생각이란 무엇이며 마음이란 또한 무엇인가?

왜 마음은 끝없는 욕망으로 비틀거리는가?

열차는 하염없이 달리고, 또 달린다. 날이 새면 하루종일, 어둠이 내리면 또 밤새워 달린다.

나는 차를 타면 마음이 편해진다. 나의 목적지에 닿을 때 까지는 자유다. 기다릴 일도 걱정할 일도 없다. 그냥 시간만 지나면 목적지에 닿을 것이다. 조금은 심심하다. 그래서 나는 생각한다. 물론 부질없는 공상이지만. 그러나 오욕의 고(苦)를 벗고 나를 찾는 일에서 생각을 버린다고 해결될 일은 아니다. 생각이라는 놈은 결코 내가 버리겠다고 버려지는 물건이 아니다. 그래서 차라리 나는 그 생각이라는 놈과 사생결단으로 붙을 생각이다. 생각하고 또 생각하고 또 생각한다. 그래서 마침내 나를 버리는 방법을 찾을 생각이다. 그래서 나는 그 열쇠를 반쯤 찾았다. 아직도 반이 남았다. 내가 찾아 낸 그 반쪽짜리 열쇠는 어떻게 생겼을까?

우선 내 오욕의 결박을 풀어낼 단초를 찾아야 한다. 그래서 얻은 열쇠가 결국 '마음'때문이라는 결과를 얻었다. 마음, 그렇다면 그 마음이란 놈이 대체 무엇이란 말인가? 마음이라…?

어렵게 생각할 필요는 없다. '마음은 곧 생각이다.' 그렇게 결론지어 버렸다. 남들이야 어떻게 말하든, 어떤 생각을 하던, 상관할 필요가 없다. 나는 열차를 타면 자유롭고, 누구도 나의 생각 속으로 들어와서 콩이야 팥이야 따지고 떠들 인사도 없다. 그냥 나 혼자 떠들고 외쳐도 상관없다. 물론 공상 속에서.

이미 마음은 물질의 반응현상이고 세상의 모든 현상(顯像)은 우주의 시나리오라고 결정 났다. 그러나 가슴이 시원하지 못한 까닭은 무엇인가?

　내 지인 중에 김 아무개 사장이라는 사람이 있었다.
　비교적 머리도 좋고, 사람이 건전하고 인품도 훌륭하여 남으로부터 호감을 받고 살았다.
　물론 성실하고 모든 일에 열심이라 중년이 넘으면서 동그라미도 제법 모은 모양이지만 그 속속들이는 잘 모르겠고, 하여튼 남 부럽지 않는 삶을 살아왔다. 그런데 언제부턴가 뭔지는 모르지만 그의 인생에 삐걱거리는 소리가 조금씩 흘러 나오기 시작한 것이다.

　처음에 변화가 시작된 것은 성격변화에서부터였다.
　평소에 잘 웃던 웃음이 사라졌다. 어딘지 모르게 사람이 소심해 지기 시작한 것이다. 사람이 살다 보면 간혹, 주변과 마찰이 있을 수도 있고, 그러다가 다시 웃을 수도 있는 것이 인생살이 아닌가? 그런데 아무개 사장님, 한 번 스트레스 받을 일이 생기면 며칠이고 말을 않는 것이다. 주변사람들과만 그런 것이 아니다. 가장 마찰이 심한 사람은 물론 가장 가까운 사람끼리다. 멀리 떨어져 있는 사람과 다툴 일이 있을 턱이 없기 때문이지만. 그 중에도 가장 가까운 사람이 부부다. 보통, 세상사람들이 말하기를 '부부 싸움은 칼로 물 베기다'라고 말한다. 그런데 이 김 사장, 부인과의 전쟁이 한 번 붙었다 하면 해결될 기미가 보이지 않는다.
　'부부싸움은 칼로 물 베기'가 아니라 '돌아 누우면 남이다'가 된 것이다.
　하루, 이틀, 한 달, 두 달…, 몇 개월이 지나더니 '별거한다'는 소문이 나돌았다.

그리고 그 이후의 소문은 못 들었다.

　중년을 넘기면서 갑자기 '오리 알'(낙동강 오리 알)이 되어버린 것이다.
왕따. 아니, 황따(황제따) 말이다. 과거에는 가족이라는 것이 있었다. 세
상이 고속도로를 타면서 우리주변은 자신들도 모르는 사이에 급속도로
변한 것이다. 가정이 공중분해 된 것이다.
　옛날, 농경시대에는 가족이 곧 노동력이었다. 특히 아들이 많아야 부자
가 된다. 모든 힘은 가족으로부터 나왔다. 그런데 세상이 고속도로를 타
면서부터 별난 단어가 튀어나왔다. '핵가족'이 그것이다. 핵가족시대가 오
더니 갑자기 가정의 정의가 변해버렸다. 옛날의 가정에는 부모와 형제,
할아버지, 할머니… 그렇게 오손 도손 사는 게 가정이었다. 그런데 핵가
족이 되면서 장,차남의 서열도 없어지고 모조리 핵, 핵, 핵… 허덕이며 사
는 세상이 되어버린 것이다.

　자, 이렇게 되고보니 자식들 키워 놓아도 모두 핵핵거리며 핵가족되어
나가 버렸고, 김 아무개 사장 부부 두 사람, 새삼 신혼처럼 깨가 쏟아져야
할 마당에 등 돌려 버렸으니 혼자 남았다. 가족도 없고 마누라는 등 돌려
버렸고, 완전 오리 알 아니고 뭐냐?
　인생은 어느 듯 종착역이 저 만치 다가 오는데, 뜬금없이 늘그막에 오리
알이라니.
　왜 이런 비극이 등장했는가? 대답은 간단하다. 테스토스테론의 생산에
브레이크가 걸린 것이다. 테스테스테론의 생산감소는 김사장의 남성이
고개를 숙이게 만들었고, 성격에도 변화를 가져왔다. 대범하게 보아 넘길

일도 날카로워진 신경이 스트레스를 받는다. 부인은 부인대로 고개숙인 남편의 잠자리가 불평을 불러왔다. 부딪치면서 거울이 부서졌다. 파경(破鏡).

대한민국의 역사를 바꾼 것도 테스토스테론 때문이었다.

박정희 대통령은 김재규에게 은인이나 다름없는 사람이었다. 육사 2기 동기생이긴 했지만 김재규는 소위 시절 면관까지 당한 일이 있어 진급이 늦었다. 박 대통령은 아홉 살 어린 그를 고향(경북 선산) 후배로 각별하게 챙겼다. 5 · 16이 성공하자 "이 나라 경제를 살리려면 농촌부터 살려야 한다"며 호남비료공장 건설 임무를 주면서 그를 사장에 임명했다. 이후 군의 요직인 6사단장(수도권 외곽 경비를 맡던 유일한 예비사단)과 보안사령관에 임명했고 중앙정보부 차장, 건설부 장관을 거쳐 중앙정보부장에 발탁했다. 그러나 그러한 이들의 사이가 10 · 26이라는 엄청난 사태를 일으키면서 종지부를 찍는다.

김부장이 대통령을 시해한 배경에는 정신세계에 변화가 생긴 때문이다.

10 · 26 사태가 철저한 계획아래 이루어진 일이 아니었다는 사실은 다 안다. 그가 그러면 왜 이런 엄청난 사태를 일으킨 것일까? 거의 우발적이라 할만큼 황당한 사태는 왜 일어 났을까?

김부장은 언제부터인가 고민에 빠져 있었다. 신체에 문제가 생긴 것이다. 그는 간(肝) 질환을 앓고 있었다. 그러나 그보다 중요한 문제는 따로 있었다. 고개를 들지 못하는 문제가 발생한 것이다. 테스토스테론의 생산에 제동이 걸리면서 남성이 말을 듣지 않았든 것이다. 정보부장은 막강한 권력을 가졌지만 고개를 숙인 이상 천하미녀도 그림의 떡. 사소한 일에도 스트레스를 받고 사소한 문제에도 충동적으로 행동하기 시작한 것이다. 포용력있는 대범한 생각이 남성형이라면 사고(思考)의 범위가 좁고 쉽게 변하는 심경은 여성형이다. 남성형 성격이 여성형으로 변화하는 것은 테스토스테론의 생산감소가 원인이다. 김부장의 테스토스테론 생산기능에 제동이 걸리면서 성격변화가 온 것이다. 여기에 불을 지른 인사가 차지철. 차지철의 뒤에는 대통령.

인간의 모든 생각이나 행동은 물질의 반응현상이다. 테스토스테론 생산감소가 김부장의 행위를 조종한 것이다. 김부장의 이러한 행동에 다양한 해석이 설왕설래 하지만 주된 원인은 테스토스테론이다. 테스토스테론의 생산감소는 이미 오래 전부터 유전자에 프로그램되어 있었다.

박대통령과의 사이는 이미 오래 전부터 운명의 시나리오가 프로그램되어 있었던 것이다.
'타앙~' 그것은 테스토스테론이 원인이었다.

테스토스테론의 생산에 제동이 걸린 것은 유전자의 반란 때문이다.
유전자의 반란이라니 도대체 그게 무슨 소린가?

빅뱅의 기원 137억년 전, 지구탄생 46억년 전, 그리고 인류 탄생이 300만~500만 년 전, 구석기 시대가 약 4만년 전. 신석기 시대가 약 1만년 전.

역사와 문명이 시작된 것은 불과 1만년 전쯤으로 되는 모양이다. 지금으로부터 5,6백년 전쯤을 우리는 중세라 말한다. 그 때를 우리는 중세 암흑시대라 한다. 당시에 사람들은 오로지 신(神)만을 신앙하며 살았다. 신을 모독하는 말만하여도 화형을 처한다. '마녀사냥'이라는 이름으로 수많은 사람들이 억울하게 죽어갔다.

'지구가 돈다'고 말했다가 화형당할 뻔 한 사람도 있고, 진화론을 말했다가 맞아 죽을 뻔한 사람도 있었다. 그리고 마침내 니체(Friedrich Wilheim Nietzsche, 1844~1900)라는 자객의 펜 끝으로 '신이 죽었다'라는 말이 터져 나오면서 세상은 변하기 시작했다. 수백 만년을 하루같이 원시생활을 하던 사람들이 불과 2,3백년 사이에 경천동지(驚天動地)할 지경으로 변해버린 것이다. 비행기 나온 지가 불과 100여 년 남짓한데 우주여행 한다고 야단이다.

핵가족 운운하면서 세상이 변했다고 하는데, 인간의 평균연령이 8,90세, 이제 곧 100세 시대가 온다고 호들갑이다. 지하철을 타 보면 태반이 송장들이다. 젊은이는 눈 닦고 보아도 몇 안되고 거의가 좀비들이다. 100세 시대, 곧 '재앙의 시대'가 올 모양이다. 그런데 문제는 사람들의 생각이다. 이렇게 급속도로 세상은 변하지만 변하지 않는 것이 있다. 사람의 생각말이다.

2천년, 3천년 전의 원시인들이 만들어 놓은 낡은 생각에 매달려 아직도 정신을 차리지 못한 동물이 곧 '인간'이라는 동물들이다. 인간들의 행위 중에 가장 바보같은 행동이 '전쟁'이다. 인간은 말한다. '세계 평화를 위하여'라고 하면서 사람들을 죽이고, 집들을 파괴하고 악마같은 전쟁놀이를 계속하는 것이다. 작은 이익을 탐내어 서로 싸우고, 생각(思想)이 다르다고 네편, 내편으로 나뉘어 싸운다. 종교가 다르다고 싸우고, 같은 종교끼리도 파를 나누어 싸운다. 유태교나 이슬람이나 기독교나 그들은 다 같이 하나님의 종이라면서 끝없이 싸운다. 그렇다면 왜 인간은 이러한 바보같은 짓을 계속 되풀이 하고 있는 것일까? 이것이 내 여행의 화두인 것이다.

김 사장이 침대를 두려워 하기 시작한 것은 40대 초반부터였다. '부부싸움은 칼로 물 베기'라는 말이있다. 부부싸움 하고 나서 '칼로 물 베기' 해본 사람은 그 말이 무슨 뜻인지 잘 안다. 아무리 싸움을 하더라도 침대 위에 한 번 올라갔다 내려오면 부부싸움 언제 했더냐?는 듯이 악감정은 사라지고 입이 귀에 걸린다.

김 사장이 침대를 두려워하게 된 근본 원인은 테스토스테론 때문이다. 테스토스테론의 생산능력이 떨어지면서 침대가 두려워지기 시작한 것이다. 테스토스테론의 생산은 유전자가 관리한다. 테스토스테론 생산을 유전자가 억제명령을 내리면 그 때부터 테스토스테론의 생산에 제동이 걸린다. 테스토스테론의 생산에 제동이 걸리면 모든 남성기능이 숨을 죽이고 여성은 스트레스의 계곡에 빠지게 되는 것이다. 이것이 모두 유전자의 반란 때문이다.

사랑은 유전자의 간교(奸巧)일 뿐이다.

존재하는 모든 생명체가 두려워 하는 것은 죽음이다. 죽음은 모든 것의 끝이기 때문이다.

생명이 바라는 것은 영생이다. 그러나 영생은 없다. 영생 없는 생명체는 자기복제를 실현시켜 대리영생을 추구한다. 식물들은 수정을 통하여 씨를 뿌리고 동물들은 2세의 생산을 통하여 영생을 대신한다. 2세의 생산이나 수정을 통하여 열매를 맺고 씨를 뿌리는 행위를 우리는 사랑이라 말한다. 그러나 이러한 사랑의 행위는 알고 보면 유전자의 간교에서 비롯된다. 유전자는 생명체의 복제를 위하여 사랑호르몬을 생산, 유도하여 사랑의 행위를 일으킨다. 사랑의 궁극적 목적은 자신의 영생을 대신할 2세의 생산이다.

그러나 그것은 유전자의 간계가 아니다. 간계는 없다.

유전자의 이러한 행위는 유전자 자체에 프로그램 되어있는 시나리오에 의해 작동되는 반응현상일 뿐이다.

유전자의 기능, 즉 각종 호르몬의 생산과 발현이 오감을 통하여 들어온 정보가 만나 나타나는 반응현상이 곧 사랑의 행위인 것이다. 감정도 호르몬의 작용으로 일어난다.

기쁨과 슬픔, 흥분과 분노 등등 모든 감정은 유전자의 지령에 의한 호르몬의 작용으로 일어난다. 사랑의 기쁨과 환희도 모두 다 유전자와 호르몬이 작당하여 일으키는 장난이다.

자동차가 달리는 데는 에너지가 필요하다. 가스든지 기름이든지 연료를 먹어야 차는 달린다.

연료를 얼마나 넣었느냐에 따라서 몇 Km를 달릴 것인지 결정된다. 그것은 이미 차를 만든 순간부터 결정되어있다.

이제 마드리드에서 쿠엥카만 다녀오면 유럽여행도 막을 내린다. 다음 여행은 발칸반도.

쿠엥카이후의 도시. 마드리드 · 바르셀로나 · 파리 · 뮌헨 등은 거쳐만 간다. 그 도시들은 모두 먹고 남은 껍데기일 뿐, 더 찾아 먹을 알맹이는 없다.

발칸은 화약고다. 왜?

우리의 육체는 입으로 들어오는 모든 영양소를 받아들여 지탱한다. 모든 영양소는 목구멍을 통하여 들어온다. 발칸은 목구멍이다. 그리스문화가 유럽의 태동으로 알려져 있고, 로마문화가 그 뒤를 이었다. 그러나 알고 보면 그리스문화의 뿌리는 소아시아를 건너 티그리스와 유프라테스강에서 시발된 동양문화가 그 뿌리다.

그 뿐 아니다. 나침반이 없었다면 바다를 지배할 수는 없었을 것이고, 바다를 지배하지 못하였다면 제국주의는 태생하지 못하였을 것이다.

화약이 없었다면 이태리의 통일이 없었을지도 모르고, 콘스탄티노풀이 함락되지 못했을 지도 모른다. 나침반과 화약은 모두 동양에서 건너가 유럽을 도약시킨 괴물들이다. 이러한 동양의 괴물들은 모두가 발칸을 통하여 들어갔다. 동양문화는 실크로드를 타고 서양으로 들어갔다. 실크로드는 중국으로부터 발원하여 흑해이남, 터키북부, 지금의 각종 스탄국가들, 예컨데 카자흐스탄, 우즈베키스탄, 키르기스스탄, 투르크메니스탄 등등, 여기저기 스탄국가들이 실크로드의 연결고리 들이다.

이러한 연결고리들을 통하여 흑해이남, 다시 말하면 소아시아를 거쳐 발칸반도로 빨려 들어간 것이다. 이러한 목구멍은 끊임없이 들어오고 나가는 문명과 문명이 충돌하여 조용할 날이 없었다. 들어오고 나가는 것은 문명 뿐 아니다. 인간의 왕래는 문명과 문화를 몰고 다닌다. 다양한 민족들이 어울려 들어오고 나가는데 갈등이 없을 수 없다. 이슬람이 이 길로 들어오고, 기독교 역시 그렇다. 다양한 민족, 다양한 종교들이 함께 어울리다 보면 갈등은 필연지사.

지지 않겠다. 양보 못한다. 그것은 인간뿐 아니다. 존재하는 모든 생명체는 자기보존이 기본이다.

모든 생명체는 자기보존을 위하여 목숨 걸고 싸운다.

발칸은 동양과 서양을 연결하는 젖줄이면서 목구멍이었다.

갈등은 끝나지 않았다. 하지만 나와는 상관이 없는 일. 나는 그냥 구경만 하면서 조용히 지나만 가면 그만이다. 왜 내가 남의 일에 '감 놔라, 배 놔라.'한단 말인가?

18. 쿠엥카, 까사 꼴까(허공에 매달린 집)
(Cuenca, Casas Colgadas).

06:47. 마드리드(Madrid) 아토차역(Puerta de Atocha) 도착.

열차에서 내리면 우선 순서가 있다.

다음 행선지의 열차시간을 알아보고, 그리고 배낭을 맡기고, 호텔예약을 하고…

열차에서 내렸지만 동서남북도 모른다.

겨우 출구를 찾았다. 그 때, 출구 옆에 인포메이션이 보였다. 달려갔다.

"여기 열차표 파는 곳이 어디요?"

"저 안쪽으로 돌아가 봐. 차표 있어?"

— 열차 안에서 검표하고, 차에서 내렸는데 차표는 왜 또? —

나는 열차표를 버리려다가 호주머니에서 꺼내기 싫어 그냥 넣고 다녔다. 내가 유레일패스를 보여 주자 그가 티켓을 한장 주면서 말했다.

"나가서 왼쪽으로 돌아 가."

— 이 표는…? —

알고 본즉, 열차에서 내렸다고 바로 나갈 수 있는 것이 아니다. 지하철 승강장 입구처럼 막대철봉이 가로 막고 있었다. 티켓을 넣어야 막대가 열리면서 통과.

"별꼴이야…"

나는 혼자 중얼거리며 매표창구를 찾아갔다.

"저기 번호표를 뽑고, 차례를 기다려."

— 그렇군… —

번호표에는 오늘 표 사는 번호와 예매 표 번호가 다르게 나왔다. 나는 오늘 표와 내일의 예매 표를 뽑고 기다렸다.

"나, 오늘 쿠엥카 놀러 가는데, 시간표 좀 보여 줘."

"몇 시를 원해? 지금 가겠어? 15분 후에 출발 해."

"아, 그게 좋겠군. 난 일찍 출발할수록 좋아."

"왕복… 편도…?"

"왕복…? 좋지."

아, 그리고 나, 내일 아침 바르셀로나 갈 거야."

"몇 시?"

"8시 경이면 좋겠는데…"

"8시 30분, 어때?"

"오케이… 그라시아스…"

이렇게 일사천리로 모든 게 한방에 끝나 버렸다.

일이 이렇게 쉽게 끝나 버릴 지는 몰랐다. 그 중에 쇼가 없었던 것은 아니다. 차비가 또 비싼 게 나왔다. 호텔, 바가지열차 탄 이래 조심, 또 조심.
"난 값 싼 표가 좋아. 싼 표로 줘."
"그 이하로는 안돼."
그런데 이 매표원, 유레일패스를 보였는데 엉뚱한 계산을 한 거다.
내가 비싸다고 투덜거리자 그 때서야 유레일패스를 들여다 보더니 다시 컴퓨터를 두드린다. 그리고는 반에 반값. 50유로에서 15유로로 폭락했다. 호텔열차 때문에 공부한 덕이다.

— 이건 또 무슨 조화냐? —
마드리드에서 3시간 걸린다던 열차가 1시간만에 뚝딱 달려가 버린 것이다.
— 이것 혹시, 엉뚱한 곳으로 나를 업고 간 것이 아닌가? —

이상한 생각이 든다.
— 아뿔사, 이게 아닌데… —
생각지도 못한 사태가 벌어진 것이다. 대부분의 가이드북에는 열차에서 내리면 바로 길이 나오는데 왼쪽으로 꺾으면 버스가 있고…. 등등. 그런데 여기는 완전 딴판.
허허벌판에 깔끔한 역사(驛舍)가 있고, 축구장만한 광장에 각종 주차시설도 갖춰져 있는데 택시 몇 대와 광장 한 쪽에 철도 직원들 출퇴근용인지 승용차들이 줄지어 주차해 있을 뿐 사뭇 썰렁한 광장이 있을 뿐이다.

— 도대체 여기가 어디고…? —

동서남북도 모르는 형편에 이거, 어디로 어떻게 가야하나?

— 열차에서 내린 사람들은 모두 어디로 사라졌을까? —

두리 번, 두리 번. 아무리 살펴도 인포메이션은 보이지 않았다. 매표창구를 찾아갔다.

"쎄뇰… 여기가 쿠엥카?"

매표창구 직원이 고개를 끄덕였다.

마드리드 아토차에서 열차표를 사고, 차를 타고 와서 역 광장을 뺑 뺑이 돌다가 다시 매표창구로 찾아가 묻고. 말은 쉽다. 그런데 난 스페인어 벙어리. 상대는 영어가 먹통. 이런 두 벙어리가 맞붙어 묻고 답하는데, 누군가 옆에서 구경을 하였다면 꽤나 볼만 했을 거다.

드디어 결말이 났다. 여기는 쿠엥카가 틀림없고, 버스는 10분만 기다리면 온다. 그런데 이 버스(12번)는 운행시간이 있는지 없는지 기다린 시간이 무려 45분. 드디어 왔다. 그런데 지금까지 승객이라고는 나 한 사람 뿐이었는데 버스가 들어오자 어디서 나타났는지 열차를 같이 타고 온 승객들이 꾸역꾸역 10여명이나 나타났다. 하~ 나는 역시 바보다.

"쎄뇰…"

쎄뇰은 스페인어로 남성을 부르는 보편적 호칭으로 '선생님'혹은 '아저씨'정도 되는지 모르겠다.

여성을 부를 때는 '쎄뇨라'다.

"쎄뇰, 나 '까사 꼴까'간다. 어디서 내려야 하나?"

내가 이렇게 묻자, 여기저기 승객들이 거들고 나선다. 이러쿵, 저러쿵. 이 사람, 저 사람 한 마디씩 하는데 나는 도무지 알아 들을 수가 없다. 그 중 대표가 한 사람 나서서 설명을 한다. 나는 알아듣지 못하지만 말하는 사람 체면을 생각해서 아는 척을 하였다. 결론은 이렇다.

"센트로까지 이 차를 타고 가서, 1번 버스로 갈아타라."

이것이 여러 사람들이 설명한 요지다. 이윽고 센트로.

"까사 꼴까… 까사 꼴까.."

'까사 꼴까'를 묻고 또 묻고. 드디어 '까사 꼴까'행 버스에 올랐다.

도대체 '까사 꼴까'가 무엇이란 말인가?

쿠엥카(Cuenca)는 스페인 카스티야(Castile—La Mancha)지방에 있는 역사 유적도시로 중세 요새도시 모습이 잘 보존되어 있다. 1996년 유네스코(UNESCO) 세계문화유산으로 지정된 곳이다. 원래 9세기 무렵 이 곳을 점령한 이슬람교도들이 후카르(Júcar)강과 우에카르(Huécar)강 사이의 언덕 위에 세운 요새였으나 뒤에 도시로 발달하여 후(後)우마이야왕조의 거점이 되었다. 이후 1177년 카스티야의 알폰소 8세(Alfonso XIII)가 다시 점령하였고 1189년에는 주교좌가 설치되어 카스티야의 종교·행정·경제의 중요 역할을 담당하였다.

요새도시의 전형이라고 할 수 있는 옛 시가지에는 성당과 수도원 등의 종교건축물과 귀족들의 저택이 남아 있다. 대표적인 건축물로는 13세기 중반에 고딕 양식으로 건립된 쿠엥카 대성당, 산미겔성당(Church San Miguel), 18세기에 지은 시 청사 등이 있다. 개인가옥들은 좁고 굽은 언덕길에 조밀하게 들어서 있어 중세도시의 경관을 보여 준다.

쿠엥카,까사꼴까(Cuenca,CasasColgadas)

'까사 꼴까(casas colgadas)는 '매달린 집'이라는 뜻으로 쿠엥카의 명물이다.

우에르카 강변의 가파른 벼랑 위에 지어 놓았는데 마치 매달려 있는 집처럼 보인다.

쿠엥카 올드타운(Cuenca Old Town). 드디어 찾아 왔다.

그런데 문제는 혹이다. 버스를 타고 갈 때 까지는 내 등에 매달려 있던 배낭이 버스바닥에 처박혀 있었는데 버스에서 내리는 순간부터 짐이다. 태양이 부글부글 끓기 시작하는데 경사진 언덕길을 혹을 지고 오른다. 등에는 벌써 물이 흐르기 시작했다.

— 어디 코인라커라도 있을 법 한데… —

버스에서 내리면 교회가 있고 교회 옆 골목으로 들어가면 골목 끝이 벼랑이고 강이다. 벼랑 끝에 매달린 집이 까사 꼴까. 까사 꼴까는 너무 유명하여 모르는 사람이 없다.

까사 꼴까 앞 다리에서 사진한 방 찰칵.
계곡을 따라 올라가면 언덕 위에 전망대가 나온다. 쿠엥카가 한눈에 들어온다.
한 바퀴 도는데 한 두 시간이면 해결. 그리고 관광 끝.

돌아오는 버스는 갈 때의 역코스.
"뜨랭 에스따시온, 뜨랭 에스타시온."
(기차 역. tren estación)
그렇게 역으로 돌아왔다. 다시 마드리드로.

마드리드 아토차역 인포메이션 (Estación de Atocha Information).
" 나 싸구려 호텔, 방 하나만 얻어 줘."
"예약 안 했어?"
"못했어. "
"요즘같은 세상에 예약도 않고 여행 다니는 사람 어딨어?"
"야 이 사람아, 오늘 어디로 튈지, 내일 어디로 튈지도 모르는 자유여행객이 예약을 어떻게 해? 여행사도 아니고… 그러지 말고 하나만 말해줘."

내 가이드북에는 다양한 호텔이름이 적혀 있다. 하지만 좀더 역이 가깝고, 값이 싸다면 굳이 내 가이드북에 적힌 호텔을 찾아다닐 필요가 없다. 그런데 인품의 사내가 사람을 무시하고 갑질을 한다. 그렇다고 물러설 내가 아니지.

"어이 쎄뇰, 그러지 말고 하나만 부탁해…"

"허허 그 쎄뇰, 끈질기네. 자, 여기 이 부근에 가면 너절한 여인숙들이 널려 있으니 한 번 찾아가 봐."

지도의 한 곳에 동그라미를 그리더니 던진다. 찾아갔지.

MEDIODIA Hostel.

Mediodia pza Emperador carlos V.8.

오늘부터 비상이다. 발등에 불이 떨어졌다. 문제는 경비.

내가 여행을 떠나기 전에 경비 책정에 두 가지 실책이 있었다. 그 하나는 유럽물가를 과소평가 하였다는 것이고, 다른 하나는 유레일패스를 너무 믿었다는 것이다.

내가 기준 하는 물가는 주로 식대. 하루 세끼 식사문제를 너무 쉽게 생각했던 것이다. 그것도 이유가 있다. 나는 애당초 식당이나 레스토랑 같은 곳에 갈 생각은 안 했다. 적당히 빵이나 우유로 때울 생각이었으니 큰 문제는 없을 것으로 생각했기 때문이다.

그런데 너무 돈 아낄 생각만 하다가 건강에 문제가 생길 수 있겠다는 생각에, 평소에 즐기던 맥도날도를 택한 것이 차질의 원인이 되었다. 한국에서는 빅맥 한 개에 6천원 정도. 그런 빅맥이 유럽에서는 보통이 1만 원.

3끼면 3만 원. 호텔 비 3만원 정도. 말은 호텔이지만 사실, 도미토리가 아니면 완전 썩은 여인숙수준. 그리고 교통비, 잡비까지 보통 하루, 10만 원.

자칫 하다간 국제 거지가 될 형편.
— 이거 안되겠다. 특수작전에 돌입하자. —
특수작전이라야 별 것도 아니다. '시간 아끼기'가 작전의 내용이다. 가능하면 빨리 움직이고, 볼일 끝나면 곧장 튀는 작전.

어차피 인생은 시간 따먹기.
차죽피죽화거죽, 풍타지죽낭타죽.
되는 대로 산다.

메디오디아 호스텔. 1박에 30유로. 도미토리가 보통 25유로 정도였는데 룸이 30유로면 여기저기 기웃거릴 필요없다는 생각으로 들었는데 이게 영 '아니올시다'였다.

방 안에서 세수할 수 있고, 수도물을 식수로 사용할 수 있다니 더욱 좋다. 화장실, 욕실은 공동사용. 그것까지는 다 좋았다. 그런데, 접수 끝내고. 물론 이 집에는 접수같은 건 없다. 패스포트를 보자거나, 숙박부를 적는 따위 같은 그런 문제는 아예 불필요. 걍, 돈만 주면 방 열쇠 준다.

양말 벗고, 샤워 하고, 그리고 잠시 나가서 먹거리 좀 사 오고. 배낭 정리하고 시간이 좀 흘렀다. 그리고 잠자리에 들었는데…. 새록새록 담배냄새가 나기 시작했다. 정신이 들면서 냄새가 점점 심해지고 마침내 역겨워지기 시작했다.

— 아하 이거, 큰일났네, 이제 와서 방을 바꿔 달랠 수도 없고… —

일본여행 때도 이런 일을 당한 적이 있었는데 그 때는 방을 구하지 못해 쩔쩔 매고 다닐 때였다. 메니저 왈.

"흡연실 방이 하나 비었는데 담배냄새 나도 상관 없다면 들어가고…"

메니저가 까놓고 말했다. 담배냄새는 그렇게 심하지 않았다. 그런데 이 방은 완전 꽁초 쌓인 담배 재떨이 수준이다.

"에떠 아과 뿌에도 또마?"

(이 물 마실 수 있어? este agua puedo tomar)

"걱정 마, 우리 수도물 좋다 해, 이 물 마시고 죽은 사람 없어 해."

— 허허, 그러고 보니 호텔 쎄뇰, 중국사람 이구만. 중국식 스빠니쉬도 듣기 좋군… —

나는 웃으면서 퍼 마셨다.

— 생수만 사 마시려니 그 돈도 만만찮았는데 물값이 공짜라니…? —

남미여행 하면서 스페인어 모르면 난감지사(難堪之事). 여기 스페인도 영어불통의 경우가 많다. 과거, 프랑스 사람들은 영어로 물으면 알면서도 모르는 척, 대답 안 한다 하였다.

"프랑스 여행하려면 프랑스어 정도는 배우고 다녀. 싸가지 없이 영어나 부랭이로 지껄이지 말고…"

프랑스 사람들 콧대를 말하는 것이다.

하지만 글로벌시대가 어떻고, 관광객이 들끓기 시작하면서 프랑스 콧대도 돈에는 어쩔 수가 없는지 요즘은 영어가 제법 통하는 것 같다. 요즘세상은 완전 미국과 중국판이다. 어딜 가도 중국관광객 없는 곳이 없고, 어딜 가도 맥도날도, 코카콜라 없는 나라는 없다. 세상은 결국 돈판이다.

돈판(Don Juan)은 바람둥이의 대명사. 세상이 바람났다.

마드리드 아토차 발 08:30.

마드리드에서 파리행 열차가 없는 것은 아니다. 그러나 마드리드에서 타면 이상하게 환승이 많다. 한 두번 정도는 그럴 수 있겠거니… 생각할 수도 있겠지만 세 번, 네 번 갈아타면 골치 아프다. 그런데 바르셀로나에서 타면 환승이 적다. 운 좋으면 직행 타는 수도 있다.

바르셀로나 착 11:15 2시간 45분 소요.

나는 열차에서 내리자 마자 매표창구를 찾아갔다. 물론 파리 행 열차표를 사기위해.

바르셀로나 역 매표창구는 근교열차 매표 창 따로, 장거리 열차 매표 창 따로, 그리고 국제선 매표 창으로 각각 매표창구가 다르다.

"이봐 쎄뇰, 나 여행하다가 돈 떨어졌어. 이 시간으로 싼 열차표 줘. 1등은 노오, 2등도 노오, 3등이 좋아."

나는 열차 시간을 적어 유레일패스와 함께 창구 아래로 밀어 넣으면서 말했다.

"그 시간에 그런 열차는 없어."

"그럼 어떻게 해? 아무튼 나 오늘 밤차 타야 하니까 제일 싼 걸로 한 장만 줘."

"그럼 이렇게 해. 에스파뇰 열차는 세르베르 밖에 난 몰라. 세르베르까지는 공짜로 타게 해 줄테니 세르베르부터는 프랑스니까 프랑스에 가서 말해봐."

"그래, 그럼 그거라도 한 장 줘. 그라시아스… 그래, 그거 진짜로 공짜지? 프리… 프리?"

"하하, 그렇다니까. 좋은 여행 되세요… 다음…"

Free는 공짜다. 내가 나오자 내 뒤 사람이 창으로 다가갔다.

그가 말한 시간의 열차는 보통열차로 유레일패스만 있으면 누구나 공짜로 탈 수 있는 완행열차다. 세르베르(Cerbere)는 프랑스와 스페인의 국경. 소 도시.

바르셀로나 산츠(sants) 역. 플랫폼 넘버 13.

산츠 역은 바르셀로나 중앙역. 스페인에서 가장 복잡한 역 중 하나다.

13번 플랫폼과 14번 플랫폼은 근거리 지방열차 전용노선인 모양이다. 열차가 불과 3,4분 간격으로 계속 들어오고 나간다. 내가 탈 열차는 13:16분 발 열차다. 열차가 자주 들어오고 나가기 때문에 정신 차리지 않으면 금방 놓칠 수 있다.

또 들어왔다. 내가 탈 열차는 16분이니까 아직 5,6분을 더 기다려야 한다. 그런데 그 때다,

"악…"

나는 외마디 소리를 질렀다.

열차 한대가 내 앞을 지나 마지막 차량이 저 만치 가서 서있었는데 그 마지막차량의 승강구에 Cerber라는 글자가 보인 것이다. 세르베르행 열차가 들어오고 있었는데 나는 모르고 있었던 것이다. 나는 16분 열차만 기다리고 있었다. 내가 알고 있었던 열차시간 13:16분은 도착시간이 아니라 출발시간이었던 것이다. 자칫 했으면 가만히 서서 열차를 놓칠 번 하였다.

뛰었다.

"삐이익~, 삐이익~ "

출발을 알리는 호각소리가 들렸다. 내가 차에 오르자마자 발차.

"우와아, 미치겠네. 자칫 했으면 가만히 서서 열차를 놓칠 번 했잖아? "

승객은 많지 않았다. 정차시간 1분. 승객이 타면 바로 떠난다.

"휴우~."

한숨을 한 번 쉬고 앉았다. 그리고 옆자리 승객에게 물었다.

"세르베르?"

여인은 고개를 끄덕였다.

─ 차오… ─

나는 마음으로 작별 인사를 하였다. 스페인은 마지막이다. 세르베르는 프랑스와 스페인의 국경 마을. 프랑스다.

창 밖을 본다. 스페인이 떠나가고 있다. 프랑스와 스페인, 그리고 독일. 그들은 어떤 사이일까? 아웅 다웅, 천년을 다툰 나라들이다. 그것을 우리는 역사라 한다.

19. 나비효과(Butterfly effect)와 상호관통(相互貫通)

역사란 무엇인가? 그것은 시나리오다. 시나리오.

러시아에 예카테리나가 있었다면 스페인에는 마리아 루이사가 있다.

마리아 루이사(María Luisa, 1751~1819)는 이태리 파르마(Par ma)의 필리포와 프랑스의 엘리자베타 사이의 막내딸로, 스페인의 카를로스 4세와 결혼하여 왕비가 된 여걸(女傑).

그런데.

역사는 어릿광대, 장난꾸러기. 코미디 시나리오다.

예카테리나의 남편이자 러시아의 황제였던 표트르가 얼간이었듯이 마리아 루이사의 남편인 카를로스 역시 멍청한 팔푼이. 예카테리나가 수많은 연인들과 로맨스를 즐겼듯이 마리아 루이사 역시 불장난이 주특기. 예카테리나는 황제를 죽이고 자신이 직접 러시아를 통치했다.

그러나 마리아 루이사는 그럴 필요가 없었다. 왕이야 있던 없던 상관 없다. 멍청이 왕을 대신하여 국정을 스스로 좌우할 정도였으니 왕이 있다고 할 일을 못하는 것도 아닌데 공연히 힘들여 왕을 죽일 필요는 없는 것이다.

그녀는 정부인 27세의 장교 마누엘 데 고도이(Manuel de God oy, 1767~1851)를 총리에 올려 놓고 정권을 맡겼다(1752). 나라 꼴이 이모양이 되자 곁에서 지켜보고 있던 나폴레옹이 스페인을 먹어 버린다.

1808년 나폴레옹이 스페인을 야금야금 먹어 들어가자 고도이는 카를로스와 마리아 루이사 등 왕족과 함께 안달루시아로 피난을 갔다. 이 소식을 들은 스페인 국민들은 카를로스 4세의 아들 페르난도의 지지자들과 아란후에스에서 폭동을 일으켜 고도이 내각을 붕괴시켰다. 그리고 카를로스 4세를 퇴위시키고 그의 아들 페르난도를 스페인의 왕(페르난도 7세)으로 옹립했다.

이때 나폴레옹은 페르난도 7세와 직접 협상을 한다는 구실로 페르난도 7세를 프랑스 남부에 위치한 바요나로 오게 했다. 이어서 카를로스 4세와 왕비 마리아 루이사, 그리고 수상 고도이를 바요나로 불러들였다. 그러나 이것은 함정이었다.
나폴레옹은 이들에게 스페인의 모든 권리를 포기하라고 강요하고 유폐시켜 버렸다.
왕이 유폐되어 있는 동안 나폴레옹은 스페인을 꿀꺽.

다음은 포르투갈 먹을 차례.

1807년 11월. 프랑스 군은 포르투갈의 북부 지역으로 침투해 들어왔다. 나폴레옹이 침공해 들어오자 섭정 동 주앙(왕자)은 도나 마리아(D Maria, 1777~1816) 여왕, 그리고 왕가의 모든 사람들을 대동하고 브라질 망명을 서둘렀다. 수많은 귀족들, 부유한 상인들, 행정 관리, 법관 및 왕실 수행원들이 함께 떠났는데, 그들의 총 수효는 대략 1만 명.

1807년 브라질 상 파울 항.

포르투갈에서 망명 온 범선의 갑판에서 한 선원이 청소를 하고 있었다. 이 때 범선의 갑판에서 나무 가지 한 토막이 바다로 떨어졌다. 나무 가지는 파도에 밀려 상 파울 바닷가 숲속에 닿았다.

이듬해 봄, 습도와 기온의 알맞은 조건으로 나무 가지에 붙어 있던 나비의 알이 부화하여 번데기가 되고 마침내 한 마리 나비가 되었다. 그리고 또 몇 년이 지났다. 마침내 나비는 아마존의 숲에 이른 것이다.

어느 날. 아마존.

나비 한 마리가 날개를 살랑 살랑 흔들고 있었다. 미세한 바람이 일었다. 바람은 점차 커졌다. 이 바람이 버뮤다(Bermuda) 해역에 이르면서 마침내 토네이도로 변했고 토네이도는 플로리다 해안을 강타했다.

이 날 불어 닥친 토네이도로 사망한 사람 중 제임스 아무개가 있었다.

과연 나폴레옹과 제임스 아무개는 어떤 관계일까? 물론 아무런 관계도 없다. 그러나 사건은 그렇게 간단치 않다. 나폴레옹 때문에 포르투갈 왕실은 브라질로 망명하였고, 이 망명으로 나비 한 마리가 브라질로 실려 왔다. 이 나비로 인하여 토네이도가 발생하였고 결과는 제임스의 죽음으로 이어졌다. 과연 나폴레옹과 제임스는 상관이 없는 것일까? 이것은 인과론의 프로그램이며 또한 미국의 기상학자 에드워드 로렌츠(E. Lorentz)가 구상해 낸 카오스이론(Chaos Theory)의 시발인 나비효과(Butterfly effect)라는 것이다. 마침내 카오스는 홀로그램으로 이어진다.

이렇게 우주 속의 모든 존재는 상호 연결되어 있다. 이것을 물리학의 거장 프리쵸프 카프라(Fritjof Capra)박사는 상호관통(相互貫通)이라 정의했다. 우주에서 시간이라는 것은 없다. 시간이란 지구의 공전과 자전을 등분하여 만든 인간 관념상의 문제일 뿐 실체는 없다. 시종일원(始終一元). 시간뿐 아니라 우주 속에는 시작도 끝도 없다. 시작과 끝은 같은 것이다. 이러한 모든 것은 인간의 관념일 뿐, 실체는 없다. 과거와 현재와 미래가 모두 하나의 카테고리에 묶여 있는 것. 이것이 홀로그램이다.

우주의 삼라만상은 상호관통으로 연결되어 있고, 현재와 과거와 미래가 하나의 카테고리로 프로그램되어 있다. 이것이 우주의 시나리오론이다.

열차는 완행 중에도 완행. 시골버스마냥 마을이란 마을은 다 들여다 보고 간다. 조금 가는가 싶으면 또 선다. 스페인 북부지방을 샅샅이 여행한다.

20. 우주창조의 시나리오

이윽고 세르베르.

승객들은 도중에 대부분 내리고 국경을 넘어 종점까지 가는 사람은 불과 몇 명.

나는 차에서 내리자 마자 매표창구를 찾아갔다.

세르베르는 작은 시골마을이다. 기차역도 꼬마 역.

열차표 판매창구는 썰렁하였고, 담당여직원이 혼자 앉아 승객을 기다리고 있었다.

"안녕하세요?"

나는 한국말로 인사했다. 프랑스사람들 영어 안 좋아 하는데 내가 영어로 인사하는 걸 좋아 할 리가 없다고 생각했다. 그렇다고 스페인어나 러시아어는 더욱 모양이 좋지 않을 것 같아 그냥 한국어로 인사했다. 알아

듣거나 말거나.

"나 파리로 가려는데 열차표 한 장만 골라 주세요."

"오늘?"

"그럼요, 오늘. 가능하면 싼 걸로 주세요."

유레일패스를 보여 주었다.

"1등이구먼."

"노오, 노오, 난 일등 싫어요. 이등도 싫소, 꼴등으로 주세요. 값만 싸면
좋아요."

"그래…?"

그녀는 컴퓨터를 또닥또닥 두드리더니 말했다.

"한 시간 후에 출발하는 열차가 있는데 오늘 밤 11시 파리에 도착하는데
되겠어요?"

"아, 야밤에 도착하면 안 되지, 호텔비도 없는데.. 내일 아침도착으로 해
주세요."

엿장수 맘대로다.

"내일 아침도착이라…"

"비싸면 안 되요. 싼 걸로. 1등, 2등 따질 것 없이 그냥 싼 걸로 줘."

"싼 표라…. 나인 유로면 되겠어?"

"뭐라? 고작 나인유로라고? 틀림 없지?"

그녀가 볼펜으로 적어서 보여 주었다.

"9€ "

"오우케이."

완전 대박이다. 바르셀로나에서 세르베르까지, 공짜. 세르베르에서 파리까지 9유로.

물론 보나마나 딱딱한 의자에 앉아 새우잠을 자야하는 건 틀림 없겠지만 그래도 대박 터진 기분이다.

세르베르 역에는 레스토랑은커녕 그 흔한 구멍가게 하나 없다.

"식사는 어떻게 할거야?"

차표파는 여인이 내 식사걱정까지 해 준다.

나는 어깨 넘어 배낭을 툭툭 치면서 말했다.

"아이해브 꼬미다. 인 마이 백팩."

(배낭 안에 먹거리 들었어)

꼬미다(comida)는 스페인어로 음식을 말한다. 프랑스사람이 스페인어를 아는지 모르는지는 중요하지 않다. 나는 그냥 내 맘대로 말한다. 언어의 통 불통(通 不通)은 문제가 안 된다. 의사전달만 통하면 된다.

그녀가 웃는다. 나도 따라 웃었다.

"멧쉬… 멧쉬…"

내가 프랑스어로 고맙다고 인사하자 그녀의 입이 귀에 걸린다.

멧쉬(Merci)는 프랑스어로 고맙다는 뜻이다.

일반적으로 보통 열차의 경우 파리까지 6,7시간이면 갈 수있다. 그런데 내가 탄 야간 열차는 10시간 이상 소요되는 굼벵이열차. 그래도 나는 행복하다. 빨리 간다는 것은 무서운 일이다. 저녁에 파리에 닿으면 호텔에 자야할 경우가 생긴다. 돈 들어가는 일은 무서운 일이다.

먹다 남은 빵 한 조각으로 저녁식사문제를 해결하였다.

창 밖을 본다. 삭막한 피레네산맥(Pyrenaei Montes)의 골짜기에 옹기종기 모여있는 장난감같은 집들에서 어두워지는 땅거미를 지우려는 듯 하나 둘, 불빛이 비치기 시작했다.

나는 다시 어둠에 싸여 가는 검은 산들을 넘어 공상의 세계로 들어간다.

운명은 역사다. 인간에게는 인간의 운명(運命)이 있고, 국가에는 국운(國運)이 있다.

지구는 지구의 운명이 있고, 우주는 우주의 운명이 있다.

역사는 프로그램이다. 국가의 역사에는 역사의 프로그램이 있고, 지구의 역사에도 프로그램이 있다. 그리고 우주의 역사에는 우주의 프로그램이 있다.

K선수는 아침부터 어쩐지 기분이 좋았다. 오늘은 빅 이벤트가 있는 날이다.

'멋진 홈런이라도 한 방 터지려나…?'

야구장이다.

K선수, 타선에 올랐다. 투수가 힘차게 볼을 던졌다. 그 순간이다.

'딱~'소리가 터졌다. 딱, 소리와 함께 타자는 느꼈다. '홈런이다.'

'와~' 스탠드의 관중석에서 함성이 터졌다.

이미 딱, 소리가 나는 순간 볼의 진로는 프로그램되어 버렸다.

홈런은 세 박자의 결합이다. 투수가 던진 볼의 속도와 각도. 그리고 타자의 방망이 힘과 그 각도, 그리고 타이밍이다. 이 삼박자가 맞아 떨어졌을 때, 홈런은 이미 결정지어진 것이다.

홈런은 오래 전부터 이미 프로그램 되어 있었다.

그는 구단에 들어가면서부터 '모년 모월 모시에 모모 운동장에서 어느 투수를 만나 홈런을 날릴 것이다'라는 프로그램이 짜여져 있었다. 그 날의 풍속과 기후조건, 그리고 투수의 체력과 공의 속도. K선수의 컨디션 등등 모든 조건은 홈런이 터지도록 준비된 게임이었다.

우주는 빅뱅에서 시작되었고, 빅뱅은 특이점에서 시작되었다. 특이점에서 빅뱅이 시작되는 순간 이미 빅뱅의 시나리오는 결정지어진 것이다. 빅뱅의 시작 1초 후, 10초 후, 1년 후, 10년 후…. 그리고 마침내 지구가 탄생하여 46억 년. 이것은 누군가 장난삼아 한 이야기가 아니다. 과학자들의 노고가 숨어 있는 결과에서 얻은 결론이다. 이것이 우주의 '시나리오론'이다.

여기서 잠시 1977년에 출간된 스티븐 와인버그(Steven Wein berg)의 "최초의 3분간"이라는 저서를 만나보자. 제로(0) 상태에서 임계한도를 만나 풍선에 바람을 불어넣듯 삽시간에 부풀어 버린 빅뱅 최초의 3분간을 기술한 것이다.

시나리오는 최초의 우주(빅뱅)가 시작되고 100분의 1초 경과 후에서부터 시작된다.

이 때의 우주온도는 1,000억 K.우주의 둘레 약 4광년.

전자와 양전자, 광자, 뉴트리노, 반뉴트리노 등이 형성.

(-273℃를 절대온도 0℃로 하여 보통의 섭씨와 같은 눈금을 붙임. 단위로는 켈빈의 K를 사용함.).

그리고 다시 0.11초 경과 후 300억 K. 핵자들의 구성비가 중성자 38%, 양성자 62%가 됨.

시작부터 1.09초 경과 후, 우주의 온도 100억 K.

중성자 24%, 양성자 76%.

13.82초 경과. 우주의 온도 30억 K.

중성자 17%, 양성자 83%.

3분 2초 경과. 우주의 온도 10억 K.

중성자 14%, 양성자 86%.

그리고 34분 40초가 경과 하면 절대온도는 3억도 까지 떨어진다. 팽창의 순간부터 시간과 공간은 시작되고 무서운 열이 식으면서 변화가 시작되는 것이다. 이른바 상전이(相轉移, phasetran sition) 현상이다. 물이 냉각되면 얼음으로 변한다. 액체 상태에서 고체상태로 변화하는 것도 일종의 상전이 현상이다. 안개 같고 구름같은 가스 상태의 초고온 에너지가 식어지면서 입자가속기에서 물질의 기본 입자들이 생성되는 현상이 벌어지는 것이다.

팽창을 시작한 우주는 3분 46초가 지나면서 중요한 변화가 나타난다.

양자와 중성자와 전자들이 생성되기 시작하고 원자핵이 합성되기 시작한 것이다. 그리고 70만년 후. 원자핵과 전자들이 어우러져 안정된 원자들의 세계가 시작된 것이다. 이것이 스티븐 와인버그 박사가 재현시킨 우주 탄생의 시나리오다.

'최초의 3분간'은 우주창조의 시나리오다. 최초의 3분간은 시나리오의 시작에 불과할 뿐이다. 우주는 지금도 팽창 중이고 그리고 시나리오에 따라 지금도 팽창과 진화는 계속되고 있다. 이 이야기는 스티븐 와인버그 박사가 장난삼아 한 이야기가 아니다. 스티븐 와인버그 박사는 택사스대 물리학교수를 역임하였고, 1979년 노벨 물리학상을 수상했다. 이러한 세계적인 물리학자가 장난삼아 이런 이야기를 꾸며, 책으로 출간하였을까? 우주의 시나리오론이 과학적으로 입증된 것이다.

07:25. 열차가 파리 오스테를리츠 역(Gare d' Austerlitz)에 닿았다.
여행의 다음 목적지는 크로아티아 자그레브.
발칸반도 쪽으로 떠나는 열차는 대부분 파리 동역(Gare d' I'Est)에서 출발한다. 오스테를리츠역에서 동역으로 가려면 지하철 1호선이나 5호선을 타야 한다. 묻고, 또 묻고, 다시는 거꾸로 가는 열차를 타면 안 된다.

21. 예약 않고 떼제베(TGV) 타는 법

이윽고 동역(Gare d' I'Est). 열차표 매표창구.

나는 유레일패스를 보이면서 말했다.

"나, 자그레브 간다. 크로아티아. 차표 달라. 떼제베는 싫다. 나, 돈 없다. 싼 표를 달라."

어차피 떼제베(T.G.V.)를 타면 돈이 든다.

매표창구 직원이 옆자리 직원과 의논을 하는 모양이다. 고개를 젓는다.

— 아하, 안 되는 모양이군… —

"떼제베가 아니면 없어, 그것도 좌석이 만원이야. 예약이 끝났다고."

— 그렇다면 이 차, 저 차 따질 것도 없이 오늘은 못 간다는 말인가? —

"그럼 나, 어떻게 해?"

"어떻게…?"

그가 잠시 생각하더니 말했다.

"떼제베라도 타겠어?"

다른 차가 없으면 하는 수 없지.

"1등은 싫어. 2등도 싫고, 그냥 꼴등도 좋으니 열차만 타게 해줘."

그가 차 시간을 적어 준다.

"15:25. 21:36 "

내가 알고 있는 떼제베 시간이다.

"그럼, 차표가 없는데 열차는 어떻게 타?"

"무조건 타는 거야, 차장이 잔소리 하면 말씀이야. 현찰 박치기로 해 버려. 23€만 주면 될 거야. 이 정도면 되겠지? 그 다음 뮌헨에서 자그레브까지는 뮌헨에 가서 해결하라…"

23€면 한국 돈 3만 원 정도. 열차가 없다는데 공짜차 타겠다고 버틸 수는 없는 일. 이게 잘된 일인지, 잘 못된 일인지 모르겠다.

하루종일 기다리기 위해서는 적당히 앉을 자리가 필요하다. 잠시 자리를 비우면 딴사람 자리가 된다. 그렇게 개미 쳇바퀴 돌듯 이 사람, 저 사람 . 자리를 바꿔 가며 앉는다. 시간은 다가 오는데, 오늘, 내일 식사준비도 해야 하고, 화장실도 다녀와야 한다.

내가 주로 앉아 쉬는 자리 위에 전광판이 있다. 타야 할 열차의 플랫폼 번호는 열차 출발시간이 가까워져야 전광판에 나온다. 화장실에 다녀와 마악 자리에 앉았는데,

— 이건 또 웬 날벼락이냐…? —

내가 탈 열차 시간은 15시 25분. 그런데 15시 25분 열차는 뮌헨행 열차

가 아니고 스트라스부르그(Strassburg)로 되어있는 것이 아닌가?

— 큰일 났다. —

또다시 발등에 불이 떨어졌다. 지도를 얼른 꺼냈다.

— 뮌헨을 거쳐 스트라스부르그로 가는 것일까? —

지도에 나타난 스트라스부르그는 완전 번지수가 틀린다. 그렇다면?

— 열차표 판매창구 직원이 나를 엿 먹였단 말인가? —

지금 열차표 판매창구를 찾아가면 차표 살 사람들이 어디까지 줄을 서 있을 것이다.

우선 인포메이션을 찾아갔다.

"15시 25분 열차가 스트라스부르그행이 맞느냐?"

"그렇다."

"뮌헨행이라 하던데…"

"차표 있어?"

"차표는 없는데…"

"차표도 없으면서 무슨 소리를 하는 거야?"

나는 그만 할말을 잃고 돌아섰다.

— 미치겠네… —

다시 차표판매소로 찾아 갔다.

아침의 그 친구는 교대하였는지 보이지 않았고, 차표판매대는 직원들과 승객들로 북새통을 이루고 있었다. 이윽고 내 차례.

"나는 여차여차한데 아침에 여기있던 젠틀맨이 이렇게 써주었는데 열차가 바뀌었어. 오늘 뮌헨행 열차, 탈 수 없을까?"

"뮌헨행은 예약 않고는 못 타."

"다른 열차라도 좀 알아서 줘."

차표 판매원은 아가씨였다.

"오늘 열차?"

"그래, 오늘 열차."

그녀가 한동안 컴퓨터를 두들기더니 말했다.

"열차를 여러 번 갈아타야 하는데 그래도 괜찮겠어?"

"다른 차가 없다면 어쩔 수 없지."

이윽고 열차표 다섯 장이 나왔다.

"우와~"

열차를 다섯 번 갈아타야 한다는 말씀. 29€.

억울하고 참담한 마음에 울화통이 치밀어 오르지만 어쩔 수가 없지 않은가?

돈을 지불하고, 차표를 받아 나왔는데

"어엇, 이거…?"

기절초풍할 일이 또 나를 기다리고 있었다.

조금 전에 내가 본 15:25. Strassburg 밑에 똑같이 15:25가 나와 있고, 그 옆에 또렷한 글씨로 Munchen으로 나와 있지 않은가?

"우와아~, 참말로 미치겠네."

같은 시간, 동시에 두 열차가 출발한다는 말씀. 또다시 발등에 불이 떨어졌다.

황급히 열차표 다섯 장을 움켜쥐고 열차표 판매대 아가씨를 찾아갔다.

"나, 이 열차표 캔슬 시켜 줘."

"왜…. 왜 그래?"

"아, 아무 문제는 없어. 내가 잠깐 착각했을 뿐이야."

"손핸데…"

캔슬비용을 내가 물어야 한다는 말씀.

"괜찮아…"

― 캔슬비용 까짓 것, 얼마 된다고…"

"휴우~"

겨우 한숨을 쉬면서 돌아섰다. 도무지 뭐가 어떻게 되는 건지, 나도 모르겠다.

차표는 없다. 예약도 안 했다. 무조건 열차를 타도 되는 걸까?

― 차장한테 멱살 잡혀 끌려 가는 건 아닐까? ―

온갖 불안과 공포가 나를 싸고돈다.

열차가 들어왔다. 플랫폼 №. 2.

많은 사람들이 열차를 타기위해 몰려가고 있었다. 물론 나도 그들을 따라 열차에 올랐다. 그러나 내가 앉을 자리는 없다. 당연히 나는 무임승차다. 어쩐지 부정행위를 하는 것 같아 마음이 무겁다. 객실 안으로 들어가지 못하고 열차 승강구의 좁은 공간을 서성이다가 마침 승강구 옆에 붙어 있는 보조의자를 발견하고 앉았다. 보조의자는 시베리아열차의 보조의자처럼 벽에 달라붙어 있다가 누르면 의자가 된다.

무언가 좀 이상하다.
— 이런 곳에 왜 보조의자가 있어야 할까? —
보조의자는 하나만 있는 것이 아니다. 양쪽 승강구 두 곳에 네 개의 보조의자가 있었다. 그런데 이상한 것은 또 있다. 나만 보조의자에 앉아 있는 것이 아니라 열차가 움직이기 시작할 무렵에는 4개의 보조의자에 네 명의 승객이 앉았다. 그렇다면 보조의자에 앉은 사람은 모두가 자기좌석이 없단 말인가?
— 모두 무임승차? —

그런데 더욱 놀라운 사실은 따로 있었다.
그들이 하는 이야기를 완전히 알아 들을 수는 없지만 대강의 추리로 들어본즉 이 열차는 스트라스부르그로 간다는 이야기다. 나는 그 소리를 듣자마자 화들짝 놀라며 물었다.
"왓?"(What)
그들이 의아한 눈초리로 나를 쳐다본다.
"이 열차가 어디로 간다고? 방금, 스트라스부르그라 말했소?"
"그렇소. 이 열차는 분명 스트라스부르그행이오."
— 큰일났다. —
분명 2번 플랫폼에서 뮌헨행과 스트라스부르그행, 두 대의 열차가 동시에 출발한다고 전광판에 나와 있었는데 내가 엉겁결에 열차를 잘못 탄 게 틀림없다. 이미 열차는 출발을 했고 정상적인 속도를 내고있다. 뛰어 내릴 수는 없다. 어디서 내려 어떤 열차로 갈아타야 하는지 나는 모른다.

— 우와아 미치겠네, 어째서 또 이런 일이···? —

그 때 불쑥, 제복 입은 열차차장이 나타났다.

"티켓을 보여 주시오."

옆자리 보조석에 앉아 있던 승객들이 분명 티켓은 아닌데 무슨 인쇄된 용지를 보여 주자 잠시 들여다 보던 차장은 그들의 용지를 되돌려 주고 다음은 내 차례.

"티켓··· "

나는 먼저 유레일패스를 보여 주고, 파리의 매표소직원의 메모를 보여 주며 말했다.

"이것은 티켓맨이 나에게 써준 것이오. 25유로만 주면 된다고 했는데···"

내가 그렇게 말하자 그는 다시 내게 말했다.

"15유로만 주시오."

— 어어.. 이거 통하네···—

나는 조금 놀라면서 15€를 그에게 주었다. 그리고 내가 그에게 다시 물었다.

"나는 뮌헨으로 갑니다. 이 열차는 도대체 어디로 가는 열차요?"

"17시 42분 이 열차는 스트라스부르그에 도착할 것이오. 당신은 도착 즉시 1번 객차로 바꿔 타시오."

"1번 객차요?"

"그렇소, 이 열차는 스트라스부르그에서 둘로 나누어 질 것이오."

― 아하… 그것이었구나… ―

나는 그제서야 무언가 감이 오기 시작하였다.

두 열차가 하나로 붙어 달리다가 스트라스부르그행은 스트라스부르그에서 떨어지고 뮌헨행만 따로 떨어져 달린다.

역시 그랬다.

오후 5시 42분. 열차가 스트라스부르그게 닿자마자 나는 열차를 바꿔 탔고, 그것이 떼제베였다. 열차를 갈아타고 얼마 후, 다시 차장의 차표 검색이 있었다. 요령은 전과 동.

10€를 지불하고 통과. 모두 25€를 지불한 셈이다. 위기는 넘겼다. 그런데 뮌헨 역에서 또 다른 위기가 나를 기다리고 있었다. '위기는 기회다'라는 말이있다. 뮌헨에서 기다리고 있는 위기는 다시 뒤집기를 해 준다.

여기서 잠시 향후의 일정을 살펴보자.

유럽여행은 그라나다와 쿠엥카를 지나면서 끝이 났다.

다음은 발칸반도를 지나 터키로 들어갔다가 중앙아시아의 실크로드를 타고 중국으로 넘어가면 이번 여행의 일정은 끝난다. 물론 가는 도중에 아름다운 곳, 멋진 곳이 있으면 들려 보고 가야겠지. 그 첫번 째 목표는 세상에서 가장 아름답다는 스플리트와 드부르브니크다. 스플리트와 드부르브니크로 가려면 크로아티아의 자그레브를 통하여 들어가야 한다. 자그레브로 가려면 뮌헨에서 출발하는 자그레브행 열차를 타야 한다.

22. 환상의 율동(Fantastic universal dancing)

21:36. TGV는 산뜻하게 뮌헨역에 도착하였다.

나는 크로아티아 자그레브(Croatia Zagreb)행 차표를 사기위해 열차표 매표창구를 찾아 갔다. 깜깜한 밤중이다. 뮌헨은 낯선 곳이 아니다. 그런데도 어쩐지 낯설어 보였고, 동서남북 구별이 안 되었다.

철도 역무원인 듯한 사내에게 물었다.

"여기 열차표 파는 곳이 어디요?"

"열차표 판매창구는 모조리 클로즈요. 시간이 너무 늦었소"

"뭐요? 차표판매창구가 모조리 클로즈라구요? 그럼 열차 탈 승객들은 어떻거구요?"

"그건 나도 모르지. 인폼에 가서 물어 보세요."

인포메이션을 찾아갔다.

"나는 여차여차한 사람인데, 매표창구 모조리 클로즈. 어떻거면 좋소?"

"머신에서 표를 사세요."

"머신이요? 그게 뭐요?"

"열차표 자동판매기도 모른단 말이요?"

"아, 난 영어도 독일어도 먹통인데 머신을 어떻게 사용한단 말이요? 그리고 난 유레일패스를 사용해야 한단 말이오."

인포메이션 직원이 한동안 어이없다는 표정으로 나를 바라보더니 일어나 옆 창구로 간다. 그는 자신의 상관인 듯한 사람에게 다가가 잠시 이야기를 나누더니 나를 따라오라고 손짓을 했다. 따라갔다. 인포메이션 뒤에 자판기가 있었다. 한동안 자판기를 작동하던 그가 동작을 멈추면서 말했다.

"자판기도 안되네…"

무슨 이유인지 자판기도 작동되지 않았다.

다시 인폼으로 돌아온 직원 왈.

"시간이 너무 늦은 것 같소. 어차피 차표 사기는 걸렀으니 그냥 열차를 타시오. 열차는 분명 23시 36분에 들어 올 것이오. 2번 플랫폼에서 기다리다가 열차가 들어오면 타시오. 그리고 승무원에게 사정 이야기를 해 보시오."

그도 어쩔 수가 없다는 말씀.

그런데 2번 플랫폼은 없었다.

온 뮌헨역을 이 구석, 저 구석. 다 뒤지며 뺑뺑이 돌아다녀 보았으나 2

번 플랫폼은 없었다. 다시 인포메이션을 찾아갔다.

"아무리 찾아보아도 2번 플랫폼은 없소. 어떻게 된 거요?"

인폼직원은 다시 컴퓨터를 두드리고. 다시 또 뺑뺑이 돌고.

결국 12번 플랫폼으로 낙찰. 이렇게 2시간이 흘렀다. 아직도 열차가 들어오려면 1시간은 더 기다려야 할 모양.

밤 11시가 가까워지고 있었다. 그 때 인포메이션 직원이 나를 찾아왔다. 퇴근을 하는 모양이다.

"힘 내세요. 열차는 틀림없이 이리로 들어 올 것이요. 좋은 여행 되십시오."

그는 격려까지 하면서 돌아섰다. 정말 좋은 친구였다. 나는 너무 고마웠다.

물 한 컵에 1유로(1,300원). 그것도 사정사정, 돈 주고 마시면서 거지취급 받는 경우와는 너무 다르다.

"이 보세요 쎄뇰, 잠깐만…"

급한 김에 갑자기 '쎄뇰'이 튀어나왔다. 여기는 스페인이 아니다. 분명독일이다. 그는 내가 부르자 돌아서 가다가 걸음을 멈추고 돌아섰다. 나는 손짓으로 그를 불렀다. 그리고 배낭을 내려 뒤지기 시작했다. 포장해간 카라멜이 달랑 2통 남았다.

"이건 당신 베이비의 선물이오. 당신의 친절에 감사합니다"

나는 카라멜 2통을 그의 손에 쥐어 주면서 그렇게 말했다.

23:20분 경. 열차가 12번 플랫폼으로 들어왔다.

그런데 이건 또 무슨 일? 열차 2대가 한꺼번에 12번 플랫폼으로 들어온 것이다.

12번 플랫폼은 다시 A에서 F까지 순서가 정해져 있고, A에서 D까지는 부다페스트 행. D에서 F까지는 자그래브 행. 이번에는 나도 신중했다. 묻고, 또 묻고. 자그래브 행이 분명하다는 것을 확인하고 차에 올랐다.

"좌석만 있는 객차가 몇 번이요? 나는 1등은 싫소. 2등도 싫소. 온리 시트(Only Seat)."

이 열차의 좌석은 특이하다. 보통의 경우, 좌석이 2개씩 마주보고 앉게 되어있고 가운데 통로를 사이로 4개의 좌석이다. 그런데 이번 열차는 침대차처럼 방으로 되어있고 방마다 3개의 좌석이 마주보고 6명이 앉도록 되어있었다.

"그거 정말 멋진데…"

그런데 이건 또 무슨 일? 열차에 승객이라고는 나 한 사람 뿐이다. 텅 빈 열차.

침대 칸에는 승객이 있는지 모르지만 좌석만 있는 객차에는 나 외에는 아무도 없었다.

"잘 되었다."

푹신한 의자 셋이, 한 사람 누우면 딱 좋을 정도.

"침대가 따로 있나?"

— 혹시 승무원이 나타나 무임승차라고 호통치면 어쩌나…?"

골치가 조금 아프긴 한데.

— 에라, 어차피 차죽피죽화거죽이다. 죽이던지 살리던지 너들 맘대로

해라. —

갑자기 배짱이 생겼다.

23시 36분. 이윽고 발차.

얼마나 시간이 흘렀을까? 내가 다리를 쭈욱 뻗고 누웠을 때. 누군가 들어왔다.

내가 더듬더듬, 스위치를 찾으려고 더듬을 때, 그가 스위치를 눌렀다. 갑자기 켜진 불빛에 눈이 부시다. 그 때, 그가 말했다.

"티켓…"

나는 무의식적으로 유레일패스를 꺼내 그에게 보였다.

그가 유레일패스를 한동안 들여다 보더니 내가 마악 설명을 하려는데 그가 말했다.

"오우케이…"

유레일패스를 돌려주었다.

— 얼시구…? —

이건 또 무슨 일? 틀림없이 벌금 내라고 호통칠 줄 알았는데.

너무 신통해서 웃음이 다 나왔다.

— 이거, 완전 공짜란 말인가? —

유레일패스가 요술을 부린 거다. 하지만 그것은 요술도 마술도 아니다. 문제는 내게 있었다. 지금까지 일어난 모든 일은 내가 유레일패스를 너무 몰랐기 때문에 일어난 사건 들이었다.

열차표 판매직원이나 인포메이션직원의 도움이 고맙긴 하였지만 원인은 모두가 나의 무지 때문이었다. 역시 알아야 한다. 나의 무지(無知)가 나를 괴롭힌 것이다.

인간이 일생을 살면서 수많은 고통과 즐거움과 행복, 그리고 비극을 맛보는 것 역시 무지에서 오는 것이다. 사칠(四七, 四端七情)의 그 뿌리는 태극이요, 태극의 뿌리는 무극(無極)이라 하였다. 인간이 희노애락의 뿌리를 알지 못하는 이상 인간은 사칠의 벽을 깨뜨릴 수 없는 법. 그것이 '오감의 벽(五感의 壁)'이다.

이윽고 열차는 속력을 내기 시작 하였다.

나는 의자 세 개를 침대 삼아 다리를 뻗고 누웠다. 잠자는 시간이 지난 때문인지 잠이 오지 않는다. 어차피 내일 아침까지는 완전 열중쉬어. 새록새록 공상이 다가온다.

'인도 사람들 거짓말 하는 것을 조심하라.'

내가 인도여행을 준비하고 있을 때 나는 누군가로부터 그런 말을 들은 적이 있다.

'설마…' 그렇게 생각하고 말았다. 세상에 거짓말 한 번도 않고 산 사람이 있을까? 살다 보면 거짓말 할 경우도 있는 법이지. 인도사람이라고 거짓말 하지 말라는 법은 없을 것이고, 간혹 거짓말 하는 사람을 만나는 경우도 있을 것이다. 한 두 사람 그런 사람을 만나다 보면 편견도 생기기 마련이니 그런 소리를 할 수도 있겠지… 정도로 나는 가볍게 생각하고 있었다.

그런데 막상 인도에 가서 며칠을 지나는 동안 나는 그 말이 정말 새삼스러울 정도로 인도사람들의 거짓말을 실감하기 시작한 것이다.

　기차 역에 내려서 버스를 탈 경우가 있다. 버스역이 얼마나 먼지 가까운
지도 모른다. 역을 나오면 수많은 택시기사, 오토릭샤 기사들이 몰려와
승객들을 납치하듯 끌고 간다.
　그 중 한 명을 만나 묻는다. 나는 어디 어디로 갈 텐데 지금 터미널에 가
면 그런 버스가 있느냐? 묻는 내가 바보지. 오토릭샤 기사는 무조건 '걱정
말라. 내가 틀림없이 그 차를 타게 해 주겠다.' 그래서 터미널로 가면 그는
그냥 나를 내려놓고, 도망치듯 사라져 버린다.
　그런데 이건 완전 엉뚱한 마당에 나를 내려놓고 사라져 버리는 것이다.
　'완전 황당지사(荒唐之事).'
　그런 일을 몇 차례 당하고 나서부터는 아예 묻지를 않고 다녔다.

　그런데 세월이 흘러, 그 때를 생각하고 나는 인도 사람들을 이해하기 시
작하였다.
　'모든 일은 신의 뜻이다,'
　이것이 그들의 문화요, 생활이었던 것이다.
　'인간의 말 한마디, 행동 하나 하나, 그 모든 것은 신의 뜻이지 인간의 능
력으로 이루어지는 것은 없다.' 그것이 그들의 문화요 철학이었던 것이다.
　세상의 모든 일이 인간의 의지로 되는 일은 없다. 인간의 일이란 곧 하
늘(天:自然)의 일이다. 우주의 모든 일은 프로그램 되어있는 것이다. 해와
달과 별이 움직이는 것이 드라마의 시나리오처럼 프로그램 되어있다는
마당에 인간의 일이라고 그 프로그램의 시나리오를 벗어날 수는 없는 것

이다.

　인도인들의 정신은 힌두교에서 나온다. 크리슈나신(the god Krishana)의 정신적 교시(教示)의 기초는 우리를 둘러싸고 있는 온갖 사물(事物)이나 사건(事件)들이 다 같은 궁극적 실재의 다른 현실 뿐이라는 사상이 있다. 〈브라만(Brahman)〉이라고 불려지는 이 실재는 힌두교가 수많은 신들을 경배하고 있음에도 불구하고 일원적(一元的)인 성격을 부여하는 통일 개념이다.

　우주의 모든 활동은 신의 유희라 보며 이 세계는 그 성스러운 유희의 무대로 생각한다.

　이 유희의 역동적인 힘은 '카르마(Karma)'인데 카르마는 모든 행위(業)를 의미한다. 이것은 곧 유희, 즉 활동하고 있는 전 우주의 실천원리(實踐原理)이다. 여기서 만물이 다른 만물과 역동적으로 연관을 맺고 있는 것이다.(相互貫通)

　힌두교의 경전인 기타경(Bhagavad Gita)에 이런 말이 있다.

　'카르마는 창조의 힘이며, 거기서 만물은 생명을 얻는다.'

　그들(힌두교도)은 감각적 쾌락을 억압하지 않는다. 그것은 육체가 인간 존재의 불가분의 한 부분으로서 정신과는 떼려 해도 뗄 수 없는 것으로 간주되었다.

　육체와 정신은 하나인 것이다.

　인간의 감각으로 인지하는 모든 현상(現象)이 다 같은 실재의 부분이라는 것을 깨닫는 것이 힌두교의 근본이념 모크샤(mok sha)라는 것이다. 모크샤는 힌두교의 정수(精髓) 곧 해탈(解脫)을 말한다. 인간의 모든 행위는 우주유희의 다른 모습일 뿐이다. 세상의 모든 사(事)와 물(物)은 유니고스(unigos)의 율동(遊戲)현상이다. 홀로그램으로 벌어지는 환상의 율동. 아, 아름다운 환상의 율동이여.

환상의 율동(Fantastic universal dancing).

그것이 인생인 것이다.

23. 지상의 천국.

08:36. 자그랩(Zagreb)착.

유럽탈출은 끝났다. 그렇다고 웃을 일은 아니다. 크로아티아가 유럽이고, 슬로베니아와 그리스를 넘어 이스탄불을 잡을 때 까지는 마음 놓을 수 없다. 아니, 여행이 끝날 때 까지 긴장의 끈을 풀 수는 없다.

— 야간열차를 타고 스플리트(Split)까지 가서 돌아보고, 드부르브니크(Dubrovnik)까지는 열차가 없다니까 버스로 가야겠다. —

나는 그런 생각을 하면서 매표창구를 찾아갔다.

" 안녕하세요? 나는 스플리트로 가려는데 열차시간 좀 알려 주세요."

창구직원은 여인이었다.

그녀가 알려 준 열차시간.

07:34발 13:40착.

15:20발 21:20착.

하루에 두 번.

"야간열차는 없습니까?"

"야간열차는 없어졌소."

계획이 수포가 되는 순간이다.

저녁 9시가 넘어 도착하면 또 하루 스플리트에서 자야한다.

— 야간열차가 없다면? 서둘러야 겠다. —

스플리트는 버스로 4,5시간 소요. 돌아보고 다시 드부르브니크까지 버스로 4,5시간. 느긋하게 스플리트에서 자고가면 될 텐데, 하지만 마음이 그리 한가롭지 않다. 볼 것도 없는 데서 어정어정 시간만 까먹는 것은 내 스타일이 아니다. 볼 것 보고 나면 튀어야지 시간이 없다.

기차 역에서 버스터미널까지는 걸어가기도 어중간하고 타고 가기도 그렇다.

타고 가고 걸어가고. 그런 건 문제가 아니다. 우선 환전부터 하고보자.

매표창구를 돌아서자 환전소는 역구내에 있다. 20달러 환전. 135크로네. 1달러에 6.57Kn. 환전을 하자마자 달리기. 나는 평소에도 속보다.

버스터미널은 역에서 나와 오른쪽으로 계속가면 나온다고 되어있었다. 그렇다고 무조건 뛸 수는 없고, 돌다리도 두들긴다.

물었지.

"트렘을 타라. 세 번째 역에서 내리면 된다."

"딱시, 딱시…."

곁에 있던 택시기사가 거들고 나섰다.

— 트렘이 세 정거장이면 그다지 먼 편은 아니군. —
무조건 걷는다. 10분, 15분쯤 걸었을까? 신호에 걸려 파란불 켜질 때를
기다리는데 길 건너 오른쪽 굴다리 밑으로 버스들이 몰려 있는 것이 보였
다.
— 옳거니… —
역시 버스터미널이었다.

매표창구를 찾아갔다.
"나 스플리트 간다."
"지금?"
"그렇다."
"그럼 빨리 가야겠는걸? 지금 곧 출발할 테니까."

좌석번호 40. 99크로네.
버스는 내가 타자마자 부르릉, 출발. 승객이 만원이다.
09시 45분 발.
— 휴… 열차 화장실에 인사하고 나오기 잘했지. 앞으로 적어도 4,5시간
은 달려야 하는데… —

스플리트는 도대체 어떤 곳인가?
스플리트는 '아드리아해의 보석'으로 불리는 휴양도시. 크로아티아의

제2도시로 달마티안 지방의 경제, 문화의 중심지. 스플리트는 과거 로마 황제의 휴양지로 황제의 별궁이 있다. 로마 황제 디오클레티아누스 (Diocletianus)는 은퇴 후 노년을 보내기 위해 아드리아의 햇살 가득한 땅에 AD 300년경 궁전을 지었다. 그리스의 대리석과 이집트의 스핑크스를 가져다가 꾸밀 정도로 애정을 쏟았다 한다. 궁전은 동서남북 200m 남짓의 아담한 규모다. 세계문화유산.

15시 15분 스플리트 착.
나는 버스가 스플리트 터미널에 닿자마자 곧장 황제의 궁으로 뛰었다.

세월무상.
변하지 않는 것은 없다. 스플리트는 감상에 젖은 그 옛날의 스플리트가 아니었다. 성체나 왕궁은 물론 훌륭했다. 로마가 누구냐? 로마황제가 누구냐? 그런 사람이 만든 궁전이 예사로울 수는 없다. 그러나 그것은 그 때의 이야기. 지금의 이야기는 다르다. 궁전 안 여기저기는 기념품 상점들을 비롯하여 잡화점·미술상·구멍가게 등으로 어수선하고 관리가 되지 않고 제멋대로.
문화제로서의 관리는커녕 개인주택 보다 못하게 관리되고 있는 모습이 안타깝다.

도시 전체로 보면 스플리트라는 보물은 이제 여느 도시나 다름없는 난잡한 개발의 한쪽 모서리에서 헐벗고 굶주리는 듯한 초라한 모습으로 관광객들의 장난감이 되어 있었다.

―내가 저런 꼴을 보려고 이 고생을 하면서 스플리트를 찾아 왔는가?
―

스플리트 15시 45분 발.
드부르브니크까지는 두 번의 검문이 있었다. 드부르브니크로 가려면
보스니아 헤르체코비나의 영토를 지나가기 때문이다.

드부르브니크(Dubrovnik).
아드리아해의 지상낙원. 죽기 전에 꼭 가 봐야할 곳
1929년 드보르브니크를 방문한 버나드 쇼(George Bernard Shaw)는 '지
상에서 천국을 맛보려면 드보르브니크를 찾아라'고 말했고. 오스카 와일
드(Oscar Wilde)는 "드부르브니크는 지상의 천국이다."라고 말했다 한다.

드부르브니크(Dubrovnik)

드부르브니크(Dubrovnik)

—얼마나 아름답기에 세계적인 명사들이 이런 말을 했을까? —

크로아티아(Croatia)두브로브니크(Dubrovnik)는 아드리아해의 진주로 불리는 아름다운 해안 도시이다. 7세기 도시가 형성, 해상무역 중심 도시 국가인 라구사(Ragusa)공화국으로 시작하였다. 1945년 유고슬라비아 연방의 일부가 되었다가 1991년 크로아티아가 독립국이 되면서 현재에 이른다.

두브로브니크는 이탈리아의 베네치아와 경쟁한 아드리아 해안 유일의 해상무역 도시국가였다. 십자군 전쟁 뒤 베네치아의 속주로 있다가 (1205~1358) 헝가리—크로아티아 왕국의 일부가 되었다. 15~16세기에 무역의 전성기를 맞았고 엄격한 사회 계급 체계를 유지하며 유럽에서 처음으로 노예 매매제를 폐지(1416)하는 등 높은 의식을 가진 도시국가였다.

드부르브니크는 왕국이 아니다. 드부르브니크의 주민은 귀족과 시민, 그리고 기술자. 이렇게 세 가지 신분만 존재했다. 국가 통치는 귀족이 한다. 그들 세 부류의 시민은 똘똘 뭉쳐 경제만이 힘이라고 믿었다. 그들은 경제철학을 바탕으로 정치체제는 총령을 둔 의회주의가 기본 통치형태였다. 그들은 독제를 막기 위해 선출된 총령의 재임기간을 1개월로 하고 보수없는 명예직으로 했다. 총령은 재임기간동안 출입이 통제되고 오로지 정무에만 임한다.

"국가는 오직 시민의 복지를 위해서만 존재한다."

이런 철학은 드부르브니크를 지상천국으로 만들었다.

1994년 구시가지가 유네스코(UNESCO)에 의해 세계문화유산에 지정되었다.

골치 아픈 문제가 다시 시작된다.

드부르브니크 도착시간이 저녁 8시경. 이미 어두워져 있었다. 어두워진 후에 도착하면 모든 일이 불편하다. 인포메이션을 찾아야 하는데 어느 구석에 인포메이션이 있는지도 모를 뿐 아니라 있다 하여도 모조리 클로즈.

우선 숙소를 찾아야 하는데 간혹 보이는 것은 고급호텔.

값싼 호텔을 찾는다는 건 그리 만만치가 않다. 그런데 문제는 따로 있다.

밤중에 내렸으니 동서남북을 알기도 어렵다. 버스터미널에서 올드타운까지는 제법 멀리 떨어져 있다. 어디로 가야 하는가? 아무나 잡고 묻는다.

"필레로 가려면 버스는 어디서 타느냐?"

'필레'는 드부르브니크 올드타운으로 들어가는 '필레 문'을 말한다.

"딱시… 딱시…"

택시기사는 택시를 타라고 성화다. 시간은 자꾸만 흐르는데.

이 때 나타난 새파란 사나이. 스무 살쯤 되었을까?

"필레? 올드타운 필레? 그거 걱정 마. 여기서 버스를 타면 만사형통, 어쩌구, 저쩌구…"

이 친구 덕택으로 버스를 타긴 탔는데, 어디서 내리는지 알 수가 있나.

버스터미널 앞 도로변에 시내버스 정류소가 있다. 오른 쪽으로 직행하면 바로 필레문으로 빠진다. A1버스를 타고 종점에서 내리면 바로 '필레 문'.

하나, 둘, 셋…. 정거장만 세고 앉았는데 어느 정거장. 우루루. 승객들이 모조리 내린다.

— 종점인가? —

기사에게 물었다.

"필레?"

기사가 고개를 끄덕였다. 내렸지.

저 만치 필레 문인 듯한 성문이 보였다. 서슴없이 들어섰다. 그러나 주변을 아무리 둘러 보아도 인포메이션이나 싸구려 호텔 같은 건 보이지 않았다.

밤바람은 차가운데 가볍잖은 배낭을 매고 이 골목, 저 골목을 기웃거려 보지만 호텔간판은커녕 구멍가게 하나 보이지 않았다.

— 하, 이거 골 아프게 생겼네. 밤 공기가 찬데 노숙할 수도 없고… —

그 때 웬 사내가 한 사람 내 앞에서 얼쩡거리고 있다. 무조건 묻기다.

"이봐 쎄뇰, 여기 혹시 싸구려 호텔이나 민박 도미토리 같은 것 없을까?"

"싸구려 호텔이라고?"

"그래, 싸구려. 칩 호텔 오아 도미토리."

(Cheap Hotel or Dormitory)

"그래? 걱정 마. 내가 해결해 주지."

'지나친 친절은 사기에 속한다.'는 말이 있다.

— 이거 또, 혹시 불한당같은 사기꾼은 아닐까? —

걱정부터 앞선다.

그는 호주머니에서 휴대전화를 꺼내더니 어딘가 전화를 했다.

"오케이, 걱정 마. 5분내로 사람이 데리러 올 거야. 5분만 기다려. 파이브 미니또, 오케이?"

그런데, 10분이 지나도 영, 소식이 없다. 밤 공기는 점차 추워지는데.

— 아무래도 이거 뭐가 좀 수상하다…? —

우크라이나와 몰다비아에서 당한 일이 생각났다.

"이봐 친구, 5분내로 온다 했는데, 10분도 더 지났잖아? 나, 그냥 갈래.."

"잠깐, 잠깐… 곧 온다 했는데…"

그가 다시 전화한다.

"됐어. 그냥 날 따라 와."

그렇게 찾아 간 곳이 계단을 두 블록이나 올라 가 주택가 어느 가정집. 주소도 간판도 없는 그냥 가정집이다.

1박 200크로네. 한국 돈 3만원 정도.

나를 값싼 숙소까지 데려다 준 고마운 쩨뇰은 식당의 종업원인지 주인 인지, 식당 선전용 광고지를 행인들에게 나누어 주고 있었다. 고마운 은 혜에 보답하기 위해서는 식사라도 한끼 해야겠는데 식대가 겁나서 안면 몰수. 조금은 미안타. 유럽에 들어올 때 까지만 해도 적어도 한끼에 맥도 날도 빅맥으로 한 개(1만원 정도)씩은 먹었는데 이제 빅맥 한 개 값으로 하루를 버티는 판이다.

맛 찾고, 질 따지는 그런 사치스런 생각은 버렸다. 오로지 생존이 문제 다. 파리에서 산 빵 한덩어리(2.5유로, 3천 원정도)를 두 쪽으로 나누어 2 끼를 해결하는 형편에 싸구려 방 소개해준 은혜는 고맙지만 엉뚱하게 바 가지를 뒤집어 쓰게 되면 나만 죽는다. 그런 감상에 빠질 형편은 아니다. 독한 마음 버리면 나는 죽는다. 어쨌거나 살고 봐야지. 나의 이기심이 여 지없이 발동하고 있다. 의리도, 관광도 나의 생존이 우선이다. 그렇다. 나 는 내가 얼마나 천박하고 비열한지에 대해서도 잘 알고 있다. 그것은 나 또한 인간이라는 범주를 한 발짝도 벗어날 수 없는 숙명 때문이라는 것도.

아무리 생각해도 드부르브닉에서 1박으로 끝내기는 어려울 것 같다. 저 녁 늦게 도착하여 이튿날 아침에 출발하기는 어렵다. 드부르브닉은 여느 도시와는 다르다. 구경도 하지 않고 하룻밤 잤다고 그냥 풀쩍 떠난다는 것은 말이 안될 것 같다. 그것도 그럴 것이, 다음 행선지는 사라예보. 사라예보 행 버스는 하루에 두 번. 오전 08:00. 오후 15:00.

오전 버스를 타려면 드부르브닉관광은 포기해야 할 판이고, 오후 버스를 타면 사라예보에 밤 늦게 도착한다. 어차피 사라예보에서 자야 한다면 차라리 드부르브닉 관광을 느긋하게 하고 이튿날 아침 버스를 타는 쪽이 좋을 것 같다.

"우와아~ 이럴 수가…?"

나의 예상이 적중하는 순간이다. 지난 밤 이야기.

어두운 밤중에 홍두깨처럼 뛰어 든 드부르브닉. 밤 공기 차가운데 노숙할까 걱정하다가 간신이 구원자를 만나 노숙은 면하게 되었는데 어쩐지 개운치가 못했다.

우선 방 값이 장난이 아니다. 민박이라지만 방안 공기는 썰렁하게 차가운데 2백크로네라니. 싼 편이 아니다. 샤워를 하려고 더운 물을 틀었는데 물이 차가워 샤워를 못할 정도. 겨우 머리만 감고 나왔다. 방도 침구도 영 마음에 들지 않았다. 오늘은 좀 일찍 나가서 관광을 마치고 사라예보행 버스예약을 해야겠다.

9시가 되기를 기다렸다. 환전소도 인포메이션도 9시가 되어야 오픈. 민박집 할머니에게 간단히 인사만 하고 나왔다. 곧 바로 인포메이션을 찾아갔다. 인포메이션은 시내버스 종점에 있었다.

"나 사라예보 간다. 버스는 몇 시, 몇 시에 있나?"

"오전 8시, 오후 4시, 하루에 두 번."

"레기지 룸이 어디 있느냐?"

(Luggage Room 수하물보관소)

"필레 문 안으로 들어가라. "

"환전은 어디서 하느냐? "

"필레 문 안으로 들어가면 모조리 환전소다."

첫번 째 집에서 환전을 하고 물었다.

"이 부근에 하물보관소가 어디냐? "

"우리 집에 맡기면 된다."

환전도 하고, 기념품도 팔고, 수하물보관도 하는 짬뽕상점이다. 배낭을 맡기고 관광시작.

성 위로 올라가는 입구는 필레 문으로 들어가면 바로 왼편에 보이는 철문 안.

입장료 100크로네는 적은 돈이 아니다.

하루 호텔비의 절반 값. 자그렙에서 스플리트까지 버스 5시간 타고 99크로네에 비하면 완전 왕바가지.

성 위로 어슬렁 어슬렁, 한 바퀴 도는데 1시간 정도.

도시를 감싸고 있는 성벽의 길이 1.949km.

평균높이는 5,6m, 두께 1.5m~3m.

성에서 내려 와 시가지를 한 바퀴 돌고, 사진 두어 방 찍고, 관광 끝.

24. 역사의 패러독스(paradox)

버스를 타고 다시 시외버스 터미널로.

— 이럴 때 삐끼가 나타나야 하는데…—

드부르브닉 터미널에 싸구려호텔을 소개하는 '삐끼를 조심하라'는 소문을 들었다.

그러나 터미널에 삐끼는 없었다.

내일아침 출발하는 버스 표를 샀다. 좌석번호 No. 2. 사라예보까지 185 크로네.

이제 내게 맞는 호텔만 찾으면 오늘 일과는 끝이다.

— 터미널에 있어야 할 삐끼도 없고, 인포메이션도 없다. 어떻게 할까?
—

성 안에서 내가 잔 민박집에 간판은 없었지만 나올 때 보았다.

'SOBE'라고 적힌 작은 글씨의 표지판이 문 옆 벽에 붙어 있었다. 'SOBE'는 '민박'의 표시다. 이런 표시의 민박집이 자주 보였디. 혹시, 터미널부근에 이런 집이 없을까? 매표창구를 찾아갔다.

나는 메모지에 'SOBE'를 적어 창구 안으로 밀어 넣고 물었다.

"이 부근에 소배가 어디 있느냐?"

창구의 여인이 나를 흘깃 쳐다보더니 말했다.

"저 아래 도로를 따라 내려가 봐."

도로를 따라 가면서 이리 기웃, 저리 기웃. 살핀다.

도로변 어느 작은 사무실 같은 곳의 문이 열려 있었다.

"혹시 이 부근에 값싼 호스텔 같은 것 없을까?"

"값싼 호스텔이라고?"

"그렇다."

"바로 옆집이 호스텔인데, 한 번 들어가 보세요."

그러고 보니 바로 옆에 붙어 있는 집이 호스텔이다.

1박에 90크로네.

— 이것 봐라. 시설도 지난 밤 민박보다 훨씬 좋고, 모든 조건이 다 좋은데 값은 절반도 안 된다니? 허, 정말 환장할 일이고. —

지난 밤. 돈은 돈대로 쓰고, 바보 된 기분.

— 나 그럴 줄 알고 날 새자마자 방 바꿀 생각부터 했었지..—

오늘 하루는 완전 열중쉬어. 내일은 아침부터 토끼 뜀이다.

방 값 지불하고, 크로아티아 돈 탈탈 털어, 빵 · 콜라 · 물 등 먹을 것을
준비했다. 이제 샤워하고 누워서 공상하는 일만 남았다. 공상이라….

오늘 하루는 완전 휴무.
내일 아침 버스를 타면 사라예보에서 내린다.
내일의 일정을 생각하다 말았다. 내일 걱정은 내일 한다.
그것이 나의 생활방식이다.
방은 비교적 깨끗하고 조용하다.
샤워를 하고 빈둥거리다가 이윽고 반 가부좌.
공상의 세계는 늘 자유롭고 아름답다.
나만의 세상에서 날아 다닌다.

인간이 바보라는 것을 잘 입증하는 행위 중에 '전쟁'이 있다. 인간들은
전쟁이라는 연극을 벌여 놓고 사람을 많이 죽이면 영웅이라 칭한다.
알렉산더 · 칭기즈칸 · 나폴레옹 · 히틀러 · 스탈린 · 히로히토(裕仁)와
도조 히테키(東條英機) · 토요토미 히데요시(豊臣秀吉) 등등. 이들은 모
두 왕이나 영웅들이다. 그들 중에는 물론 히로시마에 원폭투하 명령을 내
린 미국의 트루만(Harry S.Truman)도 한자리 한다. 물론 피해를 당한 인
간들에게 그들은 악마로 보이겠지만 그들의 일족들에게 그들은 당연히
영웅들이었다. 인간이 바보라는 것을 입증하는 데는 그리 어렵지 않다.
그들은 전쟁행위 뿐 아니라 자신의 이득을 위해서 라면 부모 형제를 죽이
는 일에도 서슴없다. 생각(思想)이 다르다고 서로 죽이고, 종교가 다르다
고 서로 죽인다.

심지어 같은 종교라도 종파가 다르다고 서로 죽이고 삿대질을 일삼는다.

미국의 원자폭탄은 1945년 7월에 완성되어 1945년 8월 6일 오전 8시경 일본의 히로시마(廣島)에, 8월 9일 오전 11시경 나가사키(長崎)에 투하되었다. 1945년 4월 12일 프랭클린 루즈벨트 대통령의 중병으로 대통령직을 승계받은 헨리 트루만 부통령은 루즈벨트 대통령이 재임 당시 일본에 원자탄을 사용하는 것을 반대하였지만 이를 지켜본 트루만 부통령은 전쟁이 빨리 끝나기를 바랐다. 대통령직을 승계받은 트루만은 원폭을 승낙했다. 원자탄이 2번이나 떨어져 수 십만의 사람들이 사망했다는 소식을 들은 루즈벨트 대통령은 병세가 극히 악화되어 끝내 숨졌다.

가까운 이웃끼리 가장 잘 싸운다. 지도(地圖)라는 종이 쪽지에 국경이라는 이름으로 선을 그어 놓고 티격태격 싸우고, 동족끼리도 총을 겨누고 으르렁 거리며 싸운다. 인간 이외에 이런 동물은 없다. 동물 중에 가장 잔인하고 천박한 동물이 인간이다. 인간의 갈등과 투쟁은 끝이 없다. 어제까지 웃으며 사랑하다가도 말 한마디에 증오하고, 돌아서서 저주한다. 기쁨과 슬픔이 죽 끓듯 하고 사랑과 증오가 여반장(如反掌)이다. 왜 이런 사태가 끝도 없이 이어지는가?

그러나 그렇다. 곧 재앙의 시대, 백세시대가 다가온다 한다. 장수(長壽)가 재앙인 시대가 오는 것이다. 나는 보았다. 인간이 왜 그토록 평화, 평화, 평화를 외치면서 서로 죽여야 하는가를. 많이 죽일 수록 인류를 위하는 길이라는 사실을 나는 여행을 통하여 만날 수 있었다. 왜?

그것은 역사의 패러독스(paradox)다.

지금 내가 묵고있는 드부르브니크의 게스트하우스를 찾기는 비교적 쉽다.

버스터미널을 나와서 버스주차장 건너 오른 편으로 계속 가면 삼거리가 나온다. 그 삼거리 조금 못 가서 현관에 호스텔 이름이 적혀 있다.

ANCHI GUESTHOUSE.

APARTMENTS

Obala pape lvana pavla 1123.

DURBVNIK

OIB : 94415969469.

게스트하우스는 비교적 깨끗하다. 샤워 물 잘 나와서 좋고, 뜨거워서 좋다. 특히, 좋은 것은 방 값이 싸다는 것. 드부르브니크 관광, 첫날 밤부터 망가졌던 기분이 오늘은 활짝 갬.

드부르브니크 08:00 정각 출발.

버스는 아드리아해 푸른 바다를 끼고 멋진 질주를 시작했다.

발칸반도의 아드리아해 주변은 그 경관이 아름답기로 유명하다. 스플리트와 드부르브니크 뿐만 아니라 주변 곳곳의 섬들이나 반도는 아름다운 자연경관을 뽐내는 세계적인 휴양지로 알려져 있다. 버스는 터미널을 빠져 나와 한 바퀴 맴돌듯 거리를 돌아 멋진 교각과 아:치(Arch)가 산뜻한 대교(大橋)를 지나 계속해서 북상.

내가 앉은 좌석번호는 No.2. 운전석 바로 뒷자리. 1번과 3,4번은 비어있고, 5번부터 일반승객이 앉았다. 멋진 경관들이 나의 앞으로 파노라마가 되어 나타났다 사라진다. 그러나 아드리아가 아무리 아름다움을 자랑하여도 우리 나라 남해바다의 아름다움을 넘보지는 못한다.

나는 아름다움을 자랑하는 여러 나라의 바다를 보아 왔지만 우리 나라 다도해 처럼 아름다운 바다를 본적이 없다. 해 뜨는 일출의 바다와 해지는 석양의 바다는 그 맛이 다르다. 달이 뜨는 월출과 만월의 그 반짝이는 바다는 말로 표현하기 어렵다. 핀란드, 노르웨이, 스웨덴. 그 북구의 바다도 아름답다. 니스와 깐느, 모나코. 지중해 리비에라 해안의 아름다움도 손꼽힌다.

크레오파트라의 한숨 섞인 알렉산드리아의 바다도 아름답다. 그러나 그 지중해가 아무리 아름답다 하여도 나는 우리 나라의 다도해와 바꿀 생각은 없다. 다도해 국립공원. 명사십리. 바닷가 소나무 숲. 하루종일 생각에 젖어 걸어도 지루하지 않다.

아드리아 바다가 두어 시간 지나자 보스니아 헤르체코비나의 국경이 나타났다. 그저께 밤에 지나든 그 국경이다. 그 때는 밤이라 아드리아 바다의 아름다움을 볼 수 없었는데 오늘은 제대로 본다. 그리고 버스는 마침내 내륙으로 방향을 바꾸었다. 그런데 아름답고 멋진 경관에 들떠 있던 마음에 차츰, 그늘이 드리워지기 시작했다. 문제는 버스였다.

내가 검색한 여행정보에 따르면 드부르브닉에서 사라예보까지의 버스 소요시간은 5시간으로 나와 있었다. 정보대로라면 오후 1시경 사라예보

도착하게 되어있다. 자그렙에서 스플리트로 갈 때는 직행이었다. 그런데 오늘 버스는 그게 아니다. 구석 구석, 마을마다 들여다 보고 가자니 시간이 더 걸린다. 한 번 쉬었다 하면 3,40분은 보통. 어이, 숨막혀.

  11:30 모스타르 도착, 곧 출발.

라틴브리지(LatinBridge)

25. 마이얼링(Mayerling)의 비극

14:30 사라예보 도착.

나의 애당초 계획은 이렇다.

드부르브닉에서 이틀을 보냈으니 사라예보에 일찍 도착하면 라틴브릿지를 만나 보고 당일치기로 밤차를 타고 베오그라드로 튈 생각이었다. 베오그라드에 가면 그리스의 테살로니키 행 열차를 탈 수있기 때문이다. 베오그라드로 가는 방법은 버스로 가는 방법과 열차로 가는 방법이 있는데 열차를 타면 자그렙으로 돌아 가야 한다.

사라예보 버스터미널 매표창구.

"오늘밤 베오그라드행 버스, 몇 시에 있느냐?"

"그런 버스는 없다."

"야간버스가 없다고?"

"그렇다. 없다."

"그럼 베오그라드 행은 몇 시에 있느냐?"

"내일아침 6시."

"아이쿠 두야…"

사실은 나도 알고는 있었다. 베오그라드 행 야간버스를 타려면 사라예보의 메인터미널이 아닌 루카비차(Lukavica)라는 세르비아인 집단 거주 지역까지 가야한다. 늦은 시간에 라틴다리를 만나고 다시 루카비차를 찾아 헤매긴 시간이 너무 촉박하다.

— 어떻게 할까…? 혹시… —

나는 황급히 열차 역으로 뛰었다.

야간열차를 타고 다시 자그렙으로 올라가면 자그렙은 열차가 많은 편이고 유레일패스를 사용할 수도 있기 때문에 이래저래 유용할 것 같아 열차를 탈 생각이다.

"여보세요, 여기 누구 없소? 여보세요…"

여기는 사라예보 열차 역, 매표창구.

나는 매표창구 창문을 두드리며 고함을 질렀다.

사라예보 열차 역은 버스터미널 옆에 있다.

"무슨 역이 이래?"

승객도 역무원도 없는 마치 유령의 집처럼 찬바람이 일고 있었다.

매표창구는 여러 곳이 보였으나 표파는 창구는 보이지 않았다.

매표창구를 몇 차례 두드리자 낮잠을 자다가 나오는지 한 사내가 하품을 하면서 나타났다.

"여보세요 나, 자그랩 가려는데 열차표 주세요. 야간열차요."

"야간열차는 없소. 자그랩 가려면 내일 아침에 오시오."

"오늘 야간열차가 없다고요?"

"그렇소. 자그랩 행 열차는 오전 8시, 한 번 밖에 없어요"

그리고 끝.

갑자기 난감해졌다.

— 자, 이제 어디로 가야하나? —

야간버스, 야간열차 모조리 종 쳤다.

— 호텔부터 잡아야 하겠군. —

그렇다면 내일아침 버스를 타라는 말이 되는데…. 돈은?

돈이 땡전도 없다. 보스니아 헤르체코비나 돈이라곤 아직 구경도 못해보았다.

"이보시오, 티켓맨 아저씨, 나, 보스니아 돈 땡전도 해브노. 돈은 어디 가면 바꿀 수 있소?"

"오늘은 일요일. 은행은 놀고, 환전상은 쉬는데… 시티센터에 한 번 가 보시오."

"시티센터..? 그게 어디요?"

"트램을 타고 세 정거장 가서 내리시오."

"트램은 어디서 타요?"

트램을 타려 해도 돈이 있어야 타지.

우여와 곡절을 겪으면서 시티센터를 찾아가서 환전을 하고 호텔을 잡았다.

그리고 다음차례. 라틴브리지(Latin Bridge)를 찾아간다.

사라예보를 찾아 온 것은 물론 라틴브리지 때문이다. 라틴브리지. 도대체 라틴브리지가 뭐냐?

라틴브리지는 제 1차 세계대전을 촉발시킨 화약고의 도화선이다.

발칸반도는 사방(동서남북)의 세력들이 부딪치는 교차점이다.

황색바람, 합스부르크가. 오스만. 그리고 러시아가 그들이다. 황색바람은 훈족을 비롯한 중앙아시아의 동양바람이고, 합스부르크가는 오스트리아의 전신이다. 오스만은 오스만터키. 그리고 러시아. 로마가 늙어 죽고, 동 로마였던 비잔틴의 콘스탄티노풀 마저 오스만터키가 먹어 버리자 발칸은 한 때 오스만터키가 깔고 앉았다. 그것도 잠시. 역사의 격랑은 쉬임 없이 요동 친다. 힘이 어느 쪽으로 기울어 지느냐에 따라 오스트리아─헝가리(합스부르크) 쪽으로, 혹은 슬라브의 수중으로, 오스만의 수중으로. 그러는 사이 종교와 인종이 비빔밥이 되어 티격태격 마찰하기 시작하였다.

제 1차 세계대전(1914~1918)이 일어나기 직전에는 오스만 제국이 발칸반도의 대부분을 지배하였고, 보스니아는 오스트리아가 깔고 앉아 있었다. 제 1, 2차 발칸 전쟁을 거쳐 세르비아가 신흥 강국으로 성장하게 되는데, 슬라브 계 왕국이었던 세르비아는 러시아의 지원을 받으며 발칸 반도 내의 슬라브 민족을 통일하여 강력한 국가를 수립하려는 구상이 있었다. 이러한 범슬라브주의는 오스트리아—헝가리 제국에게 심각한 위협이었다. 슬라브 민족의 이탈을 선동해 제국의 붕괴를 야기할 위험이 있었기 때문이다. 1914년 보스니아의 수도 사라예보에서 사라예보 사건이 터지자 세르비아를 침략할 구실을 찾고 있던 오스트리아—헝가리 제국은 세르비아에 선전포고 하였고, 갖가지 조약과 동맹 관계가 작용하여 제1차 세계대전이 시작된다.

사라예보의 총성

1914년 6월 28일, 일요일. 보스니아의 수도 사라예보(Sarajevo)의 하늘은 구름 한 점 없이 맑았다. 사라예보에 오스트리아군대 사열식을 참관하기 위에 왔던 오스트리아의 황태자 페르디난드 2세 부처가 무개차(無蓋車)를 타고 사라예보 박물관 앞 라틴브리지에 이르렀을 때, 갑자기 총소리가 한가로운 거리를 뒤흔들었다. 총을 쏜 사람은 열아홉 살 먹은 보스니아의 세르비아계 청년 가브릴로 프린시프(Gavrilo Princip,1894~1918)였다. 프린시프는 오스트리아-헝가리 제국 남부 슬라브족의 독립을 주장하는 "검은 손"이라는 테러 조직 소속의 세르비아 민족주의자였다.

프린시프는 곧바로 붙잡혔고 황태자 부부는 15분 남짓 지나 숨을 거두었다. 이것이 세계1차대전 발발의 원인이 되었다.

그러나 여기에는 기막힌 역사의 트릭이 숨어 있다.

사라예보에서 숨진 황태자는 황태자가 아니었다. 진짜 황태자는 그 때 다른 곳에서 이미 오래 전에 숨졌다. 이번에 숨진 황태자는 죽은 황태자를 대신하였다가 억울하게 죽은 것이다. 그렇다면 진짜 오스트리아 황태자는 누구이며 어떻게 숨진 것일까? 우리는 그의 죽음을 '마이얼링의 비극'이라 한다.

마이얼링(Mayerling)의 비극,

1889년 1월 30일 새벽, 비엔나에서 15킬로미터 떨어져 있는 마이얼링 사냥 별장에서 오스트리아-헝가리의 황태자 루돌프(Rudolf)의 주검이 발견되었다. 그의 연인 마리아 베체라(Maria Vetsera)의 주검도 그의 곁에 나란히 놓여 있었다. 루돌프의 침대 위에서 발견된 마리아의 주검은 꽃으로 뒤덮여 있었다. 마리아 베체라를 먼저 총으로 쏜 후 루돌프도 자신의 머리에 총을 쏘았다. 루돌프의 머리는 산산 조각 나있었다.

마이얼링에서 벌어진 이 비극적인 소식을 전해들은 루돌프의 아버지 프란츠 요제프(Franz Josef)황제는 실신하고 말았다.

루돌프 황태자의 비참한 자살은 의문 투성이였다.

유럽에서 가장 강력한 국력을 가진 나라의 후계자인 루돌프였다. 그런 루돌프가 왜 갑자기 30살의 젊은 나이에 그런 비극적인 죽음을 선택했던 것일까? 아무도 그 답을 찾지 못했다.

하지만 루돌프는 겉으로 보이는 것처럼 완벽한 '백마 탄 왕자'가 아니었다. 루돌프는 프란츠 요제프 황제와 엘리자베스 황후의 외아들이었다. 루돌프는 어머니의 예민한 감수성을 많이 물려 받았다. 반면 아버지의 견고함은 거의 물려받지 못했다. 이런 아이러니한 유전자의 조합을 가진 루돌프는 결혼생활을 끔찍하게 여겼다. 루돌프에게 결혼생활까지 감당하기에는 너무 벅찬 일이었다. 게다가 유난히 외로움과 절망감을 많이 느꼈던 루돌프였다. 겉으로 보기에는 완벽한 '백마 탄 왕자'였지만 막상 루돌프 왕자의 내면은 한 없이 공허했다. 우울증이다.

루돌프 황태자는 비교적 급진주의자였다. 그런데 황제를 포함한 황궁의 고지식하고 보수적 성향은 루돌프를 괴롭혔다. 자유주의를 선호했던 황태자는 절대군주제 보다는 오히려 의회군주제에 더 적합한 황태자였다. 황태자는 평소 급진주의자들과 어울렸다. 이런 분위기는 자연히 황제와의 사이가 원만하지 못했다.

루돌프는 1881년 벨기에 레오폴드 2세의 딸 스테파니 공주와 결혼했다.

1883년 루돌프와 스테파니 사이에 딸이 태어났지만 그 이후에는 자식이 없었다. 그 이후 그들은 동침을 전혀 하지 않았다.

이런 형편에 스테파니의 성격은 급했다. 신경질적이었고, 변덕이 심했다. 남편 루돌프에게 끊임없이 뭔가를 원했다. 루돌프가 그런 스테파니와 함께 하고싶지 않았던 것은 그리 놀랄 만 한 일도 아니었다.

어머니 엘리자베스처럼 루돌프 역시 심각한 우울증에서 자유롭지 못했다.

이 때의 루돌프는 부부사이가 원만하지 못한 대신 비교적 많은 여인들과 접촉이 있었다.

이런 소문에 루돌프 부부사이의 불화는 깊어져 갔다.

불편하던 부부사이에 마침내 스테파니가 사고를 치고 말았다.

1888년 가을, 루돌프가 폴란드의 아름다운 체부카(Czewucks)남작부인을 방문하고 있을 때 스페파니가 나타나 사람들이 보는 앞에서 큰 소란을 피운 것이다. 루돌프와 체부카 남작부인은 그다지 깊은 관계는 아니었다. 그런데 스테파니가 나타나 소란을 피우자 일은 커지고 말았다. 사건이 터지자 루돌프는 '바람둥이'로 소문이 나 버렸고, 스테파니는 오히려 '몹쓸여자'로 비난받는 처지가 되어버렸다. 소문은 온 비엔나 시내를 휩쓸었다.

루돌프는 말 타기를 좋아했다.

1884년 4월 어느 날.

비엔나 경마장 행사에서 루돌프는 한 눈에 반할 여성을 만났다.

그녀의 이름은 마리아 베체라. 방년 16세.

당시의 여성들에게 '황태자'라는 소리는 바로 '스타'라는 소리나 같다. 여성들은 누구나 황태자와의 데이트는 영광, 그 자체였다. 베체라도 싫을 리 없었다. 그러나 그들의 첫 만남은 그렇게 끝나고 말았다. 그 날로 마리아 베체라는 짝사랑에 빠졌다. 마리아에게 루돌프는 그야말로 '백마 탄 왕자'였다. 그러나 그것은 이룰 수 없는 꿈이었다. 아니다, 그것은 그녀와 루돌프가 저승으로 함께 갈 동반자로서의 첫 인연이었다.

그리움에 목말라 애태우든 어느 날, 드디어 기회는 왔다.

1888년 5월 초.세익스피어의 '햄릿'이 비엔나 부르크극장에 올려졌다. 마리아는 루돌프가 이 공연을 보러 온다는 소식을 접했다. 그 당시 마리아 또래의 여자아이들은 보호자 없이는 외출이 불가능했다. 그래서 마리아는 어머니를 설득하여 함께 햄릿공연을 보러 갔다. 그리고 공연 휴식시간에 자신의 우상이었던 루돌프 황태자와 처음으로 정식 인사를 하게 되었다.

알고 보니 마리아의 어머니 친구인 라리슈백작부인은 루돌프황태자의 사촌이었다. 이런 인연으로 하여 마리아와 루돌프의 관계는 갑자기 가까워졌다.

황제와 황태자의 관계도 부드럽지 못하였고, 황태자의 부부 사이에도 찬바람만 불던 계절이라 우울증과 고독에 시달리던 황태자는 급기야 사랑의 웅덩이에 '풍덩' 해 버렸다. 마리아 역시 짝사랑에 빠져 있던 터. 둘 사이가 뜨거워 진 것은 자연스러운 현상.

당시의 유럽은 혁명의 소용돌이에 휩쓸리고 있었다. 물론 그 시발은 프랑스혁명이었다.

급진적 자유주의자였던 루돌프와 가까운 인물 중에 루돌프의 사촌인 요한 살바토르가 있었다. 살바토르는 황제를 타도할 혁명을 계획하고 있었다. 하지만 이 소식을 들은 루돌프는 공포에 빠졌다.

황제의 스파이는 곳곳에 숨겨져 있었다. 루돌프는 만약 그들이 요한 살바토르의 일을 눈치 챈다면 자신도 연루될 것이라는 두려움에 떨고 있었다. 탈출구는 오로지 마리아 뿐이었다.

마침내 루돌프는 아내 스테파니와 이혼을 하고 마리아와 결혼할 결심을 하게 되었다.

그러나.

당시의 결혼이란 대부분 정략에 따라 움직이는 결혼이었다. 루돌프가 이혼을 생각한다고 그게 그렇게 마음대로 되는 것은 절대 아니다. 갈등은 증폭되고 마침내 폭발의 시간이 다가오고 있었다. 교황으로부터 경고가 들어오고, 황제는 격분하였다.

사랑의 웅덩이에 빠져 버린 루돌프는 절망했다. 탈출구는 동반자살 뿐이었다.

1889년 1월 29일.

그들은 비엔나를 떠나 마이얼링의 사냥별장으로 향했다. 다음날 그들은 시종들에 의해 시체로 발견되었다.

또 다른 설이있다. 암살설이다.

그 배경은 이렇다.

결정적인 증거는 교황청이 황태자 루돌프의 장례를 '카톨릭 예식'으로 치르게 했다. 교황청에서는 자살자의 장례를 절대 카톨릭 예식으로 치르도록 허가치 않는다는 것이다. 그러나 요제프 황제가 교황에게 많은 분량의 비밀 문서를 보낸 후 교황이 이를 허가했고, 그 비밀 문서가 바로 암살 사건의 내막을 담고 있다는 것이다. 그리고 자살 사건 현장의 수습을 지시받은 마이얼링의 목수의 증언에 의하면,

"별장 내부에는 격렬한 몸싸움의 흔적이 도처에 있었으며, 가구가 뒤집

혀 있고 벽에 총알자국과 혈흔이 있었다"고 한다.

이미 황태자 루돌프는 측근들에게, "내가 궁중 내부의 실력자들과 외국과 결탁된 아버지(프란츠 요제프)에 대한 음모를 알게 되었는데, 내가 이를 안다는 것이 드러나면 곧 바로 암살될 것이다." 라는 말을 했다고 한다.

우리는 어느 것이 진실인지 알지 못한다. 다만 분명한 것은 그로 인하여 제 1차 세계대전이 발발되었고, 국가의 운명이나 개인의 운명이나 예측할 수 없는 순간에 뒤바뀔 수 있다는 사실이다. 시나리오는 누구도 예측할 수 없지만 분명 모든 운명은 프로그램되어 있다는 사실이다.

당시의 발칸반도는 범게르만주의와 범슬라브주의가 서로 첨예하게 대립하고있었다 오스트리아와 독일은 세르비아나 크로아티아 마케도니아 등 여러 발칸반도에 게르만족이 많이 거주한다는 점을 들어 이 지역에 영향력을 행사 하려 하였고 러시아는 그들의 남하정책을 추진하는 과정에서 발칸반도가 전략적 요충지였기 때문에 영향력을 확대 시키려 하였다.
국제정세가 이럴 때, 황태자 암살사건이 터진 것이다. 발칸반도를 먹으려고 호시탐탐 기회만 노리던 오스트리아에게 세르비아가 빌미를 제공한 셈이다.

그러나 이 암살사건은 명분에 불과하였고 그 이전부터 각국이 연대하여 전쟁할 이유를 찾지 못해 혈안이 되어 있었다. 이 사건을 빌미로 오스트리아는 세르비아에 1개월만에 선전포고를 하였고 곧 이어 독일은 러시아에게 선전포고, 영국 프랑스는 독일과 오스트리아에게 선전포고를 하면서 불과 3일만에 전 유럽이 전쟁의 도가니 속으로 빠져 들었다.

전쟁은 확전되고, 마침내 미국의 참전으로 종결을 맞는다.

이 때의 참전국을 보면 연합국 측으로 미국을 비롯하여 영국·프랑스·러시아·벨기에·루마니아·이탈리아·일본·호주·뉴질랜드·캐나다·포르투갈·그리스 그리고 세르비아 등이고, 동맹국 측으로는 독일·오스트리아·헝가리·오스만 투르크(터키)·불가리아 등이었다. 이탈리아는 처음 동맹국 측으로 붙었다가 연합국 측으로 돌아섰고, 독일 측으로 붙었던 터키는 전쟁 종반에 항복하여 발칸영토 대부분을 잃었다.

마이얼링의 비극은 오스트리아 황태자 개인의 문제만으로 끝나는 것이 아니다.

요제프 황태자는 오스트리아 황제와, 그리고 라틴브리지에서 피살된 새 황태자와 필연적인 인연의 고리에 물려 있다. 그리고 이들은 1차대전이라는 역사의 시나리오와 무관할 수가 없다. 뿐만 아니라 독일과 러시아를 비롯한 1차 대전에 참여한 세계각국의 국제정세와 불가분의 인과론적인 시나리오와 무관할 수가 없다. 이런 모든 문제와 더불어 개인과 국가들이 상호관통으로 짜여진 역사라는 시나리오를 연출한다. 이러한 연출은 이미 역사의 시나리오에 프로그램되어 있었던 것이다.

오늘도 라틴브리지(Latin Bridge)아래 미라야크(Miljacka)강물은 유유히 흐르고 뒤바뀐 인간의 운명을 아는 지 모르는지 역사의 강물도 유유히 흐른다.

루돌프에게는 테스토스테론의 생성이 미약한 대신 자살유전자의 소유자였을 가능성이 있다.

시티센터로 찾아가 환전하고, 미라야크 강을 천천히 걸어서 거슬러 올라갔다.

라틴브리지에 이르러 사진 한 방 찰칵.

오늘은 정말 많이 걸었다. 사라예보 거리를 우왕좌왕 사방으로 걸어 다녔으니 말이지.

돈이 있어야 전차를 타건, 택시를 타거나 할 텐데, 가는 날이 장날. 오늘이 하필 일요일.

터미널에서 호텔을 찾아 다니고, 시티센터에서 환전하고, 라틴다리를 찾아가고….

"호호호, 이제 오세요? 피곤하시죠? 잠시 쉬었다가 저녁식사 않겠어요?"
— 이건 또 무슨 구미호? 꼬리 흔들지 마. 그렇잖아도 환장하겠는데… 저녁식사라고? 난 말씀이야. 내 배낭 속에는 이틀 분 먹거리가 꽉 들었으니 걱정일랑 붙들어 매기요. —
"하하, 고맙지만 사양하겠습니다."

얼마 후.
"아이쿠 두야.."
샤워를 하고 타월로 몸을 닦고 있는데.

"똑똑…"

"누구세요…? 잠깐만…"

나는 황급히 몸을 훔치고, 속옷도 입지 않고 바지만 대충 끼고 문을 열었다. 웃옷은 벗은 체.

"얼시구, 이게 뭐야? "

문을 열자 호텔에 들어 올 때 만났던 그 구미호가 요리를 만들어 담은 오븐을 들고 서 있었다.

"어쩐 일…. 어, 어, 이게 뭐야? "

"내가 방금 만든 거야. 맛 좀 봐."

— 이게 무슨 자다가 홍두깨? —

그녀는 꼬리를 살랑살랑 흔들면서 사라졌다.

나는 반쯤 벗은 몸으로 오븐을 들고 선체 그녀의 사라지는 뒷모습을 잠깐 보았을 뿐 문은 닫혔다.

피자요리 같기도 하고, 우리 나라 음식의 부침개 같기도 한 음식 한 접시, 그리고 토마토와 상추를 깔고 그 위에 대형 스테이크 같이 생긴 고기덩이 한 토막을 담은 요리. 그렇게 두 접시의 요리에 나이프와 포크가 얹혀 있었다. 나는 오븐을 탁자 위에 올려 놓고 옷을 마저 챙겨 입었다. 아무리 생각해도 그 의미를 알 수가 없다. 그녀가 나를 언제 보았다고 이렇게 환대를 한단 말인가?

— 혹시 이 멍청한 사내의 코를 한 번 꿰어 보겠다는 수작일까? — 온갖 잡스런 생각을 하다가 오븐을 들고 일어났다.

그녀는 분명 호텔에 딸린 레스토랑의 여인같은데 식사주문을 받으려고 미끼를 던지는 지도 모른다. 나는 오븐을 들고 레스토랑으로 내려갔다. 그 때 그녀를 만났다.

"이 봐요, 레스토랑 문 좀 열어 줘요. 나, 방에서 혼자 먹기 싫으니 함께 식사합시다. 맥주도 한잔 하면서… 맥주, 비어… 비어… 비어 몰라? 삐보…"

비어는 영어, 삐보는 러시아어 맥주를 말한다.

"삐보…? 지금은 안돼요. 레스토랑 클로즈. 오늘 영업, 끝났어요."

"그래? 그럼 할 수없지. 맥주 2병 갖고 내 방으로 올라 오시오. 유, 한잔, 나 한잔. 어때? 좋지…?"

"난 삐보, 못해요."

"그래? 그럼 한 병만 갖고 오던지."

그리고 나는 다시 오븐을 들고 내 방으로 돌아왔다.

― 허허, 구미호가 내 코를 꿰겠다고? 잘 하면 내가 오늘 구미호를 먹을 수 있을지도 모르겠는걸? 아니지, 그러다가 함정이라면? ―

한동안 엉뚱한 공상에 빠져 있을 때.

"똑, 똑… "

"오이, 캄온."

그런데 이게 누구야? 온갖 싸가지 없는 공상에 빠져 있을 때 나타난 사나이. 매니저였다.

"이것 시켰어요?"

"으음… 그래, 왔어? 고마워."

맥주를 받긴 받았지만 백일몽에 빠져 헛소리를 중얼거리고 있던 나에게 찬물을 뒤집어 씌우고 매니저는 돌아섰다. 맥주를 받아 들고 잠시 혼란에 빠져 있던 나는 겨우 본정신이 돌아왔다.

"예라이, 모르겠다. 마시고 보자."

맥주는 캔 맥주 디럭스.

나는 어차피, 내일 새벽에 떠나야 한다. 카운트 데스크로 내려갔다.

"오이, 매니저… 나, 내일 새벽 일찍 떠나야 해. 맥주 값, 계산이나 하고 가야지. 얼마?"

"아, 아닙니다. 손님. 맥주는 서비스예요."

"아니, 내가 시킨 건데 그럴 수야 없지."

"아, 괜찮습니다. 상관 마십시오.

"허허, 그것 참."

난 그냥 방으로 올라와 빈 오븐에 10€짜리 한 장을 얹어 놓았다.

유니온 호텔, 기분 좋은 호텔이다.

UNION HOTEL.

KRANICEVA 32.

phone : 387(0)33260006

사라예보 역 앞 광장에서 왼쪽으로 비스듬히 난 도로를 따라 올라가면 있다. 그다지 멀지 않다.

지금까지 내가 수집한 열차의 시간정보는 비교적 정확했다. 러시아가 그렇고, 대부분 유럽국가들의 스케줄은 별 이상이 없었다. 그런데 여기

발칸반도에 들어와서 틀어지기 시작했다. 자그랩에서 스플리트행 야간열차가 그렇고, 사라예보에서 자그랩으로 넘어가는 열차가 또한 그렇다. 다음 목적지는 메테오라(Meteora)다. 메테오라는 그리스에 있는데 메테오라로 가려면 베오그라드로 가서 열차를 타야 한다.

그러나 과연 열차를 탈 수 있을 지는 나도 모른다.

분명 내가 수집한 열차정보에는 야간열차가 있다고 되어있다. 그런데 문제는 그 정보들이 잘못 되었다면 문제가 어려워진다.

예산문제는 그럭저럭 해결이 된 것 같다. 내가 애당초 여행을 떠나기 전에 세운 계획은 모두 다섯 파트로 나누어 세워졌다. 그 하나는 러시아권으로 러시아와 우크라이나, 그리고 다음이 유럽·발칸·터키·중국으로. 그 다섯 파트가 각각 따로 예산을 짰는데 러시아권에서는 시베리아 열차표가 예상외로 싼값이었기에 쉽게 넘어갔다. 유럽에서는 유레일패스에 관한 정보를 숙지하지 못한 탓으로 예산초과가 발생하여 긴축을 시행하였고, 그 과정에서 유로화가 다소 여유가 생겼다. 여유생긴 유로는 그리스가 유로를 사용하고 있기 때문에 그리스에 가서 사용하려고 생각하고 있었는데 사라예보의 유니온호텔에서 유로화를 받는다 하여 30€를 지불하였다. 그래도 아직 유로화가 조금 남아있다. 베오그라드로 넘어가서 순조롭게 스케줄대로만 진행 된다면 문제가 없겠는데 열차가 내가 알고 있는 정보대로 되어있는지가 문제다.

내가 알고 있는 정보에 의하면 베오그라드에서 18시 50분 발. 야간열차를 타면 테살로니키에 14시 17분에 도착하게 되어있다. 과연 이 열차를 탈 수있을 지는 나도 모른다. 일단 배오그라드에 들어가서 확인을 해야 한다. 베오그라드 행 버스표는 이미 사 두었다.

문제는 또 있다. 테살로니키에서 메테오라로 들어가는 문제인데 여기가 좀 복잡하다.

대부분의 열차가 팔레오파르살로스(Paleofarsalos)에서 환승을 해야 하는데 그 기다리는 시간이 들쭉날쭉으로 개판 오분 전. 내가 뽑아 놓은 시간표에는 환승없이 직행하는 열차가 있다. 이대로 라면 걱정 없다. 하지만 그걸 어떻게 믿나? 아니다, 믿어야 한다. 내가 뽑은 칼람바카행 열차시간은 그리스 철도청 홈페이지에서 뽑은 정보인데 틀리면 안되지. 문제는 그것으로 끝나지 않는다. 테살로니키에서 이스탄불 들어가는 문제가 아직 남았다. 이 열차는 과거에 한 번 타 본적이 있는데 역시 골 아픈 열차다. 무슨 열차가 달리다가 갑자기 멈추나? 역도 아닌 허허벌판에 열차를 세워 놓고, 몇 십 분씩 노닥거리다가 다시 달리기도 한다. 그 정도로 개판이다.

아무튼 유레일패스 사용기간도 남았고, 돈도 아껴야 하므로 타긴 타야겠는데 웃기는 동네 열차를 탈 생각에 골 아프다. 이스탄불에 들어가면 그 때부터는 버스를 타야 한다. 터키열차는 아예 무시해야 할 정도로 엉망이다. 터키 철도청 홈페이지로 들어가서 몇날 며칠동안 짜 보았지만 답이 안 나왔다. 터키는 전국의 철도망이 일사천리로 연결 되는 것이 없고, 지역마다 시간표가 제멋대로. 도무지 연결이 안 된다. 철도노선도 개판이고.

26. 전쟁예찬

06시 정각에 출발한 베오그라드 행 버스 승객, 10여명. 버스가 출발하고 한 시간쯤 지나고 어느 도시에 도착하자 그나마 타고 있던 승객들이 대부분 내렸다. 대형버스에 고작 승객이라고는 나와 두 명의 승객이 모두다. 400Km나 되는 거리를 7시간에 걸쳐 달려가는 버스의 승객이 고작 3명이라니. 이래가지고 무슨 장사가 되겠나? 아무리 비수기라 하지만 승객수가 너무 적다. 사라예보 열차 역이 도깨비 굴로 변한 것도 다 이유가 있는 것 같다. 교통을 편하게 하고 버스를 자주 다니게 하면 뭘해? 승객이 없는데.

발칸반도의 이름은 발칸산맥에서 유래 되었다 한다. 그래서 그런지 천지가 모두 강원도 산골이다. 구비구비 돌고 돌아 강물을 따라 흐르고, 때때로 고산준령을 타고 오르면 고산지대는 아직도 설국. 골골마다 마을마다 눈에 묻혀 있다.

가다가 놀다가, 노닥거리던 버스가 7시간 만에 결국 베오그라드 외곽으로 접어 들었다.

나는 시내 중심가를 향해 달리는 버스 창 밖을 내다보며 기차길만 찾는다.

— 버스 터미널이 기차 역에서 멀까? 가까울까? —

나의 관심은 오로지 열차에 있다.

신호등에 걸려 버스가 멈추었다.

— 저거다, 저기가 열차역이 틀림 없다. 버스가 여기 좀 세워 주면 좋을텐데.. —

아니나 다를까? 버스가 신호등을 지나 커브를 돌았다. 그 곳에 버스가 무더기로 주차해 있는 모습이 보였다.

— 틀림없이 버스터미널이다. —

터미널이었다. 나는 버스가 멈추자 마자 배낭을 매고 바쁘게 걸었다.

베오그라드 열차 역, 매표창구.

"나 테살로니키 간다. 열차는 몇 시에 있느냐?"

"저어쪽, 인터내셔널 창구로 가서 물어 봐라."

갔다. 같은 질문. 그렇게 얻은 메모지가 귀중품처럼 느껴졌다.

오후 18시 45분에 타면 내일 아침 10시 07분, 테살로니키 도착.

— 잘 하면 또 한 번, 공짜열차 탈지도 모르겠군. —

1달러짜리와 5달러짜리, 잔돈을 긁어 모아 10달러를 환전했다.

— 웬 돈을 이렇게 많이 주나… —

10달러에 1,106 Kn.

빵 가게를 찾아가서 3끼 먹을 빵을 샀는데도 돈이 제법 남았다. 2끼 먹을 빵을 더 사고, 그리고 물 2병, 콜라 1병을 더 샀다. 그래도 돈이 남아 재환전을 하여 2달러를 챙겼다.

배낭이 배 터진다고 야단이다.

— 세상에 이런 열차 역도 다있나? —

베오그라드 열차 역 대합실에는 의자가 없다. 앉아서 쉴 수가 없는 것이다. 6시간을 서서 기다려야 한다.

— 그 참, 너무하네. 밖에는 찬바람이 몰아 치는데.. —

유령이 나올 것 같은 대합실, 의자도 하나 없는 대합실. 발칸반도, 조금 심하다.

다리도 아프고, 잠도 오고, 정말 사람 욕보이는 것도 가지가지다.

"우와아~ 미치겠네. 어떻게 이렇게 사람, 기절할 일만 계속 생기나."

나는 그냥 털석, 주저앉고 싶었다. 무슨 일이냐?

열차는 18:50분 정각에 베오그라드 역을 출발하였다.

쿠셋(침대차) 1량, 좌석차 3량,

화차는 달랑 4개의 객차를 끌고 신나게 출발하였다.

나는 재빨리 열차에 올라, 룸을 한칸 차지하고 문을 닫았다. 좌석은 며칠 전 뮌헨에서 자그랩으로 올 때 탔던 열차와 같은 모습으로 3개씩 마주

보고 6개의 좌석으로 구성된 칸막이 방이다. 3개의 좌석을 깔고 누우면 그냥 침대나 마찬가지다. 승객이 그다지 많지 않아 대부분의 승객들이 나와 비슷한 처지. 방방마다 한 두 명씩 차지하고 출발.

얼마나 갔을까? 내가 막 잠이 들려는데 인기척이 났다. 나는 살그머니 뚜껑을 열었다. 나는 본시 초저녁에 자는 습관이라 불빛이 싫어 뚜껑(안대)을 하고 잔다. 뚜껑을 살짝 열고 보자 젊은 남녀 두 명이 들어오는 것이 보였다. 부부인지 연인인지 그런 건 나하고 상관없다.

그런데 참새처럼 생긴 젊은 여자가 방송을 시작하는데 이건 도저히 시끄러워서 잠을 잘 수가 없다. 하마나 멈추려나… 하마나… 하고 기다렸지만 끝없이 지껄인다. 참다 못한 내가 한 마디 한다. 물론 조용히, 그리고 점잖게 말했지.
"이 열차, 전세 낸 것도 아닐 텐데 좀 조용히 합시다."
물론 한국말로 했지. 그랬더니 참새가 꼬리를 확, 감추고 조용해졌다.
"허, 그 여성. 신통하구먼. 참새가 한국말을 다 알아 듣고…"
잠시 시간이 지났다.
그 때, 승무원이 들어왔다.
"티켓, 플리즈…"
남자가 먼저, 그리고 참새. 다음 차례는 나.
내가 유레일패스를 보이자 패스를 볼 생각도 않고 표지를 보더니 그냥.
"오 케이…" 하면서 나가 버렸다. 그런데.

잠시 '조용하다'했더니 승무원이 나가자마자 또다시 참새의 방송이 시작된 것이다. 무어라, 무어라 알아듣지 못하는 소음이 완전 사람의 신경을 뒤집는다. 하마나, 하마나 하면서 참다가 더디어 터졌다.

"이즈디즈 트랭, 유어즈?"

(Is this train, your's?) 이 열차, 네꺼야?

벌떡, 일어나 그녀의 얼굴을 손가락으로 가리키며 외마디로 소리치자 다시 뚝. 방송스톱.

한참을 지났다. 조용하다. 뚜껑을 열고 살짝 열어 보았더니 아무도 없다. 사내도 참새도 줄행랑. 봇짐을 챙겨 다른 방으로 꺼졌다.

"잘 됐군."

그 이후로 테살로니키에 도착할 때 까지 나는 독방에서 혼자 편하게 지냈다. 하지만 그렇게 편하게만 지낸 것은 아니다. 계속되는 사건은 나를 그냥 놓아주지 않았다.

다시 또 잠이 들었다. 한참 신나게 자고 있는데 누군가 나를 깨운다.

"빠사쁘르떼…."

경찰이다.

― 국경인가…? 어느 나랄까? ―

나는 패스포트를 꺼내 주었다.

한동안 패스포트를 들여다 보던 경찰이 다시 묻는다.

"너, 비자도 받지 않고 들어왔군. 되돌아 가던지, 조사를 받아야겠군."

"조사를 받다니요? 도대체 여기가 어디요?"

"여기는 마케도니아야. 넌 비자없이 들어온 불법입국자야."

"그럴 리가 없는데… 왜 열차가 불가리아로 들어가지 않고, 마케도니아로 들어 온 거지…?"

나는 마케도니아에 대해서는 별로 아는 것이 없다. 비자가 필요한 국가를 체크하는 과정에 마케도니아는 포함되지 않았는데… 비자 면제협정이 체결되지 않았던가? 그럼 내가 왜 그걸 몰랐지? 순식간에 온갖 복잡한 상상이 꼬리를 물고 일어난다. 경찰은 패스포트를 움켜쥐고 어디론가 사라졌다.

"미치겠네…"

숨막히는 순간이다.

그 때, 한 경찰이 복도를 지나가면서 나를 향해 살짝 웃는다. 그러면서 하는 말.

"노 프로블렘." (No Problem) 걱정 마(문제 없어).

— 햐~, 그러면 그렇지. 내가 비자문제로 얼마나 고심했는데 마케도니아가 비자 필수국가라면 내가 모를 리 없지. —

얼마 후, 패스포트는 내 호주머니로 되돌아 왔다.

공상은 계속된다.

열차가 10:07분 테살로니키에 도착하면 깔람바카행 열차는 10:22분에 있다. 여유시간은 불과 10여분. 플랫폼번호를 알아보고 재빨리 열차를 타면 오후 3시경 깔람바카에 도착한다.

3시부터 깔람바카를 돌아보고 1박 후, 다음날 아침차로 테살로니키로 되돌아와 이스탄불행 열차를 탄다. 시간이 너무 촉박하다. 메테오라를 돌아보는 데도 하루가 걸릴 텐데 2시간만에 메테오라를 돌아 본다고? 그건 어림없는 소리다.

두어 차례 실랑이를 치고 나자 잠이 확 달아나 버렸다.

— 피곤하다…. 잠을 좀 자야되는데… —

다시 공상세계로 여행을 떠난다.

몇 쌍의 쥐를 상자에 넣고, 충분히 먹이를 준다. 혈통의 불량을 막기 위해 가끔 새로운 쥐를 넣어 주면서 관찰한다. 이렇게 하여 가장 좋은 환경을 만들어 주면 쥐는 문자 그대로 기하급수적으로 그 수가 불어난다. 이윽고 어느 정도까지 불어나면 쥐는 차례차례 죽기 시작하여 급속하게 그 숫자가 줄어든다. 가장 많을 때의 3분의 1까지 줄어든다. 그리고 줄어들면 다시 늘기 시작하고, 그러다가 다시 줄어진다. 결국 어느 일정한 범위 내에서의 증감을 반복할 뿐, 그 이상 불어나는 일은 없다고 한다.

죽은 쥐를 해부해 보면, 많은 경우 비장이 부어 있거나 부신(副腎)등의 내분비계 이상을 일으키고 있다. 이것은 스트레스에 의한 증상과 같다. 무리의 숫자가 불어난 데 대한 스트레스가 일어나 그것이 몸에 악영향을 준 것이다. 이런 현상을 우리는 '자연도태'라 한다. 자연이 스스로를 보호하기 위한 수단이다. 자연도태는 자연이 스스로를 지키는 자연현상인 것이다.

먹이사슬이라는 것도 있다. 잡아 먹어야 자연이 유지되는 것이다. 식물은 동물이 먹어 주고 배설함으로 생존을 유지한다. 그 식물을 먹은 동물은 또 다른 동물이 잡아 먹어야 자연의 균형이 유지된다. 먹이사슬도 다양하다. 살아 있는 생물(특히 식물)을 직접 먹는 생식먹이사슬, 사체나 죽은 부분(낙엽 등)을 먹는 부식먹이사슬이 있고, 바다에서도 먹이사슬(생식먹이사슬)은 계속된다. 분해층에서도 부식(腐蝕)먹이사슬은 이루어진다. 지상 또는 토양 속에서는 부식먹이사슬은 토양을 정화시킨다. 이러한 다양한 먹이사슬은 자연이 스스로를 정화시키는 현상이다.

중세 유럽에서 한 때 흑사병이 창궐하면서 전 유럽을 공포에 떨게 하였다. 흑사병은 죽음의 사신(死神)이었다. 그런데 여기 살아 있는 동물이 전율할 정도로 인간을 공포로 몰고 간 사건이 있다. 이른바 '토끼전쟁'이 그것이다.

1859년 유럽에서 오스트레일리아로 이민 온 이민선(移民船)에 가축이 실려 오면서 토끼 몇 마리가 함께 실려 왔다. 집토끼였다.

풀 많은 고장이라 기르기도 쉽고 귀엽고 사랑스러운 동물이라 사람들은 별 의미없이 그냥 싣고 온 모양이다. 그런데 이 토끼들이 급기야 괴물로 둔갑한 것이다. 토끼는 번식력이 강하다. 일 년에 암토끼 한 마리가 보통 2,30마리의 새끼를 낳는다.

처음 실려 올 때 12마리였는데 이 토끼가 140년 후인 2,000년 경이 되자 2,3억 마리로 늘어나 버린 것이다. 아무리 죽여도, 죽여도 끝이 없었다. 토끼는 오스트레일리아의 환경과 농업에 심각한 피해를 입혔고, 농작물과 목초를 마구잡이로 먹어 치워 농작물이 직접 피해를 입는 것은 물론, 가축에 먹일 풀도 부족해졌다. 게다가 풀이 사라지면서 토양이 빗물을 머금을 수 없게 되자 땅이 메말라 갔다. 특히 건조한 내륙지방에서는 어렵게 돋아난 싹과 어린 나무 대부분을 토끼들이 뜯어먹어 연간 1억 1천 5백만 달러, 농업 피해액은 연간 6억 달러, 그리고 자연자원과 생물 다양성 감소 등 토끼로 인한 손실은 돈으로 따지기 힘들 정도로 심각하게 커져 버렸다. 오스트레일리아 정부와 농민들은 토끼를 없애기 위해 할 수 있는 모든 수단을 동원했다. 토끼를 사냥할 맹수들이 없었던 것이다. 먹이사슬의 고리가 끊어진 상태에서 토끼들은 무진장 번식해 버린 것이다.

폭약을 사용하기도 하고 독약을 미끼로 사용하여 죽여도 끝이 없었다. 다양한 노력에도 불구하고 토끼들의 수는 줄어들지 않았다. 1950년도부터는 생물무기를 사용하였다. 바이러스를 사용하여 멸종시킬 계획을 세우고 준비에 들어갔다. 다양한 실험을 거쳐 1996년부터 환경영향평가 등 법적 절차를 거쳐 1997년에 광범한 대중 의견을 모은 뒤 1997년 10월부터 바이러스를 의도적으로 풀어놓기 시작했다. 곳곳에서 엄청난 숫자의 토끼가 죽어갔다. 바이러스를 살포한 10개 지역에 대한 모니터링 결과 토끼의 80~95퍼센트가 6~8주만에 죽었다.

그런데 그 다음이 문제다. 과연 이후에는 별다른 문제가 없을까? 노심초사 하고있지만 다가올 미래를 아직은 알 수가 없다.

인간의 역사를 보면 대부분이 '전쟁의 역사'라 해도 과언이 아닐 정도로 전쟁은 끊임없이 이어져 왔다. 21세기 현재 지구상의 인구, 70억 정도. 인류역사 5천년 혹은 1만년. 그 동안 전쟁이 없었다면? 전쟁이나 질병이 없었다면? 아마도 지구는 인구폭발로 지옥이 되어있었을 지도 모를 일이다. 지금도 인류의 식량부족문제가 심각한 수준인데 만일 전쟁 없이, 전쟁에서 죽은 모든 인간이 살아 있었다면? 이 얼마나 끔찍한 일인가? 사람이 사람을 잡아먹는 생지옥이 연출되었을 지도 모른다. 자연은 인간의 바보같은 행위를 유도하여 그나마 오늘을 유지할 수 있도록 정화시킨 것이다. 전쟁은 필요악이었던 것이다.

전쟁 뿐 아니라 인간의 모든 행위 역시 자연현상이다.

가능하면 전쟁 자주하여 인구가 지금보다 한 절반정도 줄어 들게 하면 어떨까?

아니면 전쟁을 중단하고, 자살하고 싶은 사람은 정부가 도와주고, 죽지도 않고 거리를 헤매고 다니는 늙은 좀비들을 편하게 죽여 주는 사회사업을 벌이는 것은 어떨까? 막중한 경비 들여 교도소를 운영할 것이 아니라 '3진 아웃' 법규를 만들어 '쓰레기인간들'을 도태시켜, 좀더 선하고 건강한 인종들만 살게 하면 어떨까? 범죄도 일종의 간접유전이다. 절도나 폭력 등 범죄의 소질이 유전되는 것이다.

유전자는 인위적으로 고칠 수 없다. 이러한 부적절한 인간쓰레기들은 도태의 마당에서 단연 1순위다.

내가 이렇게 '미친 공상'을 하는 것도 일종의 자연현상이다.

인간의 말 한마디 한마디 하는 것도 자연현상이고, 인간이 티격태격 싸우면서 사랑하는 것도 다 자연현상인 것이다. 상사병 걸려 자살하는 현상도 자연현상이고, 사랑에 배신당한 아가씨가 술 퍼 마시고 넋두리하는 현상도 자연현상이다. 뇌물 먹은 국회의원들이 큰소리 치고 삿대질 하면서 개판국회를 만드는 것도 자연현상이다. 야밤중에 노상에서 바지 까 내리고 로션병을 흔들면서 이상한 몸짓하는 검찰청 검사장의 퍼포먼스도 자연현상이고, 미국의 현직대통령이 집무실에서 부하 여직원의 귀에 꿀 발린 노래를 부르면서 방아 찧기 놀이 하는 현상도 다 자연현상인 것이다.

김삿갓 병연시인은 이렇게 노래했다.

차죽피죽화거죽(此竹彼竹化去竹)
이러면 이런대로 저러면 저런대로 되어가는 대로.
풍타지죽랑타죽(風打之竹浪打竹)
바람이 불면 부는대로, 물결이 치면 치는대로.

그렇게 자연스럽게 살다가 세월이 가면 바람이 되어 화장장 굴뚝을 타고 영원한 우주여행을 떠나면 되는거지 왜들 그렇게 바쁘게 쫓기면서 살아야 하는 것인가?

27. 깔람바카 메테오라(Kalambaka Metéora)

열차가 국경을 지나면서 꾸물대더니 갑자기 속력이 빨라졌다.

— 뭐가 좀 이상하다. —

승객들이 모두들 꾸역꾸역 일어나고 있었다. 창 밖을 내다보자 도시풍경이다.

— 아직 도착 예정시간이 멀었는데 벌써 테살로니키에 다 왔단 말인가? —

"이봐 친구, 여기가 어디야?"

옆 좌석 청년에게 물었다.

"테살로니키?"

"그래, 테살로니키 다 왔어."

시계를 본다.

— 아직 9시 밖에 안 됐는데 벌써…. 내가 열차시간을 잘못 알고 있었던

것 아닐까? 그렇다면 잘된 일인지도 모르겠네. 1시간 이상 여유가 생겼으니 내일이나 모레 출발할 이스탄불행 열차 시간도 좀 알아보고… —

테살로니키 역 매표창구.
"이스탄불행 열차, 몇 시에 있습니까?"
"이스탄불행 열차는 없어요."
"뭐요? 이스탄불행 열차가 없다고요?"
이건 또, 무슨 소리? 이스탄불행 열차가 없다니? 하지만 열차가 없다는데 내가 무슨 재주로 이스탄불행 열차를 탄단 말인가?
"그럼 이스탄불에는 어떻게 갑니까?"
"저어기…"
매표창구 여인이 가리키는 쪽을 살폈지만 열차표 팔만한 창구는 없다.
"그 참, 골 아프네. 열차가 왜 없노?"

조금 전에 전광판에서 본 깔람바카 행 열차 플랫폼 4번으로 올라갔다.
— 이상하네…? —
사람도 열차도 개미새끼도 보이지 않았다. 다시 티켓창구를 찾아갔다.
"나, 깔람바카 가려는데 시간표 좀 얻을 수 있을까..요?"
그녀가 시간표를 적어준다.
「15:04 16:45 18:31 19:25」
"이게 뭐요? 지금 출발하는 열차는 없지 않소?"
"10시 열차는 방금 떠났고, 다음 차는 이 시간표대로요."
"뭐요? 10시차가 떠났다고요? 아직 10시가 되지도 않았는데…?"

나는 말을 하다가 대합실 시계를 보고 기절할 듯 놀랐다.

"아니, 이럴 수가?"

대합실 시계는 이미 열 한시가 가까워지고 있었다.

"아~"

나는 탄식하고 말았다.

— 시차, 시차. 그렇다 시차가 있었던 모양이다. 차 안에서 시간을 알아봤어야 하는 건데. —

그러나 이미 열차는 떠났다. 세르비아 시간과 그리스 시간은 1시간의 시차가 있었던 모양이다. 그런데 며칠 후, 터키에 갔을 때 섬머타임이 있었다. 그리스도 섬머타임을 시행하고 있었는지도 모른다. 10분 동안에 전광판을 찾아가서 플랫폼 번호를 알아보고 열차를 타겠다고 계산하고 있었던 나의 오늘 일정이 박살나는 순간이다.

이스탄불행 열차가 없다.

그랬었구나. 그래서 내가 유럽열차 시간을 검색할 때, 우크라이나의 심페르폴행 열차시간과 여기, 테살로니키에서 이스탄불로 가는 열차 시간이 나오지 않았던 이유가 바로 열차운행이 중단 되었기 때문이었을 것이다. 승객이 없으면 열차운행은 어려워진다. 계속 적자 운행은 할 수가 없을 것이다.

"히야~, 고것 참 신통한 일이로고…"

전화위복이란 말을 이럴 때 써먹는지는 모르겠다. 하여튼 여행은 요술방망이.

어디로 가던지 어두운 밤 늦게 도착하면 골 아프다. 드부르브니크에 늦게 도착하여 이상한 민박에 빠져 완전 기분 상한적이 있었지만, 오늘도 저녁 늦게 8시가 넘어서 도착하여 고민고민 하던 차, 마침내 요술방망이가 터진 것이다.

시차문제로 열차를 놓치고 낙심천만. 그렇다고 별 뾰족한 수가 따로 있는 것도 아니다. 다음 열차를 타기위해 이 열차, 저 열차 열차시간을 맞추다가 결국 16:17분 열차를 타기로 했다. 그 앞에도 두어 편 열차가 있었지만 대부분 열차들이 팔레오파르살레스(Paleofarsalos)에서 환승해야 하고, 결국 테살로니키에서 16:17분에 출발하는 열차를 타게 된다는 이야기에 늦어도 환승없이 직행한다는 말에 이 열차를 타기로 결정했다. 기다리는 동안에 소득이 없었던 것도 아니다. 테살로니키에서 이스탄불행 열차가 없다는 것. 이스탄불행 버스는 매일 21시에 있고, 버스표는 열차 역 안에서 살 수있다. 버스 타는 곳 역시 기차역 바로 옆에서 탄다. 그리고 깔람바카에서 테살로니키로 나오는 열차도 모두 내가 원하는 시간대에는 없다. 결국 버스를 이용하는 수 밖에 없다 등등. 많은 정보를 얻을 수있었다.

16시 17분 열차 출발.
열차는 어정어정, 마을마다 들여다 보다가 20분이나 연착.
20:00시. 깔람바카 도착.
깔람바카행 열차는 직행이어서 그런지 매우 붐볐다. 오랜만에 많은 사람들이 서서 가는 모습을 보고 '이렇게만 승객이 많으면 열차 편을 더 늘려도 좋지 않을까?' 하는 생각을 해 보았다. 나는 열차가 달리는 동안 내내

고민에 빠져 있었다. 어디서부터 관광을 시작해야 하며 깔람바카에서 메테오라 수도원까지는 어떻게 가야 하는가? 택시를 타야 한다는 소문도 있고, 버스가 다닌다는 소리도 들었다. 그러나 정확한 정보는 없다.

그런데 메테오라에는 왜 가나? 무엇을 보기 위하여?

하늘과 가장 가까운 은둔자들의 장소 메테오라의 수도원군

美 시사주간지 타임지가 그리스 메테오라 수도원을 '세계 10대 불가사의 건축물' 가운데 하나로 선정했다. 지난 9일 타임지는 공중 위에 떠 있는 메테오라 수도원을 포함한 모두 10개의 건축물을 '세계 10대 불가사의 건축물'로 선정해 발표했다. '공중에 떠 있다'는 뜻을 가진 메테오라(Meteora) 수도원은 그리스의 기암괴석 위에 세워진 수도원으로 11세기에 지어졌다. 메테오라 수도원은 유네스코 세계유산에 등재된 수도원들이 기기묘묘한 절벽 위에 불가사의한 형상으로 서 있는 곳으로 그리스의 대표적인 관광명소. 황량한 벌판에 솟아오른 기묘한 바위 기둥 꼭대기에 위태롭게 들어 선 수도원들을 보면 이 곳이 왜 메테오라인지 저절로 깨닫게 된다.

바위들의 평균 높이는 300m, 가장 높은 것은 550m나 되니 수도원들은 정말로 공중에 떠 있는 모습이다. 메테오라는 정확히 말하자면 그리스 중부 테살리아 지방 북서부 트리칼라 주의 바위 기둥들과 그 위에 세워진 수도원을 통칭하는 말이다.

이상이 내가 얻은 다양한 정보들이다.

중국 후난성 북서부에 가면 장가계(張家界)라는 관광지가 있다.

"사람이 태어나서 장가계(張家界)에 가보지 않았다면, 100세가 되어도 어찌 늙었다고 할 수가 있겠는가?

(人生不到張家界, 白歲豈能稱老翁?)" 라는 말이 있을 정도.

장가계에서 백미를 꼽으라면 당연히 기묘한 산의 모습일 것이다. 산이 마치 수 십층 빌딩들이 서있는 모습이다. 삐죽삐죽 서있는 모습이 으스름 달밤이면 마치 도깨비들의 형상이다. 안개구름 사이로 보면 그 멋진 풍경이 참으로 기관이다. 솟구친 산 정상에는 수 백년은 됨직한 나무들이 더욱 돋보인다. 그런데 여기 메테오라의 산 정상에는 수도원이 앉아 있다.

더 이상의 설명은 필요 없다. 무조건 가 보는 거다.

이번 열차는 4명이 2명씩 마주보고 앉게 되어있는 보통열차.

나는 앞에 앉아 있는 여인에게 물었다. 그녀는 영어가 통했다.

"깔람바카 역에서 시내로 들어가려면 택시를 타야 한다는데 버스는 없나요?"

갑자기 이야기가 4명 전원의 토론장으로 변했다.

버스는 없고, 택시를 타야 한다. 결론은 택시였다.

나는 다소 찜찜한 구석이 있었지만 그들의 이야기에 끼어 들 수가 없었다. 나는 물론 그리스어는 깜깜절벽. 영어도 겨우 콩글리쉬정도. 앞 좌석 여인이 통역을 하고, 4명이 벌인 토론 결과 역시 택시.

열차가 깔람바카 역에 닿았다. 나는 승객들이 내려서 몰려가는 출구로 따라 갔다. 그 때 내 옆 통로 건너좌석에 앉아 있던 50대 사내가 앞장서 가더니 대뜸 택시기사를 부른다.

"어이 친구. 이 손님 센트로까지 모셔다 드려. 호텔을 찾는 모양이야."

그 때 내가 나섰다.

"아니, 아니오. 그냥 호텔은 노오. 리틀 호텔 아이 원트."

운전기사가 알아 들었을까? 그 때 그 기사가 말했다.

"잠깐, 잠깐. 작은 호텔이라면 멋진 호텔이 있지. 이봐, 이봐, 영감."

택시기사가 길 건너를 향해 외치면서 누군가를 불렀다. 길 건너 사내는 아무런 대꾸도 없다. 나는 그를 기다리지 않고 도로를 건너 그에게로 다가 갔다. 아마도 여든은 되어 보이는 영감님이었다. 인사 오가고. 그는 자기를 또띠(Totti) 라고 소개했다.

"싼 호텔이 있습니까? 도미토리도 좋은데.."

그렇게 흥정이 시작되었다.

"물 좋고, 인터넷… 어쩌구, 저쩌구…"

"아, 난 그런 것, 다 필요 없어요. 방만 깨끗하고, 샤워만 할 수 있으면 되요. 그런데 하루에 얼마죠?"

"브렉퍼스터 포함해서 하루에 30유로."

(Breakfast 아침식사)

*난, 브렉퍼스터 같은 건 필요 없어요. 방 값만 싸게 해 주세요."

"그럼 브렉퍼스터 없이 25유로… 어때?"

"탱큐…"

또띠 영감님 오토바이 꽁무니에 매달려 한 10분 정도 달렸을까?

넓은 방에 싱글침대가 둘. 깨끗한 침구. 수도물 그냥 마셔도 오케이. 모두 만족. 그런데 진짜 중요한 일은 따로 있다.

내가 매니저에게 물었다.

"나 내일 아침, 마테오라 구경 갈 텐데 차는 무슨 차를 어디서 타야 하나요?"

"차? 차는 무슨? 그냥 걸어가도 돼. 여기서 가까워. 저어기 저, 불빛 보이지…"

그는 어두운 밤하늘에 별빛처럼 반짝이는 불빛을 가리키며 말했다.

"저어기 저 불빛이 그랑수도원(대 수도원)이고 그 옆에 반짝이는 불빛은…어쩌구, 저쩌구…"

그는 금방 가이드가 되어 줄줄이 외운다.

"가만 가만, 좀 천천히. 혹시, 지도 있습니까?"

그는 저고리 안 주머니에서 판플렛으로 된 지도를 꺼내 주면서 말했다.

"구경 걱정일랑 붙들어 매시오."

"하하하…"

내가 다시 물었다.

"나, 내일 돌아 갈 예정인데 버스는 어디서 탑니까?"

"저어기 큰 길을 따라 내려가면 오른 편에 버스 정류소가 있어."

모든 걱정이 일시에 사라지는 순간이다.

호텔 주인은 중년 여성으로 또띠노인의 딸인 것 같았다. 그는 그녀에게 나를 인계하면서 말했다.

"나는 내 가게가 따로 있어. 가게로 가 봐야 겠으니 좋은 꿈 꿔."

"아니, 아니, 아니오, 나도 따라 갈거야."

호텔비 25유로를 지불하였다. 배낭을 내방 침대 위에 던져 놓고 또띠 영감님 오토바이 꽁무니에 올라탔다.

또띠 영감님 상점은 완전 만물상. 낚시도구부터 메테오라의 기념품, 기념사진, 심지어는 요리도구에서 티베트 사원에나 있을 법한 땡땡이 꼬마 종들 하며, 하여튼 상상만 해도 쏟아져 나올 온갖 잡동사니 들이 대형슈퍼 만한 상점에 하나 가득. 나는 입을 벌이고 말았다.

"내일 아침, 나 등산갈 때 배낭 좀 맡아 줘. 그랜 파 또띠." (Gra nd father Totti)

"염녀 말고 가져 와."

"아침 오픈 몇 시?"

"쎄븐 하프." (일곱시 반이야)

"오케이…탱큐."

"좋은 꿈 꿔."

"유 투." (You too)

이제, 밥 먹고, 샤워하고… 꿈나라 가는 일만 남았다.

침대에 누우면 새록새록 새로운 공상이 떠오른다.

모든 것은 자연이다.

친구들과 어울려 주석에서 잡담을 하고 있었다.

정치문제가 나오고, 경제가 어떻고…이라크… 아프간…

한동안 대화를 나누다가 내가 불쑥 한마디 했다.

'난 도무지 무슨 소린 지 한마디도 모르겠다. 요즘 난 신문 안 보고, TV, 라디오, 뉴스 안 들으니까 내용도 모르겠고..'

그러자 곁에 있던 친구가 한마디 했다.

'그러면 안 되는 거 아냐? 먹물 먹은 사람이 관심을 갖고 참여를 해야지, 잘못되면 잘못되었다는 여론이 생기고 그래야 정치하는 사람들이 여론을 챙겨 좀더 잘 사는 사회를 만드는데 도움도 되고…'

내가 말했다.

'하기야 그럴 수도 있지. 하지만 난 그렇게 생각하지 않아. 나 하나 빠진 다고 나라가 거꾸로 갈 리도 없고, 그게 다 자연현상이야. 바람 불고, 비오 는 것도 자연 현상이고, 벼 논에 병충해 생기는 것도 자연현상이지. 구제 역(口蹄疫)으로 전국의 소와 돼지가 몸살을 앓고, 조류독감 때문에 전국 의 닭들이 떼죽음을 당하는 것도 다 자연현상인 것이야. 사람이 하는 행 동 중에 가장 바보같은 행위가 무엇인지 아나? 그건 전쟁이야. 사람들은 '세계평화, 세계평화…' 하면서 사람을 죽이고 전쟁을 하는 거야. 그런데 생각해 보자. 인류의 역사가 전쟁의 역사라 해도 과언이 아닐 텐데 그렇 다면 만일 인류 역사에 전쟁이 없었다면 과연 어떻게 되었을까? 지금 세 계인구가 70억이 넘는 다고 인구폭발 어쩌구 하면서 야단들인데 전쟁이 없었다면 인간은 아마 밟혀 죽든가 굶어 죽든가 또 다른 비극에 빠졌을 거 야. 모든 것은 자연현상이야…'

그렇다 모든 것은 자연현상이다. 인류 역사상 총성없는 날이 없었을 정 도로 분쟁이 끊이지 않고 있는 것도 다 이런 자연현상이다. 인간의 전쟁 행위는 자연의 자기보존 수단인 것이다. 그것을 우리는 '자연도태'라 했 다.

어느 날, 친구가 나에게 물었다.

'너는 신이 있다고 생각하느냐? 없다고 생각하느냐?'

그래서 내가 되물었다.

'그럼 넌 신이 뭐라고 생각하느냐? 사람들은 신이 뭔지도 모르면서 신이 있느니 없느니 하면서 수 천년을 티격태격하고 있단 말이야. 인내천(人乃天)이라, 사람이 곧 하늘이라 했는데 사람이 신이라면 있는 거고, 기도한다고 부자되게 해주고, 기도 한다고 공부 못하는 인간, 대학에 붙게 해주는 그런 신은 없는기라.' 그렇게 말하고 웃었다. 신이란 천(天)이다. 옛 사람들은 말했다. 모든 것은 하늘의 뜻이라고. 하늘의 뜻이란 곧 자연의 뜻이다. 하늘이란 자연현상을 말함이다.

공상을 하다 말고 나는 잠 들었다.

호텔은 평범한 호텔이었지만 또띠 영감님이 보기보다 친절하였고 좋은 사람 같았다. 호텔이름이 조금 특이하다고나 할까? '또띠 룸(Totti Room)' 이것이 호텔이름이다.

Rooms Totti Sisters.

Maooutas 3. Kalampaka. pc42200

열차 도착시간에 맞춰 또띠 영감님, 역 앞에서 항시 대기 중. 깔람바카 역 앞 택시기사에게 물으면 누구나 다 안다.

또띠 영감님 만물상 오픈시간이 07:30. 나는 그 시간에 맞춰 출동준비 완료.

나는 7시 30분 정각에 호텔 문을 나섰다.

"어 이건 또 무슨 일?"

골치 아픈 문제가 생겼다. 호텔 문을 나서자 치적치적 비가 내리고 있었다. 많은 비는 아니고 그냥 안개비 정도였지만 기분이 좋지 않다. 또띠 영감님 상점은 호텔에서 그다지 멀지 않았다. 찾아 갔다.

"굿 모닝 미스터 또띠…"

"굿 모닝."

배낭을 맡기고 룸 키를 또띠 영감님께 반납하였다.

"나 길 좀 말해줘. 어디서 출발하고, 어떻게 가야 하는지…"

지도를 펼쳐 들고 큰 길로 나갔다.

"우와아~ "

눈앞에 거대한 바위가 버티고 서있다.

"저기 바위산 보이지, 저 바위산 아래로 올라 가면 왼쪽으로 길이 나 있어…"

또띠 영감님, 지도를 일일이 가리키며 설명. 훌륭한 가이드 맨이다.

"오우케이. 고마워."

나는 지도를 받아 호주머니에 쑤셔 넣고 출발.

— 이게 아닌데… —

안개비는 점차 잦아 들었지만 안개는 더욱 짙어졌다. 우산을 펼쳤지만 별무소용. 계속해서 산으로 올라가지만 산은 없다. 불과 5미터 앞도 보이지 않았다. 산이 사라져 버렸다.

산길을 따라 오르고 또 오르고. 마침내 단념상태에 이른 것이다. 길은 미끄럽고 경사는 가파른데 가도 가도 끝이 보이지 않는 안개 속의 산행은 나를 무기력하게 만들었다. 산행은 본시 올라가기 보다 내려가기가 더욱 어려운 법. 미끄러운 경사지를 내려가다가 사고를 당할지도 모른다.

― 어떻게 할까? ―

옛날 당나라에서 과거를 볼 때 그 기준에 신언서판(身言書判)이라는 표준이 있었다.

신(身)은 건강과 인물, 언(言)은 언행, 즉 언어와 품행을 말한다.

사람이 비록 건강하지만 언행이 올바르지 못하면 그 사람은 실격이다. 욕설 잘 하는 것을 자랑으로 생각하는 사람도 있다. 그는 올바른 인간이라기 보다 쓰레기인간일 뿐이다. 서(書)는 글이다. 글은 사람의 품행과 정신을 대변한다. 글씨는 물론 글의 내용에 의해서 인간의 내면세계를 그리기 때문이다. 마지막이 판(判)이다. 판단력 말이다. 인간은 때로, 끈질긴 인내와 노력이 필요할 때도 있지만 때로는 일도양단(一刀兩斷)의 결단이 필요한 경우도 있다.

내가 오늘 여기서 안개로 하여 어려워진 여행의 아쉬운 미련을 버리지 못하고 전전긍긍한다면 어떻게 될까? 하루를 더 머물러 쾌청(快晴)의 유쾌한 여행이 보장만 된다면 그렇게 해도 좋다. 하지만 이러한 안개비가 계절의 영향으로 당분간 이런 날씨가 계속된다면?

나는 때로, 끈질긴 고집도 있지만 '이게 아니다'는 생각이 들면 단칼에 잘라 버린다.

두 시간 가까이 안개 속을 헤매다가 발길을 돌렸다. 옷은 이미 땀과 안개로 속옷까지 젖었다. 우산도 접었다. 이 우산은 역사가 있는 나의 동반자다. 런던에 갔을 때다. 비와 안개로 유명한 도시가 영국의 런던이다.

"어차피 비와 안개를 자주 만나야 할 영국여행인데."

그래서 우산을 한 개 샀다. 사고나서 며칠 후, 기회가 있어 우산을 자세히 살펴보았다.

깨알 같은 글씨. Made in Korea.

"하, 이거 반갑군. 한국산일 줄은 몰랐지."

그 이후, 나는 여행을 다닐 적 마다 이 우산은 꼭 챙긴다.

또띠 영감님 상점으로 되돌아 왔다.

"미스터 또띠, 나 떠나야겠어."

또띠 영감님, 커피를 끓여 준다.

"왜? 벌써 떠나겠다고?"

또띠 영감님 영어실력 나보다 훨씬 훌륭했다.

"더 있어 보아도 안개 때문에 날 샜어. 버스 타는 곳이 한 번 더 말해줘."

나는 젖은 옷을 또띠 영감님 상점에서 갈아입고 그렇게 떠났다.

"여기서 100m 직진. 그리고 좌회전하여 다시 100m. 트리칼라행 버스가 있을 거야."

깔람바카가 소 도시라면 트리칼라는 중 도시 정도 될까? 테살로니키에서 트리칼라까지 버스가 다니고, 트리칼라에서 깔람바카까지는 시내버스가 다니는 모양이다. 거리는 멀지 않았다.

내가 트리칼라행 버스 주차장에 도착한 시간은 오전 10시경. 버스에 오르자마자 '부르릉' 출발.

— 하하, 1초만 늦었어도 한 시간이상 기다려야 할 뻔 했군. 일이 되려면 이렇게 되어야지.—

깔람바카에서 트리칼라까지 3,40분 소요. 깔람바카에는 터미널이 없다. 버스는 도로변에 주차해 있고, 트리칼라 터미널이 종점이다. 트리칼라에는 멋진 터미널이 있었다.

테살로니키 행 버스표를 끊었다. 18.70€.

13:30분. 테살로니키 행 버스는 정시에 출발하였다.

16:30분 테살로니키 도착.

— 그런데 여기가 어디냐? —

나는 잠시 어리둥절했다. 버스터미널이 기차역 부근에 있을 거라고 착각하고 있었던 것이다.

두리 번 두리 번, 중년 신사에게 물었다.

"익스큐즈미, 이 부근에 기차역이 어디죠?"

내가 촌닭이 되어 묻자, 신사는 나를 끌고 시내버스 주차장으로 데려갔다.

주차장 옆에 버스표 파는 매점이 있었다. 차표를 사려고 잔돈을 꺼냈다. 그러나 그 돈으로 턱 부족. 지갑에서 50유로짜리 한 장을 꺼내 주었다. 그러자 매점의 여인이 난색을 표한다. 잔돈이 없다는 것이다. 옆에서 지켜보고 있던 신사. 내 대신 그가 차표 값을 치르고 차표를 받아 내게 주었다.

"탱큐 써어, 이거 원, 너무 고마워서…"

시내버스 8번. 기차역이 종점이었다.

우선 버스표부터 끊었다. 45€.

아직도 내게는 55유로가 남아있다.

긴축에 긴축하여 적자의 도미노는 넘긴 것 같다. 이제 이스탄불 행 버스만 타면 유럽 탈출은 성공이다.

터키는 아직 유로화 회원국이 아니다. 나는 여행출발 전에 터키여행 경비를 따로 책정해 두고 환전도 해 두었다. 이스탄불부터는 새로운 예산이 시작된다. 시행착오가 발생하지 않으면 좋으련만 어떻게 될 지는 나도 모른다. 긴장을 풀면 위험이 따른다.

열차를 타고 테살로니키 역에서 내리면 출구는 일단 매표창구가 있는 대합실로 나오게 된다.

대합실에 들어서면 정면에 출구가 있고, 오른 쪽에도 출구가 있다. 이스탄불 행 버스표 발권창구는 우측 문 바로 앞에 있고. 버스는 출발시간에 맞춰 들어온다. 기차 역 바로 옆이 터미널이다.

나는 수많은 사람들의 친절과 도움을 받으면서 철면피처럼 여행을 계속하고 있다.

마음이 무겁다. 두 번 묻는다고 짜증내는 인포메이션의 직원도 있었고, 차표 사러 가서 다른 질문을 하면 구박하고 짜증내는 창구의 직원은 오히려 마음 편하다. 도움을 받고, 친절한 사람을 만나면 공연히 빚진 기분이다. 하지만 그런 사람을 만나면서 인간의 따뜻한 모습을 보는 것 또한 이번 여행의 소득으로 생각한다. 이것은 인간의 다양한 모습의 일부분이기 때문이다.

남은 돈 55€. 샌드위치 5개를 샀다. 1개, 3유로. 파리의 맥도날드 1개 값으로 샌드위치 3개를 살 수있다. 샌드위치 1개로 1끼 식사 해결. 샌드위치 5개는 거의 이틀분 식량이다.

아직도 유로화가 40유로 남았다.

21:00. 버스가 테살로니키 터미널을 빠져 나왔다. 내일 아침이면 이스탄불(Turkey Istanble)이다.

콘스탄티노플(Constantinople).

28. 하느님은 나중이고 내 목구멍(慾心)이 더 바쁘다.

　로물루수 쌍둥이 형제가 로마를 세울 당시만 하여도 로마는 시골 부락 이었다. 그러나 로마가 점차 커지면서 이태리반도를 통일하고 지중해를 내해로 하여 오리엔트전역과 이집트까지 먹어 버리는 강대한 제국으로 발전하면서 국가경영이 방만해 지자 황제 디오클레티아누스는 제국의 안 정적인 통치를 위해 영토를 동과 서로 나누어 통치하였다. 이태리반도의 로마는 서 로마, 그리고 동쪽 로마의 수도는 콘스탄티노플(Constantin ople)로 정해졌다. 서기 395년 테오도시우스 황제는 임종하기 전, 자신의 두 아들에게 동부와 서부의 황제로 각각 임명하면서 동, 서 로마는 완전히 두 개의 로마로 굳어져 버렸다.

　역사의 시나리오는 누구도 예측할 수가 없다.
　역사라는 시나리오는 반전에 반전, 반전과 역전. 그야말로 한편의 드라마다.

이스탄불의 역사에도 상상 못할 시나리오가 숨어 있다.

하나님의 종과 종은 형제다. 동 로마와 서 로마는 형제다. 그런데 이들 형제인 하나님의 종들이 서로 죽이고 죽는 처참한 살육의 드라마가 펼쳐진 것이다.

사태의 전말은 이렇다.

예루살렘은 기독교의 성지일 뿐 아니라 이슬람의 성지이기도 하다. 기독교나 이슬람이나 성지순례라 하면 예루살렘이다. 그래서 수 천년을 내려오면서 두 종교는 서로가 자기네들 성지라 우기면서 티격태격, 아직도 삿대질을 하고있다.

이런 마당에 1187년 7월 4일 이슬람의 샛별 살라딘이 등장하여 기독교 일당에게 결정타를 먹이면서 중동의 세력판도를 바꿔 놓았다. 이름하여 '하틴전투'

성지를 잃은 기독교세력들이 쫓겨나자 강 건너 불구경만 하고있던 로마 교황청이하 유럽의 기독교 세력들이 가만 있을 수가 없게 되었다. 이렇게 터진 전쟁이 십자군전쟁이다.

십자군은 주로 프랑스와 영국이 주동이 되고 로마 교황청이 그 조종자로 전투가 수행되고 있었는데 사실 십자군이라고 이름은 거창하였지만 내용을 보면 어중이떠중이 건달들 집단으로 완전 오합지졸. 특히 그 중에서도 제 4 차 십자군원정대가 가히 압권이다.

1198년 프랑스 상파뉴.

상파뉴 성에서 화려한 파티가 열렸다. 마상 창 시합이 열리게 되어있었던 것이다.

주인은 22세의 상파뉴백작 티보. 주빈(主賓)은 역시 젊은 27세의 불루아백작 루이.

두 젊은 기사들을 중심으로 열린 이 마상 창 시합에는 프랑스의 왕족들은 물론이고 이름난 공작, 백작들이 가문의 이름을 걸고 떼지어 몰려들어 있었다.

화려한 파티는 끝났다. 이 때 고조되었던 분위기가 가라앉기도 전에 기사들 앞에 설교자가 나타났다. 로마의 교황 인노켄티우스 3세로부터 십자군 궐기를 촉구하기 위하여 포교를 위임받은 신부였다.

신부의 설교에 감명받은 기사들이 너도나도 십자군 원정에 참여하겠다고 사인을 하고 나섰다. 주인인 상파뉴백작은 물론, 주빈인 불루아백작을 비롯하여 수십 명의 기사들이 십자군원정에 참여한다는 선서를 하였다. 이렇게 하여 제 4 차 십자군 원정이 선포되기에 이른 것이다.

로마 교황청에서 교황의 포고가 내려졌다.

'십자군 원정에 참여한 사람은 어떤 죄도 면죄해 준다.'

교황의 포고는 전 유럽에 전해졌다. 중세 유럽에서 '면죄'만큼 유혹적인 말은 없다.

면죄부는 바로 천국의 직행 통행권. 싫은 사람은 사람이 아니다.

대표자가 선출되고 차근차근 출전준비가 시작되었다.

대표들이 모여 전략회의가 진행되고 작전이 대충 구상되었다.

1. 원정의 목적지는 이집트의 카이로.

이것은 '예루살렘을 치기 위해서는 이슬람의 본거지를 먼저 두들기자' 는 전략이다.

2. 원정로는 해로로 한다.

육로는 너무 멀고 위험하다는 이유.

3. 수송문제는 해운강국인 베네치아에 의뢰한다. 등등.

이 때 베네치아는 지중해 연안에서 작은 거인으로 행세하고 있었다.

'황화(黃禍)'의 주인공 아틸라에게 쫓겨 내려온 내륙지방민들이 마지막으로 도착한 지역이 완전 늪이며, 갈대밭이던 해안에 도착한 그들이 피땀흘려 섬들을 연결하고 삶의 터전을 마련하여 내륙 쪽으로는 더 올라갈 곳이 없어 결국 바다로, 바다로 나아가 이룩한 도시국가가 베네치아다. 베네치아는 사방이 대국들로 둘러싸여 있다. 내륙으로는 물론 아틸라 일족. 그리고 지중해를 중심으로 동로마 콘스탄티노플, 그리고 페르시아와 그 뒤를 이은 오스만제국에 포위되듯 둘러싸여 있다. 빠져 나갈 길은 바다뿐인데 바닷길도 그리 만만치 만은 않다.

이 때 십자군 진영에서 사자가 왔다.

베네치아의 국가원수는 엔리코 단돌라였다.

협상이 시작되고 그리고 타결.

조건은 이렇다.

4천 5백 명의 기사와 2만 명의 보병을 수송하는데 필요한 배와 4천 500마리의 말과 종자, 마부를 운반할 수 있는 평저선(平底船)을 제공한다. 말은 마리당 4마르크, 사람은 1인당 2마르크 등등. 비용합계 8만 5천 마르크.

당시의 이 금액이 현재의 환산으로 얼마가 되는지는 여기서 따질 일이 아니다.

자 그런데 문제가 하나씩 터지기 시작하였다.

십자군이 베네치아를 출발하여 출정하기로 결정된 날짜는 이듬해인 1202년 6월 24일 성 요한의 제일(祭日)을 기해 출정(出征)하기로 결정되었다. 물론 십자군원정 참가자는 전원 베네치아에 집결하기로 하고.

그런데 이 때, 원정군 총사령관인 프랑스의 상파뉴공작이 덜컥 중병에 걸려 사망해 버린 것이다. 대장을 잃은 십자군 기사들은 우왕좌왕 하면서 이 사람 저 사람 끌어 들이려고 애를 썼으나 모두 고개를 저었다. 결국 총대장은 이탈리아인인 몰펠라토 후작, 보카치오로 결정 되었다. 보카치오는 프랑스 왕의 사촌동생이다.

그런데 더 큰 문제는 따로 있었다.

사람은 보통 화장실에 들어 갈 때와 나올 때는 그 마음의 색깔이 달라진다.

화려 찬란한 마상 창 시합 때는 너도 나도 기세 좋게 참여를 떠들었던 인물들이 어디로 꺼졌는지 자취를 감춘 것이다.

참여 인원이 2만 수천 명에 말과 마부며, 군 장비들까지 만만찮은 수량이다. 그러니 그에 따른 선박이며 선원, 그에 따른 종사자들의 수도 만만찮다. 새로 만든 선박을 비롯하여 적어도 400척 이상의 선박이 준비되고 있었다.

출정 날짜는 다가오는데… 도무지 출정할 사람이 모이지 않는다. 2만 명을 예상한 군사가 1만도 되지 않았다. 겨우 3분의 1 수준.

그런데 또 다른 문제가 불거졌다. 베네치아의 준비는 훌륭했다. 약속한 선박이며, 말과 장비, 식량까지 준비 되었는데 출정을 앞두고 계약했던 경비의 지불이 막연했던 것이다. 대장은 죽고 돈 낼 사람들은 대부분 꼬리를 감춰 버렸고, 돈 나올 구멍이 막혀 버린 것이다.

날짜는 하루하루 흘러간다. 군대도 이 정도로는 원정이고 나팔이고 날 샌 형편. 그렇다고 준비된 선박과 장비들을 보고 '돈 없다'고 오리발 내밀 수는 없는 일이다.

후임 대장으로 임명된 보카치오후작이 골머리를 앓고 있는데 베네치아 대사가 찾아왔다.

'어떻게 하겠소?'

보카치오 묵묵부답.

한동안 대답을 기다리던 대사가 대안을 제시했다.

이 때, 베네치아도 골머리 아픈 문제에 봉착해 있었다.

베네치아가 바다로 나가는 데는 곳곳에 중간기지가 필요했다. 항해를 하다가 위급한 사항이 발생할 경우 대피도 하고 급한 보급이 필요할 경우 들리는 항구가 지금의 크로아티아 아드리아해 연안에 '자라'라는 항구가 있었다. 이 항구를 헝가리가 먹어 버린 것이다.

항해의 길목을 헝가리가 깔고 앉아 버리자 항해에 막대한 지장이 초래

된 것이다.

"자라를 치려는데 사령관께서 도와 주시오. 대신 경비지급일자를 연기
시켜 드리지요."

여기에 또 다른 조건이 붙었다.

병력이 부족한 십자군에 베네치아 군대를 합류 시켜 주겠다.

설왕설래. 예루살렘 정벌보다 먼저 '자라'부터 때리기로 합의를 본 것이
다. 그러나 이건 대장의 결정이지 전 원정군의 합의는 아니다. 이 때 자라
의 주민 대부분은 카톨릭 신자들이었다. 같은 하나님의 종들끼리 이럴 수
는 없다는 것이 반대파들의 주장이었다.

하지만 당장 하나님보다 급한 것이 돈인데 어쩌랴? 반대파가 떠든다고
뾰족한 수가 생기는 것도 아니고 결국 때리기로 결정보고 그렇게 했다.
물론 정벌은 간단히 끝났다.

이런 소동이 벌어지고 있을 때 콘스탄티노플에서 괴상한 사건이 벌어
지고 있었다.

황제의 아우가 황제를 몰아내고 스스로 황제를 자칭하는 반란이 터진
것이다.

황제의 양쪽 눈을 뽑고 감옥에 가족들과 함께 수감시켜 버렸던 것이다.
이 때 황태자 알렉시우스가 탈출하여 베네치아로 찾아 온 것이다. 알렉시
우스는 독일 왕 필립의 소개장을 지참하고 독일 수행원과 함께 찾아왔다.
알렉세이 황태자의 누나가 독일 왕의 왕비였다.

콘스탄티노플 황제의 황태자가 찾아온 이유가 더욱 놀라웠다.

반역자를 몰아내고 황제의 자리를 되찾아 달라는 것이었다. 조건은 이렇다.

1. 20만 마르크를 지불한다.

2. 십자군 원정에 들어가는 비용과 병력 1만을 책임진다.

3. 황제가 제위에 있을 동안 성지 경호를 위해 500명의 기사를 제공한다.

4. 그리스 정교회를 로마 카톨릭교회 아래에 둔다.

이들 조건에 베네치아도 귀가 솔깃했다. 십자군과 베네치아가 합동으로 콘스탄티노플을 치게 되면 앞으로 콘스탄티노플은 베네치아의 영향권으로 들어오는 것과 마찬가지가 되는 것이다. 문제는 '예수의 제자가 예수의 제자를 때린다'는 것이다.

왼 뺨을 때리면 오른 쪽 뺨을 열어야 할 입장인데 이건 거꾸로 가는 마차가 되어버리는 격이다. 하지만 하느님은 나중이고 내 목구멍(慾心)이 더 바쁘다.

'좋다. 때리자.'

이렇게 해서 어처구니 없는 역사는 황당한 스토리를 연출했던 것이다.

물론 십자군 측이 콘스탄티노플을 함락시켰다. 반란의 우두머리 황제는 애첩과 보물상자를 끼고 삼십육계.

황제의 자리를 되찾았다고 돈이 갑자기 하늘에서 떨어지는 것도 아니고 네 가지 약속은 흐지부지 시간이 흐르면서 화장실 나올 때의 모습이 되어갔다.

뿔이 날대로 난 십자군, 난동을 부리고 약탈을 하고 온갖 행패를 부렸지만 없는 돈이 하늘에서 떨어질 리는 없는 일.

어느 날.

또 엉뚱한 사고가 터졌다. 밤중에 잠들어 있던 황제의 목을 댕겅 잘라버리고 '내가 황제다' 하는 인물이 나타났다. 범인은 항전파의 수령이며 선제(先帝)의 사위인 모르조플레였다. 며칠 후, 아버지 선 황제도 누군가에 의해 피살되었다.

십자군과 베네치아가 다시 콘스탄티노플을 흔들어 새로운 황제를 선출했다.

황제는 완전 꼭두각시황제. 베네치아 사령관과 십자군 사령관의 나눠먹기로 결말이 났다.

역사는 요지경, 요지경 속이다. 평소에 그토록 '네 이웃을 사랑하라.'고 외치다가 갑자기 떼돈 벌 일이 생기자 '나 언제 그랬냐?'가 되어버렸다.

29. 이스탄불(Istanble)

05:50분. 버스는 산뜻하게 이스탄불 오토갈(버스 터미널)에 들어왔다.

버스에서 내리면서 할 일이 바빠졌다. 화장실에도 가야하고, 아침식사, 그리고 파묵칼레 행 버스시간을 알아보고 표도 사야한다. 누군가 나를 보고 아는 척 한다.

"배낭 맡기지 않을래?"

"지금은 안돼."

배낭 안에는 세면 도구와 빵과 물 등 식사준비가 되어있다. 배낭을 맡겨도 준비가 끝난 후에나 맡길 수 있다.

"여기 파묵칼레 행 버스 사무실이 어디있소?"

나는 엉뚱한 질문을 했다.

"저어기…."

나는 사내가 가리키는 쪽으로 향했다.

이스탄불 오토갈은 무척 넓다. 시시한 운동장 몇 개나 합쳐야 이스탄불 오토갈 만 할까?

건너편에 커다란 간판이 보인다. 「Pamukkale」.

들어갔디. 카운터에는 누군가 벌써 상담을 하고있다. 그 때 내 눈에 처음 들어온 글씨.

「WC」

— 옳거니… 화장실 인사부터 하고 오자.—

화장실은 2층에 있었다. 2층은 넓은 대합실이었다.

탁자와 의자도 있어 식사하기는 안성맞춤.

식사 후, 다시 아래층으로.

"나 파묵칼레 갈 거야. 시간표 좀 보여 줘."

"18:00, 21:00, 22:00, 23:00, 23:59, 22:00는 직행이야."

"요금은 얼만데?"

"급행은 80TL(터키리라)."

"난 싼 표가 좋은데…"

"싼 값은 75TL인데 그건 완행이라구…"

나는 잠시 생각한다.

"그럼 직행으로 해 줘."

5TL아끼려고 굼벵이 버스 탈 생각이 없었다.

파묵칼레(Pamukkale) 행 버스는 결정 났다.

22:00면 밤 10시.

새벽에 도착하여 아직도 이른 아침인데, 하루종일 뭐 하고 노나? 노는 것도 고민이다.

파묵칼레 행 버스회사는 아나도루(Anadolu)사. 티켓카운트 뒤에 수하물보관소가 있고 보관료 무료. 2층 화장실 역시 무료.

표를 사고 돈 계산을 하였더니 턱없이 부족. 애당초 터키 예산을 짜고 환전을 하였지만 표를 사면서 느낀 것은 터키물가 만만하게 볼 수는 없다는 생각이 들었다.

이스탄불에서 파묵칼레행 버스표가 80TL이라면 다음은 카파도키아, 그리고 앙카라와 샤프란볼루를 거쳐 다시 이스탄불로 돌아가려면 3×80=240TL. 여기에 숙박비, 식대와 잡비 등, 최소한 400TL은 있어야겠는데 ….

환전소는 버스회사 건너편 건물 안에 있었다.

쓰고 남은 유로화를 터키TL로 바꾸고 US달러 50$를 바꾸었다. 126TL (1$=2.5TL)

이스탄불이 너무 변했다. 불루모스크(Blue Mosque, 술탄 아흐멧, Sultanahmet)가 그레이 모스크(Gray Mosque)로 변해 있었다. 도시의 고전틱한 옛 모습은 사라지고 시멘트의 사막으로 변해가는 느낌이다. 환전상에서 환전을 한 후, 대강의 예산을 책정해보고 시간도 때울 겸 값싼 숙소도 찾고, 한국식당에 가서 오랜만에 비빔밥이나 한 그릇 맛볼 생각으로 지하철을 찾아갔다.

오토갈에서 지하철을 타면 악사라이에서 트램으로 갈아타야 한다. 값싼 숙소는 불루모스크 부근에 몰려 있고, 한국식당도 이 부근에 있다. 트램바이의 역은 술탄아흐멧 역이다.

술탄아흐멧은 블루모스크의 본 이름이다.

트램에서 내리면 술탄아흐멧 역 앞에 인포메이션이 있다. 찾아갔다.

"이 부근에 값싼 호텔이 있으면 소개해 주세요."

인포메이션 직원이 지도에 표시를 하면서 말했다.

"이 부근에 가서 적당한 호텔을 찾아 보시오."

찾아 갔다.

술탄아흐멧 정면의 광장은 분수 대와 화단으로 장식되어있다. 광장을 지나 계속 걸어내려 가면 아라스타 바자르(ARASTA BAZ AR)라는 간판이 나온다. 시장이다. 조금 더 내려가면 시장의 정문이 나오고 정문 맞은편 길로 내려가면 온 동네가 호텔과 레스토랑으로 꽉 짜여져 있다.

그럭저럭 11시가 가까워졌다.

나는 아침식사를 일찍 하는 편이라 11시가 나의 점심시간이다. 한국식당이 영업 중이었다.

비빔밥을 한 그릇 시켰다. 식사가 끝날 때 까지도 주인은 나오지 않았다. 주인을 만나면 이런저런 정보도 얻을 겸 이야기를 나누고 싶었는데 허사.

— 내가 너무 일찍 온 모양이군.. —

11시 30분이 되는 걸 보고 일어났다.

이제, 모든 준비는 끝났다.

오늘부터는 새로운 일정이 시작된다. 터키관광의 4대천황이라는 이스탄불, 파묵칼레, 카파도키아 그리고 샤프란블루가 터키여행의 목표. 파묵칼레행 버스표는 이미 샀다.

시간은 정해졌다. 내일 아침이면 파묵칼레에 도착할 것이다. 어쩌면 다시 또 바빠질지도 모르겠다. 이제 본격적인 터키여행이 시작되었다. 터키는 비교적 한국에 우호적이다. 터키와 우리 나라와는 형제국이라는 말이 있다. 왜 그런 말이 나왔을까? 그 이유를 찾으면 두 가지 연유를 찾을 수 있을 것 같다. 첫째, 터키는 한국과 혈맹이라는 개념이 있다. 그것은 터키가 6.25전쟁의 참전국이기 때문이다. 그들은 한국을 위해 피를 흘린 우방이기 때문이다. 그리고 또 하나, 터키의 뿌리는 동양이다. 동양, 특히 그들의 조상은 우랄 알타이계로 알려져 있다. 다시 말하면 우리와는 뿌리가 같다는 이야기. 그들은 과연 누구인가?

중앙아시아를 흔히들 실크로드라 한다. 실크로드는 고대로부터 동양과 서양의 통로였다. 이 통로를 중심으로 다양한 민족들이 흥망성쇠(興亡盛衰)를 거듭하였다. 돌궐·흉노·몽골 등이 그들이었고 동으로는 글안·말갈을 포함한 고구려가 있었다. 이들은 초원의 유목민으로 기후변화에 따라 초원을 이동하며 생활하였다.

계절이 변하거나 목초지에 이상이 생기면 동(東)과 서(西)로 이동하고 세력을 확장하여 그들의 삶을 누려왔다. 그런 연유로 그들은 동으로는 중국과 서로는 이슬람 세계를 끊임없이 괴롭혀 왔다.

6세기 중반 서쪽으로는 카스피해에서 동쪽으로는 만주지방에 이르는 광대한 유라시아 초원을 제패한 강력한 유목제국이 출현했다. 이른바 돌궐제국. 이 제국을 건설한 사람은 스스로를 '튀르크(Turk)'라고 불렀고, 중국 측 자료에는 '돌궐(突厥)'이라는 이름으로 기록되었다. 오늘날 터키(Turkey)의 원조. 돌궐제국은 그 영역을 넓혀 대 제국으로 성장한다.

그러나 진시황에 의해서 통일왕조가 들어서고 한무제가 대북방 강경책으로 선회하면서 상황은 바뀌기 시작하였다. 특히 지배층 내부의 갈등이 격화되고 자연재해가 겹치면서 돌궐은 급속하게 쇠약해졌고, 결국 630년 당 태종은 북방의 또 다른 유목세력과 연합작전을 펼쳐 돌궐의 카간을 생포하는데 성공했던 것이다. 중국이 통일되고 세력이 커지면서 투르크는 쫓기게 된다. 여러 갈래로 나뉘어 쫓기던 일족 중에 한 부족이 흉노. 이른바 훈 족이다.

그 뒤, 투르크족의 본류는 기원전 700년 경까지 알타이지역에 생활의 뿌리를 내렸던 반면, 또 다른 투르크부류는 기원전 1100년 경부터 대거 중국의 서북부에 있는 칸수(甘肅)나 오로도스 초원지대로 이동하였다. 이들이 훈 족의 조상이다.

기원전 129년 이후 10여 년간 10여 차례의 치열한 대격전이 벌어지면서 점차 흉노의 기세가 꺾이기 시작하였다. 물론 쌍방의 피해 또한 심대하였다.

한의 피해도 피해였지만 흉노의 피해는 심각하였다.

첫째, 인구의 감소. 둘째, 가축의 손실, 셋째, 영토의 손실.

한무제의 북벌로 인해 흉노의 약화는 뚜렷해 졌다.

이 때 한(漢)에 쫓긴 흉노는 동 유럽으로 치고 들어갔다. 이 때 훈족에 쫓겨 밀려온 유럽의 여러 민족들 중 일부는 로마 쪽으로, 일부는 발칸반도 쪽으로 쫓겨 들어갔다. 훈족의 서진으로 이 때, 유럽에 산재해 있던 고트족, 슬라브족, 게르만족 등이 타격을 받아 유럽의 민족 대이동이 시작되었고. 말기로 접어든 채 동서로 분리되어있던 로마가 사라지게 되었다. 훈족이 내려 가면서 로마는 치명적인 타격을 입었고, 발칸반도는 다민족 분포로 분열되어 정착하게 되었다. 11세기, 그들의 후손인 셀주크 투르크가 아나톨리아를 정복함으로써 오늘날 터키의 모태가 되었다.

아나톨리아(Anatolia)반도애 자리잡아 오늘날의 터키 공화국의 모태가 된 터키 셀주크조는 중앙아시아와 서아시아 일대의 여러 투르크족들이 아나톨리아로 이주 함으로써 그 기틀이 마련되었다.

1220년~1237년은 터키 셀주크조의 전성기였다.

1243년 징기즈칸의 몽골군이 몰려오기 시작하였다.

1243년 셀주크 투르크가 몽골에 정복 당하면서 셀주크는 사실상 몽골의 지배 하에 들어갔다.

1336년. 몽골의 마지막 칸. 아부 사이드(ABU SAID)가 사망하자, 수많은 투르쿠족이 활거하는 공국 시대를 맞았다. 이 때 오스만(Osman)제국의 모태가 등장한다.

셀주크세력이 몽골의 치하로 들어갔을 당시 일부 몇몇 부족들은 몽골의 점령을 받지 않고 있었다. 이들 중 한 부족이 오스만 부족이었다. 이들 오스만 세력은 보스포루스와 마르마라 해변으로 이주하여 비잔틴 영토를 잠식해 갔다. 이 때, 비잔틴은 서로마의 멸망이후 세력이 점차 약화되고 있었다. 이를 틈탄 오스만은 비잔틴 주변 영토를 확보할 수 있었다.

1402년 경, 오스만은 티무르의 서진으로 앙카라전투의 패전, 그리고 술탄 바예지트가 생포되고 곧 그의 죽음으로 어려움을 겪었지만 그의 아들 메흐메트 1세(1413~1420)와 그를 이은 무라트 2세(1421~1451)에 이르는 기간동안 오스만국은 바예지트 시대의 영토회복은 물론 유럽과 아나톨리아에서 세력을 더욱 확장시켰다, 1451년 무라트 2세가 사망하고 바야지트의 증손자 메메드 2세가 스물 한 살의 나이로 왕이 되었을 때는 바야자드 시대와 맞먹을 정도로 영토를 되찾고, 숙원사업인 콘스탄티노플 점령 시도가 시작되었다. 마지막 로마의 교두보로 남아있던 콘스탄티노플의 강력한 저항에 부딪치면서도 메흐메트 2세의 기발한 전술과 강력한 화력으로 마침내 콘스탄티노플은 함락되었다.

마흐메트 2세는 동로마제국을 멸망시키고 그 수도 콘스탄티노플을 자국의 수도로 정한 뒤에도 정복을 멈추지 않았다. 세르비아와 보스니아를 공략하여 투르크의 국경을 폴란드 및 헝가리와 맞닿는 선까지 확대 했으며 흑해연안도 투르크의 손아귀에 들어왔고, 남쪽의 에게 해도 베네치아의 기지들을 제외한 그리스 영토는 대부분 투르크 밑에 굴복해 버렸다.

그의 아들 바예지드는 부왕이 건설한 제국을 보전하는 데에만 전념하면서 일생을 마쳤지만 그 다음 술탄이자 술레이만의 아버지인 셀림은 1517년 시리아와 팔레스타인 및 이집트를 정복하는데 성공한 뒤 이윽고 아라비아 반도까지 정복하여 이슬람의 성지 메카를 손에 넣음으로써 이슬람 세계에서는 종교적으로도 제 일인자가 되었다. …. 이 무렵의 동 지중해와 흑해는 투르크의 內海라 부를 정도로 로마에 버금하는 대 제국을 이룩한 것이다.

이렇게 대 제국을 이룩한 오스만 터키가 2류 국가로 미끄러진 데에는 다양한 까닭이 있었겠지만 가장 확실한 요인은 줄을 잘못 선택한 것이다. 그것은 국가의 운명과 직결되는 문제다. 사라예보에서 울린 한 발의 총성으로 시작된 제 1차 세계대전은 터키의 몰락을 가져왔다. 터키가 연합국에 붙지 않고 독일에 붙는 바람에 급기야 패전국이 되어버린 까닭이다. 그것도 그럴 수 밖에 없는 것이 애당초 독일에 붙을 수 밖에 없도록 프로그램이 짜여졌던 것이다. 신무기개발이며 군사훈련에 철도부설까지 독일과 밀착된 것이 줄을 잘못 서게 된 계기를 만든 것이다. 이것은 운명이었다. 국가의 운명.

패전국은 슬프다. 술탄도 재상도 권력은 사라졌다.

러시아, 영국, 프랑스…. 승전국들의 간섭은 오스만을 궁지로 몰아넣었다.

헝가리를 비롯한 발칸의 일부는 오스트리아로 넘어가고 일부는 독립하였다. 시리아, 이집트를 비롯한 중동의 이슬람권도 영국, 프랑스를 비롯한 전승국으로 넘어가고 오스만은 껍데기만 남았다. 이 틈을 노리고 7백 년 식민지생활의 설움을 갚으려고 그리스가 치고 나왔다.

그리스가 터키본토의 이즈미르를 점령하자 국민들이 들고 일어났다. 케말장군을 중심으로 민병대가 독립을 외치면서 일어난 것이다.

이렇게 시작된 혁명은 마침내 왕권을 무너뜨리고 터키공화국을 일으켜 세운다.

30. 파묵칼레(Pamukkale)

이스탄불(Istanble)   22:00 발.

데니즐리(Denizli)   07:50 착.

데니즐리(Denizli)   08:20 발.

파묵칼레(Pamukkale) 08:50 착.

시간은 기다림이다. 인생은 기다림에서 시작하여 기다림에서 끝난다.

아들 낳기를 기다리고, 좋은 대학, 좋은 직장 붙기를 기다리고, 부자되기를 기다리다가 마침내 인생은 임종의 시간을 기다린다. 나는 어제 하루 종일 기다렸다. 오전에 잠시 블루모스크주변을 돌아보고 돌솥 비빔밥 한 그릇 맛보고 온 후 밤 10시까지 기다렸다. 그리고 밤 10시에 이스탄불을 출발하여 오늘 아침 8시경 데니즐리에 도착했다. 주간버스를 타면 편하고 좋은 줄은 안다. 그러나 주간버스를 타면 데니즐리에서 하룻밤을 자야한다. 호텔비 절약작전이다.

"수하버스 매표소가 어디죠?"

고개를 절래 절래, 모른다는 뜻이다. 만나는 사람마다 묻는다.

"수하버스…. 수하버스…"

나의 발음이 시원찮은 모양이다. 내가 만든 가이드북을 끄집어 내고 'SUHA'를 보여 주자 그제 서야 말이 통한다.

"오, 슈하, 저어기… 어쩌구 저쩌구…"

수하버스 매표소를 찾아가서 오늘 밤 22시 카파도키아 행 버스표를 끊고 사무실에 배낭을 맡겼다. 어제는 파묵칼레(PAMU KKALE)간판만 보고 차표를 끊었는데 그건 버스회사 이름이 아니었다. 회사이름은 아나돌리(ANADORI)였는데 차 좋고, 대합실 좋고, 화장실공짜에 모든 것이 다 좋았는데 티켓 값이 무려 80TL. 다른 회사차는 얼마인지 모르지만 어쩐지 너무 비싼 것 같아 바가지 쓴 기분이다. 그래서 오늘은 바가지 쓰지 않으려고 자작 가이드북을 세세히 살피고 슈하버스를 선택한 것. 파묵칼레에서 카파도키아 괴레메까지 45TL. 소요시간은 비슷한데 절반 값이다. 지역별로 차비가 다른지, 차가 똥차인지는 모르지만 좌우지간 값이 싼 느낌이다.

역시 그렇다. 아나돌리버스와 수하버스는 달랐다. 아나돌리버스는 3열 버스였고, 수하버스는 4열 버스였다. 가운데 통로가 있고 양쪽으로 좌석이 배열되어있다. 아나돌리 버스는 한 쪽에 2열, 그리고 다른 쪽 창가에 1열로 모두 3열인데 수하버스는 양쪽 모두 2열씩 4열이다.

아나돌리버스는 면적이 넓어, 넓은 좌석 2개를 깔고 앉으면 웬만한 침대 수준이다. 그런데 수하버스는 완전 콩나물시루. 값싼 버스 찾다가 완전 하수도구멍에 빠진 기분이다.

버스티켓을 끊고, 세수, 면도, 식사하고 순서대로 일을 마쳤다. 준비가 완료되자 바로 터미널 아래층으로 내려갔다. 터미널 아래층은 근거리버스 전용 터미널인지 여기저기 가까운 거리의 버스들이 승객을 기다리며 대기 중이다.

그 중 하나, 파묵칼레행 미니버스.

버스 곧 출발. 3.5TL.

2,30분 달렸을까? 파묵칼레 마을입구.

나는 내가 그다지 짜다고 생각하지 않았는데 요즘은 관광지 평가에 조금 노랭이가 되었다.

평가가 조금 가혹하다 할까? 남들이 '와~'한다고 따라 '와~'하고싶지 않다는 뜻이다. 터키관광의 4대천황 어쩌구 하면서 파묵칼레가 무슨 기이한 물건이라도 되는 양 허풍떠는 여행사 선전에 등달아 춤을 추는 지는 모르지만 내가 보기에는 그렇게 놀라울 정도는 아닌 것 같다.

석회석 바위산이 세월의 물결을 타고 흘러내린 자연경관의 일부일 뿐인데 그게 뭐 그리 대단하다고 숨 넘어가는 소리로 갈채와 찬사를 보내는지 이유를 모르겠다. 내가 좀 짠가?

나는 차라리 석회석 언덕 보다는 로마 유적들에 관심이 갔다. 무너져 가는 저 로마의 유적들에는 역사의 때가 묻어 있고, 수많은 인간들의 깊은 고뇌가 수놓아져 있지 않을까?

저렇게 폐허로 변해가는 로마유적들을 보면서 나는 새삼 앙코르왓트의 유적들이 떠올랐다.

앙코르왓트야 말로 탄성을 자아내게 하는 정말 멋진 인류의 문화유산이 아니겠는가?

파묵칼레의 끝까지 올라갔다. 어저께 메테오라에서 안개비를 만나 도중에 산행을 포기하고 돌아 선 것이 못내 아쉬워서 오늘은 기어코 끝까지 갔다. '소문난 잔치 먹을 것 없다.'는 말이 생각났다. 별로 볼 것도 없는데 공연히 별 천치인양 소문만 요란하다. 끝에는 아무 것도 없었다. 자, 이제 돌아간다. 배도 고프고 피곤하다.

31. 카파도키아 (Cappadocia) 지하도시

데니즐리 터미널 레스토랑. 터키의 전통음식, 케밥을 시켜 먹었다.

케밥(Kebab)은 쇠고기 · 양고기 · 닭고기 등을 양념하여 불에 구워 채소와 함께 먹는 터키의 전통음식이다. 내가 먹은 케밥은 치킨케밥 · 닭고기 케밥이었다.

카파도키아 행 버스가 데니즐리 터미널을 출발하여 한 시간이나 달렸을까?

"어어… 이거 또 왜 이래?"

사람 놀라게 하는 일이 연속으로 터지니까 이제 면역이 생길 법도 하건만 새로운 일이 터질 때마다 놀라기는 마찬가지. 졸다가 자다가 깨었다가 그러다 다시 잠들기를 반복 하는데 그 때 마침 화장실생각이 나서 깨었다

.

— 지금쯤 휴게실에 차가 설 시간이 되었을 텐데… —

남미여행을 하면 편리한 점을 간혹 만난다. 그 중 하나는 대부분 장거리 버스에는 화장실이 있다.

그런데 유럽이나 터키의 경우, 장거리버스라 해도 버스 안에는 화장실이 없다. 때맞춰 터미널이나 휴게실에 들려 화장실 면회를 하곤 하는데 대부분이 유료다. 지금쯤 버스가 터미널이나 휴게실에 들릴 때가 되었는데 소식이 없다. 그냥 눈을 감고있다가 떴다. 그런데 차가 이상하게 움직이지 않고 서있다. 왜?

그 때 나는 창 밖을 내다보고 깜짝 놀랐다.

— 때 아닌 폭설이라니? —

완전 폭설이 쏟아지고 있었다. 폭설 때문에 차가 멈추어 섰다면 폭설 때문에 길이 막혔단 말인가? 그렇다면 이건 보통문제가 아니다.

10분, 20분, 30분…. 1시간이 지났다.

— 어이 속 터져… 도대체 무슨 일일까? —

도무지 이유를 알 수가 없다. 말이 통해야 물어나 보지. 답답하기는 다른 승객들도 마찬가지.

— 폭설 쏟아지는 꼴을 보아, 천재지변이 틀림 없는데…—

얼마 후, 대형 크레인이 들어왔다.

— 아하, 사고가 나도 대형사고가 난 모양이다. —

사고처리가 끝나고 차가 움직이기 시작한 후에 본즉, 합판을 가득 실은 대형트럭이 완전 도로를 틀어막고 벌러덩 뒤집혀져 있었다. 그래도 요행이 길을 뚫고 나왔으니 다행이라면 다행이었다.

내가 탄 버스는 데니즐리가 시발역이 아니었다. 마르마리스(MARM ARIS)에서 출발하여 카이세리(KAYSERI)로 가는 버스였다. 중간 역에서 승객이 내리고 좌석이 나면 다음 승객을 태우는 시스템이다. 내가 버스에 올랐을 때 이미 버스는 거의 만원상태. 데니즐리는 시발역이 아니고 중간 역이었던 것. 나의 목적지 괘레매(Goreme) 역시 종점이 아닌 중간 역이었다.

사고는 합판실은 대형트럭 뿐 아니라 여기저기 승용차를 비롯하여 다양한 차들이 딩굴고 있었다.

괘레매(Goreme) 도착 10시 30분.
늦은 도착으로 오늘 일정은 완전 묵사발.
버스는 분명 08시, 괘레메에 도착하기로 되어있었다. 그러면 9시에 투어버스를 탈 수 있을 것이다. '관광은 9시부터' 이것이 오늘의 내 스케쥴인데 버스가 늦게 도착하는 바람에 산통이 박살나 버린 것이다. 카파도키아(kapadokia)에는 네브세히르(Nevsehir), 괘레매(Goreme), 웰깁(Urgup)등 3개의 거점(據點) 마을이 있다. 카파도키아 관광의 핵심은 괘레매가 본동(本洞)이다.

버스가 괘레매에 가까워 지면서 차창 밖으로 이상한 풍경이 나타나기 시작하였다. 뾰족뾰족한 민둥산에 구멍들이 뚫려 있고 혈거생활(穴居生

活)의 흔적들이 나타난 것이다. 괴레매에는 터미널 시설이 없고 버스는 도로변에 주차한다. 버스에서 내리면 길 건너에 인포메이션이 있다. 찾아 들어갔다.

"나는 여차여차한 사람인데…. 이러쿵 저러쿵…"

그렇게 물어 한국인이 주인인 민박집을 찾아갔다. 배낭을 방에다 던져 놓고 다시 밖으로 나왔다. 식사준비를 하고 샤워를 할 생각이다. 도로변에 슈퍼마켓이 있다.

날씨가 사람을 피곤하게 만든다. 비가 오다가 눈이 오다가 진눈깨비가 내리다가, 잠시도 틈을 주지 않는다. 터키 날씨가 변덕스럽다는 소문은 들었지만 이 정도일 줄은 몰랐다.

괴레매는 도시가 아니다. 변두리 시골마을 같다고나 할까? 특별히 눈요기할 것도 없고 일상의 잡다한 가게와 집들 뿐이다. 카파도키아의 특이한 볼거리들을 이런 날씨에 찾아 헤매기는 곤란지사(困難之事).

터키에 들어와서 3,4일 지났나? 아무튼 터키의 첫날밤은 괴레매에서 보냈다. 여행을 떠나기 전에 여기저기 숙소를 수소문 하다가 카파도키아 검색을 하던 중 한인민박을 알게 되었다. 자랑일색으로 지껄이는 참새들의 입방아도 있고, 나 또한 빈약한 정보에 조금이나마 도움이 될까 해서 한인민박을 찾았던 것이다.

여기서도 나는 짠 소리를 하지 않을 수 없다. 배낭여행을 하는 사람들은 아마도 비슷한 생각을 하지 싶다. 첫째, 방값이다. 방값이 싼 쪽에 마음이 간다. 둘째는 청결이다. 그리고 셋째는 친절이다. 물론 사람마다 생각이다를 수 있다. 내가 찾아온 이 집의 방값은 도미토리가 33TL. 내가 이스탄불에서 알아본 호스텔의 방값은 도미토리로 30TL.

그다지 가격차이가 없는 것으로 보아 대개의 도미토리는 비슷한 가격이 아닐까 생각된다. 그런데 문제는 청결이다.

침대를 사용하는 열차는 물론 대부분의 도미토리의 경우, 체크인을 하고 들어가면 나오는 것이 있다. 네 가지. 침상의 매트카버, 이불카버, 벼게카버가 나오고 그리고 타월이 나온다. 그것은 열차도 마찬가지. 그런데 이 집에는 그것이 없다. 침대카버는 물론, 이불카버나 벼게카버도 없이 남들이 쓰던 침구를 그대로 사용하는 것이다. 더구나 타월은 사용료를 내야한다.(5TL,2천원) 얼마나 오래 쓰고 세탁을 하였는지 모를 정도로 빛 바랜 타월의 사용료가 새 타월 값에 근접한다. 그리고 또 있다. 보통의 배낭여행 전문 호스텔이나 게스트하우스에는 주방이 공개되어 있다. 물이나 라면을 끓이거나 조리하는데 많은 도움을 준다. 그런데 이 집은 저녁 9시부터 오전 8시까지 주방을 잠그고 출입금지. 훔쳐 갈 물건이 무엇인지 궁금하다.

돈만 아는 주인의 기업정신이 돋보인다.

어차피 방값은 치루고 들어왔고, 투어까지 부탁한 마당에 숙소를 옮기기는 어렵다.

배낭여행객들 사이에는 한인민박, 한인식당을 기피하는 현상이 있는데 그 이유를 알만하다.

카파도키아에는 그린 투어를 비롯하여 레드 투어, 짚 투어(Jeep tour), 벌룬 투어 등의 다양한 프로그램이 있다.

오늘 내가 찍은 투어는 그린투어, 다른 몇 가지 투어들도 모두 다양한 관광이 되겠지만 나는 카파도키아에서 어정어정 세월을 낚을 생각은 없다. 대충대충 맛만 보고 떠날 생각이다. 그린투어 코스도 그리 만만한 코스가 아니다. 이름난 볼거리가 집단으로 모여 있는 것이 아니라 모두가 흩어져 있어 차를 타지 않으면 안될 정도로 거리가 멀다. 그 중 백미가 지하도시.

이튿날 아침 9시 경. 마이크로버스가 집집마다 찾아 다니며 승객을 모아 싣고 출발.

지하도시 데린쿠유(Derinkuyu Underground City in Kapa dokya)는 정말 대단한 흔적이었다.

카파도키아는 약 3백만년 전 화산폭발과 대규모 지진으로 잿빛 응회암이 뒤덮고 있는 곳으로 오랜 풍화작용으로 특이한 암석군을 이루고 있는 지역이다. 초기 기독교가 형성될 무렵 로마의 탄압을 피해 기독교 교인들이 토굴을 파고 살았던 집단 거주지였다,

지하도시 중에서 가장 큰 곳으로, BC 8~7세기에 프리지아인(人)이 처음으로 세웠으며, 이후 로마제국의 종교박해를 피해 온 초기 그리스도교인들이 숨어 살던 곳이다.

수용규모는 3,000~5만 명이며 깊이 85m, 지하 8층 규모. 넓이는 약 185㎡, 연면적은 650㎡이다. 카파도피아의 다른 지하도시들과 마찬가지로 예

카파도키아(Cappadocia)

배당, 학교 교실, 식당, 침실, 부엌, 마구간, 창고, 와인·식용유 저장고 등 다양한 생활시설이 갖춰져 공동생활에 불편하지 않게 만들어졌다. 각층은 독립적으로 구별되며 긴 터널을 통해 다른 지하도시들과 연결된다.

정말 대단한 지하도시였다. 수용인원이 1만 명 이상이라니. 어떻게 인간들이 저토록 대단한 동굴을 파고 지하도시를 형성하였을까? 그런데 지하도시가 여기만 있는 것이 아니라 카파도키아 여기저기에 그 수를 헤일 수 없을 정도라니 그저 놀라울 뿐이다. 아직도 발굴은 계속되고 있다 한다. 이 밖에도 무슨 무슨 계곡, 무슨 사원, 무슨 사원 등등을 거쳐 돌아왔다.

그린투어 참여 경비 125€. 민박집의 요구대로 지불하였는데 정상가격인지 모르겠다. 투어에 참여 않고, 괘레매 주변의 동굴유적을 돌아보는 것도 괜찮을 것 같다.

이제 터키관광의 4대천황 중 마지막 하나, 샤프란볼루(Safran bolu)로 떠난다, 앙카라(Ankara)를 거쳐 가야하므로 서둘러야겠다. 괘레매 민박 2박.

괘레매 발 07:15. 버스회사 카밀코추(Kamilkoc)사.

버스 표는 어제 미리 사 두었다. 그런데 07시 15분. 버스가 출발할 시간인데도 차가 보이지 않았다. 매표소 직원에게 물었으나 계속 '기다려라'는 소리만 한다.

― 이상하다… 어떻게 된걸까? ―

7시 20분이 지나서야 미니버스가 한 대 들어왔다. 타라고 해서 탔다.

이 거리, 저 골목, 그리고 인근의 작은 마을까지 돌아다니며 대기 중인 승객들을 다 실은 후에야 네브세히르 오토갈(Nevsehir Otogar)로 들어갔다. 이렇게 모은 승객 10여명.

08:05. 네브세히르 오토갈 출발.

화장실 갈 틈도 주지 않고 달리더니 앙카라가 가까워지자 잠시 멈추어 화장실 구경시킨 후 다시 줄행랑. 나는 가능하면 샤프란볼루에 일찍 도착하고 싶었다. 어정거리다가 늦게 도착해서 어두워지면 행동이 어려워진다. 우선 급한 일은 환전이다. 터키에서 사용하려고 준비해 간 터키리라가 바닥났다. 어제의 지출에서 예상이 초과되었다. 투어 때문이다. 나는 50TL정도로 예상했는데 125TL.

— 이거, 너무 비싼 것 같은데..—

투어를 떠나기 전에 확실하게 결정을 보아야 하는데 민박집 여인의 말을 가볍게 생각한게 화근이었다.

"다녀와서 천천히 계산하셔도 됩니다."

"그래? 그럼 그렇게 하지…"

이게 문제가 된 것이다. '매사는 확실하게'가 뒤집힌 것이다.

12시 10분. 앙카라 착.

앙카라 오토갈 안에 환전소가 있었다.

30$ 환전. 1$: 2.5TL.

환전을 하자마자 샤프란볼루행 버스 매표창구를 찾아갔다. 표를 사고 비상식량으로 점심해결.

32. 샤프란볼루(Safranbolu)

13:00분 앙카라 출발.

이번 버스는 메트로(Metro)사. 오후 4시경 샤프란볼루 입구에 도착. 승객들 대부분 하차. 그러나 여기는 신도시. 올드타운으로 가려면 더 가야 한다. 대부분의 승객들은 다 내리고 남은 승객은 나와 젊은 여인 한 사람. 나는 어디서 내릴지를 몰라 그 여인에게 물었다.

"샤프란볼루 올드타운?"

그녀는 손짓으로 말했다. 그냥 앉아 있으라 한다. 버스 다시 출발.

이윽고 종점.

가이드북에는 이렇게 나와 있다.

'샤프란볼루 메트로버스 대합실 안내소에 호텔이름을 말하면 전화연락을 해준다'

나의 자작 가이드북에는 두 개의 숙소이름이 적혀 있다. 에뻬팡숑(Efe Pancyon)과 꼬낙오텔(Konak Otel)이 그것이다. 에뻬팡숑에는 도미토리가 있고, 꼬낙오텔은 전실 룸으로 되어있었다.

샤프란볼루(Safranbolu)의 버스터미널 메트로버스 안내소.
"알로⋯. 에뻬팡숑이죠? 방 있어요?"
"알로⋯ 몇 명이세요?"
"난 솔로요. 도미토리 있어요?"
"도미토리는 풀입니다. 룸이 있어요."
"룸 얼맙니까?"
"오십리라."
"뭐요? 오십리라 라고요?"
"그렇소. 오십."
여인은 한국말로 '오십'이라고 말했다. 한국 여행객이 많이 찾는 모양이다.
— 내가 미쳤냐? 삼십리라도 비싸다는 판에 오십리라 씩이나 주고 자게⋯ —
"관 둡시다."
'찰칵' 전화를 끊었다. 그리고 다음.
"여보세요?"
어쩔 수 없이 룸만 있다는 꼬낙오텔로 전화를 걸었다.
"여보세요?"
"꼬낙오텔이죠? 빈방 있습니까?"

샤프란볼루(Safranbolu)

"몇 명이세요?"

"난 혼자요. 하루에 얼마죠?"

"일박에 투어니 파이브 리라."

"투어니 파이브?"

그러면 그렇지. 25티엘이면 좋은 말 할텐데, 오십리라 좋아하시네.

꼬낙오텔 룸, 25TL로 낙찰. 그리고 10여분 지났을까? 꼬낙오텔 승용차
가 데리러 왔다.

여기는 샤프란볼루(Safranbolu).

사프란볼루는 오스만제국의 거주지로, 실크로드의 중간 기착지로서의

역할을 했던 곳이다. 지금도 붉은색 기와 지붕의 오스만 전통 가옥 1000 여 채가 중심부에 모여 있어 옛날 모습을 그대로 간직하고 있다. 사프란 볼루에 남아 있는 전통 주택들은 그 가치를 인정받아 세계문화유산으로 지정돼 보호받고 있다. 주변에는 깔끔한 신도시가 넓게 자리하고 있지만 샤프란볼루의 올드타운은 한 두 시간 정도면 돌아볼 수있는 작은 마을이 다. 대부분의 골목골목은 카페와 호텔 그리고 기념품상점들이 즐비하다. 대장간골목에는 전통양식의 철물들이 마치 박물관을 방불케 할 정도로 아기자기한 세공품들이 가득하다.

호텔에서 체크인하고 나왔다. 다음 순서는 식사준비. 목구멍은 옛날부 터 포도청이다. 먹어야 산다. 이 골목, 저 골목. 구경 하면서 식품가게를 찾아 다닌다. 그런데 골목마다 왁자지껄 시끄러운 소리들이 모조리 한국 말.

완전 여기가 부산 국제시장 뒷골목같은 느낌이다. 일본인들이 휩쓸고 간 골목을 한국인들이 몰려들어 후럼잔치 하는 모습이다.

아기들 베개만한 식빵 덩어리 3개, 물 한 병을 사 왔다. 그리고 샤워하 고 저녁 식사.

이슬람의 기도문 외는 소리가 멀리서 들린다. 때로는 구성지게, 때로는 처량하게. 떠나간 사람을 애타게 부르는 정인의 한이 서린 듯 가슴저린 그리움이 묻어 있다.

이튿날 새벽.

잠에서 깨면 시작되는 하루의 일과는 정해져 있다. 물부터 한 컵 마시

샤프란볼루(Safranbolu)

고, 그리고 세수, 식사와 화장실인사까지 마치면 다음은 공상. 오늘은 무엇부터 시작할까? 맨 처음 할 일은 내일 출발할 이스탄불행 버스표부터 사야 한다. 그런데 여기 코낙오텔에 들어올 때는 픽업 승용차를 타고 왔으니 자동 케이스. 그런데 막상 버스 티켓을 사러 가려면 어떻게 가야할지 오리무중. 어제 보아둔 센트로까지 나가서 돌무쉬를 타느냐? 걸어 가느냐? 택시는 담을 쌓았으니 탈 수가 없고, 망설이다가 결정 보았다. 모르는 길을 함부로 나섰다가 잘못되면 코 다치는 수가 있다.

— 하참, 나, 원. 나는 가는데 마다 왜 이렇게 멍청한 짓만 하고 다닐까? —

또 터졌다. 사고가. 사고의 내용은 이렇다.

버스터미널에서 샤프란볼루 올드타운까지는 거리가 제법 멀다.

— 에라 모르겠다. 조금 힘들긴 해도 아는 길부터 확실하게 해 두자. —

어제 픽업되어 들어 온 길로 걸어가 보기로 했다. 오늘은 어차피 하루 쉬는 날. 물론 쉰다는 말은 샤프란볼루를 관광요리 한다는 이야기. 걸어

다니며 구경하기는 마찬가지. 승용차로 15분 정도 걸렸으니 걸어가면 30분 정도면 갈 수있지 않을까? 하는 생각으로.

걸었다. '오토갈…' '앙카라 버스 오토갈…'을 물으면서.

그렇게 오토갈로 가서 이스탄불행 버스티켓을 끊었다. 07:00시 버스. 45TL.

여기까지는 좋았다. 문제가 터진 것은 그 때부터였다.

자, 버스표는 끊었다. 이제 되돌아 가야하는데 다시 걸을 것이냐? 돌무쉬를 탈 것이냐? 30분 넘게 걸어왔는데 피곤도 하고, 그리고 돌무쉬를 타 보는 것도 경험이다. 내일 아침에 탈지도 모르는 일. 대로변으로 나갔다.

― 돌무쉬는 어디서 타나? ―

아무 데도 주차장표시가 없다. 그 때다 돌무쉬 한 대가 서고 승객 한 사람 타는 것이 보였다. 돌무쉬에 'SAFRANBOLU'라고 쓰여져 있다. 달랑 올라탔다. 1.5TL.

돌무쉬는 신나게 달리기 시작하는데…. 10분, 20분, 30분….

― 어? 뭐가 좀 이상한데…? ―

시간상으로 이미 샤프란볼루 올드타운에 들어갈 시간이 지났다. 돌무쉬는 샤프란볼루 신도시 구석구석을 돌면서 굴러갔다.

― 신도시를 지나서 올드타운으로 들어가겠지. ―

그런데 그게 아니었다. 40분이 지났다. 옆 승객에게 물었다.

"이 버스 샤프란볼루 올드타운으로 가느냐?"

그는 고개만 끄덕인다.

― 간다는 거야? 안 간다는 거야? ―

불안한 마음은 깊어지고. 잠시 후, 돌무쉬는 종점에 도착. 비슷한 돌무쉬가 무더기로 모여있는 돌무쉬 터미널. 나는 완전 엉뚱한 곳으로 실려가버린 것이다.

— 우와아~ 이 일을 어짜노? —

그 때 같은 차에서 내린 어느 여인. 나를 향해 묻는다.

"당신 어느 나라 물건이냐?"

내가 당황해 하는 꼴을 본 모양이다.

"나, 코리안이다."

"어디 가려고 그러냐?"

"나, 샤프란볼루 올드타운으로 가야한다."

"차를 잘못 탔군. 나를 따라 오시오."

그렇게 그녀가 데려다 준 정거장에서 다른 돌무쉬로 바꿔 타고 올드타운 골인.

황당한 사고를 만나 멍청이가 된 기분이다.

꼬낙오텔 복귀. 어제 나를 픽업해온 기사를 만났다.

"나 내일 아침 6시, 체크아웃 한다. 당신 나, 오토갈까지 픽업해 줄 수 있나?"

"나는 여기 살지 않는다. 우리 집은 멀다. 그 시간에 올 수없다."

"오토갈은 어떻게 가야하나?"

"택시를 타라. 돌무쉬는 그 시간에 없어."

역시 귀로는 예상대로 간단치가 않을 모양이다.

샤프란볼루 올드타운은 올드타운 답게 복잡한 골목길이 거미줄처럼 미로(迷路)로 되어있다.

어느 길로 가야할지 모르는 게 당연지사. 내가 실려 온 길은 올드타운의 외곽도로. 터미널 뒤의 고개 길로 올라가는 도로가 조금은 돌아가는 듯하지만 골목골목을 돌고 도는 것 보다 빠를 지도 모른다. 20~30분 정도 걷는 것이 크게 무리는 아니다. 그래서 내일아침 귀로는 보행으로 결정. 오늘의 예행연습이 도움이 될 듯.

— 또 눈이 오나? —

창문의 커텐사이로 하이얀 눈 흩어지는 모습이 보였다. 커텐을 걷었다. 눈이 아니었다. 꽃잎이었다. 복숭아는 아닌 듯한데 꽃잎이 복숭아 꽃잎처럼 하얗게 흩어지고 있었다.

"그렇게 혼자 다니시면 외롭지 않습니까?"

꽤레매 버스터미널 건너편 2층에 '우리집'이라는 한국식당이 있었다.

날마다 빵 타령만 하다가 모처럼 한글간판을 보자 반가웠다. 올라갔지. 주인은 한국인 K녀. 그녀에 대해서 나는 아무 것도 아는 게 없다. 그녀는 그냥 현지인 몇 명을 데리고 식당업을 하는 한국여성이라는 것 말고는. 그녀와 나는 한동안 여행이야기를 하다가 문득 그녀가 내게 물은 말이다. 내가 말했다.

"글쎄요. 인간은 누구나 외로운 짐승 아닙니까? '군중 속의 고독'이라는 말이있죠. 아무리 사람이 많이 있어도, 혼자 있는 것처럼 외로울 때도 있죠."

벗 꽃도 아니고 복숭아 꽃도 아닌 새하얀 꽃잎들이 잎도 피기전에 지고 있다.

지금도 창 밖에는 꽃잎이 지고있다.

— 고독? —

과연 외로움이란 어디서 오는 것일까? 여행은 한가하고, 낭만적이고, 그런 것일까? 글쎄다. 나는 지금 시간에 쫓기는 사냥꾼의 먹이다. 한가할 틈도, 낭만을 느낄 겨를도, 외로울 시간도 내게는 없다. 나는 다만 나를 잊고 싶을 뿐이다. 그래서 나는 지금, 무작정 달려가고 있다. 나를 잊기 위해서.

하이드릭언덕(HIDRLK Hill)의 반대편에는 오토파크(Oto Park)가 있다.

1TL짜리 터키식빵 한 덩어리로 점심을 때우고, 제 2차 탐색작업에 돌입. 1차 탐색은 돌무쉬를 잘못 타고 헛발질 하는 바람에 엉뚱한데서 멍청이가 되어 돌아왔다.

두 번째 작전에 실패는 없다. 샤프란볼루의 올드타운은 산골의 계곡에 위치한 부락이라 계곡의 가운데로 물이 흐르고 계곡의 양안으로 마을이 조성되어있다. 언덕에 오르면, 건너편 마을이 한눈에 들어온다.

내가 묵고있는 꼬낙오텔 뒤로 올라가면 언덕이고, 언덕에 오르면 마을 전체가 훤히 바라 보인다.

— 일단 마을전체를 조망하고 마을 구석구석을 뒤져 보자.—

마음먹고 언덕을 기어올라 갔다.

— 어? 그참, 멋진 곳이 있군. —

이른바 하이드릭언덕이다. 언덕 위에 멋진 전망대가 있었다. 한 바퀴 휘익 둘러보고 내려오면서 이 골목, 저 구석. 구멍구멍을 들여다 보면서 건너편 언덕에 다다랐다. 건너편이라 해봤자 1Km도 안 된다. 역시 건너편에도 멋진 전망대가 있었다. 오토파크다.

　2시간만에 샤프란볼루 올드타운 관광 끝.

　샤워를 하고 내일의 작전에 골몰하다가 일어났다. 세 번째 작전이다.

　터키에 들어온 이래 아직 터키음식 제대로 먹어 보지 못했다. 오토갈의 대기시간에 한 두번 케밥을 먹어 보고, 그리고 카파도키아 그린투어 하면서 점심시간에 터키음식 먹은 것이 전부다.

　3차 탐색작전은 터키음식 사냥이다.

　호랑이를 잡느냐? 토끼를 잡느냐? 하는 문제는 먹어 봐야 알일. 어디 가서 무얼 먹을까?

　또다시 이 골목, 저 구석, 구멍구멍 들여다 보며 음식사냥에 나섰다.

　레스토랑 카디오구루(Restaurant Kadioglu).

　으슥한 골목 안, 그다지 복잡하지 않으면서 조금은 고급스런, 비교적 깨끗한 레스토랑이었다.

　낮에 심사를 거쳐 찍은 식당이다.

　"나, 음식이름 모른다. 터키식 전통음식을 추천해 주시오."

　"……?"

　묵묵부답. 우물쭈물하던 종업원이 누군가를 불러왔다. 레스토랑 매니저.

　똑 같은 말, 재방송.

　매니저는 식당메뉴를 펼쳐 놓고 설명을 하는데 이번에는 이쪽이 묵묵부답. 엉터리 영어로 행세하는 내가 지배인의 설명을 알아 들을 수가 있나? 그냥 고개만 두어 번 끄덕이고, 지배인이 설명한 음식들 중에 세 가지를 주문했다.

첫째, 쿠쿠케밥(Kuyu Kebab 25TL.), 두 번째, 세헤자드 피랍(Sehzade Pilav 7TL.) 세 번째가 세헤자드 살라드(Sehzade Salata 3TL.).

주문은 하였지만 무슨 음식이 나올 지는 주문한 나도 모른다. 이윽고 나오기 시작하는데…

첫째가 쿠쿠케밥. 케밥이다. 케밥(kebab)은 터키식 불고기를 말하는데 보통 양고기나 쇠고기, 닭고기 등을 쇠꼬챙이에 꿰어 빙글빙글 돌리면서 굽는데 벽 쪽의 열판에서 열이 나와 구워진다. 물론 다른 방법으로 굽는 케밥이 있는지는 나도 잘 모른다.

두 번째, 세헤자드 피랍. 옛날, 우리 할머니 살아 계실 때 이야기. 우리 할머니의 밥상은 끼니마다 어머니께서 따로 밥을 지어 올리는데 밥 이름이 '오가리 밥'이다. 오가리 밥이란 오가리 솥으로 지은 밥인데, 오가리는 오지그릇, 즉 도기로 된 질그릇 밥솥인데 요즘의 돌솥같은 솥이다. 이런 오가리 솥밥을 지어 올리면서 어머니 시집살이는 한평생 눈물살이로 살다 가셨다. 세헤자드 피랍이란 이런 질그릇 솥밥으로, 그냥 맨밥이 아니라 고기를 다져 섞은 볶음밥 같다. 맛이 나쁘지 않았다.

다음 타자, 세헤자드 살라드. 말 그대로 야채 샐러드.

오랜만에 만난 야채라 샐러드가 들어오자 나는 그것부터 챙겼다.

우리 집사람 텃밭채소가 날마다 식탁에 올라오는데, 그 동안 야채구경한 지가 오래된지라 홀라당 그놈부터 처리하고…, 먹다 남은 군만두 조각만 테이크 아웃. 합계 37TL(1만 5천원 정도)

33. 동 로마 최후의 날

07:10. 샤프란 볼루 출발.

이제 다시 이스탄불로 들어간다. 이스탄불에 들어가면 비행기로 우즈베키스탄으로 들어 갈 것이다. 그 동안 우즈베키스탄으로 들어가기 위해 다방면으로 검토한 결과 이스탄불에서 비행기로 들어가기로 결정을 본 것이다. 처음 계획대로라면 앙카라에서 이란의 테헤란으로 열차로 들어가서 투르크메니스탄을 거쳐 우즈베키스탄으로 들어갈 생각이었으나 이란과 투르크메니스탄의 비자문제가 까다로워 포기했다. 투르크메니스탄에 들어가려면 통과비자를 받는데도 이란의 비자와 우즈베키스탄의 비자가 있어야 하고, 이란비자는 공항에서 받을 수 있는 모양인데 나는 비행기 탈 생각이 없다. 이왕 비행기를 탈 바에는 타쉬켄트로 바로 가지, 이란과 투르크메니스탄을 거쳐 둘러 갈 필요가 없었던 것이다. 더구나 실크로드 열차를 탈 생각이었으나 그런 열차는 없다는 결론이 나 버린 것이다. 이래저래 이스탄불에서 타쉬켄트행 비행기로 결정했다.

이스탄불은 본래 동 로마의 수도로 난공불락(難攻不落)의 요새였다. 그런 천혜의 요소가 어떻게 터키의 영토가 되었을까? 그것은 우주의 유희, 즉 유니고스의 프로그램 때문이었다.

1453년 5월 29일은 동 로마 최후의 날이다.

이 날 콘스탄티노풀이 함락되는 데는 이미 오래 전부터 예견된 사건이었다. 다시 말하면 콘스탄티노풀의 최후는 이미 프로그램되어 있었다는 이야기. 존재하는 모든 생명체는 생성소멸(生成消滅)의 시나리오가 있다. 역사 역시 생명체나 마찬가지로 생성소멸의 시나리오에서 자유로울 수가 없다. 콘스탄티노풀의 역사도 마찬가지다. 동로마 소멸의 시나리오는 이렇다,

첫째. 1453년 당시의 콘스탄티노풀은 이미 국력이 기울어진 상태였다. 콘스탄티노풀 주변의 크고 작은 지방은 이미 오스만이 먹어 버렸고, 종교 문제로 동서로마는 서로 등을 돌린 상태. 서쪽을 향하여 구원병을 요청하였으나 등 돌린 서쪽의 반응은 냉정했다. 이 때의 전력을 보면 이미 결론은 나 있었다.

둘째. 강한 이웃을 적으로 두었다.

당시의 콘스탄티노풀은 지는 달이었고 오스만은 떠오르는 태양이었다. 오스만의 술탄 메메드 2세는 혈기 넘치는 20대 청년. 술탄은 명석한 두뇌의 소유자였을 뿐 아니라 1402년에 티무르 제국과의 전쟁에서 할아버지 바예지드 1세가 포로로 잡혀 죽는 치욕의 역사도 잘 알고 있었다.

뿐만 아니라 군사 면에서도 게임이 될 수 없는 전쟁이었다. 콘스탄티노플의 방어군 7천여 명. 오스만의 공격군은 10만이 넘는 대군.

셋째.무기의 열세.

콘스탄티노플은 종말에 이르기까지 수많은 침략을 받았지만 잘 버티고 있었다. 그것은 방어에 적합한 지형과 견고한 성벽의 장점 때문이었다. 그러나 이러한 장점들도 역사의 시나리오라는 틀을 벗을 수는 없었다. 콘스탄티노플 성벽을 무너뜨리는데 중요한 역할을 한 것이 오스만쪽에서 준비한 대포였다. 이 대포는 오스만이 개발한 것이 아니다. 유럽 쪽인 헝가리의 기술자인 우르반이 개발한 것이다. 이 기술자가 설계도를 가지고 먼저 콘스탄티노플을 찾아 갔지만 무시당해버렸다. 콘스탄티노플에서 무시당한 이 헝가리 기술자는 오스만의 메메드 2세를 찾아갔다. 메메드 2세는 그를 지극히 우대하였고 결국 대단한 위력의 대포가 등장했다. 우르반이 만든 이 대포들 중 가장 큰 것은 90마리의 소와 400명의 병사가 끌어야만 했다고 하니 크기는 컸던 모양이다.

무기 뿐만이 아니다. 메메드 2세는 명석한 두뇌의 소유자였다. 당시 콘스탄티노플은 금각만(Golden Horn, 골든혼)으로 밀고 들어오는 해군을 막기 위해 골든 혼 양안(兩岸)을 쇠사슬로 연결하여 전함의 진입을 봉쇄했다. 골든 혼에 도착한 오스만의 해군은 사슬봉쇄를 뚫기 위해 기발한 전술을 채택하였다. 바다로 밀고 들어 올 줄 알았던 함대가 산을 넘은 것이다.

술탄은 야음을 이용하여 밤 사이에 67척의 전함을 육지로 이동하여 배 밑에 기름을 칠한 둥근 목재를 깔아 야간에 언덕을 넘어 골든 혼 내해(內

海)에 함대를 진입시킨 것이다. 비잔틴의 결사항전도 오스만의 육,해군 합동공격과 오스만의 대포에 성벽이 무너지면서 종지부를 찍었다. 1453년 5월 29일의 일이었다. 술탄은 콘스탄티노플 정복 후 이름을 이스탄불로 고치고 수도로 정했다. 타고난 팔자를 고칠 수 없듯이 역사의 시나리오도 고칠 수는 없다.

현재의 수도 앙카라는 터키 민족주의 지도자 케말 파샤(후의 케말 아타튀르크)가 그의 저항운동 본부를 1919년앙카라에 세운이래 1923년 터키공화국이 수립되고 앙카라가 이스탄불(당시 콘스탄티노폴리스)대신 터키의 수도로 정해졌다.

이스탄불이 가까워 지면서 숨어 있던 걱정거리가 새록새록 고개를 들고 일어난다. 비행기 티켓 때문이다, 터키여행이 끝나면 다음차례, 우즈베키스탄 타쉬켄트(Uzbekistan Tashkent).

이스탄불에서 타쉬켄트행은 비행기로 들어가도록 프로그램 되어있기 때문이다.

나의 여행에는 두 가지 불문율이 있다. 그 하나는 가능하면 택시는 타지 않는다. 그리고 다음은 가능하면 비행기도 타지 않는다. 왜냐하면 택시나 비행기는 돈이 많이 들기 때문이다. 그러나 부득이 택시나 비행기를 타지 않을 수 없는 경우가 있다, 이번이 그런 케이스.

애당초 내가 여행을 계획하기 전에 인터넷을 뒤지다가 멋진 기사를 하나 발견했다. 내용은 다음과 같다.

「터키發 ‘실크로드무역열차’ 출발했다 터키에서 이란, 투르크메니스탄 등 중동 및 중앙아시아 6개국을 방문하는 ‘실크로드무역열차’가 출발했다. 터키 대외무역청은 터키 철도공사와 함께 4월 24일 수도 앙카라에서 실크로드무역열차 출정식을 갖고 총 여행거리 10560킬로미터에 달하는 39일 동안의 ‘실크로드 무역열차’를 출발시켰다. 앙카라 열차터미널에서 개최된 출정식에서 투즈멘(Tuzmen)장관은 이 열차가 통과하는 6개국에 최근 …. - 이하 생략 - 」

— 이거, 재미있겠는걸? —

앙카라에서 우루무치까지 실크로드열차가 다닌다니 정말 멋있겠다.

그러나 그런 열차는 없었다.

블라디보스톡에서 시베리아 횡단열차를 탄다. 그리고 앙카라에서 실크로드무역열차를 타고 실크로드를 달릴 꿈에 부풀어 있었다. 그래서 차근차근 여행준비를 시작하였다. 그러나 여행준비를 하는 과정에 무엇인가 이상하다는 느낌을 받았다. 어디를 찾아 보아도 열차의 시간을 찾을 수가 없었다. 결국 찾지 못하고 떠났다. 그리고 비행기로 타쉬켄트까지 들어갔다. 타쉬켄트에 가서야 그런 열차는 없다는 사실을 알게 된 것이다.

34. 오리엔트 익스프레스 레스토랑
(ORIENT EXPRESS RESTAURANT)

샤프란블루를 출발한 버스가 늑장부리고, 차 밀리고, 6시간 걸린다던 버스가 8시간만에 이스탄불 오토갈에 들어섰다. 목구멍이 포도청, 먹고 보자. 늦은 점심이다.

파묵칼레 행 버스회사 아나도루(Anadolu)사 사무실 2층에는 멋진 대합실이 있다. 식탁과 의자, 화장실 공짜. 승객인양 헛기침 한 번 하고 올라갔다. 그리고 식사하고 화장실 인사하고 내려왔다.

이스탄불 오토갈 중앙에는 커다란 노랑 건물이 보인다. 복합건물이다. 상가와 식당 · 사무실 · 잡화상 · 환전소 등 그리고 지하철 역까지 이 건물 안에 있다.

지하철을 탔다. 오토갈에서 아타튀루크 에어포트(Atatürk Airport)까지는 지하철이 연결되어 있어 직방으로 갈 수있다.

— 과연 비행기 탑승 날짜를 한 달 가까이 앞당길 수 있을까? —

그것이 고민이다.

헐레벌떡 날치기여행을 하는 바람에 3개월 예상한 여행이 2개월로 단축되었기 때문이다.

하루하루가 돈과 연결되어있기 때문에 경비를 절약한다고 속전속결로 달린 탓이다.

비행기 탑승 날짜를 고치려고 여러 차례 여행사에 연락을 시도하였으나 전화가 불통.

터키의 전화사정 때문인지 나의 무능 때문인지 알 수가 없다. 나는 여러 번 인터넷으로 예약하고 날짜 변경까지 해 본 경험이 있기 때문에 날짜 변경은 가능하다고 생각하였고 이런저런 절차를 밟지 않고 비행장에서 바로 날짜 변경하여 탑승한 경험도 있고 해서 비행장으로 곧장 치고 들어갈 생각이었다.

물어 물어 찾아갔다. 아타튀르크공항 우즈베키스탄 항공사 매표창구.

"나, 이렇고 저런 사정이 있는데 탑승날짜 좀 고쳐 주세요"

"안 돼, 오늘은 모두 풀이야."

"그럼 내일…"

"내일도 안돼"

창구의 여자. 퉁명스럽고 불친절하다. 그 때 나타난 천사같은 사나이.

"메이아이 헬프 유…?"

(May I help you? 무엇을 도와 드릴까요?)

"오우 땡큐, 예수님. 나 좀 살려 줘."

"무슨 일 있어요?"

"나, 이러쿵 저러쿵, 죽을 지경인데 저 마귀할머니 조카딸 같은 여자가 안 된다고 하잖아."

그러자 이 사내, 나와 창구의 여인을 번갈아 보며 말했다.

"그래요? 아무개 여사, 공짜도 아니고, 돈 받고 날짜 바꿔 주는데 왜 안 된다는 거야?"

"이러쿵, 저러쿵, 어쩌구 저쩌구…."

"이 봐요 선생, 비행기가 모두 만원이래. 오늘도 내일도…"

"그럼 그 다음날로…"

"돈 있어요? 수수료가 필요한데…"

"그럼, 그 정도는 나도 알아. 얼만데…?"

이렇게 해서 날짜는 바꾸게 되었는데. 이건 또 무슨 날벼락?

나의 패스포트를 들여다 보고있던 우즈벡 젠틀맨. 갑자기 이상한 소리를 한다.

"안 되겠는걸. 이거, 입국날짜가 아직 멀었는걸…"

"뭐라고? 입국날짜가 아직 멀었다고…?"

"입국날짜가 4월 11일로 되어 있는걸…"

"그게 무슨 소리야? 입국날짜라니?"

보통의 경우, 비자를 받으면 유효기간이라는 것이 있다. 비자를 받은 날로부터 3개월 이내로, 혹은 6개월 이내로 입국을 해야 한다는 유효기간이 있다.

그래서 나는 중국비자를 받을 때 3개월 유효기간을 6개월로 연장하여 받아 왔던 것이다. 우즈베키스탄의 비자 유효기간을 알아보려고 여기저기 전화를 했었는데 대부분 답변이 입국 후 1개월 정도로만 이야기 할 뿐 비자 유효기간에 관해서는 별로 말이 없었다. 그래서 나는 그냥 일반적으로 3개월 정도로만 생각하고 있었던 것인데 이제 와서 입국날짜가 이미 정해져 있다니 이건 또 무슨 소리?

"아니, 입국날짜라니? 비자를 받았으면 언제든지 들어갈 수 있는게 아닌가?"

"그런 게 아닙니다. 입국날짜가 정해져 있으니 비행기 탑승날짜 바꾼다고 해결될 문제가 아니라…"

"그럼 난 우즈베키스탄에는 안 가겠어. 카자흐스탄으로 바로 가겠어. 알마티로. "

"카자흐스탄 비자는 있어?"

"카자흐스탄은 노비자야."

그 때, 또 놀라운 사태가 벌어졌다.

우즈베키스탄항공 영업소 바로 옆에 카자흐스탄항공 영업소가 붙어 있었다.

나는 얼른 카자흐스탄항공사 영업소로 다가가 물었다.

"오늘 알마티행 비행기 탈 수 있소?"

"아, 어서 오세요. 물론 탈 수 있죠."

"편도로 얼마죠?"

나는 당장이라도 카자흐스탄 비행기를 타고 떠날 생각으로 물었다. 그런데 그 답변이 기막혀.

"나인 헌드레드 유로…"

"뭐야? 나인 헌드레드 유로..? 그럼 천 달러가 넘는다는 말이가? 어이쿠 두야."

알마티 비행기 타려고 전 재산을 날릴 수는 없는 일. 나는 그냥 뒤통수를 한방 얻어 맞은 기분으로 돌아서고 말았다.

(1$=0.896€)

다시 우즈벡항공.

"어이 젠틀맨, 나 기다릴 테니, 날짜 좀 당겨 줘. 최소 한으로…"

그렇게 모든 일은 끝났다. 앞으로 열흘은 이스탄불에서 썩어야 할 모양이다.

지금 내가 가장 쉽게 귀국할 수 있는 방법은 벡 코스(Back cou rse)다. 루마니아의 부쿠레슈티나 폴란드의 바르샤바까지는 아직 유레일패스 기간이 남아있어 차비는 공짜, 모스크바로 들어가서 블라디보스톡으로 미끄러지는 방법이다. 알마티행 비행기 티켓 값만 하면 충분하다. 하지만 그렇게 되면 여행은 망해버린다. 어떻게 하든 이 어려움을 딛고 계획된 코스를 뚫고 넘어가야 한다. 문제는 이스탄불이다. 이스탄불 물가도 만만찮다. 어떻게 해서라도 경비를 최소화 시켜야 한다.

'있을 때 아껴라.' 그것이 어머님의 말씀이시다.

나는 1주일 앞당긴 비행기 티켓을 호주머니에 쑤셔 넣고 메트로를 탔다.

"술탄아흐멧," 블루모스크 주변의 호텔비가 이스탄불에서는 가장 싼 지역이다. 나는 며칠 전 그리스의 테살로니키를 떠나 이스탄불에 도착한 첫날 술탄아흐멧 인포메이션에 들러 값싼 도미토리를 알아 놓았었다. 찾아갔다.

"얼마죠? 하루…"

"40TL…."

"아니, 며칠 전에 30TL이라 했는데 웬 40TL이야?"

"누가 그래?"

"이 호텔 사장님이 그랬어. 할아버지…"

그 날, 지나가는 나를 부른 사람은 노인이었다. 나는 그가 주인이라 생각했었다.

"그래? 그럼 30TL만 줘…"

그렇게 방 값은 30TL로 결정 났다. 도미토리 침대 하나.

방은 비교적 깨끗하였다. 화장실, 욕실은 공용이었으나 깨끗했다. 그러나 나에게는 30TL조차 만만한 값이 아니다. 30TL은 한국 돈으로 1만 2천원 정도. 1$=2.5TL, 1TL=400₩.

열흘을 이스탄불에서 썩어야 할 모양이니 좀더 싼 방을 찾아야겠다. 방값은 하루분만 지불하고, 배낭을 방안에 두고 나왔다.

— 어디 싼 방이 없을까? —

이 골목, 저 골목 뒤지고 다니다 포기. 이튿날 다시 나섰다. 하루 이틀도 아니고 적어도 열흘 이상을 머물 텐데 단돈 1TL이라도 아껴야 할 판.

그런데 산 넘어 산. 어수룩한 호텔이라고 들어가 물었더니 하루에

100TL,

― 이게 무슨 소리냐? 100TL…? ―

그건 호텔이었다. 도미토리도 50TL이 보통이었다. 기가 막혔다.

NOBEL.

HOSTEL and Guesthouse.

Mimar Mehmetaga Cad.

No. : 16 Fatih / Istanbul ― Turkey.

☎ +90 212 516 31 77.

www. nobelhostel.com

매트로 술탄아흐멧 역에 내려, 아래 쪽에 인포메이션이 있고 우측으로
불루모스크가 보인다. 불루모스크 앞 도로를 따라 앞으로 나아가면
'ARASTA BAZAAR' 간판이 나온다. 시장간판이다. 간판을 지나 경사진 우
측도로 앞에 바자르 정문이 나오고 정문에서 곧장 아래쪽으로 내려가면
서너 집 지나 노벨레스토랑이 보인다. 레스토랑 옆에 작은 출입문이 보이
고 이 문이 노벨호스텔 출입문이다.

호스텔로 되돌아 왔다.

"나, 이렇고, 저렇고, 여차여차 해서 열흘동안 장기 투숙할 텐데 디스카
운트 좀 안될까?"

"디스카운트라고? 이 달만 지나면 우리도 45TL로 인상할거야. 그런 소
리 하지도 마."

일언지하에 거절. 혹 떼려다 오히려 혹 붙이게 생겼다.

하루분 방 값은 1만 2천 원으로 결정 났다. 다음은 식대.

— 샤프란볼루의 빵집같은 곳이 어디 없을까? —

그 때 호스텔현관문 손잡이에 빠게트 빵이 비닐봉지에 하나 가득 매달려 있었다.

매니저에게 물었다.

"저런 빵, 어디 가면 살 수있어?"

"슈퍼마켓에 가면 얼마든지 살 수있어."

"슈퍼마켓이 어딘데…?"

매니저가 지도를 한장 꺼내더니 표시를 해줬다. 찾아갔다.

내가 먹는 빵, 한덩어리는 갓난애기 베개만한데 한끼 먹기에 적당하다. 1개, 1TL(400원).

비교적 싸다. 프랑스와 독일에서 9유로(1만원)에 '빅맥' 먹던 생각을 하면 공짜 같다. 1만원 식대가 400원으로 추락. 400원짜리 빵만으로 생명유지는 될지 모르지만 그건 아니다. 자칫하면 영양실조로 골병들 수도 있을 것 같다. 곰곰 생각하다가 식단을 짰다. 슈퍼에 나와 있는 과일 중, 사과, 토마토, 그리고 양파를 곁들여 사 와서 끼니때마다 먹는 양을 조절한다.

한 끼에 빵 값 1TL. 부식비 2TL, 합이 3TL. 한국 돈 1천 2백운 정도. 3끼면 3천 6백 원. 방 값 하루 1만 2천 원, 하루 생활비 1만 5,6천 원. 물 값이 빠졌네. 여하튼 하루 생활비 2만 원 정도로 결정 났다. 집에 가서 배 터지게 먹을 셈치고, 쫄쫄 굶기로 작정했다.

나의 방에는 나를 포함해서 모두 4명이다. 작은 방에 2층 침대가 2개 있다. 아래 위로 모두 4명이 기숙하는 4인용 도미토리다. 프랑스 청년 1명, 알제리 청년일행 2명, 알제리 청년들은 보통 밤 12시나 되어야 들어오고, 프랑스 청년은 보통 새벽 2시경에 들어온다. 도대체 어디서 무얼 하는지 는 내가 알바 아니다.

내가 묵고있는 호스텔 노벨(Nobel)에서 조금만 걸어 내려가면 바다가 나온다. 마르마라(Marmara)와 보스포로스(Bosphorus)해협이 이어져 있 는 바다다.

노벨호스텔 주변은 대부분 호텔과 레스토랑. 주 고객은 관광객. 거리는 온통 단체관광객들로 북새통이다. 트램바이 철길을 따라 내려가면 바다 가 나오고 멀리 소아시아 쪽 터키가 바라 보인다. 탁심 쪽이다. 터키는 정 말 대단한 나라다. 키파도키아에서 가이드가 설명하던 도중에 하던 말이 생각난다. '터키는 역사상 단 한 번도 남의 나라에 지배된 적이 없었다.' 라고. 그리고 그는 이어서 이렇게 말했다.

"중국은 만리장성을 자랑하고 있지만 사실 만리장성은 터키가 중국에 선물한 것이죠."

"그게 무슨 말이요?"

내가 물었다.

"중국이 만리장성을 쌓은 것은 '돌궐'때문입니다. 유목민족인 돌궐이 무 서워서 만리장성을 쌓은 것이죠. 그러니까 만리장성은 돌궐이 중국에 선 물한 것이 아닙니까? 하하하…"

투르크는 돌궐의 변음이고, 투르크는 터키를 말한다.

짭짤한 바닷바람을 쏘이고 돌아오는데 1시간. 이것은 나의 운동이다. 오후에 때때로 슈퍼를 다녀 오는데 30분 정도. 거리는 온통 관광객들로 인산인해. 나는 사람 많은 데가 싫다. 그래서 대부분은 방 안에서 시간을 보낸다. 이제 며칠 후, 우즈베키스탄만 지나면 귀국 길에 오른다.

우즈베키스탄에는 사마르칸트와 부하라가 있다. 둘 다 세계문화유산에 지정된 지역이다.

3월 29일부터 섬머타임 실시. 오후 3시 30분이 4시 30분으로 바뀐다. 그리스의 테살로니키에서 시간착오로 곤란을 겪었는데 그것은 섬머타임의 실시 때문이었는지 모를 일이다.

아침 6시. 산책을 나간다. 운동이다. 하루종일 방안에만 틀어박혀 있다가 운동부족현상이 생길까 봐 시작한 산책이다. 첫날, 길을 잃고 잠시 헤맨 이후로 트램바이의 노선을 따라가거나 혹은 블루모스크 앞 광장을 한 바퀴 돌고 토프카피 궁전(Topkapi Palace)의 성벽을 따라 내려가 아야소피아 박물관(Ayasofya Museum) 옆으로 돌아 시르케지(Sirkeci)역으로 빠져나가 바다가 나오면 되돌아 오는 코스. 때로는 갈라타 다리(Galata Bridge)까지 갈 때도 있다.

돌아오는 길에 시르케지 역에 잠깐 들렀다. 역 구내는 한산하였다. 매표창구를 찾아갔다.

"이스탄불에서 그리스 테살로니키까지 열차가 있습니까?"

"노오, 온리 버스…"

추억의 이스탄불행 열차는 사라졌다. 버스 밖에 없는 모양이다. 예전에는 그래도 빌빌거리는 화통에 끌려 하룻밤 하루 낮, 배낭족을 실어 나르던 고물열차라도 그런 데로 탈만 했었는데 이제 그 똥차마저 추억 속으로 사라져 버린 모양이다. 사르케시열차 역은 사라예보의 열차 역처럼 텅 빈 역사에 승객도 역무원도 보이지 않았다. 썰렁한 매표창구 옆 인포메이션에 홀로 앉아 있는 여성 역무원이 쓸쓸해 보였다.

— 역시 그랬었구나. —

아테네-이스탄불 행 열차가 없어진 줄도 모르고 유럽 열차시간표에서 아무리 검색을 해도 잘 나오지 않았던 이유를 이제야 알 것 같다.

역사에 들어온 김에 한 바퀴 돌아볼 생각으로 안으로 들어갔다.

— 어..? —

나는 흠칫 놀랐다.

ORIENT EXPRESS RESTAURANT. 1890.

— 오리엔트 익스프레스 레스토랑…? —

내가 본 것은 레스토랑이었다. 그런데 예사 레스토랑이 아니다.

오리엔트 익스프레스(Orient Express).

오리엔트 특급은 프랑스의 국제침대차회사에서 운행하던 파리와 이스탄불을 잇는 국제 장거리열차로 호화여행의 대명사로 통했다. 1883년 6월, 첫 개통이래 1930년대에는 그 편안함과 호화스러움에 명성을 날렸다. 유럽 초특급 열차로 동양의 양탄자 · 벨벳 휘장 · 마호가니 천장 · 스페인의 안락의자로 치장된 침대차 · 숙녀용 객실 · 고급요리를 제공하는 식당차 그리고 흡연실 등을 갖추고 최고 수준의 서비스를 제공하였다. 승객은

ORIENT EXPRESS RESTAURANT

왕족과 귀족 · 외교관 · 사업가들이 주로 이용했다.

　1914년 제 1차 세계대전이 발발하자 운행이 중지되었다가 1918년 운행이 재개되었다.

　냉전시대에는 철의 장막이 유럽을 동서로 갈라 놓아 공산주의 국가들은 국제침대차회사의 열차를 자국의 기차로 바꿔 운행하는 등 곡절을 겪다가 1971년 국제 침대차 회사는 침대차 운행에서 손을 뗐고, 여러 철도회사들에게 침대차를 팔거나 임대했다. 1976년 파리-아테네 노선과 1977년 직행 오리엔트 특급은 수십 년 동안 승객의 지속적인 감소로 운영상의 어려움을 겪으면서 운행을 마감했다.

　특히 오리엔트 특급이 유명하게 된 데는 영국의 추리소설작가 애거사

크리스티(Agatha Christie)의 소설 '오리엔트특급 살인사건(Murder on the Orient Express,1934)'의 영향이 크다 할 수 있을 것이다.

아침 산책시간이 이른 탓인지 레스토랑은 아직 문이 열리지 않았다.
— 오늘이나 내일, 점심시간에 한 번 들러 레스토랑의 분위기 맛이나 좀 보자. —
나는 그렇게 생각하고 발길을 돌렸다.
내가 묵고있는 4층 301호실은 2층 침대가 둘, 모두 4인용 룸이다. 대부분 날마다 만원.
어제 오후, 타이렌드 아가씨와 독일 여성들이 떠난 후, 러시아 여인과 내가 남았다. 요 며칠, 이상하게 여성 투숙객이 많아졌다. 내 방에는 나만 남자고, 세 사람이 모두 여성. 남녀 구별이 없는 세상이라지만 처음에는 다소 불편했다. 그것도 잠시, 시간이 지나면서 예사가 되어 버렸다. 여기는 그야말로 인종 전시장. 첫날은 독일, 알제리, 프랑스인들이 이어지고, 다음 날은 불가리아, 러시아… 완전 잡탕이다. 밖으로 나가면 왼통 중국인이 쓸고 다닌다.
"곤니치와… 니혼진데스까?"
일본인들이 휩쓸고 지나간 후유증인가 골목골목 상점의 점원들이 하는 인사말이 일본어 일색. 사이사이로 한국인들의 모습이 빠질 리 없다. 일본인들이 휩쓸고 간 자리에 한국과 중국이 경쟁을 하고 있다. 이제 나도 떠날 때가 다가오고 있다.

— 떠나기 전에 오리엔트 익스프레스 레스토랑에나 한 번 가보자. —

오늘은 늦은 산책이다. 점심시간에 맞춰 출발.

아직 12시가 되기 전인데 레스토랑 안이 조금 수선스럽다. 이미 단체관광객인 듯한 일행 10여명이 식사를 하면서 잡담을 하고있다.

레스토랑 안으로 들어서자 웨이터가 안내한다. 단체 관광객의 곁이다.

"나 저쪽 조용한 방이 좋겠는데…"

방을 옮겼다. 웨이터가 메뉴판을 가져왔다. 영어도 짧은 땅콩인데 터키 음식 이름을 내가 어떻게 알아?

"혹시 이 메뉴판에 '라이스'가 있습니까?"

웨이터가 메뉴판을 몇 장 넘기더니 한 쪽을 가리켰다. 역시 칸부등(看不等), 보아도 먹통.

메뉴판을 들여다 보던 나는 'Chicken'을 발견하고 손가락으로 '쿡'눌렀다. 그리고 말했다.

"치킨 앤 라이스…"

흰 쌀밥 한 공기와 닭고기 수육이 나왔다. 빵과 약간의 야채를 곁들여.

닭고기가 좋았다. 가슴살 같은데 보통크기의 스테이크 정도로 두 조각. 고기가 부드럽고 맛도 있었다.

식대 36TL(1만 4천원 정도). 20티엘 정도 생각했었는데 조금 예산초과. 식대, 물 값, 찻값, 봉사료, 세금 등등 합이 그렇다.

— 나 그럴 줄 알았지. 배보다 배꼽이 클 것이라고.. —

그다지 비싼 편은 아닌 것 같다. 한국 같았으면 적어도 3만 원 이상은 나왔을 터. 공연히 내 예산 짧은 탓을 식대 비싸다고 투덜거릴 입장은 아니다.

35. 타쉬켄트(Тошкент)

귀로에 접어들면서 나에게 새로운 고민거리가 등장했다.

우즈베키스탄에서 중국으로 넘어가려면 카자흐스탄을 거쳐야 한다. 카자흐스탄에서 중국으로 넘어가는 데는 두 가지 방법이 있다. 그 하나는 우즈베키스탄의 타슈켄트에서 열차를 타고 카자흐스탄의 알마티를 거쳐 중국으로 바로 넘어가는 경우가 있고, 다른 하나는 버스나 택시를 타고 카자흐탄의 쉼켄트로 가서 알마티행 열차를 탄다. 그리고 다시 알마티에서 우루무치행 버스나 열차를 타는 방법이다. 타슈켄트에서 열차를 타고 우루무치로 단번에 넘어가는 행로가 가장 편하다. 그러나 타슈켄트에서 우루무치로 넘어가는 열차에 관한 정보가 나에게는 없다. 다만 열차가 다닌다는 어정쩡한 정보만 인터넷에서 보았을 뿐이다. 또 하나, 쉼켄트로 넘어 가려면 육로에서 출입국 절차를 밟아야 하는데 심하게 까다롭고 시간도 많이 걸리는 모양이다.

여행의 마지막을 장식할 탐방지역은 2개 지역.

부하로(Бухоро)와 사마르칸트(Samarkand), 두 곳이다.

타슈켄트는 현대도시로 나의 관심 밖이다.

비행기로 우즈베키스탄의 타슈켄트로 들어가면 곧장 열차 역으로 달려갈 생각이다. 내가 아는 약간의 정보에 따르면 타슈켄트에서 부하로행 야간 열차가 있다고 되어있다. 만일 야간열차가 있으면 곧장 이 열차를 타고 부하로로 직행할 생각이다. 부하로에 아침에 도착하면 부하로 관광은 오전에 마치고 오후 열차 편으로 사마르칸트로 들어간다.

사마르칸트에서 1박. 구르에미르와 비비하님 모스크를 돌아본 후, 오후 열차를 타고 타쉬켄트로 돌아 와 우루무치행 열차를 탄다. 이것이 나의 골든 프로그램이다.

그러나 부하로행 야간열차가 있는지도 의문이고, 타슈켄트—우루무치 열차는 있는지 없는지 오리무중. 골든 프로그램이 이루어 지느냐 마느냐 하는 문제는 오로지 우루무치행 열차의 유무에 달려 있다.

여기는 아직 이스탄불. 새벽 5시 40분. 호텔을 나섰다.

지난 일요일 새벽 5시에 나가 트램바이 차시간을 알아 두었었다. 06시 03분에 첫차. 그리고 15분에 두 번째 차. 그런데 첫차가 6시 30분이 지나도 오지 않았다.

— 일요일이니까 첫차가 조금 늦게 출발하는 수도 있겠지. —

— 공항의 보딩패스 체크시간은 7시 30분에 시작한다 했는데…—

슬금슬금 걱정이 고개를 들기 시작한다. 공항까지는 메트로를 타고 1시간은 걸릴 텐데.

초조해지기 시작하는데, 6시 40분 경에야 어슬렁어슬렁 기어 들어왔다.

블루모스크 부근에서 이스탄불 아타튀르크 공항까지 가려면 술탄아흐
멧 트렘바이(Sultanahmet Tramvay)역에서 타고 악사라이(Aksaray)에서
내려 지하철로 갈아탄다. 악사라이 역에서 지하철 역까지는 거리가 제법
멀다.

이스탄불 아타튀르크 공항(Atatürk International Airport).

공항 체크카운트 부근은 이미 북새통. 줄인지 개판인지 완전 난장판.
맨 가 쪽의 꼬리에 가서 붙어 섰다.

"어? 이게 누구야? 땡큐, 땡큐. 나이스 투 씨 유, 어게인. 정말 반가워."

"안녕하세요? 반갑습니다. 오늘 떠나세요?"

"그렇소, 오늘이요. 미스터…? 하우 캔아이 콜 유?"

"하하, 아이엠 바티르, 바티르 라키모프(Batir Rakhimov)."

미스터 바티르는 내가 우즈베키스탄항공사 매표창구에서 날짜변경 때
문에 어려움을 겪고 있을 때 나을 도와준 항공사 직원이다. 그런데 오늘
여기 보딩체크 카운터에서 다시 만난 것이다.

"어떤 자리를 원하십니까?"

"고마워, 나 출입구 가까이 통로 쪽으로 주면 좋겠어."

그는 여직원을 시켜 좌석을 잡아 주었다.

"탱큐, 미스터 바티르, 유아 베스트 굳 젠틀맨."

미스터 바티르를 만나면서 모든 문제는 쉽게 끝나 버렸다.

여행은 지금부터 다시 시작된다. 비행기를 타고부터가 진짜 시작인 것이다.

벨트 끌러라, 신발 벗어라. 공항 검색대의 장난같은 검색 따위는 문제도 아니다. 우즈베키스탄 세관신고가 기다리고 있는 것이다. 갖고있는 돈은 모조리 꺼내고, 신고서 작성하고, 세상에 다른 나라에서는 듣도 보도 못한 기이한 장난이 사람을 괴롭히려고 기다리고 있다는 것이다.

"고마워, 미스터 바티르. 바이, 바이, 당신은 진정한 베스트 젠틀맨이야."

탑승객 정원 264명.

탑승이 시작되었다. 나의 좌석은 내가 바라던 바로 그 자리, 꼭 그 자리였다.

출입구에서 가장 가까운 B석 맨 앞자리 C11번. 가운데 3인 좌석의 왼쪽 좌석이다. 나머지 2명 좌석은 비어있다. 비행기가 만원인데 내 옆만 비어있는 것은 아마도 젠틀맨의 입김이 작용한 모양이다. 두 다리 쭉 뻗고 가는 편한 여행이지만 마음이 무겁다. 이번 여행기간동안 수많은 사람들로부터 많은 도움을 받았고 그리고 그들은 따뜻한 친절을 베풀어 주었는데 나는 그들에게 고맙다는 인사조차 하지 못했다.

"무엇을 드시겠습니까?"

"비프 플리즈.(Beef Please)"

기내식이 좋았다. 따뜻한 밥과 고기, 그리고 과일과 야채. 간식으로 땅콩이 나왔지만 회항사고 같은 것은 없었다.

오후 5시에 도착하기로 되어있다. 아직 2시간이상 남았다고 생각하고 뒷사람과 이야기를 하고있는데 창 밖으로 집들이 보인다. 나는 놀라면서 물었다.

"여기가 어디냐?"

"타슈켄트 다 왔어."

"뭐, 뭐라고? 아직 2시간이나 남았는데."

— 그렇다 시차가 있는 모양이다. —

나는 금방 사태를 파악하고 신발을 고쳐 신었다.

비행기는 곧 바로 착륙. 타슈켄트 공항.

우즈베키스탄 입국신고서는 비행기 안에서 작성해 두었다.

입국신고서는 곧 세관신고서다. 신상명세 적고, 보유 외환금액을 적었다. 행여나 보유금액 조사한다고 호주머니 수색작업을 하는 건 아닐까? 걱정했지만 서류만 검토하고 통과. 죄 지은일 없으니 걱정할 문제는 아니었지만 하도 엉뚱한 사고가 터지는지라 또 무슨 꼬투리를 물고 늘어져 사람 염장 지를지가 고민이었는데 별로 특기 할만한 문제 없이 통과.

입국심사 끝나고, 세관신고 끝나자 바로 입국. 환전소에서 100달러 환전.

사람은 에너지가 없으면 움직일 수가 없다.

에너지는 곧 돈이다.

환전을 하고 나자 삐끼가 따라붙었다. 자가용 영업기사다.

"딱시…. 딱시…."

화장실까지 따라오며 떨어질 줄 모른다.

"나, 오늘 밤차로 부하로(Бухоро) 간다. 바크잘까지 얼마냐?"

"텐 사우전트 숨." (1만 숨)

"비싸다….."

"포 달러…. 포달러가 뭐 그리 비싸냐?"

결국 거머리에게 물린 셈치고 일만 숨에 기차 역으로…

나는 타슈켄트에 도착하자마자 부하로행 열차표를 예약했다. 하룻밤도 아깝다. 공연히 별 볼일 없는 타슈켄트에 어정거릴 생각은 없다.

타슈켄트 열차 역은 좀 이상하다.

열차 역에 들어가는데 공항에 들어가는 것처럼 삼엄하다. 그런데 열차표 파는 곳은 역에서 동떨어진 엉뚱한 자리에 돌아 앉아 있다.

부하로행 야간열차 쿠페 79,000숨. 차표를 끊고, 대합실을 찾아가는데 구석구석 검색이다. 무슨 테러집단 검색하는 양 비상계엄 수준이다.

시간이 두 시간이 단축되어 저녁식사시간이 지났다. 한쪽구석 매점에 차 한잔 시켜 놓고 도시락을 꺼내 먹는다. 나는 이미 이스탄불에서 비상식량으로 아침,저녁 두 끼씩 이틀분 네끼 식사를 위해 도시락을 준비해 두었다.

1TL(400원)짜리 빵 반토막,

빅맥 반토막이 한끼분 식량이다.

"우와~, 갑자기 날씨가 왜이리 덥노?"

이스탄불에 있을 때는 아침 저녁으로 찬 기운을 느꼈는데 타쉬켄트는 갑자기 한여름같은 날씨다. 가만히 앉아 있어도 땀이 날 정도.

　타쉬켄트 역에는 없는 것이 세 가지다. 첫째, 시계가 없다. 일반적으로 기차 역에 시계 있는 것은 당연지사. 나는 지나가는 행인에게 시간을 묻다가 불심검문을 받은 적이 있다.

　"실례지만 지금 몇 시입니까?"

　이스탄불시간과 타슈켄트시간이 다르다는 것은 짐작하고 있었는데 시계가 있어야 확인을 할 텐데.

　"빠사뽀르떼.."

　신분증 검사부터 하고 시간을 알려 주었다.

　두 번째 없는 것은 전광판이다. 전광판이 있어야 다음 열차의 출발시간과 플랫폼 번호 등의 정보에 따라 승차를 할텐데 없다.

　세 번째 없는 것은 안내데스크.. 시계도 없고, 전광판도 없는데 플랫폼이 몇 번인지, 다음 열차는 어디로 가는 열차인지. 모조리 캄캄절벽. 그래서 이 사람, 저 사람. 만나는 사람마다 묻고 다녔다. 그 중, 한 역무원이 나를 알아 보았다.

　"너 부하로 맞지?"

　부하로행 열차승객이 맞느냐고 묻는 소리다.

　"그래, 나 부하로다."

　"3번 플랫폼으로 가 보아라,"

　"오 땡큐, 베리맛치다."

　역시 3번 플랫폼이었다. 열차는 러시아 열차와 대동소이.

　─ 야~, 살았다. ─

　뜨거운 물이 콸콸콸, 나를 반갑게 맞아 주었다.

36. 부하로(Бухоро)

타슈켄트 발 21시 10분.

내일 아침이면 대망의 부하로(Buxoro)다. 부하로는 과연 어떤 곳인가?

중앙아시아에 자리하고있는 대부분의 오래된 도시들은 과거 오아시스
였다. 중앙아시아는 동양과 서양을 연결하는 통로로서 동서양의 교역로
였다. 이른바 실크로드(Silk Road)다. 동양과 서양을 왕래하는 상인들 즉,
대상(隊商)들의 주요 통로가 실크로드다. 이러한 통로를 중심으로 발달한
오아시스는 점차 도시가 되고 국가로까지 발전해 왔다. 실크로드에 자리
하고 있는 부하라(Bukhara)역시 2,000년 이상의 역사를 간직하고 있다.
특히 부하로는 중앙아시아 중세 도시 가운데 도시 구조가 가장 완벽하게
보존된 도시로 알려져 있다.

근래의 고고학 발굴로 부하로 유적에 있는 정착지는 일찍이 기원전 제2
천년기(기원전 2000~기원전 1001)에 쿠샨(Kushan) 제국의 일부였음이

밝혀졌다. 4세기에 그 정착지는 에프탈 제국(Ephtalite state)으로 편입되었다가 아랍에 정복당하기도 하고, 1220년에는 칭기즈 칸이 이끈 몽골족의 침략을 받기도 하였다.

부하로는 티무르 제국의 일부가 되면서 서서히 회복되었다.

15세기 말에는 쇠망해 가는 티무르 지역에 잦은 부족 간의 분쟁이 일어났다, 그 결과 부하로는 셰이바니 칸이 이끈 우즈베크 유목민 부족에게 점령당하였는데, 셰이뱌니 왕조 치하에서 부하라는 우즈베크 왕국의 중심이 되었다.

부하로는 38개의 대상(隊商) 숙소, 6개의 교역장, 16개의 공중목욕탕 그리고 45개의 시장들이 있었다. 그리고 200개가 넘는 모스크와 이슬람 신학교인 마드라사(madrasah)가 100개 이상이나 되는, 근동에서 가장 큰 이슬람교 신학 중심지였다. 이후, 불안정하고 단명했던 왕조들의 시기는 1920년 소연방으로 흡수되면서 끝났다. 우여곡절 끝에 1991년 소비에트 연방이 붕괴되면서 우즈베키스탄은 완전한 자주독립국이 되었다. 1993년 유네스코 세계문화유산으로 지정되었다.

부하로 착 07시 10분.

나는 열차에서 내리자마자 타슈켄트로 되돌아갈 열차표를 사기위해 '까사(KASS, 열차표 판매창구)'를 찾아갔다.

역시 열차표 판매창구는 기차역과는 동떨어진 곳.

"나, 오늘 밤차로 타슈켄트로 가려는데 열차는 몇 시에 있습니까?"

부하로아르크(Arques)고성

"20시 40분…"

"침대표로 주세요. 아래층으로…"

"아래층 노오, 2층 밖에 없어…"

"아니, 왜 아래층이 없단 말씀이오? 아직 이른 아침인데…"

"아래층은 어제 이미 예약 끝났어."

갑자기 난감해졌다. 더운 날씨에 2층은 더 덥고 불편하다. 하지만 그나마 사지 못하면 여기서 또 발이 묶여. 그럴 수는 없다. 차표를 사긴 샀는데 마음이 무겁다. 그런데 정작 마음 무거울 일은 따로 있다. 밝은 대낮에 날 벼락이 떨어졌기 때문이다. '밝은 대낮에 날벼락'이라니 그게 대체 무슨 소린가?

한 고개 넘고 나면 또 한 고개. 우리의 인생살이는 끊임없는 고통의 고개길이다. 한 고개를 넘고 나면 또 다른 고개가 우리를 기다리고 있다. 유럽을 탈출하고 우즈베키스탄의 비자문제로 이스탄불에 발이 묶여 열흘 넘게 전전긍긍 초조하게 기다리다가 이제 겨우 타쉬켄트에 들어 왔는데 들어 오자마자 나의 뒤통수를 노리는 날벼락이 기다리고 있었던 것이다.

어제 일이다.

비행기가 착륙하고 입국수속을 마치고 밖으로 나와 부하로행 열차를 타기위해 역으로 가는 자가용 영업차를 탔는데 여기서 날벼락이 떨어진 것이다.

"나 오늘 밤차로 부하로 갈 거야. 그리고 밤차로 돌아와 내일은 사마르칸트로 가서. 관광하고 돌아와 중국의 우루무치로 갈 거야. 타쉬켄트에서 우루무치 가는 열차 있어? 밤차가 좋겠는데…"

"우루무치는 무슨 우루무치?"

"우루무치 몰라? 차이니스, 키타이..우루무치."

중국을 러시아어는 키타이(Китай)라 한다.

"우루무치야 알지, 하지만 그런 열차는 없어."

"그럼 어떻게 해? 소문에 들으니 카흐자스탄의 쉼켄트를 거쳐 알마티로 들어가는 모양이던데 쉼켄트행 버스는 어디서 타냐?"

"쉼켄트라고? 카자흐스탄 행은 모조리 올 스톱이야. 국경이 폐쇄되었다고…"

"무어라, 국경이 폐쇄되었다고? 그런 법이 어딨어?"

이건 완전 날벼락이다. 우크라이나에서 전쟁통에 길이 막혀, 별별 고통을 다 겪으면서 겨우 넘어왔는데 여기서 또 다른 문제가 나를 기다리고 있었던 것.

— 우와~ 정말 돌겠네… —

길이야 막혔건 말았건 좌우지간 우즈베키스탄에 들어온 이상 볼 건 보아야지, 우선 부하로부터 요리하고, 사마르칸트는 내일 잡는다. 그래서 부하로행 야간열차를 탄 것이다.

— 지도가 있어야겠는데… —

열차 역 앞 미니 마케트로 들어갔다.

"지도 있어요? 부하라 지도."

가게 주인은 고개를 저었다. 없다는 뜻이다.

"여기서 시내로 들어가려면 버스는 어디서 탑니까?"

부하로 관광은 라비하우스(Lyabi Khauz)가 시작포인트. 부하로는 오아시스였던 만큼, 여러 개의 우물이 있었다. 라비하우스(Lyabi Khauz)는 그여러 개의 우물 중 하나로 작은 연못처럼 생겼다. 부하라 관광은 라비하우스가 시발점이다.

"나 라비하우스 가려는데"

"라비하우스로 가시려면 268번 미니버스를 타세요."

미니슈퍼 앞은 완전 버스터미널. 라비하우스행 미니버스도 여기서 출발했다.

탔다. 268번 미니버스. 버스요금 500솔(한국 돈 200원 정도) 그런데,

— 앗차… —

부하로라비하우스(LyabiKhauz)

또 한번 멍청한 짓을 한 것이다. 멍청한 짓이라기 보다는 너무 허둥대다가 깜빡한 것이다.

역에서 배낭을 맡기고 와야 하는데 그냥 매고 다녔다. 역 앞에서 잠깐이면 상관 없는 일이지만 부하로 관광을 배낭매고 다닐 수는 없는 일. 열차역이 아니면 배낭 맡길 곳은 없다.

미니버스가 30분 정도 달려 종점. 종점은 라비하우스 부근이었다. 야간열차 차표를 예약하였으니 오늘 하루는 부하로에서 빈둥거려야 한다. 부하로 역시 상당한 규모의 도시다. 그러나 올드 타운은 옛날 오아시스였던 작은 마을.

좁은 마을 한 바퀴 도는데 많아야 두세 시간, 하루종일 걸릴 일은 아니다. 이제 길은 아는 길. 다시 되돌아 오는 미니버스를 타고 역으로 직행.

　기차 역 입구에는 경찰들이 4,5명 떼를 지어 지킨다. 역에는 아무나 들어갈 수 없다. 역으로 들어가려면 차표 검사, 신분증 검사를 해야 한다. 경찰에게 다가가 물었다.
　"나 좀, 들어가게 해줘, 배낭 좀 맡겨야겠어"
　"안돼."
　"그럼 어떻게 해? 이 배낭 좀 맡겨야겠는데 까메라 흐라네니어가 어디냐?"
　까메라 흐라네니어(Камера Хранения)는 러시아어로 수하물 보관소를 말한다.
　경찰 한 명이 손가락으로 역 앞 우측의 화장실을 가리키며 말했다.
　"저 안으로 들어가서 알아 봐."
　화장실을 지나 조금 안으로 들어가면 학교 기숙사같은 건물이 있는데 그 안에 수하물 보관소가 있었다. 같은 건물에 있는 사람들도 잘 몰랐다. 내가 묻고, 또 묻고 하는 동안 보관소 직원이 마침 나오다가 나와 마주친 것이다.

　다시 미니버스를 타고 라비하우스로 직행.
　— 지도를 구해야겠는데… —
　작은 구멍가게마다 묻고 또 묻고. 모조리 고개를 젓는다. 지도 구하기 포기상태.
　"아하, 그렇다,"

그 때 떠오른 생각. 그건 묘수(妙手)다.

라비하우스 부근에는 크고 작은 호텔들이 밀집해 있다. 그 중 비교적 크고 깨끗한 호텔 하나를 찍고, 들어갔다.

"나 오늘 처음 온 관광객인데 여기 하루 방값, 얼마요?"

"유에스 달러로 40달러. "

70달러인지 40달러인지 발음이 정확하지 않았다. 그건 나하고는 별 상관이 없다.

"그건 그렇고 여기 혹시 부하라 관광지도 있습니까?"

"아, 물론 있습죠."

내 앞에 금방 멋진 관광지도가 한 장 나왔다.

"내가 한 장 가져도 될까요?"

"물론입니다."

"고맙소, 저녁에 친구들이랑 상의 해 보고 다시 오겠소."

멋진 지도 한 장이 지금 내 호주머니에 들어있다.

— 자, 지금부터 부하라 관광 시작이다. —

첫번 째 타자, 라비하우스. 라비하우스 나와라.

라비하우스는 그냥 작은 연못 정도. 주변 대부분이 호텔, 레스토랑 그리고 기념품상점등이 모여있다. 비교적 한산하다. 사진 한 두방 찍고, 다음은 아르크(Arques)성. 라비하우스에서 도로를 따라 계속 안쪽으로 들어가면 마지막으로 아르크 고성이 나온다. 아르크 고성은 부하라 왕들이 거주하던 성이다. 입장료 6천 숨. 그다지 크지 않아 금방 한 바퀴. 약간의 유물들이 전시되어있다,

되돌아 오는 길에 칼란 미나레트(Kalan Minaret)를 찾아갔다. 칼란 미나레트는 중앙아시아에서 가장 높은 첨탑으로 통한다. 높이 46m. 꼭대기에 불을 지피면 탑은 사막의 등대 역할을 했다. 실크로드의 행상들은 불빛만을 보고도 오아시스인 부하로를 찾을 수 있었다한다. 미나레트 옆의 칼란 모스크는 한꺼번에 1만 명이 기도를 드릴 수 있는, 중앙아시아에서 두 번째로 큰 규모를 자랑한다.

부하라는 완전 노천박물관이다. 수많은 전화(戰禍) 속에서도 제법 잘 보존된 모습이 신기하다.

금강산도 식후경.

새벽에 빵 한 조각으로 조반을 때우고 헐레벌떡 부하라 구석구석을 쏘다닌다고 출출해졌다.

— 무얼 먹을까? —

그럭저럭 12시가 가깝다. 라비하우스 부근의 어느 레스토랑으로 들어갔다.

"오쉬 마즈노?"(Osh можно?)

오쉬는 우즈베키스탄의 전통음식으로 고기·야채를 섞어 기름에 볶은 볶음밥이다.

주인 인듯한 여인이 고개를 끄덕인다. 오쉬와 샐러드를 시켰다.

볶음밥에는 닭고기가 얹혀 나왔고, 샐러드에는 오이와 토마토가 나왔다. 양이 제법 많았으나 남김없이 먹었다. 오쉬 1만 숨. 샐러드 5천 숨, 한국 돈 6천원 정도.

— 오후에는 뭐 하노? —

열차 타고 사마르칸트로 뛰고 싶었으나 어중간한 시간에 사마르칸트 들어가도 관광할 시간은 너무 늦고 이래저래 하룻밤 호텔비만 날린다. 어차피 표는 샀고, 밤차 타고 타쉬켄트로 돌아가, 사마르칸트는 내일 조진다. 이것이 나의 작전 프로그램이다.

"…어? 이거 왜 이래? —"

표 검사, 신분증 검사, 배낭까지 검색대를 통과하여 역사 안으로 들어선 순간, 나는 잠시 당황했다. 검색대 주변에 경찰들만 7,8명 둘러 서있고 대합실 안은 텅 비어있다. 하다못해 매점이나 기념품 상점이라도 있을 텐데 완전 텅빈상태. 경찰을 제외하면 사람은커녕 개미새끼 한 마리 보이지 않는다. 한쪽 벽면에 의자 3,4개가 놓여 있어 대합실인줄 알지 도무지 대합실인지 폐업한 잡화상 창고인지 구별도 못할 정도. 이 구석, 저 구석 지저분한 쓰레기가 제멋대로 널려 있다. 우두커니 서있다 그냥 나와 버렸다. 설마 열차 출발시간이 되면 무슨 수가 생기겠지.

열차가 들어왔다. 그런데.
— 우와아~ 이거 무슨 일이 이렇노? —
나는 그만 그 자리에 주저앉고 싶었다.
야간침대차, 그것도 2층. 아래층 사람을 자칫 밟기라도 한다면 그야말로 낭패. 조심, 또 조심. 아래층 침대를 달라고 사정했지만 없다는 데는? 침대는 완전 만원상태.
열차를 탈 수있는 것만도 다행.

열차는 정각 06시 30분 타슈켄트 역에 닿았다.

내 생각은 이렇다.

— 아침에 특급을 타고 사마르칸트로 가서 3,4시간 둘러보고 오후 특급 타고 타쉬켄트로 리턴 벡. 하루나 이틀정도 쉬었다가 카자흐스탄을 거쳐 중국으로 들어가면 이번여행은 끝 —

그렇게 생각하며 나는 열차에서 내리자마자 곧장 까사(KACCA)를 찾아 뛰었다.

열차표 판매창구는 대합실에서 완전 엉뚱한 방향에 자리잡고 있었지만 열차표는 생각보다 쉽게 살 수있었다.

37. 사마르칸트(Самарканд)와
   칸 티무르(可汗 Timur, 1336~1405)

08:00. 타쉬켄트 발. 특급 익스프레스. 깨끗하고 산뜻한 열차.
10:00. 사마르칸트에 멋지게 골인.

나는 사마르칸트 역에 내리자마자 역시 까사(KACCA)를 찾아 뛰었다.
오후에 되돌아갈 차표를 예약해야 한다.

매표소에는 창구마다 4.5명씩 승객들이 줄을 서있다. 나도 세 번째 창
구의 줄 꽁무니에 가서 붙었다.

한 동안을 기다리고 있는데 분위기가 이상하다. 차표 사는 사람은 없고,
이야기만 주고 받다가 돌아서 가고있다.

― ….? ―

다음이 내 차례.

"나 오후열차로 타슈켄트 간다. 익스프레스 표를 달라."

"차표는 없습니다."

"차표가 없다니요?"

매표창구 역무원은 벽에 걸린 카렌다를 가리키며 20이란 날짜표시에 동그라미를 그린다.

"이 날까지 익스프레스 건 뭐 건, 열차표 예약 끝났어. 모두 풀이야."

"뭐요? 20일까지 풀이라고요?"

오늘이 14일. 20일까지라면 앞으로 1주일. 그렇다면 앞으로 1주일을 사마르칸트에서 발이 묶인단 말인가? 그건 싫다. 죽어도 안돼. 이스탄불에서 징역살이 한 것도 억울한데 다시 또 사마르칸트에서 일주일을 붙잡혀 있어야 한다고? 그건 안돼.

"그러면…. 부하라 표는 있나요?"

"부하라…? 있긴 있는데….12시 30분 차요."

"오후 3시경 차는 없습니까?"

"다음 차는 12시 30분 밖에 없어요…. 다음….사람…"

"아니오, 잠깐, 12시 30분, 좋아요. 주세요."

그 때는 이미 10시가 지났다. 내 생각은 이렇다.

― 택시를 타고 2시간 30분 동안 사마르칸트를 돌아보고 열차를 타고 부하라로 가서 야간열차를 타면 타슈켄트로 들어갈 수 있겠다. ―

그런 생각을 하고 있는데 곁에서 누군가 말을 걸어왔다.

"내가 모시죠. 사마르칸트에 관광 오셨지요? 2시간이면 대충 돌아볼 수 있는데…"

"당신 누구요?"

"나 여행가이드입니다."

"가이드라고…?"

미스터 실자드(Sherzad). 그는 자가용 영업기사였다.

"한 바퀴 도는데 얼마면 되겠소?"

"유에스 달러로 30달러는 줘야겠는데."

"30 달러라고? 당신 간도 크군…. 20달러로 합시다."

그렇게 실자드의 영업용 택시에 올라 달린다.

부하로 열차표 5만 5천 숨, 실자드 자가용 사용료, 가이드비 20달러. 모두가 생각지도 못한 경비가 비실비실 새고 있다. 갑자기 걱정이 태산처럼 부어 올랐다.

— 다시 부하로로 들어가면 사마르칸트행 야간열차를 탈 수 있을까? 없다면..? 길은 더 멀어지는데 택시를 탈 수는 없고…. 택시…? —

그 때다. 나는 갑자기 감전된 듯 소리 쳤다.

"잠깐…., 스톱… 미스터 실자드… 스톱… 차 세워. 돌려… 차 돌려…리턴 벡."

어리둥절한 실자드 비실비실 차를 세운다.

"렛츠 고… 투, 뽀이스트 바크잘…"

갑자기 터진 말에 영어와 러시아어가 비빔밥이 되어 터져 나왔다. 렛츠 고는 영어, 뽀이스트 바크잘(기차 역)은 러시아어. 기사가 갓길에 차를 세우며 이상한 눈으로 나를 바라본다.

"미스터 실자드 레츠 고 리턴 벡, 투 바크잘…빌레트 켄슬.."

역시 영어와 러시아어 짬뽕. 그래도 그는 잘 알아먹는다. 그는 러시아

어도 영어도, 나보다는 전문가. 빌레트 켄슬(билеты Cancel)은 차표 취소
다. 환불하자는 소리.

"······?"

그는 차를 돌리면서도 이상한 눈초리는 변함이 없다.

"이봐, 미스터 실자드. 당신, 타슈켄트 행 버스, 어디서 타는지 알고 있
지?"

"버스…? 그런 건 없는데…"

"그럼, 택시는?"

"택시는 알지…"

"그럼 됐어. 택시, 합승택시 말이야. 타쉬켄트 가는 합승택시 타는 곳 알
어? 합승택시가 다닌다는 소문이 있던데…"

"그야 내가 잘 알지. 내가 그 쪽 계통이걸랑."

"그럼 됐어. 진작 그렇게 말할 일이지…"

"그럼 어디로…?"

"일단, 차표 켄슬하고. 관광지 한 바퀴 돌자. 그리고 나 합승택시 타는
곳까지 데려다 줘. 아, 그리고 점심식사도 해야 하니까? 적당한 식당 있으
면 소개해 주고…"

일은 일사천리로 진행되었다.

실자드는 그 계통은 도사. 사마르칸트 역으로 가는데 교통순경이 보는
앞에서 불법주차 하면서 하는 말.

"이봐 친구, 나 역에 잠깐 다녀 올 테니 내 차 좀, 잘 봐."

교통순경도 안하무인. 역 안으로 들어가서도 여기저기 순서 밟을 필요
도 없이 아무 구멍에나 열차표를 밀어 넣고,

"이 차표, 환불처리 좀 해줘."

그리고 하는 말.

"환불 수수료가 만만찮은데 괜찮겠습니까?"

그야 어쩔 수 없는 일. 무조건 OK.

환불을 받고, 관광은 다시 시작된다.

첫번 째 타자, 구르에미르(Gur-Emir) 묘.

구르에미르는 티무르(Timur, 1336~1405)일족의 무덤이다. 진한 녹색 옥으로 된 판이 그의 무덤 자리를 표시해 주는데, 이 옥은 몽골의 황금 군단이 약탈해오기 전에는 중국 황제의 궁전에 서 있던 것으로 추정된다고 한다. 무덤에는 '티무르의 휴식을 방해하는 자는 누구든 저주한다'는 비문이 다음과 같이 새겨져 있다.

"나의 평온함을 어지럽히는 자는 누구든, 피할 수 없는 징벌과 고통을 받게 될 것이다."

가장 최근에 이러한 짓을 저지른 이들은 티무르 생전의 모습을 재구성해 보기 위해 그의 유해를 꺼낸 소비에트 고고학자 팀이었는데, 몇 달 후 나치 군대가 러시아를 침공했다.

원래 티무르가 요절한 손자를 위해 세운 것이나,

자기도 이 곳에 묻혔고 손자의 한 사람인 울그 베그(Ulgh Beg, 1394~1449)에 의해서 확장되었다(울그 베그의 무덤도 있다). 주건물은 팔각형으로 이루어져 있고, 큰 돔을 이고 있으며, 지하실에 묘가 있다. 건물 전체가 녹색타일로 씌워져 있다. 심하게 황폐됐으나 1967년에 복원되었다.

구르에미르(Gur-Emir)묘

"들어가 보시렵니까?"

"들어가면 뭘 해? 밖에서 보는 게 더 멋있군."

푸른 돔의 녹색타일이 햇볕에 반짝이고 있다.

사진 한 방, 찰칵.

이 난리통에 구경이고 나팔이고 정신이 하나도 없는데. 그런데 도대체 티무르가 누고?

티무르는 칭기즈칸의 후예를 자처하는 티무르제국의 칸.

티무르제국은 어떤 나라이며 티무르는 어떤 인물인가?

사마르칸트는 유럽과 아시아를 잇는 실크로드의 요지로서 2,500년의 역사를 자랑한다. 그러나 이러한 교통의 요지가 때로는 재앙의 중심이 되

기도 하여 기원전 4세기 알렉산더의 침입을 시작으로 훈족을 비롯한 북
방민족의 침입과 7세기에는 아랍의 침입, 13세기 칭기즈칸의 침입 등으
로 끊임없는 재앙에 시달렸다. 마침내 14세기 말 영웅 티무르의 등장으로
대 제국으로 성장하면서 유례없는 번영을 누리게 된다. 사마르칸트는 흔
히 '푸른 돔의 도시'라 한다. 중앙아시아의 사막 한 가운데 우뚝 솟은 모스
크와 마드라사(Madrasa, 이슬람 신학교)들의 돔 지붕이 대부분 유약을 발
라 구운 푸른 색 타일로 장식되어있기 때문이다. 현재 남아있는 대부분의
이러한 유적들은 티무르제국 시대의 유물들이다. 지금도 우즈베키스탄
에서 티무르는 영웅으로 추앙받고 있다. 사마르칸트는 티무르제국의 수
도였다.

몽골의 족장 테무진이 몽골통일을 끝내고 1206년 오논 강변의 족장 대
회의에서 칭기즈 칸('전 세계의 군주라는 뜻')으로 추대되었다. 이때 서방
정벌을 재촉하는 기이한 사건이 터졌다. 그것은 역사의 프로그램이다.

당시 실크로드의 3대 간선중의 하나인 서투르키스탄지역의 오아시스를
장악하고 있었던 콰레즘샤는 몽고와의 교역을 타진하기 위한 사절단을
수 차례 파견했었다. 이는 단순한 몽고와의 상거래를 위한 사절이었다.
한편 몽고제국의 징기스칸 역시 전형적인 스텝(초원)의 유목군주처럼 교
역의 중요성을 인식하고 있었기 때문에 이를 수락하고 다음과 같은 내용
을 담은 친서를 콰레즘샤의 술탄인 무하마드 2세에게 전달하였다.

'서로간에 좋은 관계를 유지하면서 교역 하자'는 내용이었다.

이 후, 양국간에 몇 차례의 사절이 교환된 후 징기스칸은 본격적인 교역을 위한 450명의 사절단을 파견했다. 이들 사절단의 대부분은 왕족, 귀족과 그들의 자녀들도 함께 참여하였다.

몽고 사절단이 서투르키스탄의 오트라르(Otrar)라는 도시에 도착했을 때 그 지역의 통치관이었던 이날축(Inalchuq)은 이 사절단을 모두 체포하여 구금시켰다.

이때, 이날축은 그 사절단이 누구를 대표하고 무슨 임무를 수행하러 가는지 전혀 알지 못했고,

그는 사절단 무리를 단순한 대상(隊商)의 무리로 생각하고 이들을 간첩죄로 몰아 모두 잔인한 방법으로 처형해 버린 것이다.

보고에 접한 칭기즈칸은 대노 했다.

이 사건을 계기로 인류 사에 가장 잔인했던 몽고군의 서방정벌이 시작된 것이다.

칭기즈칸은 약 20만의 몽고대군을 이끌고 조치, 외게데이, 차가타이 등의 아들들과 함께 콰레즘샤에 대한 정벌을 감행했다. 몽고군은 큰 저항을 받지 않고 트렌스 속시아나를 횡단해서 그 주변이 유목 부족들을 평정하고 1219년에는 오트라르를 점령했고, 크즐 쿰(Kizil Kum)사막을 통과해서 부하라를 점령했다. 또한 1220년에는 콰레즘샤의 중요 상업도시였던 사마르칸트도 점령했다. 이로서 콰레즘샤는 사실상 종말을 고하게 되었다.

몽고제국 4대칸국 중 진정한 의미로 중앙아시아 지역에 위치했고, 순수 유목국가였던 칸국은 칭기스칸이 둘째 아들 차카타이에게 속지로 분할했

던 지역에 위치한 차카타이칸국이었다.

쿱차크칸국의 실질적인 건국자는 몽고의 바투(Batu, 1237~12 55)였다.
원래 쿱차크칸국은 칭기스칸이 그의 장남인 조치(Jochi)에게 아르튀시(Irtysh)강과 알타이산맥을 연한 지역을 급여하면서 쿱차크스텝과 그 이서 지역을 통치하도록 했는데 그의 사후, 비투에 의해 지배권이 계승된 후 동유럽까지 판도가 더욱 확산되었다.

페르시아를 중심으로 중동지역에 성립되었던 일칸국은 뭉케 재위기 때 이 지역을 다스리는 통치관으로 임명되었던 훌레구(Hule gu, 1256~1265)에 의해 건국되었다.

칭기즈칸이 죽고 아들들이 뿔뿔이 흩어지면서 몽골제국도 사라졌다.

몽고제국의 멸망 후 제국을 재건하려는 노력은 차카타이칸국의 판도 내에서 일어났다.
이때 등장한 인물이 티무르(Timur).

1336년, 티무르는 이슬람화된 몽골 씨족의 하나인 바를라스 부(部)의 일원으로 태어났다. 티무르의 가계(家系)는 예전엔 명가(名家)였으나 그가 태어났을 무렵에는 이미 몰락하여 4, 5명의 시종 밖에 없는 유목민 일가에 불과했다. 청년 시절을 양과 말을 약탈하는 데 보낸 티무르는 얼마 후 수백 명을 이끄는 마적단의 수령(首領)이 된다.

그 때 동한국에 투글루크 티무르 칸이라는 지도자가 나타났다. 그는 동한국에 이슬람 신비주의를 도입, 16만의 병사를 이슬람교로 개종시킨 다음 군대를 이끌고 서한국으로 쳐들어갔다. 투글루크에 의해 동·서한국은 극히 일시적이지만 재통일에 성공했다.

티무르는 성장한 후 투굴룩 테무르가 동서 차카타이칸국을 통일하자 새로 등장한 몽고인 군주에게 충성을 맹세하였고 투글룩 테무르는 그를 케쉬의 통치자로 승인하게 되었다.

투글루크 편에 재빨리 편승한 티무르는 조상들의 땅이었던 케슈 주변 지역을 되찾았다. 그러나 티무르가 그 지위에 만족한 것은 잠시뿐이었다. 지방 호족 아미르 후사인과 손을 잡고 투글루크에 대한 저항 운동을 펴기 시작했다.

정치적인 야망을 가진 티무르는 당시 발크(Balkh)의 통치자로 있던 미르 후세인(Mir Hussein)과 동맹을 맺어 투글룩 테무르의 동 차카다이칸국 군대를 몰아내고 에미르들을 멸망시켰고, 정치적 라이벌이던 미르 후세인마저 굴복 시킴으로서 마침내 1369년 트랜스속시아나지역의 실권을 장악하고 사마르칸트를 중심으로 티무르제국(1370~1506)을 세웠다.

티무르는 몽골 어계(語系)에서는 철(鐵/쇠)을 의미하고 이는 곧 힘과 용기를 상징한다.

티무르(帖木兒, 첩목아, 1369~1405)는 자신을 몽골 왕실의 후예라고 자처하는 칭기스칸의 신봉자였다. 제국을 세운 티무르는 칭기스칸 가문의 제국을 재건할 것이라고 맹세하고 그 목표를 성취하기 위해 정복전쟁을 시작했다.

1380년 페르시아지역에 대한 경략을 시작으로 1393년 이라크지역마저 복속시킴으로서 티무르는 명실상부한 구 일칸국의 영토 및 중동지역에서의 새로운 지배자로 군림하게 되었다.

1395년에는 톡타미쉬(Togtamish), 1398년에는 인도의 델리(Delhi)를 휩쓸고 포로로 잡았던 10만명 이상을 귀찮다는 이유로 살육잔치를 벌였다. 1400년에 이르러서는 이집트를 중심으로 시리아지역을 지배하고 있던 맘루크(Mamluks, 1299~1922)와 소아시아를 중심으로 급부상하고 있던 오스만제국까지 대패시키고 술탄 바예지트 1세(Bayezid 1, 1389~1402)를 생포함으로 소아시아지역도 장악하게 되어 티무르 제국의 영토확장이 정점에 이르렀다.

1404년 말 티무르는 20만의 대군을 이끌고 사마르칸트를 출발하여 천산산맥을 넘고 타크라마칸 사막을 건너 중국정벌에 나섰다가 오트라르(Otrar)에 이르렀을 때 병이 들어 불세출의 영웅 티무르는 눈을 감았다. 1405년 2월 18일이었다.

티무르 사후, 몇 년간 칸의 승계문제로 분쟁이 있었지만 무난히 마무리가 되고 티무르의 제4자였던 샤흐 루크(Shah Rukh, 1409~1447)가 칸에 올랐다.

티무르가 불세출의 정복자였다면 샤흐루크는 문화에 더욱 이해 깊은 통치자였다.

그는 약 40년 동안의 통치기간 동안 훌륭한 궁전을 세우고 학문과 미술을 보호하고 장려했다.

또한 그는 훌륭한 외교적 수완도 발휘하여 명나라와의 국교를 회복하고 오스만제국과도 친선관계를 유지했으며 또한 남인도까지 외교사절을 파견하여 우호관계를 구축하고 교역을 활발하게했다.

16세기부터 남하하는 우즈베크인의 셰이바니왕조 치하에 들어갔다가 코칸트와 부하라의 양 칸국에 귀속되었다. 1865년 러시아군이 점령하여 1867년부터 투르키스탄 총독부가 설치되었고, 1868년 러시아령이 되었다. 1925년부터 소련의 공화국이 되었다가 1990년 독립하였다.

38. 비비하님 모스크(Bibi-Khanym Mosque)

다음 타자, 레기스탄 광장(Registan Square).

'레기스탄 광장'은 사마르칸트의 중심지로 이곳에서 알현식, 사열식, 각종 모임 등이 열렸다. 티무르 때는 대규모 시장이 있었고 울루그 베그 때는 마드라사(Madrasa, 이슬람교 교육기관)가 세워졌다. 현재와 같은 모습은 샤이바니 왕조 때 갖춰졌다. 중앙에 티라카리 마드라사(Tirakari Madrasa), 오른쪽에 셰르도르 마드라사(Sher-Dor Madrasa), 왼쪽에 울루그 베그 마드라사(Ulugh Beg Madrasa)가 세워져 있다. 현재 우즈베키스탄의 국가적인 대규모 경축행사나 명절, 기념일 행사가 열린다.

도로변에 서서 멀리 광장의 좌우를 돌아보고 사진한 방 찍고, 관광 끝.

실자드는 이 계통에는 완전 도사.

관광객이 오면, 어디서부터 시작해서 어디서 끝나는지, 무엇을 원하는지, 무엇을 먹는지? 호텔은 어떤 호텔을 원하는지 모르는 게 없고 그야말

레기스탄광장(Registan Square)

로 도사.

운전솜씨도 기막혀.

사마르칸트 시내도 제법 복잡하여 차가 밀리면 골 아픈 수준. 교통순경이 안하무인인 실자드는 요리조리, 요리조리 곡예를 하면서 달리는데 비비하님 모스크(Bibi-Khanym Mosque)까지 돌아 보는데 1시간도 안 되서 관광 끝.

티무르는 1398년 델리의 약탈 이후 아랍세계를 휩쓸고 다니면서 수많은 모스크를 보아왔다. 그는 이후, 전 이슬람 세계에서 가장 크고 아름다운 모스크를 건설하기로 결심하고 전쟁 포로들 중 최고의 장인들만 동원하여 작업에 들어갔다. 인도에서 데리고 온 95마리의 코끼리들이 작업에 동원되어 대리석을 비롯한 건축자재 운반에 이용되었다.

비비하님모스크

비비하님 모스크는 높이가 35m이며 미나레트의 높이는 50m이다. 안뜰은 직사각형으로, 대리석으로 포장되었고, 모퉁이에는 미나레트가 서 있으며, 가장자리에는 400개의 대리석 기둥이 떠받치고 있는 둥근 지붕으로 이루어진 회랑이 있다. 안뜰의 남쪽과 북쪽에는 보조 모스크들이 있으며 동쪽에는 높이 40m에 달하는 정문이 위치해 있다. 그리고 건물들은 대리석 조각, 테라코타, 유약을 바른 모자이크, 청색-금색 프레스코 등으로 화려하게 장식되어 있다.

이후, 부실공사와 지진 등으로 다소 붕괴되었다가 소비에트 공화국이 들어선 이후 1974년부터 복원이 시작되어 오늘날 세 모스크의 돔은 모두 다시 모습을 드러냈으며, 황토색 벽돌 위에 청록색 타일이 입혀졌다.

비비하님은 티무르가 8명의 아내 중 가장 사랑했던 왕비의 이름이다.

티무르가 인도원정의 출정 중에는 비비하님이 모스크의 현장을 감독하고 있었다. 비비하님은 티무르의 인도 개선 날자에 맞추어서 그의 공적에 따를 만한 새 모스크를 선물하기로 했다. 그녀는 당대의 저명한 건축가를 모아서 모스크 건설을 진행해 나갔다. 그러나 티무르의 개선 전까지 완성하기가 어려워지자 왕비는 공사를 재촉했다. 이후, 모스크의 다른 부분은 모두 완성되었으며 단지 아치 하나만이 완성되지 않은 채 남아 있었다.

그녀가 건설감독에게 이유를 묻자 페르시아로부터 잡혀 온 이 젊은이는 자신이 그녀의 아름다움에 반했으며 그녀에게 키스를 허락하면 완성되리라 말했다. 그녀는 이를 거절하였지만 결국 허락하고 말았다. 그러나 그의 열정은 왕비의 뺨에 흔적을 남겼다. 아치는 완성되었지만 전장에서 돌아온 티무르는 이 부정의 표시에 분노하였으며 비비하님을 미나레트 꼭대기에서 떨어뜨려 죽이게 했다. 그 이후로 티무르는 자신의 영토 안의 모든 여성들이 천으로 얼굴을 가릴 것을 명령하였다고 한다.

이 모스크는 티무르가 중국정벌 도중 사망 후, 3년째 되던 해에 완성되었다. 그는 대 걸작품인 모스크를 보지 못하고 죽었던 것이다. 진실인지 거짓인지 역사 속의 전설을 알 수는 없지만 전해지는 슬픈 전설에서 잔잔한 정감을 느낄 수 있다. 특히 푸른 색을 좋아한 티무르의 영혼이 깃든 모스크의 돔이 지금도 푸르게 빛나고 있다.

"미스터 실자드, 다음은 어디?"

"어디로 모실깝쇼?"

"나 지금 배고파."

"금강산도 밥 구경이라 했잖아…"

"너, 그런 말 어디서 배웠어?"

"아까 형이 나한테 그랬잖아?"

"아, 이 녀석 벌써 나더러 형이래… 나 참."

실자드는 정말 재미있는 친구였다.

비비하님 모스크를 한 바퀴 돌고, 옆에 있는 바자르(시장)를 한 바퀴 돌았다. 우리 나라 안동장날 안동 장에 간 기분이다. 온갖 잡동사니부터 전국 과일, 채소란 채소는 다 모아놓은 듯한 청과시장 하며 완전 난장판.

차를 몰고 잠시 달리다가 어느 시골집 레스토랑.

고기를 다져 어묵처럼 만들어 구운 꼬치요린데 이름은 들었는데 까먹었다.

두 사람이 한 꼬치씩 뚝딱. 양고기 갈비찜에 삶은 옥수수 밥. 육수 맛이 일품이었다. 두 사람 식대 2만 숨.

39. 총알택시

　다음차례 타슈켄트 행 총알택시 주차장.

　나는 식사를 하면서도 마음은 계속 콩밭에 가 있었다. 합승택시 말이지.

　한동안 달려 어느 주차장. 여기저기, 사람들이 모여 웅성거리는 모습이 마치 사기꾼들 집합소 같았다. 여기는 분명 타슈켄트 행 합승택시 불법 터미널이다.

　이차, 저차. 사람을 긁어 모아 한 차가 되면 출발하는 불법 터미널이 분명하다.

　실자드를 모르는 운전기사는 사마르칸트 사람이 아니다 할 정도로 모르는 사람이 없다.

　나는 그들 중의 한 사람을 소개받고 타슈켄트로 출발.

20달러에 결정 본 실자드에게 가이드비 30달러를 주었다.

"고마워, 미스터 실자드, 당신은 나의 훌륭한 동생이야. 그리고 굿 젠틀맨이야. 바아 바이"

"하하, 탱큐, 해브 나이스 투어…."

그도 웃고 나도 웃었다. 한국 돈 3만원에 모든 문제가 만사형통으로 끝났다.

"휴우~"

나는 달리는 차 안에서 안도의 한숨을 쉬었다. 그러나 문제가 또 한가지 남았다.

타슈켄트에서 카자흐스탄의 쉼켄트(Шымкент)로 넘어가는 문제다.

국경 넘는 문제는 언제나 골치거리.

아르헨티나에서 파라과이로 넘어갈 때였다. 버스를 놓쳐, 합승택시를 탔는데 국경에서 걸렸다. 택시에서 내려 아르헨티나 출국장으로 갔다. 출국 스탬프를 받고 다음은 파라과이 입국 스탬프를 받을 차례. 택시는 사람들을 내려놓고 떠났다. 4명이 줄을 서서 스탬프를 받는데 내 차례가 되었다.

"당신, 어디 물건이냐..? 꼬레아…?"

"그렇소, 난 꼬레안이오…"

"이리 좀 들어 와."

사무실 안으로 불려 들어갔다.

"거기 앉아."

앉았다. 방은 어두컴컴한 독방.

"꼬레아? 돈 많지? 달러 좀 내놔…"

— 이자식이 무슨 소릴 하는 거야? 정당하게 비자받고 들어가는데 무슨 헛소리를? —

"돈? 무슨 돈?"

"어허, 그 알잖아? 그 많은 돈 좀 나눠 갖자구…."

"얼마면 되겠어?"

나는 어쩔 수 없는 약자. 적당히 몇 푼 주고 넘어갈 생각으로 물었다.

"원 한드레드 달러만 놓고 가."

"뭐라구, 원 한드레드 달러?"

"그래, 원 한드레드…."

— 미쳤냐? 내가 네깐 놈에게 원 한드레드씩이나 빼앗기게? —

"난 돈 없는 배낭여행객이야. 돈 없어, 자 이거 20달러."

나는 지갑에서 유에스 달러, 20달러를 꺼내 주었다.

"웃기고 자빠졌네."

이 때는 별 도리가 없다. 버티기 작전으로 들어가고…, 결국 40달러에 낙찰.

완전 강도들이다. 독방에 가둬 놓고 협박을 하는데 시간 끌면 끌수록 덕 될 일 없다. 문 밖에는 마이크로 버스가 떠난다고 부르릉 거리고. 늦어지면 이차 저차 다 놓치고, 몇 시간을 또 기다려야 할지도 모를 일이다.

40달러를 빼앗기고도 안도의 한숨을 쉬었다. 파라과이 뿐 아니다. 국경마다 그렇고 그런 강도들이 우글거린다. 카자흐스탄 역시 보통이 아닌 모양인데…. 좌우지간 그건 그렇고.

합승택시가 타슈켄트 시내로 들어왔다. 빈 드럼통을 땅에 묻고, 나무토막을 걸친, 어디서 본듯한 화장실에 한 번 들리고, 가스충전소에서 가스넣는 일 말고는 죽어라고 달려 4시간.

말은 총알택시라지만 시속 7,80Km정도, 차도 똥차에 도로상태가 엉망이었다. 비포장에다 포장도로도 곰보투성이. 하여튼 오후 5시경 타슈켄트에 들어왔다.

"어디로 모실깝쇼?"

"여기, 이 주소로…."

"전화번호 있습니까?"

"있지… 여기…"

전화번호를 보여 주었다. 차를 길가에 세워 놓고 전화를 건다. 안 받는지, 안 통하는지 통화실패. 주변 사람들에게 주소를 보여도 고개를 흔든다. 시간은 자꾸 간다. 분명 차안의 다른 승객들 불평이 나올 법. 미안타. 기사가 동분서주. 여기저기 묻고 다녔지만 전무소용.

결국 내가 나섰다. '굴나라 게스트하우스(Gulnara Guest House)라면 택시기사 치고, 모르는 기사 없다'는 말만 믿고. 빈 택시 한 대를 잡고 물었다.

"당신, 철수바자르 부근, 굴나라 게스트하우스 아냐?"

"물론이지, 알구말구."

그렇게 숙소 찾는 문제도 간단히 해결.

사마르칸트에서 타슈켄트까지 택시요금 3만 숨. 사마르칸트에서 부하로까지 열차티켓이 5만 6천 숨,

거기다 다시 야간침대차비까지 턱없는 돈 엉망으로 까먹을 번 하였는데 기적적으로 탈출 성공. 완전 석두가 그럴 때는 조금 돌아 주어 정말 다행으로 끝났다.

초인종을 누르고 문을 안으로 밀자 슬며시 열렸다.

나이 많은 노인 한 분이 초인종 소리를 듣고 나오다가 나와 마주쳤다.

"안녕하십니까?"

"어서 오세요"

"방, 있습니까?"

"어떤 방을 원하시는지요? 혼자십니까?"

"그렇습니다. 나는 혼자랍니다."

"깨끗한 독방이 있는데…"

"아, 난 독방은 원치 않습니다. 도미토리로 주세요."

그런데 이 때, 돌연변이가 나타났다.

지금까지 주인인 듯한 노인의 말씨나 행동은 무척 친절하고 공손했다. 그런데 내가 '도미토리'라고 말하자 완전 행동과 말씨가 돌변해 버린 것이다. 나의 아래 위, 행색을 한 번 훑어 보더니 말씨가 돌변했다.

"며칠이요? 며칠 묵을 것이냐 이 말이오."

나는 잠시 당황하다가 말했다.

"이틀이요, 오늘 밤과 내일…그리고 레기스뜨라찌아도 좀….."

레기스뜨라찌아(Регистрация)는 거주지 신고를 말한다. 3일 이상 머물면 반드시 신고를 해야 하는 우즈베키스탄의 골 아픈 행정시스템이다. 여행사에서 호텔을 지정했지만 나는 내 맘대로 한다. 나는 벌써 이틀을 까먹으면서 모조리 열차에서만 잤다. 거주지 신고를 부탁하면서 다시 말했다.

"저 나, 내일 밤. 여기서 묵고, 바로 카자흐스탄 쉼켄트로 넘어가야 하는데 그 방법을 좀.."

"그건, 좀 있다 지배인이 나오면 그 때 말하시오."

그는 퉁명스럽게 그렇게 말하고 패스포트와 열차표를 갖고 나갔다. 침대차의 열차표는 숙박의 증명이 된다.

"조금있다, 열차표와 패스포트는 지배인이 갖다 줄거요."

그리고 방의 열쇠를 주고 사라졌다.

보통, 다른 게스트하우스의 도미토리침대는 2층인데 이 집은 간단한 1인용 침대 5개가 가지런히 놓여 있다. 물론 적당한 간격을 두고.

얼마 후, 지배인 랍산(Ravshan)이 패스포트를 들고 나타났다. 나도 랍산에게 전후 사정을 이야기 하고 국경 넘을 방법을 물었다.

"아, 그건 염려마세요. 택시를 불러 국경(Border), 사라까치(Cherryarka)까지 모셔다 드리지요. 택시요금은 4만 숨."

모든 일이 순조롭게 해결 되는 모양이다. 그런데 뭔가 좀 이상하다.

40. 이중환율

이스탄불에서 비행기를 타고 타슈켄트 공항에 내렸을 때다.

우선, 사람이 움직이려면 돈이 있어야 한다. 환전소를 찾아갔다. 나는 100달러 지폐를 꺼내 놓고 말했다.

"이 돈을 숨으로 바꿔 주세요."

환전소 직원은 여성이었다. 그녀는 나의 얼굴을 빤히 바라 보면서 확인하듯 물었다.

"이 돈을 모두 말입니까?"

"그렇소, 100달러…"

그렇게 환전을 했다. 100달러에 25만 숨.

― 환전을 하는데 왜 확인을 할까? ―

'이 돈 모두 말입니까?' 이 말이 왠지 마음에 걸렸다.

그런데 어제, 부하로에서. 쿠페 왕복대금, 사마르칸트 익스프레스 차표, 호텔요금 등

아무래도 100달러로는 돈이 부족할 것 같다. 그렇다고 돈을 너무 많이 환전해도 곤란한 문제가 생길 수도 있을 것 같고,

— 환전을 해야겠는데… —

부하로 역앞 버스터미널에 어슬렁거리며 환전소를 찾았으나 보이지 않았다. 길가의 행상 아주머니에게 물었다.

"여기 뷰로 아부미너찌가 어디요?"

(환전소 бюро обмен)

그녀는 전혀 처음 듣는 소리라도 듣는 표정으로, 고개를 저었다.

"잰끼 미나찌, 잰끼 아부미나찌 몰라요?"

(돈 деньги, 교환 обменять)

나는 멍청한 러시아 말로 물었다. 불통.

나는 다시 손으로 동그라미를 그리며 영어로 물었다.

"달러, 익스체인지…"

내가 달러라고 말하자 여인이 화들짝 놀라면서 되물었다.

"달러 요…? 달러라면 저 앞 인터넷 앞에 가서 알아보세요."

— 인터넷이라… —

역 앞에는 인터넷이라는 컴퓨터 방 간판이 더러 보였다.

컴퓨터 방 앞에서 또 묻고, 결국 암달러상 비슷한 불법 환전소를 찾아갔다.

100달러짜리 지폐를 꺼내 놓고 말했다.

"30달러만 체인지 하고, 70달러는 되돌려 주세요."

겨우 환전은 끝났다. 30달러.

100달러짜리를 함부로 흔들고 다닐 수는 없는 일이고, 잔돈으로 바꿀 생각이었다. 그런데 뭔가 좀 이상하다. 교환한 돈이 너무 많은 것이다.

나는 말 모르고. 글 모르고. 계산 머리도 땅콩수준. 그냥 주는 데로 받아 왔다.

돌아 와, 공원의 그늘에 앉아 헤어 본다. 12만 숨.

— 30달러에 12만 숨이면 1달러에 4천 숨…. 아무래도 이상하다. —

공항에서 정식으로 환전할 때는 1달러에 2천 5백 숨이었는데…

그렇게 그냥 넘어갔다.

— 내가 손해 본 일도 아닌데 따져 봤자 덕볼 일도 없을테고… —

30달러에 12만 숨을 받았으니 이외로 호주머니가 두둑해졌다. 하지만 그 돈을 열차 밑에 밀어 넣고 나자, 홀라당 날아가 버렸다. 그런데 이상한 일은 타슈켄트의 굴나라 게스트하우스에서 다시 일어났다.

"국경까지 가는데 택시비가 얼마죠?"

국경 가는 택시는 게스트하우스의 자가용 승용차였다.

"4만 숨이요. 달러로 주셔도 됩니다."

"호텔 숙박비도 달러로 지불해도 되나요?"

"그럼요, 물론입니다. 택시 비, 텐 달러. 방 값 이틀에 30달러, 모두 합이 40달러. 포티달러만 주시면 됩니다."

"지금 지불해야 하나요?"

"아닙니다. 체크아웃 하실 때 주시면 됩니다."

그렇게 얘기는 끝났다. 그런데 또, 뭐가 좀 이상하다. 분명 택시비가 4만 숨이라 했는데 '텐 달러'라 한다.

— 4만 숨이 10달러라고⋯.? —

그렇다면 1달러에 4천 숨이 아닌가? 아하⋯ 그렇다. 이중환율인 모양이다. 정부에서 인정하는 공식환율은 2천 5백 숨이고, 시중에서 유통되는 환율은 4천 숨이라는 말이다.

— 이것 완전히 공항에서 15만 숨을 사기 당했다. 하, 이럴 수가⋯.? —

시중 암달러상에게 환전을 했으면 40만 숨을 받아야 하는데 공항에서 정식으로 환전을 하는 바람에 15만 숨이 순식간에 날아가 버린 것이다.

그 때, 왜 공항 환전소 여직원이 나에게 묻던 말이 생각났다.

"분명 100달러 환전 하실 거죠?"

확인을 하면서 묻던 그 표정. 이제야 그녀가 왜 그 때 그런 표정을 지었는지 그 수수께끼가 풀린 것이다.

그 후, 여행에서 돌아와 인터넷을 뒤져 보고 뒤 늦게 나의 '바보'가 부끄러웠다.

■ 우즈베키스탄 이중환율.

- 현재 우즈베키스탄에는 우즈베키스탄 중앙은행의 기준환율과 시장에서 매매되는 환율 2중구조로 되어 있음.

- 시장환율이 중앙은행 기준환율보다 약 1.5배 높아 환전의 대부분이 시장에서 이루어지고 있음.

- 현재까지 상거래에서 상인들은 숨화보다 달러화를 선호하여 자국화폐의 가치하락을 더욱 부추기고 있음.

- 외국화폐는 그 가치가 안정적인 반면, 숨은 이중환율 시스템인 관계로 상인뿐만 아니라, 현지인들도 보유를 꺼림.
- 중앙은행 공식환율과 시장환율 간의 차가 너무 많이 나고 있으며, 국민들이 은행에서 외환환전이 매우 어려워 국민들은 외화를 선호함.

허둥지둥 서둘다가 '꼴 조오타….'

이상한 사건들도 이제는 끝날 때가 되어가고 있다.
카자흐스탄에만 들어가면 다음 차례는 중국. 중국만 끝나면 다음타자 인천.
— 아, 소주가 그립다…이럴 때는 소주를 마셔야 하는 건데….—

사마르칸트에서 자가용 총알택시를 타고 타슈켄트 도착,
오후 5시 경.
1박을 하느냐? 2박을 할까 고심타가 2박으로 결정. 하룻밤 자고, 이튿날 바로 떠날 수도 있지만 하루 쯤 쉬기로 했다. 침대 5개, 5인용 도미토리에 나 혼자 독방. 비수기인 탓인지 다른 방에는 손님이 있는 듯 하였지만 도미토리인 내 방에는 나 혼자였다. 오전 내내 방에서 빈둥거리다가 오후에 밖으로 나가 주변을 돌아 보았다.
소문만 듣던 초르수 바자르(Chorsu Bazar)는 역시 대단한 시장이었다. 대장간부터, 가축 도축장. 청과시장, 의류와 잡화는 물론 묘목시장까지 없는게 없을 정도.

지저분하긴 하지만 값싸고, 먹거리 좋은 식당을 찾아 단골로 이틀동안 찾아 들었다.

　이틀 밤을 자고 이른 아침 7시에 출발하기로 예정되었던 시간을 30분 늦췄다.

　굴나라 게스트하우스는 이스탄불에서 만난 홍콩친구 문자대로 백퍼트(블렉퍼스트:조반)가 괜찮았다. 먹고 출발하기로 결정한 것이다. 보통의 경우 블렉퍼스터라고 해야 커피 한잔에 식빵이나 비스켓 조각이 나오기 일쑤인데 비해 굴나라의 경우 성의있는 조반이 나왔던 것이다.

　도미토리 15달러에 조반이 포함되어 있었기 때문이다.

41. 불안과 공포

굴나라 게스트하우스에서 국경 이미그레이션까지는 승용차로 30분 정도 소요.

국경은 생각보다 붐볐다. 나는 승용차에서 내리자마자 '탱큐, 굿바이' 한 마디를 기사에게 남기고 잰 걸음으로 초소 통과.

줄을 선체로 서류를 작성하여 밀어 넣었다. 우즈베키스탄 쪽 출국이나 카자흐스탄 쪽 입국, 모두 별 문제없이 통과. 이런저런 엉뚱한 걱정들은 기우(杞憂)로 끝났다.

현금보유 신고문제로 조금 염려 하였었지만 별 문제 NO. 묻지도 않더라. 그냥 서류만 보고 스탬프, 쾅쾅.

— 별것도 아닌 문제로 공연히 걱정 했잖아….—

나는 속으로 투덜거리며 하물 검색대를 통과하여 밖으로 나갔다.

'별것도 아닌 문제라고? 어디 맛 좀 봐라.'라고 하는 듯이 완전 사람을 공포에 질리게 하는 사건이 나를 기다리고 있었다. '공포' 그렇다. 그것은 비록 순간적이기는 하였지만 공포였다.

내가 카자흐스탄 입국심사를 거쳐 정문을 빠져 나간 순간. 10여명의 청장년들이 나를 포위하듯 둘러쌌다.

"딱시… 딱시…."

"호텔, 호텔… 알마티… 쉼켄트…."

무슨 소린 지 알아 듣지도 못하는 말로 떠들어 대며 외치는 지라 나도 정신 차릴 겨를이 없었다. 우선, 국경 바로 곁에 있다는 알마티행 버스터미널에 가서 시간과 차비를 알아보고 다음은 열차 역으로 가서 정보를 수집할 생각이었다. 우선 환전문제부터 해결해야 움직일 수가 있다. 택시를 타거나 버스를 타는데도 돈이다. 환전을 어디서 해야 하는지? 버스나 택시는 어디서 타는지? 여기는 국경이라지만 마을도 집도 없다. 자가용인지, 택시인지도 모를 다 찌글어진 승용차들이 빽빽한데 나를 둘러싼 '삐끼'들은 경쟁이라도 벌이듯 나를 납치 하겠다고 덤빈다.

"잠깐, 잠깐…."

나는 그들을 밀치고 돈 뭉치를 들고 있는 어느 여인의 곁으로 밀고 들어갔다. 암달러 환전상이 틀림없다. 10달러를 건네자 1500팅게를 주었다. 1달러에 150팅게라는 말이다.

— 설마, 이 많은 사람들이 보는데 사기치는 건 아니겠지… —

그렇게 생각을 하고 돌아서는데.

"쉼켄트 2천…. 쉼켄트 2천…."

주변에서 '쉼켄트 2천'을 외치면서 덤비는 자가 있었다. 내가 쉼켄트까지 얼마냐고 물었기 때문이다. 그래서 누군가 내가 환전한 1천 5백팅게를 낚아채며 외쳤다.

"원 사우전트 파이브 헌드레드…. 오케이…?"

1천 5백팅게로 나를 모시겠다는 말씀.

이렇게 해서 나는 돈을 탈취당하고 끌려갔다. 물론 반항할 수도 있었지만 나이가 50은 넘은 것으로 보여 젊은이 보다는 사기성이 적을 것 같아 따라간 것이다. 그런데 그것이 나의 오산이었다. 돈을 빼앗아 간 사내는 돈을 자신의 호주머니에 쑤셔 넣고 이자가 하는 짓.

승객을 모으겠다는 듯, 이 사람 저 사람. 두리번두리번 승객을 찾는다.

"야, 이봐… 돈을 챙겼으면 출발을 해야지, 지금 뭐 하는 짓이야?"

한 동안 신경전을 벌이다가 승객이 보이지 않자 그제야 차에 올라 시동을 걸었다. 여기까지는 좋았다. 나는 쉼켄트가 바로 국경 부근에 있는 줄 알았다.

그런데, 차가 2,30분을 달렸는데도 주변에는 이렇다 할 건물도 농가도 보이지 않았다.

그리고, 한동안 달리더니 어느 가스스테이션에 차를 세웠다. 차에 가스를 채우고 있는 동안 기사 녀석이 종이와 볼펜을 꺼내더니 이렇게 썼다.

"30$" 그리고 손을 내민다. 30달러를 더 내라는 뜻이다.

" 지금 당신, 무슨 소리 하는 거야? 30달러를 더 내라고? 써티 달러….? 이 자식 이거, 순전히 강도로군…."

돈을 달라는 자에게 그냥 돈을 불쑥, 던져 줄 수는 없다. 그렇다고 안줄 수도 없다.

— 어떻게 한다…? —

30달러면 빼앗긴 돈을 합쳐, 40달러. 도대체 여기서 40달러가 얼마나 되는 돈인지? 환율조차 모른다.

그 때 나의 돌 머리에서 이런 소리가 들렸다.

"적을 친구로 만들어라….”

지금, 강도를 만났는데, 강도를 친구로 만들라고? 지금 그렇지 않아도 열받아 미치겠는데.

생각이 번갯불처럼 튀고 있다.

— 여기서 이자와 싸운다. 도무지 자신이 없다. 황량한 벌판. 인적이라 곤 없는 무인지경. 나를 도울 사람은 있을 수 없다. 가스스테이션이라지만 나를 도울 자는 있을 리 없다. 내가 아는 러시아어 단어는 많지 않다.

그 중 하나가 '뽀이좀치(пойдёмть)'. '가자'는 뜻이다.

나는 외쳤다.

"뽀이좀치… 뽀이좀치….다, 뽀이스트 바크잘.”

(До поезд Вокзал)

무조건, 기차 역으로 가자는 말이다. 그러면서 달래듯이 웃었다. 내가 화를 내면 그도 분명 화를 낼 것이다.

나는 한국말로 조용히 말했다.

"일단, 역에까지 가서 말하자.”

내가 웃으면서 말하자 그도 누그러졌다. 화내던 얼굴이 다시 본색으로 돌아왔다.

다시 시동 걸리고 출발.

하지만 맛이 이상하다. 도무지 갈피를 잡을 수가 없다. 이 녀석 요구대로 돈을 줘야 할지? 이것 순전히 협잡을 당하고 있는지? 그런데 더욱 불안한 것은 다른데 있다. 중앙아시아는 대부분 스텝지역. 스텝(Steppe)지역은 준 사막지역으로 사막 주변의 광대한 초원지대에 나타나는 키 50cm 이하의 단초형 초원을 말하는데 그냥 황량한 벌판이다. 주변은 산악과 계곡이 이따금 나타났다가 사라질 뿐, 단조롭고 황량하다. 한쪽 구석에 차를 세워 두고 사람 한 명 정도는 죽여서 처박아 버려도 누구 하나 잔소리할 리 없다.

끝이 보이지 않는 황량한 벌판을 달리는데 이 차가 진정 내가 원하는 곳으로 가고있는지, 납치를 당한 것인지 알 수가 없기 때문이다. 중앙아시아의 대초원. 말로만 듣던 그 대 자연의 그린카펫. 아름답다 해야 할지, 불안하다 해야 할지?

내 생각으로는 하마 쉼켄트에 닿아야 할 시간이 늦었다. 벌써 1시간이 지나고 있다.

— 도대체 어디로 끌고 가는 걸까? —

"이봐 친구.. 왜 이렇게 멀어…?"

러시아어로 '멀다'는 뜻의 단어는 '달레꼬(далеко)'다.

"달레꼬…?"

기사가 종이와 볼펜을 꺼내더니 다음과 같이 썼다.

⟨120Km….⟩

"뭐야? 120Km..? 아니 그럼, 100킬로도 더 된다는 말인가?"

― 아이쿠 두야….거짓말이겠지…―

그런데 잠시 후, 그것이 사실로 입증되었다.

우즈베키스탄이나 카자흐스탄 뿐만 아니라 발칸이래 여기도 그렇고 대부분의 국가들에 도로표지판이 잘 안 나왔다. 그런데 내가 신경을 쓴 탓인지 차창 밖, 도로변에 「Щймкент 70」이 보였던 것이다. 쉼켄트까지 70Km가 남았다는 뜻이다.

― 휴~ 살았다. 납치는 아닌 모양이다. ―

그렇다면 내가 자가용기사라 치면 120Km를 픽업해 주는데 단돈 10달러 받고 운행 해 주겠는가? 그건 아니다. 나는 바꿔 생각하기 시작했다.

― 40달러를 달라 하는 사람이 무리인가? 단돈 만원에 가려는 내가 무리인가? ―

쉼켄트(Шымкент)는 인구 65만으로 카자흐스탄에서 알마티, 아스타나에 이어 세 번째로 큰 도시다. 풀이나 잔디를 뜻하는 '쉼(шым)', 도시를 뜻하는 '켄트(кент)' 두 낱말이 합쳐져 지명이 만들어 졌다 한다. 애당초 쉼켄트는 오아시스였으니 그럴 만도 하다.

드디어 총알(택시)이 쉼켄트 역에 도착했다.

"문 열어.."

문이 잠긴 채 열리지 않았다.

"돈 줘, 30달러…"

"허허, 문 열라니까…"

"돈부터 줘…"

나는 웃고 있었지만 속으로 화가 나 있다.

"글쎄, 문부터 열라 하잖아."

내가 웃는 얼굴을 거두고 화를 내자 그가 문을 열었다. 내렸다.

"트렁크 열어, 배낭 꺼내게…"

그는 화난 얼굴을 감추지 않았다. 트렁크도 열리지 않고있다.

나는 휙 돌아섰다. 그리고 주변 사람들에게 물었다.

"안녕하세요? 그제 뚜알렛? (화장실이 어딥니까?)"

이 질문은 내가 전공이니까 잘도 통한다.

엊그제 사마르칸트에서 타슈켄트로 들어올 때 차 안에서 이야기 도중.

기사가 나에게 무슨 소린지 한동안 지껄이더니 나의 대답을 구하려는 듯 내 얼굴을 쳐다보고 있었다. 내가 말했다.

"나는 러시아어는 잘 못해. 잘 하는 말이 딱 한마디 있긴 있어. '그제 뚜알렛'이야."

모두 웃었다.

그제야 알림이(기사의 이름이 Алим이라 했다) 앞장 서면서 따라오라 했다.

국경을 넘어서면서부터 숨 돌릴 틈도 없이 이리 뛰고 저리 뛰고, 싸움하느라 정신 없었는데 화장실 갈 틈 어딨노? 화장실에서 인사를 하고 나오자 그제야 아림이 손가락 두 개를 펼쳐 보이며 말했다.

"20달러만 더 줘."

"그래 좋다. 20달러 더 주마. 그런데 조건이 있다."

"조건…? 무슨 조건?"

"나 열차표 사는데 유(you)가 좀 도와 줘."

"그야 뭐, 문제 없지."

이렇게 해서 강도행각은 끝나고 적은 친구가 됐다.

열차표 사는데 별 문제는 없겠지만 말을 모르니 사정이 여의치 않을 때는 필요할 것 같아 잡아 두었다.

매표 창구에는 여러 사람이 줄을 서서 기다리고 있었다. 나도 그들의 뒤에 가서 붙었다.

그 때, 또 한 사람. 제 3의 인물이 등장한다.

"알마티?"

"그래. 알마티 간다."

"여기 붙어 서서 기다려도 헛 탕이다. 알마티행 열차표가 필요하면 나를 따라 와."

물론, 이 말을 내가 완전히 알아 들은 것은 아니고. 아림의 반통역에 따른 것이다.

따라 갔다. 역 대합실을 빠져 나와 길을 건너, 화장실건물 옆 어느 코딱지만한 사무실로 안내. 그 때가 오전 11시 경.

"앞으로 두 시간 후에 알마티행 열차가 있다. 필요하면 지금 사야 해. 시간이 없어…."

그는 나의 시계를 보더니 말했다.

"지금이 12시야. 당신 시계는 우즈베키스탄 시간이고, 카자흐스탄과는 1시간 시차가 있어."

그렇게 해서 열차표 문제는 해결.

42. 무위자연(無爲自然)

알마티(Almaty, Алматы)는 인구 100만(112만 9400명, 1999년)이 넘는 중형이상의 도시이다. 카자흐스탄 남동부의 해발고도 600~900m에 위치하고 있다. 주위가 높은 산으로 둘러싸여 있어, 공기가 청정하다. 옛이름 알마아타는 '사과의 아버지'라는 의미로, 19세기 러시아의 요새로 출발하여 베르니라고 불렀다. 1917년에는 인구 3만 4000명의 소도시였으나, 30년 투르크시프 철도가 개통되면서 발전하였다. 민족 구성은 러시아인 · 카자흐인 · 우크라이나인 · 위구르인 · 타타르인 · 한국인 등이며 유럽풍의 도시이다. 중국 행은 주로 알마티가 시발이다. 주요산업은 공업이며, 광산 야금용의 발전장비 · 농업용 기계공업 · 포도통조림 등의 식품공업 · 면공업이 발달하였다. 카자흐종합대학이 있다.

나는 지금 알마티 행 열차 침대 하층. 내가 원하든 자리를 차지하고 내일을 걱정한다. 과연 우루무치행 열차가 있을까? 버스는 두세 번 갈아타야 하고, 중국의 어느 소도시를 거쳐 가는 모양인데 장시간을 기다리는 시간이 많다 한다.

— 에라이 모르겠다. 내일 걱정은 내일 한다. 어차피 인생은 시간 따먹기. —

— 차죽피죽화거죽 풍타지죽낭타죽. —

또다시 공상은 시작된다.

우리는 세상에서 뛰어나게 훌륭한 사람을 일컬어 성자 혹은 성인이라 한다. 내가 아는 세계의 4대 성인은 공자 · 예수 · 석가 그리고 소크라테스 정도로 알고 있다. 하지만 내가 아는 그들은 모두 건달들이었다. 건달이라고 해서 무조건 깡패나 도적 취급을 한다는 말은 아니다. 별로 할일 없이 놀고 먹으면서 입으로 지껄이는 일이 그들의 직업이었다는 말이다. 호왈 철학자, 철학하는 사람들 말이지. 물론 예수는 목수였다는 소리를 들은 적 있지만 사실 그들 대부분이 백수였다.

그리스 아테네에 가면 다양한 유적들이 많다. 그 중에, 아고라(Agora)라는 곳이 있다. 아고라는 고대로부터 아테네의 사랑방이다. 잡다한 나팔들이 모여, 정치며 예술, 혹은 외교나 무역문제에 이르기까지 자기의 지식을 설파하고 떠들면 듣고 있던 건달들이 박수치고 '옳소~'를 외치면 그는 곧 철학자가 되는 것이고 '우~, 무슨 소리냐? 헛소리 하지마라..'는 소리를 들으면 그는 그냥 건달일 뿐이다.

우리는 그들을 '소피스트(sophist, 궤변학파)'라 부른다.

소크라테스나 플라톤도 다 여기 아고라 출신들이다. 나는 사실 그들 4

대성인은 별로 좋아하지 않는다. 그들의 이야기는 다만 그들의 시대에나 맞을지 모르지만 21세기인 지금의 세상에는 턱도 없는 소리가 너무 많기 때문이다. '시대가 변하면 패러다임(para digm)이 변한다'는 말이 있다. 세상이 변해도 한참 변했는데 몇 천년 전 골동품 건달들의 이야기에 매달려 목숨을 거는 인간도 있다. 이 얼마나 웃기는 일인가?

건달이라고 다 나쁜 건 아니다. 천하 걸물 항우를 꺾고 한나라를 세운 한고조 유방도 건달이었고, 세계제국을 세운 칭기즈칸의 아들이 세운 원나라를 몰아내고 명나라를 세운 명태조 주원장도 건달이었다. 그건 그렇고, 그 많은 건달들 중에 내가 좀 좋아하는 건달에 노씨(老子)가 있다. 노씨, 즉 노자 말이다. 중국에서 성 다음에 자(子)를 붙이는 것은 단순한 존칭이다. 우리말로 하면 '자'는 씨다. 공자·맹자·노자·장자. 모두가 자짜 돌림이다. 그게 다 공씨·맹씨·노씨·장씨의 중국식 명칭이다.(내가 좀 무식해서 잘못 알고 있는지도 모르지) 객소리가 길어졌다. 노씨 이야기를 하다가 딴 소리가 나왔다.

우리는 간혹 남보다 뛰어난 재주를 가진 사람을 '도사'라고 말하곤 한다. 컴퓨터를 잘 하면 '컴퓨터도사' 손재주가 좋아 기계를 잘 고치면 '기계도사' 하여튼 뭐든 잘하는 사람은 '도사'라 한다.
물론 가정(家庭)을 잘 꾸리고 생활을 복되게 사는 사람도 분명 도사다. 하긴 수십 년 토굴에서 면벽염불(面壁念佛)하고 나오면 또, 도사다.

그렇다면 이 도사라고 하는 '도'는 대체 뭘까?

그건 간단하다. 도(道)는 그냥 도인 것이다. 道.

도는 원래 도교(道敎)에서 나왔다. 도교의 할아버지는 노씨(老子)다. 중국의 노자 말이지.

노자는 이렇게 말했다.

도가도 비상도, 명가명 비상명(道可道 非常道 名可名 非常名)

'도(道)는 도라고 말해도 되고, 그렇게 말하지 않아도 된다'

무명천지지시 유명만물지모(無名天地之始 有名萬物之母)

도는 이름이 없을 때는 천지의 시작이고, 이름을 도라고 하면 그것은 만물의 어머니다.

'허허, 그 참 갈수록 무슨 소린지 모를 소리만 하는군…' 라고 말 할지 모르겠다.

유가(儒家)에 공맹(孔子와 孟子)이 있다면 도가(道家)에는 노장(老子와 莊子)이 있다.

노자가 말했다.

'도는 자유(自由)다.'

그러자 장자(莊子)가 말했다.

'도는 그냥 노는 것이야. 잘 놀면 도사(道士)라고..'

중국에는 네 개의 기둥이 있다. 정신적 지주(支柱) 말이다.

그 하나가 유가(儒家), 그 둘이 불가(佛家), 그 셋이 독가(基督), 그 넷이 도가(道家)다.

불가는 말한다.

모든 것은 공짜(空字)다. 있는 것도 공짜고 없는 것도 공짜다. 그래서 모든 것이 공짜다. 라고 말했다. 그러자 독가가 말한다. '왼 뺨을 때리면 오른 뺨을 내밀어라.' 그리고 또 말한다 '네 이웃을 사랑하라.'고. 그러자 도가가 말한다. '헛소리 하지 마라, 그런 건 다 가짜다.'라고.

그러자 유가가 말했다. '그만들 해라. 인간은 모름지기 '적당(中庸)'히 해야 하느니라.'라고.

불가는 말했다. 색즉시공 공즉시색(色卽是空 空卽是色)이라고.

노자가 말했다. '천국에 가겠다고 선행을 한다면 그것은 위선이다.'

천하개지선지위선 사불선이(天下皆知善之爲善 斯不善已).

(세상사람들이 모두 선하다고 알고 있는 것이

실은 꾸며진 선 僞善이니 이것은 선이 아니다.)

그리고 다시 말했다. '사람은 그냥 자연스럽게 살다가, 자연스럽게 죽으면 되는 거야.'

그것이 무위자연(無爲自然)이다.

장자가 옆에서 그 소리를 듣고 한마디 한다.

'형님, 뭐 그렇게 어려운 말만 하는 가요? 그냥 놀면 되는 건데.'

그것이 소요 유(逍遙, 遊)다.

놀면 된다. 노는 것이 도(道)라고?

어느 백수가 열심히 일하는 에디슨을 보고 말했다.

"그렇게 열심히 일하다가 죽는 수가 있으니 쉬어 가며 일하지…"

발명왕 에디슨이 말했다.

'나는 단 하루도 일한적이 없어요. 그냥 재미있게 놀았을 뿐이지요.'라고.

과연 '놀(遊)다'에는 무슨 의미가 숨어 있을까?

이런 말씀을 요약해서 말하면 딱 한마디. '자연(自然)'이라는 이야기다.

발명가가 발명을 하고, 작곡가가 작곡을 하고, 시인이 시를 쓰는 것도 자연이다. 아무나 작곡을 하고 아무나 시를 쓰는 것은 아니다. 위대한 작곡가가 머리를 짜낸다고 쉽게 작곡이 되는 것이 아니듯이 시인이 머리를 싸맨다고 쉽사리 시를 쓸 수 있는 것도 아니다. 시나 음악이 시인이나 작곡가의 머리를 통하여 세상 밖으로 표출되는 현상도 다 자연스럽게 일어나는 자연현상인 것이다.

자연스럽게 즐기면서 연구하고 생활하면 그것은 곧 도(道)가 되는 것이다.

그렇다 모든 것은 자연이다.

사람이 나는(生) 것도 자연이고, 죽는(死) 것도 자연이다.

색즉시공(色卽是空), 공즉시색(空的是色)이 무슨 말인가? 사실 난다(生), 죽는다(死) 하는 것은 별 의미가 없다. 그 모든 것은 자연현상일 뿐이다. 존재하는 만물은 본질로 돌아간다. 생각하는 것도 자연이요, 행동하는 것도 자연이다. 웃는 것도 자연이요, 우는 것도 자연이다. 보고, 느끼고, 사랑하고 미워하는 그 모든 것이 자연현상인 것이다. 무위자연(無爲自

然)이라는 것은 매달리지 말고, 자연스럽게 산다는 이야기.

사람의 마음대로 되는 일은 하나도 없다. 만사는 자연으로 이루어지고 행해진다.

사람은 욕심에 매달려 일생을 허비한다. 생각과 행동은 유전자의 장난이다. 그것이 자연이다.

오생몽환간(吾生夢幻間)

인생은 꿈과 환상인데

하사설진기(何事絏塵羈)

왜 그렇게 티끌세상에 매달려 사는가?

알마티 착, 오전 06시. 우루무치 행 열차를 탈 수 있을까? 그것이 쟁점이다.

자는 것도 아니고, 그렇다고 깨어 있는 것도 아닌데…. 비몽사몽을 헤매고 있을 때 누군가 나를 흔들어 깨운다.

"이봐 이봐, 일어 나. 너 알마티에 내린다 했잖아?"

"뭐야? 벌써, 알마티 다 왔어?"

"그래, 여기가 알마티야. 어디서 내릴 거야?"

나는 시계를 보았다. 아직 05시 30분.

아직 알마티 도착이 30분이나 남았다. 열차표에는 알마티 도착이 06시로 되어있었다.

"알마티 다 왔으면 내려야지. 알마티 다 왔는데 어디서 내리다니? 그게 무슨 말이냐?"

"알마티는 역이 두 개야. 제 1 알마티 역, 제 2 알마티 역. 여기는 제 1 알마티야. 다음 역이 제 2 알마티 이고…"

나는 잠시 어리둥절했다.

알마티에 두 개의 기차역이 있다는 소리를 듣지 못했기 때문이다.

"나, 키타이 우루무치 갈 거야. 어느 역에 내려야 우루무치행 열차를 탈수 있느냐?"

"우루무치행 열차는 없는데…?"

"우루무치행 열차가 없다고? 내가 알기로 우루무치행
열차는 분명 있다 하던데…?"

"누가 그래?"

"여행 가이드북에는 모조리 그렇게 나와 있어."

나를 깨운 승무원도 잘 모르는 모양. 옆에 앉아 있던 젊은이가 핸드폰을 톡톡 두드린다.

"어? 있네. 우루무치 행. 이틀 후. 어쩌구 저쩌구…."

"뭐야? 이틀 후라고?"

"나는 버스 밖에 없는 줄 알았는데…."

"이틀 후라…. 그러면 버스는 어디서 타는데….?"

"버스를 타려면 사이란(Саиран)으로 가야 해. 택시를 타야 해."

"택시 비는 얼마나 나올까?"

"500팅게 정도는 줘야 할거야."

열차가 제 2 알마티 역에 닿았다. 사람들이 꾸역꾸역 내리고 있다. 나는 우선 대합실로 들어가 사실여부를 체크할 필요가 있었다. 마침 대합실에는 인포메이션이 있었다. 새벽인데 인폼의 직원들이 나와 있었다.

무조건 묻는다.

"오늘 우루무치 행 열차, 몇 시에 있습니까?"

내가 영어로 물었다. 묵묵부답. 다시 러시아어로 물었다.

"나 중국 우루무치 간다. 열차 몇 시에 있느냐?"

"우루무치 열차? 그런 게 있었나?"

남자직원이 어리둥절한 표정으로 여직원을 바라본다. 여직원이 한 동안 컴퓨터를 두드리더니 말했다.

"내일 모레, 00시(밤 12시)에 있군."

인포메이션이 이 모양이다. 나는 열차표를 사려면 환전을 해야 하는데 차비가 얼마인지를 알아야 환전을 알맞게 할 수가 있다.

"우루무치 행 차표는 얼마냐?"

남녀직원 모두가 고개를 갸우뚱.

"8시까지 기다려라. 매표창구 직원이 나와야 알 수있다."

영문 모를 일들이 연이어 일어났다. 그런데 더욱 놀라운 일은 인포메이션 여직원이 여기저기 알아보고 오더니 기막힌 소식을 얻어 왔다.

우루무치 행 열차표. 2만 6천 팅게.

— 이게 대체 무슨 소리야? 2만 6천 팅게라니? —

140달러 정도. 여기에 2박 3일의 숙박비와 식대까지 포함하면 200달러가 넘는다.

까짓 것, 집에 있을 때 친구들이랑 술 한잔 걸친 셈 치면 별 것도 아니라고 생각할 수도 있겠지만 그건 아니다. 장난삼아 떠난 여행도 아니고, 진정한 여행의 길을 택한다면 신중해야 할 필요가 있다.

　버스를 포기한 데는 그만한 이유가 있다.

　첫째, 위험성. 둘째는 불편하고 피곤한 문제들이 겹겹이 쌓여 있다. 더구나 알마티와 우루무치 사이의 교통정보가 전무한 상태. 다만 알마티의 잘켄트와 중국의 이닝시를 거쳐 가야 하는데 터미널 찾기도 쉽지 않고, 택시를 여러 번 타야 하는 복잡한 과정을 거친다는 정도의 정보 밖에 없으니 난감지사(難堪之事).

　그런데 열차문제가 갑자기 이렇게 되자 다시 한 번 버스 쪽으로 마음의 방향이 바뀌었다.

　그 때 갑자기 사이란(Caиран)이 생각났다.

　나는 옆에 있는 택시기사에게 물었다.

　"사이란까지 얼마냐?"

　그는 내가 우루무치 행 열차를 타려는 것을 알고 있다.

　"2천 팅게…."

　내가 그의 말을 알아듣지 못하자 볼펜을 꺼내더니

　나의 메모지에 다음과 같이 적었다.

　"2000T"

　나는 깜짝 놀라며 다시 물었다.

　"무슨 소리냐? 열차 안에서 분명 5백팅게라 들었는데…"

그것이 소동의 시작이었다. 주변에 모여있던 7,8명의 택시기사들이 우리 이야기를 낱낱이 듣고 있었던 것이다. 처음의 기사가 2천팅게를 불렀다는 사실을 알고 있는 이상 그 이하로 말할 사람은 없다. 5백팅게가 갑자기 2천팅게로 둔갑한 상태.

뻔히 알면서 바가지를 쓸 수는 없는 일.

나는 다시 인포메이션직원을 붙들고 물었다.

"시내버스는 어디서 타느냐?"

내 입에서 시내버스 이야기가 나오자 택시기사들의 기세가 다소 누그러졌다. 분위기는 반전되고 마침내 1천팅게로 낙찰. 더 버텨 봐야 1천팅게 이하로는 어려울 것 같았다.

1천 팅게는 우리 돈 5천원 정도.

43. 마루타버스

사이란 버스터미널은 그다지 멀지 않았다. 바가지 요금은 아닌 것 같다.

그런데, 사건은 여기서 끝나지 않았다.

나는 택시에서 내리자마자 화장실부터 찾아갔다. 볼일이 있으나 없으나 일의 순서가 그렇다.

다음 순서는 매표창구.

1번 창구에서 물었다.

"나, 키타이 우루무치 간다. 버스 빌레뜨를 달라. 얼마냐?"

내 말이 끝나기도 전에 창구의 여인이 다음창구를 가리키며 말했다.

"3번 창구로 가라."

그리고 3번 창구.

3번 창구에서도 같은 말을 반복했지만 창구의 여직원은 들은 척도 안한다.

다시 한 번, 말 하려는데 그녀가 내 뒤를 가리키며 말했다.

"저 사람을 따라가서…."

차표를 사려는 승객에게 차표 팔 생각은 않고, 엉뚱한 사람을 따라 가라니…?

나는 조금 의아해 하면서 뒤에 서있던 청년의 뒤를 따라갔다. 가면서 그에게 말했다.

"나, 차표 사야해. 어디 가는 거야?"

"잔소리 말고, 빨리 따라와. 시간 없어."

도무지 영문을 모르면서 그냥 따라간다.

— 이것 혹시, 사기꾼들..? 나를 끌고 가다가 돌연 무슨 요술을 부리는 건 아닐까? —

우크라이나와 몰도바에서 당한 일이 생각났다. 콜롬비아에서 당한 권총강도 생각도 났다.

그래도 따라간다. 가다가 다시 또 말했다.

"차비는 얼마냐? 나 돈 없어."

"돈이 없다고?"

"카자흐스탄 쟁끼, 노오. 달러, 아이 해브."

러시아어 쟁끼(деньги)는 돈을 말한다.

"달러..가 있다고? 그럼 됐어. 잔소리 말고 빨리 따라나 와."

도로를 건너 잰 걸음으로 달려가자 저 만치 도로변에 대형버스가 한 대

보였다.

— 옳거니, 저 버스가 무슨 사연이 있나 보다. —

그랬다. 대형버스는 우루무치행 침대버스. 직행이다. 그토록 걱정하고 염려하던 문제가 한꺼번에 풀렸다.

타자마자 부르릉, 버스 출발.

그러나 문제는 여기서 끝난 것이 아니다. 내가 한사코 버스를 기피하는 데는 그럴 만한 이유가 있었다. 내가 겪어 본 버스여행 중 최악의 경우가 중국의 '마루타버스' 승차경험이다.

'마루타'는 2차대전 당시 일제 세균부대 중 하나였던 '731부대'에서 희생된 인체실험 대상자를 일컫는 말로, '마루타'는 일본말로 통나무라는 뜻이다. 산 사람을 대상으로 한 인체실험으로 악명을 떨친 731부대에서는 1940년 이후 매년 600명의 마루타들이 생체실험 대상이 돼 최소한 3천여 명의 중국 러시아 한국 몽골인이 희생된 것으로 소련의 일제전범재판 결과 드러났다.

'마루타버스'란 야간의 침대버스로 버스 안에는 4열의 2층 침대가 설치되어 있다.

양쪽 창가에 1열씩 2줄. 가운데 통로에 2열. 4열의 침대는 모두 송장 넣는 관처럼 생겼다. 들어가서 누우면 꼼짝달싹 할 수가 없다. 밤새도록 꼼짝 못하고 누워 있기란 정말 고문 같다. 그 마루타버스 생각만 해도 기가 질린다.

오늘의 침대버스는 2열. 비교적 넓은 편이지만 2층 침대는 지붕이 낮아

머리가 닿기 때문에 바로 앉을 수가 없다. 하루종일, 밤새도록 달려야 하
는 버스.

하루종일 누워만 있어도 고역인데 20시간 이상을 이렇게 누워 있다는
것은 여행도 고행도 아닌 그야말로 고역이다.

다음 타자, 우루무치.

우루무치는 중국 신장웨이우얼 자치구(新疆維吾爾自治區)의 주도(主
都)로 중국 서북지방의 중심이다. 우루무치는 옛날부터 서양으로 통하는
관문으로 실크로드의 시발점이다. 당연히 옛날에는 오아시스였다. 중국
에서 보면 우루무치가 실크로드로 나가는 관문이지만 실크로드 쪽에서
보면 중국으로 들어가는 입구다. 출구이면서 입구인 우루무치는 중국과
중앙아시아의 충돌지점이다.

오이라트(瓦剌, Oirat)는 몽골의 서부에 존재했던 옛 부족으로 중가르
(Zungar)는 이들 오이라트 출신의 부족 연합체였다. 중가르는 7세기~18
세기에 걸쳐 오이라트의 주도권을 잡아, 이리 지방을 본거지로 하는 마지
막 유목 왕국을 건설했지만, 결국 청나라 건륭제에 의해 멸망 당하고 만
다.

우루무치는 언제나 이들의 전장(戰場)이었다. 전장은 그들만의 전장은
아니었다. 시대에 따라 세월에 따라 언제든지 전장의 주인은 바뀐다. 주
인공의 면면도 다양하다. 흉노·유연·돌궐·거란·중가르·몽골 등등.
여기에 이슬람세력까지 합종연횡(合從連衡), 이합집산(離合集散)하면서
역사를 그려 왔다.

우루무치의 민족구성을 보면 역사의 단면을 보는 것처럼 민족구성도 다양하다.

한족(漢族)외, 위그르족, 후이족, 카자흐족, 만주족, 시버족, 몽골족, 키르키스족, 타지크족, 타타르족, 우즈벡족, 등등. 그 외에도 우루무치에는 49개나 되는 소수민족들이 살고 있다. 이러한 많은 민족구성은 시대에 따라 달라진다. 전쟁에서 이기면 늘고, 페하면 준다. 그야말로 수많은 전쟁으로 얼룩진 민족구성이다. 이러한 민족구성은 비록 우루무치 뿐만이 아닐 것이다. 전쟁이 터지면 중앙아시아 전체가 흔들리기 때문이다. 그 중 우리의 관심을 끄는 전쟁의 중심에 고구려 장군이 한 가닥 날개를 펼친 시절도 있었다. 그가 곧 고선지 장군이다.

서기 665년 연개소문이 사망하자 그의 아들 남생 남건 등이 권력다툼을 하다 연개소문의 아들 중 한 명이 당나라에 투항하면서 고구려는 문을 닫게 된다. 이 때 당나라로 끌려간 고구려 유민들 중에 무장(武將) 고사기가 있었다. 고사기의 아들이 고선지 장군이다. 당시 당나라에서 이민족으로 오랑캐 취급을 받던 고구려유민으로 출세는 하늘의 별 따기. 다만 무장으로 인정 받는 길 만이 유일한 출세의 통로.

이 무렵 당나라 황제는 양귀비의 기둥서방 현종(玄宗, 재위 712~756)으로 국력이 절정에 달하였고 전통문화도 집대성되어 외형적으로는 화려했다, 그러나 화무십일홍(花無十日紅). 외양은 화려하였지만 내면적으로는 초기의 지배체제를 지탱해온 율령제(律令制)의 변질 등으로 왕조의 기반이었던 자립 소농민층이 와해되기 시작하여, 이들은 토지를 상실하고 유민화되어 가고 있었다.

여기다 드라마의 반전은 한 여인의 등장으로 망국의 길로 접어들게 된
다.

경국지색(傾國之色). 그녀의 이름은 양귀비(楊貴妃).

양귀비는 본시 현종의 며느리였다. 아들의 마누라를 아비가 먹어 치운
것이다.

현종은 해마다 10월이면 여산온천의 이궁(驪山溫泉 離宮)인 화청궁(
華淸宮)으로 행차하는 것이 연중행사였다. 이 행차 때에는 수많은 수행
원들이 따랐다. 이 때 이 행차를 구경하던 양귀비가 현종의 눈에 들어 온
것이다. 이 때 현종은 홀아비. 물론 후궁들은 많았지만 현종은 쳐다보지
않았다. 그런데 운명의 시나리오는 현종과 며느리 양귀비를 엮어 버린 것
이다.

현종은 고역사를 시켜 양귀비를 아들과 이혼시키고 출가(出家)를 하게
하고 도사(道士)로 만들었다가 현종의 곁으로 끌어 들였다. 이것으로 경
국(傾國)의 막이 열린 것이다.

현종이 양귀비의 치마폭에서 허우적거리기 시작하자 양귀비의 척족(戚
族)들이 득세를 하기 시작하고.

그 중 스타가 양국충(楊國忠). 양국충의 횡포가 심해지고 가렴주구(苛
斂誅求)가 시작되자 라이벌인 안녹산(安綠山)이 칼을 뽑아 든 것이다.

'양국충을 죽여라….'

이 때 고선지는 동관에서 반란군 진압부대의 부원수가 되어 있었다.

사실 고선지는 중앙아시아를 호령하던 역전의 용장이다. 지금의 우즈베키스탄을 비롯하여 키르기즈스탄, 투르크메니스탄, 카자흐스탄의 일부와 중앙아시아 오아시스제국의 대부분을 휩쓸고 당나라를 대 제국으로 이룩한 일등공신이었다. 그런데 역사의 시나리오는 언제나 드라마틱을 연출한다.

고선지 장군의 부대가 지금의 우즈베키스탄 지역의 영주인 투르크계 족장을 체포하여 당나라 조정에 송환하였는데 조정에서 이를 처형해 버렸다. 당시의 고선지 장군은 이 지역 주민들을 가능한 한 회유하여 평화정책을 취하고 있었다. 그런데 조정으로 보낸 투르크계 족장을 처형해 버리자 이 지역주민들이 반감을 갖게 된 것이다. 마침내 이들은 이슬람(압바스 왕조)을 끌어 들이고 고선지군과 탈라스에서 맞붙었다. 그것이 그 유명한 탈라스전투.

그런데 여기서 역사의 시나리오는 반전을 다시 연출한다. 연전연승, 역전의 고선지 부대가 패한 것이다. 이유는 이렇다. 당시의 고선지 부대는 당나라 본대와 중앙아시아 각 지역의 부족들의 혼성부대였다. 그런데 이 때 혼성부대의 한 부대인 갈라록(葛羅祿)부대가 등을 돌리고 배반하여 압바스의 대군에 붙어 당군을 협공한 것이다. 갑자기 허를 찔린 고선지의 대패였다. 패전한 고선지가 다시 기용된 것은 안록산의 반란 때문이었다. 물론 여기서도 고선지는 유명세를 보답하듯 잘 싸웠다. 그런데 역사는 다시 반전.

고선지는 훌륭한 장수였다.

전략, 전술에 능할 뿐 아니라 부하를 사랑하고 부정을 모르는 장수였다. 부하들의 존경을 받은 것은 물론이다. 그런데 문제는 역사의 반전이다.

장군의 훌륭한 덕목에 질투와 사욕에 목마른 감군(監軍, 군사 감독관)이 고선지에 앙심을 품고 황제에게 무고(誣告)를 한 것이다. 죄목은 횡령과 반역.

양귀비의 치마폭에 빠져 있던 현종은 앞뒤 가릴 틈 없이 처형을 명하고 고선지는 억울하게 처형당했다. 인간의 운명은 이슬과 같은가? 중앙아시아를 호령하던 장군은 한마디 변명도 남기지 않고 '팽(烹)' 되어 그렇게 사라져 갔다. 토사구팽(兎死狗烹) 말이다.

반란은 결국 진압되었지만 그 뒤에도 지방 분할과 반란은 계속 일어났다. 818년에 이르러 대부분의 지역에서 황제의 권위를 되찾고 국가의 기강을 바로잡았다. 그러나 9세기 후반부터 조정은 점점 약해져 다시 반란이 일어나기 시작했고, 최대 농민 반란인 황소의 난 때에는 황제가 장안성을 버리고 도망가는 상황까지 일어났다. 겨우 진압됐지만 당 황실의 권위는 땅에 떨어지고. 결국 황소의 난을 진압한 주전충이 907년 당 황제를 몰아내고 후량을 세우니 결국 당나라는 20대 290년만에 멸망. 약 50년 뒤 송(宋)에 의해 다시 통일될 때까지 여러 개의 독립왕국들이 난립해 있는 상태가 계속되었다.

1759년 이 지역은 청의 군사적 지배 하에 있었다. 19세기 중반 청의 혼란으로 통제력이 상실되자 1864년 대대적인 반란이 일어나 청은 이 지역에서 철수하였고 무함마드(muhammad Yaqub Bek, 1820~1877)에 의한 통일국가가 수립되어 영국과 러시아의 승인을 받기도 하였다.

그는 1876년 청군과의 전투에서 패한 직후 급사하였고 청은 1884년 이 지역에 신장성을 설치하여 자국의 영토로 합병하였다. 1955년 신장웨이우얼 자치구(新疆維吾爾自治區)로 개칭되었다.

44. 마지막 열차

자, 이제는 죽으나 사나 우루무치다.

07시 30분 알마티 출발. 카자흐스탄 국경 도착16시 30분. 카자흐 출국 수속 1시간.

다음은 중국측 입국수속. 소요시간 30분. 중국은 내가 몇 차례 다녀온 적이 있는데 그 어느 나라보다 유연했다.

자, 이제 고행은 끝난 것인가? 그렇지가 않다. 또 다른 황당한 마술이 사람 잡을 연극을 꾸미고 있었다. 그건 또 무엇인가?

중국 쪽 입국수속을 마치고 이미그래이션(Immigration) 밖으로 나왔다.

보통의 경우, 입국수속을 마치고 나오면 타고 온 버스가 미리 나와서 대기하고 있다가 승객들이 나오면 싣고 출발한다. 그런데 이상하다. 버스가 안 보인다.

입국수속을 마친 사람들이 하나, 둘. 밖으로 나온다. 출입문 밖에 있던 승객들이 정문 밖으로 나가기에 나도 따라 나갔다. 그런데, 두리번두리번 살펴도 버스는 보이지 않고, 사람들은 뿔뿔이 흩어져서 어디론가 사라져 버렸다.

— 이상하다… —

우루무치로 가려면 아직도 이 밤을 새워야 하는데 나와 함께 타고 온 버스승객들 대부분이 여기서 하차하는 승객이었던가?

잠시 후.

주변을 돌아보니 대부분 승객들은 사라졌고, 버스는 보이지도 않았다.

— 도대체 이게 무슨 조화란 말인가? —

나는 잠시 당황하였다. 영문을 알 수없는 일이 나도 모르는 사이에 벌어지고 있단 말인가? 그러면 나는 어떻게 해야 하는가?

물어 볼 곳도 없고, 보이지도 않는 사람들과 버스의 행방은? 완전 허허벌판에 버려진 느낌이다. 그 때다. 자가용 승용차 한대가 내 곁에 멈추어 서면서 기사가 내렸다. 그리고 그가 말했다.

"바크잘… 바크잘…?"

— 뭐라, 바크잘…? —

러시아어 바크잘은 역을 말한다, 뽀이스트 바크잘은 기차역이다. 가끔은 버스터미널도 바크잘이라 말하기도 하였다.

그 때, 나의 머리 속으로 햇살처럼 밝은 빛이 살짝 스치고 지나갔다.

— 버스 터미널? —

이제는 망설이고 어쩌고 할 겨를이 없다. 마지막 순간이 다가온 것이다.

지푸라기를 놓치면 영영 방법을 찾을 길이 없어지기 때문이다. 나는 카자흐스탄 말도 중국어도 모른다. 물을 수도 없고, 들을 수도 없다. 그야말로 팅부동(听 不懂), 칸부동(看不懂)이다.

— 에라이 모르겠다. 어차피 차죽피죽화거죽이 아니냐? —

자가용 영업승용차를 타고 달린다,

이윽고 버스터미널.

택시는 터미널 입구에 나를 내려 주면서 손짓으로 말했다.

"저 안으로 들어가 보세요."

"시에, 시에. " (謝 謝 , 감사합니다)

기사에게 차비를 주고 윙크를 하였더니 살짝 웃는다.

여기저기 함께 타고 온 승객들의 모습이 보였다.

— 휴~ —

나는 한숨을 쉬면서 그들의 곁으로 다가갔다.

나는 지금도 그 때의 황당한 경우를 이해 못하고 있다.

터미널 식당에서 저녁식사 후. 20시 경. 버스는 다시 출발.

나는 애당초 미리 환전한 중국화폐를 갖고 있었다. 물론 우즈베키스탄에서 신고도했다.

버스는 밤새 달려 새벽 04시 우루무치에 들어갔다.

버스가 도착한 곳은 터미널이 아닌 어느 마을 골목에 차를 세웠다.

차장에게 물었다. 알마티에서 나를 끌고 다닌 그 차장이다.

"그제 뚜알렛?"(Где туалет, 화장실은 어디냐?)

"여기는 화장실 같은 건 없어…"

― 그 참, 미치고 팔딱 뛰겠네… ―

버스를 함께 타고 온 승객의 도움으로 택시를 잡아 탔다.

"워 취 베이징. 훠처짠 취바 (我去北京 火车 站 去吧 나는 북경간다. 기차역에 가자)

이제부터는 어설픈 중국어가 춤출 차례다. 이윽고 우루무치 남역.

"지 콰이치안?" (幾块 钱   얼마냐?)

"시 콰이치안.." (十块 钱   10위안)

택시에는 정확한 미터기가 작동하고 있었다. 거리는 그다지 멀지 않았다.

우루무치 열차역의 경비(警備)는 요란하였다. 여기저기 바리게이트가 쳐져 있고, 들어가는 입구마다 신분증검사, 화물검사. 사람들이 길게 줄을 서 있어 장시간을 기다려야 했다.

열차 역 출입경계가 삼엄한데 비해 열차표 판매창구는 별로 붐비지도 않았고 열차표 사기도 어렵지 않았다. 소문보다 쉬워서 다행이다. 아마도 새벽이라 사람이 적었는지도 모르겠다.

"나 베이징 간다. 열차표를 달라.. 잉워(硬卧)로…"

잉워(硬卧))는 딱딱한 침대로 값싼 침대를 말하고. 루안워(软 卧)는 비싼 침대로 아마 쿠션이 좋은 침대를 말하는 모양이다. 나야 뭐 당연히 값싼 침대라야 한다.

중국에서 열차를 타려면 표 사기가 쉽지 않다고 소문이 날 정도. 우루무치도 마찬가지. 나는 우루무치에서 북경행 열차표 사는데 고통받을 생각으로 고심하고 있었다.

"어렵쇼…이게 웬일?"

매표창구 아가씨가 반문한다.

"상층을 원하는가? 하층을 원하는가?"

"당연히 하층이지…"

— 열차표가 있다는 말씀인 모양이군..—

그렇게 열차표를 샀다.

— 세상 참 많이 변했구나…—

간혹, 가족들이랑 시내 나들이를 갈 때가 있다.

신호등을 볼 때마다 신호를 살핀다. 처음에 푸른 등을 만나면, 차를 타고 신호등에 가까이 갈 때마다 푸른 등이 들어온다. 그 대신 처음에 빨간 등을 만나면, 운행 하는 동안 계속해서 빨간 등을 만나는 경우가 있다. 내가 여행을 떠날 때, 집사람이 내게 말했다.

"대충대충 둘러보고 일찍 댕겨 오이소."

"그야 나도 그럴 생각이지만 그게 어디 내 맘대로 되는 일이오? 파랑 등이 계속해서 켜지면 빨리 올 수도 있고,

그런데 여기서 또 한방 터진다. 위기일발의 사태.

— 우와~ 이거 정말 큰일 날뻔했잖아. —

도무지 잠시도 마음을 놓을 수가 없다. 하도 여러 차례, 엉뚱한 일에 덜미를 잡히다 보니 나도 나를 믿을 수가 없게 되었다.

내가 타야 할 열차는 270차(次). 13:02 발차예정.

출발 열차마다 플랫폼이 다르고, 대합실도 다르다. 내가 타야 할 열차의 대합실은 제 2 대합실. 그런데 제2 대합실은 매우 복잡하여 조용한 제 3 대합실로 옮겨가 쉬고 있었다.

— 무얼까….? —

어쩐지 불안하다. 주위를 두리번거려 보았다. 보통의 대합실에는 시간 표시가 쉽게 보인다. 그런데 여기 대합실에는 시계가 없다. 나중에 안 사실이지만 전광판 한편 구석에 조그맣게 시간표시가 되어있었다.

현재시간 08시 30분.

새벽에 도착하여 열차표 사고, 라면 한 개 끓여 먹고… 그래도 아직 시간은 많다.

— 그런데…? 왜…? —

자리를 털고 일어났다. 제 2 대합실로 돌아가 역무원을 만났다.

"시계 좀 보여 줘."

역무원은 핸드폰을 켜고 시간을 보여 주었다.

"어엇…. 그랬었구나… 세세…"   .

그래서 뭔가 자꾸만 불안했던 것이다. 시차였다.

— 10시 30분. —

카자흐스탄 시간과 중국 우루무치 시간이 2시간의 시차가 있었던 것이다. 태평치고 있었다면 열차 떠난 후, '손 흔들기' 될 뻔한 순간이다.

— 우와아~ 정말 잠시도 방심할 틈이 없다. —

여행을 다녀 보면 중국처럼 볼거리 많은 나라도 드물다는 생각이 든다.

볼거리 뿐만이 아니다. 그 역사 또한 세상에서 가장 역사스러운 나라도 드물 것이다.

'역사는 드라마다'라는 말이 있다. 역사스럽다는 말은 그만큼 드라마틱 하다는 이야기.

나는 몇해 전 중국을 두어 달 가까이 놀러 다닌 적이 있다. 그냥 돌아다 니면서 놀았다.

좋은 곳을 골라보라면 어렵다. 관광처마다 색이 다르고 맛이 다른데 그 우열을 가린다는 것이 별 의미가 없기 때문이다. 나는 이번 여행에서 카 자흐스탄과 중국은 열외로 제꼈다.

카자흐스탄은 관광정보가 너무 없고, 중국은 대부분 훑은 처지. 볼 것 없는 곳에 가기 싫고, 한 번 가본 곳에 다시 갈 생각도 없어서였다.

그런데 중국의 역사는 다르다. 읽고 또 읽어도 싫증나지 않는 역사가 중 국사다.

심심할 때 훑어 본 중국역사 속에서 '3걸(傑)을 뽑아라.'라고 한다면.

진(秦)의 시황제 영정(瀛政). 한고조(漢高祖) 유방(劉邦). 수양제(隋煬 帝) 양광(楊廣)을 꼽을 수 있다. 물론 이건 순, 내 생각으로.

선별 조건은 드라마틱(dramatic)이다. 그리고 누가 더 인간적인가?

첫 번째 타자 진시황제(秦始皇帝) 영정(政).

진시황제 영정, 중국(中國) 전국(戰國) 시대(時代)에 각지에 할거한 제후(諸侯) 중, 진(秦)을 제외(除外)한 여섯 나라 (초연제한위조, 楚燕齊韓魏趙)를 통일시켜 전국시대의 막을 내린 영웅이다. 그의 드라마틱 스토리는 이렇다.

영정은 왕통의 종자(種子)가 아니다. 여불위(呂不韋)라는 장사꾼의 아들인데(?) 여불위의 농간으로 황제가 된 인물이다. 여불위(呂不韋)는 한나라 장사꾼으로 그는 사업상 여러 도시를 순회하던 중 조나라의 수도 한단(邯鄲)에 갔다가 볼모로 와 있던 진(秦)나라의 공자를 만난다. 우연히 주막에서 만난 진나라 공자 영이인(瀛異人). 그의 아버지는 안국군(安國君)으로 현 진나라의 왕, 소양왕(昭襄王)의 둘째 아들이다. 여불위는 영이인을 사귀면서 그가 왕위에 등극할 수 있도록 공작을 꾸미고 동시에 영이인에게는 자신의 애첩을 소개시키고 결혼까지 시킨다. 이 때 이미 여불위의 애첩의 뱃속에는 여불위의 아이를 잉태하고 있었던 것. 그러니 영이인의 아들은 당연히 여불위의 아들이다. 이러한 이야기가 날조된 것인지 사실인지는 내가 알 바 아니다. 좌우지간 이렇게 태어난 영정은 6국을 모조리 무너뜨리고 황제가 된다.

6국을 합병하고 중국을 통일한 진나라 왕 영정은 자신의 공적이 여느 성현보다 크며 심지어는 고대 전설 속의 삼황오제(三皇五帝)보다 더 월등하다고 생각했다. 그래서 '왕'보다 더 존귀한 칭호를 가지기로 했다. 그는 '삼황오제'에서 '황'과 '제'자를 따서 황제(皇帝), 거기다가 중국 최초의 황제이므로 '시'를 붙여서 시황제(始皇帝)라고 자칭했다

사람의 욕망은 끝이 없다.

제상이 된 여불위는 그것도 모자라 태후가 되어있는 옛날 애첩을 못 잊어 기어코 과거의 애첩과 스캔들을 만들다가 들통이 나고, 촉으로 떠나라는 추방령이 떨어지자 여불위는 자살한다.

세상만사 새옹지마(塞翁之馬). 재물도 권력도 바람과 함께 사라졌다.

다음타자 한고조(漢高祖) 유방(劉邦).

기원전 210년, 진시황제 영정(嬴 政)이 사망하자, 때를 기다렸다는 듯이 천하의 주먹들이 거들먹거리기 시작한다. 그들 다양한 주먹들 중에 최후까지 버틴 스타는 두 명, 항우와 유방이다.

역발산 기개세(力拔山 氣蓋世). 힘은 산을 뽑고, 기세는 세상을 덮을 만큼 왕성하다. 이는 곳 항우를 일컬어 나온 말이다. 그만큼 힘과 용기가 세다는 뜻일 터. 뿐만 아니라 항우는 숙부 항량(項梁)의 지도로 무예와 먹물도 먹을 만큼 먹은 남자. 사나이 중의 사나이.

반면 유방은 완전 백수건달. 좋게 말하면 백수건달이요, 나쁘게 말하면 거지왕초. 거치왕초라 하면 너무 비하한다 할 테고, 깡패두목 정도로 말하는 게 적합할지 모르겠다. 하여튼 항우와 유방은 대조적인 인물이다. 그런데 누가 봐도 유방은 항우의 적수가 될 수 없다. 물론 싸우면 연전연승 하는 쪽은 항우다. 유방은 항우만 만나면 비실비실 도망치기 바쁘다.

'초장끝빨 파장맷감'이라는 말이 있다. 이렇게 잘 나가던 항우가 막판에 유방에게 쫓겨 도망치다가 자살했다. 우째서 이런 일이?

원인은 다양하다. 항우의 독선적인 고집이 대표적인 결점. 항우는 독불장군 스타일이다. 그에 반하여 유방은 근본적으로 무식하다보니 천박한 인물도 거둘 줄 알았다. 그것은 포용력이다. 유방의 수하들을 보면 멋진 스타들이 수두룩하다. 말이 좋아 스타들이지 알고 보면 완전 거지집단이다. 주발은 나팔수, 관영은 옷감장수였으며 하후영은 마부였다. 번쾌는 백정 중에서도 가장 천한 개백정이었고, 한신은 백수였다. 소하나 조참 역시 지방의 최하급 관리에 불과했다. 이러한 어중이떠중이 집단이 유방의 떨거지들이었다.

내가 여기서 유방을 중화 3걸에 올린 이유는 유방의 황제 만들기에 일등공신, 한신의 최후 때문이다. 유방이 아무리 생각해도 황제자격에는 한신이 유방 자신보다 한 수 위다. 한신을 그냥 두었다가는 언젠가는 한신에게 황제자리를 뺏길 것 같아 마누라를 시켜 자신이 피해 줄 테니 자기 없을 때 한신의 모가지를 잘라 버려라. 유방의 마누라 역시 한가락하는 여장부.

그렇게 한신은 사라지고 깡패두목은 천하의 황제자리를 유지할 수 있었던 것이다.

사람들은 이를 가리켜 토사구팽(兎死狗烹)이라 말한다.

세 번째 타자는 수양제.

618년, 한(漢)이 끝나고 삼국시대(魏・蜀・吳)와 오호십육국(304~439)으로 이어지면서 중국은 다시금 분열의 시대를 맞았다. 이 때 등장한 인물이 수 문제(隨 文帝) 양견(楊堅). 양견은 재 분열된 중국을 하나로 통일시켜 수(隋)를 세웠다.

수 문제에게는 두 아들이 있었다. 양용(楊勇)과 양광(楊廣)이 그들이다. 맏이가 양용이었으니 태자가 되는 것은 당연지사. 그러나 이 때, 야심찬 양광이 이를 보고만 있을 수는 없었다. 황제가 병든 틈을 타 독고황후를 꼬드기고 권신 양소(楊素)와 결탁해 형 양용(楊勇)을 모함해서 태자의 자리를 빼앗았다. 부황 문제가 병들었다고 죽은 것은 아니다. 그러나 양광의 욕망은 여기서 끝나지 않았다.

어느 날 흐트러진 차림으로 수문제 앞에 나타나 "태자에게 욕을 보았다"며 통곡하는 궁녀가 있었다. 황제가 총애하던 후궁, 진나라 황실 출신의 선화부인 진씨였다.

마침 그 때 수문제는 태자가 반역을 꿈꾸고 있다는 내용의 고변(告變) 서찰을 읽은 참이었다. 수문제는 불같이 화를 내며 태자를 양광에서 다시 양용으로 교체하려고 했다. 하지만 그 사실을 안 태자는 군사를 이끌고 와서 황궁을 점령하고, 아버지에게 충성하던 대신들을 도륙 했다. 그리고 끝내 아버지 수문제도 죽이고, 태자였던 형도 없앤 다음 새 황제에 등극했다(604)

이렇게 황위를 찬탈한 양제는 즉위하자마자 수문제의 사치 금지 원칙을 비웃듯 온갖 사치를 다 부렸고, 대운하 건설을 비롯한 대규모 토목공사를 거듭하여 백성들의 원성을 샀다. 이에 대한 반발을 아버지처럼 해외원정으로 무마하고자 베트남과 고구려를 침공했는데, 베트남 침공은 그럭저럭 성공한 셈이었으나 고구려 원정은 막대한 비용만 들인 채 실패로 끝났다. 아직 천하가 통일된 지 몇 십 년 안 되던 당시, 온 힘을 다해 수성에

베이징서역(西驛)

힘써도 모자랄 판에 그처럼 방만한 정치를 했으니, 결국 각지에서 반란이 일어나 다시 난세가 되고 말았다. 618년, 수양제가 순행 중이던 강도에서 피살되고, 죽기 직전 제위를 물려준 손자 양유가 같은 해에 당고조 이연에게 나라를 넘김으로써 수문제의 통일대업은 겨우 30년 만에 수포로 돌아 갔다(수 왕조가 세워진 이후로는 38년).

  수양제 양광이 3걸 중에 들어간 것은 너무도 인간적이기 때문이다.
  역사철학의 관점에서 보면 인간의 성선설과 성악설로 끊임없이 삿대질 을 해 왔다. 그러나 그런 철학이 내가 보기엔 완전 난센스로 보일 뿐이다.

모든 생명체는 '자기보존원칙'이라는 말이 있다. 자신의 삶이 기본이기 때문이다.

'우선 나부터 살고 보자'

이것이 모든 생명의 기본 화두인 것이다.

성선도 성악도 환경이나 처지에 따라 달라진다. 양광이 부황(父皇)을 죽이고 형을 살해한 모습을 보면 과연 어디까지 인간이 잔인할 수 있고 광포(狂暴)할 수 있는지를 보여 주는 모델케이스가 될 것 같아 찍었다. 양광의 행위가 악의모습이기 때문에 더욱 인간답게 보인 것이다.

야누스(Janus), 그것이 인간의 참 모습이다.

'어차피 인생은 일회용인데 가능하면 즐겁게, 가능하면 아름답게 살다가 간다.' 이것이 나의 좌우명이다.

생야일편부운기 (生也一片浮雲起)

사야일편부운멸 (死也一片浮雲滅)

태어난다는 것은 한 조각 구름이 일어남이요.

죽는다는 것은 한 조각 구름이 사라지는 것이다.

인간은 자신이 탈 영구차소리가 들릴 때 비로소 인생이 무엇인가를 깨닫게 된다.

'인생은 다만 환상이었다.'는 것을…..

도연명(陶淵明, 365~427. 中國 晉代의 詩人)은 이렇게 노래했다.

인생사환화 (人生似幻化) 인생은 환상과 같은 것,

종당귀공무 (終當歸空無) 마침내 空과 無로 돌아간다.

사랑과, 증오… 좌절의 고통과 절망의 눈물. 그리고 영광… 환희…

뜨거운 열정으로 투쟁하고… 한없이 몸부림치며 살아온 인생. 그것은 환상이었다.

그렇다. 인생이란 살고 보면 박제(剝製)된 착각일 뿐이다. 환상처럼 나타났다가 신기루처럼 사라지는 것이 인생이다. 그러나 그것이 아무리 환상이라 하여도 한 번쯤 살아 볼 가치는 있다 하겠다. 아, 아름다운 환상(幻想). 멋진 인생이여.

第 270 次.

13:20.

베이징 행 열차는 서서히 움직이고 있었다.

장장 3,768Km를 달려, 내일저녁 20시 20분 베이징 서역에 도착 예정. 31시간 13분 소요.

창 밖에는 지금 화성인지 금성인지, 풀 한 포기, 나무 한 그루 없는 청해, 신강지방이다.

청해, 신강지방은 세계의 지붕이라는 히말라야의 파밀고원과 천산산맥을 이웃한 태고의 사막이다. 열차가 속력을 내기 시작하였다,

— ……………? —

어디선가 이상한 소리가 들린다. 여인의 흐느끼는 소리 같다.

아~, 그렇다. 왕소군(王昭君)이다. 중국 4대 미인중의 한 사람 왕소군.

제왕의 후궁에서 흉노의 땅으로 시집온 왕소군의 눈물.

胡地無花草,
春來不似春

저토록 풀 한 포기, 나무 한 그루 자라지 않는 삭막한 호지에 꽃이 있을
리 없지.

나는 이제 따뜻한 가족의 품으로 돌아갈 꿈에 부풀어 있다.
가족이라야 단 한 사람 나의 각시. 성(城) 쌓고 남은 돌.
열 다섯 명 가족이 모두 떠나고 이제 달랑 한 사람만 남았다.
— 갈비뼈가 부러지도록 껴안아 주고 싶다. —

나는 지금 행복하다. 갈비뼈가 부러져도, 그래도 행복하다고 말할 사람
이 나를 기다리고 있다는 사실이 나를 행복하게 한다.

- 끝 -

글을 마치면서

과학이 미쳤다.

중세 이전까지만 해도 인류는 신의 창조물이었다.

그러나 18세기 산업혁명이 일어나고부터 세상은 달라졌다. '신은 죽었다'는 소리가 터져 나오고, 마침내 지동설이 터지고, 진화론이 대두되면서 슬금슬금 과학이 고개를 쳐들기 시작하였다. 마침내 유전자와 양자의 세계가 열리면서 과학은 고속도로를 올라탔다. 줄기세포가 등장하고 생명공학이라는 새로운 학문이 등장했다.

뿐만 아니다. 저간에 벌어진 미디어의 보도를 보자.

ww.segye.com/content/html/2015/07/03/20150703003168.html?OutUrl=naver〉

「지난달 미국에서 열린 세계 재난 로봇대회에서 카이스트팀의 휴보가

44분28초 만에 8개의 임무를 모두 수행하며 미국, 일본을 비롯한 24개 팀을 제치고 22억원 상금의 주인공이 된 것이다. - 중략 - 미국 고등방위연구계획국(DARPA)이 주최한 세계 재난 로봇대회는 재난현장에 적합한 로봇으로 인간을 닮은 휴머노이드를 선택했다. 탐사, 발굴 등 한 분야에 특화된 기존의 기계형 재난로봇과는 다른 모습이었다. 재난 현장에서 사람을 대신해 다양한 임무를 수행하기 위해 로봇은 인간을 닮아 가고 있는 것이다 - 중략 -

지난달, 일본 기업 소프트뱅크는 사람의 감정을 읽고 대화하는 로봇 '페퍼'의 일반판매를 시작했다. 페퍼는 판매 시작 1분 만에 준비된 물량 1000대가 다 팔렸다.
페퍼의 성공적인 출발이 로봇의 대중화 시대를 열게 될지 세계가 주목하고 있는 상황이다. 로봇은 이제 집안일을 돕고, 아이들을 돌보며, 의료현장에서도 활약 중이다. 」

휴머노이드 로봇(Humanoid Robot)이란 인간을 닮은 시각, 청각 및 감각 수단으로 획득된 입력 정보에 따라 인식하고 명령을 처리하는 인간형 로봇을 말한다.
한 마디로 말하면 인간을 닮은 로봇이다.
이건 사실, 예사문제가 아니다. 인간과 똑 같은 로봇, 아니다 인간의 지능보다 더 뛰어난 지능을 소유한 로봇이 등장할 수 있다는 보도는 인간을 놀라게 할 뿐이다. 이러한 과학의 초 스피디한 발달에 반하여 인간의 사고(思考)는 어떠한가?

어리석은 인간들은 2천년, 3천년 전 원시 수준의 도그마(Dogma)에 매달려 한 발짝도 앞으로 나아갈 생각을 하지 못하는 이 어처구니 없는 현실을 어떻게 설명해야 하나?

　우선 지구를 통일시켜 하나의 제국으로 만들어 전쟁의 고통에서 탈피하고 진정한 인류복지를 창출할 새로운 패러다임을 만들어야 할 시점에서 인간은 제자리걸음만 하고있다.

　도무지 인간들은 인간이 무엇인지 조차도 모른다.

　인간은 지구상에 존재하는 수많은 생명체들 중 한 종(種)에 불과할 뿐이다. 아무리 우수한 해석으로 설명한다 하여도 인간 역시 다윈이즘의 카테고리를 벗을 수는 없다.

　현존의 인류가 70억이라고 한다.

　인구를 절반으로 줄이고 새로운 철학을 창조하여 인류복지에 진력한다면 지구는 천국이 될 수도 있을 것이다. 그러나 인간은 그럴 가능성이 전혀 없다. '이기적 유전자'를 바꿀 수 없기 때문이다. 바꿀 수 있는 방법이 없는 것은 아니지만 여기서 그런 문제로 티격태격할 생각은 없다. 이제 곧 세상이 바뀌면서 인간은 미친 과학의 장난감이 될 것이다.

　이제 복제인간 시대가 지나면 곧 인조인간시대가 열릴 것이다. 악의 유전자를 없애고 선의 유전자만 보유한 인조인간 시대가 오면 재미 있을까?

　천만의 말씀이다.

　'쓴 맛을 모르면 단맛도 모른다'는 말이있다.

　세상에 악이 없으면 선의 아름다움을 이해할 수가 없다.

　선과 악이 어울릴 때 선의 아름다움이 아름다울 수 있지만 악이 없으면 선도 없는 것.

인간은 그냥 인간답게 살면 된다.

인간답게 산다는 것은 어떤 삶인가?
그것이 노자선생의 무위자연(無爲自然)의 삶이다. 무위자연.

此竹彼竹化去竹　이러면 이런대로, 저러면 저런대로.
風打之竹浪打竹　바람불면 부는대로 물결치면 치는대로.

人生似幻化 終當歸空無
아.. 아름다운 삶, 無爲自然이여.

丙午 早春　金井山下.　喜泉 尹鍾漢.

ROUTE & Distance.

City	Distance	City
동해	704Km	Vladivostok
Vladivostok	9,259Km	Москва
Москва	830Km	S,Petersburg
S,Petersburg	830Km	Москва
Москва	900Km	Киев
Киев	550Km	Cihisnau
Cihisnau	470Km	Bucuresti
Bucuresti	1,570Km	Munchen
Munchen	131Km	Fuessen
Fuessen	131Km	Munchen
Munchen	800Km	Paris
Paris	14Km	Versailles
Versailles	14Km	Paris
Paris	Km	Rennes
Rennes	Km	Paris
Paris	876Km	Barcelona
Barcelona	782Km	Granada
Granada	500Km	Madrid
Cuenca	160Km	Madrid
Madrid	700Km	Barcelona
Barcelona	876Km	Paris
Paris	800Km	Munchen
Munchen	700Km	Zagreb
	21,597Km	

City	Distance	City
Zagreb	400Km	Dubrovnik
Dubrovnik	300Km	Sarajevo
Sarajevo	345Km	Beograd
Beograd	550Km	Thessaloniki
Thessaloniki	300Km	Kalambaka
Kalambaka	300Km	Thessaloniki
Thessaloniki	600Km	Istanble
Istanble	700Km	Denizli
Denizli(Pamuk)	600Km	Goreme
Goreme	290Km	Ankara
Ankara	250Km	Safranbolu
Safranbolu	400Km	Istanble
Istanble	2,800Km	Тошкент
Тошкент	600Km	Бухоро
Бухоро	600Km	Тошкент
Тошкент	356Km	Самарканд
Самарканд	356Km	Тошкент
Тошкент	120Km	Шымкент
Шымкент	800Km	Almaty
Almaty	1,374Km	Urumuqi
Urumuqi	3,768Km	Beijing
Beijing	1,085Km	仁川
	16,894Km	
	Total 38,491Km